警世通言

馮夢龍 編撰
徐文助 校注
繆天華 校閱

三民書局

總目

引言

徐文助

「小說」這個名詞，首先出現在莊子外物篇，說：「飾小說以干縣令，其與大達亦遠矣。」小說和大達對稱，把小說看成不登大雅之堂。到了班固漢書藝文志諸子略，把小說劃在九流之外，也就不足為怪。由於對小說的偏見，小說的技巧一直發展不起來。小說的概念、範疇，也就一直未能肯定。漢志所著錄的十五家小說，雖已不能見到真面目，不過可確定的是：從它所保留的名稱，可知他所收集的所謂小說，和諸子雜傳實在沒有什麼分別。其後六朝的志怪，結構粗糙，內容怪異，和現在的小說相比，仍有一段距離。真正夠格稱為小說，具備了小說人物、結構、背景三大要素，而且作者也真正有意識的在著作小說，不像六朝時代的遊戲筆墨，應該是唐代的傳奇小說，傳奇小說雖然用的是淺近的文言文，較不能普遍的深入民間，但其故事情節，卻有很多被後來的「話本」所吸收。宋朝的「話本」，是用一般白話寫成的，作為「說話人」說故事的底本，為求聽眾能夠普遍，當然盡力求其通俗，情節也以曲折為勝。當時「說話人」所講述的內容，可分「小說」、「講史」、「說經渾經」、「合生」四大類，大部分的長篇小說屬於「講史」，「小說」就是後來的短篇小說，內容又可以分成三類：一是煙粉靈怪傳奇，二是說公案，三是說鐵騎兒，以警世通言為例，第十四卷一窟鬼癩道人除怪、第十六卷張主管志誠脫奇禍便是「煙粉靈怪傳奇」之類，清平山堂話本的簡帖和尚、京本通俗小說的錯斬崔寧，便是屬於「說公案」之類。話本的前面，都有一段「閒話」或「詩話」、「詞話」，稱為「入話」，作為引起正文的開頭，但也有以一篇完整的故事作為「入話」的。那時聽眾當中，有很多是軍人，所以「入話」又稱「得勝頭回」，以示吉利。由於這些通行民間的通俗小說，尚未被一般正統文人所重視，所以散亡的很多，流傳至今的宋人話本可說很少。

明朝以後，話本的擬作逐漸興盛，其中以馮夢龍最為有名，馮氏的著作有很多流傳後代，是明代最著名的，大力從事俗文學創作和編改的作家，只可惜在我們中國，流行民間的俗文學一直不被重視，從事俗文學創作的作家也不能得到他應享有的地位，因而馮氏的著作一直被湮沒無聞，不能盡知，他的生平事蹟也鮮有人知，連明史也不為他立傳。直到民國以後，小說的正確觀念逐漸確立，情況才稍有改變；在二、三十年代後，有關馮氏的研究熱潮逐漸興起，他的生平、事蹟、著作才為世人所知。尤其在喻世明言、警世通言、醒世恒言出現後，馮夢龍在通俗小說方面的成就才被肯定。

小說作家創作時技巧的養成，或者編改時取捨的標準，都繫於他對小說功能的觀念和認識；我們研究馮夢龍和他的作品，必須先弄清楚馮氏對小說的一些概念和主張，對於他編作的小說的特色，和對社會人心的影響，才能有進一步的認識和瞭解。

馮氏對小說的第一個觀念就是「通俗」，他在古今小說序說：

> 大抵唐人選言，入於文心，宋人通俗，諧於里耳，則小說之資於選言者少，而資於通俗者多。試令說話人當場描寫，可喜可愕，可悲可涕，可歌可舞，再欲捉刀，再欲下拜，再欲決脰，再欲捐

金，怯者勇，淫者貞，薄者敦，頑鈍者汗下，雖日誦孝經、論語，其感人未必如是之捷且深也。

噫！不通俗而能之乎！

警世通言序說：

里中兒代庖而創其指，不呼痛，或怪之，曰：「吾頃從玄妙觀聽說三國志來，關雲長刮骨療毒，且談笑自若，我何痛為？」夫能使里中兒頓有刮骨療毒之勇，推此說孝而孝，說忠而忠，說節義而節義，觸性性通，導情情出，視彼切磋之彥，貌而不情，博雅之儒，文而喪質，所得竟未知熟贗而熟真也。

古今小說序具名為綠天館主人，警世通言序文則為無礙居士，兩者都是馮氏的託名別稱，馮氏以小說獨具的通俗特性和六經相比，以為小說對於民心維繫、社會群治的貢獻，不遑多讓，這真是振聾啟聵，發人深省的偉大言論，時至今日，小說已成為文藝作品的主流，小說的地位已經確立，再沒有人視小說為不入流了，這不能不說是像馮氏這樣熱心提倡通俗文學的人，所帶來的豐盛果實。

馮氏對小說的另一觀念就是「教化」，他編撰小說，擬作小說，也都以達到社教的功能為目標，雖然「極摹人情世態之岐，備寫悲歡離合之致」（今古奇觀姑蘇笑花主人之評馮氏三言），偶然有較露骨的描繪，但文句不多，大都能發乎情，止於禮義，和當時通行的言情小說如金瓶梅之類相比，顯然是純淨得多了，所以淩濛初（即空觀主人）在拍案驚奇自序評馮氏說：

龍子猶氏所輯喻世等諸言，頗存雅道，時著良規，一破今時陋習。

這是多麼確當的評語，可見馮氏編撰三言的動機是純正的，態度是謹慎的，這從三言的命名就可以看出。又他在醒世恆言序說：

明者，取其可以導愚也。通者，取其可以通俗也。恆則習之而不厭，傳之而可久。三刻殊名，其義一也。

以警世通言為例，警世通言上所加註的眉批（評者署名可一主人，即馮氏本人），常可看出馮氏對小說的見解，這些見解大都是通俗而具有說教的意味的，例如第三十三卷喬彥傑一妾破家，敘述破落戶王酒酒勒索喬家，弄得喬彥傑一家數口俱死，末後一段敘述喬彥傑死後，靈魂附在王酒酒身上，自打巴掌，也跳入河中而死，上面的眉批是：「少此報應不得。」又如第二十四卷玉堂春落難逢夫，寫到王景隆迷途知返，發奮讀書時，起初還是定不下心，書本拿起來，鼻聞到的仍是脂粉氣，耳朵聽到的仍是箏板聲，上面的眉批是：「心猿意馬，終無了日，敗子回頭便作家，只要狠下一鞭。」對書中主人的期待之心，溢於言表。

除了眉批外，馮氏也喜歡在情節推展之中，添加一些勸世的俗諺俚語，或帶警惕性的聯語詩句，如第十二卷：寧為短命全貞鬼，不作偷生失節人。十五卷：莫道虧心事可做，惡人自有惡人磨。十七卷：一貴一賤，交情乃見；一死一生，乃見交情。二十卷：善惡到頭終有報，只爭來早與來遲。二十四卷：

酒不醉人人自醉，色不迷人人自迷。三十五卷：作事必須踏實地，為人切莫務虛名。三十七卷：勸君莫要作冤讐，狹路相逢難躲避。像這樣具有警世意味的句子，在整本書裏，可說俯拾皆是，對一般老百姓來說，這些勸誡的言語，功用決不下於經書史冊。

馮夢龍編撰警世通言，除了具有上述的勸世精神、嚴正主題外，其寫作的技巧，也有很高的成就，值得後人學習。一般說，短篇小說由於受到篇幅的限制，特別需要講究結構的技巧，以引人入勝的布局，曲折的情節，吸收話本的聽眾，或擬話本的讀者，警世通言頗能掌握這方面的技巧，例如第十八卷老門生三世報恩，敘述興安縣令蒯遇時，愛少賤老，鄉試拔了五十七歲的鮮于同，頗感懊惱。省試時，蒯遇時徵聘禮記房考官，鮮于也考禮記，蒯公為不讓鮮于中榜，以為年青考生文字較不端整，就故意揀不整齊的文字才中，而鮮于同正好考前多喝了酒，泄了肚，草草完篇，正合蒯遇時之意，中了舉人。三年後北京會試，鮮于因夢見以詩經中了正魁，乃改禮記為詩經應試；蒯遇時以為官清正，又進會試經考，為不使鮮于在手裏中了，乃改看詩經卷子，等到揭曉，第十名正魁又是六十一歲的怪物鮮于同。後來蒯公得罪大學士劉吉，多虧鮮于同看覷，得保性命。蒯公的兒子蒯敬共與豪家爭墳地疆界，鬧起官司，多虧鮮于同自請為台州知府，為蒯敬共雪冤。鮮于同為進一步報恩，留蒯公孫蒯悟在自家衙內課業，蒯公病亡後，其孫也和鮮于同長孫鮮于涵同中進士。這篇小說，主題是在安慰落第的老文人，但這種情節的安排，弄得不好，很可能令人有無巧不成書的不自然的感受，可是我們看了此文，卻沒有這種感覺；蒯遇時的刁難，節節升高，卻是順著他心裏的自然反應，鮮于同的運氣，隨著他心裏的發展，也變成自然而然，他臨場的泄肚，也不是不可能的牽強事。末了的圓滿結局，或許不脫俗套，卻也令讀者感到心滿意足，共同體認到鮮于同的作為是應該的。像這一類佳妙結構的小說，警世通言裏還很多。除了結構外，人物性格的細膩刻劃，也是良好小說所必需具備的技巧。警世通言的人物刻劃，技巧之佳，令讀者讀了之後，印象深刻，永生不忘，例如第三十二卷杜十娘怒沉百寶箱，寫妓女杜十娘從良的悲劇。太學生李甲，迷戀教坊司院妓杜十娘，床頭金盡，為鴇母所逐，欲以三百兩銀贖杜十娘，而苦籌不得，十娘助李甲一百五十兩，而得遂其願。十娘臨走，眾姊妹贈一描金文具，共同返李甲故里，途中盤費不夠，多虧十娘開箱取銀，才得打發。夜泊江邊，他舟少年孫富，偶見十娘，覬覦其色，為求遂其願，假裝曉李甲大義，勸李甲不要因為妓女而傷害父子感情，又騙李甲說杜十娘並不是真心隨他返故里，實在是要借他的力量，以應別人之約，孫富又提議以千金購買十娘，以還李甲所費之資，以免返家之後，被父親責備，這些話李甲都相信了，回舟之後，李甲假裝心憂，哭泣不眠，十娘探知其故，佯為答應，命李甲打開描金文具，裏面盡為古玉紫金玩器，價數千金，十娘悉數抛在河中，又要把夜明珠、貓兒眼等稀世珍寶抛棄，李甲大悔，十娘才將心事告知，原來這些珠寶是十娘風塵數年所得；準備作為從良後，潤色李甲，以博李甲父母歡心之用，李甲既已見棄，十娘芳心已灰，說完話就抱百寶箱跳河而死。這篇小說的故事情節，有點類似唐傳奇白行簡的李娃傳，但結局卻一反大團圓的俗套，以悲劇收場，悲壯的結局，給人至大衝激。末了作者以杜十娘固為女中豪傑，竟然所遇非人，而深致感歎，更有畫龍點睛之妙。但構成這篇小說成功的最大因素，還是在男女主角個性的刻劃，男主角李甲理智和情感的衝突，聽信人言，沒有主見，動輒哭泣的個性，屢屢表現在言語之間。而十娘城府之深，機心之重，也不是一般女子所能有的，她能夠把百寶箱收藏那麼久，瞞得親愛之人那麼緊，固然說明了她心計之深，也可看出她愛得多切，才能有那種耐心。尤其在親愛之人賣了她之後，刻骨之痛，是可以想像的，她居然能擺出若無其事的樣子，還要幫助親愛之人遂其所願，也可體會出她一死之心，有多麼堅決！這篇小說的成就，應該歸之於人物描繪的成功。

一部成功的小說，另一要素就是背景，背景是時間、空間的巧妙安排和布置，以渲染故事的情調，襯托人物的性格。我國舊有小說，大部分都偏重在情節的曲折變化，而忽略了背景的安排，但在警世通言裏，也能看到一些富有背景塑造的佳構，例如第二十八卷白娘子永鎮雷峰塔，敘述西湖白蛇成精，和西湖第三橋下青魚精化為主僕二女，遇到了許宣，正好天下著雨，二女藉機向許宣借傘，許宣被美色所迷，隔天到巷口，藉機討傘，目的卻是為能一近芳澤，女僕青青引許宣入了巷口：

許宣看時，見一所樓房，門前兩扇大門，中間四扇看街槅子眼，當中掛頂細密朱紅簾子，四下排著十二把黑漆交椅，掛四幅名人山水古畫。對門乃是秀王府牆。那丫頭轉入簾子內道：「官人請入裏面坐。」……許宣心下遲疑。青青三回五次，催許宣進去。許宣轉到裏面，只見：四扇暗槅子窗，揭起青布幕，一個坐起（隔間），桌上放一盆虎鬚菖蒲，兩邊也掛四幅美人，中間掛一幅神像，桌上放一個古銅香爐花瓶。

槅子窗、朱紅簾子、黑漆交椅、四幅名人山水畫、青布幕、坐起、虎鬚菖蒲、四幅美人畫、神像、古銅香爐花瓶等，這麼多的布置陳設，和情節一點關係都沒有，作者這麼費心的安排它，只有一個目的，那就是在烘托一種明亮、溫暖、神聖、古樸的平常家居的情調，以免許宣生疑，因為這些房子本來就沒有，是二妖用妖法塑造的，所以更加有鋪陳的必要，而這個目的，作者卻不用文字直接表達出來，他只用這些背景的布置，讓讀者間接的從內心裏去做自我的感受。從這小小的地方，也可以發現作者寫作的細膩技巧。

考證

徐文助

馮夢龍字猶龍，又字子猶、耳猶，別號龍子猶，明蘇州府吳縣人，朱彝尊明詩綜卷七十一，黃文暘曲海總目提要卷九新灌園以為是長州人，長州由吳縣分出，縣治同在蘇州府城。他寫作時的化名很多，如隴西君（編警世通言託名）、隴西可一居士（編醒世恆言託名）、隴西居士、可一居士（醒世恆言批）、可一主人（警世通言之批）、茂苑野史（編古今小說託名，取自左太沖蜀都賦：佩長州之茂苑）、江南詹詹外史氏（編情史託名）、姑蘇詞奴（任訥曲諧卷三）等。

馮夢龍真是一個奇特的人物，他學問淵博，可以談經（壽寧府志卷四官守誌宦績說他著有四書指月），說史（董康書舶庸談卷一下說他有春秋定旨參新三十卷，又編新列國志），也可以論玄述怪（增補平妖傳），個性複雜，感情豐富；少負情癡，以「多情歡喜如來」自稱（情史四卷序），留戀花街柳巷，凡戲曲、牌經、馬吊，這些或是通俗，或是低級的玩物，可以說無所不通，無所不曉（靜志居詩話卷二十評馮氏之詩：「善為啟韻之辭，間入打油之調。」）。但他也有讀書人的良心，知識分子的遠識，眼見明朝已到生死存亡關頭，一改萎靡玩世的心理，而壯志激昂，為唐王籌劃中興大業，而有中興偉略、中興實錄等的著作，以這麼一個奇特的人物，可以說先天就具有編寫小說的條件，所以他能以三言的編撰著名於世，決不是偶然的。

崇禎帝在甲申年（西元一六四四年）殉國時，馮氏內心受到很大的激盪，編甲申紀事以敘其事，序下署名曰「七一老人草莽臣」，由此逆推，馮氏應生在明神宗萬曆二年甲戌（西元一五七四年）。福王即位，年號弘光，弘光元年乙酉福王被執，馮氏曾撰中興偉略、中興實錄二書，以恭迎唐王監國，希望能夠固守住閩、廣一帶。唐王在西元一六四五年即帝位，年號隆武，中興偉略末署名「七十二老臣馮夢龍撰」，稱唐王不稱帝，所以中興偉略的成書一定在西元一六四五年以前，當時他年齡正好七十二歲，但據鹽谷溫中國文學概論論明之小說三言及其他一文所記，偉略有日本正保三年刻本，正保三年正好是唐王隆武二年（西元一六四六年），那時馮氏年齡是七十三，由於刻本的年代和馮氏著作年代只差一年，中國本土不見刻本，反見於外邦，所以近人容肇祖等懷疑馮氏七十三歲時，可能在日本。楊家駱宋明話本叢刊提要以沈自晉重訂南九宮十三調曲譜有和子猶辭世原韻二律，而沈自晉重訂譜成於順治五年（西元一六四八年），因而懷疑馮氏年齡當在七十三至七十五歲之間。其實，中興偉略為何於完成之隔年刊於日本，雖不得而知，但如果因此就說馮氏曾到日本，實難令人心服；如果說馮氏早在偉略完成後、刻板前，而殉國之難，也不是沒有可能，可惜的是：像這麼一個中國小說史上的偉大人物，由於正史的不列傳，致使其辭世之年莫能確知於世，實為一大遺憾。

馮氏年少時豪氣干雲，風流多情，以豪飲和捷才稱譽於里巷之間，褚人穫堅瓠九集卷四記載他折抑少年一事，原文如下：

馮猶龍先生偶與諸少年會飲，少年自恃英俊，傲氣凌人。猶龍覺之，擲色，每人請量，俱云不飲，猶龍飲大觥曰：「取全色。」連飲數觥，曰：「全色難得，改取五子一色。」又飲數觥，曰：「諸兄俱不飲，學生已醉，請用飯而別。」諸少年銜恨，策日，做就險令二聯，侯某作東，猶龍居第三位，出以難之，令要花名人名回文，曰：「十姊妹，十姊妹，二八佳人多姊妹，多姊妹，十姊妹。」過盆曰：「行不出，罰三大觥。」次位曰：「佛見笑，佛見笑，二八佳人開口笑，開口笑，佛見笑。」過猶龍，猶龍曰：「日月紅，日月紅，二八佳人經水通，經水通，日月紅。」諸少年作法自斃，俱三大觥，收令亦無，猶龍曰：「學生代收之。」曰：「並頭蓮，並頭蓮，二八佳人共枕眠，共枕眠，並頭蓮。」諸少年佩服。

明代文人學士，大都喜歡留連於教坊司，迷戀官妓、歌女，有些還產生了真感情，創造了很多驚天動地、可歌可泣的戀愛事蹟，成為小說家筆下最感人的題材。馮氏編寫警世通言時不只多方搜取到這類資料，他本人實際的生活也是如此。根據太霞新奏所選的馮氏散曲，內容有很多是他涉足青樓之作，他所暱愛的名妓名叫侯慧卿，後來失了該妓之後，馮氏傷心了好久，寫了三十首怨離詞（太霞新奏卷七），並且發誓永絕青樓之好，可見他用情之深。

馮氏曾寫過掛枝兒等俗曲，聲傳於青帘紅袖、浮薄子弟之間，又著牌經、馬吊，使得那些好玩的紈袴子弟，更是靡然傾動，致有覆家破產的人，由父兄出面，紛紛指責馮氏的不是，幸虧御史熊廷弼欣賞馮氏的掛枝兒詞，為他開脫，才得免難。如果換另一個角度看，馮氏的這些專長，都是他接觸低層社會，深入民間所得到的成果，也正是他在通俗文學上卓有成就的原動力。

大概是少壯時，過於放浪好玩，晚年時收了心，專意仕進，壽寧府志卷四官守誌宦績記載馮氏做過壽寧縣知縣，在任時，政簡刑清，首尚文學，遇民以恩，待士有禮，因為國事陵夷，而且年已老邁（時年六十五），就在崇禎十一年去職，六年後年七十一時，李自成陷北京，而馮氏已垂垂老矣。

警世通言是馮夢龍眾多著作之一，共分四十卷，馮氏在編撰時，有少部分是他本人就前人筆記所載，和耳目所見所聞，所演化出來的故事；大部分則是根據宋、元說話人話本，文人擬話本為資料，或全盤收錄，或增刪改寫而成的。

可以確定是馮氏自作的是十八卷老門生三世報恩，因為後來有畢魏據此作改為三報恩傳奇，馮氏為之序曰：「余向作老門生小說，……」按其序文，可確知是馮氏自作無疑。另外第三十二卷杜十娘怒沉百寶箱，也可說是他自己所作，因為這卷篇首說：「自永樂爺九傳至於萬曆爺，此乃我朝第十一代的天子。這位天子，聰明神武，德福兼全，十歲登基，在位四十八年，……。」馮氏生於萬曆二年，萬曆四十八年時，年已四十七歲，正是寫作力最旺盛的年代，所以這篇也很有可能是馮氏就當時耳聞或目睹的事實而自作。另據蘇州府志卷一三六，馮夢龍著有情史二十四卷，情史原書作者署名「詹詹外史氏」，作序者為「龍子猶」，「龍子猶」是錯綜「猶龍」寫成，是馮氏本人固沒有話說，另據容肇祖明馮夢龍的生平及其著述一文所記，詹詹外史氏也是馮氏本人，馮氏因情史所記近於穢褻，恐招謗議，才託名詹詹外史氏。情史所記故事，有些可在警世通言裏查考到，例如卷七樂和條後云：「事見小說。」故事和通言第二十三卷樂小舍拚生覓喜順相同。卷一金三妻條，故事和通言第二十二卷宋小官團圓破氈笠相同。卷二玉堂春條，故事和通言第二十四卷玉堂春落難逢夫相同。卷十金明池當爐女條，故事和通言第三十卷金明池吳清逢愛愛相同。卷四婁江岐條，故事和通言第三十一卷趙春兒重旺曹家莊相同。卷十四杜十娘條，故事和通言第三十二卷杜十娘怒沉百寶箱相同。卷十六周廷章條，故事和通言第三十四卷王嬌鸞百年長恨相同。以上除了卷七樂和條下注「事見小說」外，餘七條都不注，孫楷第三言二拍源流考以為樂和條因為下注有「事見小說」，所以著書時，已有此話本存在，其他七條原無話本。所以孫氏懷疑是馮夢龍據舊有筆記所自演。孫氏的話並非沒有其他證據，因為這七條除第三十二卷杜十娘怒沉百寶箱有年代的證據外，卷十金明池當爐女條即通言第三十卷金明池吳清逢愛愛出自夷堅志，卷三玉堂春條即通言第二十四卷玉堂春落難逢夫，兼善堂本下注「與舊刻王公子奮志記不同」，既與舊本不同，必馮氏自作無疑。除這三條外，其他四卷馮氏根據何書，或只是馮氏耳聞目睹而已，都不能知曉，但說他自演實在大有可能。

除了以上兩卷馮氏自作或大有可能自作的六卷（扣掉重複的第三十二卷杜十娘怒沉百寶箱）外，其餘都是馮氏根據舊有的宋元話本、擬話本為資料，或照錄原文，或增刪改寫而成的。這些舊有的話本、擬話本，由於沒有好好保存，大部分已亡佚，屬於短篇小說者，現在只有京本通俗小說和明代洪楩所收的清平山堂話本。京本通俗小說為署名江東老蟫的繆荃孫所發現，只剩卷十至卷十六共七卷，卷名是：

第十卷碾玉觀音　第十一卷菩薩蠻　第十二卷西山一窟鬼　第十三卷志誠張主管　第十四卷拗相公　第十五卷錯斬崔寧　第十六卷馮玉梅團圓

另外有定山三怪一卷，金主亮荒淫兩卷，繆氏以為前者破碎太甚，後者過於穢褻，不敢傳摹。以兼善堂警世通言與之相校，京本第十卷碾玉觀音即通言第八卷崔待詔生死冤家；京本第十一卷菩薩蠻即通言第七卷陳可常端陽仙化；京本第十二卷西山一窟鬼即通言第十四卷一窟鬼癩道人除怪；京本第十三卷志誠張主管即通言第十六卷張主管志誠脫奇禍（正文題作小夫人金錢贈年少）；京本第十四卷拗相公即通言第四卷拗相公飲恨半山堂；京本第十六卷馮玉梅團圓即通言第十卷范鰍兒雙鏡重圓。以上六卷，通言所收，文句內容和京本都相同，顯然是馮氏錄自通俗小說的，另外京本定山三怪繆氏沒有傳摹，兼善堂本警世通言第十九卷崔衙內白鷂招妖，正文題名下注云：「古本定山三怪，又云新羅白鷂。」可見此第十九卷也是錄自京本通俗小說的。

以上七卷是通言錄自京本通俗小說，此外也有錄自清平山堂所刻話本的。洪楩所編清平山堂話本原藏日本內閣文庫，臺灣目前已有影印本（世界書局民國四十七年一月影印），清平山堂錄有話本十五種：

一、柳耆卿詩酒翫江樓記　二、簡帖和尚　三、西湖三塔記　四、合文字記　五、風月瑞仙亭
六、藍橋記　七、快嘴李翠蓮記　八、洛陽三怪記　九、風月相思　十、張子良慕道記　十一、陰隲積善　十二、陳巡檢梅嶺失妻記　十三、五戒禪師私紅蓮記　十四、刎頸鴛鴦會　十五、楊溫攔路虎傳

其中第十四卷刎頸鴛鴦會，和通言三十八卷蔣淑真刎頸鴛鴦會，文句內容都相同，顯然是馮氏錄自舊本的。此十五篇乃日本內閣文庫所藏的板本所收錄，世界書局影印本另附雨窗集和欹枕集，前者收五篇，後者收七篇，原板為馬廉在民國二十三年六月影印天一閣所藏的明板，其中雨窗集錯認屍即警世通言第三十三卷喬彥傑一妾破家，唯馮氏在改寫時，在結局加一段喬彥傑死後靈魂附在王酒酒身上，使得他也跳河而死的報應事。

另外，兼善堂本警世通言，常常在正文的題名下，註明該篇小說來自何種舊刻，例如：

第八卷　崔待詔生死冤家。下註云：宋人小說，題作碾玉觀音。

第十四卷　一窟鬼癩道人除怪。下註云：宋人小說，舊名西山一窟鬼。

第十九卷　崔衙內白鷂招妖。下註云：古本作定山三怪，又云新羅白鷂。

第二十卷　計押番金鰻產禍。下註云：舊名金鰻記。

第二十三卷　樂小舍拚生覓偶。下註云：一名喜樂和順記。

以上是警世通言從京本通俗小說和清平山堂話本兩種殘本所收錄的九卷話本，加上兼善堂本正文題名下所注舊本兩卷（扣掉和京本通俗小說重複的第八、第十四、第十九三卷），和錢曾也是園書目所列宋人詞話一類的山亭兒（即通言第三十七卷萬秀娘仇報山亭兒），及錄自鐵樹記（竹溪散人鄧氏編，書舶庸談天部錄）的第四十卷旌陽宮鐵樹鎮妖，加起來也不過十三卷而已，這十三卷可以確定是馮氏所收錄或改寫的，但以也是園書目所錄山亭兒為例，馮氏於警世通言第三十七卷萬秀娘仇報山亭兒下，並沒有註明出自舊本山亭兒，其他第三十八卷、第四十卷也沒有註明錄自舊本刎頸鴛鴦會、錯認屍、鐵樹記，所以我們很可以斷定馮氏註舊本名稱非常隨意，其間所漏註的舊本一定相當多，應不只這四卷而已。換句話說，馮氏編警世通言，所據的話本、擬話本單行別刻的一定還很多，不限於這十三卷，只不過資料不夠，無法確定其名稱而已。

馮氏編通言時所錄或增刪改寫的話本、擬話本雖大部分不能確知其舊名，但卻可從內容推測出其大略的寫作時代：

一、可以確定為宋人所作的：

1.第四卷：拗相公飲恨半山堂　2.第七卷：陳可常端陽仙化　3.第八卷：崔待詔生死冤家　4.第十二卷：范鰍兒雙鏡重圓　5.第十四卷：一窟鬼癩道人除怪　6.第十六卷：張主管志誠脫奇禍　7.第十九卷：崔衙內白鷂招妖　8.第三十七卷：萬秀娘仇報山亭兒　9.第三十八卷：蔣淑真刎頸鴛鴦會

二、疑為宋、元人所作的：

1.第十卷：錢舍人題詩燕子樓　2.第十三卷：三現身包龍圖斷冤　3.第二十卷：計押番金鰻產禍　4.第二十七卷：假神仙大鬧華光廟　5.第三十卷：金明池吳清逢愛愛　6.第三十三卷：喬彥傑一妾破家　7.第三十六卷：趙知縣火燒皂角林　8.第三十九卷：福祿壽三星度世

三、可確定為明代作品的：

1.第十一卷：蘇知縣羅衫再合　2.第十七卷：鈍秀才一朝交泰　3.第十八卷：老門生三世報恩　4.第二十一卷：趙太祖千里送京娘　5.第二十二卷：宋小官團圓破氈笠　6.第二十四卷：玉堂春落難逢夫　7.第二十六卷：唐解元出奇玩世　8.第三十一卷：趙春兒重旺曹家莊　9.第三十二卷：杜十娘怒沉百寶箱　10.第三十四卷：王嬌鸞百年長恨　11.第三十五卷：況太守路斷死孩兒

四、疑為明代作品的：

1.第五卷：呂大郎還金完骨肉　2.第六卷：俞仲舉題詩遇上皇　3.第二十五卷：桂員外途窮懺

悔　4.第二十八卷：白娘子永鎮雷峰塔　5.第四十卷：旌陽宮鐵樹鎮妖

馮夢龍編三言的次序，最早的是古今小說（喻世明言），古今小說書前有書肆天許齋的一段告白：「本齋購得古今名人演義一百二十種，先以三之一為初刻。」綠天館主人為之序說：「茂苑野史家藏古今通俗小說甚富，因賈人之請，抽其可以嘉惠里耳者，凡四十種，俾為一刻。」茂苑野史即馮夢龍（說已見前）。初刻之後，續刻未聞，松禪老人序今古奇觀，即空觀主人序拍案驚奇，芾齋主人序二刻醒世恒言，都說馮氏曾編喻世、醒世、警世等三言，這些人和馮氏時代相近，其言頗可信，所以醒世、警世二言是古今小說的續刻，三書都是四十卷，正合天許齋所說的一百二十卷之數。喻世明言只有二十四卷，其中二十一卷出自古今小說，二卷出自醒世恒言，一卷出自警世通言，如此重複，不可能為馮氏所另作，所以近代學者都以為喻世明言就是古今小說，二十四卷喻世明言是後人收錄的另一種刻本。

警世通言刊刻的時間，據無礙居士序文所記，是在天啟甲子臈月，臈月即臘月，天啟甲子為熹宗天啟四年（西元一六二四年），以他的生年推算，這年他是五十一歲，而醒世恒言序文所署日期則在天啟丁卯（西元一六二七年），可見警世通言的出版，早於醒世恒言三年。唯古今小說的刊刻的時間未定，或者可能也在通言前三年的天啟元年之間吧！

警世通言在中國雖有傳鈔本流行，但原刻本一直未見。據日本鹽谷溫氏論明之小說三言及其他說：

其次是警世通言，不見載於內閣文庫的目錄，在魯迅的中國小說史略裏斷言明言、通言都「今皆未見」；……那無論怎樣，通言定是傳到日本的了，然而找尋這期待，卻總不曾看見，其後偶然在長澤文學士處得到了，在其圖書室所藏舶載書目中，發現了警世通言目錄的好消息，真令人喜出望外。

在該文末後宋明通俗小說流傳表附有舶載書目的通言四十卷目錄。日本的原刻本，一直到民國四十六年十一月，才由耶魯大學李田意博士到日本攝到，寄由世界書局影印出版，收入珍本宋明話本叢刊中，這是天啟原刻的兼善堂本，是研究警世通言最珍貴的資料。茲就李田意在日本所見的板本，和目前臺灣所見影印本、通行本，略為說明如下：

一、明金陵兼善堂本　這是前輩學者夢寐以求的刻本，已由世界書局在民國四十六年加以影印，序文之後題「天啟甲子臘月豫章無礙居士題」，天啟甲子為熹宗天啟四年，馮氏時年五十一歲，應該算是最早的警世通言刻本了。鹽谷溫在日本內閣文庫裏找不到，李田意卻在名古屋蓬左文庫裏尋得。書前有書肆金陵兼善堂的一段廣告：「自昔博洽鴻儒，兼採稗官野史，而通俗演義一種，尤便於下里之耳目，奈射利者耑取淫亂，大傷雅道，本坊恥之，茲刻出自平平閣主人手授，非警世勸俗之語不敢濫入，庶幾木鐸老人之遺意，或亦士君子有不棄也。」廣告後有無礙居士序文，目次下註明「可一主人評，無礙居士較」，每卷卷首有圖一張二面，第一卷第一面圖的左上角有「素明刊」字樣，第八卷內容題名下註：宋人小說，題作碾玉觀音。第十四卷下註：宋人小說，舊名西山一窟鬼。第十九卷下註：古本作定山三怪，又云：新羅白鷂。第二十卷下註：舊名金鰻記。第二十三卷下註：一名喜樂和順記。第二十四卷下註：與舊刻王公子奮志記不同。每面板框上面偶而附有眉批，可惜影印模糊，很難認清其意。此刻本雖屬最早，但刻得並不甚精，例如第三十五卷況太守路斷死孩兒，正文卷數誤為「第三十四卷」，變成兩個三十四卷；第三十九卷福祿壽三星度世，正文卷數誤為「第三十五卷」。此外，目次題名和正文題名有三卷不同：第十六卷目次題名為張主管志誠脫奇禍，正文題名作小夫人金錢贈年少；第二十六卷目次題名唐解元出奇玩世，正文題名作唐解元一笑姻緣；第三十六卷目次題名趙知縣火燒皂角林，正文題名作皂角林大王假形。又據李田意文，原刻目次篇名和正文篇名不同的還有：第三十四卷正文作況太守路斷死孩兒，第三十五卷正文作福祿壽三星度世，第三十九卷正文作王嬌鸞百年長恨，兩個第三十四卷第三頁至第六頁，和第十三頁到第十四頁也相互倒置；世界書局影印的本子正文卷數的錯誤相沿不改，正文篇名的錯誤，則已按照目次篇名改了，兩個第三十四卷頁數倒置的情形也已訂正。唯第十六卷、第二十六卷、第三十六卷目次和正文題名之不同，影印本照舊本不改。

除以上所敘述外，文字上的錯誤更多，最常見的錯字如：「刦」作「刼」，「紙」作「紙」，「染」作「柒」，「訴」作「訢」，「被」作「被」，「己」作「已」，「袖」作「袖」，「抓」作「抓」，「裡」作「裡」，「段」作「叚」，「吵」作「炒」，「飾」作「餙」，「款」作「欵」，「裹」作「褁」，「達」作「逹」，「干」作「于」，「初」作「初」，這些字的錯誤，屢次出現，可見刊刻者對這些字誤已成習慣，不是偶然的筆誤而已。其他古體字、俗體字、簡體字相當多（見下文鼎文排印本），影印本為求真，都沒有修正。李田意還提到倉石武四郎藏四十卷，倉石本和蓬左本是同板本，正文卷次的錯誤和蓬左本相同，但正文篇名和目次篇目相合，兩個第三十四卷葉數也沒有蓬左本的倒置現象，由此看來，倉石本倒反像修正過的世界書局影印本呢！

二、三桂堂本　原刻本未見，據舶載書目（鹽谷溫著中國文學概論論明之小說三言及其他引）所載，書前有書肆三桂堂王振華的識語，和兼善堂本的廣告詞完全相同，唯平平閣主人「閣」誤作「問」，刊刻的時間可能較兼善堂本晚。就其篇目和兼善堂本相較，有幾個地方不同：

1. 兼善堂本第二十三卷為樂小舍拚生覓偶，三桂堂本為樂小舍拚生覓喜順。

2. 兼善堂本第二十四卷為玉堂春落難逢夫，大概三桂堂的刊刻者，看到第六卷的入話篇幅，幾和正文相等，不合一般話本體例，就把整篇刪去，將第六卷俞仲舉題詩遇上皇的入話，有關卓文君私奔司馬相如的故事，單獨抽出成篇，作為代替，篇名為卓文君慧眼識相如。

3. 兼善堂本第四十卷為旌陽宮鐵樹鎮妖，三桂堂本則改為葉法師符石鎮妖，改換的原因，可能是旌陽宮鐵樹鎮妖篇幅太長，和其他各篇不類的緣故吧！

舶載書目所列的三桂堂本目錄，在十六卷張主管志誠脫奇禍下註云：尾州本作小夫人金錢贈年少，第二十六卷唐解元出奇玩世下註云：尾州本作唐解元一笑姻緣。第三十六卷趙知縣火燒皂角林下註云：尾州本作皂角林大王假形，尾州本鄭振鐸在中國文學研究新編曾經提到，李田意以為即是蓬左文庫的兼善堂本，但以影印的兼善堂本相較，這三桂堂的三卷目次篇名兼善堂本正好相同，而尾州本在這三卷目次篇名和兼善堂本卻不一樣，但正文篇名和兼善堂本同。另外舶載書目在四十卷引三桂堂本作葉法師符石鎮妖，下面並沒有註明尾州本作旌陽宮鐵樹鎮妖，其意蓋謂尾州本亦作葉法師符石鎮妖，則又與兼善堂不同矣，如此說來，李田意斷定尾州本就是蓬左文庫的兼善堂本，不知其故何在。

除了鹽谷溫外，董康書舶庸談（世界書局影印本第三一六頁）曾在日本上雲院抄到一種板本的目錄，題名、序文、目次、卷數、篇名都和兼善堂本同，唯在第二十三卷下註云：斯文雜志作覓喜順，第二十四卷下註云：斯文雜志作卓文君慧眼識相如，第四十卷下註云：斯文雜志作葉法師符石鎮妖。按斯文雜志的篇目看，顯然也是三桂堂本，但不知是否和舶載書目的板本相同？

中央圖書館藏有一種板本，題面書名及書肆廣告缺，目次下有「可一主人評，無礙居士較」名稱，有圖二十葉，集中在目次後正文前，圖面無題字。目次篇名第二十三卷作樂小舍拚生覓喜順，第二十卷作卓文君慧眼識相如，第四十卷作葉法師符石鎮妖，單從目次篇名來看，倒和三桂堂本相同。但第十六卷目次篇名雖作張主管志誠脫奇禍，但正文篇名則作小夫人金錢贈年少，不知其他三桂堂本是否也如此？另外，該刻本有很多缺頁，如：二十五卷缺首頁，二十九卷缺第十二頁，三十一卷第十頁破損，第三十二卷第五頁也破損，其他破損的地方還有。從文字來看，此刻本的字誤和古體字、俗體字、簡體字的應用，都和兼善堂本相同，例如「款」作「疑」，「袖」作「袖」，「母」作「毋」，「達」作「達」，「腌臢」作「醃臢」，「段」作「叚」，「却」作「却」，「染」作「染」，「己」作「已」，「驢」作「駈」，「訴」作「訢」，「葬」作「塟」，「奸」作「姧」，「誤」作「悮」都一樣。最重要的是：第三十七卷「把似告他」，鼎文的鈔註本「似」作「以」，但此刻本和兼善堂本都作「似」，不誤，第三十九卷「這人叫開門」，鼎文鈔註本缺「叫」字，此刻本和兼善堂本皆作「叫」，第三十七卷「又且何妨」，鼎文鈔註本缺「妨」字，此刻本和兼善堂本皆作「妨」字，以上的情形，似又可證明此刻本也是兼善堂本，或者此刻本是採用兼善堂和三桂堂板本的特色而翻刻的吧！

但是李田意所說的三桂堂本，和以上所說的都不同，他說的三桂堂本為尾上八郎所藏，只有三十六卷，三十六卷以後的三十七、三十八、三十九、四十等四卷全被刪掉。書前也有書肆王振華的識語，目次底下也題「可一主人評，無礙居士較」，李田意以為這是根據另一種為學界所知，又有原書存在的三桂堂翻刻本所重刻的，那麼這個翻刻本，會不會是上面所述的板本裏面的一種呢？

三、衍慶堂本　本刻本在中國境內大連圖書館藏有二刻增補本，據李田意的研究，日本所見的衍慶堂刻本，封面和大連所藏完全相同，只是少了眉端的「二刻增補」四字。有圖二十四頁（每卷正文前各有一頁），二十四頁圖中，卷二十旌陽宮鐵樹鎮妖的繪圖誤為古今小說卷十七單符郎全州佳偶的繪圖，卷二十三李謫仙醉草嚇蠻書的繪圖，誤為兼善堂本卷三十七萬秀娘仇報山亭兒的繪圖。正文共二十四卷，卷十九范巨卿雞黍死生交正文和圖都由古今小說誤入。李田意曾以此刻本和兼善堂本比較過，認為衍慶堂本為兼善堂本同板後印。其實從它和古今小說部分相混，和卷數的削減，已經很清楚的可以斷定是後起的刻本了。

四、鼎文書局排印本　民國六十三年九月出版，首頁有楊家駱識語，據識語，此本乃嚴敦易抄自明金陵兼善堂本，再加注釋。嚴注原書缺原有扉頁的書肆廣告、無礙居士序，和原板圖畫，這些鼎文在排印時，已全部補足；另外在識語後頁，附錄李田意博士日本所見中國短篇小說中關於警世通言的三則文字。

排印本採用新式板面，有很多兼善堂本原有的特色，都已去除不用，例如目次下原有「可一主人評，無礙居士較」的註明，排印本已略掉。第八卷、第十四卷、第十九卷、第二十卷、第二十三卷、第二十四卷原兼善堂本在正文篇名下，或註明為宋人小說，或說明為古本，或說明為舊刻，排印本也捨棄了。

在正文裏，有些描繪性事的文句，也都加以刪除，例如第三卷第三十四頁「後有一人姓劉名璽，入山採藥，被二妖所擄，夜晚求懽，枕席之間，二狐快樂」，兼善堂本在「姓劉名璽」下，原有「善於採戰之術」句，「夜晚求懽」下，原有「劉璽用抽添火候工夫」句，都被排印本刪除了，這一刪除反使文意費解，因為劉璽若不是「善於採戰之術」，而且運用技巧，怎能經得起二妖的聯合盤磨，還要令他們快樂，簡直是不可能的事。其他如第三十卷，第三十五卷，……都曾刪掉一大段赤裸的性事描繪，這還有話說，在第四十卷五九五頁又刪掉一大段修煉仙丹的方法，站在科學的立場看，這些仙丹的修煉方法雖不一定可信，但至少也保留了中國傳統道家煉丹的技巧，既無傷於教化，也不可能帶給讀者什麼嚴重後果，刪掉它實在沒有道理。不過最可惜的，還是排印本刪除了兼善堂本板框上所有的眉批，這些眉批是馮氏（化名為可一主人）站在客觀的立場，對小說人物所作的批判，很能看出馮氏的思想和人生觀，有些更可據以考求馮氏撰改該篇小說的情況，刪掉了它，無疑地大大減低了警世通言在學術研究上的價值。

排印本所據，既然是嚴敦易注鈔的日本兼善堂本，以排印本目次卷數篇名和兼善堂本相較，兼本卷數之誤，排印本已改正。他若目次篇名第十六卷為小夫人金錢贈年少，和兼本張主管志誠脫奇禍不同，第十六卷為唐解元一笑姻緣，和兼本唐解元出奇玩世不同，第三十二卷為皂角林大王假形，和兼本趙知縣火燒皂角林不同，顯然地也已就兼本正文篇名改定，使目次篇名和正文篇名一致，這一點和上述的尾州本相同，唯尾州本第四十卷作葉法師符石鎮妖卻又和排印本不同。

排印本採用現代編書的體例：劃分段落，加上新式標點。人物對白時，冒號、引號、雙引號都標得很清楚。在文字的校正方面，所作的貢獻更不能否認，除了前面兼善堂本下，所列出的刻板者習慣性的誤字外，兼本另外有許多誤字：如二卷「腰間」，「間」作「開」，四卷「垢面」「面」作「而」，「念佛」「念」作「佞」；六卷「紙」作「紙」，「飾」作「餙」；八卷「吵」作「炒」；十六卷「閃身」，「閃」作「問」；二十四卷「衚衕」，「衚」作「衕」，又作「衜」；二十八卷「趕」作「趕」，「五千」「千」作「百」，「漾」作「樣」；二十九卷「躁」作「燥」。錯字之外，兼善堂本又喜歡濫用俗體字、古體字、簡體字等，俗字如：十五卷「葬」作「塟」；五卷「驢」作「馿」；七卷「怪」作「恠」；八卷「逃」作「迯」等。古體字如：一卷「搜」作「捜」，「個」作「箇」；三十二卷「算」作「筭」等。簡體字如三卷「墳」作「坟」；七卷「鐵」作「銕」；四卷「黏」作「粘」；十卷「憐」作「怜」；二十八卷「壩」作「垻」。這些字排印本都已恢復了正體。有些兼善堂本原本不誤，排印本反而自誤了，如三卷「腌臢」作「醃醩」；十六卷「約會」，「約」作「納」；二十四卷「疑惑」，「惑」作「感」；三十七卷「把似」，「似」作「以」。另外標點也有錯誤的地方，如三十七卷「尹宗背著萬秀娘，走相將到襄陽府」，為「尹宗背著萬秀娘走，相將到襄陽府」之誤，四一五頁第二十七卷「乃取鏡子教兒自家照，有魏生目睹尫羸之狀。」為「乃取鏡子教兒自家照看，魏生目睹尫羸之狀」之誤，既誤「看」為「有」，標點也錯。

從以上所述，排印本仍有許多未盡理想之處，需要加以大力補充訂正。

本書應三民書局之約，重加校訂，採用目前所能見到的最早的兼善堂本為底本，加以劃分段落、補上新式標點。以上所述各家板本，優點儘量兼容並蓄，缺點都已改正之外，原本較露骨的文句，都保留不刪，以存其真，尤其第四十卷真君和吳君談論神仙之道長達四葉，也全部補足，至於上面所提到的，原板正文卷次之誤，和目次篇名和內容篇名不一致的現象，也都加以改正了。

第一卷

俞伯牙摔琴謝知音

浪說曾分鮑叔金　誰人辨得伯牙琴
於今交道奸如鬼　湖海空懸一片心

古來論交情至厚莫如管鮑管是管夷吾鮑是鮑叔牙他兩箇同為商賈得利均分時管夷吾多取其利叔牙不以為貪知其貧也後來管夷吾被囚叔牙脫之薦為齊相這樣朋友纔是箇真正相知這相知有幾樣名色恩德相結者謂之知己腹心相照者謂之知心聲氣相求者謂之知音總來叫做相知今日聽

警世通言

自昔博洽鴻儒兼採稗官野史而通俗演義一種尤便於下里之耳目奈射利者耑取淫亂大傷雅道本坊耻之茲刻出自平平閣主人手授非警世勸俗之語不敢濫入庶幾木鐸老人之遺意或亦士君不棄也

金陵兼善堂謹識

敘
野史盡眞乎、曰、不必也、盡
贋乎、曰、不必也然則去其
贋而存其眞乎曰、不必也
六經語孟、譚者紛如、歸于

令人爲忠臣、爲孝子、爲賢牧、爲良友、爲義夫、爲節婦、爲樹德之士、爲積善之家、如是而已矣、經書著其理、史傳述其事、其揆一也、理

著而世不皆切磋之彥事
述而世不皆博雅之儒于
是乎村夫稚子里婦估兒
以甲是乙非爲喜怒以前
因後果爲勸懲以道聽途

說、爲、學、問、而通俗演義一
種、遂足以佐經書史傳之
窮而或者曰、村醪市脯、不
入賓筵、烏用是齊東娓娓
者爲、嗚呼、大人子虛、曲終

奏雅頗其旨何如耳人不必有其事事不必麗其人其眞者可以補金匱石室之遺而賢者亦必有一番激揚勸誘悲歌感慨之意

事眞而理不贋、即事贋而理亦眞、不害于風化、不謬于聖賢、不戾于詩書經史、若此者、其可廢乎、里中兒代庖而創其指、不呼痛、或

怪之曰、吾項從玄妙觀聽
說三國志來、關雲長刮骨
療毒且談笑自若、我何痛
爲、夫能使里中兒頓有刮
骨療毒之勇、推此說彔而

孝、說忠而忠、說節義而節義、觸性性通、導情情出、覩彼切磋之彥、貌而不情、博雅之儒、文而喪質、所得竟未知熟贗而熟眞也、隴西

君海內畸士、與余相遇于棲霞山房、傾蓋莫逆各叙旅況、因出其新刻數卷佐酒、且曰尚未成書、予盍先爲我命名、余閱之、大抵如、

僧家因果說法度世之語
譬如村醪市脯所濟者衆
遂名之曰警世通言而從
臾其成時
天啟甲子臘月豫章無礙

居士題

第一卷　俞伯牙摔琴謝知音：洋洋乎，意在高山！湯湯乎，志在流水！插圖選自明金陵兼善堂本警世通言。

第一卷　俞伯牙摔琴謝知音：憶昔去年春，江邊曾會君。今日重來訪，不見知音人。

目次

第一卷　俞伯牙摔琴謝知音

浪說曾分鮑叔金，誰人辨得伯牙琴？於今交道奸如鬼，湖海空懸一片心。

古來論交情至厚，莫如管鮑。管是管夷吾，鮑是鮑叔牙。他兩個同為商賈，得利均分。時管夷吾多取其利，叔牙不以為貪，知其貧也。後來管夷吾被囚，叔牙脫之，薦為齊相。這樣朋友，纔是個真正相知。這相知有幾樣名色：恩德相結者，謂之知己；腹心相照者，謂之知心；聲氣相求者，謂之知音；總來叫做相知。今日聽在下說一樁俞伯牙的故事。列位看官們，要聽者，洗耳而聽。不要聽者，各隨尊便。正是：

知音說與知音聽，不是知音不與談。

話說春秋戰國時，有一名公，姓俞名瑞，字伯牙，楚國郢都人氏，即今湖廣荊州府之地也。那俞伯牙身雖楚人，官星卻落於晉國，仕至上大夫之位。因奉晉主之命，來楚國修聘。伯牙討這個差使，一來，是個大才，不辱君命，二來，就便省視鄉里，一舉兩得。當時從陸路至於郢都。朝見了楚王，致了晉主之命。楚王設宴款待，十分相敬。那郢都乃是桑梓之地，少不得去看一看墳墓，會一會親友。雖然如此，各事其主，君命在身，不敢遲留。公事已畢，拜辭楚王。楚王贈以黃金采緞，高車駟馬。伯牙離楚一十二年，思想故國江山之勝，欲得恣情觀覽，要打從水路大寬轉❶而回。乃假奏楚王道：「臣不幸有犬馬之疾，不勝車馬馳驟。乞假臣舟楫，以便醫藥。」楚王准奏。命水師撥大船二隻，一正一副。正船單坐晉國來使，副船安頓僕從行李。都是蘭橈畫槳，錦帳高帆，甚是齊整。群臣直送至江頭而別。

只因覽勝探奇，不顧山遙水遠。

伯牙是個風流才子。那江山之勝，正投其懷。張一片風帆，凌千層碧浪，看不盡遙山疊翠，遠水澄清。不一日，行至漢陽江口。時當八月十五日，中秋之夜。偶然風狂浪湧，大雨如注，舟楫不能前進，泊於山崖之下。不多時，風恬浪靜，雨止雲開，現出一輪明月。那雨後之月，其光倍常。伯牙在船艙中，獨坐無聊。命童子焚香爐內，「待我撫琴一操，以遣情懷。」童子焚香罷，捧琴囊置於案間。伯牙開囊取琴，調絃轉軫，彈出一曲。曲猶未終，指下「刮刺」的一聲響，琴絃絕了一根。伯牙大驚，叫童子去問船頭❷：「這住船所是在甚麼去處？」船頭答道：「偶因風雨，停泊於山腳之下，雖然有些草樹，並無人家。」伯牙驚訝。想道：「是荒山了。若是城郭村莊，或有聰明好學之人，盜聽吾琴，所以琴聲忽變，有絃斷之異。這荒山下，那得有聽琴之人？哦，我知道了。想是有仇家差來刺客，不然，或是賊盜伺候更深，登舟劫我財物。」叫左右：「與我上崖搜檢一番。不在柳陰深處，定在蘆葦叢中。」左右領命，

❶ 大寬轉：繞大圈子。
❷ 船頭：船家的頭目。

喚齊眾人，正欲搭跳❸上崖。忽聽岸上有人答應道：「舟中大人，不必見疑。小子並非奸盜之流，乃樵夫也。因打柴歸晚，值驟雨狂風，雨具不能遮蔽，潛身巖畔。聞君雅操，少住聽琴。」伯牙大笑道：「山中打柴之人，也敢稱聽琴二字！此言未知真偽，我也不計較了。左右的，叫他去罷。」那人不去，在崖上高聲說道：「大人出言謬矣！豈不聞：『十室之邑，必有忠信。』『門內有君子，門外君子至。』大人若欺負山野中沒有聽琴之人，這夜靜更深，荒崖下也不該有撫琴之客了。」伯牙見他出言不俗，或者真是個聽琴的，亦未可知。止住左右不要囉唣，走近艙門，回嗔作喜的問道：「崖上那位君子，既是聽琴，站立多時，可知道我適纔所彈何曲？」那人道：「小子若不知，卻也不來聽琴了。方纔大人所彈，乃孔仲尼歎顏回，譜入琴聲。其詞云：『可惜顏回命早亡，教人思想鬢如霜。只因陋巷簞瓢樂，』——到這一句，就絕了琴絃，不曾撫出第四句來。小子也還記得：『留得賢名萬古揚。』」

伯牙聞言，大喜道：「先生果非俗士，隔崖窵遠，難以問答。」命左右：「掌跳❹，看扶手，請那位先生登舟細講。」左右掌跳，此人上船，果然是個樵夫。頭戴箬笠，身披草衣，手持尖擔，腰插板斧，腳踏芒鞋。手下人那知言談好歹，見是樵夫，下眼相看❺：「咄，那樵夫！下艙去，見我老爺叩頭。問你甚麼言語，小心答應。官尊著哩。」樵夫卻是個有意思的，道：「列位不須粗魯，待我解衣相見。」除了斗笠，頭上是青布包巾；脫了蓑衣，身上是藍布衫兒；搭膊❻拴腰，露出布裩下截。那時不慌不忙，

---

❸ 搭跳：擱跳板，使乘客可以上岸或下船。
❹ 掌跳：擱起跳板。
❺ 下眼相看：瞧不起人。

將蓑衣、斗笠、尖擔、板斧，俱安放艙門之外。脫下芒鞋，躧去泥水，重復穿上，步入艙來。官艙內公座上燈燭輝煌。樵夫長揖而不跪，道：「大人施禮了。」俞伯牙是楚國大臣，眼界中那有兩接的布衣。下來還禮，恐失了官體，既請下船，又不好叱他回去。伯牙沒奈何，微微舉手道：「賢友免禮罷。」叫童子看坐的。童子取一張杌坐兒置於下席。伯牙全無客禮，把嘴向樵夫一努道：「你且坐了。」你我之稱，怠慢可知。那樵夫亦不謙讓，儼然坐下。伯牙見他不告而坐，微有嗔怪之意。因此不問姓名，亦不呼手下人看茶。默坐多時，怪而問之：「適纔崖上聽琴的，就是你麼？」樵夫答言：「不敢。」伯牙道：「我且問你，既來聽琴，必知琴之出處。此琴何人所造？撫他有甚好處？」正問之時，船頭來稟話，風色順了，月明如畫，可以開船。伯牙分付且慢些。樵夫道：「承大人下問。小子若講話絮煩，恐擔誤順風行舟。」伯牙笑道：「惟恐你不知琴理。若講得有理，就不做官，亦非大事，何況行路之遲速乎！」樵夫道：「既如此，小子方敢僭談。此琴乃伏羲氏所琢，見五星之精，飛墜梧桐，鳳皇來儀。鳳乃百鳥之王，非竹實不食，非梧桐不棲，非醴泉不飲。伏羲氏以知梧桐乃樹中之良材，奪造化之精氣，堪為雅樂，令人伐之。其樹高三丈三尺，按三十三天之數，截為三段，分天、地、人三才。取上一段叩之，其聲太清，以其過輕而廢之；取下一段叩之，其聲太濁，以其過重而廢之；取中一段叩之，其聲清濁相濟，輕重相兼。送長流水中，浸七十二日，按七十二候之數。取起陰乾，選良時吉日，用高手匠人劉子奇斲成樂器。此乃瑤池之樂，故名瑤琴。長三尺六寸一分，按周天三百六十一度。前闊八寸，按八節；後闊四寸，按四時；厚二寸，按兩儀。有金童頭，玉女腰，仙人背，龍池，鳳沼，玉軫，金徽。那徽有十二，

❻ 搭膊：布製的長帶，中間有個袋，可以束在腰間。

按十二月；又有一中徽，按閏月。先是五條絃在上，外按五行金木水火土，內按五音宮商角徵羽。堯舜時操五絃琴，歌『南風』詩，天下大治。後因周文王被囚於羑里，弔子伯邑考，添絃一根，清幽哀怨，謂之文絃。後武王伐紂，前歌後舞，添絃一根，激烈發揚，謂之武絃。先是宮商角徵羽五絃，後加二絃，稱為文武七絃琴。此琴有六忌，七不彈，八絕。何為六忌？

一忌大寒，二忌大暑，三忌大風，四忌大雨，五忌迅雷，六忌大雪。

何為七不彈？

聞喪者不彈，奏樂不彈，事冗不彈，不淨身不彈，衣冠不整不彈，不焚香不彈，不遇知音者不彈。

何為八絕？總之清奇幽雅，悲壯悠長。此琴撫到盡美盡善之處，嘯虎聞而不吼，哀猿聽而不啼。乃雅樂之好處也。」伯牙聽見他對答如流，猶恐是記問之學。又想道：「就是記問之學，也虧他了。我再試他一試。」此時已不似在先你我之稱了。又問道：「足下既知樂理，當時孔仲尼鼓琴於室中，顏回自外入。聞琴中有幽沉之聲，疑有貪殺之意。怪而問之。仲尼曰：『吾適鼓琴，見貓方捕鼠，欲其得之，又恐其失之。此貪殺之意，遂露於絲桐。』始知聖門音樂之理，入於微妙。假如下官撫琴，心中有所思念，足下能聞而知之否？」樵夫道：「毛詩云：『他人有心，予忖度之。』大人試撫弄一過，小子任心猜度。若猜不著時，大人休得見罪。」伯牙將斷絃重整，沉思半晌。其意在於高山，撫琴一弄。樵夫贊道：「美哉洋洋乎，大人之意，在高山也。」伯牙不答。又凝神一會，將琴再鼓。其意在於流水。樵夫又贊道：

「美哉湯湯乎，志在流水！」只兩句道著了伯牙的心事。伯牙大驚，推琴而起，與子期施賓主之禮。連呼：「失敬失敬！石中有美玉之藏。若以衣貌取人，豈不誤了天下賢士！先生高名雅姓？」樵夫欠身而答：「小子姓鍾，名徽，賤字子期。」伯牙拱手道：「是鍾子期先生。」子期轉問：「大人高姓，榮任何所？」伯牙道：「下官俞瑞，仕於晉朝，因修聘上國而來。」子期道：「原來是伯牙大人。」伯牙推子期坐於客位，自己主席相陪。命童子點茶❼，茶罷，又命童子取酒共酌。伯牙道：「借此攀話，休嫌簡褻。」子期稱：「不敢。」童子取過瑤琴，二人入席飲酒。伯牙開言又問：「先生聲口是楚人了，但不知尊居何處？」子期道：「離此不遠，地名馬安山集賢村，便是荒居。」伯牙點頭道：「好個集賢村。」又問：「道藝何為？」子期道：「也就是打柴為生。」伯牙微笑道：「子期先生，下官也不該僭言，似先生這等抱負，何不求取功名，立身於廊廟，垂名於竹帛，卻乃賫志林泉，混跡樵牧，與草木同朽，竊為先生不取也。」子期道：「實不相瞞，舍間上有年邁二親，下無手足相輔。採樵度日，以盡父母之餘年。雖位為三公之尊，不忍易我一日之養也。」伯牙道：「如此大孝，一發難得。」二人酒杯酬酢了一會。子期寵辱無驚，伯牙愈加愛重。又問子期：「青春多少？」子期道：「虛度二十有七。」伯牙道：「下官年長一旬。子期若不見棄，結為兄弟相稱，不負知音契友。」子期笑道：「大人差矣。大人乃上國名公，鍾徽乃窮鄉賤子，怎敢仰扳，有辱俯就！」伯牙道：「相識滿天下，知心能幾人！下官碌碌風塵，得與高賢結契，實乃生平之萬幸。若以富貴貧賤為嫌，覷俞瑞為何等人乎！」遂命童子重添爐火，再爇名香，就船艙中與子期頂禮八拜。伯牙年長為兄，子期為弟。今後兄弟相稱，生死不負。拜罷，復

---

❼ 點茶：唐、宋人煮茶的方法之一。

命取煖酒再酌。子期讓伯牙上坐。伯牙從其言。換了杯筯，子期下席。兄弟相稱，彼此談心敘話。正是：

合意客來心不厭，知音人聽話偏長。

談論正濃，不覺月淡星稀，東方發白。船上水手都起身收拾篷索，整備開船。子期起身告辭。伯牙捧一杯酒遞與子期，把子期之手歎道：「賢弟，我與你相見何太遲，相別何太早！」子期聞言，不覺淚珠滴於杯中。子期一飲而盡，斟酒回敬伯牙。二人各有眷戀不舍之意。伯牙道：「愚兄餘情不盡，意欲曲延賢弟同行數日，未知可否？」子期道：「小弟非不欲相從。怎奈二親年老，『父母在，不遠遊』。」伯牙道：「既是二位尊人在堂，回去告過二親，到晉陽來看愚兄一看，這就是『遊必有方』了。」子期道：「小弟不敢輕諾而寡信。許了賢兄，就當踐約。萬一稟命於二親，二親不允，使仁兄懸望於數千里之外，小弟之罪更大矣。」伯牙道：「賢弟真所謂至誠君子。也罷，明年還是我來看賢弟。」子期道：「仁兄明歲何時到此？小弟好伺候尊駕。」伯牙屈指道：「昨夜是中秋節，今日天明，是八月十六日了。賢弟，我來仍在仲秋中五六日奉訪。若過了中旬，遲到季秋月分，就是爽信，不為君子。」叫童子：「分付記室將鍾賢弟所居地名及相會的日期，登寫在日記簿上。」子期道：「既如此，小弟來年仲秋中五六日准在江邊侍立拱候，不敢有誤。天色已明，小弟告辭了。」伯牙道：「賢弟且住。」命童子取黃金二笏不用封帖，雙手捧定道：「賢弟，些須薄禮，權為二位尊人甘旨之費。斯文骨肉，勿得嫌輕。」子期不敢謙讓，即時收下。再拜告別，含淚出艙，取尖擔挑了蓑衣斗笠，插板斧於腰間，掌跳搭扶手上崖。伯牙直送至船頭，各各灑淚而別。

不提子期回家之事。再說俞伯牙點鼓開船，一路江山之勝，無心觀覽，心心念念，只想著知音之人。又行了幾日。舍舟登岸。經過之地，知是晉國上大夫，不敢輕慢，安排車馬相送。直至晉陽，回復了晉主，不在話下。

光陰迅速，過了秋冬，不覺春去夏來。伯牙心懷子期，無日忘之。想著中秋節近，奏過晉主，給假還鄉。晉主依允。伯牙收拾行裝，仍打大寬轉，從水路而行。下船之後，分付水手，但是灣泊所在，就來通報地名。事有偶然，剛剛八月十五夜，水手稟復，此去馬安山不遠。伯牙依稀還認得去年泊船相會子期之處。分付水手，將船灣泊，水底抛錨，崖邊釘橛。其夜晴明，船艙內一線月光，射進朱簾。伯牙命童子將簾捲起，步出艙門，立於船頭之上，仰觀斗柄。水底天心，萬頃茫然，照如白晝。思想去歲與知己相逢，雨止月明。今夜重來，又值良夜。他約定江邊相候，如何全無蹤影，莫非爽信！又等了一會，想道：「我理會得了。江邊來往船隻頗多。我今日所駕的，不是去年之船了。吾弟急切如何認得。去歲我原為撫琴驚動知音，今夜仍將瑤琴撫弄一曲。吾弟聞之，必來相見。」命童子取琴桌安放船頭，焚香設座。伯牙開囊，調絃轉軫，纔汎音律，商絃中有哀怨之聲。伯牙停琴不操。「呀，商絃哀聲淒切，吾弟必遭憂在家。去歲曾言父母年高。若非父喪，必是母亡。他為人至孝，事有輕重，寧失信於我，不肯失禮於親，所以不來也。來日天明，我親上崖探望。」叫童子收拾琴桌，下艙就寢。伯牙一夜不睡。真個巴明不明，盼曉不曉。看看月移簾影，日出山頭。伯牙起來梳洗整衣，命童子攜琴相隨，又取黃金十鎰帶去。「儻吾弟居喪，可為賻禮。」踹跳登崖，行於樵徑，約莫十數里，出一谷口。伯牙站住。童子稟道：「老爺為何不行？」伯牙道：「山分南北，路列東西。從山谷出來，兩頭都是大路，都去得。知道那一路往集賢村去？等個識路之人，問明了他，方纔可行。」伯牙就石上少憩，童兒退立於後。不多時，左手官路上有一老叟，髯垂玉線，髮挽銀絲，箬冠野服，左手舉籐杖，右手攜竹籃，徐步而來。伯牙起身整衣，向前施禮。那老者不慌不忙，將右手竹籃輕輕放下，雙手舉籐杖還禮，道：「先生有何見教？」伯牙道：「請問兩頭路，那一條路，往集賢村去的？」老者道：「那兩頭路，就是兩個集賢村。左手是上集賢村，右手是下集賢村。通衢三十里官道。先生從谷出來，正當其半。東去十五里，西去也是十五里。不知先生要往那一個集賢村？」伯牙默默無言，暗想道：「吾弟是個聰明人，怎麼說話這等糊塗！相會之日，你知道此間有兩個集賢村，或上或下，就該說個明白了。」伯牙卻纔沉吟。那老者道：「先生這等吟想，一定那說路的，不曾分上下，總說了個集賢村，教先生沒處抓尋了。」伯牙道：「便是。」老者道：「兩個集賢村中，有一二十家莊戶，大抵都是隱遁避世之輩。老夫在這山裏，多住了幾年，正是『土居三十載，無有不親人』。這些莊戶，不是舍親，就是敝友。先生到集賢村必是訪友。只說先生所訪之友，姓甚名誰，老夫就知他住處了。」伯牙道：「學生要往鍾家莊去。」老者聞鍾家莊三字，一雙昏花眼內，撲簌簌掉下淚來，道：「先生別家可去，若說鍾家莊，不必去了。」伯牙驚問：「卻是為何？」老者道：「先生到鍾家莊，要訪何人？」伯牙道：「要訪子期。」老者聞言，放聲大哭道：「子期鍾徽，乃吾兒也。去年八月十五採樵歸晚，遇晉國上大夫俞伯牙先生。講論之間，意氣相投。臨行贈黃金二笏。吾兒買書攻讀，老拙無才，不曾禁止。旦則採樵負重，暮則誦讀辛勤，心力耗廢，染成怯疾，數月之間，已亡故了。」伯牙聞言，五內崩裂，淚如湧泉，大叫一聲，傍山崖跌倒，昏絕於地。鍾公用手攙扶，回顧小童道：「此位先生是誰？」小童低低附耳道：「就是俞伯牙老爺。」鍾公道：「原來是吾兒好友。」

扶起伯牙甦醒。伯牙坐於地下，口吐痰涎，雙手搥胸，慟哭不已。道：「賢弟呵，我昨夜泊舟，還說你爽信，豈知已為泉下之鬼！你有才無壽了！」鍾公拭淚相勸。伯牙哭罷起來，重與鍾公施禮。不敢呼老丈，稱為老伯，以見通家兄弟之意。伯牙道：「老伯，令郎還是停柩在家，還是出瘞郊外了？」鍾公道：「一言難盡。亡兒臨終，老夫與拙荊坐於臥榻之前。亡兒遺語囑付道：『修短由天，兒生前不能盡人子事親之道，死後乞葬於馬安山江邊。與晉大夫俞伯牙有約，欲踐前言耳。』老夫不負亡兒臨終之言。適纔先生來的小路之右，一丘新土，即吾兒鍾徽之冢。今日是百日之忌，老夫提一陌❽紙錢，往墳前燒化。何期與先生相遇！」伯牙道：「既如此，奉陪老伯，就墳前一拜。」命小童代太公提了竹籃。鍾公策杖引路，伯牙隨後，小童跟定。復進谷口。果見一丘新土，在於路左。伯牙整衣下拜：「賢弟，在世為人聰明，死後為神靈應。愚兄此一拜，誠永別矣！」拜罷，放聲又哭。驚動山前山後，山左山右，黎民百姓，不問行的住的，遠的近的，聞得朝中大臣來祭鍾子期，迴繞墳前，爭先觀看。伯牙卻不曾擺得祭禮，無以為情。命童子把瑤琴取出囊來，放於祭石臺上，盤膝坐於墳前，揮淚兩行，撫琴一操。那些看者，聞琴韻鏗鏘，鼓掌大笑而散。伯牙問：「老伯，下官撫琴，弔令郎賢弟，悲不能已，眾人為何而笑？」鍾公道：「鄉野之人，不知音律。聞琴聲以為取樂之具，故此長笑。」伯牙道：「原來如此。老伯可知所奏何曲？」鍾公道：「老夫幼年也頗習。如今年邁，五官半廢，模糊不懂久矣。」伯牙道：「這就是下官隨心應手一曲短歌以弔令郎者。口誦於老伯聽之。」鍾公道：「老夫願聞。」伯牙誦云：

❽ 一陌：即一百。陌，通「百」。

憶昔去年春，江邊曾會君。今日重來訪，不見知音人。
但見一抔土，慘然傷我心。傷心傷心復傷心，不忍淚珠紛！
來歡去何苦，江畔起愁雲。子期子期兮，你我千金義。
歷盡天涯無足語，此曲終兮不復彈，三尺瑤琴為君死！

伯牙於衣裌間取出解手刀，割斷琴絃，雙手舉琴，向祭石臺上，用力一摔，摔得玉軫拋殘，金徽零亂。鍾公大驚問道：「先生為何摔碎此琴？」伯牙道：

摔碎瑤琴鳳尾寒，子期不在對誰彈！春風滿面皆朋友，欲覓知音難上難。

鍾公道：「原來如此，可憐可憐！」伯牙道：「老伯高居，端的在上集賢村，還是下集賢村？」鍾公道：「荒居在上集賢村第八家就是。先生如今又問他怎的？」伯牙道：「下官傷感在心，不敢隨老伯登堂了。隨身帶得有黃金二鎰，一半代令郎甘旨之奉，一半買幾畝祭田，為令郎春秋掃墓之費。待下官回本朝時，上表告歸林下。那時卻到上集賢村，迎接老伯與老伯母同到寒家，以盡天年。吾即子期，子期即吾也。老伯勿以下官為外人相嫌。」說罷，命小僮取出黃金，親手遞與鍾公，哭拜於地。鍾公答拜。盤桓半晌而別。

這回書，題作俞伯牙摔琴謝知音。後人有詩贊云：

勢利交懷勢利心，斯文誰復念知音！伯牙不作鍾期逝，千古令人說破琴。

第二卷　莊子休鼓盆成大道

富貴五更春夢，功名一片浮雲。眼前骨肉亦非真，恩愛翻成讎恨。
莫把金枷套頸，休將玉鎖纏身。清心寡慾脫凡塵，快樂風光本分。

這首西江月詞，是個勸世之言。要人割斷迷情，逍遙自在。且如父子天性，兄弟手足，這是一本連枝，割不斷的。儒、釋、道，三教雖殊，總抹不得孝弟二字。至於生子生孫，就是下一輩事，十分周全❶不得了。常言道得好：

兒孫自有兒孫福，莫與兒孫作馬牛。

若論到夫婦，雖說是紅線纏腰，赤繩繫足，到底是剜肉粘膚，可離可合。常言又說得好：

夫妻本是同林鳥，巴到天明各自飛。

近世人情惡薄，父子兄弟倒也平常，兒孫雖是疼痛，總比不得夫婦之情。他溺的是閨中之愛，聽的

❶ 周全：照顧。

是枕上之言。多少人被婦人迷惑，做出不孝不弟的事來。這斷不是高明之輩。如今說這莊生鼓盆的故事，不是唆人夫妻不睦，只要人辨出賢愚，參破真假。從第一著迷處，把這念頭放淡下來。漸漸六根清淨，道念滋生，自有受用。昔人看田夫插秧，詠詩四句，大有見解。詩曰：

手把青秧插野田，低頭便見水中天。六根清淨方為稻，退步原來是向前。

話說周末時，有一高賢，姓莊名周，字子休，宋國蒙邑人也。曾仕周為漆園吏。師事一個大聖人，是道教之祖，姓李名耳，字伯陽。伯陽生而白髮，人都呼為老子。莊生常晝寢，夢為蝴蝶，栩栩然於園林花草之間，其意甚適。醒來時，尚覺臂膊如兩翅飛動，心甚異之。以後不時有此夢。莊生一日在老子座間講易之暇，將此夢訴之於師。師是個大聖人，曉得三生來歷。向莊生指出夙世因由，那莊生原是混沌初分時一個白蝴蝶。天一生水，二生木，木榮花茂，那白蝴蝶採百花之精，奪日月之秀，得了氣候，長生不死，翅如車輪。後游於瑤池，偷採蟠桃花蕋，被王母娘娘位下守花的青鸞啄死。其神不散，托生於世，做了莊周。因他根器不凡，道心堅固，師事老子，學清淨無為之教。今日被老子點破了前生，如夢初醒。自覺兩腋風生，有栩栩然蝴蝶之意。把世情榮枯得喪，看做行雲流水，一絲不掛。老子知他心下大悟，把道德五千字的祕訣，傾囊而授。莊生嘿嘿誦習修煉，遂能分身隱形，出神變化。從此棄了漆園吏的前程，辭別老子，周遊訪道。他雖宗清淨之教，原不絕夫婦之倫。一連娶過三遍妻房。第一妻，得疾夭亡；第二妻，有過被出；如今說的是第三妻，姓田，乃田齊族中之女。莊生遊於齊國，田宗重其人品，以女妻之。那田氏比先前二妻，更有姿色。肌膚若冰雪，綽約似神仙。莊生不是好色之徒，卻也十分相敬。真個如魚似水。楚威王聞莊生之賢，遣使持黃金百鎰，文錦千端，安車駟馬，聘為上相。莊生歎道：「犧牛身被文繡，口食芻菽，見耕牛力作辛苦，自誇其榮。及其迎入太廟，刀俎在前，欲為耕牛而不可得也。」遂卻之不受。挈妻歸宋，隱於曹州之南華山。一日，莊生出遊山下，見荒塚纍纍，歎道：「『老少俱無辨，賢愚同所歸。』人歸塚中，塚中豈能復為人乎？」嗟咨了一回。再行幾步，忽見一新墳，封土未乾。一年少婦人，渾身縞素，坐於此塚之傍，手運齊紈素扇，向塚連搧不已。莊生怪而問之：「娘子，塚中所葬何人？為何舉扇搧土？必有其故。」那婦人並不起身，運扇如故。口中鶯啼燕語，說出幾句不通道理的話來。正是：

聽時笑破千人口，說出加添一段羞。

那婦人道：「塚中乃妾之拙夫，不幸身亡，埋骨於此。生時與妾相愛，死不能捨。遺言教妾如要改適他人，直待葬事畢後，墳土乾了，方纔可嫁。妾思新築之土，如何得就乾，因此舉扇搧之。」莊生含笑，想道：「這婦人好性急！虧他還說生前相愛。若不相愛的，還要怎麼？」乃問道：「娘子，要這新土乾燥極易。因娘子手腕嬌軟，舉扇無力。不才願替娘子代一臂之勞。」那婦人方纔起身，深深道個萬福：「多謝官人！」雙手將素白紈扇，遞與莊生。莊生行起道法，舉手照塚頂連搧數搧，水氣都盡，其土頓乾。婦人笑容可掬，謝道：「有勞官人用力。」將纖手向鬢傍拔下一股銀釵，連那紈扇送莊生，權為相謝。莊生卻其銀釵，受其紈扇。婦人欣然而去。莊子心下不平。回到家中，坐於草堂，看了紈扇，口中歎出四句：

不是冤家不聚頭，冤家相聚幾時休？早知死後無情義，索把生前恩愛勾。

田氏在背後，聞得莊生嗟歎之語，上前相問。那莊生是個有道之士，夫妻之間亦稱為先生。田氏道：「先生有何事感歎？此扇從何而得？」莊生將婦人搧塚，要土乾改嫁之言述了一遍。「此扇即搧土之物。因我助力，以此相贈。」田氏聽罷，忽發忿然之色，向空中把那婦人「千不賢，萬不賢」罵了一頓。對莊生道：「如此薄情之婦，世間少有！」莊生又道出四句：

生前個個說恩深，死後人人欲搧墳。畫龍畫虎難畫骨，知人知面不知心。

田氏聞言大怒。自古道：「怨廢親，怒廢禮。」那田氏怒中之言，不顧體面❷，向莊生面上一啐，說道：「人類雖同，賢愚不等。你何得輕出此語，將天下婦道家看做一例！卻不道歉人❸帶累好人。你卻也不怕罪過！」莊生道：「莫要彈空說嘴❹。假如不幸我莊周死後，你這般如花似玉的年紀，難道捱得過三年五載？」田氏道：「『忠臣不事二君，烈女不更二夫。』那見好人家婦女喫兩家茶睡兩家床，若不幸輪到我身上，這樣沒廉恥的事，莫說三年五載，就是一世也成不得。夢兒裏也還有三分的志氣。」莊生道：「難說，難說！」田氏口出詈語道：「有志婦人勝如男子。似你這般沒仁沒義的，死了一個，又討一個，出了一個，又納一個。只道別人也是一般見識。我們婦道家一鞍一馬，倒是站得腳頭定的。

❷ 體面：面子。
❸ 歉人：壞人。
❹ 彈空說嘴：憑空誇口。

怎麼肯把話與他人說，惹後世恥笑。你如今又不死，直恁❺枉殺了人！」就莊生手中，奪過紈扇，扯得粉碎。莊生道：「不必發怒，只願得如此爭氣甚好！」自此無話。

過了幾日，莊生忽然得病。日加沉重。田氏在床頭，哭哭啼啼。莊生道：「我病勢如此，永別只在早晚。可惜前日紈扇扯碎了，留得在此，好把與你搧墳！」田氏道：「先生休要多心！妾讀書知禮，從一而終，誓無二志。先生若不見信，妾願死於先生之前，以明心跡。」莊生道：「足見娘子高志。我莊某死亦瞑目。」說罷，氣就絕了。田氏撫屍大哭。少不得央及東鄰西舍，製備衣衾棺槨殯殮。田氏穿了一身素縞，真個朝朝憂悶，夜夜悲啼。每想著莊生生前恩愛，如痴如醉，寢食俱廢。山前山後莊戶，也有曉得莊生是個逃名的隱士，來弔孝的，到底不比城市熱鬧。到了第七日，忽有一年少秀士，生得面如傅粉，唇若塗朱，俊俏無雙，風流第一。穿扮的紫衣玄冠，繡帶朱履。帶著一個老蒼頭❻，自稱楚國王孫，向年曾與莊子休先生有約，欲拜在門下，今日特來相訪。見莊生已死，口稱：「可惜！」慌忙脫下色衣，叫蒼頭於行囊內取出素服穿了，向靈前四拜道：「莊先生，弟子無緣，不得面會侍教，願為先生執百日之喪，以盡私淑之情。」說罷，又拜了四拜，洒淚而起。便請田氏相見。田氏初次推辭。王孫道：「古禮，通家朋友，妻妾都不相避，何況小子與莊先生有師弟之約。」田氏只得步出孝堂，與楚王孫相見，敘了寒溫。田氏一見楚王孫人才標致，就動了憐愛之心。只恨無由廝近。楚王孫道：「先生雖死，弟子難忘思慕。欲借尊居，暫住百日；一來守先師之喪，二者先師留下有什麼著述，小子告借一觀，以

❺ 直恁：竟然如此。

❻ 蒼頭：僕人。

領遺訓。」田氏道：「通家之誼，久住何妨。」當下治飯相款。飯罷，田氏將莊子所著南華真經及老子道德五千言，和盤托出，獻與王孫。王孫慇懃感謝。草堂中間占了靈位。楚王孫在左邊廂安頓。田氏每日假以哭靈為由，就左邊廂，與王孫攀話。日漸情熟，眉來眼去，情不能已。楚王孫只有五分，那田氏倒有十分。所喜者深山隱僻，就做差了些事，沒人傳說；所恨者新喪未久，況且女求於男，難以啟齒。又捱了幾日，約莫有半月了。那婆娘心猿意馬❼，按捺不住。悄地喚老蒼頭進房，賞以美酒，將好言撫慰。從容問：「你家主人曾婚配否？」老蒼頭道：「未曾婚配。」婆娘又問道：「你家主人要揀什麼樣人物纔肯婚配？」老蒼頭帶醉道：「我家王孫曾有言，若得像娘子一般丰韻的，他就心滿意足。」婆娘道：「果有此話！莫非你說謊？」老蒼頭道：「老漢一把❽年紀，怎麼說謊？」婆娘道：「我央你老人家為媒說合。若不棄嫌，奴家情願服事你主人。」老蒼頭道：「我家主人也曾與老漢說來，道一段好姻緣，只礙師弟二字，恐惹人議論。」婆娘道：「你主人與先夫，原是生前空約，沒有北面聽教的事，算不得師弟。又且山僻荒居，鄰舍罕有，誰人議論！你老人家是必委曲成就，教你喫杯喜酒。」老蒼頭應允。臨去時，婆娘又喚轉來囑付道：「若是說得允時，不論早晚，便來房中，回復奴家一聲。奴家在此專等。」老蒼頭去後，婆娘懸懸而望。孝堂邊張了數十遍，恨不能一條細繩縛了那俏後生俊腳，扯將入來，摟做一處。將及黃昏，那婆娘等得個不耐煩，黑暗裏走入孝堂，聽左邊廂聲息。忽然靈座上作響。婆娘嚇了一跳，只道亡靈出現。急急走轉內室，取燈火來照，原來是老蒼頭喫醉了，直挺挺的臥於靈座

❼ 心猿意馬：形容心意不定。

❽ 一把：偌大。

桌上。婆娘又不敢嗔責他，又不敢聲喚他，只得回房。捱更捱點，又過了一夜。次日，見老蒼頭行來步去，並不來回復那話兒。婆娘心下發癢，再喚他進房，問其前事。老蒼頭道：「不成不成！」婆娘道：「為何不成？莫非不曾將昨夜這些話剖豁❾明白？」老蒼頭道：「老漢都說了，我家王孫也說得有理。他道：『娘子容貌，自不必言。未拜師徒，亦可不論。但有三件事未妥，不好回復得娘子。』」婆娘道：「那三件事？」老蒼頭道：「我家王孫道：『堂中見擺著個凶器，我卻與娘子行吉禮，心中何忍，且不雅相。二來莊先生與娘子是恩愛夫妻，況且他是個有道德的名賢，我的才學萬分不及，恐被娘子輕薄。三來我家行李尚在後邊未到，空手來此，聘禮筵席之費，一無所措。為此三件，所以不成。』」婆娘道：「這三件都不必慮。凶器不是生根的，屋後還有一間破空房，喚幾個莊客擡他出去就是。這是一件了。第二件，我先夫那裏就是個有道德的名賢！當初不能正家，致有出妻之事，人稱其薄德。楚威王慕其虛名，以厚禮聘他為相。他自知才力不勝，逃走在此。前月獨行山下，遇一寡婦，將扇搧墳，待墳土乾燥，方纔嫁人。拙夫就與他調戲，奪他紈扇，替他搧土，將那把紈扇帶回，是我扯碎了。臨死前幾日還為他淘了一場氣，又什麼恩愛！你家主人青年好學，進不可量。況他乃是王孫之貴，奴家亦是田宗之女，門第相當。今日到此，姻緣天合。第三件，聘禮筵席之費，奴家做主，誰人要得聘禮！筵席也是小事。奴家更積得私房白金二十兩，贈與你主人，做一套新衣服。你再去道達。若成就時，今夜是合婚吉日，便要成親。」老蒼頭收了二十兩銀子，回復楚王孫。楚王孫只得順從。老蒼頭回復了婆娘。那婆娘當時歡天喜地，把孝服除下，重勾粉面，再點朱唇，穿了一套新鮮色衣，叫蒼頭顧喚❿近山莊客，扛擡莊生尸

❾ 剖豁：分析、解釋。

柩，停於後面破屋之內。打掃草堂，準備做合婚筵席。有詩為證：

俊俏孤孀別樣嬌，王孫有意更相挑。一鞍一馬誰人語？今夜思將快婿招。

是夜，那婆娘收拾香房，草堂內擺得燈燭輝煌。楚王孫簪纓袍服，田氏錦襖繡裙，雙雙立於花燭之下。一對男女，如玉琢金裝，美不可說。交拜已畢，千恩萬愛的，攜手入於洞房。喫了合巹杯，正欲上床解衣就寢。忽然楚王孫眉頭雙皺，寸步難移，登時倒於地下，雙手磨胸，只叫心疼難忍。田氏心愛王孫，顧不得新婚廉恥，近前抱住，替他撫摩，問其所以。王孫痛極不語，口吐涎沫，奄奄欲絕。老蒼頭慌做一堆。田氏道：「王孫平日曾有此症候否？」老蒼頭代言：「此症平日常有。或一二年發一次。無藥可治。只有一物，用之立效。」田氏急問：「所用何物？」老蒼頭道：「太醫傳一奇方，必得生人腦髓熱酒吞之，其痛立止。平日此病舉發，老殿下奏過楚王，撥一名死囚來，縛而殺之，取其腦髓。今山中如何可得？其命合休矣！」田氏道：「生人腦髓，必不可致。第不知死人的可用得麼？」老蒼頭道：「太醫說，凡死未滿四十九日者，其腦尚未乾枯，亦可取用。」田氏道：「吾夫死方二十餘日，何不斲棺而取之？」老蒼頭道：「只怕娘子不肯。」田氏道：「我與王孫成其夫婦，婦人以身事夫，自身尚且不惜，何有於將朽之骨乎？」即命老蒼頭伏侍王孫，自己尋了砍柴板斧，右手提斧，左手攜燈，往後邊破屋中，將燈檠放於棺蓋之上，覷定棺頭，雙手舉斧，用力劈去。婦人家氣力單微，如何劈得棺開？有個緣故，那莊周是達生之人，不肯厚斂。桐棺三寸，一斧就劈去了一塊木頭。再一斧去，棺蓋便裂開了。

❿ 顧喚：僱用、招呼。

只見莊生從棺內歎口氣，推開棺蓋，挺身坐起。田氏雖然心狠，終是女流。嚇得腿軟筋麻，心頭亂跳，斧頭不覺墜地。莊生叫：「娘子扶起我來。」那婆娘不得已，只得扶莊生出棺。莊生攜燈，婆娘隨後同進房來。婆娘心知房中有楚王孫主僕二人，捏兩把汗。行一步，反退兩步。比及到房中看時，鋪設依然燦爛，那主僕二人，闃然不見。婆娘心下雖然暗暗驚疑，卻也放下了膽，巧言抵飾，向莊生道：「奴家自你死後，日夕思念。方纔聽得棺中有聲響，想古人中多有還魂之事，望你復活，所以用斧開棺，謝天謝地，果然重生！實乃奴家之萬幸也！」莊生道：「多謝娘子厚意。只是一件，娘子守孝未久，為何錦襖繡裙？」婆娘又解釋道：「開棺見喜，不敢將凶服衝動，權用錦繡，以取吉兆。」莊生道：「罷了！還有一節，棺木何不放在正寢，卻撇在破屋之內，難道也是吉兆！」婆娘無言可答。莊生又見杯盤羅列，也不問其故，教煖酒來飲。莊生放開大量，滿飲數觥。那婆娘不達時務，指望煨熱⓫老公，重做夫妻，緊捱著酒壺，撒嬌撒癡，甜言美語，要哄莊生上床同寢。莊生飲得酒大醉，索紙筆寫出四句：

從前了卻冤家債，你愛之時我不愛。若重與你做夫妻，怕你巨斧劈開天靈蓋。

那婆娘看了這四句詩，羞慚滿面，頓口無言。莊生又寫出四句：

夫妻百夜有何恩？見了新人忘舊人。甫得蓋棺遭斧劈，如何等待搧乾墳！

莊生又道：「我則教你看兩個人。」莊生用手將外面一指，婆娘回頭而看，只見楚王孫和老蒼頭踱

⓫ 煨熱：親暱。

將進來。婆娘喫了一驚。轉身不見了莊生；再回頭時，連楚王孫主僕都不見了。——那裏有什麼楚王孫，老蒼頭，此皆莊生分身隱形之法也。——那婆娘精神恍惚，自覺無顏。解腰間繡帶，懸梁自縊，嗚呼哀哉！這倒是真死了。莊生見田氏已死，解將下來，就將劈破棺木盛放了他，把瓦盆為樂器，鼓之成韻，倚棺而作歌。歌曰：

大塊無心兮，生我與伊。我非伊夫兮，伊非我妻。偶然邂逅兮，一室同居。大限既終兮，有合有離。人之無良兮，生死情移。真情既見兮，不死何為！伊生兮揀擇去取，伊死兮還返空虛。伊弔我兮，贈我以巨斧；我弔伊兮，慰伊以歌詞。斧聲起兮我復活，歌聲發兮伊可知！噫嘻，敲碎瓦盆不再鼓，伊是何人我是誰！

莊生歌罷，又吟詩四句：

你死我必埋，我死你必嫁。我若真個死，一場大笑話！

莊生大笑一聲，將瓦盆打碎。取火從草堂放起，屋宇俱焚，連棺木化為灰燼。只有道德經、南華經不燬。山中有人檢取，傳流至今。莊生遨遊四方，終身不娶。或云：遇老子於函谷關，相隨而去，已得大道成仙矣。詩云：

殺妻吳起太無知，苟令傷神亦可嗤。請看莊生鼓盆事，逍遙無礙是吾師。

第三卷　王安石三難蘇學士

海鰲曾欺井內蛙，大鵬張翅繞天涯。強中更有強中手，莫向人前滿自誇。

這四句詩，奉勸世人虛己下人，勿得自滿。古人說得好，道是：「滿招損，謙受益。」俗諺又有四不可盡的話。那四不可盡？

勢不可使盡，福不可享盡，便宜不可占盡，聰明不可用盡。

你看如今有勢力的，不做好事，往往任性使氣，損人害人，如毒蛇猛獸，人不敢近。他見別人懼怕，沒奈他何，意氣揚揚，自以為得計。卻不知八月潮頭，也有平下來的時節。危灘急浪中，趁著這刻兒順風，扯了滿篷，望前只顧使去，好不暢快。不思去時容易，轉時甚難。當時夏桀，商紂，貴為天子，不免竄身於南巢，懸頭於太白。那桀紂有何罪過？也無非倚貴欺賤，恃強凌弱，總來不過是使勢而已。假如桀紂是個平民百姓，還造得許多惡業否？所以說勢不可使盡。怎麼說福不可享盡？常言道：「惜衣有衣，惜食有食。」又道：「人無壽夭，祿盡則亡。」晉時石崇太尉，與皇親王愷鬥富。以酒沃釜，以蠟代薪。錦步障大至五十里，坑廁間皆用綾羅供帳，香氣襲人。跟隨家僮，都穿火浣布衫，一衫價值千金。買一妾，費珍珠十斛。後來死於趙王倫之手，身首異處。此乃享福太過之報。怎麼說便宜不可占盡？假如做買賣的錯了分文入己，滿臉堆笑。卻不想小經紀❶若折了分文，一家不得喫飽飯，我貪此些須小便宜，亦有何益？昔人有占便宜詩云：

我被蓋你被，你氈蓋我氈。你若有錢我共使，我若無錢用你錢。上山時你扶我腳，下山時我靠你肩。我有子時做你婿，你有女時伴我眠。你依此誓時，我死在你後；我違此誓時，你死在我前。

若依得這詩時，人人都要如此，誰是獃子，肯束手相讓！就是一時得利，暗中損福折壽，自己不知。所以佛家勸化世人，喫一分虧，受無量福。有詩為證：

得便宜處欣欣樂，不遂心時悶悶憂。不討便宜不折本，也無歡樂也無愁。

說話的，這三句都是了。則那聰明二字，求之不得，如何說聰明不可用盡？見不盡者，天下之事。讀不盡者，天下之書。參不盡者，天下之理。寧可懵懂而聰明，不可聰明而懵懂。如今且說一個人，古來第一聰明的。他聰明了一世，懵懂在一時。留下花錦般一段話文，傳與後生小子，恃才誇己的看樣。那第一聰明的是誰？

吟詩作賦般般會，打諢猜謎件件精。不是仲尼重出世，定知顏子再投生。

❶ 小經紀：小商販。

話說：宋神宗皇帝在位時，有一名儒，姓蘇名軾，字子瞻，別號東坡，乃四川眉州眉山人氏。一舉成名，官拜翰林學士。此人天資高妙，過目成誦，出口成章。有李太白之風流，勝曹子建之敏捷，在宰相荊公王安石先生門下。荊公甚重其才。東坡自恃聰明，頗多譏誚。荊公因作字說，一字解作一義。偶論東坡的坡字，從土從皮，謂坡乃土之皮。東坡笑道：「如相公所言，滑字乃水之骨也。」一日，荊公又論及鯢字，從魚從兒，合是魚子。四馬曰駟，天蟲為蚕，古人製字，定非無義。東坡拱手進言：「鳩字九鳥，可知有故。」荊公認以為真，欣然請教。東坡笑道：「毛詩云：『鳴鳩在桑，其子七兮。』連娘帶爺，共是九個。」荊公默然，惡其輕薄。左遷為湖州刺史。正是：

是非只為多開口，煩惱皆因巧弄唇。

東坡在湖州做官，三年任滿，朝京。作寓於大相國寺內。想當時因得罪於荊公，自取其咎。常言道：「未去朝天子，先來謁相公。」分付左右備腳色手本，騎馬投王丞相府來。離府一箭之地，東坡下馬步行而前。見府門首許多聽事官吏，紛紛站立。東坡舉手問道：「列位，老太師在堂上否？」守門官上前答道：「老爺晝寢未醒。且請門房中少坐。」從人取交床❷在門房中，東坡坐下，將門半掩。不多時，相府中有一少年人，年方弱冠，戴纏鬃大帽，穿青絹直襬❸，擺手❹洋洋，出來下堦。眾官吏皆躬身揖

❷ 交床：有靠背可以折疊的椅子。
❸ 直襬：出家人的衣服，背後正中有一條縫，直達下面。
❹ 擺手：兩手揮擺。

讓。此人從東向西而去。東坡命從人去問，相府中適纔出來者何人？從人打聽明白回覆，是丞相老爺府中掌書房的姓徐。東坡記得荊公書房中寵用的有個徐倫，三年前還未冠。今雖冠了，面貌依然。叫從人：「既是徐掌家❺，與我趕上一步，快請他轉來。」從人飛奔去了，趕上徐倫，不敢於背後呼喚，從傍邊搶上前去，垂手侍立於街傍，道：「小的是湖州府蘇爺的長班❻。蘇爺在門房中，請徐老爹相見，有句話說。」徐倫問：「可是長鬍子的蘇爺？」從人道：「正是。」東坡是個風流才子，見人一團和氣。平昔與徐倫相愛，時常寫扇送他。徐倫聽說是蘇學士，微微而笑，轉身便回。從人先到門房，回復徐掌家到了。徐倫進門房來見蘇爺，意思要跪下去。東坡用手攙住。這徐倫立身相府，掌內書房，外府州縣首領官員到京參謁丞相，知會徐倫，俱有禮物，單帖通名。今日見蘇爺怎麼就要下跪？因蘇爺久在丞相門下往來，徐倫自小書房答應，職任烹茶，就如舊主人一般，一時大不起來。蘇爺卻全他的體面，用手攙住道：「徐掌家，不要行此禮。」徐倫道：「這門房中不是蘇爺坐處，且請進府到東書房待茶。」這東書房，便是王丞相的外書房了。凡門生知友往來，都到此處。徐倫引蘇爺到東書房，看了坐，命童兒烹好茶伺候。「稟蘇爺，小的奉老爺遣差往太醫院取藥，不得在此服侍，怎麼好？」東坡道：「且請治事。」徐倫去後，東坡見四壁書櫥關閉有鎖，文几上只有筆硯，更無餘物。東坡開硯匣，看了硯池，是一方綠色端硯，甚有神采。硯上餘墨未乾。方欲掩蓋，忽見硯匣下露出些紙角兒。東坡扶起硯匣，乃是一方素箋，疊做兩摺。取而觀之，原來是兩句未完的詩稿，認得荊公筆跡，題是詠菊。東坡笑道：「士別三日，

---

❺ 掌家：即「管家」。

❻ 長班：即「長隨」，舊時官僚所僱的僕役。

換眼相待。昔年我曾在京為官時，此老下筆數千言，不由思索。三年後，也就不同了。正是江淹才盡，兩句詩不曾終韻。」念了一遍。「呀，原來連這兩句詩都是亂道。」這兩句詩怎麼樣寫？

西風昨夜過園林，吹落黃花滿地金。

東坡為何說這兩句詩是亂道？一年四季，風各有名：春天為和風，夏天為薰風，秋天為金風，冬天為朔風。和、薰、金、朔四樣風配著四時。這詩首句說西風，西方屬金，金風乃秋令也。那金風一起，梧葉飄黃，群芳零落。第二句說：「吹落黃花滿地金。」黃花即菊花。此花開於深秋，其性屬火，敢與秋霜鏖戰，最能耐久。隨你老來焦乾枯爛，並不落瓣。說個「吹落黃花滿地金」，豈不是錯了？興之所發，不能自已。舉筆舐墨，依韻續詩二句：

秋花不比春花落，說與詩人仔細吟。

寫便寫了，東坡愧心復萌。「倘此老出書房相待，見了此詩，當面搶白，不像晚輩體面。欲待袖去以滅其跡，又恐荊公尋詩不見，帶累徐倫。」思算不妥，只得仍將詩稿摺疊，壓於硯匣之下，蓋上硯匣，步出書房。到大門首，取腳色手本，付與守門官吏囑付道：「老太師出堂，通稟一聲，說蘇某在此伺候多時。因初到京中，文表不曾收拾。明日早朝齎過表章，再來謁見。」說罷，騎馬回下處去了。

不多時，荊公出堂。守門官吏，雖蒙蘇爺囑付，沒有紙包相送，那個與他稟話。只將腳色手本和門簿繳納。荊公也只當常規，未及觀看。心下記著菊花詩二句未完韻。恰好徐倫從太醫院取藥回來。荊公喚徐倫送置東書房，荊公也隨後入來。坐定，揭起硯匣，取出詩稿一看，問徐倫道：「適纔何人到此？」徐倫跪下，稟道：「湖州府蘇爺伺候老爺，曾到。」荊公看其字跡，也認得是蘇學士之筆。口中不語，心下躊躇：「蘇軾這個小畜生，雖遭挫折，輕薄之性不改！不道自己學疏才淺，敢來譏訕老夫！明日早朝，奏過官裏，將他削職為民。」又想道：「且住，他也不曉得黃州菊花落瓣，也怪他不得！」叫徐倫取湖廣缺官冊籍來看。單看黃州府，餘官俱在，只缺少個團練副使。荊公暗記在心。命徐倫將詩稿貼於書房柱上。明日早朝，密奏天子，言蘇軾才力不及，左遷黃州團練副使。天下官員到京上表章，陞降勾除，各自安命。惟有東坡心中不服。心下明知荊公為改詩觸犯，公報私仇。沒奈何，也只得謝恩。朝房中纔卸朝服，長班稟道：「丞相爺出朝。」東坡露堂❼一恭。荊公肩輿中舉手道：「午後老夫有一飯。」東坡領命。回下處修書，打發湖州跟官人役，兼本衙管家，往舊任接取家眷黃州相會。午牌過後，東坡素服角帶❽，寫下新任黃州團練副使腳色手本，乘馬來見丞相領飯。門吏通報。荊公分付請進到大堂拜見。荊公待以師生之禮。手下點茶。荊公開言道：「子瞻左遷黃州，乃聖上主意，老夫愛莫能助。子瞻莫錯怪老夫否？」東坡道：「晚學生自知才力不及，豈敢怨老太師！」荊公笑道：「子瞻大才，豈有不及！只是到黃州為官，閒暇無事，還要讀書博學。」東坡目窮萬卷，才壓千人。今日勸他讀書博學，還讀什麼樣書！口中稱謝道：「承老太師指教。」心下愈加不服。荊公為人至儉，餚不過四器，酒不過三杯，飯不過一箸。東坡告辭。荊公送下滴水簷前，攜東坡手道：「老夫幼年燈窗十載，染成一症，老年

❼ 露堂：露天。

❽ 角帶：古時平民腰帶的裝飾。

舉發。太醫院看是痰火之症。雖然服藥，難以除根。必得陽羨茶，方可治。有荊溪進貢陽羨茶，聖上就賜與老夫。老夫問太醫院官如何烹服。太醫院官說，須用瞿塘中峽水。瞿塘在蜀，老夫幾欲差人往取，未得其便，兼恐所差之人未必用心。子瞻桑梓之邦，倘尊眷往來之便，將瞿塘中峽水，攜一甕寄與老夫，則老夫衰老之年，皆子瞻所延也。」東坡領命，回相國寺。次日辭朝出京，星夜奔黃州道上。黃州合府官員知東坡天下有名才子，又是翰林謫官，出郭遠迎。選良時吉日公堂上任。過月之後，家眷方到。

東坡在黃州與蜀客陳季常為友。不過登山玩水，飲酒賦詩，軍務民情，秋毫無涉。光陰迅速，將及一載。時當重九之後，連日大風。一日風息，東坡兀坐書齋。忽想：「定惠院長老曾送我黃菊數種，栽於後園，今日何不去賞玩一番？」足猶未動，恰好陳季常相訪。東坡大喜，便拉陳慥同往後園看菊。到得菊花棚下，只見滿地鋪金，枝上全無一朵。嚇得東坡目瞪口呆，半晌無語。陳慥問道：「子瞻見菊花落瓣，緣何如此驚詫？」東坡道：「季常有所不知。平常見此花只是焦乾枯爛，並不落瓣。去歲在王荊公府中，見他詠菊詩二句，道：『西風昨夜過園林，吹落黃花滿地金。』小弟只道此老錯誤了，續詩二句道：『秋花不比春花落，說與詩人仔細吟。』卻不知黃州菊花果然落瓣！此老左遷小弟到黃州，原來使我看菊花也。」陳慥笑道：「古人說得好：廣知世事休開口，縱會人前只點頭。假若連頭俱不點，一生無惱亦無愁。」

東坡道：「小弟初然❾被謫，只道荊公恨我摘其短處，公報私仇。誰知他倒不錯，我倒錯了。真知灼見者，尚且有誤，何況其他！吾輩切記，不可輕易說人笑人，正所謂經一失長一智耳。」東坡命家人

❾ 初然：起初。

取酒，與陳季常就落花之下，席地而坐。正飲酒間，門上報道：「本府馬太爺拜訪，將到。」東坡分付：「辭了他罷。」是日，兩人對酌閒談，至晚而散。次日，東坡寫了名帖，答拜馬太守。馬公出堂迎接。彼時沒有迎賓館，就在後堂分賓而坐。茶罷，東坡因敘出去年相府錯題了菊花詩，得罪荊公之事。馬太守微笑道：「學生初到此間，也不知黃州菊花落瓣。親見一次，此時方信。可見老太師學問淵博，有包羅天地之抱負。學士大人，一時忽略，陷於不知，何不到京中太師門下賠罪一番，必然回嗔作喜。」東坡道：「學生也要去，恨無其由。」太守道：「將來有一事方便，只是不敢輕勞。」東坡問何事。太守道：「常規，冬至節必有賀表到京，例差地方官一員。學士大人若不嫌瑣屑，假進表為由，到京也好。」東坡道：「承堂尊大人用情，學生願往。」太守道：「這道表章，只得借重學士大筆。」東坡應允。別了馬太守回衙。想起荊公囑付要取瞿塘中峽水的話來。初時心中不服，連這取水一節，置之度外。如今卻要替他出力做這件事，以贖妄言之罪。但此事不可輕托他人。現今夫人有恙，思想家鄉，既承賢守公美意，不若告假親送家眷還鄉，取得瞿塘中峽水，庶為兩便。黃州至眉州，一水之地，路正從瞿塘三峽過。那三峽？

西陵峽，巫峽，歸峽。

西陵峽為上峽，巫峽為中峽，歸峽為下峽，那西陵峽又喚做瞿塘峽，在夔州府城之東。兩崖對峙，中貫一江。灩澦堆當其口，乃三峽之門。所以總喚做瞿塘三峽。此三峽共長七百餘里，兩岸連山無闕，重巒疊嶂，隱天蔽日。風無南北，惟有上下。自黃州到眉州，總有四千餘里之程，夔州適當其半。東坡心下計較：「若送家眷直到眉州，往回將及萬里，把賀冬表又耽誤了。我如今有個道理，叫做公私兩盡。從陸路送家眷至夔州，卻令家眷自回。我在夔州換船下峽，取了中峽之水，轉回黃州，方往東京。可不是公私兩盡。」算計已定，對夫人說知，收拾行李，辭別了馬太守。衙門上懸一個告假的牌面。擇了吉日，準備車馬，喚集人夫，合家起程。一路無事，自不必說。

纔過夷陵州，早是高唐縣。驛卒報好音，夔州在前面。

東坡到了夔州，與夫人分手。囑付得力管家，一路小心服侍夫人回去。東坡討個江船，自夔州開發，順流而下。原來這灩澦堆，是江口一塊孤石，亭亭獨立，夏即浸沒，冬即露出。因水滿石沒之時，舟人取途不定，故又名猶豫堆。俗諺云：

猶豫大如象，瞿塘不可上；猶豫大如馬，瞿塘不可下。

東坡在重陽後起身，此時尚在秋後冬前。又其年是閏八月，遲了一個月的節氣，所以水勢還大。上水時，舟行甚遲。下水時卻甚快。東坡來時正怕遲慢，所以舍舟從陸。回時乘著水勢，一瀉千里，好不順溜。東坡看見那峭壁千尋，沸波一線，想要做一篇三峽賦，結構不就。因連日鞍馬困倦，憑几搆思，不覺睡去。不曾分付得水手打水。及至醒來問時，已是下峽，過了中峽了。東坡分付：「我要取中峽之水，快與我撥轉船頭。」水手稟道：「老爺，三峽相連，水如瀑布，船如箭發。若回船便是逆水。日行數里，用力甚難。」東坡沉吟半晌，問：「此地可以泊船，有居民否？」水手稟道：「上三峽懸崖峭壁，船不能停。到歸峽，山水之勢漸平，崖上不多路，就有市井街道。」東坡叫泊了船，分付蒼頭：「你上崖去看有年長知事的居民，喚一個上來，不要聲張驚動了他。」蒼頭領命。登崖不多時，帶一個老人上船，口稱居民叩頭。東坡以美言撫慰：「我是過往客官，與你居民沒有統屬。要問你一句話。那瞿塘三峽，那一峽的水好？」老者道：「三峽相連，並無阻隔。上峽流於中峽，中峽流於下峽，晝夜不斷。一般樣水，難分好歹。」東坡暗想道：「荊公膠柱鼓瑟。三峽相連，一般樣水，何必定要中峽！」叫手下給官價與百姓買個乾淨磁甕，自己立於船頭，看水手將下峽水滿滿的汲了一甕，用柔皮紙封固，親手僉押，即刻開船。直至黃州拜了馬太守。夜間草成賀冬表，送去府中。

馬太守讀了表文，深贊蘇君大才。齎表官就僉了蘇軾名諱。擇了吉日，與東坡餞行。東坡齎了表文，帶了一甕蜀水，星夜來到東京。仍投大相國寺內。天色還早，命手下擡了水甕，乘馬到相府來見荊公。荊公正當閒坐，聞門上通報：「黃州團練使蘇爺求見。」荊公笑道：「已經一載矣！」分付守門官：「緩著些出去，引他東書房相見。」守門官領命。荊公先到書房。見柱上所貼詩稿，經年塵埃迷目。親手於鵲尾瓶中，取拂塵將塵拂去，儼然如舊。荊公端坐於書房。卻說守門官延捱了半晌，方請蘇爺。東坡聽說東書房相見，想起改詩的去處，面上赧然。勉強進府，到書房見了荊公下拜。荊公用手相扶道：「不在大堂相見。惟恐遠路風霜，休得過禮。」命童兒看坐。東坡坐下，偷看詩稿，貼於對面。荊公用拂塵往左一指道：「子瞻，可見光陰迅速，去歲作此詩，又經一載矣！」東坡起身拜伏於地。荊公用手扶住道：「子瞻為何？」東坡道：「晚學生甘罪了！」荊公道：「你見了黃州菊花落瓣麼？」東坡道：「是。」荊公道：「目中未見此一種，也怪不得子瞻！」東坡道：「晚學生才疏識淺，全仗老太師海涵。」茶罷，荊公問道：「老夫煩足下帶瞿塘中峽水，可有麼？」東坡道：「見攜府外。」荊公命堂候官❿兩員，將水甕擡進書房。荊公親以衣袖拂拭，紙封打開。命童兒茶竈中煨火，用銀銚汲水烹之。先取白定碗⓫一隻，投陽羨茶一撮於內。候湯如蟹眼，急取起傾入。其茶色半晌方見。荊公問：「此水何處取來？」東坡道：「巫峽。」荊公道：「是中峽了。」東坡道：「正是。」荊公笑道：「又來欺老夫了！此乃下峽之水，如何假名中峽？」東坡大驚。述土人之言：「三峽相連，一般樣水。晚學生誤聽了，實是取下峽之水！老太師何以辨之？」荊公道：「讀書人不可輕舉妄動，須是細心察理。老夫若非親到黃州，看過菊花，怎麼詩中敢亂道黃花落瓣？這瞿塘水性，出於水經補註。上峽水性太急，下峽太緩。惟中峽緩急相半。太醫院官乃明醫，知老夫乃中脘變症，故用中峽水引經。此水烹陽羨茶，上峽味濃，下峽味淡，中峽濃淡之間。今見茶色半晌方見，故知是下峽。」東坡離席謝罪。荊公道：「何罪之有！皆因子瞻過於聰明，以致疏略如此。老夫今日偶然無事，幸子瞻光顧。一向相處，尚不知子瞻學問真正如何？老夫不自揣量，要考子瞻一考。」東坡欣然答道：「晚學生請題。」荊公道：「且住！老夫若遽然考你，只說老夫恃了一日之長。子瞻倒先考老夫一考，然後老夫請教。」東坡鞠躬道：「晚學生怎麼敢？」荊公道：「子瞻既不肯考老夫，老夫卻不好僭妄。也罷，叫徐倫把書房中書櫥盡數與我開了。左右二十四櫥，書皆積滿。但憑於左右櫥內上中下三層取書一冊，不拘前後，念上文一句，老夫答下句不來，就算老夫無學。」東坡暗想道：「這老甚迂闊！難道這些書都記在腹內？雖然如此，不好去考他。」答應道：「這

❿ 堂候官：長官手下備使喚的小吏。

⓫ 白定碗：產於定州的碗。

個晚學生不敢！」荊公道：「咳！道不得個『恭敬不如從命』了！」東坡使乖⑫，只揀塵灰多處，料久不看，也忘記了。任意抽書一本，未見簽題，揭開居中，隨口念一句道：「如意君安樂否？」荊公接口道：「『竊已啖之矣。』可是？」東坡道：「正是。」荊公取過書來，問道：「這句書怎麼講？」東坡不曾看得書上詳細。暗想：「唐人譏則天后，曾稱薛敖曹為如意君。或者差人問候，曾有此言。只是下文說，『竊已啖之矣』，文理卻接上面不來。」沉吟了一會，又想道：「不要惹這老頭兒。千慮不如一實。」答應道：「晚學生不知。」荊公道：「這也不是什麼祕書，如何就不曉得？這是一樁小故事。漢末靈帝時，長沙郡武岡山後有一狐穴，深入數丈。內有九尾狐狸二頭。日久年深，皆能變化，時常化作美婦人，遇著男子往來，誘入穴中行樂。小不如意，分而食之。後有一人姓劉名璽，善於採戰之術，入山採藥，被二妖所擄。夜晚求懽，劉璽用抽添火候工夫，枕席之間，二狐快樂，稱為如意君。大狐出山打食，則小狐看守。小狐出山，則大狐亦如之。日就月將，竝無忌憚。酒後，露其本形。劉璽有恐怖之心，精力衰倦。一日，大狐出山打食，小狐在穴，求其雲雨，不果其欲。小狐大怒，生啖劉璽於腹內。大狐回穴，心記劉生，問道：『如意君安樂否？』小狐答道：『竊已啖之矣。』二狐相爭追逐，滿山喊叫。樵人竊聽，遂得其詳，記於『漢末全書』。子瞻想未涉獵？」東坡道：「老太師學問淵深，非晚輩淺學可及！」荊公微笑道：「這也算考過老夫了。老夫還席，也要考子瞻一考。子瞻休得吝教！」東坡道：「求老太師命題平易。」荊公道：「考別件事，又道老夫作難。久聞子瞻善於作對。今年閏了個八月，正月立春，十二月又是立春，是個兩頭春。老夫就將此為題，出句求對，以觀子瞻妙才。」命童兒取紙筆過來。荊公寫出一對道：

⑫ 使乖：賣弄聰明。

一歲二春雙八月，人間兩度春秋。

東坡雖是妙才，這對出得蹊蹺，一時尋對不出。羞顏可掬，面皮通紅了。荊公問道：「子瞻從湖州至黃州，可從蘇州、潤州經過麼？」東坡道：「此是便道。」荊公道：「蘇州金閶門外，至於虎丘，這一帶路，叫做山塘，約有七里之遙，其半路名為半塘。潤州古名鐵甕城，臨於大江，有金山、銀山、玉山，這叫做三山。俱有佛殿僧房，想子瞻都曾遊覽？」東坡答應道：「是。」荊公道：「老夫再將蘇潤二州，各出一對，求子瞻對之。」蘇州對云：

七里山塘，行到半塘三里半。

潤州對云：

鐵甕城西，金、玉、銀山三寶地。

東坡思想多時，不能成對，只得謝罪而出。荊公曉得東坡受了些腌臢，終惜其才。明日奏過神宗天子，復了他翰林學士之職。後人評這篇話道：「以東坡天才，尚然三被荊公所屈。何況才不如東坡者！」因作詩戒世云：

項托曾為孔子師，荊公反把子瞻嗤。為人第一謙虛好，學問茫茫無盡期。

第四卷　拗相公飲恨半山堂

得歲月，延歲月；得歡悅，且歡悅。萬事乘除總在天，何必愁腸千萬結。放心寬，莫量窄，古今興廢言不徹。金谷繁華眼底塵，淮陰事業鋒頭血，臨潼會上膽氣消，丹陽縣裏簫聲絕。時來弱草勝春花，運去精金遜頑鐵。逍遙快樂是便宜，到老方知滋味別。粗衣澹飯足家常，養得浮生一世拙。

閒話已畢，未入正文，且說唐詩四句：

周公恐懼流言日，王莽謙恭下士時。假使當年身便死，一生真偽有誰知！

此詩大抵說人品有真有偽，須要惡而知其美，好而知其惡。第一句說周公。那周公，姓姬名旦，是周文王少子。有聖德，輔其兄武王伐商，定了周家八百年天下。武王病，周公為冊文告天，願以身代。藏其冊於金匱，無人知之。以後武王崩，太子成王年幼。周公抱成王於膝，以朝諸侯。有庶兄管叔、蔡叔將謀不軌，心忌周公，反布散流言，說周公欺侮幼主，不久篡位。成王疑之。周公辭了相位，避居東國，心懷恐懼。一日天降大風疾雷，擊開金匱，成王見了冊文，方知周公之忠，迎歸相位，誅了管叔、蔡叔，周室危而復安。假如管叔、蔡叔流言方起，說周公有反叛之心，周公一病而亡，金匱之文未開，成王之疑未釋，誰人與他分辨？後世卻不把好人當做惡人？第二句說王莽。王莽字巨君，乃西漢平帝之舅。為人奸詐。自恃椒房寵勢，相國威權，陰有篡漢之意。恐人心不服，乃折節謙恭，尊禮賢士，假行公道，虛張功業。天下郡縣稱莽功德者，共四十八萬七千五百七十二人。莽知人心歸己。乃酖平帝，遷太后，自立為君。改國號曰新，一十八年。直至南陽劉文叔起兵復漢，被誅。假如王莽早死了十八年，卻不是完名全節一個賢宰相，垂之史冊？不把惡人當做好人麼？所以古人說：「日久見人心。」又道：「蓋棺論始定。」不可以一時之譽，斷其為君子；不可以一時之謗，斷其為小人。有詩為證：

毀譽從來不可聽，是非終久自分明。一時輕信人言語，自有明人話不平。

如今說先朝一個宰相，他在下位之時，也著實有名有譽的。後來大權到手，任性胡為，做錯了事，惹得萬口唾罵，飲恨而終。假若有名譽的時節，一個瞌睡死去了不醒，人還千惜萬惜，道國家沒福，恁般一個好人，未能大用，不盡其才，卻倒也留名於後世。及至萬口唾罵時，就死也遲了。這倒是多活了幾年的不是！那位宰相是誰？在那一個朝代？這朝代不近不遠，是北宋神宗皇帝年間，一個首相，姓王名安石，臨川人也。此人目下十行，書窮萬卷。名臣文彥博、歐陽脩、曾鞏、韓琦等，無不奇其才而稱之。方及二旬，一舉成名。初任浙江慶元府鄞縣知縣，興利除害，大有能聲。轉任揚州僉判。每讀書達旦不寐。日已高，聞太守坐堂，多不及盥漱而往。時揚州太守，乃韓魏公名琦者。見安石頭面垢污，知未盥漱，疑其夜飲，勸以勤學。安石謝教，絕不分辯。後韓魏公察聽他徹夜讀書，心甚異之，更誇其美。

陞江寧府知府，賢聲愈著，直達帝聽。正是：

只因前段好，誤了後來人。

神宗天子勵精圖治，聞王安石之賢，特召為翰林學士。天子問為治何法，安石以堯、舜之道為對，天子大悅。不二年，拜為首相，封荊國公，舉朝以為臯、夔復出，伊、周再生，同聲相慶。惟李承之見安石雙眼多白，謂是奸邪之相，他日必亂天下。蘇老泉見安石衣服垢敝，經月不洗面，以為不近人情，作辨奸論以刺之。此兩個人是獨得之見，誰人肯信！不在話下。

安石既為首相，與神宗天子相知，言聽計從，立起一套新法來。那幾件新法？

農田法，水利法，青苗法，均輸法，保甲法，免役法，市易法，保馬法，方田法，免行法。

專聽一個小人，姓呂名惠卿，及伊子王雱，朝夕商議，斥逐忠良，拒絕直諫。民間怨聲載道，天變迭興。荊公自以為是，復倡為三不足之說：

天變不足畏，人言不足恤，祖宗之法不足守。

因他性子執拗，主意一定，佛菩薩也勸他不轉，人皆呼為拗相公。文彥博、韓琦許多名臣，先誇佳說好的，到此也自悔失言。一個個上表爭論，不聽，辭官而去。自此持新法益堅。祖制紛更，萬民失業。

一日，愛子王雱病疽而死。荊公痛思之甚。招天下高僧，設七七四十九日齋醮，薦度亡靈。荊公親自行香拜表。其日，第四十九日齋醮已完，漏下四鼓，荊公焚香送佛，忽然昏倒於拜氈之上。左右呼喚不醒。到五更，如夢初覺。口中道：「詫異，詫異！」左右扶進中門。吳國夫人命丫鬟接入內寢，問其緣故。荊公眼中垂淚道：「適纔昏憒之時，恍恍忽忽到一個去處，如大官府之狀，府門尚閉。見吾兒王雱荷巨枷約重百斤，力殊不勝，蓬首垢面，流血滿體，立於門外，對我哭訴其苦，道：『陰司以兒父久居高位，不思行善，專一任性執拗，行青苗等新法，蠹國害民，怨氣騰天。兒不幸陽祿先盡，受罪極重，非齋醮可解。父親宜及早回頭，休得貪戀富貴！……』話猶未畢，府中開門吆喝，驚醒回來。」夫人道：「『寧可信其有，不可信其無。』妾亦聞外面人言籍籍，歸怨相公。相公何不急流勇退？早去一日，也省了一日的呪詈。」荊公從夫人之言，一連十來道表章，告病辭職。天子風聞外邊公論，亦有厭倦之意。遂從其請，以使相判江寧府。故宋時，凡宰相解位，都要帶個外任的職銜，到那地方資祿養老，不必管事。荊公想江寧乃金陵古蹟之地，六朝帝王之都，江山秀麗，人物繁華，足可安居，甚是得意。夫人臨行，盡出房中釵釧衣飾之類，及所藏寶玩，約數千金，布施各庵院寺觀打醮焚香，以資亡兒王雱冥福。擇日辭朝起身。百官設餞送行。荊公托病，都不相見。府中有一親吏，姓江名居，甚會答應。荊公只帶此一人，與僮僕隨家眷同行。

東京至金陵，都有水路。荊公不用官船，微服而行，駕一小艇，由黃河泝流而下。將次開船，荊公喚江居及眾僮僕分付：「我雖宰相，今已掛冠而歸。凡一路馬頭歇船之處，有問我何姓何名何官何職，汝等但言過往遊客，切莫對他說實話，恐驚動所在官府，前來迎送，或起夫❶防護，騷擾居民不便。若

❶ 起夫：徵集夫役。

或洩漏風聲，必是汝等需索地方常例，詐害民財。吾若知之，必皆重責。」眾人都道：「謹領鈞旨。」江居稟道：「相公白龍魚服，隱姓潛名。倘或途中小輩不識高低，有毀謗相公者，何以處之？」荊公道：「常言：『宰相腹中撐得船過。』從來人言不足恤。言吾善者，不足為喜；道吾惡者，不足為怒。只當耳邊風過去便了，切莫攬事。」江居領命，并曉諭水手知悉。自此水路無話。

不覺二十餘日，已到鍾離地方。荊公原有痰火症，住在小舟多日，情懷抑鬱，火症復發。思欲舍舟登陸，觀看市井風景，少舒愁緒。分付管家道：「此去金陵不遠。你可小心服侍夫人家眷，從水路，由瓜步淮揚過江；我從陸路而來，約到金陵江口相會。」安石打發家眷開船，自己只帶兩個僮僕，并親吏江居，主僕共是四人，登岸。

只因水陸舟車擾，斷送南來北往人。

江居稟道：「相公陸行，必用腳力。還是拿鈞帖到縣驛取討，還是自家用錢僱賃？」荊公道：「我分付在前，不許驚動官府，只自家僱賃便了。」江居道：「若自家僱賃，須要投個主家。」當下僮僕攜了包裹，江居引荊公到一個經紀人家來。主人迎接上坐。問道：「客官要往那裏去？」荊公道：「要往江寧，欲覓肩輿一乘，或騾或馬三匹，即刻便行。」主人道：「如今不比當初，忙不得哩！」荊公道：「為何？」主人道：「一言難盡！自從拗相公當權，創立新法，傷財害民，戶口逃散。雖留下幾戶窮民，只好奔走官差，那有空役等僱？況且民窮財盡，百姓饔餐不飽，沒閒錢去養馬騾。就有幾頭，也不勾差使。客官坐穩，我替你抓尋去。尋得下，莫喜；尋不來，莫怪。只是比往常一倍錢要兩倍哩！」江居問道：「你說那拗相公是誰？」主人道：「叫做王安石。聞說一雙白眼睛，惡人自有惡相。」荊公垂下眼皮，叫江居莫管別人家閒事。主人去了多時，來回復道：「轎夫只許你兩個，要三個也不能勾，沒有替換，卻要把四個人的夫錢僱他。馬是沒有，止尋得一頭騾，一個叫驢。明日五鼓到我店裏。客官將就去得時，可付些銀子與他。」荊公聽了前番許多惡話，不耐煩，巴不得走路。想道：「就是兩個夫子，緩緩而行也罷。只是少一個頭口。沒奈何，把一匹與江居坐，那一匹，教他兩個輪流坐罷。」分付江居，但憑主人定價，不要與他計較。江居把銀子稱付主人。日光尚早，荊公在主人家悶不過，喚童兒跟隨，走出街市閒行。果然市井蕭條，店房稀少。荊公暗暗傷感。步到一個茶坊，倒也潔淨。荊公走進茶坊，正欲喚茶，只見壁間題一絕句云：

祖宗制度至詳明，百載餘黎樂太平。白眼無端偏固執，紛紛變亂拂人情。

後款云：「無名子慨世之作。」荊公默然無語，連茶也沒興喫了。慌忙出門。又走了數百步，見一所道院。荊公道：「且去隨喜一回，消遣則個❷。」走進大門，就是三間廟宇。荊公正欲瞻禮，尚未跨進殿楹，只見朱壁外面粘著一幅黃紙，紙上有詩句：

五葉明良致太平，相君何事苦紛更？既言堯舜宜為法，當效伊周輔聖明！
排盡舊臣居散地，儘為新法誤蒼生。翻思安樂窩中老，先識天津杜宇聲。

❷則個：語助詞，加重語氣用。

先前英宗皇帝時，有一高士，姓邵名雍，別號堯夫，精於數學，通天徹地。自名其居為安樂窩。常與客遊洛陽天津橋上，聞杜宇之聲，歎道：「天下從此亂矣！」客問其故。堯夫答道：「天下將治，地氣自北而南，天下將亂，地氣自南而北。洛陽舊無杜宇，今忽有之，乃地氣自南而北之徵。不久天子必用南人為相，變亂祖宗法度，終宋世不得太平。」這個兆，正應在王安石身上。荊公默誦此詩一遍，問香火道人：「此詩何人所作？沒有落款。」道人道：「數日前，有一道侶到此索紙題詩，粘於壁上，說是罵什麼拗相公的。」荊公將詩紙揭下，藏於袖中，默然而出。回到主人家，悶悶的過了一夜。

五鼓雞鳴，兩名轎夫和一個趕腳的牽著一頭騾，一個叫驢都到了。荊公素性不十分梳洗，上了肩輿。江居乘了驢子。讓那騾子與僮僕兩個更換騎坐。約行四十餘里，日光將午，到一村鎮。江居下了驢，走上一步，稟道：「相公，該打中火了。」荊公因痰火病發，隨身扶手，帶得有清肺乾糕，及丸藥茶餅等物。分付手下：「只取沸湯一甌來，你們自去喫飯。」荊公將沸湯調茶，用了點心。眾人喫飯，兀自未了。荊公見屋傍有個坑廁，討一張手紙，走去登東❸。只見坑廁土牆上，白石灰畫詩八句：

初知鄞邑未陞時，為負虛名眾所推。蘇老辨奸先有識，李丞劾奏已前知。
斥除賢正專威柄，引進虛浮起禍基。最恨邪言「三不足」，千年流毒臭聲遺。

荊公登了東，覷個空，就左腳脫下一隻方舄，將舄底向土牆上抹得字跡糊塗，方纔罷手。眾人中火已畢。荊公復上肩輿而行。又三十里，遇一驛舍。江居稟道：「這官舍寬敞，可以止宿。」荊公道：「昨

❸ 登東：大便。

日叮嚀汝輩是甚言語！今宿於驛亭，豈不惹人盤問。還到前村，擇僻靜處民家投宿，方為安穩。」又行五里許，天色將晚。到一村家，竹籬茅舍，柴扉半掩。荊公叫江居上前借宿。江居推扉而入。內一老叟扶杖走出，問其來由。江居道：「某等遊客，欲暫宿尊居一宵，房錢依例奉納。」老叟道：「但隨官人們尊便。」江居引荊公進門，與主人相見。老叟延荊公上坐。見江居等三人侍立，知有名分，請到側屋裏另坐。老叟安排茶飯去了。荊公看新粉壁上，有大書律詩一首，詩云：

文章謾說自天成，曲學偏邪識者輕。強辨鶉刑非正道，誤餐魚餌豈真情。
奸謀已遂生前志，執拗空遺死後名。親見亡兒陰受梏，始知天理報分明。

荊公閱畢，慘然不樂。須臾，老叟搬出飯來，從人都飽餐，荊公也略用了些。問老叟道：「壁上詩何人寫作？」老叟道：「往來遊客所書，不知名姓。」公俛首尋思：「我曾辨鳥勒為鶉刑，及誤餐魚餌；二事人頗曉得。只亡兒陰府受梏事，我單對夫人說，並沒第二人得知，如何此詩言及！好怪好怪！」荊公因此詩末句刺著他痛心之處，狐疑不已。因問老叟高壽幾何。老叟道：「年七十八了。」荊公又問：「有幾位賢郎？」老叟撲簌簌淚下，告道：「有四子，都死了。與老妻獨居於此。」荊公道：「四子何為俱殀？」老叟道：「十年以來，苦為新法所害。諸子應門❹，或歿於官，或喪於途。老漢幸年高，得以苟延殘喘。倘若少壯，也不在人世了。」荊公驚問：「新法有何不便，乃至於此？」老叟道：「官人只看壁間詩可知矣。自朝廷用王安石為相，變易祖宗制度，專以聚斂為急，拒諫飾非，驅忠立佞。始設青苗

❹ 應門：支持門戶，當家。

法以虐農民，繼立保甲、助役、保馬、均輸等法，紛紜不一。官府奉上而虐下，日以箠掠為事。吏卒夜呼於門，百姓不得安寢。棄產業，攜妻子，逃於深山者，日有數十。此村百有餘家，今所存八九家矣。寒家男女共一十六口，今只有四口僅存耳！」說罷，淚如雨下。荊公亦覺悲酸。又問道：「有人說新法便民，老丈今言不便，願聞其詳。」老叟道：「王安石執拗，民間稱為拗相公。若言不便，便加怒貶；說便，便加陞擢。凡說新法便民者，都是諂佞輩所為，其實害民非淺！且如保甲上番❺之法，民家每一丁，教閱於場，又以一丁朝夕供送。雖說五日一教，那做保正的，日聚於教場中，受賄方釋。如沒賄賂，只說武藝不熟，拘之不放。以致農時俱廢，往往凍餒而死。」言畢，問道：「如今那拗相公何在？」荊公哄他道：「見在朝中輔相天子。」老叟唾地大罵道：「這等奸邪，不行誅戮，還要用他，公道何在！朝廷為何不相了韓琦、富弼、司馬光、呂誨、蘇軾諸君子，而偏用此小人乎！」江居等聽得客坐中諠嚷之聲，走來看時，見老叟說話太狠，咤叱道：「老人家不可亂言，倘王丞相聞知此語，獲罪非輕了。」老叟矍然怒起道：「吾年近八十，何畏一死！若見此奸賊，必手刃其頭，刳其心肝而食之。雖赴鼎鑊刀鋸，亦無恨矣！」眾人皆吐舌縮項。荊公面如死灰，不敢答言。起立庭中，對江居說道：「月明如晝，還宜趲路。」江居會意，去還了老叟飯錢，安排轎馬。荊公舉手與老叟分別。老叟笑道：「老拙自罵奸賊王安石，與官人何干，乃艴然而去，莫非官人與王安石有甚親故麼？」荊公連聲答道：「沒有，沒有！」荊公登輿，分付快走。從者跟隨踏月而行。

又走十餘里，到樹林之下。只有茅屋三間，並無鄰比。荊公道：「此頗幽寂，可以息勞。」命江居

❺ 上番：上班、出勤。

叩門。內有老嫗啟扉。江居亦告以遊客貪路，錯過邸店，特來借宿，來早奉謝。老嫗指中一間屋道：「此處空在，但宿何妨。只是草房窄狹，放不下轎馬。」江居道：「不妨，我有道理。」荊公降輿入室。江居分付將轎子置於簷下，騾驢放在樹林之中。荊公坐於室內。看那老嫗時，衣衫藍縷，鬢髮蓬鬆，草舍泥牆，頗為潔淨。老嫗取燈火，安置荊公，自去睡了。荊公見窗間有字，攜燈看時，亦是律詩八句。詩云：

生已沽名衒氣豪，死猶虛偽惑兒曹。既無好語遺吳國，卻有浮辭誑葉濤。
四野逃亡空白屋，千年嗔恨說青苗。想因過此來親睹，一夜愁添雪鬢毛。

荊公閱之，如萬箭攢心，好生不樂。想道：「一路來，茶坊道院，以至村鎮人家，處處有詩譏誚。這老嫗獨居，誰人到此，亦有詩句，足見怨詞詈語遍於人間矣！那第二聯說『吳國』，乃吾之夫人也。葉濤，是吾故友。此二句詩意猶不可解。」欲喚老嫗問之，聞隔壁打鼾之聲。江居等馬上辛苦，俱已睡去。荊公展轉尋思，撫膺頓足，懊悔不迭。想道：「吾只信福建子之言，道民間甚便新法，故吾違眾而行之。焉知天下怨恨至此！此皆福建子誤我也！」——呂惠卿是閩人，故荊公呼為福建子。——是夜，荊公長吁短歎，和衣偃臥，不能成寐。吞聲暗泣，兩袖皆沾溼了。將次天明，老嫗起身，蓬著頭同一赤腳蠢婢，趕二豬出門外。婢攜糠粃，老嫗取水，用木杓攪於木盆之中，口中呼：「囉，囉，囉，拗相公來。」二豬聞呼，就盆喫食。婢又呼雞：「咮，咮，咮，咮，王安石來。」群雞俱至。江居和眾人看見，無不驚訝。荊公心愈不樂。因問老嫗道：「老人家何為呼雞豕之名如此？」老嫗道：「官人難道不知，王安石即當今之丞相，拗相公是他的渾名。自王安石做了相公，立新法以擾民。老妾二十年孀婦，子媳俱無，止與一婢同處。婦女二口，也要出免役助役等錢；錢既出了，差役如故。老妾以桑麻為業，蠶未成眠，便預借絲錢用了。麻未上機，又借布錢用了。桑麻失利，只得畜豬養雞，等候吏胥里保來徵役錢；或准與他，或烹來款待他，自家不曾嘗一塊肉。故此民間怨恨新法，入於骨髓。畜養雞豕，都呼為拗相公，王安石，把王安石當做畜生。今世沒奈何他，後世得他變為異類，烹而食之，以快胸中之恨耳！」荊公暗暗垂淚，不敢開言。左右驚訝。荊公容顏改變，索鏡自照，只見鬚髮俱白，兩目皆腫。心下淒慘，自己憂恚所致。思想「一夜愁添雪鬢毛」之句，豈非數乎！命江居取錢謝了老嫗，收拾起身。

江居走到輿前，稟道：「相公施美政於天下，愚民無知，反以為怨。今宵不可再宿村舍。還是驛亭官舍，省些閒氣。」荊公口雖不答，點頭道是。上路多時，到一郵亭。江居先下驢，扶荊公出轎升亭而坐。安排早飯。荊公看亭子壁間，亦有絕句二首，第一首云：

富韓司馬總孤忠，懇諫良言過耳風。只把惠卿心腹待，不知殺羿是逢蒙。

第二首云：

高談道德口懸河，變法誰知有許多！他日命衰時敗後，人非鬼責奈愁何？

荊公看罷，艴然大怒，喚驛卒問道：「何物狂夫，敢毀謗朝政如此！」有一老卒應道：「不但此驛有詩，是處皆有留題也。」荊公問道：「此詩為何而作？」老卒道：「因王安石立新法以害民，所以民恨入骨。近聞得安石辭了相位，判江寧府，必從此路經過。早晚常有村農數百在此左近，伺候他來。」荊公道：「伺他來，要拜謁他麼？」老卒笑道：「仇怨之人，何拜謁之有！眾百姓持白梃，候他到時，打殺了他，分而啖之耳。」荊公大駭。不等飯熟，趨出郵亭上轎。江居喚眾人隨行。一路只買乾糧充飢。

荊公更不出轎。分付兼程趲路，直至金陵，與吳國夫人相見。羞入江寧城市，乃卜居於鍾山之半，名其堂曰半山。荊公只在半山堂中，看經佞佛，冀消罪愆。他原是過目成誦極聰明的人，一路所見之詩，無字不記。私自寫出與吳國夫人看之。方信亡兒王雱陰府受罪，非偶然也。以此終日憂憤，痰火大發。兼以氣膈，不能飲食。延及歲餘，奄奄待盡，骨瘦如柴，支枕而坐。吳國夫人在傍墮淚問道：「相公有甚好言語分付？」荊公道：「夫婦之情，偶合耳。我死，更不須掛念。只是散盡家財，廣修善事便了……」言未已，忽報故人葉濤特來問疾。夫人迴避。荊公請葉濤床頭相見。執其手，囑道：「君聰明過人，宜多讀佛書，莫作沒要緊文字，徒勞無益。王某一生枉費精力，欲以文章勝人。今將死之時，悔之無及。」葉濤安慰道：「相公福壽正遠，何出此言？」荊公歎道：「生死無常，老夫只恐大限一至，不能發言，故今日為君敘及此也。」葉濤辭去。荊公忽然想起老嫗草舍中詩句第二聯道：

既無好語遺吳國，卻有浮詞誑葉濤。

今日正應其語。不覺撫髀長歎道：「事皆前定，豈偶然哉！作此詩者，非鬼即神。不然，如何曉得我未來之事？吾被鬼神誚讓如此，安能久於人世乎！」

不幾日，疾革，發譫語，將手批頰自罵道：「王某上負天子，下負百姓，罪不容誅。九泉之下，何面目見唐子方諸公乎?」一連罵了三日，嘔血數升而死。那唐子方名介，乃是宋朝一個直臣，苦諫新法不便，安石不聽，也是嘔血而死的。一般樣死，比王安石死得有名聲。至今山間人家，尚有呼豬為拗相公者。後人論宋朝元氣，都為熙寧變法所壞，所以有靖康之禍。有詩為證：

熙寧新法諫書多，執拗行私奈爾何！不是此番元氣耗，虜軍豈得渡黃河？

又有詩惜荊公之才：

好個聰明介甫翁，高才歷任有清風。可憐覆餗因高位，只合終身翰苑中。

第五卷　呂大郎還金完骨肉

毛寶放龜懸大印，宋郊渡蟻占高魁。世人盡說天高遠，誰識陰功暗裏來。

話說浙江嘉興府長水塘地方，有一富翁，姓金名鐘，家財萬貫，世代都稱員外。性至慳吝。平生常有五恨，那五恨？

一恨天，二恨地，三恨自家，四恨爹娘，五恨皇帝。

恨天者，恨他不常常六月，又多了秋風冬雪，使人怕冷，不免費錢買衣服來穿。恨地者，恨他樹木生得不湊趣；若是湊趣，生得齊整如意，樹本就好做屋柱，枝條大者，就好做梁，細者就好做椽，卻不省了匠人工作。恨自家者，恨肚皮不會作家❶，一日不喫飯，就餓將起來。恨爹娘者，恨他遺下許多親眷朋友，來時未免費茶費水。恨皇帝者，我的祖宗分授的田地，卻要他來收錢糧。不止五恨，還有四願，願得四般物事。那四般物事？

一願得鄧家銅山，

❶ 作家：省儉。

二願得郭家金穴，
三願得石崇的聚寶盆，
四願得呂純陽祖師點石為金這個手指頭。

因有這四願，五根，心常不足。積財聚穀，日不暇給。真個是數米而炊，稱柴而爨。因此鄉里起他一個異名，叫做金冷水，又叫金剝皮。尤不喜者是僧人。世間只有僧人討便宜，他單會布施俗家的東西，再沒有反布施與俗家之理。所以金冷水見了僧人，就是眼中之釘，舌中之刺。他住居相近處，有個福善庵。金員外生年五十，從不曉得在庵中破費一文的香錢。所喜渾家單氏，與員外同年同月同日，只不同時。他偏喫齋好善。金員外喜他的是喫齋，惱他的是好善。因四十歲上，尚無子息。單氏瞞過了丈夫，將自己釵梳二十餘金，布施與福善庵老僧，教他粧佛誦經祈求子嗣。佛門有應，果然連生二子，且是俊秀。因是福善庵祈求來的，大的小名福兒，小的小名善兒。單氏自得了二子之後，時常瞞了丈夫，偷柴偷米，送與福善庵，供養那老僧。金員外偶然察聽了些風聲，便去呪天罵地，夫妻反目，直聒得一個不耐煩方休。如此也非止一次。只為渾家也是個硬性，鬧過了，依舊不理。其年夫妻齊壽，皆當五旬。福兒年九歲，善兒年八歲，踏肩❷生下來的，都已上學讀書，十全之美。到生辰之日，金員外恐有親朋來賀壽，預先躲出。單氏又湊些私房銀兩，送與庵中打一壇齋醮。一來為老夫婦齊壽，二來為兒子長大，了還愿心。日前也曾與丈夫說過來，丈夫不肯，所以只得私房做事。其夜，和尚們要鋪設長生佛燈，叫

---

❷ 踏肩：即「挨肩」，一個頂一個。

香火道人至金家，問金阿媽要幾斗糙米。單氏偷開了倉門，將米三斗，付與道人去了。隨後金員外回來，單氏還在倉門口封鎖。被丈夫窺見了，又見地下狼籍些米粒，知是私房做事。欲要爭嚷，心下想道：「今日生辰好日，況且東西去了，也討不轉來，乾拌去了涎沫。」只推不知，忍住這口氣。一夜不睡。左思右想道：「叵耐❸這賊禿常時來蒿惱我家！倒是我看家的一個耗鬼。除非那禿驢死了，方絕其患。」恨無計策。到天明時，老僧攜著一個徒弟來回覆醮事。原來那和尚也怕見金冷水，且站在門外張望。金老早已瞧見。眉頭一皺，計上心來。取了幾文錢，從側門走出市心，到山藥鋪裏贖些砒霜。轉到賣點心的王三郎店裏。王三郎正蒸著一籠熟粉，擺一碗糖餡，要做餅子。金冷水袖裏摸出八文錢撇在櫃上道：「三郎收了錢，大些的餅子與我做四個。餡卻不要下少了。你只捏著窩兒，等我自家下餡則個。」王三郎口雖不言，心下想道：「有名的金冷水，金剝皮，自從開這幾年點心鋪子，從不見他家半文之面。今日好利市，也撰❹他八個錢。他是好便宜的。便等他多下些餡去，扳他下次主顧。」王三郎向籠中取出雪團樣的熟粉，真個捏做窩兒，遞與金冷水說道：「員外請尊便。」金冷水卻將砒霜末悄悄的撒在餅內，然後加餡，做成餅子。如此一連做了四個，熱烘烘的放在袖裏。離了王三郎店，望自家門首踱將進來。那兩個和尚，正在廳中喫茶。金老欣然相揖。揖罷，入內對渾家道：「兩個師父侵早到來，恐怕肚裏飢餓。適纔鄰舍家，邀我喫點心。我見餅子熱得好，袖了他四個來。何不就請了兩個師父？」單氏深喜丈夫回心向善，取個朱紅楪子，把四個餅子裝做一楪，叫丫鬟托將出去。那和尚見了員外回家，不敢久坐，已

❸ 叵耐：同「叵耐」，不可耐、可恨的意思。
❹ 撰：借作「賺」。

無心喫餅了。見丫鬟送出來，知是阿媽美意，也不好虛得。將四個餅子裝做一袖，叫聲咶噪❺，出門回庵而去。金老暗暗歡喜，不在話下。卻說金家兩個學生，在社學中讀書。放了學時，常到庵中頑耍。這一晚，又到庵中。老和尚想道：「金家兩位小官人，時常到此，沒有什麼請得他。今早金阿媽送我四個餅子還不曾動，放在櫥櫃裏。何不將來熯熱❻了，請他喫一杯茶？」當下分付徒弟在櫥櫃裏，取出四個餅子，廚房下熯得焦黃，熱了兩杯濃茶，擺在房裏，請兩位小官人喫茶。兩個學生頑耍了半晌，正在肚飢。見了熱騰騰的餅子，一人兩個，都喫了。不喫時猶可，喫了呵，分明是：

一塊火燒著心肝，萬桿鎗攢卻腹肚！

兩個一時齊叫肚疼。跟隨的學童慌了，要扶他回去。奈兩個疼做一堆，跑走不動。老和尚也著了忙，正不知什麼意故。只得叫徒弟一人背了一個，學童隨著，送回金員外家，二僧自去了。金家夫婦這一驚非小，慌忙叫學童問其緣故。學童道：「方纔到福善庵喫了四個餅子，便叫肚疼起來。那老師父說，這餅子原是我家今早把與他喫的。他不捨得喫，將來恭敬兩位小官人。」金員外情知蹊蹺了，只得將砒霜實情對阿媽說知。單氏心下越慌了，便把涼水灌他，如何灌得醒！須臾七竅流血，嗚呼哀哉，做了一對殤鬼。單氏千難萬難，祈求下兩個孩兒，卻被丈夫不仁，自家毒死了。待要廝罵一場，也是枉然。氣又忍不過，苦又熬不過。走進內房，解下束腰羅帕，懸梁自縊。金員外哭了兒子一場，方纔收淚。到房中與

❺ 咶噪：打擾。
❻ 熯熱：烘熱。

阿媽商議說話，見梁上這件打鍬韆的東西，嚇得半死。登時就得病上床，不勾七日，也死了。金氏族家，平昔恨那金冷水，金剝皮慳吝，此時天賜其便，大大小小，都蜂擁而來，將家私搶個罄盡。此乃萬貫家財，有名的金員外一個終身結果。不好善而行惡之報也。有詩為證：

餅內砒霜那得知？害人番害自家兒。舉心動念天知道，果報昭彰豈有私。

方纔說金員外只為行惡上，拆散了一家骨肉。如今再說一個人，單為行善上，周全了一家骨肉。正是：

善惡相形，禍福自見。戒人作惡，勸人為善。

話說江南常州府無錫縣東門外，有個小戶人家，兄弟三人。大的叫做呂玉，第二的叫做呂寶，第三的叫做呂珍。呂玉娶妻王氏，呂寶娶妻楊氏，俱有姿色。呂珍年幼未娶。王氏生下一個孩子，小名喜兒，方纔六歲，跟鄰舍家兒童出去看神會。夜晚不回。夫妻兩個煩惱，出了一張招子❼，街坊上，叫了數日，全無影響。呂玉氣悶，在家裏坐不過，向大戶家借了幾兩本錢，往太倉嘉定一路，收些綿花布疋，各處販賣，就便訪問兒子消息。每年正二月出門，到八九月回家，又收新貨。走了四個年頭，雖然趁些利息，眼見得兒子沒有尋處了。日久心慢，也不在話下。到第五個年頭，呂玉別了王氏，又去做經紀。何期中途遇了個大本錢的布商，談論之間，知道呂玉買賣中通透，拉他同往山西脫貨，就帶羢貨轉來發賣，於中有些用錢相謝。呂玉貪了蠅頭微利，隨著去了。及至到了山西，發貨之後，遇著連歲荒歉，討賒帳不

❼ 招子：告白。

起，不得脫身。呂玉少年久曠，也不免行戶中走了一兩遍，走出一身風流瘡。服藥調治，無面回家。捱到三年，瘡纔痊好。討清了帳目。那布商因為稽遲了呂玉的歸期，加倍酬謝。呂玉得了些利物，等不得布商收貨完備，自己販了些粗細絨褐，相別先回。一日早晨，行至陳留地方，偶然去坑廁出恭。見坑板上遺下個青布搭膊。檢在手中，覺得沉重。取回下處，打開看時，都是白物，約有二百金之數。呂玉想道：「這不意之財，雖則取之無礙，倘或失主追尋不見，好大一場氣悶。古人見金不取，拾帶重還。我今年過三旬，尚無子嗣。要這橫財何用！」忙到坑廁左近伺候。只等有人來抓尋，就將原物還他。等了一日，不見人來。次日只得起身。又行了五百餘里，到南宿州地方。其日天晚，下一個客店。遇著一個同下的客人，閒論起江湖生意之事。那客人說起自不小心，五日前侵晨到陳留縣解下搭膊登東。偶然官府在街上過，心慌起身，卻忘記了那搭膊。裏面有二百兩銀子。直到夜裏脫衣要睡，方纔省得。想著過了一日，自然有人拾去了。轉去尋覓，也是無益。只得自認晦氣罷了。呂玉便問：「老客尊姓？高居何處？」客人道：「在下姓陳，祖貫徽州。今在揚州閘上開個糧食鋪子。敢問老兄高姓？」呂玉道：「小弟姓呂，是常州無錫縣人，揚州也是順路。相送尊兄到彼奉拜。」客人也不知詳細，答應道：「若肯下顧最好。」次早，二人作伴同行。不一日，來到揚州閘口。呂玉也到陳家鋪子。登堂作揖。陳朝奉看坐獻茶。呂玉先提起陳留縣失銀子之事，盤問他搭膊模樣。「是個深藍青布的，一頭有白線緝一個『陳』字。」呂玉心下曉然，便道：「小弟前在陳留拾得一個搭膊，倒也相像，把來與尊兄認看。」陳朝奉見了搭膊，道：「正是。」搭膊裏面銀兩，原封不動。呂玉雙手遞還陳朝奉。陳朝奉過意不去，要與呂玉均分。呂玉不肯。陳朝奉道：「便不均分，也受我幾兩謝禮，等在下心安。」呂玉那裏肯受。陳朝奉感激不盡，慌忙擺飯相款。思想：「難得呂玉這般好人，還金之恩，無門可報。自家有十二歲一個女兒，要與呂君扳一脈親往來，第不知他有兒子否？」飲酒中間，陳朝奉問道：「恩兄，令郎幾歲了？」呂玉不覺掉下淚來，答道：「小弟只有一兒，七年前為看神會，失去了。至今並無下落。荊妻亦別無生育。如今回去，意欲尋個螟蛉之子，出去幫扶生理，只是難得這般湊巧的。」陳朝奉道：「舍下數年之間，將三兩銀子，買得一個小廝，貌頗清秀，又且乖巧，也是下路人❽帶來的。如今一十三歲了，伴著小兒在學堂中上學。恩兄若看得中意時，就送與恩兄服侍，也當我一點薄敬。」呂玉道：「若肯相借，當奉還身價。」陳朝奉道：「說那裏話來！只恐恩兄不用時，小弟無以為情。」當下便教掌店的，去學堂中喚喜兒到來。呂玉聽得名字與他兒子相同，心中疑惑。須臾，小廝喚到。穿一領蕪湖青布的道袍，生得果然清秀。習慣了學堂中規矩，見了呂玉，朝上深深唱個喏。呂玉心下便覺得歡喜。仔細認出兒子面貌來。四歲時，因跌損左邊眉角，結一個小疤兒，有這點可認。呂玉便問道：「幾時到陳家的？」那小廝想一想道：「有六七年了。」又問他：「你原是那裏人？誰賣你在此？」那小廝道：「不十分詳細。只記得爹叫做呂大。還有兩個叔叔在家。娘姓王，家在無錫城外。小時被人騙出，賣在此間。」呂玉聽罷，便抱那小廝在懷，叫聲：「親兒！我正是無錫呂大！是你的親爹了。失了你七年，何期在此相遇！」正是：

水底撈針針已得，掌中失寶寶重逢。
筵前相抱殷懃認，猶恐今朝是夢中。

小廝眼中流下淚來。呂玉傷感，自不必說。呂玉起身拜謝陳朝奉：「小兒若非府上收留，今日安得

---

❽ 下路人：北方人稱長江下游的人為「下路人」。

父子重會？」陳朝奉道：「恩兄有還金之盛德，天遣尊駕到寒舍，父子團圓。小弟一向不知是令郎，甚愧怠慢。」呂玉又叫喜兒拜謝了陳朝奉。陳朝奉定要還拜，呂玉不肯。再三扶住，受了兩禮。便請喜兒坐於呂玉之傍。陳朝奉開言：「承恩兄相愛，學生有一女年方十二歲，欲與令郎結絲蘿之好。」呂玉見他情意真懇，謙讓不得，只得依允。是夜父子同榻而宿，說了一夜的話。次日，呂玉辭別要行。陳朝奉留住，另設個大席面，款待新親家，新女婿，就當送行。酒行數巡，陳朝奉取出白金二十兩，向呂玉說道：「賢婿一向在舍有慢，今奉些須薄禮相贖，權表親情，萬勿固辭。」呂玉道：「過承高門俯就，舍下就該行聘定之禮。因在客途，不好苟且。如何反費親家厚賜？決不敢當！」陳朝奉道：「這是學生自送與賢婿的，不干親翁之事。親翁若見卻，就是不允這頭親事了。」呂玉沒得說，只得受了。叫兒子出席拜謝。陳朝奉扶起道：「些微薄禮，何謝之有。」喜兒又進去謝了丈母。當日開懷暢飲，至晚而散。

呂玉想道：「我因這還金之便，父子相逢，誠乃天意。又攀了這頭好親事，似錦上添花。無處報答天地。有陳親家送這二十兩銀子，也是不意之財。何不擇個潔淨僧院，糴米齋僧，以種福田。」主意定了。次早，陳朝奉又備早飯。呂玉父子喫罷，收拾行囊，作謝而別。喚了一隻小船，搖出閘外。約有數里，只聽得江邊鼎沸。原來壞了一隻人載船，落水的號呼求救。崖上人招呼小船打撈，小船索要賞犒，在那裏爭嚷。呂玉想道：「救人一命，勝造七級浮屠。比如我要去齋僧，何不捨這二十兩銀子做賞錢，教他撈救，見在功德。」當下對眾人說：「我出賞錢，快撈救。若救起一船人性命，把二十兩銀子與你們。」眾人聽得有二十兩銀子賞錢，小船如蟻而來。連崖上人，也有幾個會水性的，赴水去救。須臾之間，把一船人都救起。呂玉將銀子付與眾人分散。水中得命的，都千恩萬謝。只見內中一人，看了呂玉叫道：

「哥哥那裏來？」呂玉看他，不是別人，正是第三個親弟呂珍。呂玉合掌道：「慚愧，慚愧！天遣我撈救兄弟一命。」忙扶上船，將乾衣服與他換了。呂珍納頭便拜。呂玉答禮。就叫姪兒見了叔叔。把還金遇子之事，述了一遍。呂珍驚訝不已。呂玉問道：「你卻為何到此？」呂珍道：「一言難盡。自從哥哥出門之後，一去三年。有人傳說哥哥在山西害了瘡毒身故。二哥察訪得實，嫂嫂已是成服戴孝。兄弟只是不信。二哥近日又要逼嫂嫂嫁人。嫂嫂不從。因此教兄弟親到山西訪問哥哥消息，不期於此相會。又遭覆溺，得哥哥撈救。天與之幸！哥哥不可怠緩，急急回家，以安嫂嫂之心。遲則，怕有變了。」呂玉聞說驚慌。急叫家長❾開船，星夜趕路。正是：

心忙似箭惟嫌緩，船走如梭尚道遲！

再說王氏聞丈夫凶信，初時也疑惑。被呂寶說得活龍活現❿，也信了。少不得換了些素服。呂寶心懷不善，想著哥哥已故，嫂嫂又無所出。況且年紀後生，要勸他改嫁，自己得些財禮。教渾家楊氏與阿姆⓫說。王氏堅意不從。又得呂珍朝夕諫阻。所以其計不成。王氏想道：『千聞不如一見。』雖說丈夫已死，在幾千里之外，不知端的。」央小叔呂珍是必親到山西，問個備細。如果然不幸，骨殖也帶一塊回來。呂珍去後，呂寶愈無忌憚。又連日賭錢輸了，沒處設法。偶有江西客人喪偶，要討一個娘子。呂

---

❾ 家長：船家。

❿ 活龍活現：像真的一般。

⓫ 阿姆：弟婦對嫂嫂的稱呼。

寶就將嫂嫂與他說合。那客人也訪得呂大的渾家，有幾分顏色。情願出三十兩銀子。呂寶得了銀子，向客人道：「家嫂有些粧喬⑫，好好裏請他出門，定然不肯。今夜黃昏時分，喚了人轎，悄地到我家來。只看戴孝髻的，便是家嫂。更不須言語，扶他上轎，連夜開船去便了。」客人依計而行。卻說呂寶回家，恐怕嫂嫂不從，在他跟前不露一字。卻私下對渾家做個手勢道：「那兩腳貨⑬，今夜要出脫與江西客人去了。我生怕他哭哭啼啼，先躲出去。黃昏時候，你勸他上轎。日裏且莫對他說。」呂寶自去了。卻不曾說明孝髻的事。原來楊氏與王氏妯娌最睦，心中不忍，一時丈夫做主，沒奈他何。欲言不言。直挨到酉牌時分，只得與王氏透個消息：「我丈夫已將姆姆嫁與江西客人，少停，客人就來取親，教我莫說。我與姆姆情厚，不好瞞得。你房中有甚細軟家私，須先收拾，打個包裹，省得一時忙亂。」王氏啼哭起來，叫天叫地。楊氏道：「不是奴苦勸姆姆。後生家孤孀，終久不了。吊桶已落在井裏，也是一緣一會。哭也沒用！」王氏道：「嬸嬸說那裏話！我丈夫雖說已死，不曾親見。且待三叔回來，定有個真信。如今逼得我好苦！」說罷又哭。楊氏左勸右勸。王氏住了哭說道：「嬸嬸，既要我嫁人，罷了。怎好戴孝髻出門？嬸嬸尋一頂黑髻與奴換了。」楊氏又要忠丈夫之托，又要姆姆面上討好，連忙去尋黑髻來換。也是天數當然，舊髻兒也尋不出一頂。王氏道：「嬸嬸，你是在家的，暫時換你頭上的髻兒與我。明早你教叔叔鋪裏取一頂來換了就是。」楊氏道：「使得。」便除下髻來遞與姆姆。王氏將自己孝髻除下，換與楊氏戴了。王氏又換了一身色服。黃昏過後，江西客人，引著燈籠火把，擡著一頂花花轎，吹手雖

⑫ 粧喬：粧腔。

⑬ 兩腳貨：「人」的隱語。

有一副，不敢吹打。如風似雨，飛奔呂家來。呂寶已自與了他暗號。眾人推開大門，只認戴孝髻的就搶。楊氏嚷道：「不是！」眾人那裏管三七二十一！搶上轎時，鼓手吹打，轎夫飛也似擡去了。

一派笙歌上客船，錯疑孝髻是姻緣。新人若向新郎訴，只怨親夫不怨天。

王氏暗暗叫謝天謝地。關了大門，自去安歇。次日天明，呂寶意氣揚揚，敲門進來。看見是嫂嫂開門，喫了一驚。房中不見了渾家。見嫂子頭上戴的是黑髻，心中大疑。問道：「嫂嫂，你嬸子那裏去了？」王氏暗暗好笑答道：「昨夜被江西蠻子搶去了。」呂寶道：「那有這話！且問嫂嫂如何不戴孝髻？」王氏將換髻的緣故，述了一遍。呂寶搥胸只是叫苦。指望賣嫂子，誰知倒賣了老婆！江西客人已是開船去了。三十兩銀子，昨晚一夜，就賭輸了一大半。再要娶這房媳婦子，今生休想。復又思量，一不做，二不休，有心是這等，再尋個主顧把嫂子賣了，還有討老婆的本錢。方欲出門，只見門外四五個人，一擁進來，不是別人，卻是哥哥呂玉，兄弟呂珍，姪子喜兒，與兩個腳家，馱了行李貨物進門。呂寶自覺無顏，後門逃出，不知去向。王氏接了丈夫，又見兒子長大回家，問其緣故。呂玉從頭至尾，敘了一遍。王氏也把江西人搶去嬸嬸，呂寶無顏，後門走了一段情節敘出。呂玉道：「我若貪了這二百兩非意之財，怎勾父子相見？若惜了那二十兩銀子，不去撈救覆舟之人，怎能勾兄弟相逢？若不遇兄弟時，怎知家中信息？今日夫妻重會，一家骨肉團圓，皆天使之然也。逆弟賣妻，也是自作自受，皇天報應，的然不爽！」自此益修善行，家道日隆。後來喜兒與陳員外之女做親，子孫繁衍，多有出仕貴顯者。詩云：

本意還金兼得子，立心賣嫂反輸妻。世間惟有天工巧，善惡分明不可欺。

第六卷　俞仲舉題詩遇上皇

日月盈虧，星辰失度，為人豈無興衰？子房年幼，逃難在徐邳，伊尹曾耕莘野，子牙嘗釣磻溪。君不見：韓侯未遇，遭胯下受驅馳，蒙正瓦窰借宿，裴度在古廟依棲。時來也，皆為將相，方表是男兒。

漢武帝元狩二年，四川成都府一秀士，司馬長卿，雙名相如，自父母雙亡，孤身無倚，虀鹽自守。貫串百家，精通經史。雖然遊藝江湖，其實志在功名。出門之時，過城北七里許，曰昇仙橋，相如大書於橋柱上：「大丈夫不乘駟馬車，不復過此橋。」所以北抵京洛，東至齊楚，遂依梁孝王之門。與鄒陽枚皋輩為友。不期梁王薨，相如謝病歸成都市上。臨邛縣有縣令王吉，每每使人相招。一日到彼相會，盤桓旬日。談間，言及本處卓王孫，巨富，有亭臺池館，華美可翫。縣令著人去說，教他接待。卓王孫貲財巨萬，僮僕數百，門闌奢侈。園中有花亭一所，名曰瑞仙。四面芳菲爛熳，真可遊息。京洛名園，皆不能過此。這卓員外喪偶不娶，慕道修真。止有一女，小字文君，年方十九，新寡在家。聰慧過人，姿態出眾。琴棋書畫，無所不通。員外一日早晨，聞說縣令友人司馬長卿，乃文章巨儒，要來遊玩園池，特來拜訪。慌忙迎接，至後花園中，瑞仙亭上。動問已畢，卓王孫置酒相待。見長卿丰姿俊雅，且是王縣令好友，甚相敬重。道：「先生去縣中安下不便，何不在敝舍權住幾日？」相如感其厚意，遂令人喚琴童攜行李來瑞仙亭安下。倏忽半月。且說卓文君在繡房中閒坐，聞侍女春兒說：「有秀士司馬長卿相訪，員外留他在瑞仙亭安寓。此生丰姿俊雅，且善撫琴。」文君心動。乃於東牆瑣窗❶內，竊窺視相如才貌。「日後必然大貴。但不知有妻無妻？我若得如此之丈夫，平生願足！爭奈此人簞瓢屢空，若待媒證求親，俺父親決然不肯。倘若挫過此人，再後難得。」過了兩日，女使春兒見小姐雙眉愁蹙，必有所思。乃對小姐道：「今夜三月十五日，月色光明。何不往花園中散悶則個？」小姐口中不說，心下思量：「自見了那秀才，日夜廢寢忘餐，放心不下。我今主意已定。雖然有虧婦道，是我一世前程。」收拾了些金珠首飾，分付春兒安排酒菓：「今夜與你賞月散悶。」春兒打點完備，隨小姐行來。話中且說相如久聞得文君小姐貌美聰慧，甚知音律，也有心去挑逗他。今夜月明如水，聞花陰下有行動之聲，教琴童私覷，知是小姐。乃焚香一炷，將瑤琴撫弄。文君正行數步，只聽得琴聲清亮，移步將近瑞仙亭，轉過花陰下，聽得所彈音曰：

鳳兮鳳兮思故鄉，遨遊四海兮求其凰。時未遇兮無所將，何如今夕兮升斯堂？
有艷淑女在閨房，室邇人遐在我傍。何緣交頸為鴛鴦！期頡頏兮共翱翔。
鳳兮鳳兮從我栖，得托孳尾永為妃。交情通體心和諧，中夜相從知者誰？
雙翼俱起翻高飛，無感我思使余悲。

---

❶ 瑣窗：雕刻著連環圖案的窗子。

小姐聽罷，對侍女道：「秀才有心，妾亦有心。今夜既到這裏，可去與秀才相見。」遂乃行到亭邊。相如月下見了文君，連忙起身迎接道：「小生夢想花容，何期光降。不及遠接，恕罪，恕罪！」文君斂衽向前道：「高賢下臨，甚缺款待。孤館寂寞，令人相念無已。」相如道：「不勞小姐掛意。小生有琴一張，自能消遣。」文君笑道：「先生不必迂闊。琴中之意，妾已備知。」相如跪下告道：「小生得見花顏，死也甘心。」文君道：「請起，妾今夜到此，與先生賞月，同飲三杯。」春兒排酒菓於瑞仙亭上。文君相如對飲。相如細視文君，果然生得：

　　眉如翠羽，肌如白雪，振繡衣，披錦裳，濃不短，纖不長，臨溪雙洛浦，對月兩嫦娥。

酒行數巡，文君令春兒收拾前去：「我便回來。」相如道：「小姐不嫌寒陋，願就枕席之歡。」文君笑道：「妾欲奉終身箕箒，豈在一時歡愛乎？」相如問道：「小姐計將安出？」文君道：「如今收拾了些金珠在此。不如今夜同離此間，別處居住。倘後父親想念，搬回一家完聚，豈不美哉！」當下二人同下瑞仙亭，出後園而走。卻是：

　　鰲魚脫卻金鈎去，擺尾搖頭更不回。

且說春兒至天明不見小姐在房，亭子上又尋不見。報與老員外得知。尋到瑞仙亭上，和相如都不見。員外道：「相如是文學之士，為此禽獸之行！小賤人，你也自幼讀書，豈不聞女子『事無擅為，行無獨出』？你不聞父命，私奔苟合，非吾女也！」欲要訟之於官，爭奈家醜不可外揚。故爾中止。「且看他有何面目相見親戚！」從此隱忍無語，亦不追尋。卻說相如與文君到家，相如自思囊篋罄然，難以度日。「想我渾家乃富貴之女，豈知如此寂寞！所喜者略無慍色，頗為賢達。他料想司馬長卿，必有發達時分。」正愁悶間，文君至。相如道：「日與渾家商議，欲做些小營運。奈無貲本。」文君道：「我首飾釵釧，儘可變賣。但我父親萬貫家財，豈不能周濟一女？如今不若開張酒肆，妾自當罏。若父親知之，必然懊悔。」相如從其言，修造房屋，開店賣酒。文君親自當罏記帳。忽一日，卓王孫家僮有事到成都府，入肆飲酒。事有湊巧，正來到司馬長卿肆中。見當罏之婦，乃是主翁小姐，喫了一驚。慌忙走回臨邛，報與員外知道。員外滿面羞慚，不肯認女，但杜門不見賓客而已。

再說相如夫婦賣酒，約有半年。忽有天使捧著一紙詔書，問司馬相如名字，到於肆中，說道：「朝廷觀先生所作子虛賦，文章浩爛，超越古人。官裏❷歎賞，飄飄然有凌雲之志氣，恨不得與此人同時。有楊得意奏言：『此賦是臣之同里司馬長卿所作，見在成都閒居。』天子大喜，特差小官來徵召。走馬臨朝，不許遲延。」相如收拾行裝，即時要行。文君道：「官人此行富貴，則怕忘了瑞仙亭上！」相如道：「小生受小姐大恩，方恨未報，何出此言？」文君道：「秀才們也有兩般。有那君子儒，不論貧富，志行不移；有那小人儒，貧時又一般，富時就忘了。」相如道：「小姐放心！」夫妻二人，不忍相別。臨行，文君又囑道：「此時已遂題橋志，莫負當罏滌器人！」且不說相如同天使登程。卻說卓王孫有家僮從長安回。聽得楊得意舉薦司馬相如，蒙朝廷徵召去了。自言：「我女兒有先見之明，為見此人才貌雙全，必然顯達，所以成了親事。老夫想起來，男婚女嫁，人之大倫。我女婿不得官時，我先帶侍女春

❷ 官裏：即「官家」，對皇帝的稱呼。

兒同往成都去望，乃是父子之情，無人笑我。若是他得了官時去看他，教人道我趨時奉勢。」次日，帶同春兒逕到成都府，尋見文君。文君見了父親，拜道：「孩兒有不孝之罪，望爹爹饒恕！」員外道：「我兒，你想殺我！從前之話，更不須提了。如今且喜朝廷徵召，正稱孩兒之心。我今日送春兒來服侍，接你回家居住。我自差家僮往長安報與賢婿知道。」文君執意不肯。員外見女兒主意定了，乃將家財之半，分授女兒，於成都起建大宅，市買良田，僮僕三四百人。員外伴著女兒同住。等候女婿佳音。再說司馬相如同天使至京師朝見，獻上林賦一篇。天子大喜，即拜為著作郎，待詔金馬門。近有巴蜀開通南夷諸道，用「軍興」法轉漕繁冗，驚擾夷民。官裏聞知大怒，召相如議論此事。令作諭巴蜀之檄。官裏道：「此一事，欲待差官，非卿不可。」乃拜相如為中郎將，持節而往，令劍金牌，先斬後奏。相如謝恩，辭天子出朝。一路馳驛而行。到彼處，勸諭巴蜀已平，蠻夷清靜。不過半月，百姓安寧，衣錦還鄉。數日之間，已達成都府。本府官員迎接，到於新宅。文君出迎。相如道：「讀書不負人，今日果遂題橋之願。」文君道：「更有一喜，你丈人先到這裏迎接。」相如連聲：「不敢，不敢！」老員外出見，相如向前施禮。彼此相謝。排筵賀喜。自此遂為成都富室。有詩為證：

> 夜靜瑤臺月正圓，清風淅瀝滿林巒。朱弦慢促相思調，不是知音不與彈。

司馬相如本是成都府一個窮儒，只為一篇文字上投了至尊之意，一朝發跡。如今再說南宋朝一個貧士，也是成都府人，在濯錦江居住。亦因詞篇遭際，衣錦還鄉。此人姓俞名良，字仲舉，年登二十五歲，幼喪父母，娶妻張氏。這秀才日夜勤攻詩史，滿腹文章。時當春榜動，選場開，廣招天下人才，赴臨安應舉。俞良便收拾琴劍書箱，擇日起程。親朋餞送。分付渾家道：「我去求官，多則三年，少則一載。但得一官半職，即便回來。」道罷，相別。跨一蹇驢而去。不則一日，行至中途。偶染一疾，忙尋客店安下，心中煩惱。不想病了半月，身邊錢物使盡。只得將驢兒賣了做盤纏。又怕誤了科場日期，只得買雙草鞋穿了，自背書囊而行。不數日，腳都打破了。鮮血淋漓，於路苦楚。心中想道：「幾時得到杭州？」看著那雙腳，作一詞以述懷抱，名瑞鶴仙：

春闈期近也，望帝京迢遞，猶在天際。懊恨這雙腳底，不慣行程，如今怎免得拖泥帶水。痛難禁，芒鞋五耳倦行時，著意溫存，笑語甜言安慰。爭氣扶持我去，選得官來，那時賞你穿對朝靴。安排在轎兒裏，擡來擡去，飽餐羊肉滋味，重教細膩。更尋對小小腳兒，夜間伴你。

不則一日，已到杭州，至貢院前橋下，有個客店，姓孫，叫做孫婆店，俞良在店中安歇了。過不多幾日，俞良入選場已畢，俱各伺候掛榜。只說舉子們，原來卻有這般苦處。假如俞良八千有餘多路，來到臨安，指望一舉成名。爭奈時運未至，龍門點額，金榜無名。俞良心中好悶，眼中流淚。自尋思道：「千鄉萬里，來到此間，身邊囊篋消然，如何勾得回鄉？」不免流落杭州。每日出街，有些銀兩，只買酒喫，消愁解悶。看看窮乏。初時還有幾個相識看覷他。後面蒿惱人多了，被人憎嫌。但遇見一般秀才上店喫酒，俞良便入去投謁。每日喫兩碗餓酒，爛醉了歸店中安歇。孫婆見了，埋怨道：「秀才，你卻少了我房錢不還，每日喫得大醉，卻有錢買酒喫！」俞良也不分說。每日早間，問店小二討些湯洗了面，便出門；「長篇見宰相，短卷謁公卿」，搪❸得幾碗酒喫。喫得爛醉，直到昏黑，便歸客店安歇。每日如是。

一日，俞良走到眾安橋，見個茶坊，有幾個秀才在裏面。俞良便挨身入去坐地。只見茶博士，向前唱個喏，問道：「解元喫甚麼茶？」俞良口中不道，心下思量：「我早飯也不曾喫，卻來問我喫茶？身邊銅錢又無，喫了卻捉❹甚麼還他？」便道：「我約一個相識在這裏等，少間客至來問。」茶博士自退。俞良坐於門首，只要看一個相識過，卻又遇不著。正悶坐間，只見一個先生，手裏執著一個招兒，上面寫道：「如神見。」俞良想是個算命先生，且算一算看。則一請，請那先生入到茶坊裏坐定。俞良說了年月日時。那先生便算。茶博士見了道：「這是他等的相識來了。」便向前問道：「解元喫甚麼茶？」俞良分付：「點兩個椒茶來。」二人喫罷。先生道：「解元好個造物❺！即目三日之內，有分遇大貴人發跡，貴不可言。」俞良聽說，自想：「我這等模樣，幾時能勾發跡？眼下茶錢也沒得還。」便做個意頭❻，抽身起道：「先生，我若真個發跡時，卻得相謝。」便起身走。茶博士道：「解元，茶錢！」俞良道：「我只借坐一坐，你卻來問我茶。我那得錢還？先生說我早晚發跡，等我好了，一發還你。」掉頭便走。先生道：「解元，命錢未還。」俞良道：「先生得罪，等我發跡，一發相謝。」先生道：「我方纔出來，好不順溜！」茶博士道：「我沒興❼，折了兩個茶錢！」當下自散。俞良又去趕趁，喫了幾

❸ 搪：騙、混。
❹ 捉：拿。
❺ 造物：即「造化」，運道。
❻ 意頭：即「意態」，姿勢。

碗餓酒。直到天晚，酩酊爛醉，踉踉蹌蹌，到孫婆店中，昏迷不醒，睡倒了。孫婆見了，大罵道：「這秀才好沒道理！少了我若干房錢不肯還，每日喫得大醉。你道別人請你，終不成每日有人請你！」俞良便道：「我醉自醉，干你甚事！別人請不請，也不干你事！」孫婆道：「老娘情願折了許多時房錢，你明日便請出門去。」俞良帶酒胡言漢語，便道：「你要我去，再與我五貫錢，我明日便去。」孫婆聽說，笑將起來道：「從不曾見恁般主顧！白住了許多時店房，倒還要詐錢撒潑，也不像斯文體面。」俞良聽得，罵將起來道：「我有韓信之志，你無漂母之仁。我俞某是個飽學秀才，少不得今科不中來科中。你就供養我到來科，打甚麼緊❽！」乘著酒興，敲檯打櫈，弄假成真起來。孫婆見他撒酒瘋，不敢惹他。關了門，自進去了。俞良弄了半日酒，身體困倦，跌倒在床鋪上，也睡去了。五更酒醒，想起前情，自覺慚愧。欲要不別而行，又沒個去處。正在兩難。卻說孫婆與兒子孫小二商議，沒奈何，只得破兩貫錢，倒去陪他個不是，央及他動身。若肯輕輕撒開，便是造化。俞良本待不受，其奈身無半文。只得忍著羞，收了這兩貫錢，作謝而去。心下想道：「臨安到成都，有八千里之遙，這兩貫錢，不勾喫幾頓飯。卻如何盤費得回去？」出了孫婆店門，在街坊上東走西走，又沒尋個相識處。走到飯後，肚裏又飢，心中又悶。身邊只有兩貫錢，買些酒食喫飽了，跳下西湖，且做個飽鬼。當下一逕走出湧金門外西湖邊，見座高樓，上面一面大牌，朱紅大書「豐樂樓」。只聽得笙簧繚繞，鼓樂喧天。俞良立定腳打一看時，只見門前上下首立著兩個人，頭戴方頂樣頭巾，身穿紫衫，腳下絲鞋淨襪，叉著手，看著俞良道：「請坐！」

---

❼ 沒興：倒霉。

❽ 打甚麼緊：有甚麼要緊。

俞良見請，欣然而入。直走到樓上，揀一個臨湖傍檻的閣兒坐下。只見一個當日的❾酒保，便向俞良唱個喏：「覆解元，不知要打多少酒？」俞良道：「我約一個相識在此。你可將兩雙筯放在桌上，鋪下兩隻盞，等一等來問。」酒保見說，便將酒缸、酒提、匙、筯、盞、楪，放在面前，盡是銀器。俞良口中不道，心中自言：「好富貴去處！我卻這般生受！只有兩貫錢在身邊，做甚用？」少頃，酒保又來問：「解元要多少酒，打來？」俞良便道：「我那相識，眼見的不來了。你與我打兩角酒來。」酒保便應了。又問：「解元，要甚下酒❿？」俞良道：「隨你把來。」當下酒保只當是個好客，折莫甚新鮮果品，可口肴饌、海鮮，案酒之類，鋪排面前，般般都有。將一個銀酒缸盛了兩角酒，安一把杓兒。酒保頻將酒盪。俞良獨自一個，從晌午前直喫到日晡時後。面前按酒，喫得闌殘。俞良手撫雕欄，下視湖光，心中愁悶。喚將酒保來：「煩借筆硯則個。」酒保道：「解元借筆硯，莫不是要題詩賦？卻不可污了粉壁，本店自有詩牌。若是污了粉壁，小人今日當直，便折了這一日日事錢⓫。」俞良道：「恁地時，取詩牌和筆硯來。」須臾之間，酒保取到詩牌筆硯，安在桌上。俞良道：「你自退，我教你便來。不叫時，休來。」當下酒保自去。俞良拽上閣門，用凳子頂住，自言道：「我只要顯名在這樓上，教後人知我。你卻教我寫在詩牌上則甚？」想起：身邊只有兩貫錢，喫了許多酒食，捉甚還他？不如題了詩，推開窗，看著湖裏，只一跳，做一個飽鬼。當下磨得墨濃，蘸得筆飽，拂拭一堵壁子乾淨，寫下鵲橋仙詞：

---

❾ 當日的：值日的。

❿ 下酒：佐酒的菜肴果品。

⓫ 日事錢：工錢。

來時秋暮，到時春暮，歸去又還秋暮。豐樂樓上望西川，動不動八千里路。

青山無數，白雲無數，綠水又還無數。人生七十古來稀，算恁地光陰能來得幾度！

題畢，去後面寫道：「錦里秀才俞良作。」放下筆，不覺眼中流淚。自思量道：「活他做甚，不如尋個死處，免受窮苦！」當下推開檻窗，望著下面湖水，待要跳下去，爭奈去岸又遠；倘或跳下去，不死，攧折了腿腳，如何是好？心生一計，解下腰間繫的舊絛，一搭搭在閣兒裏梁上，做一個活落圈。俞良歎了一口氣，卻待把頭鑽入那圈裏去；你道好湊巧！那酒保，見多時不叫他，走來閣兒前，見關著門，不敢敲，去那窗眼裏打一張，只見俞良在內，正要鑽入圈裏去，又不捨得死。酒保喫了一驚，火急向前，推開門，入到裏面，一把抱住俞良道：「解元甚做作！你自死了，須連累我店中！」聲張起來，樓下掌管⑫、師工⑬、酒保、打雜人等，都上樓來。一時嚷動。眾人看那俞良時，卻有八分酒，只推醉，口裏胡言亂語，不住聲。酒保看那壁上時，茶盞來大小字寫了一壁，叫苦不迭：「我今朝卻不沒興！這一日事錢休了也！」——道：「解元，喫了酒，便算了錢回去。」俞良道：「做甚麼？你要便打殺了我！」酒保道：「解元，不要尋鬧。你今日喫的酒錢，總算起來，共該五兩銀子。」俞良道：「若要我五兩銀子，你要我性命便有，那得銀子還你！我自從門前走過，你家兩個著紫衫的邀住我，請我上樓喫酒。我如今沒錢，只是死了罷。」便望窗檻外要跳。唬得酒保連忙抱住。當下眾人商議：「不知他在那裏住，

⑫ 掌管：店鋪的經理。
⑬ 師工：廚師。

認晦氣放他去罷。不時，做出人命來，明日怎地分說？」便問俞良道：「解元，你在那裏住？」俞良道：「我住在貢院橋孫婆客店裏。我是西川成都府有名的秀才，因科舉來此間。若我回去，路上攧在河裏水裏，明日都放不過你們。」眾人道：「若真個死了時不好。」只得認晦氣，著兩個人送他去，有個下落，省惹官司。當下教兩個酒保，攙扶他下樓。出門迤逦上路，卻又天色晚了。兩個人一路扶著，到得孫婆店前，那客店門卻關了。酒保便把俞良放在門前，卻去敲門。裏面只道有甚客來，連忙開門。酒保見開了門，撒了手便走。俞良東倒西歪，踉踉蹌蹌，只待要攧。孫婆討燈來一照，卻是俞良。喫了一驚，沒奈何，叫兒子孫小二扶他入房裏去睡了。孫婆便罵道：「昨日在我家蒿惱，白白裏送了他兩貫錢。說道：『還鄉去。』卻原來將去買酒喫！」俞良只推醉，由他罵，不敢則聲。正是：

人無氣勢精神減，囊少金錢應對難。

話分兩頭。卻說南宋高宗天子傳位孝宗，自為了太上皇，居於德壽宮。孝宗盡事親之道，承顏順志，惟恐有違。自朝賀問安，及良辰美景，父子同遊之外，上皇在德壽宮閒暇，每同內侍官到西湖遊玩。或有時恐驚擾百姓，微服潛行，以此為常。忽一日，上皇來到靈隱寺冷泉亭閒坐。怎見得冷泉亭好處？有張輿詩四句：

朵朵峰巒擁翠華，倚雲樓閣是僧家。憑欄盡日無人語，濯足寒泉數落花。

上皇正坐觀泉，寺中住持僧獻茶。有一行者⑭，手托茶盤，高擎下跪。上皇龍目觀看，見他相貌魁梧，且是執禮恭謹。御音問道：「朕看你不像個行者模樣，可實說是何等人？」那行者雙目流淚，拜告道：「臣姓李名直，原任南劍府太守。得罪於監司，被誣贓罪，廢為庶人，家貧無以糊口。本寺住持是臣母舅，權充行者，覓些粥食，以延微命。」上皇惻然不忍道：「待朕回宮，當與皇帝言之。」是晚回宮，恰好孝宗天子差太監到德壽宮問安，上皇就將南劍太守李直分付去了，要皇帝復其原官。過了數日，上皇再到靈隱寺中，那行者依舊來送茶。上皇問道：「皇帝已復你的原官否？」那行者叩頭奏道：「還未。」上皇面有愧容。次日，孝宗天子恭請太上皇、皇太后，幸聚景園。上皇不言不笑，似有怨怒之意。孝宗奏道：「今日風景融和，願得聖情開悅。」上皇嘿然不答。太后道：「孩兒好意招老夫婦遊玩，沒事惱做甚麼？」上皇歎口氣道：『樹老招風，人老招賤。』朕今年老，說來的話，都沒人作准了。」孝宗愕然，正不知為甚緣故。叩頭請罪。上皇道：「朕前日曾替南劍府太守李直說個分上⑮，竟不作准。昨日於寺中復見其人，令我愧殺。」孝宗道：「前奉聖訓，次日即諭宰相。宰相說：『李直贓污狼籍，難以復用。』既承聖眷，此小事，來朝便行。今日且開懷一醉。」上皇方纔回嗔作喜，盡醉方休。第二日，孝宗再諭宰相，要起用李直。宰相依舊推辭。孝宗道：「此是太上主意。昨日發怒，朕無地縫可入。便是大逆謀反，也須放他。」遂盡復其原官。此事擱起不題。

再說俞良在孫婆店借宿之夜，上皇忽得一夢，夢遊西湖之上，見毫光萬道之中，卻有兩條黑氣沖天。竦然驚覺。至次早，宣個圓夢先生來，說其備細。先生奏道：「乃是有一賢人流落此地，遊於西湖，口

⑭ 行者：帶髮修行的人。

⑮ 說個分上：講人情。

吐怨氣沖天，故托夢於上皇。必主朝廷得一賢人。應在今日，不注吉凶。」上皇聞之大喜。賞了圓夢先生。遂入宮中，更換衣裝，扮作文人秀才，帶幾個近侍官，都扮作斯文模樣，一同信步出城。行至豐樂樓前，正見兩個著紫衫的，又在門前邀請。當下上皇與近侍官，一同入酒肆中，走上樓去。那一日樓上閣兒恰好都有人坐滿，只有俞良夜來尋死的那閣兒關著。上皇便揭開簾兒，卻待入去。只見酒保告：「解元，不可入去，這閣兒不順溜！今日主人家便要打醋炭⑯了。待打過醋炭，卻教客人喫酒。」上皇便問：「這閣兒如何不順溜？」酒保告：「解元，說不可盡。夜來有個秀才，是西川成都府人，因赴試不第，流落在此。獨自一個在這閣兒裏，喫了五兩銀子酒食，喫的大醉。直至日晚，身邊無銀子還酒錢。便放無賴，尋死覓活，自割自弔。沒奈何怕惹官司，只得又賠店裏兩個人送他歸去。且是住的遠，直到貢院橋孫婆客店裏歇！因此不順溜，主家要打醋炭了，方教客人喫酒。」上皇見說道：「不妨，我們是秀才，不懼此事。」遂乃一齊坐下。上皇擡頭只見壁上茶盞來大小字寫滿，卻是一隻鵲橋仙詞。讀至後面寫道：「錦里秀才俞良作。」龍顏暗喜。想道：「此人正是應夢賢士。這詞中有怨望之言。」便問酒保：「此詞是誰所作？」酒保告：「解元，此詞便是那夜來撒賴⑰秀才寫的。」上皇聽了，便問：「這秀才，見在那裏住？」酒保道：「見在貢院橋孫婆客店裏安歇。」上皇買些酒食喫了，算了酒錢，起身回宮。一面分付內侍官，傳一道旨意，著地方官於貢院橋孫婆店中，取錦里秀才俞良火速回奏。內侍傳將出去，只說太上聖旨，要喚俞良，卻不曾敘出緣由明白。地方官心下也只糊塗。當下奉旨飛馬到貢院橋孫婆店

⑯ 打醋炭：古時迷信，把燒紅的炭丟在醋裏，發出酸氣來薰房子，據說可以驅除不祥。

⑰ 撒賴：耍無賴。

前，左右的一索搵⑱住孫婆。因走得氣急，口中連喚：「俞良，俞良。」孫婆只道被俞良所告，驚得面如土色。雙膝跪下，只是磕頭。差官道：「那婆子莫忙！官裏要西川秀才俞良，在你店中也不在？」孫婆方敢回言道：「告恩官，有卻有個俞秀才在此安下，只是今日清早起身回家鄉去了。家中兒子送去，兀自未回。臨行之時，又寫一首詞在壁上。官人如不信，下馬來看便見。」差官聽說，入店中看時，見壁上真個有隻詞，墨跡尚然新鮮，詞名也是鵲橋仙，道是：

杏花紅雨，梨花白雪，羞對短亭長路。東君也解數歸程，遍地落花飛絮。
胸中萬卷，筆頭千古，方信儒冠多誤。青霄有路不須忙，便著鞴草鞋歸去。

原來那俞良隔夜醉了，由那孫婆罵了一夜。到得五更，孫婆怕他又不去，教兒子小二清早起來，押送他出門。俞良臨去，就壁上寫了這隻詞。孫小二送去，兀自未回。差官見了此詞，便教左右抄了，飛身上馬。另將一匹空馬，也教孫婆騎坐，一直望北趕去。路上正迎見孫小二。差官教放了孫婆，將孫小二搵住，問俞良安在。孫小二戰戰兢兢道：「俞秀才為盤纏缺少，躊躕不進。見在北關門邊湯團鋪裏坐。」當下就帶孫小二做眼，飛馬趕到北關門下。只見俞良立在那竈邊，手裏拿著一碗湯團正喫哩。被使命叫一聲：「俞良聽聖旨。」唬得俞良大驚，連忙放下碗，走出門跪下。使命口宣上皇聖旨：「教俞良到德壽宮見駕。」俞良不知分曉。一時被眾人簇擁上馬，迤邐直到德壽宮。各人下馬。且於侍班閤子內，聽候傳宣。地方官先在宮門外叩頭復命：「俞良秀才取到了。」上皇傳旨，教俞良借紫入內。俞良穿了紫

⑱ 搵：捉拿。

衣軟帶，紗帽皂靴，到得金階之下，拜舞起居已畢。上皇傳旨，問俞良：「豐樂樓上所寫鵲橋仙詞，是卿所作？」俞良奏道：「是臣醉中之筆。不想驚動聖目。」上皇道：「卿有如此才，不遠千里而來，應舉不中，是主司之過也。卿莫有怨望之心！」俞良奏道：「窮達皆天，臣豈敢怨！」上皇曰：「以卿大才，豈不堪任一方之寄！朕今賜卿衣紫，說與皇帝，封卿大官。卿意若何？」俞良叩頭拜謝曰：「臣有何德能，敢膺聖眷如此！」上皇曰：「卿當於朕前，或詩或詞，可做一首，勝如使命所抄店中壁上之作。」俞良奏乞題目。上皇曰：「便只指卿今日遭遇朕躬為題。」俞良領旨，左右便取過文房四寶，放在俞良面前。俞良一揮而就，做了一隻詞，名過龍門令：

冒險過秦關，跋涉長江，崎嶇萬里到錢塘。舉不成名歸計拙，趁食街坊。
命蹇苦難當，空有詞章，片言爭敢動吾皇。敕賜紫袍歸故里，衣錦還鄉。

上皇看了，龍顏大喜。對俞良道：「卿要衣錦還鄉，朕當遂卿之志。」當下御筆親書六句：

錦里俞良，妙有詞章，高才不遇，落魄堪傷。敕賜高官，衣錦還鄉。

分付內侍官，將這道旨意，送與皇帝。就引俞良去見駕。孝宗見了上皇聖旨，因數日前為南劍太守李直一事，險些兒觸了太上之怒。今番怎敢遲慢。想俞良是錦里秀才，如今聖旨批賜衣錦還鄉，若用他別處地方為官，又恐拂了太上的聖意。即刻批旨：「俞良可授成都府太守，加賜白金千兩，以為路費。」次日，俞良紫袍金帶，當殿謝恩已畢。又往德壽宮，謝了上皇，將御賜銀兩備辦鞍馬僕從之類。又將百金酬謝孫婆。前呼後擁，榮歸故里。不在話下。是日孝宗御駕，親往德壽宮朝見上皇，謝其賢人之賜。上皇又對孝宗說過：傳旨遍行天下，下次秀才應舉，須要鄉試得中，然後赴京殿試。今時鄉試之例，皆因此起，流傳至今，永遠為例矣。

昔年司馬逢楊意，今日俞良際上皇。若使文章皆遇主，功名遲早又何妨。

第七卷　陳可常端陽仙化

利名門路兩無憑，百歲風前短焰燈。只恐為僧僧不了，為僧得了盡輸僧。

話說大宋高宗紹興年間，溫州府樂清縣，有一秀才，姓陳名義字可常，年方二十四歲。生得眉目清秀，且是聰明，無書不讀，無史不通。紹興年間，三舉不第，就於臨安府眾安橋命鋪，算看本身造物。那先生言：「命有華蓋，卻無官星，只好出家。」陳秀才自小聽得母親說，生下他時，夢見一尊金身羅漢投懷。今日功名蹭蹬之際，又聞星家此言，忿一口氣，回店歇了一夜，早起算還了房宿錢，僱人挑了行李，逕來靈隱寺投奔印鐵牛長老出家，做了行者。這個長老，博通經典，座下有十個侍者，號為「甲、乙、丙、丁、戊、己、庚、辛、壬、癸」，皆讀書聰明。陳可常在長老座下做了第二位侍者。

紹興十一年間，高宗皇帝母舅吳七郡王，時遇五月初四日，府中裹粽子。當下郡王鈞旨分付都管❶：「明日要去靈隱寺齋僧，可打點供食齊備。」都管領鈞旨，自去關支銀兩，買辦什物，打點完備。至次日早飯後，郡王點看什物，上轎。帶了都管、幹辦❷、虞候、押番❸，一干人等出了錢塘門，過了石涵

❶ 都管：奴僕的頭目。

❷ 幹辦：專管買辦東西的奴僕。

橋、大佛頭，逕到西山靈隱寺。先有報帖報知，長老引眾僧鳴鑼擂鼓，接郡王上殿燒香，請至方丈坐下。長老引眾僧參拜獻茶，分立兩傍。郡王說：「每年五月重五，入寺齋僧解粽，今日依例布施。」院子擡供食獻佛，大盤托出粽子，各房都要散到。郡王閒步廊下，見壁上有詩四句：

齊國曾生一孟嘗，晉朝鎮惡又高強；五行偏我遭時蹇，欲向星家問短長！

郡王見詩道：「此詩有怨望之意，不知何人所作？」回至方丈，長老設宴款待。郡王問：「長老，你寺中有何人能作得好詩？」長老：「覆恩王，敝寺僧多，座下有甲、乙、丙、丁、戊、己、庚、辛、壬、癸十個侍者，皆能作詩。」郡王說：「與我喚來！」長老：「覆恩王，止有兩個在敝寺，這八個教去各莊上去了。」只見甲乙二侍者，到郡王面前。郡王叫甲侍者：「你可作詩一首。」甲侍者稟乞題目，郡王教就將粽子為題。甲侍者作詩曰：

四角尖尖草縛腰，浪蕩鍋中走一遭；若還撞見唐三藏，將來剝得赤條條。

郡王聽罷，大笑道：「好詩，卻少文采。」再喚乙侍者作詩。乙侍者問訊了，乞題目，也教將粽子為題。作詩曰：

香粽年年祭屈原，齋僧今日結良緣；滿堂供盡知多少，生死工夫那個先？

❸ 押番：專管捕盜的衙役。

郡王聽罷大喜道：「好詩！」問乙侍者：「廊下壁間詩，是你作的？」乙侍者：「覆恩王，是侍者做的。」郡王道：「既是你做的，你且解與我知道。」乙侍者道：「齊國有個孟嘗君，養三千客，他是五月五日午時生。晉國有個大將王鎮惡，此人也是五月五日午時生。小侍者也是五月五日午時生，卻受此窮苦，以此做下四句自歎。」郡王問：「你是何處人氏？」侍者答道：「小侍者溫州府樂清縣人氏，姓陳名義，字可常。」郡王見侍者言語清亮，人才出眾，意欲擡舉他。當日就差押番，去臨安府僧錄司討一道度牒，將乙侍者剃度為僧，就用他表字可常，為佛門中法號，就作郡王府內門僧。郡王至晚回府，不在話下。

光陰似箭，不覺又早一年。至五月五日，郡王又去靈隱寺齋僧。長老引可常并眾僧接入方丈，少不得安排齋供，款待郡王。坐間叫可常到面前道：「你做一篇詞，要見你本身故事。」可常問訊了，口念一詞名菩薩蠻：

平生只被今朝誤，今朝卻把平生補；重午一年期，齋僧只待時。

主人恩義重，兩載蒙恩寵，清淨得為僧，幽閒度此生。

郡王大喜，盡醉回府，將可常帶回見兩國夫人說：「這個和尚是溫州人氏，姓陳名義，三舉不第，因此棄俗出家，在靈隱寺做侍者。我見他作得好詩，就剃度他為門僧，法號可常。如今一年了，今日帶回府來，參拜夫人。」夫人見說，十分歡喜，又見可常聰明朴實，一府中人都歡喜。郡王與夫人解粽，就將一個與可常，教做「粽子詞」，還要菩薩蠻。可常問訊了，乞紙筆寫出一詞來：

包中香黍分邊角，綵絲剪就交絨索；樽俎泛菖蒲，年年五月初。
主人恩義重，對景承歡寵；何日翫山家？葵蒿三四花！

郡王見了大喜，傳旨喚出新荷姐，就教他唱可常這詞。那新荷姐生得眉長眼細，面白唇紅，舉止輕盈。手拏象板，立於筵前，唱起遶梁之聲。眾皆喝采。郡王又教可常做新荷姐詞一篇，還要菩薩蠻。可常執筆便寫，詞曰：

天生體態腰肢細，新詞唱徹歌聲利。一曲泛清奇，揚塵簌簌飛。
主人恩義重，宴出紅粧寵；便要賞新荷，時光也不多！

郡王越加歡喜。至晚席散，著可常回寺。

至明年五月五日，郡王又要去靈隱寺齋僧。不想大雨如傾。郡王不去，分付院公：「你自去分散眾僧齋供，就教同可常到府中來看看。」院公領旨去靈隱寺齋僧，說與長老：「郡王交同可常回府。」長老說：「近日可常得一心病，不出僧房，我與你同去問他。」院公與長老同至可常房中。可常睡在床上，分付院公：「拜覆恩王，小僧心病發了，去不得。有一柬帖，與我呈上恩王。」院公聽說，帶來這封柬帖回府。郡王問：「可常如何不來？」院公：「告恩王，可常連日心疼病發，來不得。教男女奉上一簡，他親自封好。」郡王拆開看，又是菩薩蠻詞一首：

去年共飲菖蒲酒，今年卻向僧房守；好事更多磨，教人沒奈何！

主人恩義重，知我心頭痛；待要賞新荷，爭知疾愈麼？

郡王隨即喚新荷出來唱此詞。有管家婆稟：「覆恩王，近日新荷眉低眼慢，乳大腹高，出來不得。」郡王大怒，將新荷送進府中五夫人勘問。新荷供說：「我與可常奸宿有孕。」五夫人將情詞覆恩王。郡王大怒：「可知道這禿驢詞內都有『賞新荷』之句，他不是害甚麼心病，是害的相思病！今日他自覺心虧，不敢到我府中！」教人分付臨安府，差人去靈隱寺，拏可常和尚。臨安府差人去靈隱寺印長老處要可常。長老離不得安排酒食，送些錢鈔與公人。常言道：「官法如爐，誰肯容情！」可常推病不得，只得掙閫❹起來，隨著公人到臨安府廳上跪下。府主升堂，

鼕鼕牙鼓響，公吏兩邊排；閻王生死案，東嶽攝魂臺。

帶過可常問道：「你是出家人，郡王怎地恩顧你，緣何做出這等沒天理的事出來？你快快招了！」可常說：「並無此事。」府尹不聽分辨，「左右拏下好生打！」左右將可常拖倒，打得皮開肉綻，鮮血迸流。可常招道：「小僧果與新荷有奸。一時念頭差了，供招是實。」將新荷勘問，一般供招。臨安府將可常新荷供招呈上郡王。郡王本要打殺可常，因他滿腹文章，不忍下手，監在獄中。卻說印長老自思：「可常是個有德行和尚，日常山門也不出，只在佛前看經，便是郡王府裏喚去半日，未晚就回，又不在府中宿歇，此奸從何而來？內中必有蹊蹺！」連忙入城去傳法寺，央住持稟大惠長老同到府中，與可常討饒。

❹ 掙閫：即「掙扎」。

郡王出堂，賜二長老坐，待茶。郡王開口便說：「可常無禮！我平日怎麼看待他，卻做下不仁之事！」二位長老跪下，再三稟說：「可常之罪，僧輩不敢替他分辨，但求恩王念平日錯愛之情，可以饒恕一二。」郡王請二位長老回寺，「明日分付臨安府量輕發落。」印長老開言：「覆恩王，此事日久自明。」郡王聞言心中不喜，退入後堂，再不出來。二位長老見郡王不出，也走出府來。稟長老說：「郡王嗔怪你說『日久自明』。他不肯認錯，便不出來。」印長老便說：「可常是個有德行的，日常無事，山門也不出，只在佛前看經，便是郡王府裏喚去，去了半日便回，又不曾宿歇，此奸從何而來？故此小僧說『日久自明』，必有冤枉。」稟長老說：「『貧不與富敵，賤不與貴爭。』僧家怎敢與王府爭得是非？這也是宿世冤業，且得他量輕發落，卻又理會。」說罷，各回寺去了，不在話下。次日郡王將封簡子去臨安府，即將可常新荷量輕打斷❺。有大尹稟郡王：「待新荷產子，可斷。」郡王分付，便要斷出。府官只得將僧可常追了度牒，杖一百，發靈隱寺，轉發寧家當差；將新荷杖八十，發錢塘縣轉發寧家，追原錢一千貫還郡王府。

卻說印長老接得可常，滿寺僧眾教長老休要安著可常在寺中，玷辱宗風。長老對眾僧說：「此事必有蹊蹺，久後自明。」長老令人山後搭一草舍，教可常將息棒瘡好了，著他自回鄉去。

且說郡王把新荷發落寧家，追原錢一千貫。新荷父母對女兒說：「我又無錢，你若有私房積蓄，將來湊還府中。」新荷說：「這錢自有人替我出。」張公罵道：「你這賤人！與個窮和尚通奸，他的度牒也被追了，卻那得錢來替你還府中。」新荷說：「可惜屈了這個和尚！我自與府中錢原都管有奸，他見

---

❺打斷：判處笞刑。

我有孕了，恐事發，『到郡王面前，只供與可常和尚有奸。郡王喜歡可常，必然饒你。我自來供養你家，并使用錢物。』說過的話，今日只去問他討錢來用，并還官錢。我一個身子被他騙了，先前說過的話，如何賴得？他若欺心不招架時，左右做我不著，你兩個老人家將我去府中，等我郡王面前實訴，也出脫❻了可常和尚。」父母聽得女兒說，便去府前伺候錢都管出來，把上項事一一說了。錢都管倒焦躁起來，罵道：「老賤才！老無知！好不識廉恥！自家女兒偷了和尚，官司也問結了，卻說恁般鬼話來圖賴人！你欠了女兒身價錢，沒處措辦時，好言好語，告個消乏❼，或者可憐你的，一兩貫錢助了你也不見得。你卻說這樣沒根蒂的話來，傍人聽見時，教我怎地做人？」罵了一頓，走開去了。張老只得忍氣吞聲回來，與女兒說知。新荷見說，兩淚交流，乃言：「爹娘放心，明日卻與他理會。」至次日，新荷跟父母到郡王府前，連聲叫屈。郡王即時叫人拏來，卻是新荷父母。郡王罵道：「你女兒做下迷天大罪，倒來我府前叫屈！」張老跪覆：「恩王，小的女兒沒福，做出事來，其中屈了一人。望恩王做主！」郡王問：「屈了何人？」張老道：「小人不知，只問小賤人便有明白。」郡王問：「賤人在那裏？」張老道：「在門首伺候。」郡王喚他入來，問他詳細。新荷入到府堂跪下。郡王問：「賤人，做下不仁之事，你今說屈了甚人？」新荷道：「告恩王，賤妾犯奸，妄屈了可常和尚。」郡王問：「緣何屈了他？你可實說，我倒饒你。」新荷告道：「賤妾犯奸，卻不干可常之事。」郡王道：「你先前怎地不說？」新荷告道：「妾實被幹辦錢原奸騙。有孕之時，錢原怕事露，分付妾：『如若事露，千萬不可說我！只說與可常和

❻ 出脫：開脫。

❼ 消乏：貧乏。

尚有奸。因郡王喜歡可常，必然饒你。』」郡王罵道：「你這賤人，怎地依他說，害了這個和尚！」新荷告道：「錢原說：『你若無事退回，我自養你一家老小，如要原錢還府，也是我出。』今日賤妾寧家，恩王責取原錢，一時無措，只得去問他討錢還府中。以此父親去與他說，倒把父親打罵，被害無辜。妾今訴告明白，情愿死在恩王面前。」郡王道：「先前他許供養你一家，有甚表記為證？」新荷：「告恩王，錢原許妾供養，妾亦怕他番悔，已拏了他上直朱紅牌一面為信。」郡王見說，十分大怒，跌腳大罵：「潑賤人！屈了可常和尚！」就著人分付臨安府，拏錢原到廳審問拷打，供認明白。一百日限滿，脊杖八十，送沙門島牢城營料高❽。新荷寧家，饒了一千貫原錢。隨即差人去靈隱寺取可常和尚來。

卻說可常在草舍中將息好了，又是五月五日到。可常取紙墨筆來，寫下一首辭世頌：

生時重午，為僧重午，得罪重午，死時重午。為前生欠他債負，若不當時承認，又恐他人受苦。

今日事已分明，不若抽身回去！

五月五日午時書，赤口白舌盡消除；五月五日天中節，赤口白舌盡消滅。

可常作了辭世頌，走出草舍邊，有一泉水；可常脫了衣裳，遍身抹淨，穿了衣服，入草舍結跏趺坐圓寂了。道人報與長老知道。長老將自己龕子，粧了可常，擡出山頂。長老正欲下火，只見郡王府院公來取可常。長老道：「院公，你去稟覆恩王，可常坐化了，正欲下火。郡王來取，今且暫停，待恩王令旨。」院公說：「今日事已明白，不干可常之事。皆因屈了，教我來取，卻又圓寂了。我去稟恩王，必

❽ 料高：即「瞭高」，登高瞭望的警衛兵。

然親自來看下火。」院公急急回府，將上項事并辭世頌呈上。郡王看了大驚。次日，郡王同兩國夫人去靈隱寺燒化可常。眾僧接到後山。郡王與兩國夫人親自拈香罷，郡王坐下。印長老帶領眾僧看經畢。印長老手執火把，口中念道：

留得屈原香粽在，龍舟競渡盡爭先；從今剪斷緣絲索，不用來生復結緣！

恭惟圓寂可常和尚：重午本良辰，誰把蘭湯浴？角黍漫包金，菖蒲空切玉。須知玅法華，大乘俱念足。手不折「新荷」，枉受攀花辱。目下事分明，唱徹陽關曲。今日是重午，歸西何太速！寂滅本來空，管甚時辰毒？山僧今日來，贈與光明燭。憑此火光三昧，要見本來面目。咦！

唱徹當時菩薩蠻，撒手便歸兜率國。

眾人只見火光中現出可常，問訊謝郡王、夫人、長老併眾僧：「只因我前生欠宿債，今世轉來還，吾今歸仙境，再不往人間。吾是五百尊羅漢中名常歡喜尊者。」正是：

從來天道豈痴聾？好醜難逃久照中；說好勸人歸善道，算來修德積陰功。

第八卷　崔待詔生死冤家

山色晴嵐景物佳，煖烘回雁起平沙；東郊漸覺花供眼，南陌依稀草吐芽。
堤上柳，未藏鴉，尋芳趁步到山家；隴頭幾樹紅梅落，紅杏枝頭未著花。

這首鷓鴣天說孟春景致，原來又不如仲春詞做得好：

每日青樓醉夢中，不知城外又春濃；杏花初落疏疏雨，楊柳輕搖淡淡風。
浮畫舫，躍青驄，小橋門外綠陰籠；行人不入神仙地，人在珠簾第幾重？

這首詞說仲春景致，原來又不如黃夫人做的季春詞又好：

先自春光似酒濃，時聽燕語透簾櫳；小橋楊柳飄香絮，山寺緋桃散落紅。
鶯漸老，蝶西東，春歸難覓恨無窮；侵堦草色迷朝雨，滿地梨花逐曉風。

這三首詞都不如王荊公看見花瓣兒片片風吹下地來，原來這春歸去，是東風斷送的。有詩道：

春日春風有時好，春日春風有時惡。不得春風花不開；花開又被風吹落！

蘇東坡道：「不是東風斷送春歸去，是春雨斷送春歸去。」有詩道：

雨前初見花間蕊，雨後全無葉底花；蜂蝶紛紛過牆去，卻疑春色在鄰家。

秦少游道：「也不干風事，也不干雨事，是柳絮飄將春色去。」有詩道：

三月柳花輕復散，飄颺澹蕩送春歸；此花本是無情物，一向東飛一向西。

邵堯夫道：「也不干柳絮事，是蝴蝶採將春色去。」有詩道：

花正開時當三月，蝴蝶飛來忙劫劫；採將春色向天涯，行人路上添淒切！

曾公亮道：「也不干蝴蝶事，是黃鶯啼得春歸去。」有詩道：

花正開時艷正濃，春宵何事惱芳叢？黃鸝啼得春歸去，無限園林轉首空。

朱希真道：「也不干黃鶯事，是杜鵑啼得春歸去。」有詩道：

杜鵑叫得春歸去，吻邊啼血尚猶存。庭院日長空悄悄，教人生怕到黃昏！

蘇小小道：「都不干這幾件事，是燕子啣將春色去。」有蝶戀花詞為證：

妾本錢塘江上住，花開花落，不管流年度。燕子啣將春色去，紗窗幾陣黃梅雨。
斜插犀梳雲半吐，檀板輕敲，唱徹黃金縷。歌罷綵雲無覓處，夢回明月生南浦。

王巖叟道：「也不干風事，也不干雨事，也不干柳絮事，也不干蝴蝶事，也不干黃鶯事，也不干杜鵑事，也不干燕子事；是九十日春光已過，春歸去。」曾有詩道：

怨風怨雨兩俱非，風雨不來春亦歸；腮邊紅褪青梅小，口角黃消乳燕飛。
蜀魄健啼花影去，吳蠶強食柘桑稀；直惱春歸無覓處，江湖辜負一簑衣！

說話的，因甚說這春歸詞？紹興年間，行在有個關西延州延安府人。本身是三鎮節度使咸安郡王。當時怕春歸去，將帶著許多鈞眷遊春。至晚回家，來到錢塘門裏，車橋前面，鈞眷轎子過了，後面是郡王轎子到來。則聽得橋下裱褙鋪裏一個人叫道：「我兒出來看郡王！」當時郡王在轎裏看見，叫幫窗虞候道：「我從前要尋這個人，今日卻在這裏。只在你身上，明日要這個人入府中來。」當時虞候聲諾，來尋這個看郡王的人，是甚色目人？正是：

塵隨車馬何年盡？情繫人心早晚休。

只見車橋下一個人家，門前出著一面招牌，寫著「璩家裝裱古今書畫」。鋪裏一個老兒，引著一個女兒，生得如何？

雲鬟輕籠蟬翼，蛾眉淡拂春山；朱唇綴一顆櫻桃，皓齒排兩行碎玉。蓮步半折小弓弓，鶯囀一聲嬌滴滴。

便是出來看郡王轎子的人。虞候即時來他家對門一個茶坊裏坐定。婆婆把茶點來。虞候道：「啟請婆婆，過對門裱褙鋪裏請璩大夫❶來說話。」婆婆便去請到來。兩個相揖了就坐。璩待詔問：「府幹有何見諭？」虞候道：「無甚事，閒問則個。適來叫出來看郡王轎子的人是令愛麼？」待詔道：「正是拙女，止有三口。」虞候又問：「小娘子貴庚？」待詔應道：「一十八歲。」再問：「小娘子如今要嫁人，卻是趨奉官員？」待詔道：「老拙家寒，那討錢來嫁人。將來也只是獻與官員府第。」虞候道：「小娘子有甚本事？」待詔說出女孩兒一件本事來，有詞寄眼兒媚為證：

深閨小院日初長，嬌女綺羅裳；不做東君造化，金針刺繡群芳。斜枝嫩葉包開蕊，唯只欠馨香；曾向園林深處，引教蝶亂蜂狂。

原來這女兒會繡作。虞候道：「適來郡王在轎裏，看見令愛身上繫著一條繡裹肚。府中正要尋一個繡作的人，老丈何不獻與郡王。」璩公歸去，與婆婆說了。到明日寫一紙獻狀，獻來府中。郡王給與身價，因此取名秀秀養娘。

不則一日，朝廷賜下一領團花繡戰袍。當時秀秀依樣繡出一件來。郡王看了歡喜道：「主上賜與我

---

❶ 大夫：醫生、手工藝人之稱呼。

團花戰袍，卻尋甚麼奇巧的物事獻與官家？」去府庫裏尋出一塊透明的羊脂美玉來，即時叫將門下碾玉待詔，問：「這塊玉堪做甚麼？」內中一個道：「好做一副勸盃。」郡王道：「可惜恁般一塊玉，如何將來只做得一副勸盃！」又一個道：「這塊玉上尖下圓，好做一個摩侯羅兒。」郡王道：「摩侯羅兒，只是七月七日乞巧使得，尋常間又無用處。」數中一個後生，年紀二十五歲，姓崔，名寧，趨事郡王數年，是昇州建康府人。當時叉手❷向前，對著郡王道：「告恩王，這塊玉上尖下圓，甚是不好，只好碾一個南海觀音。」郡王道：「好！正合我意。」就叫崔寧下手。不過兩個月，碾成了這個玉觀音。郡王即時寫表進上御前，龍顏大喜。崔寧就本府增添請給，遭遇郡王。

不則一日，時遇春天，崔待詔遊春回來，入得錢塘門，在一個酒肆，與三四個相知，方纔喫得數盃，則聽得街上鬧吵吵，連忙推開樓窗看時，見亂烘烘道：「井亭橋有遺漏。」喫不得這酒成，慌忙下酒樓看時，只見：

初如螢火，次若燈光，千條蠟燭焰難當，萬座糝盆❸敵不住。六丁神推倒寶天爐，八力士放起焚山火。驪山會上，料應褒姒逞嬌容，赤壁磯頭，想是周郎施妙策。五通神捧住火葫蘆，宋無忌趕番赤騾子。又不曾瀉燭澆油，直恁的煙飛火猛！

崔待詔望見了，急忙道：「在我本府前不遠。」奔到府中看時，已搬挈得罄盡，靜悄悄地無一個人。崔

❷ 叉手：拱手。

❸ 糝盆：即「煖火盆」。

待詔既不見人，且循著左手廊下入去，火光照得如同白日。去那左廊下，一個婦女，搖搖擺擺，從府堂裏出來。自言自語，與崔寧打個胸廝撞。崔寧認得是秀秀養娘，倒退兩步，低身唱個喏。原來郡王當日，嘗對崔寧許道：「待秀秀滿日，把來嫁與你。」這些眾人，都攛掇道：「好對夫妻！」崔寧拜謝了，不則一番。崔寧是個單身，卻也癡心。秀秀見恁地個後生，卻也指望。當日有這遺漏，秀秀手中提著一帕子金珠富貴，從左廊下出來。撞見崔寧便道：「崔大夫，我出來得遲了。府中養娘各自四散，管顧不得，你如今沒奈何只得將我去躲避則個。」當下崔寧和秀秀出府門，沿著河，走到石灰橋。秀秀道：「崔大夫，我腳疼了走不得。」崔寧指著前面道：「更行幾步，那裏便是崔寧住處，小娘子到家中歇腳，卻也不妨。」到得家中坐定，秀秀道：「我肚裏飢，崔大夫與我買些點心來喫！我受了些驚，得杯酒喫更好。」當時崔寧買將酒來，三盃兩盞，正是：

三杯竹葉穿心過，兩朵桃花上臉來。

道不得個「春為花博士，酒是色媒人」。秀秀道：「你記得當時在月臺上賞月，把我許你，你兀自拜謝。你記得也不記得？」崔寧叉著手，只應得「喏」。秀秀道：「當日眾人都替你喝采：『好對夫妻！』你怎地倒忘了？」崔寧又則應得「喏」。秀秀道：「比似只管等待，何不今夜我和你先做夫妻？不知你意下何如？」崔寧道：「豈敢。」秀秀道：「你知道不敢！我叫將起來，教壞了你，你卻如何將我到家中？我明日府裏去說。」崔寧道：「告小娘子，要和崔寧做夫妻，不妨；只一件，這裏住不得了，要好趁這個遺漏人亂時，今夜就走開去，方纔使得。」秀秀道：「我既和你做夫妻，憑你行。」當夜做了夫妻。四更已後，各帶著隨身金銀物件出門。離不得飢餐渴飲，夜住曉行，迤逦來到衢州。崔寧道：「這裏是五路總頭，是打那條路去好？不若取信州路上去，我是碾玉作，信州有幾個相識，怕那裏安得身。」即時取路到信州。住了幾日，崔寧道：「信州常有客人到行在往來，若說道我等在此，郡王必然使人來追捉，不當穩便。不若離了信州，再往別處去。」兩個又起身上路，徑取潭州。不則一日，到了潭州。卻是走得遠了。就潭州市裏討間房屋，出面招牌，寫著「行在崔待詔碾玉生活」。崔寧便對秀秀道：「這裏離行在有二千餘里了，料得無事，你我安心，好做長久夫妻。」潭州也有幾個寄居官員，見崔寧是行在待詔，日逐也有生活得做。崔寧密使人打探行在本府中事。有曾到都下的，得知府中當夜失火，不見了一個養娘，出賞錢尋了幾日不知下落。也不知道崔寧將他走了，見在潭州住。

時光似箭，日月如梭，也有一年之上。忽一日方早開門，見兩個著皂衫的，一似虞候府幹打扮。入來舖裏坐地，問道：「本官聽得說有個行在崔待詔，教請過來做生活。」崔寧分付了家中，隨這兩個人到湘潭縣路上來。便將崔寧到宅裏相見官人，承攬了玉作生活，回路歸家。正行間，只見一個漢子頭上帶個竹絲笠兒，穿著一領白段子兩上領❹布衫，青白行纏找著褲子口，著一雙多耳麻鞋，挑著一個高肩擔兒，正面來，把崔寧看了一看，崔寧卻不見這漢面貌，這個人卻見崔寧，從後大踏步尾著崔寧來。正是：

誰家稚子鳴榔板；驚起鴛鴦兩處飛。

---

❹ 兩上領：古人衣領往往再縫上襯領一條，便於拆洗，這叫做「兩上領」。

這漢子畢竟是何人？且聽下回分解。

竹引牽牛花滿街，疏籬茅舍月光篩；琉璃盞內茅柴酒❺，白玉盤中簇荳梅。

休懊惱，且開懷，平生贏得笑顏開；三千里地無知己，十萬軍中掛印來。

這隻鷓鴣天詞是關西秦州雄武軍劉兩府所作，從順昌大戰之後，閒在家中，寄居湖南潭州湘潭縣。他是個不愛財的名將，家道貧寒，時常到村店中喫酒。店中人不識劉兩府，讙呼囉唕。劉兩府道：「百萬番人，只如等閒，如今卻被他們誣罔！」做了這隻鷓鴣天流傳直到都下。當時殿前太尉是楊和王，見了這詞，好傷感，「原來劉兩府直恁孤寒！」教提轄官差人送一項錢與這劉兩府。今日崔寧的東人郡王，聽得說劉兩府恁地孤寒，也差人送一項錢與他，卻經由潭州路過。見崔寧從湘潭路上來，一路尾著崔寧到家，正見秀秀坐在櫃身子裏。便撞破他們道：「崔大夫多時不見，你卻在這裏。秀秀養娘他如何也在這裏？郡王教我下書來潭州，今日遇著你們；原來秀秀養娘嫁了你，也好。」當時嚇殺崔寧夫妻兩個，被他看破。那人是誰？卻是郡王府中一個排軍，從小伏侍郡王，見他朴實，差他送錢與劉兩府。這人姓郭名立，叫做郭排軍。當下夫妻請住郭排軍，安排酒來請他。分付道：「你到府中千萬莫說與郡王知道！」郭排軍道：「郡王怎知得你兩個在這裏。我沒事，卻說甚麼。」當下酬謝了出門，回到府中，參見郡王，納了回書。看著郡王道：「郭立前日下書回，打潭州過，卻見兩個人在那裏住。」郡王問：「是誰？」郭立道：「見秀秀養娘并崔待詔兩個，請郭立喫了酒食，教休來府中說知。」郡王聽說便道：「叵耐這

❺ 茅柴酒：劣酒。

兩個做出這事來，卻如何直走到那裏？」郭立道：「也不知他仔細，只見他在那裏住地，依舊掛招牌做生活。」郡王教幹辦去分付臨安府，即時差一個緝捕使臣，帶著做公的，備了盤纏，徑來湖南潭州府，下了公文，同來尋崔寧和秀秀，卻似：

皂雕追紫燕，猛虎啖羊羔。

不兩月，捉將兩個來，解到府中。報與郡王得知，即時陞廳。原來郡王殺番人時，左手使一口刀，叫做「小青」；右手使一口刀，叫做「大青」。這兩口刀不知剁了多少番人。那兩口刀，鞘內藏著，掛在壁上。郡王陞廳，眾人聲喏。即將這兩個人押來跪下。郡王好生焦燥，左手去壁牙上取下「小青」，右手一掣，掣刀在手，睜起殺番人的眼兒，咬得牙齒剝剝地響。當時唬殺夫人，在屏風背後道：「郡王，這裏是帝輦之下，不比邊庭上面，若有罪過，只消解去臨安府施行，如何胡亂剴得人？」郡王聽說道：「叵耐這兩個畜生逃走，今日捉將來，我惱了，如何不剴？既然夫人來勸，且捉秀秀入府後花園去。把崔寧解去臨安府斷治。」當下喝賜錢酒，賞犒捉事人❻。解這崔寧到臨安府，一一從頭供說：「自從當夜遺漏，來到府中，都搬盡了，只見秀秀養娘從廊下出來，揪住崔寧道：『你如何安手在我懷中？若不依我口，教壞了你！』要共崔寧逃走。崔寧不得已，只得與他同走。只此是實。」臨安府把文案呈上郡王，郡王是個剛直的人，便道：「既然恁地，寬了崔寧。且與從輕斷治。崔寧不合在逃，罪杖，發還建康府居住。」

❻ 捉事人：緝捕罪犯的人。

當下差人押送，方出北關門，到鵝項頭，見一頂轎兒，兩個人擡著，從後面叫：「崔待詔，且不得去！」崔寧認得像是秀秀的聲音，趕將來又不知恁地？心下好生疑惑！傷弓之鳥，不敢攬事，且低著頭只顧走。只見後面趕將上來，歇了轎子，一個婦人走出來，不是別人，便是秀秀，道：「崔待詔，你如今去建康府，我卻如何？」崔寧道：「卻是怎地好？」秀秀道：「自從解你去臨安府斷罪，把我捉入後花園，打了三十竹篦，遂便趕我出來。我知道你建康府去，趕將來同你去。」崔寧道：「恁地卻好。」討了船，直到建康府。押發人自回。若是押發人是個學舌的，就有一場是非出來。因曉得郡王性如烈火，惹著他不是輕放手的。他又不是王府中人，去管這閒事怎地？況且崔寧一路買酒買食，奉承得他好，回去時就隱惡而揚善了。

再說崔寧兩口在建康居住，既是問斷了，如今也不怕有人撞見，依舊開個碾玉作鋪。渾家道：「我兩口卻在這裏住得好，只是我家爹媽自從我和你逃去潭州，兩個老的喫了些苦。當日捉我入府時，兩個去尋死覓活，今日也好教人去行在取我爹媽來這裏同住。」崔寧道：「最好。」便教人來行在取他丈人丈母。寫了他地理腳色❼與來人。到臨安府尋見他住處，問他鄰舍，指道：「這一家便是。」來人去門首看時，只見兩扇門關著，一把鎖鎖著，一條竹竿封著。問鄰舍：「他老夫妻那裏去了？」鄰舍道：「莫說！他有個花枝也似女兒，獻在一個奢遮❽去處。這個女兒不受福德，卻跟一個碾玉的待詔逃走了。前日從湖南潭州捉將回來，送在臨安府喫官司。那女兒喫郡王捉進後花園裏去。老夫妻見女兒捉去，就當

---

❼ 地理腳色：居住地址和年齡面貌。

❽ 奢遮：偉大。

下尋死覓活，至今不知下落，只恁地關著門在這裏。」來人見說，再回建康府來，兀自未到家。

且說崔寧正在家中坐，只見外面有人道：「你尋崔待詔住處？這裏便是。」崔寧叫出渾家來看時，不是別人，認得是璩公璩婆。都相見了，喜歡的做一處。那去取老兒的人，隔一日纔到，說如此這般，尋不見，卻空走了這遭。兩個老的且自來到這裏了。兩個老人道：「卻生受你，我不知你們在建康住，教我尋來尋去，直到這裏。」其時四口同住，不在話下。

且說朝廷官裏，一日到偏殿看玩寶器，拿起這玉觀音來看，這個觀音身上，當時有一個玉鈴兒，失手脫下。即時問近侍官員：「卻如何修理得？」官員將玉觀音反覆看了，道：「好個玉觀音。怎地脫落了鈴兒？」看到底下，下面碾著三字：「崔寧造」。——「恁地容易，既是有人造，只消得宣這個人來，教他修整。」敕下郡王府，宣取碾玉匠崔寧。郡王回奏：「崔寧有罪，在建康府居住。」即時使人去建康，取得崔寧到行在歇泊❾了。當時宣崔寧見駕，將這玉觀音教他領去，用心整理。崔寧謝了恩，尋一塊一般的玉，碾一個鈴兒，接住了，御前交納。破分❿請給養了崔寧，令只在行在居住。崔寧道：「我今日遭際御前，爭得氣。再來清湖河下尋間屋兒開個碾玉鋪，須不怕你們撞見！」可煞事有鬥巧，方纔開得鋪三兩日，一個漢子從外面過來，就是那郭排軍。見了崔待詔，便道：「崔大夫恭喜了！你卻在這裏住？」擡起頭來，看櫃身裏卻立著崔待詔的渾家。郭排軍喫了一驚，拽開腳步就走。渾家說與丈夫道：「你與我叫住那排軍！我相問則個。」正是：

❾ 歇泊：安頓。
❿ 破分：花了一份。

平生不作皺眉事，世上應無切齒人。

崔待詔即時趕上扯住，只見郭排軍把頭只管側來側去，口裏喃喃地道：「作怪，作怪！」沒奈何，只得與崔寧回來，到家中坐地。渾家與他相見了，便問：「郭排軍，前者我好意留你喫酒，你卻歸來說與郡王，壞了我兩個的好事。今日遭際御前，卻不怕你去說。」郭排軍喫他相問得無言可答，只道得一聲：「得罪！」相別了，便來到府裏。對著郡王道：「有鬼！」郡王道：「這漢則甚？」郭立道：「告恩王，有鬼！」郡王問道：「有甚鬼？」郭立道：「方纔打清湖河下過，見崔寧開個碾玉鋪，卻見櫃身裏一個婦女，便是秀秀養娘。」郡王焦躁道：「又來胡說！秀秀被我打殺了，埋在後花園，你須也看見，如何又在那裏？卻不是取笑我。」郭立道：「告恩王，怎敢取笑！方纔叫住郭立，相問了一回。怕恩王不信，勒下軍令狀了去。」郡王道：「真個在時，你勒軍令狀來！」那漢也是合苦，真個寫一紙軍令狀來。郡王收了，叫兩個當直的轎番，擡一頂轎子，教：「取這妮子來。若真個在，把來剴取一刀；若不在，郭立！你須替他剴取一刀！」郭立同兩個轎番來取秀秀。正是：

麥穗兩歧，農人難辨。

郭立是關西人，朴直，卻不知軍令狀如何胡亂勒得。三個一逕來到崔寧家裏，那秀秀兀自在櫃身裏坐地。見那郭排軍來得恁地慌忙，卻不知他勒了軍令狀來取你。郭排軍道：「小娘子，郡王鈞旨，教來取你則個。」秀秀道：「既如此，你們少等，待我梳洗了同去。」即時入去梳洗，換了衣服出來，上了轎，分付了丈夫。兩個轎番便擡著，逕到府前。郭立先入去，郡王正在廳上等待。郭立唱了喏，道：「已取到秀秀養娘。」郡王道：「著他入來！」郭立出來道：「小娘子，郡王教你進來。」掀起簾子看一看，便是一桶水傾在身上，開著口，則合不得，就轎子裏不見了秀秀養娘。問那兩個轎番道：「我不知，則見他上轎，擡到這裏，又不曾轉動。」那漢叫將入來道：「告恩王，恁地真個有鬼！」郡王道：「卻不叵耐！」教人：「捉這漢，等我取過軍令狀來，如今凱⓫了一刀。先去取下『小青』來。」那漢從來服侍郡王，身上也有十數次官了。蓋緣是粗人，只教他做排軍。這漢慌了道：「見有兩個轎番見證，乞叫來問。」即時叫將轎番來道：「見他上轎，擡到這裏，卻不見了。」說得一般，想必真個有鬼，只消得叫將崔寧來問。便使人叫崔寧來到府中。崔寧從頭至尾說了一遍。郡王道：「恁地，又不干崔寧事，且放他去。」崔寧拜辭去了。郡王焦躁，把郭立打了五十背花棒。崔寧聽得說渾家是鬼，到家中問丈人丈母。兩個面面厮覷，走出門，看看清湖河裏，撲通地都跳下水去了。當下叫救人，打撈，便不見了屍首。——原來當時打殺秀秀時，兩個老的聽得說，便跳在河裏，已自死了。這兩個也是鬼。——崔寧到家中，沒情沒緒，走進房中，只見渾家坐在床上。崔寧道：「告姐姐，饒我性命！」秀秀道：「我因為你，喫郡王打死了，埋在後花園裏。卻恨郭排軍多口，今日已報了冤讎，郡王已將他打了五十背花棒。如今都知道我是鬼，容身不得了。」道罷起身，雙手揪住崔寧，叫得一聲，匹然倒地。鄰舍都來看時，只見：

兩部脈盡總皆沉，一命已歸黃壤下。

⓫ 凱：砍。

崔寧也被扯去，和父母四個，一塊兒做鬼去了。後人評論得好：

咸安王捺不下烈火性，郭排軍禁不住閒磕牙；

璩秀娘捨不得生眷屬，崔待詔撇不脫鬼冤家。

第九卷　李謫仙醉草嚇蠻書

堪羨當年李謫仙，吟詩斗酒有連篇；蟠胸錦繡欺時彥，落筆風雲邁古賢。
書草和番威遠塞，詞歌傾國媚新弦；莫言才子風流盡，明月長懸采石邊。

話說唐玄宗皇帝朝，有個才子，姓李名白，字太白，乃西梁武昭興聖皇帝李暠九世孫，西川錦州人也。其母夢長庚入懷而生。那長庚星又名太白星，所以名字俱用之。那李白生得姿容美秀，骨格清奇，有飄然出世之表。十歲時，便精通書史，出口成章，人都誇他錦心繡口，又說他是神仙降生，以此又呼為李謫仙。有杜工部贈詩為證：

昔年有狂客，號爾謫仙人。筆落驚風雨，詩成泣鬼神！
聲名從此大，汩沒一朝伸。文采承殊渥，流傳必絕倫。

李白又自稱青蓮居士。一生好酒，不求仕進，志欲遨遊四海，看盡天下名山，嘗遍天下美酒。先登峨眉，次居雲夢，復隱於徂徠山竹溪，與孔巢父等六人，日夕酣飲，號為竹溪六逸。有人說：「湖州烏程酒甚佳。」白不遠千里而往，到酒肆中，開懷暢飲，旁若無人。時有迦葉司馬經過，聞白狂歌之聲，遣從者問其何人？白隨口答詩四句：

青蓮居士謫仙人，酒肆逃名三十春，湖州司馬何須問，金粟如來是後身。

迦葉司馬大驚，問道：「莫非蜀中李謫仙麼？聞名久矣。」遂請相見。留飲十日，厚有所贈。臨別，問道：「以青蓮高才，取青紫如拾芥，何不遊長安應舉？」李白道：「目今朝政紊亂，公道全無，請托者登高第，納賄者獲科名；非此二者，雖有孔孟之賢，晁董之才，無由自達。白所以流連詩酒，免受盲試官之氣耳。」迦葉司馬道：「雖則如此，足下誰人不知，一到長安，必有人薦拔。」李白從其言，乃遊長安。一日到紫極宮遊玩，遇了翰林學士賀知章，通姓道名，彼此相慕。知章遂邀李白於酒肆中，解下金貂，當酒同飲。至夜不捨，遂留李白於家中下榻，結為兄弟。次日，李白將行李搬至賀內翰宅，每日談詩飲酒，賓主甚是相得。時光荏苒，不覺試期已迫。賀內翰道：「今春南省試官，正是楊貴妃兄楊國忠太師；監視官，乃太尉高力士。二人都是愛財之人。賢弟卻無金銀買囑他，便有沖天學問，見不得聖天子。此二人與下官皆有相識。下官寫一封箚子❶去，預先囑托，或者看薄面一二。」李白雖則才大氣高，遇了這等時勢，況且內翰高情，不好違阻。賀內翰寫了柬帖，投與楊太師高力士。二人接開看了，冷笑道：「賀內翰受了李白金銀，卻寫封空書在我這裏討白人情，到那日專記，如有李白名字卷子，不問好歹，即時批落。」時值三月三日，大開南省，會天下才人，盡呈卷子。李白才思有餘，一筆揮就，第一個交卷。楊國忠見卷子上有李白名字，也不看文字，亂筆塗抹道：「這樣書生，只好與我磨墨。」

❶ 箚子：公牘的一種。

高力士道：「磨墨也不中，只好與我著襪脫靴。」喝令將李白推搶出去。正是：

不願文章中天下，只願文章中試官！

李白被試官屈批卷子，怨氣沖天，回至內翰宅中，立誓：「久後吾若得志，定教楊國忠磨墨，高力士與我脫靴，方纔滿願。」賀內翰勸白：「且休煩惱，權在舍下安歇，待三年，再開試場，別換試官，必然登第。」終日共李白飲酒賦詩。日往月來，不覺一載。

忽一日，有番使賫國書到。朝廷差使命急宣賀內翰陪接番使，在館驛安下。次日閤門舍人，接得番使國書一道。玄宗敕宣翰林學士，拆開番書，全然不識一字，拜伏金堦啟奏：「此書皆是鳥獸之跡，臣等學識淺短，不識一字。」天子聞奏，將與南省試官楊國忠開讀。楊國忠開看，雙目如盲，亦不曉得。天子宣問滿朝文武，並無一人曉得，不知書上有何吉凶言語。龍顏大怒，喝罵朝臣：「枉有許多文武，並無一個飽學之士與朕分憂。此書識不得，將何回答，發落番使？卻被番邦笑恥，欺侮南朝，必動干戈，來侵邊界，如之奈何！敕限三日，若無人識此番書，一概停俸；六日無人，一概停職；九日無人，一概問罪。別選賢良，共扶社稷。」聖旨一出，諸官默默無言，再無一人敢奏。天子轉添煩惱。賀內翰朝散回家，將此事述於李白。白微微冷笑：「可惜我李某去年不曾及第為官，不得與天子分憂。」賀內翰大驚道：「想必賢弟博學多能，辨識番書，下官當於駕前保奏。」次日，賀知章入朝，越班奏道：「臣啟陛下，臣家有一秀才，姓李名白，博學多能，要辨番書，非此人不可。」天子准奏，即遣使命，賫詔前去內翰宅中，宣取李白。李白告天使道：「臣乃遠方布衣，無才無識，今朝中有許多官僚，都是飽學之儒，何必問及草莽，臣不敢奉詔，恐得罪於朝貴。」說這句「恐得罪於朝貴」，隱隱刺著楊高二人。使命回奏。天子初問賀知章：「李白不肯奉詔，其意云何？」知章奏道：「臣知李白文章蓋世，學問驚人。只為去年試場中，被試官屈批了卷子，羞搶出門，今日教他白衣入朝，有愧於心。乞陛下賜以恩典，遣一位大臣再往，必然奉詔。」玄宗道：「依卿所奏。欽賜李白進士及第，著紫袍金帶，紗帽象簡見駕。就煩卿自往迎取，卿不可辭！」賀知章領旨回家，請李白開讀，備述天子惓惓求賢之意。李白穿了御賜袍服，望闕拜謝。遂騎馬隨賀內翰入朝。玄宗於御座專待李白。李白至金堦拜舞，山呼謝恩，躬身而立。天子一見李白，如貧得寶，如暗得燈，如飢得食，如旱得雲：開金口，動玉音，道：「今有番國賫書，無人能曉，特宣卿至，為朕分憂。」白躬身奏道：「臣因學淺，被太師批卷不中，高太尉將臣推搶出門。今有番書，何不令試官回答，卻乃久滯番官在此。臣是批黜秀才，不能稱試官之意，怎能稱皇上之意？」天子道：「朕自知卿，卿其勿辭！」遂命侍臣捧番書賜李白觀看。李白看了一遍，微微冷笑，對御座前將唐音譯出，宣讀如流。番書云：

> 渤海國大可毒書達唐朝官家。自你占了高麗，與俺國逼近，邊兵屢屢侵犯吾界，想出自官家之意。俺如今不可耐者，差官來講，可將高麗一百七十六城，讓與俺國。俺有好物事相送：太白山之菟，南海之昆布，柵城之鼓，扶餘之鹿，鄚頡之豕，率賓之馬，沃州之綿，湄沱河之鯽，九都之李，樂遊之梨；你官家都有分。若還不肯，俺起兵來廝殺，且看那家勝敗？

眾官聽得讀罷番書，不覺失驚，面面廝覷，盡稱「難得」。天子聽了番書，龍情不悅。沉吟良久，方問兩班文武：「今被番家要興兵搶占高麗，有何策可以應敵？」兩班文武，如泥塑木雕，無人敢應。賀知章啟奏道：「自太宗皇帝三征高麗，不知殺了多少生靈，不能取勝，府庫為之虛耗。天幸蓋蘇文死了，其子男生兄弟爭權，為我鄉導。高宗皇帝遣老將李勣、薛仁貴統百萬雄兵，大小百戰，方纔殄滅。今承平日久，無將無兵，倘干戈復動，難保必勝。兵連禍結，不知何時而止？願吾皇聖鑒！」天子道：「似此如何回答他？」知章道：「陛下試問李白，必然善於辭命。」天子乃召白問之。李白奏道：「臣啟陛下，此事不勞聖慮，來日宣番使入朝，臣當面回答番書，與他一般字跡，書中言語，羞辱番家，須要番國可毒拱手來降。」天子問：「可毒何人也？」李白奏道：「渤海風俗，稱其王曰可毒。猶回紇稱可汗，吐番稱贊普，六詔稱詔，訶陵稱悉莫威，各從其俗。」天子見其應對不窮，聖心大悅，即日拜為翰林學士。遂設宴於金鑾殿，宮商迭奏，琴瑟喧闐，嬪妃進酒，彩女傳杯。御音傳示：「李卿，可開懷暢飲，休拘禮法。」李白盡量而飲，不覺酒濃身軟。天子令內官扶於殿側安寢。次日五鼓，天子升殿。

淨鞭❷三下響，文武兩班齊。

李白宿酲猶未醒，內官催促進朝。百官朝見已畢，天子召李白上殿，見其面尚帶酒容，兩眼兀自有矇矓之意。天子分付內侍，教御廚中造三分醒酒酸魚羹來。須臾，內侍將金盤捧到魚羹一碗。天子見羹氣太熱，御手取牙筯調之良久，賜與李學士。李白跪而食之，頓覺爽快。是時百官見天子恩幸李白，且驚且喜；驚者怪其破格，喜者喜其得人。惟楊國忠、高力士愀然有不樂之色。聖旨宣番使入朝，番使山呼見

❷ 淨鞭：即「靜鞭」，古時皇帝上朝時，內侍揮動淨鞭，使百官肅靜。

聖已畢。李白紫衣紗帽，飄飄然有神仙凌雲之態，手捧番書立於左側柱下，朗聲面讀。一字無差，番使大駭。李白道：「小邦失禮，聖上洪度如天，置而不較，有詔批答，汝宜靜聽！」番官戰戰兢兢，跪於堦下。天子命設七寶床於御座之傍，取于闐白玉硯，象管兔毫筆，獨草龍香墨，五色金花箋，排列停當。賜李白近御榻前，坐錦墩草詔。李白奏道：「臣靴不淨，有污前席，望皇上寬恩，賜臣脫靴結襪而登。」天子准奏，命一小內侍：「與李學士脫靴。」李白又奏道：「臣有一言，乞陛下赦臣狂妄，臣方敢奏。」天子道：「任卿失言，朕亦不罪。」李白奏道：「臣前入試春闈，被楊太師批落，高太尉趕逐，今日見二人押班，臣之神氣不旺。乞玉音分付楊國忠與臣捧硯磨墨，高力士與臣脫靴結襪。臣意氣始得自豪，舉筆草詔，口代天言，方可不辱君命。」天子用人之際，恐拂其意，只得傳旨，教「楊國忠捧硯，高力士脫靴」。二人心裏暗暗自揣，前日科場中輕薄了他，「這樣書生，只好與我磨墨脫靴。」今日恃了天子一時寵幸，就來還話，報復前仇。出於無奈，不敢違背聖旨，正是敢怒而不敢言。常言道：

冤家不可結，結了無休歇；侮人還自侮，說人還自說。

李白此時昂昂得意，躧襪登褥，坐於錦墩。楊國忠磨得墨濃，捧硯侍立。論來爵位不同，怎麼李學士坐了，楊太師倒侍立？因李白口代天言，天子寵以殊禮。楊太師奉旨磨墨，不曾賜坐，只得侍立。李白左手將鬚一拂，右手舉起中山兔穎，向五花牋上，手不停揮，須臾，草就嚇蠻書。字畫齊整，並無差落，獻於龍案之上。天子看了大驚，都是照樣番書，一字不識。傳與百官看了，各各駭然。天子命李白誦之。李白就御座前朗誦一遍：

大唐開元皇帝，詔諭渤海可毒：自昔石卵不敵，蛇龍不鬥。本朝應運開天，撫有四海，將勇卒精，甲堅兵銳。頡利背盟而被擒，弄贊鑄鵝而納誓。新羅奏織錦之頌，天竺致能言之鳥，波斯獻捕鼠之蛇，拂菻進曳馬之狗，白鸚鵡來自訶陵，夜光珠貢於林邑，骨利幹有名馬之納，泥婆羅有良酢之獻。無非畏威懷德，買靜求安。高麗拒命，天討再加，傳世九百，一朝殄滅，豈非逆天之咎徵，衡大之明鑒與！況爾海外小邦，高麗附國，比之中國，不過一郡，士馬芻糧，萬分不及。若螳怒是逞，鵝驕不遜，天兵一下，千里流血，君同頡利之俘，國為高麗之續。方今聖度汪洋，恕爾狂悖，急宜悔禍，勤修歲事；毋取誅僇，為四夷笑。爾其三思哉！故諭。

天子聞之大喜，再命李白對番官面宣一通，然後用寶入函。李白仍叫高太尉著靴，方纔下殿，喚番官聽詔。李白重讀一遍，讀得聲韻鏗鏘，番使不敢則聲，面如土色，不免山呼拜舞辭朝。賀內翰送出都門，番官私問道：「適纔讀詔者何人？」內翰道：「姓李名白，官拜翰林學士。」番使道：「多大的官，使太師捧硯，太尉脫靴。」內翰道：「太師大臣，太尉親臣，不過人間之極貴。那李學士乃天上神仙下降，贊助天朝，更有何人可及。」番使點頭而別，歸至本國，與國王述之。國王看了國書，大驚，與國人商議，天朝有神仙贊助，如何敵得。寫了降表，願年年進貢，歲歲來朝。此是後話。

話分兩頭，卻說天子深敬李白，欲重加官職。李白啟奏：「臣不願受職，願得逍遙散誕，供奉御前，如漢東方朔故事。」天子道：「卿既不受職，朕所有黃金白璧，奇珍異寶，惟卿所好。」李白奏道：「臣亦不願受金玉，願得從陛下遊幸，日飲美酒三千觴，足矣！」天子知李白清高，不忍相強。從此時時賜宴，留宿於金鑾殿中，訪以政事，恩幸日隆。一日，李白乘馬遊長安街，忽聽得鑼鼓齊鳴，見一簇刀斧手，擁著一輛囚車行來。白停驂問之，乃是并州解到失機將官，今押赴東市處斬。那囚車中，囚著個美丈夫，生得甚是英偉，叩其姓名，聲如洪鐘，答道：「姓郭名子儀。」李白相他容貌非凡，他日必為國家柱石，遂喝住刀斧手：「待我親往駕前保奏。」眾人知是李謫仙學士，御手調羹的，誰敢不依。李白當時回馬，直叩宮門，求見天子，討了一道赦敕，親往東市開讀，打開囚車，放出子儀，許他帶罪立功。子儀拜謝李白活命之恩，異日銜環結草，不敢忘報。此事擱過不題。

是時，宮中最重木芍藥，是揚州貢來的。——如今叫做牡丹花，唐時謂之木芍藥。——宮中種得四本，開出四樣顏色，那四樣？

大紅，深紫，淺紅，通白。

玄宗天子移植於沉香亭前，與楊貴妃娘娘賞玩，詔梨園子弟奏樂。天子道：「對妃子，賞名花，新花安用舊曲。」遽命梨園長李龜年召李學士入宮。有內侍說道：「李學士往長安市上酒肆中去了。」龜年不往九街，不走三市，一逕尋到長安市去。只聽得一個大酒樓上，有人歌云：

三杯通大道，一斗合自然；但得酒中趣，勿為醒者傳。

李龜年道：「這歌的不是李學士是誰？」大踏步上樓梯來，只見李白獨占一個小小座頭，桌上花瓶內供一枝碧桃花，獨自對花而酌，已喫得酩酊大醉，手執巨觥，兀自不放。龜年上前道：「聖上在沉香亭宣召學士，快去！」眾酒客聞得有聖旨，一時驚駭，都站起來閒看。李白全然不理，張開醉眼，向龜年念一句陶淵明的詩，道是：

我醉欲眠君且去。

念了這句詩，就瞑然欲睡。李龜年也有三分主意，向樓窗往下一招，七八個從者，一齊上樓，不由分說，手忙腳亂，擡李學士到於門前，上了玉花驄，眾人左扶右持，龜年策馬在後相隨，直跑到五鳳樓前。天子又遣內侍來催促了。敕賜「走馬入宮」。龜年遂不扶李白下馬，同內侍幫扶，直至後宮，過了興慶池，來到沉香亭。天子見李白在馬上雙眸緊閉，兀自未醒，命內侍鋪紫氍毹於亭側，扶白下馬，少臥。親往省視，見白口流涎沫，天子親以龍袖拭之。貴妃奏道：「妾聞冷水沃面，可以解醒。」乃命內侍汲興慶池水，使宮女含而噴之。白夢中驚醒，見御駕，大驚，俯伏道：「臣該萬死！臣乃酒中之仙，幸陛下恕臣！」天子御手攙起道：「今日同妃子賞名花，不可無新詞，所以召卿，可作清平調三章。」李龜年取金花牋授白。白帶醉一揮，立成三首。其一曰：

雲想衣裳花想容，春風拂檻露華濃；若非群玉山頭見，會向瑤臺月下逢。

其二曰：

一枝紅艷露凝香，雲雨巫山枉斷腸。借問漢宮誰得似？可憐飛燕倚新粧！

其三曰：

名花傾國兩相歡，長得君王帶笑看。解釋春風無限恨，沉香亭北倚欄杆。

天子覽詞，稱美不已：「似此天才，豈不壓倒翰林院許多學士。」即命龜年按調而歌，梨園眾子弟絲竹並進，天子自吹玉笛以和之。歌畢，貴妃斂繡巾，再拜稱謝。天子道：「莫謝朕，可謝學士也！」貴妃持玻瓈七寶杯，親酌西涼葡萄酒，命宮女賜李學士飲。天子敕賜李白遍遊內苑，令內侍以美酒隨後，恣其酣飲。自是宮中內宴，李白每每被召，連貴妃亦愛而重之。高力士深恨脫靴之事，無可奈何。一日，貴妃重吟前所製清平調三首，倚欄歎羨。高力士見四下無人，乘間奏道：「奴婢初意娘娘聞李白此詞，怨入骨髓，何反拳拳如是？」貴妃道：「有何可怨？」力士奏道：「『可憐飛燕倚新粧。』那飛燕姓趙，乃西漢成帝之后。——則今畫圖中，畫著一個武士，手托金盤，盤中有一女子，舉袖而舞，那個便是趙飛燕。——生得腰肢細軟，行步輕盈，若人手執花枝顫顫然，成帝寵幸無比。誰知飛燕私與燕赤鳳相通，匿於複壁之中。成帝入宮，聞壁衣❸內有人咳嗽聲，搜得赤鳳殺之。欲廢趙后，賴其妹合德力救而止，遂終身不入正宮。今日李白以飛燕比娘娘，此乃謗毀之語，娘娘何不熟思！」原來貴妃那時以胡人安祿山為養子，出入宮禁，與之私通，滿宮皆知，只瞞得玄宗一人。高力士說飛燕一事，正刺其心。貴妃於是心下懷恨，每於天子前說李白輕狂使酒，無人臣之禮。天子見貴妃不樂李白，遂不召他內宴，亦不留宿殿中。李白情知被高力士中傷，天子存疏遠之意，屢次告辭求去，天子不允。乃益縱酒自廢，與賀知

❸ 壁衣：帷幕。

章、李適之、汝陽王璡、崔宗之、蘇晉、張旭、焦遂為酒友，時人呼為飲中八仙。

卻說玄宗天子心下實是愛重李白，只為宮中不甚相得，所以疏了些兒。見李白屢次乞歸，無心戀闕，乃向李白道：「卿雅志高蹈，許卿暫還，不日再來相召。但卿有大功於朕，豈可白手還山？卿有所需，朕當一一給與。」李白奏道：「臣一無所需，但得杖頭有錢，日沽一醉足矣。」天子乃賜金牌一面，牌上御書：「敕賜李白為天下無憂學士，逍遙落托秀才，逢坊喫酒，遇庫支錢，府給千貫，縣給五百貫。文武官員軍民人等，有失敬者，以違詔論。」又賜黃金千兩，錦袍玉帶，金鞍龍馬，從者二十人。白叩頭謝恩，天子又賜金花二朵，御酒三杯，於駕前上馬出朝，百官俱給假，攜酒送行，自長安街直接到十里長亭，樽罍不絕。只有楊太師高太尉二人懷恨不送。內中惟賀內翰等酒友七人，直送至百里之外，流連三日而別。李白集中有還山別金門知己詩，略云：

恭承丹鳳詔，欻起煙蘿中；一朝去金馬，飄落成飛蓬。
閒來東武吟，曲盡情未終。書此謝知己，扁舟尋釣翁。

李白錦衣紗帽，上馬登程，一路只稱錦衣公子。果然逢坊飲酒，遇庫支錢。不一日，回至錦州，與許氏夫人相見。官府聞李學士回家，都來拜賀，無日不醉。日往月來，不覺半載。一日白對許氏說，要出外遊玩山水，打扮做秀才模樣，身邊藏了御賜金牌，帶一個小僕，騎一健驢，任意而行。府縣酒資，照牌供給。忽一日，行到華陰界上，聽得人言華陰縣知縣貪財害民，李白生計，要去治他。來到縣前，令小僕退去。獨自倒騎著驢子，於縣門首連打三回。那知縣在廳上取問公事，覷見了，連聲：「可惡，可惡！怎敢調戲父母官！」速令公吏人等拿至廳前取問。李白微微詐醉，連問不答。知縣令獄卒押入牢中，待他酒醒，著他好生供狀，來日決斷。獄卒將李白領入牢中，見了獄官，掀髯長笑。獄官道：「想此人是瘋癲的？」李白道：「也不瘋，也不癲。」獄官道：「既不瘋癲，好生供狀。你是何人？為何到此騎驢，唐突縣主？」李白道：「要我供狀，取紙筆來。」獄卒將紙筆置於案上，李白扯獄官在一邊說道：「讓開一步待我寫。」獄官笑道：「且看這瘋漢寫出甚麼來！」李白寫道：

供狀錦州人，姓李單名白。弱冠廣文章，揮毫神鬼泣。長安列八仙，竹溪稱六逸，曾草嚇蠻書，聲名播絕域。玉輦每趨陪，金鑾為寢室。啜羹御手調，流涎御袍拭。高太尉脫靴，楊太師磨墨。天子殿前尚容乘馬行，華陰縣裏不許我騎驢入？請驗金牌，便知來歷。

寫畢，遞與獄官看了，獄官嚇得魂驚魄散，低頭下拜道：「學士老爺，可憐小人蒙官發遣，身不由己，萬望海涵赦罪！」李白道：「不干你事，只要你對知縣說，我奉金牌聖旨而來，所得何罪，拘我在此？」獄官拜謝了，即忙將供狀呈與知縣，并述有金牌聖旨。知縣此時如小兒初聞霹靂，無孔可鑽，只得同獄官到牢中參見李學士，叩頭哀告道：「小官有眼不識泰山，一時冒犯，乞賜憐憫！」在職諸官，聞知此事，都來拜求，請學士到廳上正面坐下，眾官庭參已畢。李白取出金牌，與眾官看，牌上寫道：「學士所到，文武官員軍民人等有不敬者以違詔論。」──「汝等當得何罪？」眾官看罷聖旨，一齊低頭禮拜，「我等都該萬死。」李白見眾官苦苦哀求，笑道：「你等受國家爵祿，如何又去貪財害民？如若改過前非，方免汝罪。」眾官聽說，人人拱手，個個遵依，不敢再犯。就在廳上大排筵宴，款待學士飲酒三日方散。自是知縣洗心滌慮，遂為良牧。此事聞於他郡，都猜道朝廷差李學士出外私行觀風考政，無不化貪為廉，化殘為善。

李白遍歷趙、魏、燕、晉、齊、梁、吳、楚，無不流連山水，極詩酒之趣。後因安祿山反叛，明皇車駕幸蜀，誅國忠於軍中，縊貴妃於佛寺。白避亂隱於廬山。永王璘時為東南節度使，陰有乘機自立之志。聞白大才，強偪下山，欲授偽職，李白不從，拘留於幕府。未幾，肅宗即位於靈武，拜郭子儀為天下兵馬大元帥，克復兩京。有人告永王璘謀叛，肅宗即遣子儀移兵討之。永王兵敗，李白方得脫身，逃至潯陽江口，被守江把總擒拿，把做叛黨，解到郭元帥軍前。子儀見是李學士，即喝退軍士，親解其縛，置於上位，納頭便拜道：「昔日長安東市，若非恩人相救，焉有今日？」即命治酒壓驚，連夜修本，奏上天子，為李白辨冤，且追敘其嚇蠻書之功，薦其才可以大用，此乃施恩而得報也。正是：

兩葉浮萍歸大海，人生何處不相逢。

時楊國忠已死，高力士亦遠貶他方，玄宗皇帝自蜀迎歸，為太上皇，亦對肅宗稱李白奇才。肅宗乃徵白為左拾遺。白歎宦海沉迷，不得逍遙自在，辭而不受。別了郭子儀，遂泛舟遊洞庭岳陽，再過金陵，泊舟於采石江邊。是夜，月明如晝。李白在江頭暢飲，忽聞天際樂聲嘹喨，漸近舟次，舟人都不聞，只有李白聽得。忽然江中風浪大作，有鯨魚數丈，奮鬣而起，仙童二人，手持旌節，到李白面前，口稱：「上帝奉迎星主還位。」舟人都驚倒，須臾甦醒。只見李學士坐於鯨背，音樂前導，騰空而去。明日將此事告於當塗縣令李陽冰，陽冰具表奏聞。天子敕建李謫仙祠於采石山上，春秋二祭。到宋太平興國年間，有書生於月夜渡采石江，見錦帆西來，船頭上有白牌一面，寫「詩伯」二字。書生遂朗吟二句道：

誰人江上稱詩伯？錦繡文章借一觀！

舟中有人和云：

夜靜不堪題絕句，恐驚星斗落江寒。

書生大驚，正欲傍舟相訪，那船泊於采石之下。舟中人紫衣紗帽，飄然若仙，逕投李謫仙祠中。書生隨後求之祠中，並無人跡，方知和詩者即李白也。至今人稱「酒仙」、「詩伯」，皆推李白為第一云。

嚇蠻書草見天才，天子調羹親賜來。一自騎鯨天上去，江流采石有餘哀。

第十卷　錢舍人題詩燕子樓

煙花風景眼前休，此地仍傳燕子樓；鴛夢肯忘三月蕙？翠顰能省一生愁。
柘因零落難重舞，蓮為單開不並頭，嬌艷豈無黄壤瘞？至今人過說風流。

話說大唐自政治大聖大孝皇帝謚法太宗開基之後，至十二帝憲宗登位，凡一百九十三年，天下無事日久，兵甲生塵，刑具不用。時有禮部尚書張建封做官年久，恐妨賢路，遂奏乞骸骨歸田養老。憲宗曰：「卿年齒未衰，豈宜退位？果欲避冗辭繁，敕鎮青徐數郡。」建封奏曰：「臣雖菲才，既蒙聖恩，自當竭力。」遂敕建封節制武寧軍事。建封大喜。平昔愛才好客，既鎮武寧，揀選才能之士，禮置門下。後房歌姬舞妓，非知書識禮者不用。武寧有妓關盼盼，乃徐方之絕色也。但見：

歌喉清亮，舞態婆娑，調絃成合格新聲，品竹作出塵雅韻。琴彈古調，棋覆新圖。賦詩琢句，追風雅見於篇中；搦管丹青，奪造化生於筆下。

建封雖聞其才色無雙，緣到任之初，未暇召於樽俎之間。忽一日中書舍人白樂天名居易自長安來，宣諭兗鄆，路過徐府，乃建封之故人也。喜樂天遠來，遂置酒邀飲於公館，只見：

幕捲流蘇，簾垂朱箔，瑞腦煙噴寶鴨，香醪光溢瓊壺。果劈天漿，食烹異味。綺羅珠翠，列兩行粉面梅粧；脆管繁音，奏一派新聲雅韻。遍地舞裀鋪蜀錦，當筵歌拍按紅牙。

當時酒至數巡，食供兩套，歌喉少歇，舞袖亦停。忽有一妓，抱胡琴立於筵前，轉袖調絃，獨奏一曲，纖手斜拈，輕敲慢按。滿座清香消酒力，一庭雅韻爽煩襟。須臾彈徹韶音，抱胡琴侍立。建封與樂天俱喜調韻清雅，視其精神舉止，但見：花生丹臉，水剪雙眸，意態天然，迥出倫輩。回視其餘諸妓，粉黛如土。遂呼而問曰：「孰氏？」其妓斜抱胡琴，緩移蓮步，向前對曰：「賤妾關盼盼也。」建封喜不自勝，笑謂樂天曰：「彭門樂事，不出於此。」樂天曰：「似此佳人，名達帝都，信非虛也！」建封曰：「誠如舍人之言，何惜一詩贈之？」樂天曰：「但恐句拙，反污麗人之美。」盼盼據卸胡琴，掩袂而言：「妾姿質醜陋，敢煩珠玉，若果不以猥賤見棄，是微軀隨雅文不朽，豈勝身後之榮哉。」樂天喜其黠慧，遂口吟一絕：

鳳撥金鈿砌，檀槽後帶垂；醉嬌無氣力，風裊牡丹枝。

盼盼拜謝樂天曰：「賤妾之名，喜傳於後世，皆舍人所賜也。」於是賓主歡洽，盡醉而散。

翌日樂天車馬東去。自此建封專寵盼盼，遂於府第之側，擇佳地創建一樓，名曰「燕子樓」，使盼盼居之。建封治政之暇，輕車潛往，與盼盼宴飲，交飛玉斝，共理笙簧，璨錦相偎，鸞衾共展。綺窗唱和，指花月為題，繡閣論情，對松筠為誓。歌笑管絃，情愛方濃。不幸彩雲易散，皓月難圓。建封染病，盼盼請醫調治，服藥無效，問卜無靈，轉加沉重而死。子孫護持靈柩，歸葬北邙，獨棄盼盼於燕子樓中。香消衣被，塵滿琴箏，沉沉朱戶長扃，悄悄翠簾不捲。盼盼焚香指天誓曰：「妾婦人，無他計報尚書恩德，請落髮為尼，誦佛經資公冥福，盡此一世，誓不再嫁。」遂閉戶獨居，凡十換星霜，人無見面者。鄉黨中有好事君子，慕其才貌，憐其孤苦，暗暗通書，以窺其意。盼盼為詩以代柬答，前後積三百餘首，編綴成集，名曰燕子樓集，鏤板流傳於世。忽一日，金風破暑，玉露生涼，雁字橫空，蛩聲喧草。寂寥院宇無人，靜鎖一天秋色。盼盼倚欄長歎獨言曰：「我作之詩，皆訴愁苦，未知他人能曉我意否？」沉吟良久，忽想翰林白公必能察我，不若賦詩寄呈樂天，訴我衷腸，必表我不負張公之德。遂作詩三絕，緘封付老蒼頭，馳赴西洛，詣白公投下。白樂天得詩，啟緘展視，其一曰：

北邙松柏鎖愁煙，燕子樓人思悄然；因埋冠劍歌塵散，紅袖香消二十年。

其二曰：

適看鴻雁岳陽回，又睹玄禽送社來；瑤瑟玉簫無意緒，任從蛛網結成灰。

其三曰：

樓上殘燈伴曉霜，獨眠人起合歡床，相思一夜知多少？地角天涯不是長！

樂天看畢，歎賞良久。不意一妓女能守節操如此，豈可棄而不答？亦和三章以嘉其意，遣老蒼頭馳歸。

盼盼接得，折開視之，其一日：

鈿暈羅衫色似煙，一回看著一潸然，自從不舞霓裳曲，疊在空箱得幾年？

其二曰：

今朝有客洛陽回，曾到尚書塚上來，見說白楊堪作柱，爭教紅粉不成灰。

其三曰：

滿簾明月滿庭霜，被冷香銷拂臥床，燕子樓前清夜雨，秋來祇為一人長。

盼盼吟玩久之，雖獲驪珠和璧，未足比此詩之美。笑謂侍女曰：「自此之後，方表我一點真心。」正欲藏之篋中，見紙尾淡墨題小字數行，遂復展看，又有詩一首：

黃金不惜買蛾眉，揀得如花只一枝；歌舞教成心力盡，一朝身死不相隨。

盼盼一見此詩，愁鎖雙眉，淚盈滿臉，悲泣哽咽，告侍女曰：「向日尚書身死，我恨不能自縊相隨，恐人言張公有隨死之妾，使尚書有好色之名，是玷公之清德也。我今苟活以度朝昏，樂天不曉，故作詩相諷。我今不死，謗語未息。」遂和韻一章云：

獨宿空樓斂恨眉，身如春後敗殘枝；舍人不解人深意，諷道泉臺不去隨。

書罷擲筆於地，掩面長吁。久之，拭淚告侍女曰：「我無計報公厚德，惟墜樓一死，以表我心。」道罷，纖手緊褰繡袂，玉肌斜靠雕欄，有心報德酬恩，無意偷生苟活，下視高樓，踴躍奮身一跳。侍女急拽衣告曰：「何事自求橫夭？」盼盼曰：「一片誠心，人不能表，不死何為？」侍女曰：「今捐軀報德，此心雖佳，但粉骨碎身，於公何益。且遺老母，使何人侍養？」盼盼沉吟久之曰：「死既不能，惟誦佛經，祝公冥福。」自此之後，盼盼惟食素飯一盂，閉閣焚香，坐誦佛經，雖比屋未嘗見面。久之鬢雲懶掠，眉黛慵描，倦理寶瑟瑤琴，厭對鴛衾鳳枕。不施朱粉，似春歸欲謝庾嶺梅花；瘦損腰肢，如秋後消疏隋堤楊柳。每遇花辰月夕，感舊悲哀，寢食失常。不幸寢疾，伏枕月餘，遽爾不起。老母遂卜吉葬於燕子樓後。

盼盼既死，不二十年間，而建封子孫，亦散蕩消索。盼盼所居燕子樓遂為官司所占。其地近郡圃，因其形勢改作花園，為郡將遊賞之地。星霜屢改，歲月頻遷，唐運告終，五代更伯。當周顯德之末，天水真人承運而興，整頓朝綱，經營禮法。顧視而妖氛寢滅，指揮而宇宙廓清。至皇宋二葉之時，四海無犬吠之警。當時有中書舍人錢易字希白，乃吳越王錢鏐之後裔也。文行詩詞，獨步朝野，久住紫薇，意欲一歷外任。遂因奏事之暇，上章奏曰：「臣久據詞掖，無毫髮之功，乞一小郡，庶竭駑駘！」上曰：「青魯地腴人善，卿可出鎮彭門。」遂除希白節制武寧軍。希白得旨謝恩。下車之日，宣揚皇化，整肅條章，訪民瘼於井邑，察冤枉於囹圄，屈己待人，親耕勸農，寬仁惠愛，勸化凶頑，悉皆奉業守約，廉謹公平。聽政月餘，節屆清明。既在暇日，了無一事。因獨步東堦。天氣乍暄，無可消遣，遂呼蒼頭前導，閒遊圃中。但見：

晴光靄靄，淑景融融，小桃綻粧臉紅深，嫩柳裊宮腰細軟。幽亭雅榭，深藏花圃陰中；畫舫蘭橈，穩纜回塘岸下。鶯貪春光時時語，蝶弄晴光擾擾飛。

希白信步，深入芬芳，縱意遊賞，到紅紫叢中。忽有危樓飛檻，映遠橫空，基址孤高，規模壯麗。希白舉目仰觀，見畫棟下有牌額，上書「燕子樓」三字。希白曰：「此張建封寵盼盼之處，歲月累更，誰謂遺蹤尚在。」遂攝衣登梯，徑上樓中，但見：

畫棟栖雲，雕梁聳漢，視四野如窺目下，指萬里如睹掌中。遮風翠幙高張，蔽日疏簾低下。移蹤但覺煙霄近，舉目方知宇宙寬。

希白倚欄長歎言曰：「昔日張公清歌對酒，妙舞邀賓，百歲既終，雲消雨散，此事自古皆然，不足感歎。但惜盼盼本一娼妓，而能甘心就死，報建封厚遇之恩，雖烈丈夫何以加此。何事樂天詩中，猶譏其不隨建封而死！實憐守節十餘年，自潔之心，泯沒不傳，我既知本末，若緘口不為褒揚，盼盼必抱怨於地下。」即呼蒼頭磨墨，希白染毫，作古調長篇，書於素屏之上，其詞曰：

人生百歲能幾日？荏苒光陰如過隙！樽中有酒不成歡，身後虛名又何益？

清河太守真奇偉，曾向春風種桃李；欲將心事占韶華，無奈紅顏隨逝水。

佳人重義不顧生，感激深恩甘一死。新詩寄語三百篇，貫串風騷洗沐耳。

清樓十二橫霄漢，低下珠簾鎖雙燕。嬌魂媚魄不可尋，盡把闌干空倚遍！

希白題罷，朗吟數過，忽有清風襲人，異香拂面。希白大驚，此非花氣，自何而來？方疑訝間，見素屏後有步履之聲。希白即轉屏後窺之。見一女子：雲濃紺髮，月淡修眉，體欺瑞雪之容光，臉奪奇花之艷麗，金蓮步穩，束素腰輕。一見希白，嬌羞臉黛，急挽金鋪，平掩其身，雖江梅之映雪，不足比其風韻。希白驚訝，問其姓氏。此女捨金鋪❶，掩袂向前，敘禮而言曰：「妾乃守園老吏之女也。偶因令節，閒上層樓，忽值相公到來，妾荒急匿身於此，以蔽醜惡。忽聞誦弔盼盼古調新詞，使妾聞之，如獲珠玉，遂潛出聽於素屏之後，因而得面臺顏。妾之行藏，盡於此矣。」希白見女子容顏秀麗，詞氣清揚，喜悅之心，不可言喻。遂以言挑之曰：「聽子議論，想必知音。我適來所作長篇，以為何如？」女曰：「妾門品雖微，酷喜吟詠，聞適來所誦篇章，錦心繡口，使九泉銜恨之心，一旦消釋。」希白又聞此語，愈加喜悅曰：「今日相逢，可謂佳人才子，還有意無？」女乃款容正色，掩袂言曰：「幸君無及於亂，以全貞潔之心。惟有詩一首，仰酬厚意。」遂於袖中取彩箋一幅上呈。希白展看其詩曰：

人去樓空事已深，至今惆悵樂天吟。非君詩法高題起，誰慰黃泉一片心？

❶ 金鋪：門鐶。

希白讀罷，謂女子曰：「爾既能詩，決非園吏之女，果何人也？」女曰：「君詳詩意，自知賤妾微蹤，何必苦問？」希白春心蕩漾，不能拴束，向前拽其衣裾，忽聞檻竹敲窗驚覺，乃一枕遊仙夢，伏枕於書窗之下。但見爐煙尚裊，花影微欹，院宇沉沉，方當日午。希白推枕而起，兀坐沉思，「夢中所見者，必關盼盼也。何顯然如是？千古所無，誠為佳夢。」反覆再三歎曰：「此事當作一詞以記之。」遂成蝶戀花詞，信筆書於案上，詞曰：

一枕閒欹春晝午，夢入華胥，邂逅飛瓊侶；嬌態翠顰愁不語，彩箋遺我新奇句。幾許芳心猶未訴，風竹敲窗，驚散無尋處！惆悵楚雲留不住，斷腸凝望高唐路。

墨跡未乾，忽聞窗外有人鼓掌作拍，抗聲而歌，調清韻美，聲入簾櫳。希白審聽窗外歌聲，乃適所作蝶戀花詞也。希白大驚曰：「我方作此詞，何人早已先能歌唱？」遂啟窗視之，見一女子翠冠珠珥，玉珮羅裙，向蒼蒼太湖石畔，隱珊珊翠竹叢中，繡鞋不動芳塵，瓊裾風飄裊娜。希白仔細定睛看之，轉柳穿花而去。希白歎異，不勝惆悵。後希白官至尚書，惜軍愛民，百姓讚仰，一夕無病而終，這是後話。正是：

一首新詞弔麗容，貞魂含笑夢相逢；雖為翰苑名賢事，編入稗官小史中。

第十一卷　蘇知縣羅衫再合

早潮纔罷晚潮來，一月周流六十回。不獨光陰朝復暮，杭州老去被潮催。

這四句詩，是唐朝白樂天，杭州錢塘江看潮所作。話中說杭州府有一才子，姓李名宏，字敬之。此人胸藏錦繡，腹隱珠璣，奈時運未通，三科不第。時值深秋，心懷抑鬱，欲渡錢塘，往嚴州訪友。命童子收拾書囊行李，買舟而行。撑❶出江口，天已下午。李生推篷一看，果然秋江景致，更自非常。有宋朝蘇東坡江神子詞為證：

鳳皇山下雨初晴，水風清，晚霞明。一朵芙蓉開過尚盈盈。何處飛來雙白鷺，如有意，慕娉婷。忽聞江上弄哀箏，苦含情，遣誰聽。煙斂雲收依約是湘靈。欲待曲終尋問取，人不見，數峰青。

李生正看之間，只見江口有一座小亭，匾曰「秋江亭」。舟人道：「這亭子上每日有遊人登覽，今日如何冷靜？」李生想道：「似我失意之人，正好乘著冷靜時去看一看。」叫：「家長，與我移舟到秋江亭去。」舟人依命，將船放到亭邊，停橈穩纜。李生上岸，步進亭子。將那四面窗槅推開，倚欄而望，

❶ 撑：同「划」，搖船。

見山水相啣，江天一色。李生心喜，叫童子將桌椅拂淨，焚起一爐好香，取瑤琴橫於桌上，操了一回。曲終音止，舉眼見牆壁上多有留題，字跡不一。獨有一處連真帶草，其字甚大。李生起而觀之，乃是一首詞，名西江月。是說酒色財氣四件的短處。

酒是燒身焇焰，色為割肉鋼刀，財多招忌損人苗，氣是無煙火藥。
四件將來合就，相當不欠分毫，勸君莫戀最為高，纔是修身正道。

李生看罷，笑道：「此詞未為確論，人生在世，酒色財氣四者脫離不得。若無酒，失了祭享宴會之禮；若無色，絕了夫妻子孫人事；若無財，天子庶人皆沒用度；若無氣，忠臣義士也盡委靡。我如今也作一詞與他解釋，有何不可。」當下磨得墨濃，蘸得筆飽，就在西江月背後，也帶草連真，和他一首：

三杯能和萬事，一醉善解千愁，陰陽和順喜相求，孤寡須知絕後。
財乃潤家之寶，氣為造命之由，助人情性反為仇，持論何多差謬！

李生寫罷，擲筆於桌上。見香煙未爐，方欲就坐，再撫一曲，忽然畫簷前一陣風起！

善聚庭前草，能開水上萍，惟聞千樹吼，不見半分形。

李生此時，不覺神思昏迷，伏几而臥。朦朧中，但聞環珮之聲，異香滿室，有美女四人：一穿黃，一穿紅，一穿白，一穿黑，自外而入。向李生深深萬福。李生此時似夢非夢。便問：「四女何人？為何至此？」

四女乃含笑而言：「妾姊妹四人，乃古來神女，遍遊人間。前日有詩人在此遊玩，作西江月一首，將妾等辱罵，使妾等羞愧無地。今日蒙先生也作西江月一首，與妾身解釋前冤，特來拜謝。」李生心中開悟，知是酒色財氣四者之精，全不畏懼，便道：「四位賢姐，各請通名。」四女各言詩一句，穿黃的道：

杜康造下萬家春，

穿紅的道：

一面紅粧愛殺人；

穿白的道：

生死窮通都屬我，

穿黑的道：

氤氳世界滿乾坤。

原來那黃衣女是酒，紅衣女是色，白衣女是財，黑衣女是氣。李生心下了然，用手輕招四女：「你四人聽我分剖：

香甜美味酒為先，美貌芳年色更鮮，財積千箱稱富貴，善調五氣是真仙。」

四女大喜，拜謝道：「既承解釋，復勞褒獎，乞先生於吾姊妹四人之中，選擇一名無過之女，奉陪枕席，少效恩環。」李生搖手，連聲道：「不可，不可！小生有志攀月中丹桂，無心戀野外閒花。請勿多言，恐虧行止。」四女笑道：「先生差矣，妾等乃巫山洛水之儔，非路柳牆花之比。漢司馬相如文章魁首，唐李衛公開國元勳，一納文君，一收紅拂，反作風流話柄，不聞取譏於後世。況佳期良會，錯過難逢，望先生三思。」李生到底是少年才子，心猿意馬，拿把不定，不免轉口道：「既賢姐們見愛，但不知那一位是無過之女？小生情願相留。……」言之未已，只見那黃衣酒女急急移步上前道：「先生，妾乃無過之女。」李生道：「怎見賢姐無過？」酒女道：「妾亦有西江月一首：

善助英雄壯膽，能添錦繡詩腸，神仙造下解愁方，雪月風花玩賞。——

又道：「還有一句要緊言語，先生聽著：

——好色能生疾病，貪盃總是清狂，八仙醉倒紫雲鄉，不羨公侯卿相。」

李生大笑道：「好個『八仙醉倒紫雲鄉』，小生情願相留。」方留酒女，只見那紅衣色女向前，柳眉倒豎，星眼圓睜，道：「先生不要聽賤婢之言。——賤人，我且問你：你只講酒的好處就罷了，為何重己輕人，亂講好色的能生疾病，終不然三四歲孩兒害病，也從好色中來？你只誇己的好處，卻不知己的不好處：

平帝喪身因酒毒，江邊李白損其軀；勸君休飲無情水，醉後教人心意迷！」

李生道：「有理，古人亡國喪身，皆酒之過，小生不敢相留。」只見紅衣女妖妖嬈嬈的走近前來，道：「妾身乃是無過之女，也有西江月為證：

每羡鴛鴦交頸，又看連理花開，無知花鳥動情懷，豈可人無歡愛。
君子好逑淑女，佳人貪戀多才，紅羅帳裏兩和諧，一刻千金難買。」

李生沉吟道：「真個『一刻千金難買』！」纔欲留色女，那白衣女早已發怒罵道：「賤人，怎麼說『千金難買』？終不然我倒不如你？說起你的過處儘多：

尾生橋下水涓涓，吳國西施事可憐；貪戀花枝終有禍，好姻緣是惡姻緣。」

李生道：「尾生喪身，夫差亡國，皆由於色。其過也不下於酒。請去！請去！」遂問白衣女：「你卻如何？」白衣女上前道：

收盡三才權柄，榮華富貴從生，縱教好善聖賢心，空手難施德行。
有我人皆欽敬，無我到處相輕，休因閒氣鬥和爭，問我須知有命。

李生點頭道：「汝言有理，世間所敬者財也。我若有財，取科第如反掌耳。」纔動喜留之意，又見黑衣女粉臉生嗔，星眸帶怒，罵道：「你為何說『休爭閒氣』？為人在世，沒了氣還好？我想著你：

有財有勢是英雄，命若無時枉用功。昔日石崇因富死，銅山不助鄧通窮。」

李生搖首不語，心中暗想：「石崇因財取禍，鄧通空有錢山，不救其餓，財有何益？」便問氣女：「卿言雖則如此，但不知卿於平昔間處世何如？」黑衣女道：「像妾處世呵：

一自混元開闢，陰陽二字成功，含為元氣散為風，萬物得之萌動。
但看生身六尺，喉間三寸流通，財和酒色盡包籠，無氣誰人享用？」

氣女說罷，李生還未及答，只見酒色財三女齊聲來講：「先生休聽其言，我三人豈被賤婢包籠乎！且聽我數他過失：

霸王自刎在烏江，有智周瑜命不長；多少陣前雄猛將，皆因爭氣一身亡。

先生也不可相留。」李生躊躕思想：「呀！四女皆為有過之人。——四位賢姐，小生褥薄衾寒，不敢相留，都請回去。」四女此時互相埋怨，這個說：「先生留我，為何要你打短❷？」那個說：「先生愛我，為何要你爭先？」話不投機，一時間打罵起來：

---

❷打短：說壞話。

酒罵色，盜人骨髓；色罵酒，專惹非災；財罵氣，能傷肺腑；氣罵財，能損情懷。直打得酒女烏雲亂，色女寶髻歪，財女搥胸叫，氣女倒塵埃。一個個鬔鬆鬢髮遮粉臉，不整金蓮撒鳳鞋。

四女打在一團，攪在一處。李生暗想：「四女相爭，不過為我一人耳。」方欲向前勸解，被氣女用手一推，「先生閃開，待我打死這三個賤婢！」李生猛然一驚，衣袖拂著琴絃，噹的一聲響，驚醒回來，擦磨睡眼，定睛看時，那見四女蹤跡。李生撫髀長歎：「我因關心太切，遂形於夢寐之間。據適間夢中所言，四者皆為有過，我為何又作這一首詞贊揚其美，使後人觀吾此詞，恣意於酒色，沉迷於財氣，我即為禍之魁首。如今欲要說他不好，難以悔筆，也罷，如今再題四句，等人酌量而行。」就在粉牆西江月之後，又揮一首：

飲酒不醉最為高，好色不亂乃英豪，無義之財君莫取，忍氣饒人禍自消。

這段評話，雖說酒色財氣一般有過，細看起來，酒也有不會飲的，氣也有耐得的，無如財色二字害事。但是貪財好色的又免不得喫幾盃酒，免不得淘幾場氣，酒氣二者又總括在財色裏面了。今日說一樁異聞，單為財色二字弄出天大的禍來。後來悲歡離合，做了錦片一場佳話，正是：

說時驚破奸人膽，話出傷殘義士心。

卻說國初永樂年間，北直隸涿州，有個兄弟二人，姓蘇，其兄名雲，其弟名雨。父親早喪，單有母親張氏在堂。那蘇雲自小攻書，學業淹貫，二十四歲上，一舉登科，殿試二甲，除授浙江金華府蘭溪縣大尹。蘇雲回家，住了數月，憑限已到，不免擇日起身赴任。蘇雲對夫人鄭氏說道：「我早登科甲，初任牧民，立心願為好官，此去止飲蘭溪一盃水；所有家財，盡數收拾，將十分之三留為母親供膳，其餘帶去任所使用。」當日拜別了老母，囑付兄弟蘇雨：「好生侍養高堂，為兄的若不得罪於地方，到三年考滿，又得相見。」說罷，不覺慘然淚下。蘇雨道：「哥哥榮任是美事，家中自有兄弟支持，不必掛懷。前程萬里，須自保重！」蘇雨又送了一程方別。蘇雲同夫人鄭氏，帶了蘇勝夫妻二人，服事登途，到張家灣地方。蘇勝稟道：「此去是水路，該用船隻，偶有順便回頭的官座，老爺坐去穩便。」蘇知縣道：「甚好。」原來坐船有個規矩，但是順便回家，不論客貨私貨，都裝載得滿滿的，卻去攬一位官人乘坐，借其名號，免他一路稅課，不要那官人的船錢，反出幾十兩銀子送他，為孝順之禮，謂之坐艙錢。蘇知縣是個老實的人，何曾曉得恁樣規矩，聞說不要他船錢，已自勾了，還想甚麼坐艙錢。那蘇勝私下得了他四五兩銀子酒錢，喜出望外，從旁攛掇。蘇知縣同家小下了官艙。一路都是下水，渡了黃河，過了揚州廣陵驛，將近儀真。因船是年遠的，又帶貨太重，發起漏來，滿船人都慌了。蘇知縣叫快快攏岸，一時間將家眷和行李都搬上岸來。只因搬這一番，有分教：蘇知縣全家受禍，正合著二句古語，道是：

漫藏誨盜，冶容誨淫。

卻說儀真縣有個慣做私商的人，姓徐名能，在五壩上街居住。久攬山東王尚書府中一隻大客船，裝載客人，南來北往，每年納還船租銀兩。他合著一班水手，叫做趙三、翁鼻涕、楊辣嘴、范剝皮、沈鬍子，這一班都不是個良善之輩。又有一房家人，叫做姚大。時常攬了載，約莫有些油水看得入眼時，半夜三更悄地將船移動，到僻靜去處，把客人謀害，劫了財帛。如此十餘年，徐能也做了些家事。這些夥計，一個個羹香飯熟，飽食煖衣，正所謂「為富不仁，為仁不富」。你道徐能是儀真縣人，如何卻攬山東王尚書府中的船隻，況且私商起家千金，自家難道打不起一隻船？是有個緣故：王尚書初任南京為官，曾在揚州娶了一位小奶奶，後來小奶奶父母卻移家於儀真居住，王尚書時常周給。後因路遙不便，打這隻船與他，教他賃租用度。船上豎的是山東王尚書府的水牌，下水時，就是徐能包攬去了。徐能因為做那私商的道路，倒不好用自家的船，要借尚書府的名色，又有勢頭，人又不疑心他，所以一向不致敗露。

今日也是蘇知縣合當有事，恰好徐能的船空閒在家。徐能正在岸上尋主顧，聽說官船發漏，忙走來看，看見搬上許多箱籠囊篋，心中早有七分動火。結末又走個嬌嬌滴滴少年美貌的奶奶上來，徐能是個貪財好色的都頭，不覺心窩發癢，眼睛裏迸出火來。又見蘇勝搬運行李，料是僕人，在人叢中將蘇勝背後衣袂一扯。蘇勝回頭，徐能陪個笑臉問道：「是那裏去的老爺，莫非要換船麼？」蘇勝道：「家老爺是新科進士，選了蘭溪縣知縣，如今去到任，因船發了漏，權時上岸，若就有個好船換得，省得又落主人家。」徐能指著河裏道：「這山東王尚書府中水牌在上的，就是小人的船，新修整得好，又堅固又乾淨。慣走浙直水路，水手又都是得力的，今晚若下船時，明早祭了神福，等一陣順風，不幾日就吹到了。」蘇勝歡喜，便將這話稟知家主。蘇知縣叫蘇勝先去看了艙口，就議定了船錢。因家眷在上，不許搭載一人。徐能俱依允了。當下先秤了一半船錢，那一半直待到縣時找足。蘇知縣家眷行李重復移下了船。徐能慌忙去尋那一班不做好事的幫手，趙三等都齊了，只有翁范二人不到。買了神福，正要開船，岸上又有一個漢子跳下船來道：「我也相幫你們去！」徐能看見，呆了半晌。原來徐能有一個兄弟，叫做徐用，班中都稱為徐大哥，徐二哥。真個是「有性善有性不善」，徐能慣做私商，徐用偏好善。但是徐用在船上，徐能要動手腳，往往被兄弟阻住，十遍倒有八九遍做不成。所以今日徐能瞞了兄弟不去叫他。那徐用卻自有心，聽得說有個少年知縣換船到任，寫❸了哥子的船，又見哥哥去喚這一班如狼似虎的人，不對他說，心下有些疑惑，故意要來船上相幫。徐能卻怕兄弟阻攩他這番穩善的生意，心中嘿嘿不喜。正是：

涇渭自分清共濁，薰蕕不混臭和香。

卻說蘇知縣臨欲開船，又見一個漢子趕將下來，心中倒有些疑慮，只道是趁船的。叫蘇勝：「你問那方纔來的是甚麼人？」蘇勝去問了來，回復道：「船頭叫做徐能，方纔來的叫做徐用，就是徐能的親弟。」蘇知縣想道：「這便是一家了。」是日開船，約有數里，徐能就將船泊岸，說道：「風還不順，眾弟兄且喫神福酒。」徐能飲酒中間，只推出恭上岸，招兄弟徐用對他說道：「我看蘇知縣行李沉重，不下千金，跟隨的又止一房家人，這場好買賣不可錯過，你卻不要阻攩我。」徐用道：「哥哥，此事斷然不可！他若任所回來，盈囊滿篋，必是貪賍所致，不義之財，取之無礙。如今方纔赴任，不過家中帶來幾兩盤費，那有千金？況且少年科甲，也是天上一位星宿，哥哥若害了他，天理也不容，後來必然懊悔。」徐能道：「財采到不打緊，還有一事，好一個標致奶奶！你哥正死了嫂嫂，房中沒有個得意掌家的，這是天付姻緣，兄弟這番須作成做哥的則個！」徐用又道：「從來『相女配夫』❹。既是奶奶，必

❸ 寫：訂定，即「寫契約」的簡稱。

然也是宦家之女，把他好夫好婦拆散了，強逼他成親，到底也不和順，此事一發不可。」這裏兄弟二人正在唧唧噥噥，船艄上趙三望見了，正不知他商議甚事，一跳跳上岸來。徐用見趙三上岸，洋洋的倒走開了。趙三問徐能：「適纔與二哥說甚麼？」徐能附耳述了一遍。趙三道：「既然二哥不從，倒不要與他說了，只消兄弟一人便與你完成其事。今夜須如此如此，這般這般。」徐能大喜道：「不枉叫做趙一刀。」原來趙三為人粗暴，動不動自誇道：「我是一刀兩段的性子，不學那粘皮帶骨❺。」因此起個異名，叫做趙一刀。當下眾人飲酒散了，權時歇息。看看天晚，蘇知縣夫婦都睡了，約至一更時分，聞得船上起身，收拾篷索。叫蘇勝問時，說道：「江船全靠順風，趁這一夜風使去，明早便到南京了。老爺們睡穩莫要開口，等我自行。」那蘇知縣是北方人，不知水面的勾當，聽得這話，就不問他了。卻說徐能撐開船頭，見風已不順，正中其意，拽起滿篷，倒使轉向黃天蕩去。那黃天蕩是極野去處，船到蕩中，四望無際。姚大便去抛鐵錨，楊辣嘴把定頭艙門口，沈鬍子守舵，趙三當先提著一口溌風刀，徐能手執板斧隨後，只不叫徐用一人。卻說蘇勝打鋪睡在艙口，聽得有人推門進來，便從被窩裏鑽出頭向外張望，趙三看得真，一刀砍去，正劈著頸子，蘇勝只叫得一聲：「有賊！」又復一刀砍殺，拖出艙口，向水裏撺下去了。蘇勝的老婆和衣睡在那裏，聽得嚷，摸將出來，也被徐能一斧劈倒。姚大點起火把，照得艙中通亮。慌得蘇知縣雙膝跪下，叫道：「大王，行李分毫不要了，只求饒命！」徐能道：「饒你不得！」舉斧照頂門砍下，卻被一人攔腰抱住道：「使不得！」卻便似：

---

❹ 相女配夫：為女兒配丈夫，須看女兒才貌如何，替她找一個相當的對象。

❺ 粘皮帶骨：形容不爽不快的樣子。

你道是誰？正是徐能的親弟徐用。曉得眾人動撣❻，不幹好事，走進艙來，卻好抱住了哥哥，扯在一邊，不容他動手。徐能道：「兄弟，今日騎虎之勢，罷不得手了。」徐用道：「他中了一場進士，不曾做得一日官，今日劫了他財帛，占了他妻小，殺了他家人，又教他刀下身亡，也忒罪過。」徐能道：「兄弟，別事聽得你，這一件聽不得你，留下他便是禍根，我等性命難保，放了手！」徐用越抱得緊了。便道：「哥哥，既然放他不得，抛在湖中，也得個全屍而死。」徐能道：「便依了兄弟言語。」徐用道：「哥哥撇下手中兇器，兄弟方好放手。」徐能果然把板斧撇下，徐用放了手。徐能對蘇知縣道：「免便免你一斧，只是鬆你不得。」便將棕纜捆做一團，如一隻餛飩相似，向水面撲通的攛將下去，眼見得蘇知縣不活了。夫人鄭氏只叫得苦，便欲跳水。徐能那裏容他，把艙門關閉，撥回船頭，將篷扯滿，又使轉來。原來江湖中除了頂頭大逆風，往來都使得篷。儀真至邵伯湖，不過五十餘里，到天明，仍到了五壩口上。徐能回家，喚了一乘肩輿，教管家的朱婆先扶了奶奶上轎，一路哭哭啼啼，竟到了徐能家裏。徐能分付朱婆：「你好生勸慰奶奶：『到此地位，不由不順從，不要愁煩；今夜若肯順從，還你終身富貴，強似跟那窮官。』說得成時，重重有賞。」朱婆領命，引著奶奶歸房。徐能叫眾人將船中箱籠，盡數搬運上岸，打開看了，作六分均分。殺倒一口豬，燒利市紙，連翁鼻涕范剝皮都請將來，做慶賀筵席。徐用心中甚是不忍，想著哥哥不仁，到夜來必然去逼蘇奶奶，若不從他，性命難保，若從時，可不壞了他名節。

❻ 動撣：舉動、行動。

雖在席中，如坐針氈。眾人大酒大肉，直喫到夜。徐用心生一計，將大折碗❼滿斟熱酒，碗內約有斤許。徐用捧了這碗酒，到徐能面前跪下。徐能慌忙來攙道：「兄弟為何如此？」徐用道：「夜來船中之事，做兄弟的違拗了兄長，必然見怪。若果然不怪，可飲兄弟這甌酒。」徐能雖是強盜，弟兄之間，倒也和睦，只恐徐用疑心，將酒一飲而盡。眾人見徐用勸了酒，都起身把盞道：「今日徐大哥娶了新嫂，是個大喜，我等一人慶一盃。」此時徐能七八已醉，欲推不飲。眾人道：「徐二哥是弟兄，我們異姓，偏不是弟兄？」徐能被纏不過，只得每人陪過，喫得酩酊大醉。徐用見哥哥坐在椅上打瞌睡，只推出恭，提了燈籠，走出大門，從後門來，門卻鎖了。徐用從牆上跳進屋裏，將後門鎖裂開，取燈籠藏了。廚房下兩個丫頭在那裏盪酒。徐用不顧，逕到房前。只見房門掩著，裏面說話聲響，徐用側耳而聽，卻是朱婆勸鄭夫人成親，正不知勸過幾多言語了，鄭夫人不允，只是啼哭。朱婆道：「奶奶既立意不順從，何不就船中尋個自盡？今日到此，那裏有地孔鑽去？」鄭夫人哭道：「媽媽，不是奴家貪生怕死，只為有九個月身孕在身，若死了不打緊，我丈夫就絕後了。」朱婆道：「奶奶，你就生下兒女來，誰容你存留？老身又是婦道家，做不得程嬰杵臼，也是枉然。」徐用聽到這句話，一腳把房門踢開，嚇得鄭夫人魂不附體，連朱婆也都慌了。徐用道：「不要忙，我是來救你的。我哥哥已醉，乘此機會，送你出後門去逃命，異日相會，須記得不干我徐用之事。」鄭夫人叩頭稱謝。朱婆因說了半日，也十分可憐鄭夫人，情願與他作伴逃走。徐用身邊取出十兩銀子，付與朱婆做盤纏，引二人出後門，又送了他出了大街，囑付「小心在意」，說罷，自去了。好似：

❼ 折碗：倒酒的大碗。

摀碎玉籠飛彩鳳，掣開金鎖走蛟龍。

單說朱婆與鄭夫人尋思黑夜無路投奔，信步而行，只揀僻靜處走去，顧不得鞋弓步窄。約行十五六里，蘇奶奶心中著忙，倒也不怕腳痛；那朱婆卻走不動了。沒奈何，彼此相扶，又捱了十餘里。天還未明。朱婆原有個氣急的症候，走了許多路，發喘起來，道：「奶奶，不是老身有始無終，其實寸步難移，恐怕反拖累奶奶。且喜天色微明，奶奶前去，好尋個安身之處。老身在此處途路還熟，不消掛念。」鄭夫人道：「奴家患難之際，只得相撇了，只是媽媽遇著他人，休得漏了奴家消息！」朱婆道：「奶奶尊便，老身不誤你的事。」鄭夫人纔回轉得身，朱婆歎口氣想道：「沒處安身，索性做個乾淨好人。」望著路傍有口義井，將一雙舊鞋脫下，投井而死。鄭夫人眼中流淚，只得前行。又行了十里，共三十餘里之程，漸覺腹痛難忍。此時天色將明，望見路傍有一茅庵，其門尚閉。鄭夫人叩門，意欲借庵中暫歇。庵內答應開門。鄭夫人擡頭看見，驚上加驚，想道：「我來錯了！原來是僧人，聞得南邊和尚們最不學好，躲了強盜，又撞了和尚，卻不晦氣。千死萬死，左右一死，且進門覷其動靜。」那僧人看見鄭夫人丰姿服色，不像個以下之人，甚相敬重，請入淨室問訊。敘話起來，方知是尼僧。鄭夫人方纔心定，將黃天蕩遇盜之事，敘了一遍。那老尼姑道：「奶奶暫住幾日不妨，卻不敢久留，恐怕強人訪知，彼此有損……」說猶未了，鄭夫人腹痛，一陣緊一陣。老尼年逾五十，也是半路出家的，曉得些道兒❽，問道：「奶奶這痛陣，倒像要分娩一般？」鄭夫人道：「實不相瞞，奴家懷九個月孕，因昨夜走急了路，肚疼，

❽ 道兒：門徑。

只怕是分娩了。」老尼道：「奶奶莫怪我說，這裏是佛地，不可污穢；奶奶可往別處去，不敢相留。」鄭夫人眼中流淚，哀告道：「師父，慈悲為本，這十方地面❾不留，教奴家更投何處？想是蘇門前世業重，今日遭此冤劫，不如死休！」老尼心慈道：「也罷，庵後有個廁屋，奶奶若沒處去，權在那廁屋裏住下，等生產過了，進庵未遲。」鄭夫人出於無奈，只得捧著腹肚，走到庵後廁屋裏去。雖則廁屋，喜得不是個露坑，倒還乾淨。鄭夫人到了屋內，一連幾陣緊痛，產下一個孩兒。老尼聽得小兒啼哭之聲，忙走來看，說道：「奶奶且喜平安。只是一件，母子不能並留；若留下小的，我與你托人撫養，你就休住在此；你若要住時，把那小官人棄了，不然佛地中啼啼哭哭，被人疑心，查得根由，又是禍事。」鄭夫人左思右量，兩下難捨，便道：「我有道理。」將自己貼肉穿的一件羅衫脫下，包裹了孩兒，拔下金釵一股，插在孩兒胸前，對天拜告道：「夫主蘇雲，倘若不該絕後，願天可憐，遣個好人收養此兒。」祝罷，將孩兒遞與老尼，央他放在十字路口。老尼念聲「阿彌陀佛」，接了孩兒，走去約莫半里之遙，地名大柳村，撇於柳樹之下。

分明路側重逢棄，疑是空桑再產伊。

老尼轉來，回復了鄭夫人。鄭夫人一慟幾死。老尼勸解，自不必說。老尼淨了手，向佛前念了血盆經，送湯送水價看覷鄭夫人。鄭夫人將隨身簪珥手釧，盡數解下，送與老尼為陪堂之費。等待滿月，進庵做了道姑，拜佛看經。過了數月，老尼恐在本地有是非，又引他到當塗縣慈湖老庵中潛住，更不出門，不

❾ 十方地面：廟宇。

在話下。

卻說徐能醉了，睡在椅上，直到五鼓方醒。眾人見主人酒醉，先已各散去訖。徐能醒來，想起蘇奶奶之事，走進房看時，卻是個空房，連朱婆也不見了。叫丫鬟問時，一個個目瞪口呆，對答不出。看後門大開，情知走了，雖然不知去向，也少不得追趕。料他不走南路，必走北路，望僻靜處，一直追來。也是天使其然，一逕走那蘇奶奶的舊路，到義井跟頭，看到一雙女鞋，原是他先前老婆的舊鞋，認得是朱婆的。疑猜道：「難道他特地奔出去，倒於此地，捨得性命？」巴著井欄一望，黑洞洞地，不要管他，再趕一程。又行十餘里，已到大柳村前，全無蹤跡。正欲回身，只聽得小孩子哭響，走上一步看時，那大柳樹之下一個小孩兒，且是生得端正，懷間有金釵一股，正不知甚麼人撇下的。心中暗想：「我徐能年近四十，尚無子息，這不是皇天有眼，賜與我為嗣？」輕輕抱在懷裏，那孩兒就不哭了。徐能心下十分之喜，也不想追趕，抱了孩子就回。到得家中，想姚大的老婆，新育一個女兒，未及一月死了，正好接奶，把那一股釵子，就做賞錢，賞了那婆娘，教他好生餵乳，「長大之時，我自看顧你。」不在話下。有詩為證：

> 插下薔薇有刺藤，養成乳虎自傷生；凡人不識天公巧，種就殃苗待長成。

話分兩頭，再說蘇知縣被強賊攛入黃天蕩中，自古道：「死生有命。」若是命不該活，一千個也休了。只為蘇知縣後來還有造化，在水中半沉半浮，直淌到嚮水閘邊。恰好有個徽州客船，泊於閘口。客人陶公夜半正起來撒溺，覺得船底下有物，叫水手將篙摘起，卻是一個人，渾身綑縛，心中駭異，不知是死的活的？正欲推去水中；有這等異事，那蘇知縣在水中浸了半夜，還不曾死，開口道：「救命！救命！」陶公見是活的，慌忙解開繩索，將薑湯灌醒，問其緣故。蘇知縣備細告訴，被山東王尚書船家所劫，如今待往上司去告理。陶公是本分生理之人，聽得說要與山東王尚書家打官司，只恐連累，有懊悔之意。蘇知縣看見顏色變了，怕不相容，便改口道：「如今盤費一空，文憑又失，此身無所著落，倘有安身之處，再作道理。」陶公道：「先生休怪我說，你若要去告理，在下不好管得閒事；若只要個安身之處，敝村有個市學，倘肯相就，權住幾時。」蘇知縣道：「多謝！多謝！」陶公取些乾衣服，教蘇知縣換了，帶回家中。這村名雖喚做三家村，共有十四五家，每家多有兒女上學，卻是陶公做領袖，分派各家輪流供給，在家教學，不放他出門。看官牢記著，那蘇知縣自在村中教學，正是：

未司社稷民人事，權作「之乎者也」師。

卻說蘇老夫人在家思念兒子蘇雲，對次子蘇雨道：「你哥哥為官，一去三年，杳無音信，你可念手足之情，親往蘭溪任所，討個音耗回來，以慰我懸懸之望。」蘇雨領命，收拾包裹，陸路短盤⑩，水路搭船，不則一月，來到蘭溪。那蘇雨是朴實莊家，不知委曲，一逕走到縣裏。值知縣退衙，來私宅門口敲門。守門皂隸急忙攔住，問是甚麼人。蘇雨道：「我是知縣老爺親屬，你快通報。」皂隸道：「大爺好利害，既是親屬，可通個名姓，小人好傳雲板。」蘇雨道：「我是蘇爺的嫡親兄弟，特地從涿州家鄉而來。」皂隸兜臉打一啐，罵道：「見鬼，大爺自姓高，是江西人，牛頭不對馬嘴！」正說間，後堂又

⑩ 短盤：長途步行，行一程休息一下，叫做「短盤」。

有幾個閒蕩的公人聽得了，出來幫興⓫，罵道：「那裏來這光棍，打他出去就是。」蘇雨再三分辨，那個聽他。正在那裏七張八嘴，東扯西拽，驚動了房內的高知縣，開私宅出來，問甚緣由。蘇雨聽說大爺出衙，睜眼看時，卻不是哥哥，已自心慌，只得下跪稟道：「小人是北直隸涿州蘇雨，有親兄蘇雲，於三年前，選本縣知縣，到任以後，杳無音信。老母在家懸望，特命小人不遠千里，來到此間，何期遇了恩相。恩相既在此榮任，必知家兄前任下落。」高知縣慌忙扶起，與他作揖，看坐，說道：「你令兄向來不曾到任，吏部只道病故了，又將此缺補與下官。既是府上都沒消息，不是覆舟，定是遭寇了。若是中途病亡，豈無一人回籍？」蘇雨聽得哭將起來道：「老母家中懸念，只望你衣錦還鄉，誰知死得不明不白，教我如何回覆老母！」高知縣傍觀，未免同袍之情，甚不過意。寬慰道：「事已如此，足下休得煩惱。且在敝治寬住一兩個月，待下官差人四處打聽令兄消息，回府未遲。一應路費，都在下官身上。」便分付門子，於庫房取書儀十兩，送與蘇雨為程敬⓬，著一名皂隸送蘇二爺於城隍廟居住。蘇雨雖承高公美意，心下痛苦，晝夜啼哭，住了半月，忽感一病，服藥不愈，嗚呼哀哉。

未得兄弟生逢，又見娘兒死別！

高知縣買棺親往殯殮，停柩於廟中，分付道士，小心看視。不在話下。再說徐能，自抱那小孩兒回來，教姚大的老婆做了乳母，養為己子。俗語道：「只愁不養，不愁不

⓫ 幫興：湊熱鬧。

⓬ 程敬：送人出門的路費。

長。」那孩子長成六歲，聰明出眾，取名徐繼祖，上學攻書。十三歲經書精通，遊庠補廩。十五歲上登科，起身會試。從涿州經過，走得乏了，下馬歇腳。見一老婆婆，面如秋葉，髮若銀絲，自提一個磁瓶問井頭汲水。徐繼祖上前與婆婆作揖，求一甌清水解渴。老婆婆老眼朦朧，看見了這小官人，清秀可喜，便留他家裏喫茶。徐繼祖道：「只怕老娘府上路遠！」婆婆道：「十步之內，就是老身舍下。」徐繼祖真個下馬，跟到婆婆家裏，見門庭雖像舊家，甚是冷落。後邊房屋都被火焚了，瓦礫成堆，無人收拾，止剩得廳房三間，將土牆隔斷，左一間老婆婆做個臥房；右一間放些破家火，中間雖則空下，傍邊供兩個靈位，開寫著長兒蘇雲，次兒蘇雨。廳側邊是個耳房，一個老婢在內燒火。老婆婆請小官人於中間坐下，自己陪坐，喚老婢潑出一盞熱騰騰的茶，將托盤托將出來道：「小官人喫茶。」老婆婆看著小官人，目不轉睛，不覺兩淚交流。徐繼祖怪而問之。老婆婆道：「老身七十八歲了，就說錯了句言語，料想郎君不怪。」徐繼祖道：「有話但說，何怪之有。」老婆婆道：「官人尊姓？青春幾歲？」徐繼祖敘出姓名，年方一十五歲，今科僥倖中舉，赴京會試。老婆婆屈指暗數了一回，撲簌簌淚珠滾一個不住。徐繼祖也不覺慘然道：「婆婆如此哀楚，必有傷心之事。」老婆婆道：「老身有兩個兒子，長子蘇雲，叨中進士，職受蘭溪縣尹，十五年前，同著媳婦赴任，一去杳然。老身又遣次男蘇雨親往任所體探，連蘇雨也不回來。後來聞人傳說，大小兒喪於江盜之手，次兒歿於蘭溪。老身痛苦無伸，又被鄰家失火，延燒臥室。老身和這婢子兩口，權住這幾間屋內，坐以待死。適纔偶見郎君面貌與蘇雲無二，又剛是十五歲，所以老身感傷不已。今日天色已晚，郎君若不嫌貧賤，在草舍權住一晚，喫老身一餐素飯。」說罷又哭。徐繼祖是個慈善的人，也是天性自然感動，心內倒可憐這婆婆，也不忍別去，就肯住了。老婆婆宰雞煮飯，款待徐繼祖。敘了二三更的話，就留在中間歇息。次早，老婆婆起身，又留喫了早飯，臨去時依依不捨，在破箱子內取出一件不曾開折的羅衫出來相贈，說道：「這衫是老身親手做的，男女衫各做一件，卻是一般花樣。女衫把與兒婦穿去了，男衫因打摺時被燈煤落下，燒了領上一個孔。老身嫌不吉利，不曾把與亡兒穿，至今老身收著。今日老身見了郎君，就如見我蘇雲一般。郎君受了這件衣服，倘念老身衰暮之景，來年春闈得第，衣錦還鄉，是必相煩，差人於蘭溪縣打聽蘇雲蘇雨一個實信見報，老身死亦瞑目。」說罷放聲痛哭。徐繼祖沒來由，不覺也掉下淚來。老婆婆送了徐繼祖上馬，哭進屋去了。徐繼祖不勝傷感。到了京師，連科中了二甲進士，除授中書。朝中大小官員，見他少年老成，諸事歷練，甚相敬重。也有打聽他未娶，情願賠了錢，送女兒與他做親。徐繼祖為不曾稟命於父親，堅意推辭。在京二年，為「急缺風憲事」，選授監察御史，差往南京刷卷，就便回家省親歸娶，剛好一十九歲。徐能此時已做了太爺，在家中耀武揚威，甚是得志。正合著古人兩句：

常將冷眼觀螃蟹，看你橫行得幾時？

再說鄭氏夫人在慈湖尼庵，一住十九年，不曾出門。一日照鏡，覺得龐兒非舊，潸然淚下。想道：「殺夫之仇未報，孩兒又不知生死？就是那時有人收留，也不知落在誰手？住居何鄉？我如今容貌憔瘦，又是道姑打扮，料無人認得；況且喫了這幾年安逸茶飯，定害⑬庵中，心中過意不去。如今不免出外托缽，一來也幫貼庵中，二來往儀真一路去，順便打聽孩兒消息。常言『大海浮萍，也有相逢之日』，或者

⑬ 定害：累及。

天可憐，有近處人家拾得，撫養在彼，母子相會，對他說出根由，教他做個報仇之人，卻不了卻心願。」當下與老尼商議停妥，托了缽盂，出庵而去。一路抄化，到於當塗縣內，只見沿街搭彩，迎接刷卷御史徐爺。鄭夫人到一家化齋，其家乃是里正，辭道：「我家為接官一事，甚是匆忙，改日來布施罷。」卻有間壁一個人家，有女眷閒立在門前觀看搭彩，看這道姑，生得十分精緻，年也卻不甚長，見化不得齋，便去叫喚他。鄭氏聞喚，到彼問訊過了。那女眷便延進中堂，將素齋款待，問其來歷。鄭氏料非賊黨，想道：「我若隱忍不說，到底終無結末。」遂將十九年前苦情，數一數二，告訴出來。誰知屏後那女眷的家長伏著，聽了半日，心懷不平，轉身出來，叫道姑：「你受恁般冤苦，見今刷卷御史到任，如何不去告狀申理？」鄭氏道：「小道是女流，幼未識字，寫不得狀詞。」那家長道：「要告狀，我替你寫。」便去買一張三尺三的綿紙，從頭至尾寫道：

告狀婦鄭氏，年四十二歲，係直隸涿州籍貫。夫蘇雲，由進士選授浙江蘭溪縣尹。於某年相隨赴任。路經儀真，因船漏過載。豈期船戶積盜徐能，糾夥多人，中途劫夫財，謀夫命，又欲姦騙氏身。氏幸逃出，庵中潛躲，迄今一十九年，沉冤無雪。徐盜見在五壩街住。懇乞天臺捕獲正法，生死啣恩，激切上告！

鄭氏收了狀子，作謝而出。走到接官亭，徐御史正在寧太道周兵備船中答拜，船頭上一清如水。鄭氏不知利害，逕蹌上船。管船的急忙攔阻，鄭氏便叫起屈來。徐爺在艙中聽見，也是一緣一會⑭，偏覺

⑭ 一緣一會：天緣湊合。

得音聲悽慘，叫巡捕官接進狀子，同周兵備觀看。不看猶可，看畢時，唬得徐御史面如土色。屏去從人，私向周兵備請教：「這婦人所告，正是老父，學生欲待不准他狀，又恐在別衙門告理。」周兵備呵呵大笑道：「先生大人，正是青年，不知權變，此事亦有何難。可分付巡捕官帶那婦人明日察院中審問。到那其間，一頓板子，將那婦人敲死，可不絕了後患。」徐御史起身相謝道：「承教了。」辭別周兵備，分付了巡捕官說話，押那告狀的婦人，明早帶進衙門面審。當下回察院中安歇，一夜不睡。想道：「我父親積年為盜，這婦人所告，或是真情。當先劫財殺命，今日又將婦人打死，卻不是冤上加冤。若是不打殺他時，又不是小可利害。」驀然又想起三年前涿州遇見老嫗，說兒子蘇雲被強人所算，想必就是此事了。又想道：「我父親劫掠了一生，不知造下許多冤業，有何陰德，積下兒子科第？我記得小時上學，學生中常笑我不是親生之子，正不知我此身從何而來？此事除非奶公姚大知其備細。」心生一計，寫就一封家書，書中道：「到任忙促，不及回家，特地迎接父叔諸親，南京衙門相會。路上乏人伏侍，可先差奶公姚大來當塗采石驛，莫誤，莫誤！」次日開門，將家書分付承差⑮，送到儀真五壩街上太爺親拆。巡捕官帶鄭氏進衙。徐繼祖見了那鄭氏不由人心中慘然，略問了幾句言語，就問道：「那婦人有兒子沒有？如何自家出身告狀？」鄭氏眼中流淚，將庵中產兒，并羅衫包裹，和金釵一股，留於大柳村中始末，又備細說了一遍。徐繼祖委決⑯不下，分付鄭氏：「你且在庵中暫住，待我察訪強盜著實，再來喚你。」鄭氏拜謝去了。徐繼祖起馬⑰到采石驛住下，等得奶公姚大到來。日間無話，直至黃昏深後，喚姚大至

⑮ 承差：即「承局」，當差的。

⑯ 委決：決斷。

於臥榻，將好言撫慰，問道：「我是誰人所生？」姚大道：「是太爺生的。」再三盤問，只是如此。徐爺發怒道：「我是他生之子，備細都已知道。你若說得明白，念你妻子乳哺之恩，免你本身一刀。若不說之時，發你在本縣，先把你活活敲死！」姚大道：「實是太爺親生，小的不敢說謊。」徐爺道：「黃天蕩打劫蘇知縣一事，難道你不知？」姚大又不肯明言。徐爺大怒，便將憲票一幅，寫下姚大名字，發去當塗縣打一百討氣絕繳。姚大見僉了憲票，著了忙，連忙磕頭道：「小的願說，只求老爺莫在太爺面前洩漏。」徐爺道：「凡事有我做主，你不須懼怕！」姚大遂將打劫蘇知縣，謀蘇奶奶為妻，及大柳樹下拾得小孩子回家，教老婆接奶，備細說了一遍。徐爺又問道：「當初裹身有羅衫一件，又有金釵一股，如今可在？」姚大道：「羅衫上染了血跡，洗不淨，至今和金釵留在。」此時徐爺心中已自了然，分付道：「此事只可你我二人知道，明早打發你回家，取了釵子羅衫，星夜到南京衙門來見我。」姚大領命自去。徐爺次早，一面差官，將盤纏銀兩「好生接取慈湖庵鄭道姑到京中來見我」，一面發牌起程，往南京到任。正是：

少年科第榮如錦，御史威名猛似雷。

且說蘇雲知縣在三家村教學，想起十九年前之事，老母在家，音信隔絕，妻房鄭氏懷孕在身，不知生死下落，日夜憂惶。將此情告知陶公，欲到儀真尋訪消息。陶公苦勸安命，莫去惹事。蘇雲乘清明日各家出去掃墓，乃寫一謝帖留在學館之內，寄謝陶公。收拾了筆墨出門。一路賣字為生，行至常州烈帝

⑰ 起馬：動身。

廟，日晚投宿。夢見烈帝廟中，燈燭輝煌，自己拜禱求籤，籤語云：

陸地安然水面凶，一林秋葉遇狂風；要知骨肉團圓日，只在金陵豸府中。

五更醒來，記得一字不忘。自家暗解道：「江中被盜遇救，在山中住這幾年，首句『陸地安然水面凶』已自應了。『一林秋葉遇狂風』，應了骨肉分飛之象，難道還有團圓日子？金陵是南京地面，御史衙門號為豸府。我如今不要往儀真，逕到南都御史衙門告狀，或者有伸冤之日。」天明起來，拜了神道，討其一笤，「若該往南京，乞賜聖笤。」擲下果然是個聖笤。蘇公歡喜，出了廟門，直至南京，寫下一張詞狀，到操江御史衙門去出告，狀云：

告狀人蘇雲，直隸涿州人，忝中某科進士。初選蘭溪知縣，攜家赴任，行至儀真。禍因舟漏，重僱山東王尚書家船隻過載。豈期舟子徐能徐用等，慣於江洋打劫。夜半移船僻處，縛雲拋水，幸遇救免，教授糊口，行李一空，妻僕不知存亡。勢宦養盜，非天莫剿，上告！

那操江林御史，正是蘇爺的同年，看了狀詞，甚是憐憫。即刻行個文書，支會山東撫按，著落王尚書身上要強盜徐能徐用等。剛剛發了文書，刷卷御史徐繼祖來拜。操院偶然敘及此事。徐繼祖有心，別了操院出門，即時叫聽事官：「將操院差人喚到本院衙門，有話分付。」徐爺回衙門，聽事官喚到操院差人進衙磕頭。稟道：「老爺有何分付？」徐爺道：「那王尚書船上強盜，本院已知一二；今本院賞你盤纏銀二兩，你可暫停兩三日，待本院喚你們時，你可便來，管你有處緝拿真贓真盜，不須到山東去得。」

差人領命去了。少頃，門上通報太爺到了。徐爺出迎，就有跼蹐之意。想著養育教訓之恩，恩怨也要分明，今日且盡個禮數。當下差官往河下接取到衙。原來徐能徐用起身時，連這一班同夥趙三、翁鼻涕、楊辣嘴、范剝皮、沈鬍子，都倚仗通家兄弟面上，備了百金賀禮，一齊來慶賀徐爺。這是天使其然，自來投死。姚大先進衙磕頭。徐爺教請太爺二爺到衙，錦氈拜見。徐能端然而受。次要拜徐用，徐用抵死推辭，不肯要徐爺下拜，只是長揖。趙三等一夥，向來在徐能家，把徐繼祖當做子姪之輩，今日高官顯耀，時勢不同，趙三等口稱「御史公」，徐繼祖口稱「高親」，兩下賓主相見。備飯款待。至晚，徐繼祖在書房中，密喚姚大，討他的金釵及帶血羅衫看了。那羅衫花樣與涿州老婆婆所贈無二。「那老婆婆又說我的面龐與他兒子一般，他分明是我的祖母，那慈湖庵中道姑是我親娘，更喜我爺不死，見在此間告狀，骨肉團圓，在此一舉。」次日大排筵宴在後堂，款待徐能一夥七人，大吹大擂⑱介飲酒。徐爺只推公務，獨自出堂，先教聚集民壯快手五六十人，安排停當，聽候本院揮扇為號，一齊進後堂擒拿七盜。又喚操院公差，快快請告狀的蘇爺，到衙門相會。不一時，蘇爺到了，一見徐爺便要下跪。徐爺雙手扶住，彼此站立，問其情節。蘇爺含淚而語。徐爺道：「老先生休得愁煩，後堂有許多貴相知在那裏，請去認一認！」蘇爺走入後堂。一者此時蘇爺青衣小帽，二者年遠了，三者出其不意，徐能等已不認得蘇爺了。蘇爺時刻在念，倒也還認得這班人的面貌，看得仔細，喫了一驚，倒身退出，對徐爺道：「這一班人，正是船中的強盜，為何在此？」徐爺且不回話，舉扇一揮，五六十個做公的蜂擁而入，將徐能等七人，一齊捆縛。徐能大叫道：「繼祖孩兒，救我則個！」徐爺罵道：「死強盜，誰是你的孩兒？你認得這位

⑱ 大吹大擂：熱鬧的意思。

十九年前蘇知縣老爺麼？」徐能就罵徐用道：「當初不聽吾言，只叫他全屍而死，今日悔之何及！」又叫姚大出來對證，各各無言。徐爺分付巡捕官：「將這八人與我一總發監，明日本院自備文書，送到操院衙門去。」發放已畢，分付關門。請蘇爺復入後堂。蘇爺看見這一夥強賊，都在酒席上擒拿，正不知甚麼意故？方欲待請問明白，然後叩謝。只見徐爺將一張交椅，置於面南，請蘇爺上坐，納頭便拜。蘇爺慌忙扶住道：「老大人素無一面，何須過謙如此？」徐爺道：「愚男一向不知父親蹤跡，有失迎養，望乞恕不孝之罪！」蘇爺還說道：「老大人不要錯了！學生並無兒子。」徐爺道：「不孝就是爹爹所生，如不信時，有羅衫為證。」徐爺先取涿州老婆婆所贈羅衫，遞與蘇爺，蘇爺認得領上燈煤燒孔道：「此衫乃老母所製，從何而得？」徐爺道：「還有一件。」又將血漬的羅衫，及金釵取來。蘇爺觀看，又認得：「此釵乃吾妻首飾，原何也在此？」徐爺將涿州遇見老母，及采石驛中道姑告狀，并姚大招出情由，備細說了一遍。蘇爺方纔省悟，抱頭而哭。事有湊巧，這裏恰纔父子相認，門外傳鼓報道：「慈湖觀音庵中鄭道姑已喚到。」徐爺忙教請進後堂。蘇爺與奶奶別了一十九年，到此重逢。蘇爺又引孩兒拜見了母親。痛定思痛，夫妻母子，哭做一堆，然後打掃後堂，重排個慶賀筵席。正是：

樹老抽枝重茂盛，雲開見月倍光明。

次早，南京五府六部六科十三道，及府縣官員，聞知徐爺骨肉團圓，都來拜賀。操江御史將蘇爺所告狀詞，奉還徐爺，聽其自審。徐爺別了列位官員，分付手下，取大毛板伺候。於監中吊出眾盜，一個個腳鐐手扭，跪於堦下。徐爺在徐家生長，已熟知這班兇徒殺人劫財，非止一事，不消拷問。只有徐用平昔多曾諫訓，且蘇爺夫婦都受他活命之恩，叮囑兒子要出脫他。徐爺一筆出豁了他，趕出衙門。徐用拜謝而去。山東王尚書篤遠無干，不須推究。徐能趙三首惡，打八十。楊辣嘴沈鬍子在船上幫助，打六十。姚大雖也在船上出尖，其妻有乳哺之恩，與翁鼻涕范剝皮各只打四十板。雖有多寡，都打得皮開肉綻，鮮血迸流。姚大受痛不過，叫道：「老爺親許免小人一刀，如何失信？」徐爺又免他十板，只打三十。打完了，分付收監。徐爺退於後堂，請命於父親，草下表章，將此段情由，具奏天子。先行出姓，改名蘇泰，取否極泰來之義；次要將諸賊不時處決，各賊家財，合行籍沒為邊儲之用；表尾又說：「臣父蘇雲，二甲出身，一官未赴，十九年患難之餘，宦情已淡。臣祖母年踰八袠，獨居故里，未知存亡。臣年十九未娶，繼祀無望。懇乞天恩給假，從臣父暫歸涿州，省親歸娶。」云云。奏章已發。此時徐繼祖已改名蘇泰，將新名寫帖，遍拜南京各衙門。又寫年姪帖子，拜謝了操江林御史。又記著祖母言語，寫書差人往蘭溪縣查問蘇雨下落。蘭溪縣差人先來回報，蘇二爺十五年前曾到，因得病身死。高知縣殯殮，棺寄在城隍廟中。蘇爺父子痛哭了一場，即差的當人，賫了盤費銀兩，重到蘭溪，於水路僱船裝載二爺靈柩回涿州祖墳安葬。不一日，奏章准了下來，一一依准，仍封蘇泰為御史之職，欽賜父子馳驛還鄉。刑部請蘇爺父子同臨法場監斬諸盜。蘇泰預先分付獄中，將姚大縊死，全屍也算免其一刀。徐能歎口氣道：「我雖不曾與蘇奶奶成親，做了三年太爺，死亦甘心了。」各盜面面相覷，延頸受死。但見：

兩聲破鼓響，一棒碎鑼鳴，監斬官如十殿閻王，劊子手似飛天羅剎！刀斧劫來財帛，萬事皆空；江湖使盡英雄，一朝還報。森羅殿前，個個盡驚兇鬼至；陽間地上，人人都慶賊人亡！

在先上本時，便有文書知會揚州府官，儀真縣官，將強盜六家，預先趕出人口，封鎖門戶。縱有金寶如山，都為官物。家家女哭兒啼，人離財散，自不必說。只有姚大的老婆，原是蘇御史的乳母。一步一哭，到南京來求見御史老爺。蘇御史因有乳哺之恩，況且丈夫已經正法，罪不及孥。又恐奶奶傷心，不好收留，把五十兩銀子賞他為終身養生送死之資，打發他隨便安身。京中無事，蘇太爺辭了年兄林操江，御史公別了各官，起馬，前站打兩面金字牌，一面寫著「奉旨省親」，一面寫著「欽賜歸娶」。旗旛鼓吹，好不齊整，鬧嚷嚷的從揚州一路而回。道經儀真，蘇太爺甚是傷感，鄭老夫人又對兒子說起朱婆投井之事，又說虧了庵中老尼。御史公差地方訪問義井。居民有人說，十九年前，是曾有個死屍，浮於井面，眾人撈起三日，無人識認，只得斂錢買棺盛殮，埋於左近一箭之地。地方回復了，御史公備了祭禮，及紙錢冥錠，差官到義井墳頭，通名致祭。又將白金百兩，送與庵中老尼，另封白銀十兩，付老尼啟建道場，超度蘇二爺朱婆及蘇勝夫婦亡靈。這叫做以直報怨，以德報德。蘇公父子親往拈香拜佛。諸事已畢，不一日行到山東臨清，頭站先到渡口驛，驚動了地方上一位鄉宦，那人姓王名貴，官拜一品尚書，告老在家。那徐能攬的山東王尚書船，正是他家。徐能盜情發了，操院拿人，鬧動了儀真一縣，王尚書的小夫人家屬，恐怕連累，都搬到山東，依老尚書居住。後來打聽得蘇御史審明，船雖尚書府水牌，止是租賃，王府並不知情。老尚書甚是感激。今日見了頭行，親身在渡口驛迎接，見了蘇公父子，滿口稱謝，設席款待。席上問及：「御史公欽賜歸娶，不知誰家老先兒⑲的宅眷？」蘇雲答道：「小兒尚未擇聘。」王尚書道：「老夫有一末堂⑳幼女，年方二八，才貌頗稱，倘蒙御史公不棄老朽，老夫願結絲

⑲ 先兒：即「先生」。

蘿。」蘇太爺謙讓不遂，只得依允。就於臨清暫住，擇吉行聘成親，有詩為證：

月下赤繩曾綰足，何須射中雀屏目。當初恨殺尚書船，誰想尚書為眷屬。

三朝以後，蘇公便欲動身，王尚書苦留。蘇太爺道：「久別老母，未知存亡，歸心已如箭矣！」王尚書不好耽擱。過了七日，備下千金粧奩，別起夫馬，送小姐隨夫衣錦還鄉。一路無話，到了涿州故居，且喜老夫人尚然清健，見兒子媳婦俱已半老，不覺感傷。又見孫兒就是向年汲水所遇的郎君，歡喜無限。當初只恨無子，今日抑且有孫。兩代甲科，僕從甚眾，舊居火焚之餘，安頓不下，暫借察院居住。起建御史第，府縣都來助工，真個是「不日成之」。蘇雲在家，奉養太夫人直至九十餘歲方終。蘇泰歷官至坐堂都御史。夫人王氏，所生二子，將次子承繼為蘇雨之後，二子俱登第。至今閭里中傳說蘇知縣報冤唱本。後人有詩云：

月黑風高浪沸揚，黃天蕩裏賊猖狂！平陂往復皆天理，那見兇人壽命長？

⑳ 末堂：最後生的。

第十二卷　范鰍兒雙鏡重圓

簾捲水西樓，一曲新腔唱打油；宿雨眠雲年少夢，休謳，且盡生前酒一甌。
明日又登舟，卻指今宵是舊遊；同是他鄉淪落客，休愁！月子彎彎照幾州？

這首詞末句，乃借用吳歌成語，吳歌云：

月子彎彎照幾州？幾家歡樂幾家愁；幾家夫婦同羅帳，幾家飄散在他州。

此歌出自南宋建炎年間，述民間離亂之苦。只為宣和失政，奸佞專權，延至靖康，金虜凌城，擄了徽欽二帝北去。康王泥馬渡江，棄了汴京，偏安一隅，改元建炎。其時東京一路百姓，懼怕韃虜，都跟隨車駕南渡。又被虜騎追趕，兵火之際，東逃西躲，不知拆散了幾多骨肉！往往父子夫妻，終身不復相見。其中又有幾個散而復合的，民間把作新聞傳說。正是：

劍氣分還合，荷珠碎復圓；萬般皆是命，半點盡由天！

話說陳州有一人姓徐名信，自小學得一身好武藝，娶妻崔氏，頗有容色。家道豐裕，夫妻二人正好過活。卻被金兵入寇，二帝北遷。徐信共崔氏商議，此地安身不牢，收拾細軟家財，打做兩個包裹，夫妻各背了一個，隨著眾百姓曉夜奔走。行至虞城，只聽得背後喊聲振天，只道韃虜追來，卻原來是南朝殺敗的潰兵。只因武備久弛，軍無紀律，教他殺賊，一個個膽寒心駭，不戰自走；及至遇著平民，搶擄財帛子女，一般會揚威耀武。徐信雖然有三分本事，那潰兵如山而至，寡不敵眾，捨命奔走。但聞四野號哭之聲，回頭不見了崔氏。亂軍中無處尋覓，只得前行。行了數日，歎了口氣，沒奈何，只索罷了。行到睢陽，肚中飢渴，上一個村店，買些酒飯。原來離亂之時，店中也不比往昔，沒有酒賣了。就是飯，也不過是粗糲之物，又怕眾人搶奪，交了足錢❶，方纔取出來與你充飢。徐信正在數錢，猛聽得有婦女悲泣之聲。事不關心，關心者亂。徐信且不數錢，急走出店來看，果見一婦人，單衣蓬首，露坐於地上。雖不是自己的老婆，年貌也相彷彿。徐信動了個惻隱之心，以己度人，道：「這婦人想也是遭難的，不免上前問其來歷。」婦人訴道：「奴家乃鄭州王氏，小字進奴。隨夫避兵，不意中途奔散，奴孤身被亂軍所掠。行了兩日一夜，到於此地，兩腳俱腫，寸步難移，賊徒剝取衣服，棄奴於此。衣單食缺，舉目無親，欲尋死路，故此悲泣耳。」徐信道：「我也在亂軍中不見了妻子，正是『同病相憐』了。身邊幸有盤纏，娘子不若權時在這店裏住幾日，將息貴體，等在下探問荊妻消耗，就便訪取尊夫，不知娘子意下如何？」婦人收泪而謝道：「如此甚好。」徐信解開包裹，將幾件衣服與婦人穿了。同他在店中喫了些飯食，借半間房子，做一塊兒安頓。徐信慇慇勤勤，每日送茶送飯。婦人感其美意，料道尋夫訪妻，也是難事，今日一鰥一寡，亦是天緣，熱肉相湊，不容人不成就了。又過數日，婦人腳不痛了。徐信和

❶ 足錢：十足的錢串。

他做了一對夫妻，上路直到建康。正值高宗天子南渡即位，改元建炎，出榜招軍，徐信去充了個軍校，就於建康城中居住。

日月如流，不覺是建炎三年。一日徐信同妻城外訪親回來，天色已晚，婦人口渴，徐信引到一個茶肆中喫茶。那肆中先有一個漢子坐下，見婦人入來，便立在一邊偷看那婦人，目不轉睛。婦人低眉下眼，那個在意。徐信甚以為怪。少頃，喫了茶，還了茶錢出門，那漢又遠遠相隨。比及到家，那漢還站在門首，依依不去。徐信心頭火起，問道：「什麼人？如何窺覷人家的婦女！」那漢拱手謝罪道：「尊兄休怒！某有一言奉詢。」徐信忿氣尚未息，答應道：「有什麼話，就講罷！」那漢道：「尊兄倘不見責，權借一步，某有實情告訴；若還嗔怪，某不敢言。」徐信果然相隨，到一個僻靜巷裏。那漢臨欲開口，又似有難言之狀。徐信道：「我徐信也是個慷慨丈夫，有話不妨盡言。」那漢方纔敢問道：「適纔婦人是誰？」徐信道：「是荊妻。」那漢道：「娶過幾年了？」徐信道：「三年矣。」那漢道：「可是鄭州人，姓王小字進奴麼？」徐信大驚道：「足下何以知之？」那漢道：「此婦乃吾之妻也。因兵火失散，不意落於君手。」徐信聞言，甚跼蹐不安，將自己虞城失散，到睢陽村店，遇見此婦始末，細細述了：「當時實是憐他孤身無倚，初不曉得是尊閫，如之奈何？」那漢道：「足下休疑，我已別娶渾家，舊日伉儷之盟，不必再提。但倉忙拆開，未及一言分別，倘得暫會一面，敘述悲苦，死亦無恨。」徐信亦覺心中淒慘，說道：「大丈夫腹心相照，何處不可通情。明日在舍下相候。足下既然別娶，可攜新閫同來，做個親戚，庶於鄰里耳目不礙。」那漢歡喜拜謝。臨別，徐信問其姓名，那漢道：「吾乃鄭州列俊卿是也。」是夜，徐信先對王進奴述其緣由。進奴思想前夫恩義，暗暗偷泪，一夜不曾合眼。到天明，盥漱方畢，列俊卿夫婦二人到了。徐信出門相迎，見了俊卿之妻，彼此驚駭，各各慟哭。原來俊卿之妻，卻是徐信的渾家崔氏。自虞城失散，尋丈夫不著，卻隨個老嫗同至建康，解下隨身簪珥，賃房居住。三個月後，丈夫並無消息。老嫗說他終身不了，與他為媒，嫁與列俊卿。誰知今日一雙兩對，恰恰相逢，真個天緣湊巧，彼此各認舊日夫妻，相抱而哭。當下徐信遂與列俊卿八拜為交，置酒相待。至晚，將妻子兌轉，各還其舊。從此通家往來不絕，有詩為證：

夫換妻兮妻換夫，這場交易好糊塗；相逢總是天公巧，一笑燈前認故吾。

此段話題做「交互姻緣」，乃建炎三年建康城中故事。同時又有一事，叫做「雙鏡重圓」。說來雖沒有十分奇巧，論起「夫義婦節」，有關風化，倒還勝似幾倍。正是：

話須通俗方傳遠，語必關風始動人。

話說南宋建炎四年，關西一位官長，姓呂名忠翊，職授福州監稅。此時七閩之地，尚然全盛。忠翊帶領家眷赴任：一來福州憑山負海，東南都會，富庶之邦；二來中原多事，可以避難。於本年起程，到次年春間，打從建州經過。輿地志說：「建州碧水丹山，為東閩之勝地。」今日合著了古語兩句：

洛陽三月花如錦，偏我來時不遇春。

自古「兵荒」二字相連，金虜渡河，兩浙都被他殘破。閩地不遭兵火，也就見個荒年，此乃天數。

話中單說建州饑荒，斗米千錢，民不聊生。卻為國家正值用兵之際，糧餉要緊，官府只顧催征上供，顧不得民窮財盡。常言「巧媳婦煮不得沒米粥」，百姓既沒有錢糧交納，又被官府鞭笞逼勒，禁受不過，三三兩兩，逃入山間，相聚為盜。「蛇無頭而不行」，就有個艸頭天子出來，此人姓范名汝為，仗義執言，救民水火。群盜從之如流，嘯聚至十餘萬。無非是：

風高放火，月黑殺人，無糧同餓，得肉均分。

官兵抵當不住，連敗數陣。范汝為遂據了建州城，自稱元帥，分兵四出抄掠。范氏門中子弟，都受偽號，做領兵官將。汝為族中有個姪兒名喚范希周，年二十三歲，自小習得一件本事，能識水性，伏得在水底三四晝夜，因此起個異名喚做范鰍兒。原是讀書君子，功名未就，被范汝為所逼，——凡族人不肯從他為亂者，先將斬首示眾。——希周貪了性命，不得已而從之。雖在「賊」中，專以方便救人為務，不做劫掠勾當。「賊」黨見他凡事畏縮，就他鰍兒的外號，改做「范盲鰍」，是笑他無用的意思。

再說呂忠翊有個女兒，小名順哥，年方二八。生得容顏清麗，情性溫柔，隨著父母福州之任。來到這建州相近，正遇著范賊一支遊兵，劫奪行李財帛，將人口趕得三零四散。呂忠翊失散了女兒，無處尋覓，嗟歎了一回，只索赴任去了。單說順哥腳小伶俜，行走不動，被賊兵掠進建州城來。順哥啼啼哭哭，范希周中途見而憐之。問其家門，順哥自敘乃是宦家之女。希周遂叱開軍士，親解其縛，留至家中，將好言撫慰，訴以衷情：「我本非『反賊』，被族人逼迫在此。他日受了朝廷招安，仍做良民。小娘子若不棄卑末，結為眷屬，三生有幸。」順哥本不願相從，落在其中，出於無奈，只得許允。次日希周稟知賊首范汝為。汝為亦甚喜。希周送順哥於公館，擇吉納聘。希周有祖傳寶鏡，乃是兩鏡合扇的。清光照徹，可開可合，內鑄成鴛鴦二字，名為「鴛鴦寶鏡」，用為聘禮。遍請范氏宗族，花燭成婚。

一個是衣冠舊裔，一個是閥閱名姝；一個儒雅丰儀，一個溫柔性格。一個縱居賊黨，風雲之氣未衰；一個雖作囚俘，金玉之姿不改。綠林此日稱佳客，紅粉今宵配吉人。

自此夫妻和順，相敬如賓。自古道：「瓦罐不離井上破。」范汝為造下迷天大罪，不過乘朝廷有事，兵力不及，豈期名將張浚、岳飛、張俊、張榮、吳玠、吳璘等，屢敗金人，國家粗定。高宗卜鼎臨安，改元紹興。是年冬，高宗命韓蘄王諱世忠的，統領大軍十萬，前來討捕。范汝為豈是韓公敵手，只得閉城自守。韓公築長圍以困之。原來韓公與呂忠翊先在東京有舊，今番韓公統兵征勦反賊，知呂公在福州為監稅官，必知閩中人情土俗。其時將帥專征的都帶有空頭敕，遇有地方人才，聽憑填敕委用。韓公遂用呂忠翊為軍中都提轄，同駐建州城下，指麾攻圍之事。城中日夜號哭，范汝為幾遍要奪門而出，都被官軍殺回，勢甚危急。順哥向丈夫說道：「妾聞『忠臣不事二君，烈女不更二夫』。妾被賊軍所掠，自誓必死。蒙君救拔，遂為君家之婦，此身乃君之身矣。大軍臨城，其勢必破。城既破，則君乃賊人之親黨，必不能免。妾願先君而死，不忍見君之就戮也。」引床頭利劍便欲自刎。希周慌忙抱住，奪去其刀，安慰道：「我陷在賊中，原非本意，今無計自明，玉石俱焚，已付之於命了。你是宦家兒女，擄劫在此，與你何干。韓元帥部下將士，都是北人，你也是北人，言語相合，豈無鄉曲之情；或有親舊相逢，宛轉聞知於令尊，骨肉團圓，尚不絕望。人命至重，豈可無益而就死地乎？」順哥道：「若果有再生之日，妾誓不再嫁。便恐被軍校所擄，妾寧死於刀下，決無失節之理。」希周道：「承娘子志節自許，吾死亦瞑目。萬一為漏網之魚，苟延殘喘，亦誓願終身不娶，以答娘子今日之心。」順哥道：「『鴛鴦寶鏡』，乃是君家行聘之物，妾與君共分一面，牢藏在身。他日此鏡重圓，夫妻再合。」說罷相對而泣。這是紹興元年冬十二月內的說話。到紹興二年春正月，韓公將建州城攻破，范汝為情急，放火自焚而死。韓公豎黃旗招安餘黨，只有范氏一門不赦。范氏宗族一半死於亂軍之中，一半被大軍擒獲，獻俘臨安。順哥見勢頭不好，料道希周必死，慌忙奔入一間荒屋中，解下羅帕自縊。正是：

寧為短命全貞鬼，不作偷生失節人！

也是陽壽未終，恰好都提轄呂忠翊領兵過去，見破屋中有人自縊，急喚軍校解下。近前觀之，正是女兒順哥。那順哥死去重甦，半晌方能言語，父子重逢，且悲且喜。順哥將賊兵擄劫，及范希周救取成親之事，述了一遍。呂提轄嘿然無語。

卻說韓元帥平了建州，安民已定，同呂提轄回臨安面君奏凱。天子論功陞賞，自不必說。一日，呂公與夫人商議，女兒青年無偶，終是不了之事，兩口雙雙的來勸女兒改嫁。順哥述與丈夫交誓之言，堅意不肯。呂公又道：「好人家兒女，嫁了反賊，一時無奈。天幸死了，出脫了你，你還想他怎麼？」順哥含淚而告道：「范家郎君，本是讀書君子，為族人所逼，實非得已。他雖在賊中，每行方便，不做傷天害理的事。倘若天公有眼，此人必脫虎口。大海浮萍，或有相逢之日。孩兒如今情願奉道在家，侍養二親，便終身守寡，死而不怨。若必欲孩兒改嫁，不如容孩兒自盡，不失為完節之婦。」呂公見他說出一班道理，也不去逼他了。光陰似箭，不覺已是紹興十二年，呂公累官至都統制，領兵在封州鎮守。一日，廣州守將差指使賀承信捧了公牒，到封州將領司投遞。呂公延於廳上，問其地方之事，敘話良久方去。順哥在後堂簾中竊窺，等呂公入衙，問道：「適纔賣公牒來的何人？」呂公道：「廣州指使賀承信也。」順哥道：「奇怪！看他言語行步，好似建州范家郎君。」呂公大笑道：「建州城破，凡姓范的都不赦，只有枉死，那有枉活？廣州差官自姓賀，又是朝廷命官，並無分毫干惹，這也是你妄想了，侍妾聞知，豈不可笑！」順哥被父親搶白了一場，滿面羞慚，不敢再說。正是：

只為夫妻情愛重，致令父子語參差。

過了半年，賀承信又有軍牒奉差到呂公衙門，順哥又從簾下窺視，心中懷疑不已。對父親說道：「孩兒今已離塵奉道，豈復有兒女之情。但再三詳審廣州姓賀的，酷似范郎。父親何不召至後堂，賜以酒食，從容叩之。范郎小名鰍兒，昔年在圍城中情知必敗，有『鴛鴦鏡』各分一面，以為表記，父親呼其小名，以此鏡試之，必得其真情。」呂公應承了。次日賀承信又進衙領回文，呂公延至後堂，置酒相款。飲酒中間，呂公問其鄉貫出身。承信言語支吾，似有羞愧之色。呂公道：「鰍兒非足下別號乎？老夫已盡知矣，但說無妨也！」承信求呂公屏去左右，即忙下跪，口稱「死罪」。呂公用手攙扶道：「不須如此！」承信方敢吐膽傾心告訴道：「小將建州人，實姓范，建炎四年，宗人范汝為煽誘飢民，據城為叛，小將陷於賊中，實非得已。後因大軍來討，攻破城池，賊之宗族，盡皆誅戮。小將因平昔好行方便，有人救護，遂改姓名為賀承信，出就招安。紹興五年撥在岳少保部下，隨征洞庭湖賊楊么。岳家軍都是西北人，不習水戰。小將南人，幼通水性，能伏水三晝夜，所以有『范鰍兒』之號。岳少保親選小將為前鋒，每戰當先，遂平么賊。岳少保薦小將之功，得受軍職，累任至廣州指使。十年來未曾洩之他人。今既承鈞問，不敢隱諱。」呂公又問道：「令孺人何姓？是結髮還是再娶？」承信道：「在賊中時曾獲一宦家女，納之為妻。踰年城破，夫妻各分散逃走。曾相約：苟存性命，夫不再娶，婦不再嫁。小將後來到信州，又尋得老母。至今母子相依，止畜一粗婢炊爨，未曾娶妻。」呂公又問道：「足下與先孺人相約時，有何為記？」承信道：「有『鴛鴦寶鏡』，合之為一，分之為二，夫婦各留一面。」呂公道：「此鏡尚在否？」承信道：「此鏡朝夕隨身，不忍少離。」呂公道：「可借一觀。」承信揭開衣袂，在錦裹肚繫帶上，解下一個繡囊，囊中藏著寶鏡。呂公取觀，遂於袖中亦取一鏡合之，儼如生成。承信見二鏡符合，不覺悲泣失聲。呂公感其情義，亦不覺泪下道：「足下所娶，即吾女也。吾女見在衙中。」遂引承信至中堂，與女兒相見，各各大哭。呂公解勸了，且作慶賀筵席。是夜即留承信於衙門歇宿。過了數日，呂公將回文打發女婿起身，即令女兒相隨，到廣州任所同居。後一年承信任滿，將赴臨安，又領妻順哥同過封州，拜別呂公。呂公備下千金粧奩，差官護送承信到臨安。自諒前事年遠，無人推剝，不可使范氏無後，乃打通狀到禮部，復姓不復名，改名不改姓，叫做范承信。後累官至兩淮留守，夫妻偕老。其鴛鴦二鏡，子孫世傳為至寶云。後人評論范鰍兒在逆黨中涅而不淄，好行方便，救了許多人性命，今日死裏逃生，夫妻再合，乃陰德積善之報也。有詩為證：

十年分散天邊鳥，一旦團圓鏡裏鴛，莫道浮萍偶然事，總由陰德感皇天。

第十三卷　三現身包龍圖斷冤

甘羅發早子牙遲，彭祖顏回壽不齊；范丹貧窮石崇富，算來都是只爭時。

話說大宋元祐年間，一個太常大卿，姓陳名亞，因打章子厚不中，除做江東留守安撫使，兼知建康府。一日與眾官宴於臨江亭上，忽聽得亭外有人叫道：「不用五行四柱，能知禍福興衰。」大卿問：「甚人敢出此語？」眾官有曾認的，說道：「此乃金陵術士邊瞽。」大卿分付：「與我叫來。」即時叫至門下，但見：

破帽無簷，藍縷衣裙，霜髯瞽目，傴僂形軀。

邊瞽手攜節杖入來，長揖一聲，摸著堦沿便坐。大卿怒道：「你既瞽目，不能觀古聖之書，輒敢輕五行而自高！」邊瞽道：「某善能聽簡笏聲知進退，聞鞋履響辨死生。」大卿道：「你術果驗否？……」說言未了，見大江中畫船一隻，櫓聲咿軋❶，自上流而下。大卿便問邊瞽，主何災福。答言：「櫓聲帶哀，舟中必載大官之喪。」大卿遣人訊問，果是知臨江軍李郎中，在任身故，載靈柩歸鄉。大卿大驚道：「使

❶ 咿軋：櫓聲。

漢東方朔復生，不能過汝。」贈酒十罇，銀十兩，遣之。

那邊瞽能聽櫓聲知災福。今日且說個賣卦先生，姓李名杰，是東京開封府人。去兗州府奉符縣前，開個卜肆，用金紙糊著一把太阿寶劍，底下一個招兒，寫道：「斬天下無學同聲❷。」這個先生，果是陰陽有准。

精通周易，善辨六壬，瞻乾象遍識天文，觀地理明知風水。五星深曉，決吉凶禍福如神；三命祕談，斷成敗興衰似見。

當日挂了招兒，只見一個人走將進來，怎生打扮？但見：

裹背繫帶頭巾，著上兩領皂衫，腰間繫條絲絛，下面著一雙乾鞋淨襪，袖裏袋著一軸文字。

那人和金劍先生相揖罷，說了年月日時，鋪下卦子。只見先生道：「這命算不得。」那個買卦的，卻是奉符縣裏第一名押司❸，姓孫名文，問道：「如何不與我算這命？」先生道：「上覆尊官，這命難算。」押司道：「怎地難算？」先生道：「尊官有酒休買，護短休問。」押司道：「我不曾喫酒，也不護短。」先生道：「再請年月日時，恐有差誤。」押司再說了八字。先生又把卦子布了道：「尊官，且休算。」押司道：「我不諱，但說不妨。」先生道：「卦象不好。」寫下四句來，道是：

❷ 同聲：同業。

❸ 押司：職掌刑名官司的地方官。

白虎❹臨身日，臨身必有災。不過明旦丑，親族盡悲哀。

押司看了，問道：「此卦主何災福？」先生道：「實不敢瞞，主尊官當死。」又問：「卻是我幾年上當死？」先生道：「今年死。」又問：「卻是今年幾月死？」先生道：「今年今月死。」又問：「卻是今年今月幾日死？」先生道：「今年今月今日死。」再問：「早晚時辰？」先生道：「今年今月今日三更三點子時當死。」押司道：「若今夜真個死，萬事全休；若不死，明日和你縣裏理會。」先生道：「今夜不死，尊官明日來取下這斬無學同聲的劍，斬了小子的頭。」押司聽說，不覺怒從心上起，惡向膽邊生，把那先生捽出卦鋪去。怎地計結？那先生：

只因會盡人間事，惹得閒愁滿肚皮。

只見縣裏走出數個司事人來攔住孫押司，問做甚鬧。押司道：「甚麼道理！我閒買個卦，卻說我今夜三更三點當死。我本身又無疾病，怎地三更三點便死。待捽他去縣中，官司究問明白。」眾人道：「若信卜，賣了屋；賣卦口，沒量斗❺。」眾人和烘孫押司去了；轉來埋怨那先生道：「李先生，你觸了這個有名的押司，想也在此賣卦不成了。從來貧好斷，賤好斷，只有壽數難斷。你又不是閻王的老子，判官的哥哥，那裏便斷生斷死，刻時刻日，這般有准。說話也該放寬緩些。」先生道：「若要奉承人，卦

---

❹ 白虎：凶神。

❺ 賣卦口二句：賣卦的人都是信口胡說。

就不准了；若說實話，又惹人怪。『此處不留人，自有留人處！』」歎口氣，收了卦鋪，搬在別處去了。

卻說孫押司雖則被眾人勸了，只是不好意思。當日縣裏押了文字歸去，心中好悶。歸到家中，押司娘見他眉頭不展，面帶憂容，便問丈夫：「有甚事煩惱？想是縣裏有甚文字不了。」押司道：「不是，你休問。」再問道：「多是今日被知縣責罰來？」又道：「不是。」再問道：「莫是與人爭鬧來？」押司道：「也不是。我今日去縣前買個卦，那先生道，我主在今年今月今日三更三點子時當死。」押司娘聽得說，柳眉剔豎，杏眼圓睜，問道：「怎地平白一個人，今夜便教死！如何不捽他去縣裏官司？」押司道：「便捽他去，眾人勸了。」渾家道：「丈夫，你且只在家裏少待。我尋常有事，兀自去知縣面前替你出頭。如今替你去尋那個先生問他。我丈夫又不少官錢私債，又無甚官事臨逼❻，做甚麼今夜三更便死！」押司道：「你且休去。待我今夜不死，明日我自與他理會，卻強如你婦人家。」當日天色已晚。押司道：「且安排幾盃酒來喫著。我今夜不睡，消遣這一夜。」三盃兩盞，不覺喫得爛醉。只見孫押司在校椅上，朦朧著醉眼，打瞌睡。渾家道：「丈夫，怎地便睡著？」叫迎兒：「你且搖覺爹爹來。」迎兒到身邊搖著不醒，叫一會不應。押司娘道：「迎兒，我和你扶押司入房裏去睡。」若還是說話的同年生，並肩長，攔腰抱住，把臂拖回。孫押司只喫著酒消遣一夜，千不合萬不合上床去睡，卻教孫押司只就當年當月當日當夜，死得不如五代史李存孝，漢書裏彭越。正是：

金風吹樹蟬先覺，暗送無常死不知。

---

❻ 臨逼：緊逼。

渾家見丈夫先去睡，分付迎兒廚下打滅了火燭，說與迎兒道：「你曾聽你爹爹說，日間賣卦的算你爹爹今夜三更當死？」迎兒道：「告媽媽，迎兒也聽得說來。那裏討這話！」押司娘道：「迎兒，我和你做些針線，且看今夜死也不死？若還今夜不死，明日卻與他理會。」教迎兒：「你且莫睡！」迎兒道：「那裏敢睡！……」道猶未了，迎兒打瞌睡。押司娘道：「迎兒，我教你莫睡，如何便睡著！」迎兒道：「我不睡。」纔說罷，迎兒又睡著。押司娘叫得應，問他如今甚時候了？迎兒聽縣衙更鼓，正打三更三點。押司娘道：「迎兒，且莫睡則個！這時辰正尷尬那！」迎兒又睡著，叫不應。只聽得押司從床上跳將下來，兀底❼中門響。押司娘急忙叫醒迎兒，點燈看時，只聽得大門響。迎兒和押司娘點燈去趕，只見一個著白的人，一隻手掩著面，走出去，撲通地跳入奉符縣河裏去了。正是：

情到不堪回首處，一齊分付與東風。

那條河直通著黃河水，滴溜也似緊，那裏打撈屍首！押司娘和迎兒就河邊號天大哭道：「押司，你卻怎地投河，教我兩個靠兀誰❽！」即時叫起四家鄰舍來，上手住的刁嫂，下手住的毛嫂，對門住的高嫂鮑嫂，一發都來。押司娘把上件事對他們說了一遍。刁嫂道：「真有這般作怪的事！」毛嫂道：「我日裏兀自見押司著了皂衫，袖著文字歸來，老媳婦和押司相叫來。」高嫂道：「便是，我也和押司廝叫來。」鮑嫂道：「我家裏的早間去縣前有事，見押司捽著賣卦的先生，兀自歸來說；怎知道如今真個死了！」

❼ 兀底：這、那。
❽ 兀誰：即「誰」。

刁嫂道：「押司，你怎地不分付我們鄰舍則個，如何便死！」簌地兩行淚下。毛嫂道：「思量起押司許多好處來，如何不煩惱！」也眼淚出。鮑嫂道：「押司，幾時再得見你！」即時地方申呈官司，押司娘少不得做些功果❾追薦亡靈。

撚指間過了三個月。當日押司娘和迎兒在家坐地，只見兩個婦女，喫得面紅頰赤。上手的提著一瓶酒，下手的把著兩朶通草花，掀開布簾入來道：「這裏便是。」押司娘打一看時，卻是兩個媒人，無非是姓張姓李。押司娘道：「婆婆多時不見。」媒婆道：「押司娘煩惱！外日❿不知，不曾送得香紙來，莫怪則個！押司如今也死得幾時？」答道：「前日已做過百日了。」兩個道：「好快！早是百日了。押司在日，直恁地好人。有時老媳婦和他廝叫，還喏不迭。時今死了許多時，宅中冷靜。也好說頭親事，是得。」押司娘道：「何年月日再生得一個一似我那丈夫孫押司這般人？」媒婆道：「恁地也不難。老媳婦卻有一頭好親。」押司娘道：「且住，如何得似我先頭丈夫？」兩個喫了茶，歸去。過了數日，又來說親。押司娘道：「婆婆休只管來說親。你若依得我三件事，便來說；若依不得我，一世不說這親，寧可守孤孀度日。」當時押司娘啟齒張舌，說出這三件事來。有分撞著五百年前夙世的冤家，雙雙受國家刑法。正是：

鹿迷秦相應難辨，蝶夢莊周未可知。

---

❾ 功果：佛事。

❿ 外日：前日。

媒婆道：「卻是那三件事？」押司娘道：「第一件，我死的丈夫姓孫，如今也要嫁個姓孫的；第二件，我先丈夫是奉符縣裏第一名押司，如今也只要恁般職役的人；第三件，不嫁出去，則要他入舍。」兩個聽得說，道：「好也！你說要嫁個姓孫的，也要一似先押司職役的，教他入舍的；若是說別件事，還費些計較，偏是這三件事，老媳婦都依得。好教押司娘得知，先押司是奉符縣裏第一名押司，喚做大孫押司；如今來說親的，元是奉符縣第二名押司。如今死了大孫押司，鑽上差役，做第一名押司，喚做小孫押司。他也肯來入舍。我教押司娘嫁這小孫押司，是肯也不？」押司娘道：「不信有許多湊巧！」張媒道：「老媳婦今年七十二歲了。若胡說時，變做七十二隻雌狗，在押司娘家喫屎。」押司娘道：「果然如此，煩婆婆且去說看。不知緣分如何？」張媒道：「就今日好日，討一個利市團圓吉帖。」押司娘道：「卻不曾買在家裏。」李媒道：「老媳婦這裏有。」便從抹胸內取出一輻五男二女花牋紙來，正是：

雪隱鷺鷥飛始見，柳藏鸚鵡語方知。

當日押司娘教迎兒取將筆硯來，寫了帖子。兩個媒婆接去。免不得下財納禮，往來傳話。不上兩月，入舍小孫押司在家。夫妻兩個，好一對兒，果是說得著。不則一日，兩口兒喫得酒醉，教迎兒做些個醒酒湯來喫。迎兒去廚下一頭燒火，口裏埋冤道：「先的押司在時，恁早晚，我自睡了。如今卻教我做醒酒湯！」只見火筒塞住了孔，燒不著。迎兒低著頭，把火筒去竈床腳上敲，敲未得幾聲，則見竈床腳漸漸起來，離地一尺已上，見一個人頂著竈床，脖項上套著井欄，披著一帶頭髮，長伸著舌頭，眼裏滴出血來，叫道：「迎兒，與爹爹做主則個！」唬得迎兒大叫一聲，匹然[11]倒地，面皮黃，眼無光，唇口紫，指甲青，未知五臟如何，先見四肢不舉。正是：

身如五鼓銜山月，命似三更油盡燈。

夫妻兩人急來救得迎兒甦醒，討些安魂定魄湯與他喫了。問道：「你適來見了甚麼，便倒了？」迎兒告媽媽：「卻纔在竈前燒火，只見竈床漸漸起來，見先押司爹爹，肢項上套著井欄，眼中滴出血來，披著頭髮，叫聲迎兒，便喫驚倒了。」押司娘見說，倒把迎兒打個漏風掌⓬：「你這丫頭，教你做醒酒湯，則說道懶做便了，直裝出許多死模活樣⓭！莫做莫做。打滅了火去睡。」迎兒自去睡了。且說夫妻兩個歸房，押司娘低低叫道：「二哥，這丫頭見這般事，不中用。教他離了我家罷。」小孫押司道：「卻教他那裏去？」押司娘道：「我自有個道理。」到天明，做飯喫了，押司自去官府承應。押司娘叫過迎兒來道：「迎兒，你在我家裏也有七八年，我也看你在眼裏。如今比不得先押司在日做事。我看你肚裏莫是要嫁個老公。如今我與你說頭親。」迎兒道：「那裏敢指望。卻教迎兒嫁兀誰？」押司娘只因教迎兒嫁這個人，與大孫押司索了命。正是：

風定始知蟬在樹，燈殘方見月臨窗。

⓫ 匹然：突然。

⓬ 漏風掌：張開五指的巴掌。

⓭ 死模活樣：半死不活的樣子。

當時不由迎兒做主，把來嫁了一個人。那廝姓王名興，渾名喚做王酒酒，又喫酒，又要賭。迎兒嫁將去，那得三個月，把房臥⑭都費盡了。那廝喫得醉，走來家把迎兒罵道：「打脊賤人！見我恁般苦，不去問你使頭借三五百錢來做盤纏？」迎兒喫不得這廝罵，把裙兒繫了腰，一程走來小孫押司家中。押司娘見了道：「迎兒，你自嫁了人，又來說甚麼？」迎兒告媽媽：「實不敢瞞，迎兒嫁那廝不著，又喫酒，又要賭；如今未得三個月，有些房臥，都使盡了。沒計奈何，告媽媽借換得三五百錢，把來做盤纏⑮。」押司娘道：「迎兒，你嫁人不著，是你的事。我今與你一兩銀子，後番卻休要來。」迎兒接了銀子，謝了媽媽歸家。那得四五日，又使盡了。當日天色晚，王興那廝喫得酒醉，走來看著迎兒道：「打脊賤人！你見恁般苦，不去再告使頭則個？」迎兒道：「我前番去，借得一兩銀子，喫盡千言萬語。如今卻教我又怎地去？」王興罵道：「打脊賤人！你若不去時，打折你一隻腳！」迎兒喫罵不過，只得連夜走來孫押司門首看時，門卻關了。迎兒欲待敲門，又恐怕他埋怨，進退兩難。只得再走回來。過了兩三家人家，只見一個人道：「迎兒，我與你一件物事。」只因這個人身上，我只替押司娘和小孫押司煩惱！正是：

龜遊水面分開綠，鶴立松梢點破青。

迎兒回過頭來看那叫的人，只見人家屋簷頭，一個人，舒角幞頭，緋袍角帶，抱著一骨碌文字，低聲叫道：「迎兒，我是你先的押司。如今見在一個去處，未敢說與你知道。你把手來，我與你一件物事。」

---

⑭ 房臥：原指臥房中的東西，如被褥枕頭等，後借指粧奩衣物。

⑮ 盤纏：日常費用。

迎兒打一接，接了這件物事，隨手不見了那個緋袍角帶的人。迎兒看那物事時，卻是一包碎銀子。迎兒歸到家中敲門。只聽得裏面道：「姐姐，你去使頭家裏，如何恁早晚纔回？」迎兒道：「好教你知：我去媽媽家借米，他家關了門。我又不敢敲，怕喫他埋怨。再走回來，只見人家屋簷頭立著先的押司，舒角幞頭，緋袍角帶，與我一包銀子在這裏。」王興聽說道：「打脊賤人！你卻來我面前說鬼話！你這一包銀子，來得不明，你且進來。」迎兒入去，王興道：「姐姐，你尋常說那竈前看見先押司的話，我也都記得。這事一定有些蹊蹺。我卻怕鄰舍聽得，故恁地如此說。你把銀子收好，待天明去縣裏首告他。」正是：

著意種花花不活，等閒插柳柳成陰。

王興到天明時，思量道：「且住，有兩件事告首不得。第一件，他是縣裏頭名押司，我怎敢惡了他！第二件，卻無實跡；連這些銀子也待入官，卻打沒頭腦官司。不如贖幾件衣裳，買兩個盒子⑯送去孫押司家裏，到去謁索⑰他則個。」計較已定，便去買下兩個盒子送去。兩人打扮身上乾淨，走來孫押司家。押司娘看見他夫妻二人，身上乾淨，又送盒子來，便道：「你那得錢鈔？」王興道：「昨日得押司一件文字，撰得有二兩銀子，送些盒子來。如今也不喫酒，也不賭錢了。」押司娘道：「王興，你自歸去，且教你老婆在此住兩日。」王興去了。押司娘對著迎兒道：「我有一炷東峰岱岳願香，要還。我明日同

---

⑯ 盒子：禮物。
⑰ 謁索：尋訪。

你去則個。」當晚無話，明早起來，梳洗罷，押司自去縣裏去。押司娘鎖了門，和迎兒同行。到東岳廟殿上燒了香，下殿來去那兩廊下燒香。行到速報司前，迎兒裙帶鬆得鬆，脫了裙帶。押司娘先行過去。迎兒正在後面繫裙帶，只見速報司裏，有個舒角幞頭，緋袍角帶的判官，叫：「迎兒，我便是你先的押司。你與我申冤則個！我與你這件物事。」迎兒接得物事在手，看了一看，道：「卻不作怪！泥神也會說起話來！如何與我這物事？」正是：

開天闢地罕曾聞，從古至今希得見。

迎兒接得來，慌忙揣在懷裏，也不敢說與押司娘知道。當日燒了香，各自歸家。把上項事對王興說了。王興討那物事看時，卻是一幅紙。上寫道：

大女子，小女子，前人耕來後人餌。要知三更事，掇開火下水。來年二三月，「句已」當解此。

王興看了解說不出。分付迎兒不要說與別人知道。看來年二三月間有甚麼事。

撚指間，到來年二月間，換個知縣，是廬州金斗城人，姓包名拯，就是今人傳說有名的包龍圖相公。——他後來官至龍圖閣學士，所以叫做包龍圖。——此時做知縣還是初任。那包爺自小聰明正直，做知縣時，便能剖人間曖昧之情，斷天下狐疑之獄。到任三日，未曾理事。夜間得其一夢，夢見自己坐堂，堂上貼一聯對子：

要知三更事，掇開火下水。

包爺次日早堂，喚合當吏書，將這兩句教他解說，無人能識。包公討白牌一面，將這一聯楷書在上。卻就是小孫押司動筆。寫畢，包公將朱筆判在後面，「如有能解此語者，賞銀十兩。」將牌掛於縣門，哄動縣前縣後官身私身，捱肩擦背，只為貪那賞物，都來睹先爭看。卻說王興正在縣前買棗糕喫，聽見人說知縣相公掛一面白牌出來，牌上有二句言語，無人解得。王興走來看時，正是速報司判官一幅紙上寫的話。暗地喫了一驚：「欲要出首，那新知縣相公，是個古怪的人，怕去惹他；欲待不說，除了我再無第二個人曉得這二句話的來歷。」買了棗糕回去，與渾家說知此事。迎兒道：「先押司三遍出現，教我與他申冤，又白白裏得了他一包銀子。若不去出首，只怕鬼神見責。」王興意猶不決。再到縣前，正遇了鄰人裴孔目。王興平昔曉得裴孔目是知事的，一手扯到僻靜巷裏，將此事與他商議：「該出首也不該？」裴孔目道：「那速報司這一幅紙在那裏？」王興道：「見藏在我渾家衣服箱裏。」裴孔目道：「我先去與你稟官。你回去取了這幅紙，帶到縣裏。待知縣相公喚你時，你卻拿將出來，做個證見。」當下王興去了。裴孔目候包爺退堂，見小孫押司不在左右，就跪將過去，稟道：「老爺白牌上寫這二句，只有鄰舍王興曉得來歷。他說是岳廟速報司與他一幅紙，紙上還寫許多言語，內中卻有這二句。」包爺問道：「王興如今在那裏？」裴孔目道：「已回家取那一幅紙去了。」包爺差人速拿王興回話。卻說王興回家，開了渾家的衣箱，檢那幅紙出來看時，只叫得苦，原來是一張素紙，字跡全無。不敢到縣裏去，懷著鬼胎，躲在家裏。知縣相公的差人到了。新官新府，如火之急，怎好推辭。只得帶了這張素紙，隨著公差進縣，直至後堂。包爺屏去左右，只留裴孔目在傍。包爺問王興道：「裴某說你在岳廟中收得一幅紙，可取上來看？」王興連連叩頭稟道：「小人的妻子，去年在岳廟燒香，走到速報司前，那神道出現，與他一幅紙。紙上寫著一篇說話，中間其實有老爺白牌上寫的兩句。小的把來藏在衣箱裏。方纔去檢看，變了一張素紙。如今這素紙見在，小人不敢說謊。」包爺取紙上來看了，問道：「這一篇言語，你可記得？」王興道：「小人還記得。」即時念與包爺聽了。包爺將紙寫出，仔細推詳了一會，叫：「王興，我且問你，那神道把這一幅紙與你的老婆，可再有甚麼言語分付？」王興道：「那神道只叫與他申冤。」包爺大怒，喝道：「胡說！做了神道，有甚冤沒處申得！偏你的婆娘會替他申冤？他倒來央你！這等無稽之言，卻哄誰來！」王興慌忙叩頭道：「老爺，是有個緣故。」包爺道：「你細細講。講得有理，有賞；如無理時，今日就是你開棒了。」王興稟道：「小人的妻子，原是伏侍本縣大孫押司的，叫做迎兒。因算命的算那大孫押司其年其月其日三更三點命裏該死。何期果然死了。主母隨了如今的小孫押司，卻把這迎兒嫁出與小人為妻。小人的妻子，初次在孫家竈下，看見先押司現身，項上套著井欄，披髮吐舌，眼中流血，叫道：『迎兒，可與你爹爹做主。』第二次夜間到孫家門首，又遇見先押司，舒角幞頭，緋袍角帶，把一包碎銀，與小人的妻子。第三遍岳廟裏速報司判官出現，將這一幅紙與小人的妻子，又囑付與他申冤。那判官爺模樣，就是大孫押司，原是小人妻子舊日的家長。」包爺聞言，呵呵大笑。「原來如此！」喝教左右去拿那小孫押司夫婦二人到來：「你兩個做得好事！」小孫押司道：「小人不曾做甚麼事。」包爺將速報司一篇言語解說出來：「『大女子，小女子』，女之子，乃外孫；是說外郎姓孫，分明是大孫押司，小孫押司；『前人耕來後人餌』，餌者食也，是說你白得他的老婆，享用他的家業；『要知三更事，掇開火下水』，大孫押司，死於三更時分；要知死的根由，『掇開火下之水』，那迎兒見家長在竈下，披髮吐舌，眼中流血，此乃勒死之狀。頭上套著井欄，井者水也，竈者火也，水在火下，你家竈必砌在井上，死者之屍，必在井中。『來年二三月』，正是今日。『句已當解此』，『句已』兩字，合來乃是個包字。是說我包某今日到此為官，解其語意，與他雪冤。」喝教左右同王興押著小孫押司，到他家竈下，不拘好歹，要勒死的屍首回話。眾人似疑不信。到孫家發開竈床腳，地下是一塊石皮。揭起石皮，是一口井。喚集土工，將井水吊乾，絡了竹籃，放人下去打撈，撈起一個屍首來。眾人齊來認看，面色不改，還有人認得是大孫押司。項上果有勒帛。小孫押司唬得面如土色，不敢開口。眾人俱各駭然。元來這小孫押司當初是大雪裏凍倒的人。當時大孫押司見他凍倒，好個後生，救他活了，教他識字，寫文書。不想渾家與他有事⑱。當日大孫押司算命回來時，恰好小孫押司正閃在他家。見說三更前後當死，趁這個機會，把酒灌醉了，就當夜勒死了大孫押司，攛在井裏。小孫押司卻掩著面走去，把一塊大石頭漾在奉符縣河裏，樸通地一聲響。當時只道大孫押司投河死了。後來卻把竈來壓在井上。次後說成親事。當下眾人回復了包爺。押司和押司娘不打自招，雙雙的問成死罪，償了大孫押司之命。包爺不失信於小民，將十兩銀子賞與王興。王興把三兩謝了裴孔目，不在話下。包爺初任，因斷了這件公事，名聞天下，至今人說包龍圖，日間斷人，夜間斷鬼。有詩為證：

詩句藏謎誰解明，包公一斷鬼神驚。寄聲暗室虧心者，莫道天公鑑不清。

---

⑱ 有事：有曖昧關係的隱語。

第十四卷　一窟鬼癩道人除怪

杏花過雨，漸殘紅零落臙脂顏色。流水飄香，人漸遠，難托春心脈脈。恨別王孫，牆陰目斷，誰把青梅摘？金鞍何處？綠楊依舊南陌。　消散雲雨須臾，多情因甚有輕離輕拆。燕語千般，爭解說些子伊家消息。厚約深盟，除非重見，見了方端的。而今無奈，寸腸千恨堆積。

這隻詞名喚做念奴嬌，是一個赴省士人姓沈，名文述所作。原來皆是集古人詞章之句。如何見得？從頭與各位說開：

第一句道：「杏花過雨。」陳子高曾有寒食詞，寄謁金門：

柳絲碧，柳下人家寒食。鶯語匆匆花寂寂，玉堦春草溼。
閒凭熏籠無力，心事有誰知得？檀炷繞窗背壁，杏花殘雨滴。

第二句道：「漸殘紅零落臙脂顏色。」李易安曾有暮春詞，寄品令：

零落殘紅，似臙脂顏色。一年春事，柳飛輕絮，筍添新竹。寂寞，幽對小園嫩綠。
登臨未足，悵遊子歸期促。他年清夢，千里猶到城陰溪曲。應有凌波，時為故人凝目。

第三句道：「流水飄香。」延安李氏曾有春雨詞，寄浣溪沙：

無力薔薇帶雨低，多情蝴蝶趁花飛，流水飄香乳燕啼。

南浦魂消春不管，東陽衣減鏡先知，小樓今夜月依依。

第四句道：「人漸遠，難托春心脈脈。」寶月禪師曾有春詞，寄柳梢青：

脈脈春心，情人漸遠，難托離愁。雨後寒輕，風前香軟，春在梨花。

行人倚棹天涯，酒醒處殘陽亂鴉。門外鞦韆，牆頭紅粉，深院誰家？

第五句第六句道：「恨別王孫，牆陰目斷。」歐陽永叔曾有清明詞，寄一斛珠：

傷春懷抱，清明過後鶯花好。勸君莫向愁人道，又被香輪輾破青青草。

夜來風月連清曉，牆陰目斷無人到。恨別王孫愁多少，猶頓春寒未放花枝老。

第七句道：「誰把青梅摘。」晁無咎曾有春詞，寄清商怨：

風搖動，雨濛鬆，翠條柔弱花頭重。春衫窄，嬌無力，記得當初，共伊把青梅來摘。

都如夢，何時共？可憐鼓損釵頭鳳！關山隔，暮雲碧，燕子來也，全然又無些子消息。

第八句第九句道：「金鞍何處？綠楊依舊南陌。」柳耆卿曾有春詞，寄清平樂：

陰晴未定，薄日烘雲影；金鞍何處尋芳徑？綠楊依舊南陌靜。
厭厭幾許春情，可憐老去難成！看取鑷殘霜鬢，不隨芳艸重生。

第十句道：「消散雲雨須臾。」晏叔原曾有春詞，寄虞美人：

飛花自有牽情處，不向枝邊住。曉風飄薄已堪愁，更伴東流流水過秦樓。
消散須臾雲雨怨，閒倚闌干見。遠彈雙淚溼香紅，暗恨玉顏光景與花同。

第十一句道：「多情因甚有輕離輕拆。」魏夫人曾有春詞，寄捲珠簾：

記得來時春未暮，執手攀花，袖染花梢露；暗卜春心共花語，爭尋雙朵爭先去。
多情因甚相辜負？有輕拆輕離，向誰分訴？淚溼海棠花枝處，東君空把奴分付。

第十二句道：「燕語千般。」康伯可曾有春詞，寄減字木蘭花：

楊花飄盡，雲壓綠陰風乍定。簾幕閒垂，弄語千般燕子飛。
小樓深靜，睡起殘粧猶未整。夢不成歸，淚滴斑斑金縷衣。

第十三句道：「爭解說些子伊家消息。」秦少游曾有春詞，寄夜遊宮：

何事東君又去？空滿院落花飛絮；巧燕呢喃向人語，何曾解說伊家些子？

沉是傷心緒，念個人兒成睽阻。一覺相思夢回處，連宵雨；更那堪，聞杜宇！

第十四句第十五句道：「厚約深盟，除非重見。」黃魯直曾有春詞，寄搗練子：

梅凋粉，柳搖金，微雨輕風斂陌塵。厚約深盟何處訴？除非重見那个人。

第十六句道：「見了方端的。」周美成曾有春詞，寄滴滴金：

梅花漏洩春消息，柳絲長，草芽碧；不覺星霜鬢白，念時光堪惜！

蘭堂把酒思佳客，黛眉顰，愁春色。音書千里相疏隔，見了方端的。

第十七句第十八句道：「而今無奈，寸腸千恨堆積。」歐陽永叔曾有詞寄蝶戀花：

簾幕東風寒料峭，雪裏梅花先報春來早。而今無奈寸腸思，堆積千愁空窗惱。

旋煖金爐薰蘭澡，悶把金刀剪彩呈纖巧。繡被五更香睡好，羅幃不覺紗窗曉。

話說沈文述是一個士人；自家今日也說一個士人，因來行在臨安府取選，變做十數回蹊蹺作怪的小說。我且問你：這個秀才姓甚名誰？卻說紹興十年間，有個秀才，是福州威武軍人，姓吳名洪。離了鄉里，來行在臨安府求取功名，指望：

一舉首登龍虎榜，十年身到鳳凰池。

爭知道時運未至，一舉不中。吳秀才悶悶不已，又沒甚麼盤纏，也自羞歸故里，且只得胡亂在今時州橋下開一個小小學堂度日。等待後三年，春榜動，選場開，再去求取功名。逐月卻與幾個小男女打交❶。撚指開學堂後，也有一年之上。也罪過那街上人家，都把孩兒們來與他教訓，頗自有些趲足。當日正在學堂裏教書，只聽得青布簾兒上鈴聲響，走將一個人入來。吳教授看那入來的人，不是別人，卻是半年前搬去的鄰舍王婆。原來那婆子是個撮合山，專靠做媒為生。吳教授相揖罷，道：「多時不見，而今婆婆在那裏住？」婆子道：「只道教授忘了老媳婦，如今老媳婦在錢塘門裏沿城住。」教授問：「婆婆高壽？」婆子道：「老媳婦犬馬之年七十有五，教授青春多少？」教授道：「小子二十有二。」婆子道：「教授方纔二十有二，卻像三十以上人。想教授每日價費多少心神！據老媳婦愚見，也少不得一個小娘子相伴。」教授道：「我這裏也幾次問人來，卻沒這般頭腦。」婆子道：「這個『不是冤家不聚會』。好教官人得知，卻有一頭好親在這裏。一千貫錢房臥，帶一個從嫁，又好人材；卻有一床樂器都會；又寫得，算得，又是嗹嘛大官府第出身，只要嫁個讀書官人。教授卻是要也不？」教授聽得說罷，喜從天降，笑逐顏開，道：「若還真個有這人時，可知好哩！只是這個小娘子如今在那裏？」婆子道：「好教教授得知：這個小娘子，從秦太師府三通判位下出來，有兩個月，不知放了多少帖子，也曾有省、部、院裏當職事的來說他；也曾有內諸司當差的來說他；也曾有門面鋪席人❷來說他；只是高來不成，低來不就。小娘子道：『我只要嫁個讀書官人。』更兼又沒有爹娘，只有一個從嫁，名喚錦兒。因他一床❸樂器都

❶ 打交：即「打交道」。
❷ 門面鋪席人：開店鋪的商人。

會，一府裏人都叫做李樂娘。見今在白雁池一個舊鄰舍家裏住。……」兩個兀自說猶未了，只見風吹起門前布簾兒來，一個人從門首過去。王婆道：「教授，你見過去的那人麼？便是你有分取他做渾家……」王婆出門趕上，那人不是別人，便是李樂娘在他家住的，姓陳，喚做陳乾娘。王婆廝趕著人來，與吳教授相揖罷。王婆道：「乾娘，宅裏小娘子說親成也未？」乾娘道：「說不得，又不是沒好親來說他，只是喫他執拗的苦，口口聲聲『只要嫁個讀書官人』，卻又沒這般巧。」王婆道：「我卻有個好親在這裏，未知乾娘與小娘子肯也不？」乾娘道：「卻教孩兒嫁兀誰？」王婆指著吳教授道：「我教小娘子嫁這個官人，卻是好也不好？」乾娘道：「休取笑，若嫁得這個官人，可知好哩！」吳教授當日一日教不得學，把那小男女早放了，都唱了喏，先歸去。教授卻把一把鎖鎖了門，同著兩個婆子上街。免不得買些酒相待他們。三盃之後，王婆起身道：「教授既是要這頭親事，卻問乾娘覓一個帖子。」乾娘道：「老媳婦有在這裏。」側手從抹胸裏取出一個帖子來。王婆道：「乾娘，『真人面前說不得假話，旱地上打不得拍浮❹』。你便約了一日，帶了小娘子和從嫁錦兒來梅家橋下酒店裏，等我便同教授來過眼則個。」乾娘應允，和王婆謝了吳教授，自去。教授還了酒錢歸家，把閒話提過。

到那日，吳教授換了幾件新衣裳，放了學生，一程走將來梅家橋下酒店裏時，遠遠地王婆早接見了。兩個同入酒店裏來。到得樓上，陳乾娘接著，教授便問道：「小娘子在那裏？」乾娘道：「孩兒和錦兒在東閣兒裏坐地。」教授把三寸舌尖舐破窗眼兒，張一張，喝聲采不知高低，道：「兩個都不是人！」

---

❸ 一床：全部樂器叫做一床。

❹ 拍浮：游泳。

如何不是人？原來見他生得好了，只道那婦人是南海觀音；見錦兒是玉皇殿下侍香玉女。恁地道他不是人？看那李樂娘時：

水剪雙眸，花生丹臉，雲鬟輕梳蟬翼，蛾眉淡拂春山；朱唇綴一顆夭桃，皓齒排兩行碎玉。意態自然，迥出倫輩，有如織女下瑤臺，渾似嫦娥離月殿。

看那從嫁錦兒時：

眸清可愛，鬢聳堪觀！新月籠眉，春桃拂臉。意態幽花未艷，肌膚嫩玉生香。金蓮著弓弓扣繡鞋兒，螺髻插短短紫金釵子。如撚青梅窺小俊，似騎紅杏出牆頭。

自從當日插了釵❺，離不得下財納禮，奠雁傳書。不則一日，吳教授取過那婦女來，夫妻兩個好，說得著：

雲淡淡天邊鸞鳳，水沉沉交頸鴛鴦；寫成今世不休書，結下來生雙綰帶。

卻說一日是月半，學生子都來得早，要拜孔夫子。吳教授道：「姐姐，我先起去。」來那竈前過，看那從嫁錦兒時，脊背後披著一帶頭髮，一雙眼插將上去，脥項上血污著。教授看見，大叫一聲，匹然倒地。即時渾家來救得甦醒，錦兒也來扶起。渾家道：「丈夫，你見甚麼來！」吳教授是個養家人，不

❺ 插了釵：舊時男子訂婚時，男方把釵子插在女方頭上，表示已成定局。

成說道：「我見錦兒恁地來？」自己也認做眼花了，只得使個脫空，瞞過道：「姐姐，我起來時少著了件衣裳，被冷風一吹，忽然頭暈倒了。」錦兒慌忙安排些個安魂定魄湯與他喫罷，自沒事了。只是吳教授肚裏有些疑惑。

話休絮煩，時遇清明節假，學生子卻都不來。教授分付了渾家，換了衣服，出去閒走一遭。取路過萬松嶺，出今時淨慈寺裏，看了一會，卻待出來。只見一個人看著吳教授唱個喏，教授還禮不迭，卻不是別人，是淨慈寺對門酒店裏量酒，說道：「店中一個官人，教男女來請官人！」吳教授同量酒人酒店來時，不是別人，是王七府判兒，喚做王七三官人。兩個敘禮罷，王七三官人道：「適來見教授，又不敢相叫，特地教量酒來相請。」教授道：「七三官人如今那裏去？」王七三官人口裏不說，肚裏思量：「吳教授新娶一個老婆在家不多時。你看我消遣他則個。」道：「我如今要同教授去家裏墳頭走一遭，早間看墳的人來說道：『桃花發，杜醞又熟。』我們去那裏喫三盃。」教授道：「也好。」兩個出那酒店，取路來蘇公堤上，看那遊春的人，真個是：

> 人煙輻輳，車馬駢闐；只見和風扇景，麗日增明，流鶯囀綠柳陰中，粉蝶戲奇花枝上。管絃動處，是誰家舞榭歌臺？語笑喧時，斜側傍春樓夏閣。香車競逐，玉勒爭馳；白面郎敲金鐙響，紅粧人揭繡簾看。

南新路口討一隻船，直到毛家步上岸，迤邐過玉泉龍井。王七三官人家裏墳，直在西山駞獻嶺下。好座高嶺！下那嶺去，行過一里，到了墳頭。看墳的張安接見了。王七三官人即時叫張安安排些點心酒來。側首一個小小花園內，兩個入去坐地。又是自做的杜醞，喫得大醉。看那天色時，早已：

紅輪西墜，玉兔東生，佳人秉燭歸房，江上漁人罷釣。漁父賣魚歸竹徑，牧童騎犢入花村。

天色卻晚，吳教授要起身，王七三官人道：「再喫一盃，我和你同去。我們過駞獻嶺、九里松路上，妓弟人家睡一夜。」吳教授口裏不說，肚裏思量：「我新娶一個老婆在家裏，乾顙❻我一夜不歸去，我老婆須在家等，如何是好？便是這時候趕去錢塘門，走到那裏，也關了。」只得與王七三官人手廝挽著，上駞獻嶺來。你道事有湊巧，物有故然，就那嶺上，雲生東北，霧長西南，下一陣大雨。果然是銀河倒瀉，滄海盆傾，好陣大雨！且是沒躲處，冒著雨又行了數十步，見一個小小竹門樓，王七三官人道：「且在這裏躲一躲。」不是來門樓下躲雨，卻是：

豬羊走入屠宰家，一腳腳來尋死路。

兩個奔來躲雨時，看來卻是一個野墓園。只那門前一個門樓兒，裏面都沒甚麼屋宇。石坡上兩個坐著，等雨住了行。正大雨下，只見一個人貌類獄子院家打扮，從隔壁竹籬笆裏跳入墓園，走將去墓堆子上叫道：「朱小四，你這廝有人請喚。今日須當你這廝出頭。」墓堆子裏謾應道：「阿公，小四來也。」不多時，墓上土開，跳出一個人來，獄子廝趕著了自去。吳教授和王七三官人見了，背膝展展，兩股不搖而自顫。看那雨卻住了，兩個又走。地下又滑，肚裏又怕，心頭一似小鹿兒跳，一雙腳一似鬥敗公雞，

❻ 乾顙：以暴力威脅他人。

後面一似千軍萬馬趕來，再也不敢回頭。行到山頂上，側著耳朵聽時，空谷傳聲，聽得林子裏面斷棒響。不多時，則見獄子驅將墓堆子裏跳出那個人來。兩個見了又走，嶺側首卻有一個敗落山神廟，入去廟裏，慌忙把兩扇廟門關了。兩個把身軀抵著廟門，真個氣也不敢喘，屁也不敢放。聽那外邊時，只聽得一個人聲喚過去，道：「打殺我也！」一個人道：「打脊魍魎，你這廝許了我人情，又不還我，怎的不打你？」王七三官人低低說與吳教授道：「你聽得外面過去的，便是那獄子和墓堆裏跳出來的人！」兩個在裏面顫做一團。吳教授卻埋怨王七三官人道：「你沒事教我在這裏受驚受怕，我家中渾家卻不知怎地盼望？……」兀自說言未了，只聽得外面有人敲門，道：「開門則個！」兩個問道：「你是誰？」仔細聽時，卻是婦女聲音，道：「王七三官人好也！你卻將我丈夫在這裏一夜，直教我尋到這裏！錦兒，我和你推開門兒，叫你爹爹。」吳教授聽得外面聲音，不是別人，「是我渾家和錦兒，怎知道我和王七三官人在這裏？莫教也是鬼？」兩個都不敢則聲。只聽得外面說道：「你不開廟門，我卻從廟門縫裏鑽入來！」兩個聽得恁地說，日裏喫的酒，都變做冷汗出來。只聽得外面又道：「告媽媽，不是錦兒多口，不如媽媽且歸，明日爹爹自歸來。」渾家道：「錦兒，你也說得是，我且歸去了，卻理會。」卻叫道：「王七三官人，我且歸去，你明朝卻送我丈夫歸來則個。」兩個那裏敢應他。婦女和錦兒說了自去。王七三官人說：「吳教授，你家裏老婆和從嫁錦兒，都是鬼。這裏也不是人去處，我們走休。」拔開廟門看時，約莫是五更天氣，兀自未有人行。兩個下得嶺來，尚有一里多路，見一所林子裏，走出兩個人來。上手的是陳乾娘，下手的是王婆。道：「吳教授，我們等你多時，你和王七三官人卻從那裏來？」吳教授和王七三官人看見道：「這兩個婆子也是鬼了，我們走休！」——真個便是獐奔鹿跳，猿躍鶻飛，下那嶺來。

後面兩個婆子，兀自慢慢地趕來。——「一夜熱亂，不曾喫一些物事，肚裏又飢，一夜見這許多不祥，怎地得個生人來衝一衝！」正恁地說，則見嶺下一家人家，門前掛著一枝松柯兒，王七三官人道：「這裏多則是賣茅柴酒，我們就這裏買些酒喫了助威，一道躲那兩個婆子。」恰待奔入這店裏來，見個男女：

頭上裹一頂牛膽青頭巾，身上裹一條豬肝赤肚帶，舊瞞襠袴，腳下草鞋。

王七三官人道：「你這酒怎地賣？」只見那漢道：「未有湯哩。」吳教授道：「且把一碗冷的來！」只見那人也不則聲，也不則氣。王七三官人道：「這個開酒店的漢子，又尷尬，也是鬼了！我們走休。……」兀自說未了，就店裏起一陣風：

非干虎嘯，不是龍吟，明不能謝柳開花，暗藏著山妖水怪。吹開地獄門前土，惹引酆都山下塵。

風過處，看時，也不見了酒保，也不見有酒店，兩個立在墓堆子上。唬得兩個魂不附體，急急取路到九里松麯院前討了一隻船，直到錢塘門，上了岸。王七三官人自取路歸家。吳教授一徑先來錢塘門城下王婆家裏看時，見一把鎖鎖著門。問那鄰舍時，道：「王婆自死五個月有零了。」唬得吳教授目睜口呆，罔知所措。一程離了錢塘門，取今時景靈宮貢院前，過梅家橋，到白雁池邊來，問到陳乾娘門首時，十字兒竹竿封著門，一椀官燈在門前。上面寫著八個字道：「人心似鐵，官法如爐。」問那裏時，「陳乾娘也死一年有餘了。」離了白雁池，取路歸到州橋下，見自己屋裏，一把鎖鎖著門，問鄰舍家裏：「拙妻和粗婢那裏去了？」鄰舍道：「教授昨日一出門，小娘子分付了我們，『自和錦兒往乾娘家裏去。』直到如今不歸。」吳教授正在那裏面面廝覷，做聲不得。只見一個癩道人，看看吳教授道：「觀公妖氣太重，我與你早早斷除，免致後患。」吳教授即時請那道人入去，安排香燭符水。那個道人作起法來，念念有詞，喝聲道：「疾！」只見一員神將出現：

黃羅抹額，錦帶纏腰，皂羅袍袖繡團花，金甲束身微窄地。劍橫秋水，靴踏狻猊。上通碧落之間，下徹九幽之地。業龍作祟，向海波水底擒來；邪怪為妖，入山洞穴中捉出。六丁壇畔，權為符吏之名；上帝堦前，次有天丁之號。

神將聲喏道：「真君遣何方使令？」真人道：「在吳洪家裏興妖，併馳獻嶺上為怪的，都與我捉來！」神將領旨，就吳教授家裏起一陣風：

無形無影透人懷，二月桃花被綽開；就地撮將黃葉去，入山推出白雲來。

風過處，捉將幾個為怪的來。吳教授的渾家李樂娘，是秦太師府三通判小娘子。因與通判懷身，產亡的鬼；從嫁錦兒，因通判夫人妒色，喫打了一頓，因恁地自割殺，他是自割殺的鬼；王婆是害水蠱病死的鬼；保親陳乾娘，因在白雁池邊洗衣裳，落在池裏死的鬼；在馳獻嶺上被獄子叫開墓堆，跳出來的朱小四，在日看墳，害癆病死的鬼；那個嶺下開酒店的，是害傷寒死的鬼；道人一一審問明白。去腰邊取出一個葫蘆來，人見時，便道是葫蘆，鬼見時，便是酆都獄。作起法來，那些鬼個個抱頭鼠竄，捉入葫蘆中。分付吳教授：「把來埋在馳獻嶺下。」癩道人將拐杖望空一撇，變做一隻仙鶴，道人乘鶴而去。

吳教授直下拜道：「吳洪肉眼不識神仙，情願相隨出家，望真仙救度弟子則個！」只見道人道：「我乃上界甘真人，你原是我舊日採藥的弟子。因你凡心不淨，中道有退悔之意，因此墮落。今生罰為貧儒，教你備嘗鬼趣，消遣色情。你今既已看破，便可離塵辦道，直待一紀之年，吾當度汝。」說罷，化陣清風不見了。吳教授從此捨俗出家，雲遊天下。十二年後，遇甘真人於終南山中，從之而去。詩曰：

一心辦道絕凡塵，眾魅如何敢觸人？邪正盡從心剖判，西山鬼窟早翻身。

第十五卷　金令史美婢酬秀童

塞翁得馬非為吉，宋子雙盲豈是凶！禍福前程如漆暗，但平方寸荅天公。

話說蘇州府城內有個玄都觀，乃是梁朝所建。唐刺史劉禹錫有詩道：「玄都觀裏桃千樹」，就是此地。一名為玄玅觀。這觀踞郡城之中，為姑蘇之勝。基址寬敞，廟貌崇宏，上至三清，下至十殿，無所不備。各房黃冠道士，何止數百。內中有個北極真武殿，俗名祖師殿。這一房道士，世傳正一❶道教，善能書符遣將，剖斷人間禍福。於中單表一個道士，俗家姓張，手中慣弄一個皮雀兒，人都喚他做張皮雀。其人有些古怪，葷酒自不必說，偏好喫一件東西。是甚東西？

吠月荒村裏，奔風臘雪天；分明一太字，移點在傍邊。

他好喫的是狗肉。屠狗店裏把他做個好主顧，若打得一隻壯狗，定去報他來喫，喫得快活時，人家送得錢來，都把與他也不算帳。或有鬼祟作耗，求他書符鎮宅，遇著喫狗肉，就把筋蘸著狗肉汁，寫個符去，教人貼於大門。鄰人往往夜見貼符之處，如有神將往來，其祟立止。有個矯大戶家，積年開典獲利，感

❶正一：道教中的一個派別，屬於張天師派。

謝天地，欲建一壇齋醮酬答。已請過了清真觀裏周道士主壇。周道士誇張皮雀之高，鷭公亦慕其名，命主管即時相請。那鷭家養一隻防宅狗，甚是肥壯，張皮雀平昔看在眼裏，今番見他相請，說道：「你若要我來時，須打這隻狗請我，待狗肉煮得稀爛，酒也盪熱了，我纔到你家裏。」主管回復了鷭公。鷭公曉得他是蹊蹺古怪的人，只得依允。果然盪熱了酒，煮爛了狗肉，張皮雀到門。主人迎入堂中，告以相請之意。堂中香火燈燭，擺得齊整，供養著一堂神道，眾道士已起過香頭了。張皮雀昂然而入，也不禮神，也不與眾道士作揖，口中只叫：「快將爛狗肉來喫，酒要熱些！」鷭公道：「且看他喫了酒肉，如何作用。」當下大盤裝狗肉，大壺盛酒，擺列張皮雀面前，恣意飲啖，喫得盤無餘骨，酒無餘滴，十分醉飽，叫道：「聒噪！」喫得快活，嘴也不抹一抹，望著拜神的鋪氈上倒頭而睡，鼻息如雷，自酉牌直睡至下半夜。眾道士醮事已完，兀自未醒，又不敢去動撣他。鷭公等得不耐煩，倒埋怨周道士起來。周道士自覺無顏，不敢分辨，想道：「張皮雀時常喫醉了一睡兩三日不起，今番正不知幾時纔醒？」只得將表章焚化了，辭神謝將，收拾道場。弄到五更，眾道士喫了酒飯，剛欲告辭，只見張皮雀在拜氈上跳將起來。團團一轉，亂叫：「十日十日，五日五日。」鷭公和眾道士見他瘋了，都走來圍著看。周道士膽大，向前抱住，將他喚醒了。口裏還叫：「五日五日。」周道士問其緣故。張皮雀道：「適纔表章，誰人寫的？」周道士道：「是小道親手繕寫的。」張皮雀道：「中間落了一字，差了兩字。」鷭公道：「學生也親口念過幾遍，並無差落，那有此話？」張皮雀在袖中簌簌響，抽出一幅黃紙來道：「這不是表章？」眾人看見，各各駭然道：「這表章已焚化了，如何卻在他袖中，紙角兒也不動半毫？」仔細再念一遍，到天尊寶號中，果然落了一字，卻看不出差處。張皮雀指出其中一聯云：

吃虧吃苦，掙來一倍之錢；柰短柰長，僅作千金之子。

「『吃虧吃苦』該寫『喫』字，今寫『吃』字，是『吃舌』的『吃』字了。『喫』音『赤』，『吃』音『格』。兩音也不同。『柰』字，是『李柰』之『柰』。『奈』字，是『奈何』之『奈』。『耐』字是『耐煩』之『耐』。『柰短柰長』該寫『耐煩』的『耐』字，『柰』是菓名，借用不得。你欺負上帝不識字麼？如今上帝大怒，教我也難處。」矯公和眾道士見了表文，不敢不信，一齊都求告道：「如今重修章奏，再建齋壇，不知可否？」張皮雀道：「沒用，沒用！你表文上差落字面還是小事，上帝因你有這道奏章，在天曹日記簿上查你的善惡。你自開解庫，為富不仁，輕兌出，重兌入，水絲❷出，足紋❸入，兼將解下的珠寶，但揀好的都換了自用。又凡質物值錢者纔足了年數，就假托變賣過了，不准贖取。如此刻剝貧戶，以致肥饒。你奏章中全無悔罪之言，多是自誇之語，已命雷部於即日焚燒汝屋，蕩燬你的家私。我只為感你一狗之惠，求寬至十日，上帝不允。再三懇告，已准到五日了。你可出個曉字❹：『凡五日內來贖典者免利，只收本錢。』其向來欺心，換人珠寶，賴人質物，雖然勢難吐退；發心喜捨。變賣為修橋補路之費。有此善行，上帝必然回嗔，或者收回雷部，也未可知。」矯公初時也還有信從之意，聽說到「收回雷部，也未可知」，到不免有疑。「這瘋道士必然假托此因，來布施我的財物。難道雷部如此易收易放？」況且

---

❷ 水絲：成色低劣的銀兩。

❸ 足紋：成色十足的銀子。

❹ 曉字：告示。

掌財的人，算本算利，怎肯放鬆。口中答應，心下不以為然。張皮雀和眾道士辭別自去了。鐈公將此話閣起不行。到第五日解庫裏火起，前堂後廳，燒做白地。第二日，這些質當的人家都來討當，又不肯賠償，結起訟來，連田地都賣了。鐈大戶一貧如洗。有人知道張皮雀曾預言雷火之期，從此益敬而畏之。張皮雀在玄都觀五十餘年，後因渡錢塘江，風逆難行，張皮雀遣天將打纜，其去如飛。皮雀呵呵大笑，觸了天將之怒，為其所擊而死。後有人於徽商家扶鸞，皮雀降筆，自稱：「原是天上苟元帥，塵緣已滿，眾將請他上天歸班，非擊死也。」徽商聞真武殿之靈異，捨施千金，於殿前堆一石假山，以為壯觀之助。這假山雖則美觀，反破了風水，從此本房道侶，更無得道者。詩云：

雷火曾將典庫焚，符驅鬼祟果然真；玄都觀裏張皮雀，莫道無神也有神。

為何說這張皮雀的話？只為一般有個人家，信了書符召將，險些兒冤害了人的性命。那人姓金名滿，也是蘇州府崑山縣人。少時讀書不就，將銀援例納了個令史，就參在本縣戶房為吏，他原是個乖巧的人，待人接物，十分克己，同役中甚是得合。做不上三四個月令史，衙門上下，沒一個不喜歡他。又去結交這些門子，要他在知縣相公面前幫襯，不時請他們喫酒，又送些小物事。但遇知縣相公比較，審問到夜靜更深時，他便留在家中宿歇，日逐打諢。那門子也都感激，在縣主面前雖不能用力，每事卻也十分周全。時遇五月中旬，金令史知吏房要開各吏送鬮庫房，思量要謀這個美缺。那庫房舊例，一吏輪管兩季，任憑縣主隨意點的。眾吏因見是個利藪，人人思想要管，屢屢縣主點來，都不肯服；卻去上司具呈批准，要六房中擇家道殷實老成無過犯的，當堂拈鬮，各吏具結申報上司，若新參及役將滿者，俱不許鬮。然雖如此，其權出在吏房。但平日與吏房相厚的，送些東道，他便混帳開上去，那裏管新參，役滿，家道殷實不殷實？這叫做官清私暗。卻說金滿暗想道：「我雖是新參，那吏房劉令史與我甚厚，拚送些東西與他，自然送鬮的，若鬮得著，也不枉費這一片心機；倘鬮不著，卻不空丟了銀子，又被人笑話？怎得一個必著之策便好！」忽然想起門子王文英，他在衙門有年，甚有見識，何不尋他計較。一徑走出縣來，恰好縣門口就遇著王文英道：「金阿叔，忙忙的那裏去？」金滿道：「好兄弟，正來尋你說話。」王文英道：「有甚麼事作成我？」金滿道：「我與你坐了方好說。」二人來到側邊一個酒店裏坐下，金滿一頭喫酒，一頭把要謀庫房的事，說與王文英知道。王文英說：「此事只要吏房開得上去，包在我身上，使你鬮著。」金滿道：「吏房是不必說了，但當堂拈鬮怎麼這等把穩？」王文英附耳低言道：「只消如此如此，何難之有。」金滿大喜，連聲稱謝：「若得如此，自當厚謝。」二人又喫了一回，起身會鈔而別。金滿回到公廨裏買東買西，備下夜飯，請吏房令史劉雲到家，將上項事與他說知。劉雲應允。金滿取出五兩銀子，送與劉雲道：「些小薄禮，先送阿哥買菓吃，待事成了，再找五兩。」劉雲假意謙讓道：「自己弟兄，怎麼這樣客氣？」金滿道：「阿哥從直些罷，不嫌輕，就是阿哥的盛情了。」劉雲道：「既如此，我權收去再處。」把銀袖了。擺出菓品肴饌，二人杯來盞去，直飲至更深而散。明日，有一令史察聽了些風聲，拉了眾吏與劉雲說：「金某他是個新參，未及半年，怎麼就想要做庫房？這個定然不成的。你要開只管開，少不得要當堂稟的，恐怕連你也沒趣。那時卻不要見怪！」劉雲道：「你們不要亂讓，凡事也要通個情。就是他在眾人面上，一團和氣，並無一毫不到之處，便開上去難道就是他鬮著了？這是落得做人情的事。若去一稟，朋友面上又不好看，說起來只是我們薄情。」又一個道：「爭名爭利，顧得甚麼朋友不朋友，薄情不薄情！」劉雲道：「噯！不要與人爭，只去與命爭。是這樣說，明日就是你鬮著便好；若不是你，連這幾句話也是多的，還要算長。」內中有兩個老成的，見劉雲說得有理，便道：「老劉，你的話雖是，但他忒性急了些。就是做庫房，未知是禍是福，直等結了局，方纔見得好歹。甚麼正經？做也罷，不做也罷，不要鬧爭，各人自去幹正事。」遂各散去。金滿聞得眾人有言，恐怕不穩，又去揭債❺，央本縣顯要士夫，寫書囑托知縣相公，說他「老成明理，家道頗裕，諸事可托」。這分明是叫把庫房與他管，但不好明言耳。

話休煩絮，到拈鬮這日，劉雲將應鬮各吏名字，開列一單，呈與知縣相公看了。喚裏書房一樣寫下條子，又呈上看罷，命門子亂亂的摠做一堆，然後唱名取鬮。那捲鬮傳遞的門子，便是王文英，已作下弊。金滿一手拈起，扯開，恰好正是。你道當堂拈鬮，怎麼作得弊？原來劉雲開上去的名單，卻從吏、戶、禮、兵、刑、工挨次寫的。吏房也有管過的，也有役滿快的，已不在數內。金滿是戶房司吏，單上便是第一名了。那王文英捲鬮的時節，已做下暗號，金滿第一個上去，拈時，卻不似易如反掌！眾人那知就裏，正是：

隨你官清似水，難逃吏滑如油。

當時眾吏見金滿鬮著，都跪下稟說：「他是個新參，尚不該鬮庫。況且錢糧干係，不是小事，俱要具結申報上司的。若是金滿管了庫，眾吏不敢輕易執結的。」縣主道：「既是新參，就不該開在單上了。」

❺ 揭債：借債。

眾吏道：「這是吏房劉雲得了他賄賂，混開在上面的。」縣主道：「吏房既是混開，你眾人何不先來稟明，直等他鬮著了方來稟話，明明是個妒忌之意。」眾人見本官做了主，誰敢再道個不字，反討了一場沒趣。縣主落得在鄉官面上做個人情，又且當堂鬮著，更無班駁。那些眾吏雖懷妒忌，無可奈何，做好做歉的說發金滿備了一席戲酒，方出結狀，申報上司，不在話下。

且說金滿自六月初一日交盤，上庫接管，就把五兩銀子謝了劉雲。那些門子因作弊成全了他，當做恩人相看，比前愈加親密。他雖則管了庫，正在農忙之際，諸事俱停，那裏有什麼錢糧完納。到七八月裏，卻又個把月不下雨，做了個秋旱。雖不至全災，卻也是個半荒。鄉間人紛紛的都來告荒。知縣相公只得各處去踏勘，也沒甚大生意。眼見得這半年庫房，扯得直就勾了。時光迅速，不覺到了十一月裏，欽天監奏准本月十五日月蝕，行文天下救護。本府奉文，帖下屬縣。是夜，知縣相公聚集僚屬師生僧道人等，在縣救護，舊例庫房備辦公宴，於後堂款待眾官。金滿因無人相幫，將銀教廚夫備下酒席，自己卻不敢離庫。轉央劉雲及門子在席上點管酒器，支持諸事。眾官不過拜幾拜，應了故事，都到後堂飲酒。只留這些僧道在前邊打一套鐃鈸，吹一番細樂，直鬧到四更方散。剛剛收拾得完，恰又報新按院到任。縣主急忙忙下船，到府迎接。又要支持船上，往還供應，准准的一夜眼也不合。天明了，查點東西時，不見了四錠元寶。金滿自想：「昨日並不曾離庫，有誰人用障眼法偷去了？只恐怕還失落在那裏。」各處搜尋，那裏見個分毫。著了急，連聲叫苦道：「這般晦氣，卻失了這二百兩銀子，如今把什麼來賠補？若不賠時，一定經官出醜，如何是好！」一頭叫言，一邊又重新尋起，就把這間屋翻轉來，何嘗有個影兒。慌做一堆，正沒理會。那時外邊都曉得庫裏失了銀子，盡來探問，到拌得口乾舌碎。內中單喜歡得那幾個不容他管庫的令史，一味說清話❻，做鬼臉❼，喜談樂道。正是：

幸災樂禍千人有，替力分憂半個無！

過了五六日，知縣相公接了按院，回到縣裏。金滿只得將此事稟知縣主。縣主還未開口，那幾個令史在傍邊，你一嘴，我一句道：「自己管庫沒了銀子，不去賠補，到對老爺說，難道老爺賠不成？」縣主因前番鬮庫時，有些偏護了金滿，今日沒了銀子，頗有赧容，喝道：「庫中是你執掌，又沒閒人到來，怎麼沒了銀子？必竟將去闞賭花費了，在此支吾。今且饒你的打，限十日內將銀補庫，如無，定然參究。」金滿氣悶悶地，走出縣來。即時尋縣中陰捕❽商議。——江南人說陰捕，就是北方叫番子手❾一般。其在官有名者謂之官捕，幫手謂之白捕，——金令史不拘官捕，白捕，都邀過來，到酒店中喫三杯。說道：「金某今日勞動列位，非為己私，四錠元寶尋常人家可有？不比散碎的好用，少不得敗露出來。只要列位用心，若緝訪得實，拿獲賍盜時，小子願出白金二十兩酬勞。」捕人齊答應道：「當得當得。」一日三，三日九，看看十日限足，捕人也喫了幾遍酒水，全無影響。知縣相公叫金滿問：「銀子有了麼？」金滿稟道：「小的同捕人緝訪，尚無蹤跡。」知縣喝道：「我限你十日內賠補，那等得你緝訪！」叫左

❻ 說清話：說風涼話。
❼ 做鬼臉：揶揄的表示。
❽ 陰捕：專管捉拿盜賊的差役。
❾ 番子手：捉拿盜賊的差役。

右：「揣下去打！」金滿叩頭求饒，道：「小的願賠，只求老爺再寬十日，容變賣家私什物。」知縣准了轉限。金滿管庫，又不曾趁得幾多東西，今日平白地要賠這二百兩銀子，甚費措置。家中首飾衣服之類，盡數變賣也還不勾。身邊畜得一婢，小名金杏，年方一十五歲，生得甚有姿色：

鼻端面正，齒白唇紅，兩道秀眉，一雙嬌眼。鬢似烏雲髮委地，手如尖筍肉凝脂。分明荳蔻尚含香，疑似夭桃初發蕊。

金令史平昔愛如己女，欲要把這婢子來出脫，思想再等一二年，遇個貴人公子，或小妻，或通房⑩，嫁他出去，也討得百來兩銀子。如今忙不擇價，豈不可惜。左思右想，只得把住身的幾間房子，權解與人。將銀子湊足二百兩之數，傾成四個元寶，當堂兌准，封貯庫上。分付他：「下次小心。」金令史心中好生不樂，把庫門鎖了，回到公廨裏，獨坐在門首，越想越惱。著甚來由，用了這主屈財，卻不是青白晦氣⑪！正納悶間，只見家裏小廝叫做秀童，喫得半醉，從外走來。見了家長，倒退幾步。金令史罵道：「蠢奴才，家長氣悶，你倒快活喫酒？我手裏沒錢使用，你倒有閒錢買酒喫？」秀童道：「我見阿爹兩日氣悶，連我也不喜歡，常聽見人說酒可忘憂，身邊偶然積得幾分銀子，買杯中物來散悶。阿爹若沒錢買酒時，我還餘得有一壺酒錢，在店上，取來就是。」金令史喝道：「誰要你的喫！」原來蘇州有件風俗，大凡做令史的，不拘內外人都稱呼他為「相公」。秀童是九歲時賣在金家的，自小撫養，今已二十餘

⑩ 通房：名為丫頭，實是姬妾，俗稱「通房」。

⑪ 青白晦氣：無端的倒霉。

歲，只當過繼的義男，故稱「阿爹」。那秀童要取壺酒與阿爹散悶，是一團孝順之心。誰知人心不同，到挑動了家長的一個機括⑫，險些兒送了秀童的性命。正是：

老龜烹不爛，移禍於枯桑⑬。

當時秀童自進去了。金令史驀然想道：「這一夜眼也不曾合，那裏有外人進來偷了去？只有秀童拿遞東西，進來幾次，難道這銀子是他偷了？」又想道：「這小廝自幼跟隨奔走，甚是得力，從不見他手腳有甚毛病，如何抖然生起盜心？」又想道：「這小廝平昔好酒。凡為盜的，都從好酒賭錢兩件上起。他喫溜了口，沒處來方⑭，見了大錠銀子，又且手邊方便，如何不愛？不然，終日買酒喫，那裏來這許多錢？」又想道：「不是他，他就要偷時，或者溜幾塊散碎銀子，這大錠元寶沒有這個力量。就偷了時，那裏出笏⑮？終不然⑯，放在錢櫃上零支錢？少不得也露人眼目。就是拿出去時，只好一錠，還留下三錠在家，我今夜把他床鋪搜檢一番，便知分曉。」又想道：「這也不是常法，他若果偷了這大銀，必然寄頓在家中父母處，怎肯還放在身邊？搜不著時，反惹他笑。若不是他偷的，冤了他一場，反冷了他的

⑫機括：機心。
⑬老龜烹不爛二句：移禍別人。
⑭來方：來源。
⑮出笏：出脫。
⑯終不然：難道。

心腸。哦！有計了，聞得郡城有個莫道人，召將斷事，吉凶如睹，見寓在玉峰寺中，何不請他來一問，以決胸中之疑。」過了一夜，次日，金滿早起，分付秀童買些香燭紙馬菓品之類，也要買些酒肉，為謝將之用，自己卻到玉峰寺去請莫道人。卻說金令史舊鄰有個閒漢，叫做計七官，偶在街上看見秀童買了許多東西，氣忿忿的走來，問其緣故。秀童道：「說也好笑，我爹真是交了敗運，幹這樣沒正經事！二百兩銀子已自賠去了，認了晦氣罷休，卻又聽了別人言語，請什麼道人來召將。那賊道今日鬼混，哄了些酒肉喫了，明日少不得還要索謝。成不成，喫三瓶，本錢去得不爽利，又添些利錢上去，好沒要緊。七官人！你想這些道人，可有真正活神仙在裏面麼？有這好酒好肉倒把與秀童喫了，還替我爹出得些氣力。齋了這賊道的嘴，『咶噪』也可謝你一聲麼？」正說之間，恰好金令史從玉峰寺轉來。秀童見家長來了，自去了。金滿與計七官相見問道：「你與秀童說甚麼？」計七官也不信召將之事的，就把秀童適纔所言，述了一遍。又道：「這小廝倒也有些見識。」金滿沉吟無語，那計七官也只當閒話敘過，不想又挑動了家長一個機括：

只因家長心疑，險使童兒命喪！

金令史別了計七官自回縣裏，腹內躊躇，這話一發可疑：「他若不曾偷銀子，由我召將便了，如何要他怪那個道士？」口雖不言，分明是「土中曲蟮，滿肚泥心」⑰。少停莫道人到了，排設壇場，卻將鄰家一個小學生附體。莫道人做張做智⑱，步罡踏斗，念呪書符，小學生就舞將起來，像一個捧劍之勢，

⑰ 土中曲蟮二句：即「滿腹疑心」。

口稱「鄧將軍下壇」，其聲頗洪，不似小學生口氣。金滿見真將下降，叩首不迭，志心通陳，求判偷銀之賊。天將搖首道：「不可說，不可說。」金滿再三叩求，願乞大將拈示真盜姓名，莫道人又將靈牌施設，喝道：

鬼神無私，明彰報應；有叩即答，急急如令！

金滿叩之不已，天將道：「屏退閒人，吾當告汝。」其時這些令史們家人，及衙門內做公的，聞得莫道人在金家召將，做一件希奇之事，都走來看，塞做一屋。金滿好言好語都請出去了。只剩得秀童一人在傍答應。天將叫道：「還有閒人。」莫道人對金令史說：「連秀童都遣出屋外去。」天將教金滿舒出手來。金滿跪而舒其左手。天將伸指頭蘸酒在金滿手心內，寫出「秀童」二字，喝道：「記著。」金滿大驚，正合他心中所疑。猶恐未的，叩頭嘿嘿祝告道：「金滿撫養秀童已十餘年，從無偷竊之行。若此銀果然是他所盜，便當嚴刑究訊。此非輕易之事。神明在上，乞再加詳察，莫隨人心，莫隨人意。」天將又蘸著酒在桌上寫出「秀童」二字；又向空中指畫，詳其字勢，亦此二字。金滿以為實然，更無疑矣。當下莫道人書了退符，小學生望後便倒，扶起，良久方醒。問之一無所知。金滿把謝將的三牲與莫道人散了福。只推送他一步，連夜去喚陰捕拿賊。為頭的張陰捕，叫做張二哥。當下叩其所以。金令史將秀童口中所言，及天將三遍指名之事，備細說了。連陰捕也有八九分道是。只不是他緝訪來的，不去擔這干紀⑲。推辭道：「未經到官，難以弔拷。」金滿是衙門中出入的，豈不會意，便道：「此事有我做主，

⑱ 做張做智：裝模做樣。

與列位無涉。只要嚴刑究拷，拷得真贓出來，向時所許二十兩，不敢短少分毫。」張陰捕應允，同兄弟四哥，去叫了幫手，即時隨金令史行走。此時已有起更時分。秀童收拾了堂中家火，喫了夜飯，正提碗行燈出縣來迎候家主。纔出得縣門，被三四個陰捕，將麻繩望頸上便套。不由分說，直拖至城外一個冷鋪⑳裏來。秀童卻待開口，被陰捕將鐵尺向肩胛上痛打一下，大喝道：「你幹得好事！」秀童負痛叫道：「我幹何事來？」陰捕道：「你偷庫內這四錠元寶，藏於何處？窩在那家？你家主已訪實了，把你交付我等。你快快招了，免喫痛苦。」秀童叫天叫地的哭將起來。自古道：

有理言自壯，負屈聲必高。

秀童其實不曾做賊。被陰捕如法弔拷。秀童疼痛難忍，咬牙切齒，只是不招。原來大明律一款，捕盜不許私刑弔拷。若審出真盜，解官有功。倘若不肯招認，放了去時，明日被他告官，說誣陷平民，罪當反坐。眾捕盜弔打拶夾，都已行過。見秀童不招，心下也著了慌。商議只有閻王閂、鐵膝褲兩件未試。閻王閂是腦箍上了箍，眼睛內烏珠都漲出寸許；鐵膝褲是將石屑放於夾棍之內，未曾收緊，痛已異常。這是拷賊的極刑了。秀童上了腦箍，死而復蘇者數次，昏憒中承認了，醒來依舊說沒有。陰捕又要上鐵膝褲。秀童忍痛不起，只得招道：「是我一時見財起意，偷來藏在姐夫李大家床下。還不曾動。」陰捕將板門擡秀童到於家中，用粥湯將息，等候天明，到金令史公廨裏來報信。此時秀童奄奄一息，爬走不動

---

⑲ 干紀：關係、責任。

⑳ 冷鋪：郵亭。

了。金令史叫了船隻，自同捕役到李大家去起贓。李大家住鄉間，與秀童爹娘家相去不遠。陰捕到時，李大又不在家，嚇得秀童的姐兒面如土色，正不知甚麼緣故，開了後門，望爹娘家奔去了。陰捕走入臥房，發開床腳，看地下土實不鬆，已知虛言。金令史定要將鋤頭墾起，起土尺餘，並無一物。眾人道：「有心到這裏蒿惱一番了。」翻箱倒籠，滿屋尋一個遍，那有些影兒。金令史只得又同陰捕轉來，親去叩問秀童。秀童淚如雨下，答道：「我實不曾為盜，你們非刑弔拷，務要我招認。吾喫苦不過，又不忍妄扳他人，只得自認了。說姐夫床下贓物，實是混話，毫不相干。吾自九歲時蒙爹撫養成人，今已二十多歲，在家未曾有半點差錯。前日看見我爹費產完官，暗地心痛，又見爹信了野道，召將費錢，愈加不樂。不想道爹疑到我身上。今日我只欠爹一死，更無別話。」說罷悶絕去了，眾陰捕叫喚，方纔醒來，兀自唉唉的哭個不住。金令史心下亦覺慘然。須臾，秀童的爹娘，和姐夫李大都到了，見秀童躺在板門上，七損八傷，一絲兩氣㉑，大哭了一場，奔到縣前叫喊。知縣相公正值坐堂，問了口詞，忙差人喚金滿到來，問道：「你自不小心，失了庫內銀兩，如何通同陰捕，妄殺平人，非刑弔拷？」金滿稟道：「小的破家完庫，自然要緝訪此事，討個明白。有莫道人善於召將，天將降壇，三遍寫出秀童名字，小的又見他言語可疑，所以信了。除了此奴，更無影響，小的也是出乎無奈，不是故意。」知縣也曉得他賠補得苦了，此情未知真偽，又被秀童的爹娘左稟右稟，無何奈何。此時已是臘月十八了。知縣分付道：「歲底事忙，且過了新年，初十後面，我與你親審個明白。」眾人只得都散了。金滿回家，到抱著一個鬼胎，只恐秀童死了。到留秀童的爹娘伏侍兒子，又請醫人去調治，每日大酒大肉送去將息。那秀童的爹娘，

㉑ 一絲兩氣：氣息微弱。

兀自哭哭啼啼絮絮咶咶的不住。正是：

青龍共白虎同行，吉凶事全然未保。

　　卻說捕盜知得秀童的家屬叫喊准了，十分著忙，商議道：「我等如此綳弔，還不肯吐露真情，明日縣堂上可知他不招的。若不招時，我輩私加弔拷，罪不能免。」乃請城隍紙供於庫中，香花燈燭，每日參拜禱告，夜間就同金令史在庫裏歇宿，求一報應。金令史少不得又要破些慳在他們面上。到了除夜，知縣把庫逐一盤過，交付新庫吏掌管。金滿已脫了干紀，只有失盜事未結，同著張陰捕向新庫吏說知：「原教張二哥在庫裏安歇。」那新庫吏也是本縣人，與金令史平昔相好的，無不應允。是夜，金滿備下三牲香紙，擕到庫中，拜獻城隍老爺，就將福物請新庫吏和張二哥同酌。三杯以後，新庫吏說家中事忙，倒央金滿替他照管，自己要先別。金滿為是大節夜，不敢強留。新庫吏將廚櫃等都檢看封鎖，又將庫門鎖鑰付與金滿，叫聲「相擾」，自去了。金滿又喫了幾杯，也就起身，對張二哥說：「今夜除夜，來早是新年，多喫幾杯，做個靈夢，在下不得相陪了。」說罷，將庫門帶上落了鎖，帶了鑰匙自回。張二哥被金滿反鎖在內，歎口氣道：「這節夜，那一家不夫婦團圓，偏我晦氣，在這裏替他們守庫！」悶上心來，只顧自篩自飲，不覺酩酊大醉，和衣而寢。睡至四更，夢見神道伸隻靴腳踢他起來道：「銀子有了，陳大壽將來放在廚櫃頂上葫蘆內了。」張陰捕夢中驚覺，慌忙爬起來，向廚櫃頂上摸個遍，那裏有甚麼葫蘆。「難道神道也作弄人？還是我自己心神恍惚之故？」須臾之間，又睡去了。夢裏又聽得神道說：「銀子在葫蘆裏面，如何不取？」張陰捕驚醒，坐在床鋪上，聽更鼓，恰好發擂。爬起來，推開窗子，微微有光。再向廚櫃上下看時，並無些子物事。欲要去報與金令史，庫門卻又鎖著，只得又去睡了。少頃，聽得外邊人聲熱鬧，鼓樂喧闐，乃是知縣出來同眾官拜牌賀節，去文廟行香。天已將明，金滿已自將庫門上鑰匙交還新庫吏了。新庫吏開門進來，取紅紙用印。張陰捕已是等得不耐煩，急忙的戴了帽子，走出庫來。恰好知縣回縣，在那裏排衙㉒公座。那金滿已是整整齊齊，穿著公服，同眾令史站立在堂上，伺候作揖。張陰捕走近前把他扯到旁邊說夢中神道，如此如此：「一連兩次，甚是奇異，特來報你。你可查縣中有這陳大壽的名字否？」說罷，張陰捕自回家去不提。卻說金滿是日參謁過了知縣，又到庫中城隍面前磕了四個頭，回家喫了飯，也不去拜年，只在縣中稽查名姓。凡外郎、書手，皂快、門子及禁子、夜夫㉓，曾在縣裏走動的，無不查到，並無陳大壽名字。整整的忙了三日，常規年節酒，都不曾喫得，氣得面紅腹脹，倒去埋怨那張陰捕說謊。張陰捕道：「我是真夢，除是神道哄我。」金滿又想起前日召將之事，那天將下臨，還沒句實話相告，況夢中之言，怎便有准？說罷，丟在一邊去了。

又過了兩日，是正月初五，蘇州風俗，是日家家戶戶，祭獻五路大神，謂之燒利市。喫過了利市飯，方纔出門做買賣。金滿正在家中喫利市飯，忽見老門子陸有恩來拜年，叫道：「金阿叔恭喜了！有利市酒，請我喫碗！」金令史道：「兄弟，總是節物，不好特地來請得。今日來得極妙，且喫三盃。」即忙教嫂子煖一壺酒，安排些現成魚肉之類，與陸門子對酌。閒話中間，陸門子道：「金阿叔，偷銀子的賊有些門路麼？」金滿搖首：「那裏有！」陸門子道：「要賍露，問陰捕，你若多許陰捕幾兩銀子，隨你

㉒ 排衙：舊時官員升堂，吏役排班參見，叫「排衙」。

㉓ 夜夫：更夫。

飛來賊，也替你訪著了。」金滿道：「我也許過他二十兩銀子，只恨他沒本事賺我的錢。」陸門子道：「假如今日有個人緝訪得賊人真信，來報你時，你還捨得這二十兩銀子麼？」金滿道：「怎麼不肯？」陸門子道：「金阿叔，你若真個把二十兩銀子與我，我就替你拿出賊來。」金滿道：「好兄弟，你果然如此，也教我明白了這樁官司，出脫了秀童。好兄弟，你須是眼見的實，莫又做猜謎的話！」陸門子道：「我不是十分看得的實，怎敢多口！」金令史即忙脫下帽子，向髻上取下兩錢重的一根金空耳來，遞與陸有恩道：「這件小意思權為信物，追出賍來，莫說有餘，就是止剩得二十兩，也都與你。」陸有恩道：「不該要金阿叔的，今日是初五，也得做兄弟的發個利市。」陸有恩是已冠的門子，就將空耳插於網邊之內。教：「金阿叔且關了門，與你細講！」金滿將大門閉了，兩個促膝細談。正是：

踏破鐵鞋無覓處，得來全不費工夫！

原來陸有恩間壁住的，也是個門子，姓胡名美，年十八歲。有個姐夫叫做盧智高。那盧智高因死了老婆，就與小舅同住。這胡美生得齊整，多有人調戲他，倒也是個本分的小廝。自從父母雙亡，全虧著姐姐拘管。一從姐姐死了，跟著姐夫，便學不出好樣，慣熟的是那七字經兒：

賭錢，喫酒，養婆娘。

去年臘月下旬，陸門子一日出去了，渾家聞得間壁有斧鑿之聲。初次也不以為異。以後，但是陸門子出去了，就聽得他家關門，打得一片響。陸門子回家，就住了聲。渾家到除夜，與丈夫飲酒，說及此事，正不知鑿什麼東西？陸門子有心，過了初一，自初二初三一連在家住兩日，側耳而聽，寂然無聲。到初四日假做出門往親戚家拜節，卻遠遠站著，等間壁關門之後，悄地回來，藏在家裏，果聽得間壁槌鑿之聲，從壁縫裏張看，只見胡美與盧智高俱蹲在地下。胡美拿著一錠大銀，盧智高將斧敲那錠邊下來。陸門子看在眼裏，晚間與二人相遇問道：「你家常常鏨鑿什麼東西？」胡美面紅不語。盧智高道：「祖上傳下一塊好鐵條，要敲斷打廚刀來用。」陸有恩暗想道：「不是那話兒是什麼？他兩個那裏來有這元寶？」當夜留在肚裏，次日料得金令史在家燒利市，所以特地來報。金滿聽了這席話，就同陸有恩來尋張二哥不遇，其夜就留陸有恩過宿。明日初六，起個早，又往張二哥家，并拉了四哥，共四個人，同到胡美家來。只見門上落鎖，沒人在內。陸門子叫渾家出來問其緣故。渾家道：「昨日聽見說要叫船往杭州進香，今早雙雙出門。恰纔去得；此時就開了船，也去不遠。」四個人飛星趕去，剛剛上騆馬橋，只見小遊船上的王溜兒，在橋堍下買酒糴米。令史們時常叫他的船，都是相熟的。王溜兒道：「金相公今日起得好早！」金令史問道：「溜兒，你趕早買酒糴米，往那裏去？」溜兒道：「托賴攬個杭州的載，要去有個把月生意。」金滿拍著肩問：「是誰？」王溜兒附耳低言道：「是胡門官同他姓盧的親眷合叫的船。」金滿道：「如今他二人可在船裏？」王溜兒道：「那盧家在船裏，胡舍還在岸上接表子未來。」張陰捕聽說，一索先把王溜兒扣住。溜兒道：「我得何罪？」金滿道：「不干你事，只要你引我到船上就放你。」溜兒連買的酒糴的米，都寄在店上，引著四個人下橋來，八隻手准備拿賊。這正是：

閒時不學好，今日悔應遲。

卻說盧智高在船中，靠著欄干，眼盼盼望那胡美接表子下來同樂。卻一眼瞧見金令史，又見王溜兒頸上麻繩帶著，心頭跳動，料道有些詫異，也不顧鋪蓋，跳在岸上，捨命奔走。王溜兒指道：「那戴孝頭巾的就是姓盧的。」眾人放開腳去趕，口中只叫：「盜庫的賊休走！」盧智高著了忙，跌上一交，被眾人趕上，一把拿住。也把麻繩扣頸。問道：「胡美在那裏？」盧智高道：「在表子劉丑姐家裏。」眾人教盧智高作眼，齊奔劉丑姐家來。胡美先前聽得人說外面拿盜庫的賊，打著心頭，不對表子說，預先走了，不知去向。眾人只得拿劉丑姐去。都到張二哥家裏。搜盧智高身邊，並無一物，及搜到氈襪裏，搜出一錠禿元寶。錠邊兒都敲去了。張二哥要帶他到城外冷鋪裏去弔拷。盧智高道：「不必用刑，我招便了。去年十一月間，我同胡美都賭極了，沒處設法。胡美對我說：『只有庫裏有許多元寶空在那裏。』我教他：『且拿幾個來用用。』他趁十五月蝕這夜，偷了四錠出來，每人各分二錠。因不敢出笏，只敲得錠邊使用。那一錠藏在米桶中，米上放些破衣服蓋著，還在家裏。那兩錠卻在胡美身邊。」金滿又問：「那一夜我眼也不曾合，他怎麼拿得這樣即溜㉔？」盧智高道：「胡美幾遍進來，見你坐著，不好動手。那一夜閃入來，恰好你們小廝在裏面廚中取爉燭，打翻了麻油，你起身去看，方得其便。」眾人得了口詞，也就不帶去弔拷了。此時秀童在張二哥家將息，還動撣不得。見拿著了真賍真賊，咬牙切齒的罵道：「這砍頭賊！你便盜了銀子，卻害得我好苦。如今我也沒處伸冤，只要咬下他一塊肉來，消這口氣。」便在草鋪上要爬起來，可憐那裏掙扎得動。眾人盡來安慰，勸住了他，心中轉痛，嗚嗚咽咽的啼哭。金令史十分過意不去，不覺也掉下眼淚。連忙叫人擡回家中調養。自己卻同眾人到胡美家中，打開鎖搜看。

㉔ 即溜：靈活。

將米桶裏米傾在地上，滾出一錠沒邊的元寶來。當日眾人就帶盧智高到縣，稟明了知縣相公。知縣驗了銀子，曉得不枉，即將盧智高重責五十板，取了口詞收監。等拿獲胡美時，一同擬罪。出個廣捕文書，緝訪胡美，務在必獲。船戶王溜兒，樂婦劉丑姐，原不知情，且賍物未見破散，暫時討保在外。先獲元寶二個，本當還庫，但庫銀已經金滿變產賠補，姑照給主賍例，給還金滿。這一斷，滿崑山人無有不服。正是：

國正天心順，官清民自安。

卻說金令史領了兩個禿元寶回家，就在銀匠鋪裏，將銀鏨開，把二八一十六兩白銀，送與陸門子，不失前言。卻將十兩送與張二哥，候獲住胡美時，還有奉謝。次日金滿候知縣出堂，叩謝。知縣有憐憫之心，深恨胡美。乃出官賞銀十兩，立限，仰捕衙緝獲。過了半年之後，張四哥偶有事到湖州雙林地方，船從蘇州婁門過去，忽見胡美在婁門塘上行走。張四哥急攏船上岸，叫道：「胡阿弟，慢走！」胡美回頭認得是陰捕，忙走一步，轉彎望一個豆腐店裏頭就躲。賣豆腐的老兒，纔要聲張，胡美向兜肚裏摸出雪白光亮水磨般的一錠大銀，對酒缸草蓋上一丟說道：「容我躲過今夜時，這錠銀與你平分。」老兒貪了這錠銀子，慌忙檢過了，指一個去處，教他藏了。張四哥趕到轉彎處，不見了胡美，有個多嘴的閒漢，指點他在豆腐店裏去尋。張四哥進店問時，那老兒只推沒有。張四哥滿屋看了一周遭，果然沒有。張四哥身邊取出一塊銀子，約有三四錢重，把與老兒說道：「這小廝是崑山縣門子，盜了官庫出來的，大老爺出廣捕拿他。你若識時務時，引他出來，這幾錢銀子送你老人家買菓子喫。你若藏留，我稟知縣主，拿出去時，問你個同盜。」老兒慌了，連銀子也不肯接，將手望上一指。你道什麼去處？

上不至天，下不至地；躲得安穩，說出晦氣。

那老兒和媽媽兩口只住得一間屋，又做豆腐，又做白酒，狹窄沒處睡，將木頭架一個小小閣兒，恰好打個鋪兒，臨睡時把短梯爬上去，卻有一個店櫥兒隱著。胡美正躲得穩，卻被張四哥一手拖將下來，就把麻繩縛住。罵道：「害人賊！銀子藏在那裏？」胡美戰戰兢兢答應道：「一錠用完了，一錠在酒缸蓋上。」老者怎敢隱瞞，於缸罅裏取出。張四哥問老者：「何姓何名？」老者懼怕，不敢答應。傍邊一個人替他答道：「此老姓陳名大壽。」張四哥點頭，便把那三四錢銀子，撇在老兒櫃上，帶了胡美，踏在船頭裏面，連夜回崑山縣來。正是：

莫道虧心事可做，惡人自有惡人磨！

此時盧智高已病死於獄中。知縣見累死了一人，心中頗慘，又令史中多有與胡美有勾搭的，都來替他金滿面前討饒，又央門子頭兒王文英來說。金滿想起鬮庫的事虧他，只得把人情賣在眾人面上，稟知縣道：「盜銀雖是胡美，造謀實出姐夫，況原銀所失不多，求老爺從寬發落。」知縣將罪名都推在死者身上，只將胡美重責三十，問個徒罪，以儆後來。元寶一錠，仍給還金滿領去。金滿又將十兩銀子，謝了張四哥。張四哥因說起豆腐店老者始末，眾人各各駭然。方知去年張二哥除夜夢城隍分付：「陳大壽已將銀子放在櫥頂上葫蘆內了。」「葫」者，胡美；「蘆」者，盧智高；「陳大壽」乃老者之姓名；胡美在店櫥頂上搜出；神明之語，一字無欺。果然是：

暗室虧心，神目如電。

過了幾日，備下豬羊，擡往城隍廟中賽神酬謝。金滿因思屈了秀童，受此苦楚，況此童除飲酒之外，並無失德，更兼立心忠厚，死而無怨，更沒有甚麼好處酬答得他。乃改秀童名金秀，用己之姓，視如親子。將美婢金杏許他為婚，待身體調治得強旺了，便配為夫婦。金秀的父母俱各歡喜無言。後來金滿無子，家業就是金秀承頂。金秀也納個吏缺，人稱為小金令史，三考滿了，仕至按察司經歷。後人有詩歎金秀之枉，詩云：

疑人無用用無疑，耳畔休聽是與非！凡事要憑真實見，古今冤屈有誰知？

第十六卷　小夫人金錢贈年少

誰言今古事難窮？大抵榮枯總是空；算得生前隨分過，爭如雲外指溟鴻！
暗添雪色眉根白，旋落花光臉上紅。惆悵凄涼兩回首，暮林蕭索起悲風。

這八句詩，乃西川成都府華陽縣王處厚，年紀將及六旬，把鏡照面，見鬢髮有幾根白的，有感而作。世上之物，少則有壯，壯則有老，古之常理，人人都免不得的。原來諸物都是先白後黑，惟有髭鬚卻是先黑後白。又有戴花劉使君，對鏡中見這頭髮斑白，曾作醉亭樓詞：

平生性格，隨分好些春色，沉醉戀花陌。雖然年老心未老，滿頭花壓巾帽側。鬢如霜，鬚似雪，自嗟惻！　幾個相知勸我染，幾個相知勸我摘；染摘有何益！當初怕作短命鬼，如今已過中年客。且留些，粧晚景，儘教白。

如今說東京汴州開封府界，有個員外，年踰六旬，鬚髮皤然。只因不伏老，兀自貪色，蕩散了一個家計，幾乎做了失鄉之鬼。這員外姓甚名誰？卻做甚麼事來？正是：

塵隨車馬何年盡？事繫人心早晚休。

話說東京汴州開封府界身子裏，一個開線鋪的員外張士廉，年過六旬，媽媽死後，孑然一身，並無兒女。家有十萬貲財，用兩個主管營運。張員外忽一日拍胸長歎，對二人說：「我許大年紀，無兒無女，要十萬家財何用？」二人曰：「員外何不取房娘子，生得一男半女，也不絕了香火。」員外甚喜，差人隨即喚張媒李媒前來。這兩個媒人端的是：

開言成匹配，舉口合姻緣；醫世上鳳隻鸞孤，管宇宙單眠獨宿。傳言玉女，用機關把臂拖來；侍案金童，下說詞攔腰抱住。調唆織女害相思，引得嫦娥離月殿。

員外道：「我因無子，相煩你二人說親。」張媒口中不道，心下思量道：「大伯子許多年紀，如今說親，說甚麼人是得❶？教我怎地應他？」則見李媒把張媒推一推，便道：「容易。」臨行，又叫住了道：「我有三句話。」只因說出這三句話來，教員外：

青雲有路，番為苦楚之人；白骨無墳，化作失鄉之鬼。

媒人道：「不知員外意下何如？」張員外道：「有三件事，說與你兩人：第一件，要一個人材出眾，好模好樣的；第二件，要門戶相當；第三件，我家下有十萬貫家財，須著個有十萬貫房奩的親來對付我。」兩個媒人，肚裏暗笑，口中胡亂答應道：「這三件事都容易。」當下相辭員外自去。張媒在路上與李媒商議道：「若說得這頭親事成，也有百十貫錢撰。只是員外說的話太不著人，有那三件事的他不去嫁個

❶ 是得：是好。

年少郎君，卻肯隨你這老頭子？偏你這幾根白髯鬚是沙糖拌的？」李媒道：「我有一頭倒也湊巧，人材出眾，門戶相當。」張媒道：「是誰家？」李媒云：「是王招宣府裏出來的小夫人。王招宣初娶時，十分寵幸，後來只為一句話破綻些，失了主人之心，情願白白裏把與人，只要個有門風的便肯。隨身房計少也有幾萬貫，只怕年紀忒小些。」張媒道：「不愁小的忒小，還嫌老的忒老。這頭親張員外怕不中意，只是雌兒心下必然不美。如今對雌兒說，把張家年紀瞞過了一二十年，兩邊就差不多了。」李媒道：「明日是個和合日，我同你先到張宅講定財禮，隨到王招宣府一說便成。」是晚各歸無話。次日，二媒約會了，雙雙的到張員外宅裏說：「昨日員外分付的三件事，老媳尋得一頭親，難得恁般湊巧！第一件，人材十分足色；第二件，是王招宣府裏出來，有名聲的；第三件，十萬貫房奩，則怕員外嫌他年小。」張員外問道：「卻幾歲？」張媒應道：「小如員外三四十歲。」張員外滿臉堆笑道：「全仗作成則個！」話休絮煩，當下兩邊俱說允了。少不得行財納禮，奠鴈已畢，花燭成親。次早參拜家堂，張員外穿紫羅衫，新頭巾，新靴新襪。這小夫人著乾紅銷金❷大袖團花霞帔，銷金蓋頭，生得：

新月籠眉，春桃拂臉；意態幽花殊麗，肌膚嫩玉生光。說不盡萬種妖嬈，畫不出千般艷冶！何須楚峽雲飛過，便是蓬萊殿裏人。

張員外從下至上看過，暗暗地喝采！小夫人揭起蓋頭，看見員外鬚眉皓白，暗暗地叫苦。花燭夜過了，張員外心下喜歡，小夫人心下不樂。

❷ 銷金：用真金的金線繡花。

過了月餘，只見一人相揖道：「今日是員外生辰，小道送疏在此。」原來員外但遇初一月半，本命生辰，須有道疏。那時小夫人開疏看時，撲簌簌兩行淚下，見這員外年已六十，埋怨兩個媒人將我誤了。看那張員外時，這幾日又添了四五件在身上：

腰便添疼，眼便添淚，耳便添聾，鼻便添涕。

一日，員外對小夫人道：「出外薄幹，夫人耐靜。」小夫人勉強應道：「員外早去早歸。」說了，員外自出去。小夫人自思量：「我恁地一個人，許多房奩，卻嫁一個白鬚老子！」心下正煩。身邊立著從嫁道：「夫人今日何不門首看街消遣？」小夫人聽說，便同養娘到外邊來看。這張員外門首，是胭脂絨線鋪，兩壁裝著櫥櫃，當中一個紫絹沿邊簾子。養娘放下簾鉤，垂下簾子，門前兩個主管，一個李慶，五十來歲；一個張勝，年紀三十來歲。二人見放下簾子，問道：「為甚麼？」養娘道：「夫人出來看街。」兩個主管躬身在簾子前參見。小夫人在簾子底下啟一點朱唇，露兩行碎玉，說不得數句言語，教張勝惹場煩惱：

遠如沙漠，何殊沒底滄溟；重若丘山，難比無窮泰華。

小夫人先叫李主管問道：「在員外宅裏多少年了？」李主管道：「李慶在此三十餘年。」夫人道：「員外尋常照管你也不曾？」李主管道：「一飲一啄，皆出員外。」卻問張主管。張主管道：「張勝從先父在員外宅裏二十餘年，張勝隨著先父便趨事員外，如今也有十餘年。」小夫人問道：「員外曾管顧你麼？」張勝道：「舉家衣食，皆出員外所賜。」小夫人道：「主管少待。」小夫人折身進去不多時，遞些物與李主管，把袖包手來接，躬身謝了。小夫人卻叫張主管道：「終不成與了他不與你？這物件雖不值錢，也有好處。」張主管也依李主管接取，躬身謝了。小夫人又看了一回，自入去。兩個主管，各自出門前支持買賣。原來李主管得的是十文銀錢，張主管得的卻是十文金錢。當時張主管也不知道李主管得的是銀錢，李主管也不知張主管得的是金錢。當日天色已晚，但見：

野煙四合，宿鳥歸林，佳人秉燭歸房，路上行人投店。漁父負魚歸竹徑，牧童騎犢返孤村。

當日晚算了帳目，把文簿呈張員外，今日賣幾文，買幾文，人上欠幾文，都僉押了。原來兩個主管，各輪一日在鋪中當直，其日卻好正輪著張主管值宿。門外面一間小房，點著一盞燈。張主管閒坐半晌，安排歇宿。忽聽得有人來敲門。張主管聽得，問道：「是誰？」應道：「你則開門，卻說與你！」張主管開了房門。那人蹌將入來，閃身已在燈光背後。張主管看時，是個婦人。張主管喫了一驚，慌忙道：「小娘子，你這早晚來有甚事？」那婦人應道：「我不是私來。早間與你物事的教我來。」張主管道：「小夫人與我十文金錢，想是教你來討還？」那婦女道：「你不理會得，李主管得的是銀錢。如今小夫人又教把一件物來與你。」只見那婦人背上取下一包衣裝，打開來看道：「這幾件把與你穿的，又有幾件婦女的衣服把與你娘。」只見婦女留下衣服，作別出門，復回身道：「還有一件要緊的倒忘了。」又向衣袖裏取出一錠五十兩大銀，撇了自去。當夜張勝無故得了許多東西，不明不白，一夜不曾睡著。明日早起來，張主管開了店門，依舊做買賣。等得李主管到了，將鋪面交割與他，張勝自歸到家中，拿出衣服銀子與娘看。娘問：「這物事那裏來的？」張主管把夜來的話，一一說與娘知。婆婆聽得說道：「孩兒，小夫人他把金錢與你，又把衣服銀子與你，卻是甚麼意思？娘如今六十已上年紀，自從沒了你爺，便滿眼只看你，若是你做出事來，老身靠誰？明日便不要去。」這張主管是個本分之人，況又是個孝順的，聽見娘說，便不往鋪裏去。張員外見他不去，使人來叫，問道：「如何主管不來？」婆婆應道：「孩兒感些風寒，這幾日身子不快，來不得。傳語員外得知，一好便來。」又過了幾日，李主管見他不來，自來叫道：「張主管如何不來？鋪中沒人相幫。」老娘只是推身子不快，這兩日反重。李主管自去。張員外三五遍使人來叫，做娘的只是說未得好。張員外見三回五次叫他不來，猜道：「必是別有去處。」張勝自在家中。

時光迅速，日月如梭，撚指之間，在家中早過了一月有餘。道不得：「坐喫山崩。」雖然得這小夫人許多物事，那一錠大銀子，容易不敢出笏，衣裳又不好變賣；不去營運，日來月往，手內使得沒了。卻來問娘道：「不教兒子去張員外宅裏去，閒了經紀，如今在家中日逐盤費如何措置？」那婆婆聽得說，用手一指，指著屋樑上道：「孩兒你見也不見？」——張勝看時，原來屋樑上掛著一個包，取將下來。道：「你爺養得你這等大，則是這件物事身上。」打開紙包看時，是個花栲栲兒。婆婆道：「你如今依先做這道路，習爺的生意，賣些胭脂絨線。」

當日時遇元宵，張勝道：「今日元宵夜端門下放燈。」便問娘道：「兒子欲去看燈則個。」娘道：「孩兒，你許多時不行這條路，如今去端門看燈，從張員外門前過，又去惹是招非。」張勝道：「是人都去看燈，說道『今年好燈』，兒子去去便歸，不從張員外門前過便了。」娘道：「要去看燈不妨，則是你自去看不得，同一個相識做伴去纔好。」張勝道：「我與王二哥同去。」娘道：「你兩個去看不妨，第一莫得喫酒！第二同去同回！」分付了，兩個來端門下看燈。正撞著當時賜御酒，撒金錢，好熱鬧。王二哥道：「這裏難看燈，一來我們身小力怯，著甚來由喫挨喫攪？不如去一處看，那裏也抓縛著一座鰲山。」張勝問道：「在那裏？」王二哥道：「你倒不知，王招宣府裏抓縛著小鰲山，今夜也放燈。」兩個便復身回來，卻到王招宣府前。原來人又熱鬧似端門下。就府門前不見了王二哥，張勝只叫得聲苦！「卻是怎地歸去？臨出門時，我娘分付道：『你兩個同去同回。』如何不見了王二哥！只我先到屋裏，我娘便不焦躁；若是王二哥先回，我娘定道我那裏去。」當夜看不得那燈，獨自一個行來行去。猛省道：「前面是我那舊主人張員外宅裏，每年到元宵夜，歇浪❸線鋪，添許多煙火，今日想他也未收燈？」迤邐信步行到張員外門前，張勝喫驚，只見張員外家門便開著，十字兩條竹竿，縛著皮革底釘住一碗泡燈，照著門上一張手榜貼在。張勝看了，唬得目睜口呆，罔知所措。張勝去這燈光之下，看這手榜上寫著道：「開封府左軍巡院，勘到百姓張士廉，為不合……」方纔讀到「為不合」三個字，兀自不知道因甚罪？則見燈籠底下一人喝聲道：「你好大膽，來這裏看甚的？」張主管喫了一驚，拽開腳步便走。那喝的人大踏步趕將來，叫道：「是甚麼人？直恁大膽！夜晚間，看這榜做甚麼？」唬得張勝便走。漸次間，行到巷口，待要轉彎歸去，相次二更，見一輪明月，正照著當空。正行之間，一個人從後面趕將來，叫道：「張主管，有人請你。」張勝回頭看時，是一個酒博士。張勝道：「想是王二哥在巷口等我，買些酒喫歸去，恰也好。」同這酒博士到店內，隨上樓梯，到一個閣兒前面。量酒道：「在這裏。」掀開簾兒，

❸ 歇浪：停止營業。

張主管看見一個婦女，身上衣服不堪齊整，頭上鬔鬆，正是：

烏雲不整，唯思昔日豪華；粉淚頻飄，為憶當年富貴。秋夜月蒙雲籠罩，牡丹花被土沉埋。

這婦女叫：「張主管，是我請你。」張主管看了一看，雖有些面熟，卻想不起。這婦女道：「張主管如何不認得我？我便是小夫人。」張主管道：「小夫人如何在這裏？」小夫人道：「一言難盡！」張勝問：「夫人如何恁地？」小夫人道：「不合信媒人口，嫁了張員外。原來張員外因燒煅假銀事犯，把張員外縛去左軍巡院裏去，至今不知下落。家計并許多房產，都封估了。我如今一身無所歸著，特地投奔你。你看我平昔之面，留我家中住幾時則個。」張勝道：「使不得！第一家中母親嚴謹；第二道不得『瓜田不納履，李下不整冠』；要來張勝家中，斷然使不得。」小夫人聽得道：「你將為常言俗語道：『呼蛇容易遣蛇難。』怕日久歲深，盤費重大；我教你看，……」用手去懷裏提出件物來：

聞鐘始覺山藏寺，傍岸方知水隔村。

小夫人將一串一百單八顆西珠數珠，顆顆大如雞荳子❹，明光燦爛。張勝見了喝采道：「有眼不曾見這寶物！」小夫人道：「許多房奩，盡被官府籍沒了，則藏得這物。你若肯留在家中，慢慢把這件寶物逐顆去賣，儘可過日。」張主管聽得說，正是：

❹ 雞荳子：芡實，一名雞頭。

歸去只愁紅日晚，思量猶恐馬行遲。橫財紅粉歌樓酒，誰為三般事不迷？

當日張勝道：「小夫人要來張勝家中，也得我娘肯時方可。」小夫人道：「和你同去問婆婆。我只在對門人家等回報。」張勝回到家中，將前後事情逐一對娘說了一遍。婆婆是個老人家，心慈，聽說如此落難，連聲叫道：「苦惱，苦惱！小夫人在那裏？」張勝道：「見在對門等。」婆婆道：「請相見！」相見禮畢，小夫人把適來說的話，從頭細說一遍：「如今都無親戚投奔，特來見婆婆，望乞容留！」婆婆聽得說道：「夫人暫住數日不妨，只怕家寒怠慢，思量別的親戚再去投奔。」小夫人便從懷裏取出數珠遞與婆婆。燈光下婆婆看見，就留小夫人在家住。小夫人道：「來日剪顆來貨賣，開起胭脂絨線鋪，門前掛著花栲栲兒為記。」張勝道：「有這件寶物，胡亂賣動，便是若干錢。況且五十兩一錠大銀未動，正好收買貨物。」張勝自從開店，接了張員外一路買賣，其時人喚張勝做小張員外。小夫人屢次來纏張勝，張勝心堅似鐵，只以主母相待，並不及亂。

當時清明節候，怎見得：

清明何處不生煙，郊外微風掛紙錢；人笑人歌芳草地，乍晴乍雨杏花天。
海棠枝上綿蠻語，楊柳堤邊醉客眠；紅粉佳人爭畫板，綵絲搖曳學飛仙。

滿城人都出去金明池遊翫，小張員外也出去遊翫。到晚回來，卻待入萬勝門，則聽得後面一人叫：「張主管。」當時張勝自思道：「如今人都叫我做小張員外，甚人叫我主管？」回頭看時，卻是舊主人張員外。張勝看張員外面上刺著四字金印，蓬頭垢面，衣服不整齊，即時邀入酒店裏，一個穩便閣兒坐下。張勝問道：「主人緣何如此狼狽？」張員外道：「不合成了這頭親事！小夫人原是王招宣府裏出來的；今年正月初一日，小夫人自在簾兒裏看街，只見一個安童托著盒兒打從面前過去。小夫人叫住問道：『府中近日有甚事說？』安童道：『府裏別無甚事，則是前日王招宣尋一串一百單八顆西珠數珠不見，帶累得一府的人，沒一個不喫罪責。』小夫人聽得說，臉上或青或紅。小安童自去。不多時二三十人來家，把他房奩和我的家私，都搬將去。便捉我下左軍巡院拷問，要這一百單八顆數珠。我從不曾見，回說：『沒有。』將我打一頓毒棒，拘禁在監。倒虧當日小夫人入去房裏自吊身死。官司沒決撒，把我斷了。則是一事，至今日那一串一百單八顆數珠，不知下落。」張勝聞言，心下自思道：「小夫人也在我家裏，數珠也在我家裏，早剪動幾顆了。」甚是惶惑。勸了張員外些酒食，相別了。張勝沿路思量道：「好是惑人！」回到家中，見小夫人，張勝一步退一步道：「告夫人，饒了張勝性命！」小夫人問道：「怎恁地說？」張勝把適來大張員外說的話說了一遍。小夫人聽得道：「卻不作怪，你看我身上衣裳有縫，一聲高似一聲，你豈不理會得。他道我在你這裏，故意說這話教你不留我。」張勝道：「你也說得是。」又過了數日，只聽得外面道：「有人尋小員外！」張勝出來迎接，便是大張員外。張勝心中道：「家裏小夫人使出來相見，是人是鬼，便明白了。」教養娘請小夫人出來。養娘入去，只沒尋討處，不見了小夫人。當時小員外既知小夫人真個是鬼，只得將前面事，一一告與大張員外。問道：「這串數珠卻在那裏？」張勝去房中取出，大張員外叫張勝同來王招宣府中說，將數珠交納，其餘剪去數顆，將錢取贖訖。王招宣贖免張士廉罪犯，將家私給還，仍舊開胭脂絨線鋪。大張員外仍請天慶觀道士做醮，追薦小夫人。

只因小夫人生前甚有張勝的心，死後猶然相從。虧殺張勝立心至誠，到底不曾有染，所以不受其禍，超然無累。如今財色迷人者紛紛皆是，如張勝者萬中無一。有詩贊云：

誰不貪財不愛淫？始終難染正人心。少年得似張主管，鬼禍人非兩不侵！

第十七卷　鈍秀才一朝交泰

蒙正窰中怨氣，買臣擔上書聲；丈夫失意惹人輕，纔入榮華稱慶。
紅日偶然陰翳，黃河尚有澄清。浮雲眼底總難憑，牢把腳跟立定。

這首西江月，大概說人窮通有時，固不可以一時之得意，而自誇其能；亦不可以一時之失意，而自墜其志。唐朝甘露年間，有個王涯丞相，官居一品，權壓百僚，僮僕千數，日食萬錢，說不盡榮華富貴。其府第廚房與一僧寺相鄰。每日廚房中滌鍋淨碗之水，傾向溝中，其水從僧寺中流出。一日寺中老僧出行，偶見溝中流水中有白物，大如雪片，小如玉屑。近前觀看，乃是上白米飯，王丞相廚下鍋裏碗裏洗刷下來的。長老合掌念聲：「阿彌陀佛，罪過罪過！」隨口吟詩一首：

春時耕種夏時耘，粒粒顆顆費力勤；春去細糠如剖玉，炊成香飯似堆銀。
三餐飽食無餘事，一口飢時可療貧；堪歎溝中狼籍賤，可憐天下有窮人。

長老吟詩已罷，隨喚火工道人，將笊籬笊起溝內殘飯，向清水河中滌去污泥，攤於篩內，日色曬乾，用磁缸收貯。且看幾時滿得一缸，不勾三四個月，其缸已滿。兩年之內，共積得六大缸有餘。那王涯丞相只道千年富貴，萬代奢華。誰知樂極生悲，一朝觸犯了朝廷，闔門待勘，未知生死。其時賓客散盡，僮僕逃亡，倉廩盡為仇家所奪。王丞相至親二十三口，米盡糧絕，擔飢忍餓。啼哭之聲，聞於鄰寺。長老聽得，心懷不忍。只是一牆之隔，除非穴牆可以相通。長老將缸內所積飯乾，浸軟蒸而饋之。王涯丞相喫罷，甚以為美。遣婢子問老僧，他出家之人，何以有此精食？老僧道：「此非貧僧家常之飯，乃府上滌釜洗碗之餘，流出溝中，貧僧可惜有用之物，棄之無用，將清水洗盡，日色曬乾，留為荒年貧丐之食。今日誰知仍濟了尊府之急。正是一飲一啄，莫非前定。」王涯丞相聽罷，歎道：「我平昔暴殄天物如此，安得不敗？今日之禍，必然不免。」其夜遂服毒而死。當初富貴時節，怎知道有今日！正是：貧賤常思富貴，富貴又履危機。此乃福過災生，自取其咎。假如今人貧賤之時，那知後日富貴？即如榮華之日，豈信後來苦楚？如今在下再說個先憂後樂的故事。列位看官們，內中倘有胯下忍辱的韓信，妻不下機的蘇秦，聽在下說這段評話，各人回去硬挺著頭頸過日，以待時來，不要先墜了志氣。有詩四句：

秋風衰草定逢春，尺蠖泥中也會伸；
畫虎不成君莫笑，安排牙爪始驚人。

話說國朝天順年間，福建延平府將樂縣，有個宦家，姓馬名萬群，官拜吏科給事中。因論太監王振專權誤國，削籍為民。夫人早喪，單生一子，名曰馬任，表字德稱。十二歲遊庠，聰明飽學。說起他聰明，就如顏子淵聞一知十；論起他飽學，就如虞世南五車腹笥。真個文章蓋世，名譽過人。馬給事愛惜如良金美玉，自不必言。里中那些富家兒郎，一來為他是黌門的貴公子，二來道他經解之才，早晚飛黃騰達，無不爭先奉承。其中更有兩個人奉承得要緊，真個是：

冷中送煖，閒示尋忙，出外必稱弟兄，使錢那問爾我。偶話店中酒美，請飲三杯；纔誇妓館容嬌，代包一月。掇臀捧屁，猶云手有餘香；隨口蹋痰，惟恐人先著腳。說不盡諂笑脅肩，只少個出妻獻子。

一個叫黃勝，綽號黃病鬼。一個叫顧祥，綽號飛天炮仗。他兩個祖上也曾出仕，都是富厚之家，目不識丁，也頂個讀書的虛名。把馬德稱做個大菩薩供養，扳他日後富貴往來。那馬德稱是忠厚君子，彼以禮來，此以禮往，見他慇懃，也遂與之為友。黃勝就把親妹六媖，許與德稱為婚。德稱聞此女才貌雙全，不勝之喜。但從小立個誓願：

若要洞房花燭夜，必須金榜掛名時。

馬給事見他立志高明，也不相強，所以年過二十，尚未完娶。

時值鄉試之年，忽一日，黃勝顧祥邀馬德稱向書鋪中去買書。見書鋪隔壁有個算命店，牌上寫道：

要知命好醜？只問張鐵口！

馬德稱道：「此人名為『鐵口』，必肯直言。」買完了書，就過間壁，與那張先生拱手道：「學生賤造，求教！」先生問了八字，將五行生尅之數，五星虛實之理，推算了一回。說道：「尊官若不見怪，小子方敢直言。」馬德稱道：「君子問災不問福，何須隱諱。」黃勝顧祥兩個在傍，只怕那先生不知好歹，說出話來沖撞了公子。黃勝便道：「先生仔細看看，不要輕談！」顧祥道：「此位是本縣大名士，你只看他今科發解，還是發魁？」先生道：「小子只據理直講，不知准否？貴造『偏才歸祿』，父主崢嶸，論理必生於貴宦之家。」黃顧二人拍手大笑道：「這就准了。」先生道：「五星中『命纏奎壁』，文章冠世。」二人又大笑道：「好先生，算得准，算得准！」先生道：「只嫌二十二歲交這運不好，官煞重重，為禍不小。不但破家，亦防傷命。若過得三十一歲，後來到有五十年榮華。只怕一丈闊的水缺，雙腳跳不過去。」黃勝就罵起來道：「放屁，那有這話！」顧祥伸出拳來道：「打這廝，打歪他的鐵嘴！」馬德稱雙手攔住道：「命之理微，只說他算不准就罷了，何須計較。」黃顧二人，口中還不乾淨，卻得馬德稱抵死勸回。那先生只求無事，也不想算命錢了。正是：

阿諛人人喜，直言個個嫌。

那時連馬德稱也只道自家唾手功名，雖不深怪那先生，卻也不信。誰知三場得意，榜上無名。自十五歲進場，到今二十一歲，三科不中。若論年紀還不多，只為進場屢次了，反覺不利。又過一年，剛剛二十二歲。馬給事一個門生，又參了王振一本。王振疑心座主指使而然。再理前仇，密唆朝中心腹，尋馬萬群當初做有司時罪過，坐贓萬兩，著本處撫按追解。馬萬群本是個清官，聞知此信，一口氣得病數日身死。馬德稱哀戚盡禮，此心無窮。卻被有司逢迎上意，逼要萬兩贓銀交納。此時只得變賣家產，但是有稅契可查者，有司逕自估價官賣；只有續置一個小小田莊，未曾起稅，官府不知。馬德稱恃顧祥平昔至交，只說顧家產業，央他暫時承認。又有古董書籍等項，約數百金，寄與黃勝家中去訖。卻說有司官，將馬給事家房產田業盡數變賣，未足其數，兀自吹毛求疵不已。馬德稱扶柩在墳堂屋內暫住。忽一日，顧祥遣人來言，府上餘下田莊，官府已知，瞞不得了。馬德稱無可奈何，只得入官。後來聞得反是顧祥舉首，一則恐後連累，二者博有司的笑臉。德稱知人情奸險，付之一笑。過了歲餘，馬德稱往黃勝家索取寄頓物件，連走數次，俱不相接，結末遣人送一封帖來。馬德稱拆開看時，沒有書柬，止封帳目一紙。內開：某月某日某事用銀若干，某該合認，某該獨認。如此非一次，隨將古董書籍等項估計扣除，不還一件。德稱大怒，當了來人之面，將帳目扯碎，大罵一場：「這般狗彘之輩，再休相見！」從此親事亦不提起。黃勝巴不得杜絕馬家，正中其懷。正合著西漢馮公的四句，道是：

一貴一賤，交情乃見；一死一生，乃見交情。

馬德稱在墳屋中守孝，弄得衣衫藍縷，口食不周。「當初父親存日，也曾周濟過別人，今日自己遭困，卻誰人周濟我？」守墳的老王攛掇他把墳上樹木倒賣與人，德稱不肯。老王指著路上幾棵大柏樹道：「這樹不在塚傍，賣之無妨。」德稱依允，講定價錢，先倒一棵下來，中心都是蟲蛀空的，不值錢了。再倒一棵，亦復如此。德稱歎道：「此乃命也！」就教住手。那兩棵樹只當燒柴，賣不多錢，不兩日用完了。身邊只剩得十二歲一個家生小廝，央老王作中，也賣與人，得銀五兩。這小廝過門之後，夜夜小遺起來，主人不要了，退還老王處，索取原價。德稱不得已，情願減退了二兩身價賣了。好奇怪！第二遍去就不小遺了。這幾夜小遺，分明是打落德稱這二兩銀子，不在話下。光陰似箭，看看服滿。德稱貧困之極，無門可告。想起有個表叔在浙江杭州府做二府；湖州德清縣知縣，也是父親門生；不如去投奔他，兩人之中，也有一遇。當下將幾件什物家火，托老王賣充路費。漿洗了舊衣舊裳，收拾做一個包裹，搭船上路，直至杭州。問那表叔，剛剛十日之前，已病故了。隨到德清縣投那個知縣時，又正遇這幾日為錢糧事情，與上司爭論不合，使性❶要回去，告病關門，無由通報。正是：

時來風送滕王閣，運去雷轟薦福碑！

德稱兩處投人不著，想得南京衙門做官的多有年家❷。又趁船到京口，欲要渡江，怎奈連日大西風，上水船寸步難行，只得往句容一路步行而去，逕往留都。且數留都那幾個城門：

神策金川儀鳳門，懷遠清涼到石城，三山聚寶連通濟，洪武朝陽定太平。

馬德稱由通濟門入城，到飯店中宿了一夜。次早往部科等各衙門打聽，往年多有年家為官的，如今陞的陞了，轉的轉了，死的死了，壞的壞了，一無所遇。乘興而來，卻難興盡而返。流連光景，不覺又是半年有餘，盤纏俱已用盡。雖不學伍大夫吳門乞食，也難免呂蒙正僧院投齋。忽一日，德稱投齋到大報恩寺，遇見個相識鄉親，問其鄉里之事。方知本省宗師按臨歲考，德稱在先服滿時因無禮物送與學裏師長，不曾動得起復文書及遊學呈子；也不想如此久客於外。如今音信不通，教官逕把他做避考申黜。千里之遙，無由辨復。真是：

❶ 使性：發脾氣。

❷ 年家：即「同年」，同科考中的人。

屋漏更遭連夜雨，船遲又遇打頭風。

德稱聞此消息，長歎數聲，無面回鄉，意欲覓個館地，權且教書餬口，再作道理。誰知世人眼淺❸，不識高低。聞知異鄉公子如此形狀，必是個浪蕩之徒，便有錦心繡腸，誰人信他，誰人請他？又過了幾時，和尚們都怪他蒿惱。語言不遜，不可盡說。幸而天無絕人之路。有個運糧的趙指揮，要請個門館先生同往北京，一則陪話，二則代筆。偶與承恩寺主持商議。德稱聞知，想道：「乘此機會，往北京一行，豈不兩便。」遂央僧舉薦。那俗僧也巴不得遣那窮鬼起身，就在指揮面前稱揚德稱好處，且是束脩甚少。趙指揮是武官，不管三七二十一，只要省，便約德稱在寺，投刺相見，擇日請了下船同行。德稱口如懸河，賓主頗也得合。不一日到黃河岸口，德稱偶然上岸登東。忽聽發一聲響，猶如天崩地裂之形。慌忙起身看時，喫了一驚，原來河口決了。趙指揮所統糧船三分四散，不知去向。但見水勢滔滔，一望無際。德稱舉目無依，仰天號哭，歎道：「此乃天絕我命也，不如死休！」方欲投入河流，遇一老者相救，問其來歷。德稱訴罷，老者惻然憐憫，道：「看你青春美質，將來豈無發跡之期？此去短盤至北京，費用亦不多，老夫帶得有三兩荒銀，權為程敬。」說罷，去摸袖裏，卻摸個空。連呼：「奇怪！」仔細看時，袖底有一小孔，那老者趕早出門，不知在那裏遇著剪綹❹的剪去了。老者嗟歎道：「古人云：『得咱心肯日，是你運通時。』今日看起來，就是心肯，也有個天數。非是老夫吝惜，乃足下命運不通所致耳。

❸ 眼淺：目光淺短。

❹ 剪綹：在人叢中剪開人家衣袋竊取銀錢的小偷。

欲屈足下過舍下，又恐路遠不便。」乃邀德稱到市心裏，向一個相熟的主人家，借銀五錢為贈。德稱深感其意，只得受了，再三稱謝而別。德稱想這五錢銀子，如何盤纏得許多路。思量一計，買下紙筆，一路賣字。德稱寫作俱佳，爭奈時運未利，不能討得文人墨士賞鑒，不過村坊野店胡亂買幾張糊壁，此輩曉得甚麼好歹，那肯出錢。德稱有一頓沒一頓，半飢半飽，直捱到北京城裏，下了飯店。問店主人借縉紳看查，有兩個相厚的年伯，一個是兵部尤侍郎，一個是左卿曹光祿。當下寫了名刺，先去謁曹公。曹公見其衣衫不整，心下不悅，又知是王振的仇家，不敢招架，送下小小程儀，就辭了。再去見尤侍郎，那尤公也是個沒意思的，自家一無所贈，寫一封柬帖薦在邊上陸總兵處。店主人見有這封書，料有際遇，將五兩銀子借為盤纏。誰知正值北虜也先為寇，大掠人畜，陸總兵失機，紐解來京問罪，連尤侍郎都罷官去了。德稱在塞外耽擱了三四個月，又無所遇，依舊回到京城旅寓。店主人折了五兩銀子，沒處取討，又欠下房錢飯錢若干，索性做個宛轉，倒不好推他出門。想起一個主意來，前面衚衕有個劉千戶，其子八歲，要訪個下路先生教書，乃薦德稱。劉千戶大喜，講過束脩二十兩。店主人先支一季束脩自己收受，准了所借之數。劉千戶頗盡主道，送一套新衣服，迎接德稱到彼坐館。自此饔餐不缺，且訓誦之暇，重溫經史，再理文章。剛剛坐彀三個月，學生出起痘來，太醫下藥不效，十二朝身死。劉千戶單只此子，正在哀痛，又有刻薄小人對他說道：「馬德稱是個降禍的太歲，耗氣的鶴神❺，所到之處，必有災殃。趙指揮請了他就壞了糧船，尤侍郎薦了他就壞了官職。他是個不吉利的秀才，不該與他親近。」劉千戶不想自兒死生有命，到抱怨先生帶累了。各處傳說，從此京中起他一個異名，叫做「鈍秀才」。凡鈍秀才

❺ 鶴神：太歲部下凶煞之一。

街上過去，家家閉戶，處處關門。但是早行遇著鈍秀才的一日沒采❻：做買賣的折本，尋人的不遇，告官的理輸，討債的不是廝打定是廝罵，就是小學生上學也被先生打幾下手心。有此數項，把他做妖物相看。倘然狹路相逢，一個個吐口涎沫，叫句吉利方走。可憐馬德稱衣冠之冑，飽學之才，今日時運不利，弄得日無飽餐，夜無安宿。同時有個浙中吳監生，性甚硬直。聞知鈍秀才之名，不信有此事。特地尋他相會，延至寓所，叩其胸中所學，甚有接待之意。坐席猶未煖，忽得家書報家中老父病故，踉蹌而別，轉薦與同鄉呂鴻臚。呂公請至寓所，待以盛饌，方纔舉筯，忽然廚房中火起，舉家驚慌逃奔。德稱因腹餒緩行了幾步，被地方拿他做火頭，解去官司，不由分說，下了監鋪❼。幸呂鴻臚是個有天理的人，替他使錢，免其枷責。從此鈍秀才其名益著，無人招接，仍復賣字為生。

慣與裱家書壽軸，喜逢新歲寫春聯。

夜間常在祖師廟、關聖廟、五顯廟這幾處安身。或與道人代寫疏頭，趁幾文錢度日。

話分兩頭，卻說黃病鬼黃勝，自從馬德稱去後，初時還怕他還鄉，到宗師行黜，不見回家，又有人傳信道：是隨趙指揮糧船上京，被黃河水決，已覆沒矣。心下坦然無慮。朝夕逼勒妹子六媖改聘。六媖以死自誓，決不二夫❽。到天順晚年鄉試，黃勝夤緣賄賂，買中了秋榜，里中奉承者填門塞戶。聞知六

---

❻ 沒采：沒有好事。

❼ 監鋪：暫時拘留犯人的看守所。

❽ 二夫：嫁第二個丈夫。

媖年長未嫁，求親者日不離門，六媖堅執不從，黃勝也無可奈何。到冬底，打疊行囊往北京會試。馬德稱見了鄉試錄，已知黃勝得意，必然到京，想起舊恨，羞與相見，預先出京躲避。誰知黃勝不耐功名，若是自家學問上掙來的前程，倒也理之當然，不放在心裏。他原是買來的舉人，小人乘君子之器，不覺手之舞之，足之蹈之。又將銀五十兩買了個勘合❾，馳驛到京，尋了個大大的下處，且不去溫習經史，終日穿花街過柳巷，在院子裏表子家行樂。常言道「樂極悲生」，鬬出一身廣瘡❿。科場漸近，將白金百兩送太醫，只求速愈。太醫用輕粉劫藥，數日之內，身體光鮮，草草完場而歸。不勾半年，瘡毒大發，醫治不痊，嗚呼哀哉，死了。既無兄弟，又無子息，族間都來搶奪家私。其妻王氏又沒主張，全賴六媖一身，內支喪事，外應親族，按譜立嗣，眾心俱悅服無言。六媖自家也分得一股家私，不下數千金。想起丈夫覆舟消息，未知真假，費了多少盤纏，各處遣人打聽下落。有人自北京來，傳說馬德稱未死，落莫⓫在京，京中都呼為「鈍秀才」。六媖是個女中丈夫，甚有劈著，收拾起輜重銀兩，帶了丫鬟僮僕，僱下船隻，一逕來到北京尋取丈夫。訪知馬德稱在真定府龍興寺大悲閣寫法華經。乃將白金百兩，新衣數套，親筆作書，緘封停當，差老家人王安齎去，迎接丈夫。分付道：「我如今便與馬相公援例入監，請馬相公到此讀書應舉，不可遲滯。」王安到龍興寺，見了長老，問：「福建馬相公何在？」長老道：「我這裏只有個『鈍秀才』，並沒有甚麼馬相公。」王安道：「就是了，煩引相見。」和尚引到大悲閣下，指

❾ 勘合：即「兵符」，明朝衙役出差，要支使伕馬，也要帶此勘合，到處查驗。

❿ 廣瘡：花柳病。

⓫ 落莫：落魄。

道：「傍邊桌上寫經的，不是鈍秀才？」王安在家時曾見過馬德稱幾次，今日雖然藍縷，如何不認得？一見德稱便跪下磕頭。馬德稱卻在貧賤患難之中，不料有此，一時想不起來。慌忙扶住，問道：「足下何人？」王安道：「小的是將樂縣黃家，奉小姐之命，特來迎接相公，小姐有書在此。」德稱便問：「你小姐嫁歸何宅？」王安道：「小姐守志至今，誓不改適。因家相公近故，小姐親到京中來訪相公，要與相公入粟北雍，請相公早辦行期。」德稱方纔開緘而看，原來是一首詩，詩曰：

何事蕭郎戀遠遊？應知烏帽未籠頭。圖南自有風雲便，且整雙簫集鳳樓。

德稱看罷，微微而笑。王安獻上衣服銀兩，且請起程日期。德稱道：「小姐盛情，我豈不知，只是我有言在先：『若要洞房花燭夜，必須金榜掛名時。』向因貧困，學業久荒。今幸有餘資可供燈火之費，且待明年秋試得意之後，方敢與小姐相見。」王安不敢強逼，求賜回書。德稱取寫經餘下的繭絲一幅，答詩四句：

逐逐風塵已厭遊，好音剛喜見伻頭⑫。嫦娥夙有攀花約，莫遣簫聲出鳳樓。

德稱封了詩，付與王安。王安星夜歸京，回復了六媖小姐。開詩看畢，歎惜不已。

其年，天順爺爺正遇「土木之變」，皇太后權請郕王攝位，改元景泰。將奸閹王振全家抄沒，凡參劾王振喫虧的加官賜蔭。黃小姐在寓中得了這個消息，又遣王安到龍興寺報與馬德稱知道。德稱此時雖然

⑫ 伻頭：奴僕。

借寓僧房，圖書滿案，鮮衣美食，已不似在先了。和尚們曉得是馬公子馬相公，無不欽敬。其年正是三十二歲，交逢好運，正應張鐵口先生推算之語。可見：

萬般皆是命，半點不由人。

德稱正在寺中溫習舊業，又得了王安報信，收拾行囊，別了長老赴京，另尋一寓安歇。黃小姐撥家僮二人伏侍，一應日用供給，絡繹饋送。德稱草成表章，敘先臣馬萬群直言得禍之由，一則為父親乞恩昭雪，一則為自己辨復前程。聖旨倒下，准復馬萬群原官，仍加三級。馬任復學復廩。所抄沒田產，有司追給。德稱差家童報與小姐知道。黃小姐又差王安送銀兩到德稱寓中，叫他廩例入粟。明春就考了監元，至秋發魁。就於寓中整備喜筵，與黃小姐成親。來春又中了第十名會魁，殿試二甲，考選庶吉士。上表給假還鄉，焚黃⑬謁墓，聖旨准了。夫妻衣錦還鄉。府縣官員出郭迎接。往年抄沒田宅，俱用官價贖還，造冊交割，分毫不少。賓朋一向疏失者，此日奔走其門如市。只有顧祥一人自覺羞慚，遷往他郡去訖。時張鐵口先生尚在，聞知馬公子得第榮歸，特來拜賀。德稱厚贈之而去。後來馬任直做到禮、兵、刑三部尚書，六媖小姐封一品夫人。所生二子，俱中甲科，簪纓不絕。至今延平府人，說讀書人不得第者，把「鈍秀才」為比。後人有詩歎云：

十年落魄少知音，一日風雲得稱心；秋菊春桃時各有，何須海底去撈針。

⑬ 焚黃：古人祭祖畢，焚燒祝文。

第十八卷　老門生三世報恩

買隻牛兒學種田，結間茅屋向林泉；也知老去無多日，且向山中過幾年。
為利為官終幻客，能詩能酒總神仙；世間萬物俱增價，老去文章不值錢。

這八句詩，乃是達者之言，末句說「老去文章不值錢」，這一句，還有個評論。大抵功名遲速，莫逃乎命，也有早成，也有晚達。早成者未必有成，晚達者未必不達。不可以年少而自恃，不可以年老而自棄。這老少二字，也在年數上，論不得的。假如甘羅十二歲為丞相，十三歲上就死了，這十二歲之年，就是他髮白齒落背曲腰彎的時候了，後頭日子已短，叫不得少年。又如姜太公八十歲還在渭水釣魚，遇了周文王以後車載之，拜為師尚父，文王崩，武王立，他又秉鉞為軍師，佐武王伐紂，定了周家八百年基業，封於齊國。又教其子丁公治齊，自己留相周朝，直活到一百二十歲方死。你說八十歲一個老漁翁，誰知日後還有許多事業，日子正長哩！這等看將起來，那八十歲上還是他初束髮，剛頂冠，做新郎，應童子試的時候，叫不得老年。世人只知眼前貴賤，那知去後的日長日短？見個少年富貴的奉承不暇，多了幾年年紀，蹉跎不遇，就怠慢他，這是短見薄識之輩。譬如農家，也有早穀，也有晚稻，正不知那一種收成得好？不見古人云：

東園桃李花，早發還先萎；遲遲澗畔松，鬱鬱含晚翠。

閒話休提。卻說國朝正統年間，廣西桂林府興安縣有一秀才，複姓鮮于名同，字大通。八歲時曾舉神童，十一歲遊庠，超增補廩。論他的才學，便是董仲舒司馬相如也不看在眼裏，真個是胸藏萬卷，筆掃千軍。論他的志氣，便像馮京商輅連中三元，也只算他便袋裏東西，真個是足躡風雲，氣沖牛斗。何期才高而數奇，志大而命薄。年年科舉，歲歲觀場，不能得朱衣點額，黃榜標名。到三十歲上，循資該出貢了。他是個有才有志的人，貢途的前程是不屑就的。思量窮秀才家，全虧學中年規這幾兩廩銀，做個讀書本錢。若出了學門，少了這項來路，又去坐監，反費盤纏。況且本省比監裏又好中，算計不通。偶然在朋友前露了此意，那下首該貢的秀才，就來打話要他讓貢，情願將幾十金酬謝。鮮于同又得了這個利息，自以為得計。第一遍是個情，第二遍是個例，人人要貢，個個爭先。鮮于同自三十歲上讓貢起，一連讓了八遍，到四十六歲兀自沉埋於泮水之中，馳逐於青衿之隊。也有人笑他的，也有人憐他的，又有人勸他的。那笑他的他也不睬，憐他的他也不受，只有那勸他的，他就勃然發怒起來道：「你勸我就貢，止無過道俺年長，不能個科第了。卻不知龍頭屬於老成，梁皓八十二歲中了狀元，也替天下有骨氣肯讀書的男子爭氣。俺若情願小就時，三十歲上就了，肯用力鑽刺❶，少不得做個府佐縣正，昧著心田做去，儘可榮身肥家。只是如今是個科目的世界，假如孔夫子不得科第，誰說他胸中才學？若是三家村一個小孩子，粗粗裏記得幾篇爛舊時文❷，遇了個盲試官，亂圈亂點，睡夢裏偷得個進士到手，一般有

❶ 鑽刺：鑽謀、運動。

人拜門生，稱老師，談天說地，誰敢出個題目將帶紗帽的再考他一考麼？不止於此，做官裏頭還有多少不平處，進士官就是個銅打鐵鑄的，撒漫做去，沒人敢說他不字；科貢官，兢兢業業，捧了卵子過橋❸，上司還要尋趁❹他。比及按院復命，參論的但是進士官，憑你敘得極貪極酷，公道看來，拿問也還透頭，說到結末，生怕斷絕了貪酷種子，道：『此一臣者，官箴雖玷，但或念初任，或念年青，尚可望其自新，策其末路，姑照浮躁或不及例降調。』不勾幾年工夫，依舊做起。倘拼得些銀子央要道挽回，不過對調個地方，全然沒事。科貢的官一分不是，就當做十分；悔氣遇著別人有勢有力，沒處下手，隨你清廉賢宰，少不得借重他替進士頂缸。有這許多不平處，所以不中進士，再做不得官。俺寧可老儒終身，死去到閻王面前高聲叫屈，還博個來世出頭，豈可屈身小就，終日受人懊惱，喫順氣丸度日！」遂吟詩一首，詩曰：

> 從來資格困朝紳，只重科名不重人。楚士鳳歌誠恐殆，葉公龍好豈求真。
> 若還黃榜終無分，寧可青衿老此身；鐵硯磨穿豪傑事，春秋晚遇說平津。

漢時有個平津侯，複姓公孫名弘，五十歲讀春秋，六十歲對策第一，做到丞相封侯。鮮于同後來六十一歲登第，人以為詩讖，此是後話。

---

❷ 時文：八股文。

❸ 捧了卵子過橋：過分小心的意思。

❹ 尋趁：找尋。

卻說鮮于同自吟了這八句詩，其志愈銳。怎奈時運不利，看看五十齊頭，「蘇秦還是舊蘇秦」，不能勾改換頭面。再過幾年，連小考都不利了。每到科舉年分，第一個攔場告考的，就是他，討了多少人的厭賤。到天順六年，鮮于同五十七歲，鬢髮都蒼然了，兀自擠在後生家隊裏，談文講藝，娓娓不倦。那些後生見了他，或以為怪物，望而避之；或以為笑具，就而戲之。這都不在話下。

卻說興安縣知縣，姓蒯名遇時，表字順之。浙江台州府仙居縣人氏。少年科甲，聲價甚高。喜的是談文講藝，商古論今。只是有件毛病，愛少賤老，不肯一視同仁。見了後生英俊，加意獎借；若是年長老成的，視為朽物，口呼「先輩」，甚有戲侮之意。其年鄉試屆期，宗師行文，命縣裏錄科。蒯知縣將合縣生員考試，彌封閱卷，自恃眼力，從公品第，黑暗裏拔了一個第一，心中十分得意，向眾秀才面前誇獎道：「本縣拔得個首卷，其文大有吳越中氣脈，必然連捷，通縣秀才，皆莫能及。」眾人拱手聽命，卻似漢皇築壇拜將，正不知拜那一個有名的豪傑。比及拆號唱名，只見一人應聲而出，從人叢中擠將上來，你道這人如何？

矮又矮，胖又胖，鬚鬢黑白各一半。破儒巾，欠時樣，藍衫補孔重重綻。你也瞧，我也看，若還冠帶像胡判。不枉誇，不枉贊，「先輩」今朝說嘴慣。休羨他，莫自歎，少不得大家做老漢。不須營，不須幹，序齒輪流做領案。

那案首不是別人，正是那五十七歲的怪物，笑具，名叫鮮于同。合堂秀才哄然大笑，都道：「鮮于『先輩』，又起用了。」連蒯公也自羞得滿面通紅，頓口無言。一時間看錯文字，今日眾人屬目之地，如何番悔！忍著一肚子氣，胡亂將試卷拆完。喜得除了第一名，此下一個個都是少年英俊，還有些嗔中帶喜。是日蒯公發放諸生事畢，回衙悶悶不悅，不在話下。

卻說鮮于同少年時本是個名士，因淹滯了數年，雖然志不曾灰，卻也是：

澤畔屈原吟獨苦，洛陽季子面多慚。

今日出其不意，考個案首，也自覺有些興頭。到學道考試，未必愛他文字，虧了縣家案首，就搭上一名科舉，喜孜孜去赴省試。眾朋友都在下處看經書，溫後場。只有鮮于同平昔飽學，終日在街坊上遊玩。旁人看見，都猜道：「這位老相公，不知是送兒子孫兒進場的？事外之人，好不悠閒自在！」若曉得他是科舉的秀才，少不得要笑他幾聲。

日居月諸，忽然八月初七日，街坊上大吹大擂，迎試官進貢院。鮮于同觀看之際，見興安縣蒯公，正徵聘做禮記房考官。鮮于同自想，我與蒯公同經，他考過我案首，必然愛我的文字，今番遇合，十有八九。誰知蒯公心裏不然，他又是一個見識道：「我取個少年門生，他後路悠遠，官也多做幾年，房師也靠得著他。那些老師宿儒，取之無益。」又道：「我科考時不合昏了眼，錯取了鮮于『先輩』，在眾人前老大沒趣。今番再取中了他，卻不又是一場笑話。我今閱卷，但是三場做得齊整的，多應是夙學之士，年紀長了，不要取他。只揀嫩嫩的口氣，亂亂的文法，歪歪的四六，怯怯的策論，憒憒的判語，那定是少年初學。雖然學問未充，養他一兩科，年還不長，且脫了鮮于同這件干紀。」算計已定，如法閱卷，取了幾個不整不齊，略略有些筆資❺的，大圈大點，呈上主司。主司都批了「中」字。到八月廿八日，主司同各經房在至公堂上拆號填榜。禮記房首卷是桂林府興安縣學生，複姓鮮于名同，習禮記，又是那五十七的怪物，笑具僥倖了。蒯公好生驚異。主司見蒯公有不樂之色，問其緣故。蒯公道：「那鮮于同年紀已老，恐置之魁列，無以壓服後生，情願把一卷換他。」主司指堂上匾額道：「此堂既名為『至公堂』，豈可以老少而私愛憎乎？自古龍頭屬於老成，也好把天下讀書人的志氣鼓舞一番。」遂不肯更換，判定了第五名正魁。蒯公無可奈何。正是：

饒君用盡千般力，命裏安排動不得；本心揀取少年郎，依舊收將老怪物。

蒯公立心不要中鮮于「先輩」，故此只揀不整齊的文字纔中。那鮮于同是宿學之士，文字必然整齊，如何反投其機？原來鮮于同為八月初七日看了蒯公入簾，自謂遇合十有八九。回歸寓中多喫了幾杯生酒，壞了脾胃，破腹起來。勉強進場，一頭想文字，一頭泄瀉，瀉得一絲兩氣，草草完篇。二場三場，仍復如此，十分才學，不曾用得一分出來。自謂萬無中式之理，誰知蒯公倒不要整齊文字，以此竟占了個高魁。也是命裏否極泰來，顛之倒之，自然湊巧。那興安縣剛剛只中他一個舉人。當日鹿鳴宴罷，眾同年序齒，他就居了第一。各房考官見了門生，俱各歡喜，惟蒯公悶悶不悅。鮮于同感蒯公兩番知遇之恩，愈加殷懃。蒯公愈加懶散，上京會試，只照常規，全無作興加厚之意。明年鮮于同五十八歲，會試，又下第了。相見蒯公，蒯公更無別語，只勸他選了官罷。鮮于同做了四十餘年秀才，不肯做貢生官，今日纔中得一年鄉試，怎肯就舉人職。回家讀書，愈覺有興。每聞里中秀才會文，他就袖了紙墨筆硯，捱入

❺ 筆資：寫文章的才氣。

會中同做。憑眾人耍他，笑他，嗔他，厭他，總不在意。做完了文字，將眾人所作看了一遍，欣然而歸，以此為常。

光陰荏苒，不覺轉眼三年，又當會試之期。鮮于同時年六十有一，年齒雖增，矍鑠如舊。在北京第二遍會試，在寓所得其一夢。夢見中了正魁，會試錄上有名，下面卻填做詩經，不是禮記。鮮于同本是個宿學之士，那一經不通？他功名心急，夢中之言，不由不信，就改了詩經應試。事有湊巧，物有偶然。蒯知縣為官清正，行取到京，欽授禮科給事中之職。其年又進會試經房。蒯公不知鮮于同改經之事，心中想道：「我兩遍錯了主意，取了那鮮于『先輩』做了首卷，今番會試，他年紀一發長了。若禮記房裏又中了他，這纔是終身之玷。我如今不要看禮記，改看了詩經卷子，那鮮于『先輩』中與不中，都不干我事。」比及入簾❻閱卷，遂請看詩五房卷。蒯公又想道：「天下舉子像鮮于『先輩』的，諒也非止一人，我不中鮮于同，又中了別的老兒，可不是『躲了雷公，遇了霹靂』❼！我曉得了，但凡老師宿儒，經旨必然十分透徹，後生家專工四書，經義必然不精。如今倒不要取四經整齊，但是有些筆資的，不妨題旨影響，這定是少年之輩了。」閱卷進呈，等到揭曉，詩五房頭卷，列在第十名正魁。拆號看時，卻是桂林府興安縣學生，複姓鮮于名同，習詩經，剛剛又是那六十一歲的怪物，笑具！氣得蒯遇時目睜口呆，如槁木死灰模樣！

❻ 入簾：考官進場閱卷。
❼ 躲了雷公二句：避了這邊，避不了那邊。

早知富貴生成定，悔卻從前枉用心。

蒯公又想道：「論起世上同名姓的儘多，只是桂林府興安縣卻沒有兩個鮮于同，但他向來是禮記，不知何故又改了詩經，好生奇怪？」候其來謁，叩其改經之故。鮮于同將夢中所見，說了一遍。蒯公歎息連聲道：「真命進士，真命進士！」自此蒯公與鮮于同師生之誼，比前反覺厚了一分。殿試過了，鮮于同考在二甲頭上，得選刑部主事。人道他晚年一第，又居冷局，替他氣悶，他欣然自如。卻說蒯遇時在禮科衙門直言敢諫，因奏疏裏面觸突了大學士劉吉，被吉尋他罪過，下於詔獄。那時刑部官員，一個個奉承劉吉，欲將蒯公置之死地。卻好天與其便，鮮于同在本部一力周旋看覷，所以蒯公不致喫虧。又替他糾合同年，在各衙門懇求方便，蒯公遂得從輕降處。蒯公自想道：「『著意種花花不活，無心栽柳柳成蔭』，若不中得這個老門生，今日性命也難保。」乃往鮮于「先輩」寓所拜謝。鮮于同道：「門生受恩師三番知遇，今日小小效勞，止可少答科舉而已，天高地厚，未酬萬一！」當日師生二人歡飲而別。自此不論蒯公在家在任，每年必遣人問候，或一次或兩次，雖俸金微薄，表情而已。

光陰荏苒，鮮于同只在部中遷轉，不覺六年，應陞知府。京中重他才品，敬他老成，吏部立心要尋個好缺推他。鮮于同全不在意。偶然仙居縣有信至，蒯公的公子蒯敬共與豪戶查家爭墳地疆界，嚷罵了一場。查家走失了個小廝，賴蒯公子打死，將人命事告官。蒯敬共無力對理，一逕逃往雲南父親任所去了。官府疑蒯公子逃匿，人命真情，差人雪片下來提人，家屬也監了幾個，闔門驚懼。鮮于同查得台州正缺知府，乃央人討這地方。吏部知台州原非美缺，既然自己情願，有何不從，即將鮮于同推陞台州府知府。鮮于同到任三日，豪家已知新太守是蒯公門生，特討此缺而來，替他解紛，必有偏向之情。先在衙門謠言放刁，鮮于同只推不聞。蒯家家屬訴冤，鮮于同亦佯為不理。密差的當捕人訪緝查家小廝，務在必獲。約過兩月有餘，那小廝在杭州拿到。鮮于太守當堂審明，的係自逃，與蒯家無干。當將小廝責取查家領狀。蒯氏家屬，即行釋放。期會一日，親往墳所踏看疆界。查家見小廝已出，自知所訟理虛，恐結訟之日必然喫虧。一面央大分上到太守處說方便，一面又央人到蒯家，情願把墳界相讓講和。蒯家事已得白，也不願結冤家。鮮于太守准了和息。將查家薄加罰治，申詳上司，兩家莫不心服。正是：

只愁堂上無明鏡，不怕民間有鬼奸。

鮮于太守乃寫書信一通，差人往雲南府回覆房師蒯公。蒯公大喜，想道：「『樹荊棘得刺，樹桃李得蔭』，若不曾中得這個老門生，今日身家也難保。」遂寫懇切謝啟一通，遣兒子蒯敬共賫回，到府拜謝。鮮于同道：「下官暮年淹蹇，為世所棄，受尊公老師三番知遇，得掇科目，常恐身先溝壑，大德不報。今日恩兄被誣，理當暴白。下官因風吹火❽，小效區區，止可少酬老師鄉試提拔之德，尚欠情多多也。」因為蒯公子經紀家事，勸他閉戶讀書，自此無話。

鮮于同在台州做了三年知府，聲名大振，陞在徽寧道做兵憲，累陞河南廉使，勤於官職。年至八旬，精力比少年兀自有餘，推陞了浙江巡撫。鮮于同想道：「我六十一歲登第，且喜儒途淹蹇，仕途倒順溜，並不曾有風波。今官至撫臺，恩榮極矣。一向清勤自矢，不負朝廷。今日急流勇退，理之當然。但受蒯

❽ 因風吹火：乘機行事，用力不多。

公三番知遇之恩，報之未盡，此任正在房師地方，或可少效涓涘。」乃擇日起程赴任。一路迎送榮耀，自不必說。不一日，到了浙江省城。此時蒯公也歷任做到大參地位，因病目不能理事，致政在家。聞得鮮于「先輩」又做本省開府，乃領了十二歲孫兒，親到杭州謁見。蒯公雖是房師，到小於鮮于公二十餘歲。今日蒯公致政在家，又有了目疾，龍鍾可憐。鮮于公年已八旬，健如壯年，位至開府。可見發達不在於遲早。蒯公歎息了許多。正是：

松柏何須羡桃李，請君點檢歲寒枝。

且說鮮于同到任以後，正擬遣人問候蒯公，聞說蒯參政到門，喜不自勝，倒屣而迎，直請到私宅，以師生禮相見。蒯公喚十二歲孫兒：「見了老公祖。」鮮于公問：「此位是老師何人？」蒯公道：「老夫受公祖活命之恩，犬子昔日難中，又蒙昭雪，此恩直如覆載。今天幸福星又照吾省。老夫衰病，不久於世，犬子讀書無成，只有此孫，名曰蒯悟，資性頗敏，特攜來相托，求老公祖青目一二。」鮮于公道：「門生年齒，已非仕途人物，正為師恩酬報未盡，所以強顏而來。今日承老師以令孫相托，此乃門生報德之會也。鄙思欲留令孫在敝衙同小孫輩課業，未審老師放心否？」蒯公道：「若蒙老公祖教訓，老夫死亦瞑目。」遂留兩個書童服事蒯悟在都撫衙內讀書，蒯公自別去了。那蒯悟資性過人，文章日進。就是年之秋，學道按臨，鮮于公力薦神童，進學補廩。依舊留在衙門中勤學。三年之後，學業已成。鮮于公道：「此子可取科第，我亦可以報老師之恩矣。」乃將俸銀三百兩贈與蒯悟為筆硯之資，親送到台州仙居縣。適值蒯公三日前一病身亡，鮮于公哭奠已畢。問：「老師臨終亦有何言？」蒯敬共道：「先父遺言，自己不幸少年登第，因而愛少賤老，偶爾暗中摸索，得了老公祖大人。後來許多年少的門生，賢愚不等，升沉不一，俱不得其氣力，全虧了老公祖大人一人，始終看覷。我子孫世世不可怠慢老成之士！」鮮于公呵呵大笑道：「下官今日三報師恩，正要天下人曉得扶持了老成人也有用處，不可愛少而賤老也。」說罷，作別回省，草上表章，告老致仕。得旨予告，馳驛還鄉，優悠林下。每日訓課兒孫之暇，同里中父老飲酒賦詩。後八年，長孫鮮于涵鄉榜高魁，赴京會試，恰好仙居縣蒯悟是年中舉，也到京中。兩人三世通家，又是少年同窗，并在一寓讀書。比及會試揭曉，同年進士，兩家互相稱賀。鮮于同自五十七歲登科，六十一歲登甲，歷仕二十三年，腰金衣紫，錫恩三代。告老回家，又看了孫兒科第，直活到九十七歲，整整的四十年晚運。至今浙江人肯讀書，不到六七十歲還不丟手，往往有晚達者。後人有詩歎云：

利名何必苦奔忙！遲早須臾在上蒼。但學蟠桃能結果，三千餘歲未為長。

第十九卷　崔衙內白鷂招妖

早退春朝寵貴妃，諫章爭敢傍丹墀。蓬萊殿裏迎鑾駕，花蕚樓前進荔枝。
羯鼓未終鼙鼓動，羽衣猶在戰衣追。子孫翻作昇平禍，不念先皇創業時。

這首詩，題著唐時第七帝，謚法謂之玄宗。古老相傳云：天上一座星，謂之玄星，又謂之金星，又謂之參星，又謂之長庚星，又謂之太白星，又謂之啟明星，世人不識，叫做「曉星」。初上時，東方未明；天色將曉，那座星漸漸的暗將來。先明後暗，這個謂之「玄」。唐玄宗自姚崇宋璟為相，米麥不過三四錢，千里不饋行糧。自從姚宋二相死，楊國忠李林甫為相，教玄宗生出四件病來：

內作色荒，外作禽荒，耽酒嗜音，峻宇雕牆。

玄宗最寵愛者，一個貴妃，叫做楊太真。那貴妃又背地裏寵一個胡兒，姓安名祿山，腹重三百六十斤，坐綽飛燕，走及奔馬，善舞胡旋，其疾如風。玄宗愛其驍健，因而得寵。祿山遂拜玄宗為父，貴妃為母。楊妃把這安祿山頭髮都剃了，搽一臉粉，畫兩道眉，打一個白鼻兒，用錦繡綵羅，做成襁褓，選粗壯宮娥數人扛擡，遶那六宮行走。當時則是取笑，誰知浸潤之間，太真與祿山為亂。一日，祿山正在太真宮中行樂。宮娥報道：「駕到！」祿山矯捷非常，踰牆逃去。貴妃愴惶出迎。冠髮散亂，語言失度，錯呼聖上為郎君。玄宗駕即時起，使六宮大使高力士高珪送太真歸第，使其省過。貴妃求見天子不得，涕泣出宮。卻說玄宗自離了貴妃三日，食不甘味，臥不安席。高力士探知聖意，啟奏道：「貴妃晝寢困倦，言語失次，得罪萬歲御前。今省過三日，想已知罪。萬歲爺何不召之？」玄宗命高珪往看妃子在家作何事。高珪奉旨，到楊太師私第，見過了貴妃，回奏天子，言：「娘娘容顏愁慘，梳沐俱廢。一見奴婢，便問聖上安否，淚如雨下。乃取粧臺對鏡，手持并州剪刀，解散青絲，剪下一縷，用五彩絨繩結之，手自封記，托奴婢傳語，送到御前。娘娘垂淚而言：『妾一身所有，皆出皇上所賜。只有身體髮膚，受之父母，以此寄謝聖恩，願勿忘七夕夜半之約。』」原來玄宗與貴妃七夕夜半，曾在沉香亭有私誓，願生生世世，同衾同穴。此時玄宗聞知高珪所奏，見貴妃封寄青絲，拆而觀之，淒然不忍。即時命高力士用香車細輦，迎貴妃入宮。自此愈加寵幸。其時四方貢獻不絕：西夏國進月樣琵琶，南越國進玉笛，西涼州進葡萄酒，新羅國進白鸚子。這葡萄酒供進御前；琵琶賜與鄭觀音；玉笛賜與御弟寧王；新羅白鸚賜與崔丞相。後因李白學士題沉香亭牡丹詩，將趙飛燕比著太真娘娘，暗藏譏刺，被高力士奏告貴妃，泣訴天子，將李白黜貶。崔丞相元來與李白是故交，事相連累，得旨令判河北定州中山府。正是：

老龜烹不爛，遺禍及枯桑。

崔丞相來到定州中山府遠近，接入進府，交割牌印了畢。在任果然是如水之清，如秤之平，如繩之直，如鏡之明。不一月之間，治得府中路不拾遺。時遇天寶春初：

春，春！柳嫩花新，梅謝粉，草鋪茵。鶯啼北里，燕語南鄰，郊原嘶寶馬，紫陌廣香輪。

日煖冰消水綠，風和雨嫩煙輕。東閣廣排公子宴，錦城多少賞花人。

崔丞相有個衙內，名喚崔亞，年紀二十來歲。生得美丈夫，性好畋獵。見這春間天色，宅堂裏叉手向前道：「告爹爹，請一日嚴假，欲出野外遊獵。不知爹爹尊意如何？」相公道：「吾兒出去，則索早歸。」衙內道：「領爹尊旨。則是兒有一事，欲取覆慈父。」相公道：「你有甚說？」衙內道：「欲借御賜新羅白鷂同往。」相公道：「好，把出去照管，休教失了。這件物是上方所賜，新羅國進到，世上只有這一隻。萬勿走失！上方再來索取，卻是那裏去討？」衙內道：「兒帶出去無他。但只要光耀州府，教人看覷則個。」相公道：「早歸，少飲。」衙內借得新羅白鷂，令一個五放家架著；果然是那裏去討！擡將鬧裝❶銀鞍馬過來，衙內攀鞍上馬出門。若是說話的當時同年生，並肩長，勸住崔衙內，只好休去。千不合，萬不合，帶這隻新羅白鷂出來，惹出一場怪事。真個是亘古未聞，於今罕有！有詩為證：

外作禽荒內色荒，濫沾些了又何妨。早晨架出蒼鷹去，日暮歸來紅粉香。

崔衙內尋常好畋獵。當日借得新羅白鷂，好生喜歡。教這五放家架著。一行人也有把水磨角靶彈弓，雁木烏椿弩子，架眼圓鐵爪嘴彎鷹，牽拾耳細腰深口犬。出得城外，穿桃溪，過梅塢，登綠楊林，涉芳草渡，杏花村高懸酒望，茅簷畔低亞青帘。正是：

❶ 鬧裝：鑲著寶石的帶子。

　　不煖不寒天氣，半村半郭人家。

行了二三十里，覺得各人走得辛苦，尋一個酒店，衙內推鞍下馬。入店問道：「有甚好酒買些個？先犒賞眾人助腳力。」只見走一個酒保出來唱喏。看那人時，生得：

　　身長八尺，豹頭燕頷，環眼骨髭，有如一個距水斷橋張翼德，原水鎮上王彥章。

　　衙內看了酒保，早喫一驚道：「怎麼有這般生得惡相貌的人？」酒保唱了喏，站在一邊。衙內教：「有好酒把些個來喫，就犒賞眾人。」那酒保從裏面掇一桶酒出來。隨行自有帶著底酒盞，安在桌上。篩下一盞，先敬衙內。

　　酒，酒，酒！邀朋會友。君莫待，時長久，名呼食前，禮於茶後。臨風不可無，對月須教有。李白一飲一石，劉伶解醒五斗。公子沾唇臉似桃，佳人入腹腰如柳。

衙內見篩下酒色紅，心中早驚：「如何恁地紅！」踏著酒保腳跟，入去到酒缸前，揭開缸蓋，只看了一看，嚇得衙內：

　　頂門上不見三魂，腳底下蕩散七魄。

只見血水裏面浸著浮米。衙內出來，教一行人且莫喫酒。把三兩銀子與酒保，還了酒錢。那酒保接錢，唱喏謝了。衙內攀鞍上馬，離酒店，又行了一二里地，又見一座山岡。原來門外謂之郭，郭外謂之郊，郊外謂之野，野外謂之迥。行了半日，相次到北岳恆山。一座小峰在恆山腳下，山勢果是雄勇：

山，山！突兀迴環，羅翠黛，列青藍。洞雲縹緲，澗水潺湲，巒碧千山外，嵐光一望間。暗想雲峰尚在，宜陪謝屐重攀。季世七賢雖可愛，盛時四皓豈宜閒。

衙內恰待上那山去。擡起頭來，見山腳下立著兩條木栓，柱上釘著一面版牌，牌上寫著幾句言語。衙內立馬看了道：「這條路上恁地利害！」勒住馬，叫：「回去休。」眾人都趕上來。衙內指著版牌，教眾人看。有識字的，讀道：

此山通北岳恆山路，名為定山。有路不可行。其中精靈不少，鬼怪極多。行路君子，可從此山下首小路來往，切不可經此山過。特預稟知。

「如今卻怎地好？」衙內道：「且只得回去。」待要回來，一個肐膊上架著一枚角鷹，出來道：「覆衙內，男女在此居，上面萬千景致，生數般蹊蹺作怪直錢的飛禽走獸。衙內既是出來畋獵，不入這山去？從小路上去，那裏是平地，有甚飛禽走獸！可惜閒了新羅白鷂，也可惜閒了某手中角鷹。這一行架的小鷂、獵狗、彈弓、弩子，都為棄物。」衙內道：「也說得是。你們都聽我說，若打得活的歸去，到府中一人賞銀三兩，喫幾盃酒了歸。若打得死的，一人賞銀一兩，也喫幾盃酒了歸。若都打不得飛禽走獸，銀子也沒有，酒也沒得喫。」眾人各應了喏。衙內把馬摔一鞭，先上山去。眾人也各上山來。可煞作怪，全沒討個飛禽走獸。只見草地裏掉掉地響。衙內用五輪八光左右兩點神水❷，則看了一看，喝聲采！從草裏走出一隻乾紅兔兒來。眾人都向前。衙內道：「若捉得這紅兔兒的，賞五兩銀子。」去馬後立著個人，手探著新羅白鷂。衙內道：「卻如何不去勒❸？」閒漢道：「告衙內，未得台旨，不敢擅便。」衙內道一聲：「快去！」那閒漢領台旨，放那白鷂子勒紅兔兒。這白鷂見放了手，一翅箭也似便去。這兔兒見那白鷂趕得緊，去淺草叢中便鑽。鷂子見兔兒走的不見，一翅徑飛過山嘴去。衙內道：「且與我尋白鷂子。」衙內也勒著馬，轉山去趕。趕到山腰，見一所松林：

松，松！節峻陰濃，能耐歲，解凌冬。高侵碧漢，森聳青峰，偃蹇形如蓋，虬蟠勢若龍。
茂葉風聲瑟瑟，緊枝月影重重，四季常持君子操，五株曾受大夫封。

衙內手擶著水磨角靶彈弓，騎那馬趕。看見白鷂子飛入林子裏面去。衙內也入這林子裏來。當初白鷂子脖項上帶著一個小鈴兒。林子背後一座峭壁懸崖，沒路上去。則聽得峭壁頂上鈴兒響。衙內擡起頭來看時，喫了一驚，道：「不曾見這般蹊蹺作怪底事！」去那峭壁頂上，一株大樹底下，坐著一個一丈來長短骷髏：

頭上裹著鏃金蛾帽兒，身上錦袍灼灼，金甲輝輝。錦袍灼灼，一條抹額荔枝紅；金甲輝輝，靴穿

---

❷ 五輪八光左右兩點神水：指眼睛。

❸ 勒：追趕。

一雙鸚鵡絲。

看那骷髏，左手架著白鷂，右手一個指頭，撥那鷂子的鈴兒，口裏嘖嘖地引這白鷂子。衙內道：「卻不作怪！我如今去討，又沒路上得去。」只得在下面告道：「尊神，崔某不知尊神是何方神聖，一時走了新羅白鷂，望尊神見還則個！」看那骷髏，一似佯佯不采。似此告了他五七番，陪了七八個大喏。這人從又不見一個入林子來。骷髏只是不采。衙內忍不得，拏起手中彈弓，拽得滿，覷得較親，一彈子打去。一聲響亮，看時，骷髏也不見，白鷂子也不見了。乘著馬，出這林子前。人從都不見。著眼看那林子，四下都是青草。看看天色晚了，衙內慢慢地行。肚中又飢。下馬離鞍，吊韁牽著馬，待要出這山路口。看那天色：

卻早紅日西沉，鴉鵲奔林高噪。打魚人停舟罷棹，望客旅貪程，煙村繚繞。山寺寂寥，翫銀燈，佛前點照。月上東郊，孤村酒旆收了。採樵人回，攀古道，過前溪，時聽猿啼虎嘯。深院佳人，望夫歸倚門斜靠。

衙內獨自一個牽著馬，行到一處，卻不是早起入來的路。星光之下，遠遠地望見數間草屋。衙內道：「慚愧！這裏有人家時，卻是好了。」逕來到跟前一看，見一座莊院：

莊，莊！臨堤傍岡，青瓦屋，白泥牆。桑麻映日，榆柳成行，山雞鳴竹塢，野犬吠村坊。淡蕩燈籠草舍，輕盈霧罩田桑，家有餘糧雞犬飽，戶無徭役子孫康。

衙內把馬繫在莊前柳樹上，便去叩那莊門。衙內道：「過往行人，迷失道路，借宿一宵，來日尋路歸家。」莊裏無人答應。衙內又道：「是見任中山府崔丞相兒子。因不見了新羅白鷂，迷失道路，問宅裏借宿一宵。」敲了兩三次，方纔聽得有人應道：「來也，來也！」鞋履響，腳步鳴，一個人走將出來開門。衙內打一看時，叫聲苦！那出來的不是別人，卻便是早間村酒店裏的酒保。衙內問道：「你如何卻在這裏？」酒保道：「告官人，這裏是酒保的主人家。我卻入去說了便出來。」酒保去不多時，只見幾個青衣，簇擁著一個著乾紅衫的女兒出來。

吳道子善丹青，描不出風流體段；蒯文通能舌辨，說不盡許多精神。

衙內不敢擡頭：「告娘娘，崔亞迷失道路，敢就貴莊借宿一宵。來日歸家，丞相爹爹卻當報效。」只見女娘道：「奴等衙內多時，果蒙寵訪。請衙內且入敝莊。」衙內道：「豈敢輒入！」再三再四，只管相請。衙內唱了喏，隨著入去。到一個草堂之上，見燈燭熒煌，青衣點將茶來。衙內告娘娘：「敢問此地是何去處？娘娘是何姓氏？」女娘聽得問，啟一點朱唇，露兩行碎玉，說出數句言語來。衙內道：「這事又作怪！」茶罷，接過盞托。衙內自思量道：「先自肚裏又飢，卻教喫茶！」正恁沉吟間，則見女娘教安排酒來。道不了，青衣掇過果桌。頃刻之間，咄嗟而辦。

幕天席地，燈燭熒煌。筵排異皿奇盃，席展金觥玉斝。珠璺粧成異果，玉盤簇就珍羞。珊瑚筵上，青衣美麗捧霞觴；玳瑁盃中，粉面丫鬟斟玉液。

衙內叉手向前：「多蒙賜酒，不敢祇受。」女娘道：「不妨。屈郎少飲。家間也是勳臣貴戚之家。」衙內道：「不敢拜問娘娘，果是那一宅？」女娘道：「不必問，他日自知。」衙內道：「家間父母望我回去。告娘娘指路，令某早歸。」女娘道：「不妨。家間正是五伯諸侯的姻眷，衙內又是宰相之子，門戶正相當。奴家見爹爹議親，東來不就，西來不成，不想姻緣卻在此處相會！」衙內聽得說，愈加心慌，卻不敢抗違，則應得喏。一杯兩盞，酒至數巡。衙內告娘娘：「指一條路，教某歸去。」女娘道：「不妨，左右明日教爹爹送衙內歸。」衙內道：「『男女不同席，不共食。』自古『瓜田不納履，李下不整冠』。深恐得罪於尊前。」女娘道：「不妨，縱然不做夫婦，也待明日送衙內回去。」衙內似夢如醉之間，則聽得外面人語馬嘶。青衣報道：「將軍來了。」女娘道：「爹爹來了，請衙內少等則個。」女娘輕移蓮步，向前去了。衙內道：「這裏有甚將軍！」捏手捏腳，尾著他到一壁廂，轉過一個閣兒裏去，聽得有人在裏面聲喚。衙內去黑處把舌尖舐開紙窗一望時，嚇得渾身冷汗，動撣不得，道：「我這性命休了！走了一夜，卻走在這個人家裏。」當時衙內窗眼裏，看見閣兒裏兩行都擺列朱紅椅子，主位上坐一個一丈來長短骷髏，卻便是日間一彈子打的。且看他如何說？那女孩兒見爹爹叫了萬福，問道：「爹爹沒甚事！」骷髏道：「孩兒，你不來看我這個！我日間出去，見一隻雪白鷂子，我見他奇異，捉將來架在手裏。被一個人在山腳下打我一彈子，正打在我眼裏，好疼！我便問山神土地時，卻是崔丞相兒子崔衙內。我若捉得這廝，將來背剪縛在將軍柱上，劈腹取心，左手把起酒來，右手把著他心肝；喫一盃酒，嚼一塊心肝，以報冤讎。……」說猶未了，只見一個人，從屏風背轉將出來。不是別人，卻是早來村酒店裏的酒保。將軍道：「班犬，你聽得說也不曾？」班犬道：「纔見說；卻不敢耐，崔衙內早起來店中向我買酒喫。不知卻打了將軍的眼！」女孩兒道：「告爹爹，他也想是誤打了爹爹。望爹爹饒恕他。」班犬道：「妹妹莫怪我多口！崔衙內適來共妹妹在草堂飲酒。」女孩兒告爹爹：「崔郎與奴飲酒，他是五百年前姻眷。看孩兒面，且饒恕他則個！」將軍便只管焦躁，女孩兒只管勸。衙內在窗子外聽得，道：「這裏不走，更待何時！」走出草堂，開了院門，跳上馬，摔一鞭，那馬四隻蹄一似翻盞撒鈸，道不得個「慌不擇路」，連夜胡亂走到天色漸曉，離了定山。衙內道：「慚愧！」正說之間，林子裏搶出十餘個人來，大喊大聲，把衙內簇住。衙內道：「我好苦！出得龍潭，又入虎穴！」仔細看時，卻是隨從人等。衙內道：「我喫你們一驚！」眾人問衙內：「一夜從那裏去來？今日若不見衙內，我們都打沒頭腦惡官司。」衙內對眾人把上項事說了一遍。眾人都以手加額道：「早是不曾壞了性命！我們昨晚一夜不敢歸去，在這林子裏等到今日。早是新羅白鷂，原來飛在林子後面樹上，方纔收得。」那養角鷹的道：「覆衙內，男女在此土居，這山裏有多少奇禽異獸，只好再入去出獵。可惜耽擱了新羅白鷂。」衙內道：「這廝又來！」眾人扶策著衙內，歸到府中。一行人離了犒設，卻入堂裏，見了爹媽，唱了喏。相公道：「一夜你不歸，那裏去來？憂殺了媽媽。」衙內道：「告爹媽，兒子昨夜見一件詫異的事！」把說過許多話，從頭說了一遍。相公焦躁：「小後生亂道胡說。且罰在書院裏，教院子看著，不得出離。」衙內只得入書院。

時光似箭，日月如梭，撚指間過了三個月。當時是夏間天氣：

夏，夏！雨餘亭廈，紈扇輕，薰風乍。散髮披襟，彈棋打馬❹，古鼎焚龍涎，照壁名人畫。

當頭竹徑風生，兩行青松暗瓦。最好沉李與浮瓜，對青樽旋開新鮓。

衙內過三個月不出書院門。今日天色卻熱，且離書院去後花園裏乘涼。坐定，衙內道：「三個月不敢出書院門，今日在此乘涼，好快活！」聽那更點，早是二更。只見一輪月從東上來。

月，月！無休無歇，夜東生，曉西滅。少見團圓，多逢破缺。偏宜午夜時，最稱三秋節。

幽光解敵嚴霜，皓色能欺瑞雪。穿窗深夜忽清風，曾遣離人情慘切。

衙內乘著月色，閒行觀看。則見一片黑雲起，雲綻處，見一個人駕一輪香車，載著一個婦人。看那駕車的人，便是前日酒保班犬。香車裏坐著乾紅衫女兒，衙內月光下認得是莊內借宿留他喫酒的女娘。下車來道：「衙內，外日奴好意相留，如何不別而行？」衙內道：「好！不走，右手把著酒，左手把著心肝做下口。告娘娘，饒崔某性命！」女孩兒道：「不要怕，我不是人，亦不是鬼，奴是上界神仙。與衙內是五百年姻眷，今日特來效于飛之樂。」教班犬自駕香車去。衙內一時被他這色迷了。

色，色！難離易惑，隱深閨，藏柳陌。長小人志，滅君子德。後主謾多才，紂王空有力。

傷人不痛之刀，對面殺人之賊。方知雙眼是橫波，無限賢愚被沉溺。

兩個同在書院裏過了數日。院子道：「這幾日衙內不許我們入書院裏，是何意故？」當夜張見一個

❹ 打馬：打雙陸。

妖媚的婦人。院子先來覆管家婆，便來覆了相公。相公焦躁做一片，仗劍入書院裏來。衙內見了相公，只得唱個喏。相公道：「我兒，教你在書院中讀書，如何引惹鄰舍婦女來？朝廷得知，只說我縱放你如此！也妨我兒將來仕路！」衙內只應得喏：「告爹爹，無此事。」卻待再問，只見屏風後走出一個女孩兒來，叫聲萬福。相公見了，越添焦躁。仗手中寶劍，移步向前，喝一聲道：「著！」劍不下去，萬事俱休，一劍下去，教相公倒退三步。看手中利刃，只剩得劍靶。喫了一驚，到去住不得。只見女孩兒道：「相公休焦！奴與崔郎五百年姻契，合為夫婦。不日同為神仙。」相公出豁不得，卻來與夫人商量，教請法官。那裏捉得住！正恁地煩惱，則見客將司來覆道：「告相公，有一司法，姓羅名公適，新到任來公參。客司說：『相公不見客。』問：『如何不見客？』客將司把上件事說了一遍。羅法司道：『此間有一修行在世神仙，可以斷得。姓羅名公遠，是某家兄。』客司覆相公。」相公即時請相見。茶湯罷，便問羅真人在何所。得了備細，便修箚子請將羅公遠下山，到府中見了。崔丞相看那羅真人，果是生得非常。便引到書院中，與這婦人相見了。羅真人勸諭那婦人：「看羅某面，放捨崔衙內。」婦人那裏肯依。羅真人既再三勸諭，不從。作起法來，忽起一陣怪風。

> 風，風！蕩翠飄紅，忽南北，忽西東。春開柳葉，秋謝梧桐。涼入朱門內，寒添陋巷中。
> 似鼓聲搖陸地，如雷振響晴空。乾坤收拾塵埃淨，現日移陰卻有功。

那陣風過處，叫下兩個道童來。一個把著一條縛魔索，一個把著一條黑柱杖。羅真人令道童捉下那婦女。婦女見道童來捉，他叫一聲班犬。從虛空中跳下班犬來，忿忿地擎起雙拳，竟來抵敵。原來邪不可以干正，被兩個道童一條索子，先縛了班犬，後縛了乾紅衫女兒。喝教現形。班犬變做一隻大蟲，乾紅衫女兒變做一個紅兔兒，道：「骷髏神，原來晉時一個將軍，死葬在定山之上。歲久年深，成器了，現形作怪。」羅真人斷了這三怪，救了崔衙內性命。從此至今，定山一路，太平無事。這段話本❺，則喚做新羅白鷂，定山三怪。有詩為證：

虎奴兔女活骷髏，作怪成群山上頭。一自真人明斷後，行人坦道永無憂。

❺ 話本：故事。

第二十卷 計押番金鰻產禍

終日昏昏醉夢間，忽聞春盡強登山。因過竹院逢僧話，又得浮生半日閒。

話說大宋徽宗朝有個官人，姓計名安，在北司官廳下做個押番。止只夫妻兩口兒。偶一日，下番❶在家，天色卻熱，無可消遣，卻安排了釣竿，迤逦取路來到金明池上釣魚。釣了一日，不曾發市。計安肚裏焦躁，卻待收了釣竿歸去。覺道浮子沉下去，釣起一件物事來，計安道聲好，不知高低：「只有錢那裏討！」安在籃內，收拾了竿子，起身取路歸來。一頭走，只聽得有人叫道：「計安！」回頭看時，卻又沒人。又行又叫：「計安，吾乃金明池掌。汝若放我，教汝富貴不可言盡；汝若害我，教你合家人口死於非命。」仔細聽時，不是別處，卻是魚籃內叫聲。計安道：「卻不作怪！」一路無話。到得家中，放了竿子籃兒。那渾家道：「丈夫，快去廳裏去，太尉使人來叫你兩遭。不知有甚事，分付便來。」計安道：「今日是下番日期，叫我做甚？……」說不了，又使人來叫：「押番，太尉等你。」計安連忙換了衣衫，和那叫的人去幹當官的事。了畢，回來家中，脫了衣裳，教安排飯來喫。只見渾家安排一件物事，放在面前。押番見了，喫了一驚，叫聲苦，不知高低：「我這性命休了！」渾家也喫一驚道：「沒

❶ 下番：下班、下值。

甚事，叫苦連聲！」押番卻把早間去釣魚的事說了一遍，道：「是一條金鰻，他說：『吾乃金明池掌，若放我，大富不可言；若害我，教我合家死於非命。』你卻如何把他來害了？我這性命合休！」渾家見說，啐了一口唾，道：「卻不是放屁！金鰻又會說起話來！我見沒有下飯，安排他來喫，卻又沒事。你不喫，我一發喫了。」計安終是悶悶不已。到得晚間，夫妻兩個解帶脫衣去睡。渾家見他懷悶，離不得把些精神來陪侍他。自當夜之間，那渾家身懷六甲，只見眉低眼慢，腹大乳高。倏忽間又十月滿足。臨盆之時，叫了收生婆，生下個女孩兒來。正是：

野花不種年年有，煩惱無根日日生。

那押番看了，夫妻二人好不喜歡，取名叫做慶奴。

時光如箭，轉眼之間，那女孩兒年登二八，長成一個好身材，伶俐聰明，又教成一身本事。爹娘憐惜，有如性命。時遇靖康丙午年間，士馬離亂。因此計安家夫妻女兒三口，收拾隨身細軟包裹，流落州府。後來打聽得車駕杭州駐蹕，官員都隨駕來臨安。計安便迤邐取路奔行在來。不則一日，三口兒入城，權時討得個安歇，便去尋問舊日官員相見了，依舊收留在廳著役，不在話下。計安便教人尋間房，安頓了妻小居住。不止一日，計安覷著渾家道：「我下番無事，若不做些營生，恐坐喫山空，須得些個道業❷，來相助方好。」渾家道：「我也這般想，別沒甚事好做，算來只好開一個酒店。便是你上番時，我也和孩兒在家裏賣得。」計安道：「你說得是，和我肚裏一般。」便去理會這節事。次日，便去打合❸個量

❷ 道業：行業。

酒的人❹。卻是外方人，從小在臨安討衣飯喫，沒爹娘，獨自一個，姓周名得，排行第三。安排都了，選吉日良時，開張店面。周三就在門前賣些果子，自捏合些湯水。到晚間，就在計安家睡。計安不在家，那娘兒兩個自在家中賣。那周三直是勤力，卻不躲懶。倏忽之間，相及數月。忽朝一日，計安對妻子道：「我有句話和你說，不要嗔我。」渾家道：「卻有甚事，只管說。」計安道：「這幾日我見那慶奴，全不像那女孩兒相態。」渾家道：「孩兒日夜不曾放出去，並沒甚事，想必長成了恁麼！」計安道：「莫托大❺！我見他和周三兩個打眼色❻。」當日沒話說。一日，計安不在家，做娘的叫那慶奴來：「我兒，娘有件事和你說。不要瞞我。」慶奴道：「沒甚事。」娘便說道：「我這幾日，見你身體粗醜，全不像模樣。實對我說。」慶奴見問，只不肯說。娘見那女孩兒前言不應後語，失張失志❼，道三不著兩，面上忽青忽紅，娘道：「必有緣故！」捉住慶奴，搜檢他身上時，娘只歎得口氣，叫聲苦，連腮贈掌，打那女兒。「你卻被何人壞了？」慶奴喫打不過，哭著道：「我和那周三兩個有事。」娘見說，不敢出聲，攧著腳，只叫得苦。「卻是怎的計結❽？爹歸來時須說我在家管甚事！裝這般幌子！」周三不知裏面許多事，兀自在門前賣酒。到晚，計安歸來歇息了，安排些飯食喫罷。渾家道：「我有件事和你說。果應你

❸打合：邀人合作。
❹量酒的人：酒店裏的職工。
❺托大：大意。
❻打眼色：用眼神傳達意思。
❼失張失志：慌慌張張，恍恍惚惚。
❽計結：了結。

的言語，那丫頭被周三那廝壞了身體。」那計安不聽得說，萬事全休，聽得說時，「怒從心上起，惡向膽邊生」，便要去打那周三。渾家攔住道：「且商量。打了他，不爭我家卻是甚活計❾！」計安道：「我指望教這賤人去個官員府第，卻做出這般事來。譬如不養得，把這丫頭打殺了罷。」做娘的再三再四勸了一個時辰。爹性稍過，便問這事卻怎地出豁？做娘的不慌不忙，說出一個法兒來。正是：

金風吹樹蟬先覺，斷送無常死不知。

渾家道：「只有一法，免得粧幌子❿。」計安道：「你且說。」渾家道：「周三那廝，又在我家得使⓫，何不把他來招贅了？」——說話的，當時不把女兒嫁與周三，只好休；也只被人笑得一場，兩下趕開去，卻沒後面許多說話。——不想計安聽信了妻子之言，便道：「這也使得。」當日且分付周三歸去。那周三在路上思量：「我早間見那做娘的打慶奴，晚間押番歸卻，打發我出門。莫是『東窗事發』？若是這事走漏，須教我喫官司，如何計結？」沒做理會處。正是：

烏鴉與喜鵲同行，吉凶事全然未保。

閒話提過，離不得計押番使人去說合周三。下財納禮，擇日成親，不在話下。

---

❾ 活計：賴以維生的工作或職業。

❿ 粧幌子：出醜。

⓫ 得使：得用。

倏忽之間，周三入贅在家，一載有餘。夫妻甚是說得著⑫。兩個暗地計較了，只要搬出去住。在家起晏睡早，躲懶不動。周三那廝，打出吊入⑬，公然乾顙。計安忍不得，不住和那周三廝鬧。便和渾家商量，和這廝官司一場，奪了休，卻不妨得。日前時便怕人笑，沒出手；今番只說是招那廝不著。便安排圈套，捉那周三些個事，鬧將起來，和他打官司，鄰舍勸不住，奪了休。周三只得離了計押番家，自去趕趁⑭。慶奴不敢則聲，肚裏自煩惱。正自生離死別。討休在家相及半載，只見有個人來尋押番娘，卻是個說親的媒人。相見之後，坐定道：「聞知宅上小娘子要說親，老媳婦特來。」計安道：「有甚好頭腦，萬望主盟。」婆子道：「不是別人，這個人是虎翼營有請受的官身，占役在官員去處，姓戚名青。」計安見說，因緣相撞，卻便肯。即時便出個帖子。幾盃酒相待。押番娘便說道：「婆婆用心則個。事成時，卻得相謝。」婆婆謝了，自去。夫妻兩個卻說道：「也好，一則有請受官身；二則年紀大些，卻老成；三則周三那廝不敢來胡生事，已自嫁了個官身。我也認得這戚青，卻善熟⑮。」話中見快。媒人一合說成。依舊少不得許多節次，成親。卻說慶奴與戚青兩個說不著，道不得個「少女少郎，情色相當」，戚青卻年紀大，便不中那慶奴意。卻整日鬧吵，沒一日靜辦⑯。爹娘見不成模樣，又與女奪休，告托官

⑫ 說得著：說得投機，引申作親暱、要好解。
⑬ 打出吊入：惡狠狠地走進走出。
⑭ 趕趁：趕奔營業。
⑮ 善熟：和氣。
⑯ 靜辦：清靜。

員，封過狀子，去所屬看人情面，給狀判離。戚青無力勢，被奪了休⑰。遇喫得醉，便來計押番門前罵。忽朝一日，發出白說話來，教「張公喫酒李公醉」⑱，「柳樹上著刀，桑樹上出血」。正是：

安樂窩中好使乖，中堂有客寄書來。多應只是名和利，撇在床頭不拆開。

那戚青遇喫得酒醉，便來廝罵。卻又不敢與他爭。初時鄰里也來相勸。次後喫得醉便來，把做常事，不管他。一日，戚青指著計押番道：「看我不殺了你這狗男女不信！」道了自去，鄰里都知。

卻說慶奴在家，又經半載。只見有個婆婆來閒話。莫是來說親？相見了。茶罷，婆子道：「有件事要說，怕押番焦躁。」計安夫妻兩個道：「但說不妨。」婆子道：「老媳婦見小娘子兩遍說親不著，何不把小娘子去個好官員家？三五年一程，卻出來說親也不遲。」計安聽說，肚裏道：「也好，一則兩遍裝幌子，二則壞了些錢物。卻是又嫁甚麼人是得？」便道：「婆婆有甚麼好去處教孩兒去則個？」婆子道：「便是有個官人要小娘子，特地叫老媳婦來說。見在家中安歇。他曾來宅上喫酒，認得小娘子。他是高郵軍主簿，如今來這裏理會差遣，沒人相伴。只是要帶歸宅裏去。卻不知押番肯也不肯？」夫妻兩個計議了一會，便道：「若是婆婆說時，必不肯相誤。望婆婆主盟則個。」當日說定，商量揀日，做了文字。那慶奴拜辭了爹娘，便來服事那官人。有分教做個失鄉之鬼，父子不得相見。正是：

⑰ 奪了休：妻子把丈夫休棄，叫做「奪休」。

⑱ 張公喫酒李公醉：累及他人。

天聽寂無聲，蒼蒼何處尋？非高亦非遠，都只在人心。

那官人是高郵軍主簿，家小都在家中，來行在理會本身差遣，姓李，名子由。討得慶奴，便一似夫妻一般。日間寒食節，夜裏正月半。那慶奴思衣得衣，思食得食。數月後，官人家中信到，催那官人去，恐在都下費用錢物。不只一日，幹當⑲完備，安排行裝，買了人事，僱了船隻，即日起程，取水路歸來。在路貪花戀酒，遷延程途，直是怏怏。相次到家，當直人等接著。那恭人出來，與官人相見。官人只應得喏，便道：「恭人在宅幹管不易。」便教慶奴入來參拜恭人。慶奴低著頭，走入來立地，卻待拜。恭人道：「且休拜。」便問：「這是甚麼人？」官人道：「實不瞞恭人，在都下早晚無人使喚，胡亂討來相伴。今日帶來伏事恭人。」恭人看了慶奴道：「你卻和官人好快活！來我這裏做甚麼？」慶奴道：「奴一時遭際。」恭人看離鄉背井之面。」只見恭人教兩個養娘來：「與我除了那賤人冠子，脫了身上衣裳，換幾件粗布衣裳著了，解開腳，蓬鬆了頭，罰去廚下打水燒火做飯。」慶奴只叫得萬萬聲苦，哭告恭人道：「看奴家中有老爹娘之面。若不要慶奴，情願轉納身錢，還歸宅中。」恭人道：「你要去，可知好哩！且罰你廚下喫些苦。你從前快活也勾了。」慶奴看著那官人道：「你帶我來，卻教我恁地模樣！你須與我告恭人則個。」官人道：「你看恭人何等情性！隨你了得的包待制，也斷不得這事。你且沒奈何，我自性命不保。等他性下，卻與你告。」即是押慶奴到廚下去。官人道：「恭人若不要他時，只消退在牙家⑳，轉變身錢便了，何須發怒！」恭人道：「你好做作！兀自說哩！」自此罰在廚下，相及一月。

⑲ 幹當：經理。

忽一日晚，官人去廚下，只聽得黑地裏有人叫官人。官人聽得，認得是慶奴聲音。走近前來，兩個扯住了哭，不敢高聲。便說道：「我不合帶你回來，教你喫這般苦！」慶奴道：「你只管教我在這裏受苦，卻是幾時得了？」官人沉吟半晌，道：「我有道理救你處。不若我告他，只做退你去牙家，轉變身錢。安排解舍，悄悄地，教你在那裏住。我自教人把錢來。我也不時自來，和你相聚。是好也不好？」慶奴道：「若得如此，可知好哩！卻是災星退度。」當夜官人離不得把這事說道：「慶奴受罪也勾了。若不要他時，教發付牙家去，轉變身錢。」恭人應允，不知裏面許多事。且說官人差一個心腹虞候，叫做張彬，專一料理這事。把慶奴安頓解舍裏，隔得那宅中一兩條街，只瞞著恭人一個不知。官人不時便走來，安排幾盃酒喫了後，免不得幹些沒正經的事。卻說宅裏有個小官人，叫做佛郎，年方七歲，直是得人惜。有時往來慶奴那裏耍。爹爹便道：「我兒不要說向媽媽道，這個是你姐姐。」孩兒應喏。忽一日，佛郎來，要走入去。那張彬與慶奴兩個相並肩而坐喫酒。佛郎見了，便道：「我只說向爹爹道。」兩個男女迴避不迭。張彬連忙走開躲了。慶奴一把抱住佛郎，坐在懷中，說：「小官人不要胡說。姐姐自在這裏喫酒，等小官人來，便把果子與小官人喫。」那佛郎只是說：「我向爹爹道，你和張虞候兩個做甚麼。」慶奴聽了，口中不道，心下思量：「你說了，我兩個卻如何！」眉頭一縱，計上心來。「寧苦你，莫苦我。」沒奈何，來年今月今日今時，是你忌辰！」把條手巾，捉住佛郎，撲番在床上，便去一勒。那裏消半碗飯時，那小官人命歸泉世。正是：

⑳ 牙家：牙行。代客買賣收取佣金的鋪子。

時間風火性，燒卻歲寒心。

一時把那小官人來勒殺了，卻是怎地出豁？正沒理會處，只見張彬走來。慶奴道：「叵耐這廝，只要說與爹爹知道。我一時慌促，把來勒死了。」那張彬聽說，叫聲苦，不知高低！道：「姐姐，我家有老娘，卻如何出豁？」慶奴道：「你教我壞了他，怎恁地說！是你家有老娘，我也有爹娘。事到這裏，我和你收拾些包裹，走歸行在見我爹娘，這須不妨。」張彬沒奈何，只得隨順。兩個打疊包兒，漾開了逃走。離不得宅中不見了佛郎，尋到慶奴家裏，見他和張彬走了，孩兒勒死在床。一面告了官司，出賞捉捕，不在話下。

張彬和慶奴兩個取路到鎮江。那張彬肚裏思量著老娘，憶著這事，因此得病。就在客店中將息。不止一日，身邊細軟衣物解盡。張彬道：「要一文看也沒有，卻是如何計結？」簌簌地兩行淚下：「教我做個失鄉之鬼！」慶奴道：「不要煩惱，我有錢。」張彬道：「在那裏？」慶奴道：「我會一身本事，唱得好曲，到這裏怕不得羞。何不買個鑼兒，出去諸處酒店內賣唱，趁百十文，把來使用，是好也不好？」張彬道：「你是好人家兒女，如何做得這等勾當？」慶奴道：「事極無奈。但得你沒事，和你歸臨安見我爹娘。」從此慶奴只在鎮江店中趕趁。

話分兩頭，卻說那周三自從奪休了，做不得經紀。歸鄉去投奔親戚又不著。一夏衣裳著汗，到秋來都破了。再歸行在來，於計押番門首過。其時是秋深天氣，濛濛的雨下。計安在門前立地。周三見了便唱個喏。計安見是周三，也不好問他來做甚麼。周三道：「打這裏過，見丈人，唱個喏。」計安見他身上襤褸，動了個惻隱之心。便道：「入來，請你喫碗酒了去。」當時只好休引那廝，卻沒甚事。千不合，萬不合，教入來喫酒，卻教計押番：一種是死，死之太苦，一種是亡，亡之太屈！

卻說計安引周三進門。老婆道：「沒事引他來做甚？」周三見了丈母，唱了喏，道：「多時不見。自從奪了休，病了一場，做不得經紀，投遠親不著。姐姐安樂？」計安道：「休說！自你去之後，又討頭腦不著。如今且去官員人家三二年，卻又理會。」便教渾家煖將酒來，與周三喫。喫罷，沒甚事，周三謝了自去。天色卻晚，有一兩點雨下。周三道：「也罪過，他留我喫酒，卻不是他家不好，都是我自討得這場煩惱。」一頭走，一頭想：「如今卻是怎地好？深秋來到，這一冬如何過得？」自古人極計生，驀上心來：「不如等到夜深，撥開計押番門。那老夫妻兩個又睡得早，不防我。拏些個東西，把來過冬。」那條路卻靜，不甚熱鬧。走回來等了一歇，撥開門閃身入去，隨手關了。仔細聽時，只聽得押番娘道：「關得門戶好，前面響。」押番道：「撐打㉑得好。」渾家道：「天色雨下，怕有做不是的㉒。起去看一看，放心。」押番真個起來看。周三聽得，道：「苦也，起來捉住我，卻不利害！」去那竈頭邊摸著把刀在手，黑地裏立著。押番不知頭腦，走出房門看時，周三讓他過一步，劈腦後便剁。覺得襯手㉓，劈然㉔倒地，命歸泉世。周三道：「只有那婆子，索性也把來殺了。」不則聲，走上床，揭開帳子，把

㉑ 撐打：頂撐。

㉒ 做不是的：盜賊、歹人。

㉓ 襯手：手頭順溜。

㉔ 劈然：同「匹然」，突然。

押番娘殺了。點起燈來，把家中有底細軟包裹都收拾了。碌亂了半夜，周三背了包裹，倒拽上門。迤運出北關門。

且說天色已曉，人家都開門。只見計押番家靜悄悄不聞聲息。鄰舍道：「莫是睡殺了也？」隔門叫喚不應。推那門時，隨手而開。只見那中門裏計押番死屍在地，便叫押番娘，又不應。走入房看時，只見床上血浸著那死屍，箱籠都開了。眾人都道：「不是別人，是戚青這廝，每日醉了來罵，便要殺他！今日真個做出來！」即時經由所屬，便去捉了戚青。戚青不知來歷，一條索縛將去，和鄰舍解上臨安府。府主見報殺人公事，即時陞廳，押那戚青至面前，便問：「有請官身，輒敢禁城內殺命掠財！」戚青初時辨說。後喫鄰舍指證叫罵情由，分說不得。結正㉕中奏朝廷，勘得戚青有請官身，禁城內圖財殺人，押赴市曹處斬。但見：

刀過時一點清風，屍倒處滿街流血。

戚青枉喫了一刀。且說周三壞了兩個人命，只恁地休，卻沒有天理！天幾曾錯害了一個，只是時辰未到。

且說周三迤運取路，直到鎮江府，討個客店歇了。沒事，出來閒走一遭。覺道肚中有些飢，就這裏買些酒喫。只見一家門前招子上寫道：

醞成春夏秋冬酒，醉倒東西南北人。

㉕ 結正：結了案。

周三入去時，酒保唱了喏。問了升數，安排蔬菜下口。方纔喫得兩盞，只見一個人，頭頂著廝鑼㉖，入來閤兒前，道個萬福。周三擡頭一看，當時兩個都喫一驚。不是別人，卻是慶奴。周三道：「姐姐，你如何卻在這裏？」便教來坐地。教量酒人添隻盞來，便道：「你家中說賣你官員人家，如今卻如何恁地？」

慶奴見說，淚下數行。但見：

> 幾聲嬌語如鶯囀，一串真珠落線頭。

道：「你被休之後，嫁個人不著。如今賣我在高郵軍主簿家。到得他家，娘子妒色，罰我廚下打火，挑水做飯，一言難盡。喫了萬千辛苦。」周三道：「卻如何流落到此？」慶奴道：「實不相瞞。後來與本府虞候兩個有事，小官人撞見，要說與他爹爹，因此把來勒殺了。沒計奈何，逃走在此。那廝卻又害病在店中。解當使盡，因此我便出來撰幾錢盤纏。今日天與之幸，撞見你。喫了酒，我和你同歸店中。」周三道：「必定是你老公一般。我須不去。」慶奴道：「不妨，我自有道理。」那裏是教周三去？又教壞了一個人性命。有詩為證：

> 日暮迎來香閣中，百年心事一宵同。寒雞鼓翼紗窗外，已覺恩情逐曉風。

當時兩個同到店中，甚是說得著。當初兀自贖藥煮粥，去看那張彬。次後有了周三，便不管他。有一頓，沒一頓。張彬又見他兩個公然在家乾顙，先自十分病做十五分，得口氣，死了。兩個正是推門入柏㉗。

㉖ 廝鑼：小鑼。

免不得買具棺木盛殮，把去燒了。周三搬來店中，兩個依舊做夫妻。周三道：「我有句話和你說。如今卻不要你出去賣唱。我自尋些道路，撰得錢來使。」慶奴道：「怎麼恁地說。當初是沒計奈何，做此道路。」自此兩個恩情，便是：

雲淡淡天邊鸞鳳，水沉沉交頸鴛鴦，歡娛嫌夜短，寂寞恨更長。

忽一日慶奴道：「我自離了家中，不知音信。不若和你同去行在，投奔爹娘。『大蟲惡殺不喫兒。』」周三道：「好卻好，只是我和你歸去不得。」慶奴道：「怎地？」周三卻待說，又忍了。當時只不說便休，千不合，萬不合，說出來，分明似飛蛾投火，自送其死。正是：

花枝葉下猶藏刺，人心怎保不懷毒。

慶奴務要問個備細。周三道：「實不相瞞。——如此如此，——把你爹娘都殺了，卻走在這裏，如何歸去得！」慶奴見說，大哭起來，扯住道：「你如何把我爹娘來殺了？」周三道：「住住！我不合殺了你爹娘，你也不合殺小官人和張彬，大家是死的。」慶奴沉吟半晌，無言抵對。倏忽之間，相及數月。周三忽然害著病，起床不得。身邊有些錢物，又都使盡。慶奴看著周三道：「家中沒柴米，卻是如何？你卻不要嗔我。『前回意智今番在』，依舊去賣唱幾時。等你好了，卻又理會。」周三無計可施，只得應允。自從出去趕趁，每日撰得幾貫錢來，便無話說。有時撰不得來，周三那廝便罵：「你都是又喜歡漢子，

㉗ 推門入相：互相湊合。

貼了他！」不由分說。若撰不來，慶奴只得去到處熟酒店裏櫃頭上，借幾貫歸家。撰得來便還他。一日，卻是深冬天氣，下雪起來，慶奴立在危樓上，倚著闌干立地。只見三四個客人，上樓來喫酒。慶奴道：「好大雪，晚間沒錢歸去，那廝又罵。且喜那三四客人來飲道。我且胡亂去賣一賣。」便去揭開簾兒，打個照面㉘。慶奴只叫得「苦也」，不是別人，卻是宅中當直的。叫一聲：「慶奴，你好做作，卻在這裏！」嚇得慶奴不敢則聲。原來宅中下狀，得知道走過鎮江，便差宅中一個當直廝趕著做公的來捉。便問：「張彬在那裏？」慶奴道：「生病死了。我如今卻和我先頭丈夫周三在店裏住。那廝在臨安把我爹娘來殺了。卻在此撞見，同做一處。」當日酒也喫不成。即時縛了慶奴，到店中床上拖起周三，縛了，解來府中，盡情勘結，兩個各自認了本身罪犯，中奏朝廷。內有戚青屈死，別作施行。周三不合圖財殺害外父外母，慶奴不合因奸殺害兩條性命，押赴市曹處斬。但見：犯由前引，棍棒後隨，前街後巷，這番過後幾時回？把眼睜開，今日始知天報近。正是：但存夫子三分禮，不犯蕭何六尺條。

這兩個正是明有刑法相繫，暗有鬼神相隨。道不得個：

善惡到頭終有報，只爭來早與來遲。

後人評論此事，道計押番釣了金鰻，那時金鰻，在竹籃中，開口原說道：「你若害我，教你合家人口，死於非命。」只合計押番夫妻償命；如何又連累周三、張彬、戚青等許多人？想來這一班人也是一緣一會，該是一宗案上的鬼，只借金鰻作個引頭。連這金鰻說話，金明池執掌，未知虛實，總是個凶妖

㉘ 打個照面：對面相見。

之先兆。計安既知其異，便不該帶回家中，以致害他性命。大凡物之異常者，便不可加害，有詩為證：

李救朱蛇得美姝，孫醫龍子獲奇書。勸君莫害非常物，禍福冥中報不虛。

第二十一卷　趙太祖千里送京娘

兔走烏飛疾若馳，百年世事總依稀；累朝富貴三更夢，歷代君王一局棋。
禹定九州湯受業，秦吞六國漢登基。百年光景無多日，晝夜追歡還是遲！

話說趙宋末年，河東石室山中有個隱士，不言姓名，自稱石老人。有人認得的，說他原是有才的豪傑，因遭胡元之亂，曾詣軍門獻策不聽，自起義兵，恢復了幾個州縣。後來見時勢日蹙，知大事已去，乃微服潛遯，隱於此山中。指「山」為姓，農圃自給，恥言仕進。或與談論古今興廢之事，娓娓不倦。一日近山有老少二儒，閒步石室，與隱士相遇，偶談漢、唐、宋三朝創業之事。隱士問：「宋朝何者勝於漢唐？」一士云：「修文偃武。」一士云：「歷朝不誅戮大臣。」隱士大笑道：「二公之言，皆非通論。漢好征伐四夷，儒者雖言其『黷武』，然蠻夷畏懼，稱為強漢，魏武猶借其餘威以服匈奴。唐初府兵最盛，後變為藩鎮，雖跋扈不臣，而犬牙相制，終藉其力。宋自澶淵和虜，憚於用兵。其後以歲幣為常，以拒敵為諱，金元繼起，遂至亡國，此則偃武修文之弊耳。不戮大臣雖是忠厚之典，然奸雄誤國，一概姑容，使小人進有非望之福，退無不測之禍，終宋之世，朝政壞於奸相之手。乃致末年時窮勢敗，函侂胄於虜庭，刺似道於廁下，不亦晚乎！以是為勝於漢唐，豈其然哉？」二儒道：「據先生之意，以何為勝？」隱士道：「他事雖不及漢唐，惟不貪女色最勝。」二儒道：「何以見之？」隱士道：「漢高溺愛於戚姬，唐宗亂倫於弟婦。呂氏武氏幾危社稷，飛燕太真並污宮闈。宋代雖有盤樂之主，絕無漁色之君，所以高、曹、向、孟，閨德獨擅其美，此則遠過於漢唐者矣。」二儒歎服而去。正是：

要知古往今來理，須問高明遠見人。

方纔說宋朝諸帝不貪女色，全是太祖皇帝貽謀之善。不但是為君以後，早朝宴罷，寵幸希疏。自他未曾「發跡變泰」的時節，也就是個鐵錚錚的好漢，直道而行，一邪不染。則看他千里送京娘這節故事便知。正是：

說時義氣凌千古，話到英風透九霄，八百軍州真帝主，一條桿棒顯雄豪。

且說五代亂離，有詩四句：

朱李石劉郭，梁唐晉漢周，都來十五帝，擾亂五十秋。

這五代都是偏霸，未能混一。其時土宇割裂，民無定主。到後周雖是五代之末，兀自有五國三鎮。那五國？

周郭威，北漢劉崇，南唐李璟，蜀孟昶，南漢劉晟。

那三鎮？

吳越錢佐，荊南高保融，湖南周行逢。

雖說五國三鎮，那周朝承梁、唐、晉、漢之後，號為正統。趙太祖趙匡胤曾仕周為殿前都點檢。後因陳橋兵變，代周為帝，混一宇內，國號大宋。當初未曾「發跡變泰」的時節，因他父親趙洪殷，曾仕漢為岳州防禦使，人都稱匡胤為趙公子，又稱為趙大郎。生得面如噀血，目若曙星，力敵萬人，氣吞四海。專好結交天下豪傑，任俠任氣，路見不平，拔刀相助，是個管閒事的祖宗，撞沒頭禍的太歲。先在汴京城打了御勾欄❶，鬧了御花園，觸犯了漢末帝，逃難天涯。到關西護橋殺了董達，得了名馬赤麒麟。黃州除了宋虎，朔州三棒打死了李子英，滅了潞州王李漢超一家。來到太原地面，遇了叔父趙景清。時景清在清油觀出家，就留趙公子在觀中居住。誰知染患，一臥三月。比及病愈，景清朝夕相陪，要他將息身體，不放他出外閒遊。一日景清有事出門，分付公子道：「侄兒耐心靜坐片時，病如小愈，切勿行動！」景清去了，公子那裏坐得住，想道：「便不到街坊遊蕩，這本觀中閒步一回，又且何妨。」公子將房門拽上，遶殿遊觀。先登了三清寶殿，行遍東西兩廊，七十二司，又看了東岳廟，轉到嘉寧殿上遊翫，歎息一聲。真個是：

金爐不動千年火，玉盞長明萬載燈。

❶ 勾欄：妓院。

行過多景樓玉皇閣，一處處殿宇崔嵬，制度宏敞。公子喝采不迭，果然好個清油觀。觀之不足，玩之有餘。轉到酆都地府冷靜所在，卻見小小一殿，正對那子孫宮相近，上寫著降魔寶殿，殿門深閉。公子前後觀看了一回，正欲轉身，忽聞有哭泣之聲，乃是婦女聲音。公子側耳而聽，其聲出於殿內。公子道：「蹊蹺作怪！這裏是出家人住處，緣何藏匿婦人在此？其中必有不明之事。且去問道童討取鑰匙，開這殿來，看個明白，也好放心。」回身到房中，喚道童討降魔殿上鑰匙。道童道：「這鑰匙師父自家收管，其中有機密大事，不許閒人開看。」公子想到：「『莫信直中直，須防人不仁！』原來俺叔父不是個好人，三回五次只教俺靜坐，莫出外閒行，原來幹這勾當。出家人成甚規矩？俺今日便去打開殿門，怕怎的！」方欲移步，只見趙景清回來，公子含怒相迎，口中也不叫叔父，氣忿忿地問道：「你老人家在此出家，幹得好事？」景清出其不意，便道：「我不曾做甚事？」公子道：「降魔殿內鎖的是甚麼人？」景清方纔省得，便搖手道：「賢侄莫管閒事！」公子急得暴躁如雷，大聲叫道：「出家人清淨無為，紅塵不染，為何殿內鎖著個婦女在內，哭哭啼啼，必是非禮不法之事！你老人家也要放出良心。是一是二，說得明白，還有個商量；休要欺三瞞四，我趙某不是與你和光同塵的！」景清見他言詞峻厲，便道：「賢侄，你錯怪愚叔了！」公子道：「怪不怪是小事，且說殿內可是婦人？」景清道：「正是。」公子道：「可又來。」景清曉得公子性躁，還未敢明言，用緩詞答應道：「雖是婦人，卻不干本觀道眾之事。」公子道：「你是個一觀之主，就是別人做出歹事寄頓在殿內，少不得你知情。」景清道：「賢侄息怒。此女乃是兩個有名響馬，不知那裏擄來，一月之前寄於此處。托吾等替他好生看守，若有差遲，寸草不留。因是賢侄病未痊，不曾對你說得。」公子道：「響馬在那裏？」景清道：「暫往那裏去了。」公子不信道：「豈有此理，快與我打開殿門，喚女子出來，俺自審問他詳細。」說罷，綽了渾鐵齊眉短棒，往前先走。景清知他性如烈火，不好遮攔。慌忙取了鑰匙，隨後趕到降魔殿前。景清在外邊開鎖。那女子在殿中聽得鎖響，只道是強人來到，愈加啼哭。公子也不謙讓，纔等門開，一腳跨進。那女子躲在神道背後唬做一團。公子近前放下齊眉短棒，看那女子，果然生得標致！

> 眉掃春山，眸橫秋水。含愁含恨，猶如西子捧心；欲泣欲啼，宛似楊妃剪髮。琵琶聲不響，是個未出塞的明妃；胡笳調若成，分明強和番的蔡女。天生一種風流態，便是丹青畫不真！

公子撫慰道：「小娘子，俺不比奸淫之徒，你休得驚慌。且說家居何處？誰人引誘到此？倘有不平，俺趙某與你解救則個。」那女子方纔舉袖拭淚，深深道個萬福。公子還禮。女子先問：「尊官貴姓？」景清代答道：「此乃汴京趙公子。」女子道：「公子聽稟！……」未曾說得一兩句，早已撲簌簌流下淚來。原來那女子也姓趙，小字京娘，是蒲州解梁縣小祥村居住，年方一十七歲。因隨父親來陽曲縣還北岳香願，路遇兩個響馬強人：一個叫做滿天飛張廣兒，一個叫做著地滾周進。見京娘顏色，饒了他父親性命，擄掠到山神廟中。張周二強人爭要成親，不肯相讓。議論了兩三日，二人恐壞了義氣，將這京娘寄頓於清油觀降魔殿內，分付道士：「小心供給看守。」再去別處訪求個美貌女子，擄掠而來，湊成一對，然後同日成親，為壓寨夫人❷。那強人去了一月，至今未回。道士懼怕他，只得替他看守。京娘敘出緣由，趙公子方纔向景清道：「適纔甚是粗鹵，險些沖撞了叔父！既然京娘是良家室女，無端被強人所擄，俺

❷ 壓寨夫人：綠林好漢的妻子。

今日不救，更待何人？」又向京娘道：「小娘子休要悲傷，萬事有趙某在此，管教你重回故土，再見爹娘。」京娘道：「雖承公子美意，釋放奴家出於虎口，奈家鄉千里之遙，奴家孤身女流，怎生跋涉？」公子道：「救人須救徹。俺不遠千里親自送你回去。」京娘拜謝道：「若蒙如此，便是重生父母。」景清道：「賢侄，此事斷然不可。那強人勢大，官司禁捕他不得。你今日救了小娘子，典守者難辭其責。再來問我要人，教我如何對付？須當連累於我！」公子笑道：「大膽天下去得，小心寸步難行。俺趙某一生見義必為，萬夫不懼。那響馬雖狠，敢比得潞州王麼？他須也有兩個耳朵，曉得俺趙某名字。既然你們出家人怕事，俺留個記號在此，你們好回復那響馬。」說罷，輪起渾鐵齊眉棒，橫著身子，向那殿上朱紅槅子，狠的打一下，「櫪拉」一聲，把菱花窗櫺都打下來。再復一下，把那四扇槅子，打個東倒西歪。唬得京娘戰戰兢兢，遠遠的躲在一邊。景清面如土色，口中只叫：「罪過！」公子道：「強人若再來時，只說趙某打開殿門搶去了。冤各有頭，債各有主。要來尋俺時，教他打蒲州一路來。」景清道：「此去蒲州千里之遙，路上盜賊生發，獨馬單身，尚且難走，況有小娘子牽絆？凡事宜三思而行！」公子笑道：「漢末三國時，關雲長獨行千里，五關斬六將，護著兩位皇嫂，直到古城與劉皇叔相會，這纔是大丈夫所為。今日一位小娘子救他不得，趙某還做甚麼人？此去倘然冤家狹路相逢，教他雙雙受死。」景清道：「然雖如此，還有一說。古者男女坐不同席，食不共器。賢侄千里相送小娘子，雖則美意，出於義氣，傍人怎知就裏，見你少男少女一路同行，嫌疑之際，被人談論，可不為好成歉，反為一世英雄之玷？」公子呵呵大笑道：「叔父莫怪我說，你們出家人慣粧架子，裏外不一。俺們做好漢的，只要自己血心上打得過，人言都不計較。」景清見他主意已決，問道：「賢侄幾時起程？」公子道：「明早便行。」景清道：「只怕賢侄身子還不健旺。」公子道：「不妨事。」景清教道童治酒送行。公子於席上對京娘道：「小娘子，方纔叔父說一路嫌疑之際，恐生議論。俺借此席面，與小娘子結為兄妹，俺姓趙，小娘子也姓趙，五百年合是一家，從此兄妹相稱便了。」京娘道：「公子貴人，奴家怎敢扳高？」景清道：「既要同行，如此最好。」呼道童取過拜氈，京娘請恩人在上：「受小妹子一拜。」公子在傍還禮。京娘又拜了景清，呼為伯伯。景清在席上敘起侄兒許多英雄了得，京娘歡喜不盡。是夜直飲至更餘，景清讓自己臥房與京娘睡，自己與公子在外廂同宿。五更雞唱，景清起身安排早飯，又備些乾糧牛脯，為路中之用。公子鞴了赤麒麟，將行李扎縛停當❸，囑付京娘：「妹子，只可村粧打扮，不可冶容炫服，惹是招非。」早飯已畢，公子扮作客人，京娘扮作村姑，一般的戴個雪帽，齊眉遮了。兄妹二人作別景清。景清送出房門，忽然想起一事道：「賢侄，今日去不成，還要計較。」不知景清說出甚話來？正是：

鵲得羽毛方遠舉，虎無牙爪不成行。

景清道：「一馬不能騎兩人，這小娘子弓鞋襪小，怎跟得上，可不擔誤了程途？從容覓一輛車兒同去卻不好？」公子道：「此事算之久矣。有個車輛又費照顧，將此馬讓與妹子騎坐，俺誓願千里步行，相隨不憚。」京娘道：「小妹有累恩人遠送，愧非男子，不能執鞭墜鐙，豈敢反占尊騎，決難從命。」公子道：「你是女流之輩，必要腳力。趙某腳又不小，步行正合其宜。」京娘再四推辭，公子不允，只得上馬。公子跨了腰刀，手執渾鐵桿棒，隨後向景清一揖而別。景清道：「賢侄路上小心，恐怕遇了兩個響

❸ 停當：妥當。

馬，須要用心隄防！下手斬絕些，莫帶累我觀中之人。」公子道：「不妨不妨。」說罷，把馬尾一拍，喝聲：「快走！」那馬拍騰騰便跑，公子放開腳步，緊緊相隨。

於路免不得飢餐渴飲，夜住曉行。不一日行至汾州介休縣地方。這赤麒麟原是千里龍駒馬，追風逐電，自清油觀至汾州不過三百里之程，不勾名馬半日馳驟。一則公子步行恐奔赴不及，二則京娘女流不慣馳驟，所以控轡緩緩而行。兼之路上賊寇生發，須要慢起早歇，每日止行一百餘里。公子是日行到一個土岡之下，地名黃茅店。當初原有村落，因世亂人荒，都逃散了，還存得個小小店兒。日色將晡，前途曠野，公子對京娘道：「此處安歇，明日早行罷。」京娘道：「但憑尊意。」店小二接了包裹，京娘下馬，去了雪帽。小二一眼瞧見，舌頭吐出三寸，縮不進去。心下想道：「如何有這般好女子！」小二牽馬繫在屋後，公子請京娘進了店房坐下。小二哥走來跕著呆看。公子問道：「小二哥有甚話說？」小二道：「這位小娘子，是客官甚麼人？」公子道：「是俺妹子。」小二道：「客官，不是小人多口，千山萬水，途間不該帶此美貌佳人同走！」公子道：「為何？」小二道：「離此十五里之地，叫做介山，地曠人稀，都是綠林中好漢出沒之處。倘若強人知道，只好白白裏送與他做壓寨夫人，還要貼他個利市。」公子大怒罵道：「賊狗大膽，敢虛言恐唬客人。」照小二面門一拳打去。小二口吐鮮血，手掩著臉，向外急走去了。店家娘就在廚下發話。京娘道：「恩兄忒性躁了些。」公子道：「這廝言語不知進退，怕不是良善之人。先教他曉得俺些手段。」京娘道：「既在此借宿，惡不得他。」公子道：「怕他則甚？」京娘便到廚下與店家娘相見，將好言好語穩貼❹了他半晌。店家娘方纔息怒，打點動火做飯。京娘歸房，

❹ 穩貼：安慰。

房中尚有餘光，還未點燈。公子正坐，與京娘講話。只見外面一個人入來，到房門口探頭探腦。公子大喝道：「甚麼人敢來瞧❺俺腳色❻？」那人道：「小人自來尋小二哥閒話，與客官無干。」說罷，到廚房下，與店家娘唧唧噥噥的講了一會方去。公子看在眼裏，早有三分疑心。燈火已到，店小二只是不回。店家娘將飯送到房裏，兄妹二人喫了晚飯，公子教京娘掩上房門先寢。自家只推水火❼，帶了刀棒遶屋而行。約莫二更時分，只聽得赤麒麟在後邊草屋下有嘶喊踢跳之聲。此時十月下旬，月光初起，公子悄步上前觀看，一個漢子被馬踢倒在地。見有人來，務能的掙穩起來就跑。公子知是盜馬之賊。追趕了一程，不覺數里，轉過溜水橋邊，不見了那漢子。只見對橋一間小屋，裏面燈燭輝煌，公子疑那漢子躲匿在內，步進看時，見一個白鬚老者，端坐於土床之上，在那裏誦經。怎生模樣？

眼如迷霧，鬚若凝霜，眉如柳絮之飄，面有桃花之色，若非天上金星，必是山中社長。

那老者見公子進門，慌忙起身施禮，公子答揖，問道：「長者所誦何經？」老者道：「天皇救苦經。」公子道：「誦他有甚好處？」老者道：「老漢見天下分崩，要保佑太平天子早出，掃蕩煙塵，救民於塗炭。」公子聽得此言，暗合其機，心中也歡喜。公子又問道：「此地賊寇頗多，長者可知他的行藏麼？」老者道：「貴人莫非是同一位騎馬女子，下在坡下茅店裏的？」公子道：「然也。」老者道：「幸遇老

❺ 瞧：察看。
❻ 腳色：動靜。
❼ 水火：大小便。

夫，險些兒驚了貴人。」公子問其緣故。老者請公子上坐，自己旁邊相陪，從容告訴道：「這介山新生兩個強人，聚集嘍囉，打家劫舍，擾害汾潞地方。一個叫做滿天飛張廣兒，一個叫做著地滾周進。半月之間不知那裏搶了一個女子，二人爭娶未決，寄頓他方，待再尋得一個來，各成婚配。這裏一路店家，都是那強人分付過的，但訪得有美貌佳人，疾忙報他，重重有賞。晚上貴人到時，那小二便去報與周進知道，先差野火兒姚旺來探望虛實，說道：『不但女子貌美，兼且騎一匹駿馬，單身客人，不足為懼。』有個千里腳陳名，第一善走，一日能行三百里，賊人差他先來盜馬，眾寇在前面赤松林下屯扎。等待貴人五更經過，便要搶劫。貴人須要防備。」公子道：「原來如此，長者何以知之？」老者道：「老漢久居於此，動息都知，見賊人切不可說出老漢來。」公子謝道：「承教了。」綽棒起身，依先走回，店門兀自半開，公子捱身而入。

卻說店小二為接應陳名盜馬，回到家中，正在房裏與老婆說話。老婆煖酒與他喫，見公子進門，閃在燈背後去了。公子心生一計，便叫京娘問店家討酒喫。店家娘取了一把空壺，在房門口酒缸內舀酒。公子出其不意，將鐵棒照腦後一下，打倒在地，酒壺也撇在一邊。小二聽得老婆叫苦，也取朴刀趕出房來，怎當公子以逸待勞，手起棍落，也打翻了。再復兩棍，都結果了性命。京娘大驚，急救不及。問其打死二人之故。公子將老者所言，述了一遍。京娘嚇得面如土色道：「如此途路難行，怎生是好？」公子道：「好歹有趙某在此，賢妹放心。」公子撐了大門，就廚下煖起酒來，飲個半醉，上了馬料，將鑾鈴塞口，使其無聲。扎縛包裹停當，將兩個屍首拖在廚下柴堆上，放起火來，前後門都放了一把火。看火勢盛了，然後引京娘上馬而行。此時東方漸白，經過溜水橋邊，欲再尋老者問路，不見了誦經之室。

但見土牆砌的三尺高，一個小小廟兒。廟中社公坐於傍邊。方知夜間所見，乃社公引導。公子想道：「他呼我為貴人，又見我不敢正坐，我必非常人也。他日倘然發跡，當加封號。」公子催馬前進，約行了數里，望見一座松林，如火雲相似。公子叫聲：「賢妹慢行，前面想是赤松林了……」言猶未畢，草荒中鑽出一個人來，手執鋼叉，望公子便搠。公子會者不忙，將鐵棒架住。那漢且鬥且走，只要引公子到林中去。激得公子怒起，雙手舉棒，喝聲著，將半個天靈蓋劈下。那漢便是野火兒姚旺。公子叫京娘約馬暫住：「俺到前面林子裏結果了那夥毛賊，和你同行。」京娘道：「恩兄仔細！」公子放步前行。正是：

聖天子百靈助順，大將軍八面威風。

那赤松林下著地滾周進，屯住四五十嘍囉。聽得林子外腳步響，只道是姚旺伏路報信，手提長鎗，鑽將出來，正迎著公子。公子知是強人，並不打話，舉棒便打。周進挺鎗來敵。約鬥上二十餘合，林子內嘍囉知周進遇敵，篩起鑼一齊上前，團團圍住。公子道：「有本事的都來！」公子一條鐵棒，如金龍罩體，玉蟒纏身，迎著棒似秋葉翻風，近著身如落花墜地。打得三分四散，七零八落。周進膽寒起來，鎗法亂了，被公子一棒打倒。眾嘍囉發聲喊，都落荒亂跑。公子再復一棒，結果了周進。回步已不見了京娘。急往四下抓尋，那京娘已被五六個嘍囉，簇擁過赤松林了。公子急忙趕上，大喝一聲：「賊徒那裏走？」眾嘍囉見公子追來，棄了京娘，四散去了。公子道：「賢妹受驚了！」京娘道：「適纔嘍囉內有兩個人，曾跟隨響馬到清油觀，原認得我。方纔說：『周大王與客人交手，料這客人鬥大王不過，我們先送你在張大王那邊去。』」公子道：「周進這廝，已被俺勦除了。只不知張廣兒在於何處？」京娘道：

「只願你不相遇更好。」公子催馬快行。約行四十餘里，到一個市鎮。公子腹中飢餓，帶住轡頭，欲要扶京娘下馬上店。只見幾個店家都忙亂亂的安排炊爨，全不來招架行客。公子心疑，因帶有京娘，怕得生事，牽馬過了店門。只見家家閉戶，到盡頭處，一個小小人家，也關著門。公子心下奇怪，去敲門時，沒人答應。轉身到屋後，將馬拴在樹上，輕輕的去敲他後門。裏面一個老婆婆，開出來看了一看，意中甚是惶懼。公子慌忙跨進門內，與婆婆作揖道：「婆婆休訝，俺是過路客人，帶有女眷，要借婆婆家中火，喫了飯就走的。」婆婆捻神捻鬼❽的叫噤聲！京娘亦進門相見，婆婆便將門閉了。公子問道：「那邊店裏安排酒會，迎接甚麼官府？」婆婆搖手道：「客人休管閒事。」公子道：「有甚閒事，直恁利害？俺這遠方客人，煩婆婆說明則個！」婆婆道：「今日滿天飛大王在此經過，這鄉村斂錢備飯，買靜求安。老身有個兒子，也被店中叫去相幫了。」公子聽說，思想：「原來如此。一不做二不休，索性與他個乾淨，絕了清油觀的禍根罷。」公子道：「婆婆，這是俺妹子，為還北岳香願到此，怕逢了強徒，受他驚恐。有煩婆婆家藏匿片時，等這大王過去之後方行，自當厚謝。」婆婆道：「好位小娘子，權躲不妨事，只客官不要出頭惹事！」公子道：「俺男子漢自會躲閃，且到路傍，打聽消息則個。」婆婆道：「仔細！有現成鏇鏇，燒口熱水，等你來喫，飯卻不方便。」公子提棒仍出後門，欲待乘馬前去迎他一步，忽然想道：「俺在清油觀中說出了『千里步行』，今日為懼怕強賊乘馬，不算好漢。」遂大踏步奔出路頭。心生一計，復身到店家，大盼盼❾的叫道：「大王即刻到了，洒家❿是打前站⓫的，你下馬飯完也未？」

❽ 捻神捻鬼：即「見神見鬼」，慌張害怕的意思。
❾ 大盼盼：大模大樣。

店家道：「都完了。」公子道：「先擺一席與洒家喫。」眾人積威之下，誰敢辨其真假？還要他在大王面前方便，大魚大肉，熱酒熱飯，只顧搬將出來。公子放量大嚼，喫到九分九，外面沸傳：「大王到了，快擺香案。」公子不慌不忙，取了護身龍，出外看時，只見十餘對鎗刀棍棒，擺在前導，到了店門，一齊跪下。那滿天飛張廣兒騎著高頭駿馬，千里腳陳名執鞭緊隨。背後又有三五十嘍囉，十來乘車輛簇擁。——你道一般兩個大王，為何張廣兒恁般齊整？那強人出入聚散，原無定規，況且聞說單身客人，也不在其意了，所以周進未免輕敵。——這張廣兒分路在外行劫，因千里腳陳名報道：「二大王已拿得有美貌女子，請他到介山相會。」所以整齊隊伍而來，行村過鎮，壯觀威儀。公子隱身北牆之側，看得真切，等待馬頭相近，大喊一聲道：「強賊看棒！」從人叢中躍出，如一隻老鷹半空飛下。說時遲，那時快！那馬驚駭，望前一跳，這裏棒勢去得重，打折了馬的一隻前蹄。那馬負疼就倒，張廣兒身鬆，早跳下馬。背後陳名持棍來迎，早被公子一棒打番。張廣兒舞動雙刀，來鬥公子。公子騰步到空闊處，與強人放對。鬥上十餘合，張廣兒一刀砍來，公子棍起中其手指。廣兒右手失刀，左手便覺沒勢，回步便走。公子喝道：「你綽號滿天飛，今日不怕你飛上天去！」趕進一步，舉棒望腦後劈下，打做個肉飩。可憐兩個有名的強人，雙雙死於一日之內。正是：

三魂渺渺「滿天飛」，七魄悠悠「著地滾」。

---

❿ 洒家：關西人的自稱。

⓫ 打前站：開路先鋒。

眾嘍囉卻待要走，公子大叫道：「俺是汴京趙大郎，自與賊人張廣兒周進有仇，今日都已勦除了，並不干眾人之事。」眾嘍囉棄了鎗刀，一齊拜倒在地，道：「俺們從不見將軍恁般英雄，情願伏侍將軍為寨主。」公子呵呵大笑道：「朝中世爵，俺尚不希罕，豈肯做落草⓬之事。」公子看見眾嘍囉中，陳名亦在其內，叫出問道：「昨夜來盜馬的就是你麼？」陳名叩頭服罪。公子道：「且跟我來賞你一餐飯。」眾人都跟到店中。公子分付店家：「俺今日與你地方除了二害。這些都是良民，方纔所備飯食，都著他飽餐，俺自有發放。其管待張廣兒一席留著，俺有用處。」店主人不敢不依。眾人喫罷。公子叫陳名道：「聞你日行三百里，有用之才，如何失身於賊人？俺今日有用你之處，你肯依否？」陳名道：「將軍若有所委，不避水火。」公子道：「俺在汴京，為打了御花園，又鬧了御勾欄，逃難在此。煩你到汴京打聽事體如何？半月之內，可在太原府清油觀趙知觀⓭處等候我，不可失信！」公子借筆硯寫了叔父趙景清家書，把與陳名。將賊人車輛財帛，打開分作三分，一分散與市鎮人家，償其向來騷擾之費。就將打死賊人屍首及鎗刀等項，著眾人自去解官請賞。其一分眾嘍囉分去為衣食之資，各自還鄉生理。其一分又剖為兩分，一半賞與陳名為路費，一半寄與清油觀修理降魔殿門窗。公子分派已畢，眾心都伏，各各感恩。公子叫店主人將酒席一桌，擡到婆婆家裏。婆婆的兒子也都來了，與公子及京娘相見。向婆婆說知除害之事，各各歡喜。公子向京娘道：「愚兄一路不曾做得個主人，今日借花獻佛，與賢妹壓驚把盞。」京娘千恩萬謝，自不必說。是夜，公子自取囊中銀十兩送與婆婆。就宿於婆婆家裏。京娘想起公子之恩：

⓬ 落草：做強盜。

⓭ 知觀：即「觀主」。

「當初紅拂一妓女，尚能自擇英雄；莫說受恩之下，媿無所報，就是我終身之事，舍了這個豪傑，更托何人？」欲要自薦，又羞開口，欲待不說：「他直性漢子那知奴家一片真心？」左思右想，一夜不睡。不覺五更雞唱，公子起身鞴馬要走。京娘悶悶不悅。心生一計，於路只推腹痛難忍，幾遍要解。要公子扶他上馬，又扶他下馬。一上一下，將身偎貼公子，挽頸勾肩，萬般旖旎。夜宿又嫌寒道熱，央公子減被添衾，軟香溫玉，豈無動情之處。公子生性剛直，盡心服侍，全然不以為怪。

又行了三四日，過曲沃地方，離蒲州三百餘里，其夜宿於荒村。京娘口中不語，心下躊躇，如今將次到家了，只管害羞不說，錯此機會，一到家中，此事便索罷休，悔之何及。黃昏以後，四宇無聲，微燈明滅，京娘兀自未睡，在燈前長歎流淚。公子道：「賢妹因何不樂？」京娘道：「小妹有句心腹之言，說來又怕唐突，恩人莫怪！」公子道：「兄妹之間，有何嫌疑，儘說無妨！」京娘道：「小妹深閨嬌女，從未出門，只因隨父進香，誤陷於賊人之手，鎖禁清油觀中，還虧賊人去了，苟延數日之命，得見恩人。倘若賊人相犯，妾寧受刀斧，有死不從。今日蒙恩人拔離苦海，千里步行相送，又為妾報仇，絕其後患。此恩如重生父母，無可報答。倘蒙不嫌貌醜，願備鋪床疊被之數，使妾少盡報效之萬一，不知恩人允否？」公子大笑道：「賢妹差矣！俺與你萍水相逢，出身相救，實出惻隱之心，非貪美麗之貌。況彼此同姓，難以為婚，兄妹相稱，豈可及亂。俺是個坐懷不亂的柳下惠，你豈可學縱欲敗禮的吳孟子！休得狂言，惹人笑話。」京娘羞慚滿面，半晌無語。重又開言道：「恩人休怪妾多言，妾非淫污苟賤之輩，只為弱體餘生，盡出恩人所賜，此身之外，別無報答，不敢望與恩人婚配，得為妾婢，服侍恩人一日，死亦瞑目。」公子勃然大怒道：「趙某是頂天立地的男子，一生正直，並無邪佞，你把我看做施恩望報的小輩，假公濟私的奸人，是何道理？你若邪心不息，俺即今撒開雙手，不管閒事，怪不得我有始無終了。」公子此時聲色俱厲。京娘深深下拜道：「今日方見恩人心事，賽過柳下惠魯男子。愚妹是女流之輩，坐井觀天，望乞恩人恕罪則個！」公子方纔息怒，道：「賢妹，非是俺膠柱鼓瑟，本為義氣上千里步行相送，今日若就私情，與那兩個響馬何異？把從前一片真心化為假意，惹天下豪傑們笑話。」京娘道：「恩兄高見，妾今生不能補報大德，死當啣環結草。」兩人說話，直到天明。正是：

落花有意隨流水，流水無情戀落花。

自此京娘愈加嚴敬公子，公子亦愈加憐憫京娘。一路無話，看看來到蒲州。京娘雖住在小祥村，卻不認得，公子問路而行。京娘在馬上望見故鄉光景，好生傷感。卻說小祥村趙員外，自從失了京娘，將及兩月有餘，老夫妻每日思想啼哭。忽然莊客來報，京娘騎馬回來，後面有一紅臉大漢，手執桿棒跟隨。趙員外道：「不好了，響馬來討粧奩了！」媽媽道：「難道響馬只有一人？且教兒子趙文去看個明白。」趙文道：「虎口裏那有回來肉？妹子被響馬劫去，豈有送轉之理，必是容貌相像的，不是妹子。……」道猶未了，京娘已進中堂，爹媽見了女兒，相抱而哭。哭罷，問其得回之故。京娘將賊人鎖禁清油觀中，幸遇趙公子路見不平，開門救出，認為兄妹，千里步行相送，跟途中連誅二寇大略，敘了一遍。「今恩人見在，不可怠慢。」趙員外慌忙出堂見了趙公子拜謝道：「若非恩人英雄了得，吾女必陷於賊人之手，父子不得重逢矣。」遂令媽媽同京娘拜謝，又喚兒子趙文來見了恩人。莊上宰豬設宴，款待公子。趙文私下與父親商議道：「『好事不出門，惡事傳千里。』妹子被強人劫去，家門不幸，今日跟這紅臉漢子回來，『人無利己，誰肯早起？』必然這漢子與妹子有情，千里送來，豈無緣故？妹子經了許多風波，又有誰人聘他。不如招贅那漢子在門，兩全其美，省得傍人議論。」趙公是個隨風倒舵⑭沒主意的老兒，聽了兒子說話，便教媽媽喚京娘來問他道：「你與那公子千里相隨，一定把身子許過他了。如今你哥哥對爹說，要招贅與你為夫，你意下如何？」京娘道：「公子正直無私，與孩兒結為兄妹，如嫡親相似，並無調戲之言。今日望爹媽留他在家，款待他十日半月，少盡其心，此事不可提起。」媽媽將女兒言語述與趙公，趙公不以為然。少間筵席完備，趙公請公子坐於上席，自己老夫婦下席相陪，趙文在左席，京娘右席。酒至數巡，趙公開言道：「老漢一言相告：小女餘生，皆出恩人所賜，老漢闔門感德，無以為報。幸小女尚未許人，意欲獻與恩人，為箕箒之妾，伏乞勿拒。」公子聽得這話，一盆烈火從心頭掇起，大罵道：「老匹夫！俺為義氣而來，反把此言來污辱我。俺若貪女色時，路上也就成親了，何必千里相送。你這般不識好歹的，枉費俺一片熱心。」說罷，將桌子掀番，望門外一直便走。趙公夫婦嚇得戰戰兢兢。趙文見公子粗魯，也不敢上前。只有京娘心下十分不安，急走去扯住公子衣裾，勸道：「恩人息怒！且看愚妹之面。」公子那裏肯依，一手攊脫了京娘，奔至柳樹下，解了赤麒麟，躍上鞍轡，如飛而去。京娘哭倒在地，爹媽勸轉回房。把兒子趙文埋怨了一場。趙文又羞又惱，也走出門去了。趙文的老婆聽得爹媽為小姑上埋怨了丈夫，好生不喜，強作相勸，將冷語來奚落京娘道：「姑姑，雖然離別是苦事，那漢子千里相隨，恝然而去，也是個薄情的。他若是有仁義的人，就了這頭親事了。姑姑青年美貌，怕沒有好姻緣相配，休得愁煩則個！」氣得京娘淚流不絕，頓口無言。心下自想道：「因奴命蹇時乖，

⑭ 隨風倒舵：無主見，跟著別人走。

遭逢強暴，幸遇英雄相救，指望托以終身。誰知事既不諧，反涉瓜李之嫌，今日父母哥嫂亦不能相諒，何況他人？不能報恩人之德，反累恩人的清名，為好成歉，皆奴之罪。似此薄命，不如死於清油觀中，省了許多是非，倒得乾淨，如今悔之無及。千死萬死，左右一死，也表奴貞節的心跡。」捱至夜深，爹媽睡熟，京娘取筆題詩四句於壁上，撮土為香，望空拜了公子四拜，將白羅汗巾，懸梁自縊而死：

可憐閨秀千金女，化作南柯一夢人。

天明老夫婦起身，不見女兒出房，到房中看時，見女兒縊在梁間。喫了一驚，兩口兒放聲大哭，看壁上有詩云：

天付紅顏不遇時，受人凌辱被人欺，今宵一死酬公子，彼此清名天地知！

趙媽媽解下女兒，兒子媳婦都來了。趙公玩其詩意，方知女兒冰清玉潔，把兒子痛罵一頓。免不得買棺成殮，擇地安葬，不在話下。

再說趙公子乘著千里赤麒麟，連夜走至太原，與趙知觀相會，千里腳陳名已到了三日。說漢後主已死，郭令公禪位，改國號曰周，招納天下豪傑。公子大喜，住了數日，別了趙知觀，同陳名還歸汴京，應募為小校。從此隨世宗南征北討，累功至殿前都點檢。後受周禪為宋太祖。陳名相從有功，亦官至節度使之職。太祖即位以後，滅了北漢。追念京娘昔日兄妹之情，遣人到蒲州解良縣尋訪消息。使命錄得四句詩回報，太祖甚是嗟歎，敕封為貞義夫人，立祠於小祥村。那黃茅店溜水橋社公，敕封太原都土地，命有司擇地建廟，至今香火不絕。這段話，題做趙公子大鬧清油觀，千里送京娘。後人有詩讚云：

不戀私情不畏強，獨行千里送京娘。漢唐呂武紛多事，誰及英雄趙大郎。

第二十二卷　宋小官團圓破氈笠

不是姻緣莫強求，姻緣前定不須憂；任從波浪翻天起，自有中流穩渡舟。

話說正德年間，蘇州府崑山縣大街，有一居民，姓宋名敦，原是宦家之後。渾家盧氏，夫妻二口，不做生理，靠著祖遺田地，現成收些租課為活。年過四十，並不曾生得一男半女。宋敦一日對渾家說：「自古道：『養兒待老，積穀防饑。』你我年過四旬，尚無子嗣。光陰似箭，眨眼頭白。百年之事，靠著何人？」說罷，不覺淚下。盧氏道：「宋門積祖善良，未曾作惡造業；況你又是單傳，老天決不絕你祖宗之嗣。招子也有早晚，若是不該招時，便是養得長成，半路上也拋撇了，勞而無功，枉添許多悲泣。」宋敦點頭道：「是。」方纔拭淚未乾，只聽得坐啟❶中有人咳嗽，叫喚道：「玉峰在家麼？」原來蘇州風俗，不論大家小家，都有個外號，彼此相稱。玉峰就是宋敦的外號。宋敦側耳而聽。叫喚第二句，便認得聲音，是劉順泉。那劉順泉雙名有才，積祖駕一隻大船，攬載客貨，往各省交卸。趁得好些水腳銀兩，一個十全的家業，團團都做在船上。就是這隻船本，也值幾百金，渾身是香楠木打造的。江南一水之地，多有這行生理。那劉有才是宋敦最契之友。聽得是他聲音，連忙趨出坐啟，彼此不須作揖，拱手

❶坐啟：即「坐起」，日常坐著談話做事的房間。

相見，分坐看茶，自不必說。宋敦道：「順泉今日如何得暇？」劉有才道：「特來與玉峰借件東西。」宋敦笑道：「寶舟缺甚麼東西，到與寒家相借？」劉有才道：「別的東西不來干瀆，只這件，是宅上有餘的，故此敢來啟口。」宋敦道：「果是寒家所有，決不相吝。」劉有才不慌不忙，說出這件東西。正是：

背後並非擎詔，當前不是圍胸，鵝黃細布密針縫，淨手將來供奉。
還願曾裝冥鈔，祈神并襯威容，名山古刹幾相從，染下爐香浮動。

原來宋敦夫妻二口，因難於得子，各處燒香祈嗣，做成黃布袱，黃布袋，裝裹佛馬楮錢之類。燒過香後，懸掛於家中佛堂之內，甚是志誠。劉有才長於宋敦五年，四十六歲了。阿媽徐氏亦無子息。聞得徽州有鹽商求嗣，新建陳州娘娘廟於蘇州閶門之外，香火甚盛，祈禱不絕。劉有才恰好有個方便，要駕船往楓橋接客，意欲進一炷香。卻不曾做得布袱布袋，特特與宋家告借。其時說出緣故，宋敦沉思不語。劉有才道：「玉峰莫非有吝借之心麼？若污壞時，一個就賠兩個。」宋敦道：「豈有此理！只是一件，既然娘娘廟靈顯，小子亦欲附舟一往。只不知幾時去？」劉有才道：「即刻便行。」宋敦道：「布袱布袋，拙荊另有一副，共是兩副，儘可分用。」劉有才道：「如此甚好。」宋敦入內，與渾家說知，欲往郡城燒香之事。劉氏也歡喜。宋敦於佛堂掛壁上取下兩副布袱布袋，留下一副自用，將一副借與劉有才。劉有才道：「小子先往舟中伺候，玉峰可快來。船在北門大坂橋下，不嫌怠慢時，喫些現成素飯，不消帶米。」宋敦應允。當下忙忙的辦下些香燭紙馬阡張定段，打疊包裹，穿了一件新聯就的潔白湖紬道袍，趕出北門下船。趁著順風，不勾半日，七十里之程，等閒到了。舟泊楓橋，當晚無話。有詩為證：

月落烏啼霜滿天，江楓漁火對愁眠；姑蘇城外寒山寺，夜半鐘聲到客船。

次日起個黑早，在船中洗盥罷，喫了些素食，淨了口手，一對兒黃布袱馱了冥財，黃布袋安插紙馬文疏，掛於項上，步到陳州娘娘殿前，剛剛天曉。廟門雖開，殿門還關著。二人在兩廊遊遶，觀看了一遍，果然造得齊整。正在讚歎。「呀」的一聲，殿門開了。就有廟祝❷出來迎接進殿。其時香客未到，燭架尚虛，廟祝放下琉璃燈來，取火點燭，討文疏替他通陳禱告。二人焚香禮拜已畢，各將幾十文錢，酬謝了廟祝。化紙出門。劉有才再要邀宋敦到船，宋敦不肯。當下劉有才將布袱布袋交還宋敦，各各稱謝而別。劉有才自往楓橋接客去了。宋敦看天色尚早，要往婁門趁船回家。剛欲移步，聽得牆下呻吟之聲。近前看時，卻是矮矮一個蘆蓆棚，搭在廟垣之側，中間臥著個有病的老和尚，懨懨欲死，呼之不應，問之不答。宋敦心中不忍，停眸而看。傍邊一人走來說道：「客人，你只管看他則甚？要便做個好事了去。」宋敦道：「如何做個好事？」那人道：「此僧是陝西來的，七十八歲了，他說一生不曾開葷。每日只誦金剛經。三年前在此募化建庵，沒有施主。搭這個蘆蓆棚兒住下，誦經不輟。這裏有個素飯店，每日只上午一餐，過午就不用了。也有人可憐他，施他些錢米，他就把來還了店上的飯錢，不留一文。近日得了這病，有半個月不用飲食了。兩日前還開口說得話，我們問他：『如此受苦，何不早去罷？』他說：『因緣未到，還等兩日。』今早連話也說不出了，早晚待死。客人若可憐他時，買一口薄薄棺材，焚化

❷ 廟祝：香伙，廟中的工人。

了他，便是做好事。他說『因緣未到』，或者這因緣，就在客人身上。」宋敦想道：「我今日為求嗣而來，做一件好事回去，也得神天知道。」便問道：「此處有棺材店麼？」那人道：「出巷陳三郎家就是。」宋敦道：「煩足下同往一看。」那人引路到陳家來。陳三郎正在店中支分鋸匠鋸木。那人道：「三郎，我引個主顧作成你。」三郎道：「客人若要看壽板，小店有真正婺源加料雙輧的在裏面。若要現成的，就店中但憑揀擇。」宋敦道：「要現成的。」陳三郎指著一副道：「這是頭號，足價三兩。」宋敦未及還價。那人道：「這個客官是買來捨與那蘆蓆棚內老和尚做好事的，你也有一半功德，莫要討虛價。」陳三郎道：「既是做好事的，我也不敢要多，照本錢一兩六錢罷，分毫少不得了。」宋敦道：「這價錢也是公道了。」想起汗巾角上帶得一塊銀子，約有五六錢重，燒香剩下，不上一百銅錢，總湊與他，還不勾一半。「我有處了，劉順泉的船在楓橋不遠。」便對陳三郎道：「價錢依了你，只是還要到一個朋友處借辦，少頃便來。」陳三郎到罷了，說道：「任從客便。」那人咈然不樂道：「客人既發了個好心，卻又做脫身之計。你身邊沒有銀子，來看則甚？……」說猶未了，只見街上人紛紛而過，多有說這老和尚，可憐半月前還聽得他念經之聲，今早嗚呼了。正是：

三寸氣在千般用，一旦無常萬事休。

那人道：「客人不聽得說麼？那老和尚已死了，他在地府睜眼等你斷送哩！」宋敦口雖不語，心下覆想道：「我既是看定了這具棺木，倘或往楓橋去，劉順泉不在船上，終不然呆坐等他回來。況且常言得『價一不擇主』，倘別有個主顧，添些價錢，這副棺木買去了，我就失信於此僧了。罷罷！」便取出銀子，剛剛一塊，討等❸來一稱，叫聲慚愧。原來是塊元寶，看時像少，稱時便多，到有七錢多重。先教陳三郎收了，將身上穿的那一件新聯就的潔白湖紬道袍脫下道：「這一件衣服，價在一兩之外，倘嫌不值，權時相抵，待小子取贖。若用得時，便乞收算。」陳三郎道：「小店大膽了，莫怪計較。」將銀子衣服收過了。宋敦又在髻上拔下一根銀簪，約有二錢之重。交與那人道：「這枝簪，相煩換些銅錢，以為殯殮雜用。」當下店中看的人都道：「難得這位做好事的客官，他擔當了大事去。其餘小事，我們地方上也該湊出些錢鈔相助。」眾人都湊錢去了。宋敦又復身到蘆蓆邊，看那老僧，果然化去，不覺雙眼垂淚，分明如親戚一般，心下好生酸楚，正不知甚麼緣故，不忍再看，含淚而行。到婁門時，航船已開，乃自喚一隻小船，當日回家。渾家見丈夫黑夜回來，身上不穿道袍，面又帶憂慘之色，只道與人爭競，忙忙的來問。宋敦搖首道：「話長哩！」一逕走到佛堂中，將兩副布袱布袋掛起，在佛前磕了個頭，進房坐下，討茶喫了，方纔開談，將老和尚之事備細說知。渾家道：「正該如此。」也不嗔怪。宋敦見渾家賢慧，倒也回愁作喜。是夜夫妻二口睡到五更，宋敦夢見那老和尚登門拜謝道：「檀越命合無子，壽數亦止於此矣。因檀越心田慈善，上帝命延壽半紀。老僧與檀越又有一段因緣，願投宅上為兒，以報蓋棺之德。」盧氏也夢見一個金身羅漢走進房裏，夢中叫喊起來，連丈夫也驚醒了。各言其夢，似信似疑，嗟歎不已。正是：

種瓜還得瓜，種豆還得豆；勸人行好心，自作還自受。

---

❸ 等：小量的衡器，俗稱「戥子」。

從此盧氏懷孕，十月滿足，生下一個孩兒。因夢見金身羅漢，小名金郎，官名就叫宋金。夫妻歡喜，自不必說。此時劉有才也生一女，小名宜春。各各長成，有人攛掇兩家對親。劉有才倒也心中情願。宋敦卻嫌他船戶出身，不是名門舊族。口雖不語，心中有不允之意。那宋金方年六歲，宋敦一病不起，嗚呼哀哉了。自古道：「家中百事興，全靠主人命。」十個婦人，敵不得一個男子。自從宋敦故後，盧氏掌家，連遭荒歉，又里中欺他孤寡，科派戶役，盧氏撐持不定，只得將田房漸次賣了，賃屋而居。初時，還是詐窮，以後坐吃山崩，不上十年，弄做真窮了。盧氏亦得病而亡。斷送了畢，宋金只剩得一雙赤手，被房主趕逐出屋，無處投奔。且喜從幼學得一件本事，會寫會算。偶然本處一個范舉人選了浙江衢州府江山縣知縣，正要尋個寫算的人。有人將宋金說了，范公就教人引來。見他年紀幼小，又生得齊整，心中甚喜。叩其所長，果然書通真草，算善歸除。當日就留於書房之中，取一套新衣與他換過，同桌而食，好生優待。擇了吉日，范知縣與宋金下了官船，同往任所。正是：

鼕鼕畫鼓催征棹，習習和風蕩錦帆。

卻說宋金雖然貧賤，終是舊家子弟出身。今日做范公門館，豈肯卑污苟賤，與童僕輩和光同塵，受其戲侮。那些管家們欺他年幼，見他做作，愈有不然之意。自崑山起程，都是水路，到杭州便起早了。眾人攛掇家主道：「宋金小廝家，在此寫算服事老爺，還該小心謙遜，他全不知禮。老爺優待他忒過分了，與他同坐同食；舟中還可混帳，到陸路中火歇宿，老爺也要存個體面。小人們商議，不如教他寫一紙靠身文書❹，方纔妥帖。到衙門時，他也不敢放肆為非。」范舉人是綿花做的耳朵❺，就依了眾人言語。喚宋金到艙，要他寫靠身文書。宋金如何肯寫。逼勒了多時，范公發怒，喝教剝去衣服，喝出船去。眾蒼頭拖拖拽拽，剝的乾乾淨淨，一領單布衫，趕在岸上。氣得宋金半晌開口不得。只見轎馬紛紛伺候范知縣起陸。宋金噙著雙淚，只得迴避開去。身邊並無財物，受餓不過，少不得學那兩個古人：

伍相吹簫於吳門，韓王寄食於漂母。

日間街坊乞食，夜間古廟棲身。還有一件，宋金終是舊家子弟出身，任你十分落泊，還存三分骨氣，不肯隨那叫街丐戶一流，奴言婢膝，沒廉沒恥。討得來便喫了，討不來忍餓，有一頓沒一頓。過了幾時，漸漸面黃肌瘦，全無昔日丰神。正是：

好花遭雨紅俱褪，芳草經霜綠盡凋。

時值暮秋天氣，金風催冷，忽降下一場大雨。宋金食缺衣單，在北新關關王廟中擔飢受凍，出頭不得。這雨自辰牌直下至午牌方止。宋金將腰帶收緊。那步出廟門來，未及數步，劈面遇著一人。宋金睜眼一看，正是父親宋敦的最契之友，叫做劉有才，號順泉的。宋金無面目「見江東父老」，不敢相認，只得垂眼低頭而走。那劉有才早已看見，從背後一手挽住。叫道：「你不是宋小官麼？為何如此模樣？」宋金兩淚交流，叉手告道：「小侄衣衫不齊，不敢為禮了，承老叔垂問。」如此如此，這般這般，將范

---

❹ 靠身文書：自願為豪門奴僕所寫的賣身契。

❺ 綿花做的耳朵：耳朵軟，喜聽讒言。

知縣無禮之事，告訴了一遍。劉翁道：「『惻隱之心，人皆有之。』你肯在我船上相幫，管教你飽暖過日。」宋金便下跪道：「若得老叔收留，便是重生父母。」當下劉翁引著宋金到於河下。劉翁先上船，對劉嫗說知其事。劉嫗道：「此乃兩得其便，有何不美。」劉翁就在船頭上招宋小官上船。於自身上脫下舊布道袍，教他穿了。引他到後艄，見了媽媽徐氏，女兒宜春在傍，也相見了。宋金走出船頭。劉翁道：「把飯與宋小官喫。」劉嫗道：「飯便有，只是冷的。」宜春道：「有熱茶在鍋內。」宜春便將瓦罐子舀了一罐滾熱的茶，劉嫗便在廚櫃內取了些醃菜，和那冷飯，付與宋金道：「宋小官！船上買賣，比不得家裏，胡亂用些罷。」宋金接得在手。又見細雨紛紛而下，劉翁叫女兒：「後艄有舊氈笠，取下來與宋小官戴。」宜春取舊氈笠看時，一邊已自綻開。宜春手快。就盤髻上拔下針線將綻處縫了，丟在船篷之上，叫道：「拿氈笠去戴。」宋金戴了破氈笠，喫了茶淘冷飯。劉翁教他收拾船上家火，掃抹船隻，自往岸上接客，至晚方回，一夜無話。次日，劉翁起身，見宋金在船頭上閒坐，心中暗想：「初來之人，莫慣了他。」便吆喝道：「個兒郎喫我家飯，穿我家衣，閒時搓些繩，打些索，也有用處。如何空坐？」宋金連忙答應道：「但憑驅使，不敢有違。」劉翁便取一束麻皮，付與宋金，教他打索子。正是：

在他矮簷下，怎敢不低頭。

宋金自此朝夕小心，辛勤做活，並不偷懶。兼之寫算精通，凡客貨在船，都是他記帳，出入分毫不爽。別船上交易，也多有央他去拿算盤，登帳簿，客人無不敬而愛之。都誇道好個宋小官，少年伶俐。劉翁劉嫗見他小心得用，另眼相待，好衣好食的管顧他。在客人面前，認為表侄。宋金亦自以為得所，心安體適，貌日豐腴。凡船戶中無不欣羡。光陰似箭，不覺二年有餘。劉翁一日暗想：「自家年紀漸老，止有一女，要求個賢婿以靠終身，似宋小官一般，倒也十全十美。但不知媽媽心下如何？」是夜與媽媽飲酒半醺，女兒宜春在傍，劉翁指著女兒對媽媽道：「宜春年紀長成，未有終身之托，奈何？」劉嫗道：「這是你我靠老的一樁大事，你如何不上緊？」劉翁道：「我也日常在念，只是難得個十分如意的。像我船上宋小官恁般本事人才，千中選一，也就不能勾了。」劉嫗道：「何不就許了宋小官？」劉翁假意道：「媽媽說那裏話！他無家無倚，靠著我船上喫飯。手無分文，怎好把女兒許他？」劉嫗道：「宋小官是宦家之後，況係故人之子。當初他老子存時，也曾有人議過親來，你如何忘了？今日雖然落薄，看他一表人材，又會寫，又會算，招得這般女婿，須不辱了門面。我兩口兒老來也得所靠。」劉翁道：「媽媽，你主意已定否？」劉嫗道：「有甚麼不定？」劉翁道：「如此甚好。」原來劉有才平昔是個怕婆的，久已看上了宋金，只愁媽媽不肯。今見媽媽慨然，十分歡喜。當下便喚宋金，對著媽媽面許了他這頭親事。宋金初時也謙遜不當，見劉翁夫婦一團美意，不要他費一分錢鈔，只索順從劉翁。往陰陽生❻家選擇周堂吉日，回復了媽媽，將船駕回崑山。先與宋小官上頭❼，做一套紬絹衣服與他穿了，渾身新衣、新帽、新鞋、新襪，粧扮得宋金一發標致。

雖無子建才八斗，勝似潘安貌十分。

---

❻ 陰陽生：算命、卜卦、看風水的人。

❼ 上頭：男子戴上大人的帽子，乃成年之意。

劉嫗也替女兒備辦些衣飾之類。吉日已到，請下兩家親戚，大設喜筵，將宋金贅入船上為婿。次日，諸親作賀，一連喫了三日喜酒。宋金成親之後，夫妻恩愛，自不必說。從此船上生理，日興一日。

光陰似箭，不覺過了一年零兩個月。宜春懷孕日滿，產下一女。夫妻愛惜如金，輪流懷抱。朞歲方過，此女害了痘瘡，醫藥不效，十二朝身死。宋金痛念愛女，哭泣過哀，七情所傷，遂得了個癆瘵之疾。朝涼暮熱，飲食漸減，看看骨露肉消，行遲走慢。劉翁劉嫗初時還指望他病好，替他迎醫問卜。延至一年之外，病勢有加無減。三分人，七分鬼。寫也寫不動，算也算不動。倒做了眼中之釘，巴不得他死了乾淨；卻又不死。兩個老人家懊悔不迭，互相抱怨起來。當初只指望半子靠老，如今看這貨色，不死不活，分明一條爛死蛇纏在身上，擺脫不下。把個花枝般女兒，誤了終身，怎生是了？為今之計，如何生個計較，送開了那冤家，等女兒另招個佳婿，方纔稱心。兩口兒商量了多時，定下個計策。連女兒都瞞過了。只說有客貨在於江北，移船往載。行至池州五溪地方，到一個荒僻的所在，但見孤山寂寂，遠水滔滔，野岸荒崖，絕無人跡。是日小小逆風，劉公故意把舵使歪，船便向沙岸上閣住，卻教宋金下水推舟。宋金手遲腳慢，劉公就罵道：「癆病鬼！沒氣力使船時，岸上野柴也砍些來燒燒，省得錢買。」宋金自覺惶愧，取了砟刀，掙扎到岸上砍柴去了。劉公乘其未回，把舵用力撐動，撥轉船頭，掛起滿風帆，順流而下。

不愁骨肉遭顛沛，且喜冤家離眼睛。

且說宋金上岸打柴，行到茂林深處，樹木雖多，那有氣力去砍伐，只得拾些兒殘柴，割些敗棘，抽取枯藤，束做兩大捆，卻又沒有氣力背負得去。心生一計，再取一條枯藤，將兩捆野柴穿做一捆，露出長長的藤頭，用手挽之而行，如牧童牽牛之勢。行了一時，想起忘了砟刀在地，又復身轉去，取了砟刀，也插入柴捆之內，緩緩的拖下岸來，到於泊舟之處，已不見了船。但見江煙沙島，一望無際。宋金沿江而上，且行且看，並無蹤影，看看紅日西沉。情知為丈人所棄。上天無路，入地無門，不覺痛切於心，放聲大哭。哭得氣咽喉乾，悶絕於地，半晌方甦。忽見岸上一老僧，正不知從何而來，將拄杖卓地，問道：「檀越伴侶何在？此非駐足之地也！」宋金忙起身作禮，口稱姓名：「被丈人劉翁脫賺❽，如今孤苦無歸，求老師父提挈，救取微命。」老僧道：「貧僧茅庵不遠，且同往暫住一宵，來日再做道理。」宋金感謝不已，隨著老僧而行。約莫里許，果見茅庵一所。老僧敲石取火，煮些粥湯，把與宋金喫了。方纔問道：「令岳與檀越有何仇隙？願聞其詳。」宋金將入贅船上，及得病之由，備細告訴了一遍。老僧道：「老檀越懷恨令岳乎？」宋金道：「當初求乞之時，蒙彼收養婚配，今日病危見棄，乃小生命薄所致，豈敢懷恨他人？」老僧道：「聽子所言，真忠厚之士也。尊恙乃七情所傷，非藥餌可治。惟清心調攝可以愈之。平日間曾奉佛法誦經否？」宋金道：「不曾。」老僧於袖中取出一卷相贈，道：「此乃金剛般若經，我佛心印。貧僧今教授檀越，若日誦一遍，可以息諸妄念，卻病延年，有無窮利益。」宋金原是陳州娘娘廟前老和尚轉世來的，前生專誦此經。今日口傳心受，一遍便能熟誦，此乃是前因不斷。宋金和老僧打坐，閉眼誦經，將次天明，不覺睡去。及至醒來，身坐荒草坡間，並不見老僧及茅庵在那裏。金剛經卻在懷中，開卷能誦。宋金心下好生詫異，遂取池水淨口，將經朗誦一遍。覺萬慮消釋，病

❽ 脫賺：欺騙。

體頓然健旺。方知聖僧顯化相救，亦是夙因所致也。宋金向空叩頭，感謝龍天保佑。然雖如此，此身如大海浮萍，沒有著落，信步行去，早覺腹中飢餒。望見前山林木之內，隱隱似有人家，不免再溫舊稿，向前乞食。只因這一番，有分教宋小官凶中化吉，難過福來。正是：

路逢盡處還開徑，水到窮時再發源。

宋金走到前山一看，並無人煙，但見鎗刀戈戟，遍插林間。宋金心疑不決，放膽前去，見一所敗落土地廟，廟中有大箱八隻，封鎖甚固。上用松茅遮蓋。宋金暗想：「此必大盜所藏，布置鎗刀，乃惑人之計。來歷雖則不明，取之無礙。」心生一計，乃折取松枝插地，記其路徑，一步步走出林來，直至江岸。也是宋金時亨運泰。恰好有一隻大船，因逆浪衝壞了舵，停泊於岸下修舵。宋金假作慌張之狀，向船上人說道：「我陝西錢金也。隨吾叔父走湖廣為商，道經於此，為強賊所劫。叔父被殺，我只說是跟隨的小郎❾，久病乞哀，暫容殘喘。賊乃遣夥內一人，與我同住土地廟中，看守貨物，他又往別處行劫去了。天幸同夥之人，昨夜被毒蛇咬死，我得脫身在此。幸方便載我去。」舟人聞言，不甚信。宋金又道：「現有八巨箱在廟內，皆我家財物。廟去此不遠，多央幾位上岸，擡歸舟中，願以一箱為謝，必須速往。萬一賊徒回轉，不惟無及於事，且有禍患。」眾人都是千里求財的，聞說有八箱貨物。一個個欣然願往。當時聚起十六籌❿後生，準備八副繩索杠棒，隨宋金往土地廟來。果見巨箱八隻，其箱甚重。

❾ 小郎：小僮。

❿ 籌：個，一籌即一個。

每二人擡一箱，恰好八杠。宋金將林子內鎗刀收起藏於深草之內，八個箱子都下了船，舵已修好了。舟人問宋金道：「老客今欲何往？」宋金道：「我且往南京省親。」舟人道：「我的船正要往瓜州，卻喜又是順便。」當下開船，約行五十餘里，方歇。眾人奉承陝西客有錢，到湊出銀子，買酒買肉，與他壓驚稱賀。次日西風大起，掛起帆來，不幾日，到了瓜州停泊。那瓜州到南京只隔十來里江面。宋金另喚了一隻渡船，將箱籠只揀重的擡下七個，把一個箱子送與舟中眾人以踐其言。眾人自去開箱分用。不在話下。宋金渡到龍江關口，尋了店主人家住下，喚鐵匠對了匙鑰。打開箱看時，其中充牣，都是金玉珍寶之類。原來這夥強盜積之有年，不是取之一家，獲之一時的。宋金先把一箱所蓄，鬻之於市，已得數千金。恐主人生疑，遷寓於城內，買家奴伏侍，身穿羅綺，食用膏粱。餘六箱，只揀精華之物留下，其他都變賣，不下數萬金。就於南京儀鳳門內買下一所大宅，改造廳堂園亭，製辦日用家火，極其華整。門前開張典鋪，又置買田莊數處，家僮數十房，出色管事者千人。又畜美童四人，隨身答應。滿京城都稱他為錢員外，出乘輿馬，入擁金資。自古道：「居移氣，養移體。」宋金今日財發身發，肌膚充悅，容采光澤，絕無向來枯瘠之容，寒酸之氣。正是：

人逢運至精神爽，月到秋來光彩新。

話分兩頭。且說劉有才那日哄了女婿上岸，撥轉船頭，順風而下，瞬息之間，已行百里。老夫婦兩口暗暗歡喜。宜春女兒猶然不知，只道丈夫還在船上，煎好了湯藥，叫他喫時，連呼不應。還道睡著在船頭，自要去喚他。卻被母親劈手奪過藥甌，向江中一潑，罵道：「癆病鬼在那裏？你還要想他！」宜春道：「真個在那裏？」母親道：「你爹見他病害得不好，恐沾染他人，方纔哄他上岸打柴，逕自轉船來了。」宜春一把扯住母親，哭天哭地叫道：「還我宋郎來。」劉公聽得艄內啼哭。走來勸道：「我兒，聽我一言，婦道家嫁人不著，一世之苦。那害癆的死在早晚，左右要拆散的，不是你因緣了，到不如早些開交乾淨，免致擔誤你青春。待做爹的另揀個好郎君，完你終身，休想他罷！」宜春道：「爹做的是甚麼事！都是不仁不義，傷天理的勾當。宋郎這頭親事，原是二親主張；既做了夫妻，同生同死，豈可翻悔？就是他病勢必死，亦當待其善終，何忍棄之於無人之地？宋郎今日為奴而死，奴決不獨生。爹若可憐見孩兒，快轉船上水，尋取宋郎回來，免被傍人譏謗。」劉公道：「那害癆的不見了船，定然轉往別處村坊乞食去了，尋之何益？況且下水順風，相去已百里之遙，一動不如一靜，勸你息了心罷！」宜春見父親不允，放聲大哭，走出船舷，就要跳水。喜得劉媽手快，一把拖住。宜春以死自誓，哀哭不已。兩個老人家不道女兒執性如此，無可奈何，准准的看守了一夜。次早只得依順他，開船上水。風水俱逆，弄了一日，不勾一半之路。這一夜啼啼哭哭又不得安穩。第三日申牌時分，方到得先前擱船之處。宜春親自上岸尋取丈夫，只見沙灘上亂柴二捆，斫刀一把，認得是船上的刀。眼見得這捆柴，是宋郎馱來的，物在人亡，愈加疼痛，不肯心死，定要往前尋覓，父親只索跟隨同去。走了多時，但見樹黑山深，杳無人跡。劉公勸他回船，又啼哭了一夜。第四日黑早，再教父親一同上岸尋覓，都是曠野之地，更無影響。只得哭下船來，想道：「如此荒郊，教丈夫何處乞食？況久病之人，行走不動，他把柴刀拋棄沙崖，一定是赴水自盡了。」哭了一場，望著江心又跳，早被劉公攔住。宜春道：「爹媽養得奴的身，養不得奴的心。孩兒左右是要死的，不如放奴早死，以見宋郎之面。」兩個老人家見女兒十分痛苦，甚不過意。

叫道：「我兒，是你爹媽不是了，一時失於計較，幹出這事。差之在前，懊悔也沒用了。你可憐我年老之人，止生得你一人，你若死時，我兩口兒性命也都難保。願我兒恕了爹媽之罪，寬心度日，待做爹的寫一招子，於沿江市鎮各處粘貼。倘若宋郎不死，見我招帖，定可相逢。若過了三個月無信，憑你做好事，追薦丈夫。做爹的替你用錢，並不吝惜。」宜春方纔收淚謝道：「若得如此，孩兒死也瞑目。」劉公即時寫個尋婿的招帖，粘於沿江市鎮牆壁觸眼之處。過了三個月，絕無音耗。宜春道：「我丈夫果然死了。」即忙製備頭梳麻衣，穿著一身重孝，設了靈位祭奠，請九個和尚，做了三晝夜功德。自將簪珥布施，為亡夫祈福。劉翁劉嫗愛女之心無所不至，並不敢一些違拗，鬧了數日方休。兀自朝哭五更，夜哭黃昏。鄰船聞之，無不感歎。有一班相熟的客人，聞知此事，無不可惜宋小官，可憐劉小娘者。宜春整整的哭了半年六個月方纔住聲。劉翁對阿媽⑪道：「女兒這幾日不哭，心下漸漸冷了，好勸他嫁人，終不然我兩個老人家守著個孤孀女兒，緩急何靠？」劉嫗道：「阿老⑫見得是。只怕女兒不肯，須是緩緩的偎⑬他。」又過了月餘，其時十二月二十四日，劉翁回船到崑山過年，在親戚家喫醉了酒，乘其酒興來勸女兒道：「新春將近，除了孝罷！」宜春道：「丈夫是終身之孝，怎樣除得？」劉翁睜著眼道：「甚麼終身之孝！做爹的許你帶時便帶，不許你帶時，就不容你帶。」劉嫗見老兒口重⑭，便來收科⑮

⑪ 阿媽：丈夫對老年妻子的稱呼。

⑫ 阿老：老婦人對丈夫的稱呼。

⑬ 偎：安慰。

⑭ 口重：言語質直，令人難受。

道：「再等女兒帶過了殘歲，除夜做碗羹飯起了靈，除孝罷！」宜春見爹媽話不投機，便啼哭起來道：「你兩口兒合計害了我丈夫，又不容我帶孝，無非要我改嫁他人，我豈肯失節以負宋郎，寧可帶孝而死，決不除孝而生。」劉翁又待發作，被婆子罵了幾句，劈頸的推向船艙睡了。宜春依先又哭了一夜。到月盡三十日，除夜，宜春祭奠了丈夫，哭了一會。婆子勸住了。三口兒同喫夜飯。爹媽見女兒葷酒不聞，心中不樂。便道：「我兒！你孝是不肯除了，略喫點葷腥，何妨得？少年人不要弄弱了元氣。」宜春道：「未死之人，苟延殘喘，連這碗素飯也是多喫的，還喫甚葷菜？」劉嫗道：「既不用葷，喫杯素酒兒，也好解悶。」宜春道：「一滴何曾到九泉，想著死者，我何忍下咽。」說罷，又哀哀的哭將起來，連素飯也不喫就去睡了。劉翁夫婦料道女兒志不可奪，從此再不強他。後人有詩贊宜春之節。詩曰：

閨中節烈古今傳，船女何曾閱簡編？誓死不移金石志，柏舟端不愧前賢。

話分兩頭。再說宋金住在南京一年零八個月，把家業掙得十全了，卻教管家看守門牆，自己帶了三千兩銀子，領了四個家人，兩個美童，顧了一隻航艙，逕至崑山來訪劉翁劉嫗。鄰舍人家說道：「三日前往儀真去了。」宋金將銀兩販了布疋，轉至儀真，下個有名的主家，上貨了畢。次日，去河口尋著了劉家船隻，遙見渾家在船艄麻衣素粧，知其守節未嫁，傷感不已。回到下處，向主人王公說道：「河下有一舟婦，帶孝而甚美，我已訪得是崑山劉順泉之船，此婦即其女也。吾喪偶已將二年，欲求此女為繼室。」遂於袖中取出白金十兩，奉與王公道：「此薄意權為酒資，煩老翁執伐。成事之日，更當厚謝。

⑮ 收科：收場。

若問財禮，雖千金吾亦不吝。」王公接銀歡喜，逕往船上邀劉翁到一酒館，盛設相款，推劉翁於上坐。劉翁大驚道：「老漢操舟之人，何勞如此厚待？必有緣故。」王公道：「且喫三杯，方敢啟齒。」劉翁心中愈疑道：「若不說明，必不敢坐。」王公道：「小店有個陝西錢員外，萬貫家財，喪偶將二載，慕令愛小娘子美貌，欲求為繼室。願出聘禮千金，特央小子作伐，望勿見拒。」劉翁道：「舟女得配富室，豈非至願。但吾兒守節甚堅，言及再婚，便欲尋死。此事不敢奉命，盛意亦不敢領。」便欲起身。王公一手扯住道：「此設亦出錢員外之意，託小子做個主人，既已費了，不可虛之，事雖不諧，無害也。」劉翁只得坐了。飲酒中間，王公又說起：「員外相求，出於至誠，望老翁回舟，從容商議。」劉翁被女兒幾遍投水嚇壞了，只是搖頭，略不統口⑯。酒散各別。王公回家，將劉翁之語，述與員外。宋金方知渾家守志之堅。乃對王公說道：「姻事不成也罷了，我要僱他的船載貨往上江出脫，難道也不允？」王公道：「天下船載天下客，不消說，自然從命。」王公即時與劉翁說了顧船之事，劉翁果然依允。宋金乃分付家童，先把鋪陳行李發下船來，貨且留岸上，明日發也未遲。宋金錦衣貂帽，兩個美童，各穿綠絨直身，手執熏爐如意跟隨。劉翁夫婦認做陝西錢員外，不復相識。到底夫婦之間，與他人不同。宜春在艄尾窺視，雖不敢便信是丈夫，暗暗的驚怪道：「有七八分廝像。」只見那錢員外纔上得船，便向船艄說道：「我腹中飢了，要飯喫，若是冷的，把些熱茶淘來罷。」宜春已自心疑。那錢員外又吆喝童僕道：「個兒郎喫我家飯，穿我家衣，閒時搓些繩，打些索，也有用處，不可空坐！」這幾句分明是宋小官初上船時劉翁分付的話。宜春聽得，愈加疑心。少頃，劉翁親自捧茶奉錢員外，員外道：「你船艄上

⑯不統口：不改口。

有一破氈笠，借我用之。」劉翁愚蠢，全不省事，逕與女兒討那破氈笠。宜春取氈笠付與父親，口中微吟四句：

氈笠雖然破，經奴手自縫；因思戴笠者，無復舊時容。

錢員外聽艄後吟詩，嘿嘿會意。接笠在手，亦吟四句：

仙凡已換骨，故鄉人不識，雖則錦衣還，難忘舊氈笠。

是夜宜春對翁嫗道：「艙中錢員外，疑即宋郎也。不然何以知吾船有破氈笠。且面龐相肖，語言可疑，可細叩之。」劉翁大笑道：「癡女子！那宋家癆病鬼，此時骨肉俱消矣。就使當年未死，亦不過乞食他鄉，安能致此富盛乎？」劉嫗道：「你當初怪爹娘勸你除孝改嫁，動不動跳水求死，今見客人富貴，便要認他是丈夫，倘你認他不認，豈不可羞。」宜春滿面羞慚，不敢開口。劉翁便招阿媽到背處道：「阿媽你休如此說，姻緣之事，莫非天數。前日王店主請我到酒館中飲酒，說陝西錢員外，願出千金聘禮，求我女兒為繼室。我因女兒執性，不曾統口。今日難得女兒自家心活，何不將機就機，把他許配錢員外，落得你我下半世受用。」劉嫗道：「阿老見得是。那錢員外來顧我家船隻，或者其中有意。阿老明日可往探之。」劉翁道：「我自有道理。」次早，錢員外起身，梳洗已畢，手持破氈笠於船頭上翻覆把玩。劉翁啟口而問道：「員外，看這破氈笠則甚？」員外道：「我愛那縫補處，這行針線，必出自妙手。」劉翁道：「此乃小女所縫，有何妙處。前日王店主傳員外之命，曾有一言，未知真否？」錢員外故意問道：「所傳何言？」劉翁道：「他說員外喪了孺人，已將二載，未曾繼娶，欲得小女為婚。」員外道：「老翁願也不願？」劉翁道：「老漢求之不得，但恨小女守節甚堅，誓不再嫁，所以不敢輕諾。」員外道：「令婿為何而死？」劉翁道：「小婿不幸得了個癆瘵之疾，其年因上岸打柴未還，老漢不知，錯開了船，以後曾出招帖尋訪了三個月，並無動靜，多是投江而死了。」員外道：「令婿不死，他遇了個異人，病都好了，反獲大財致富，老翁若要會令婿時，可請令愛出來。」此時宜春側耳而聽，一聞此言，便哭將起來。罵道：「薄倖錢郎，我為你帶了三年重孝，受了千辛萬苦，今日還不說實話，待怎麼？」宋金也墮淚道：「我妻！快來相見！」夫妻二人抱頭大哭。劉翁道：「阿媽，眼見得不是甚麼錢員外了，我與你須索⓱去謝罪。」劉翁劉嫗走進艙來，施禮不迭。宋金道：「丈人丈母！不須恭敬，只是小婿他日有病痛時，莫再脫賺。」兩個老人家羞慚滿面。宜春便除了孝服，將靈位拋向水中。宋金便喚跟隨的童僕來與主母磕頭。翁嫗殺雞置酒，管待女婿，又當接風，又是慶賀筵席。安席已畢，劉嫗敘起女兒自來不喫葷酒之意，宋金慘然下淚。親自與渾家把盞，勸他開葷。隨對翁嫗道：「據你們設心脫賺，欲絕吾命，恩斷義絕，不該相認了。今日勉強喫你這杯酒，都看你女兒之面。」宜春道：「不因這番脫賺，你何由發跡？況爹媽日前也有好處，今後但記恩，莫記怨。」宋金道：「謹依賢妻尊命。我已立家於南京，田園富足，你老人家可棄了駕舟之業，隨我到彼，同享安樂，豈不美哉。」翁嫗再三稱謝，是夜無話。次日，王店主聞知此事，登船拜賀，又喫了一日酒。宋金留家童三人於王店主家發布取帳。自己開船先往南京大宅子，住了三日，同渾家到崑山故鄉掃墓，追薦亡親。宗族親黨各有厚贈。此時范知縣已

⓱ 須索：定要。

罷官在家。聞知宋小官發跡還鄉，恐怕街坊撞見沒趣，躲向鄉里，有月餘不敢入城。宋金完了故鄉之事，重回南京，闔家歡喜，安享富貴，不在話下。再說宜春見宋金每早必進佛堂中拜佛誦經，問其緣故。宋金將老僧所傳金剛經卻病延年之事，說了一遍。宜春亦起信心，要丈夫教會了，夫妻同誦，到老不衰。後享壽各九十餘，無疾而終。子孫為南京世富之家，亦有發科第者。後人評云：

劉老兒為善不終，宋小官因禍得福。金剛經消除災難，破氈笠團圓骨肉。

第二十三卷　樂小舍拚生覓偶

怒氣雄聲出海門，舟人云是子胥魂。天排雪浪晴雷吼，地擁銀山萬馬奔。
上應天輪分晦朔，下臨宇宙定朝昏；吳征越戰今何在？一曲漁歌過晚村。

這首詩，單題著杭州錢塘江潮，原來非同小可。刻時定信，並無差錯。自古至今，莫能考其出沒之由。從來說道天下有四絕，卻是：

雷州換鼓，廣德埋藏，登州海市，錢塘江潮。

這三絕，一年止則一遍。惟有錢塘江潮，一日兩番。自古喚做羅剎江，為因風濤險惡，巨浪滔天，常番了船，以此名之。南北兩山，多生虎豹，名為虎林。後因虎字犯了唐高祖之祖父御諱，改名武林。又因江潮險迅，怒濤洶湧，衝害居民，因取名寧海軍。後至唐末五代之間，去那徑山過來，臨安邑人錢寬生得一子，生時紅光滿室，里人見者，將謂火發，皆往救之。卻是他家產下一男，兩足下有青色毛，長寸餘，父母以為怪物，欲殺之。有外母不肯，乃留之，因此小名婆留。看看長大成人，身長七尺有餘，美容貌，有智勇，諱鏐字巨美。幼年專作私商無賴。因官司緝捕甚緊，乃投徑山法濟禪師躲難。法濟夜聞寺中伽藍云：「今夜錢武肅王在此，毋令驚動。」法濟知他是異人，不敢相留。乃作書薦鏐往蘇州投太守安綬。綏乃用鏐為帳下都部署。每夜在府中馬院宿歇。時遇炎天酷熱，太守夜起獨步後園。至馬院邊，只見錢鏐睡在那裏。太守方坐間，只見那正廳背後，一眼枯井，井中走出兩個小鬼來，戲弄錢鏐，卻見一個金甲神人，把那小鬼一喝都走了。口稱道：「此乃武肅王在此，不得無禮。」太守聽罷，大驚。急回府中，心大異之。以此好生看待錢鏐。後因黃巢作亂，錢鏐破賊有功，僖宗拜為節度使。後遇董昌作亂，錢鏐收討平定，昭宗封為吳越國王。因杭州建都，治得國中寧靜。只是地方狹窄，更兼長江洶湧，心常不悅。忽一日，有司進到金色鯉魚一尾，約長三尺有餘，兩目炯炯有光，將來作御膳。錢王見此魚壯健，不忍殺之，令畜之池中。夜夢一老人來見，峨冠博帶，口稱：「小聖夜來孺子不肖，乘酒醉，變作金色鯉魚，遊於江岸，被人獲之，進與大王作御膳，謝大王不殺之恩。今者小聖，特來哀告大王，願王憐憫，差人送往江中，必當重報。」錢王應允，龍君乃退。錢王颯然驚覺得了一夢。次早升殿，喚左右打起那魚，差人放之江中。當夜，又夢龍君謝曰：「感大王再生之恩，將何以報？小聖龍宮海藏，應有奇珍異寶，夜光珠，盈尺璧，任從大王所欲，即當奉獻。」錢王乃言：「珍寶珍璧，非吾好也。惟我國僻處海隅，地方無千里，更兼長江廣闊，波濤洶湧，日夕相衝，使國人常有風波之患。汝能借地一方，以廣吾國，是所願也。」龍王曰：「此事甚易，然借則借，當在何日見還？」錢王曰：「五百劫後，仍復還之。」龍王曰：「大王來日，可鑄鐵柱十二隻，各長一丈二尺，請大王自登舟，小聖使蝦魚聚於水面之上，大王但見處，可即下鐵柱一隻，其水漸漸自退，沙漲為平地。王可疊石為塘，其地即廣也。」龍君退去，錢王驚覺。次日，令有司鑄造鐵柱十二隻，親自登舟，於江中看之。果見有魚蝦成聚一十二處，乃令人以鐵柱沉下去，江水自退。王乃登岸，但見無移時，沙石漲為平地，自富陽山前直至海門舟山為止。錢王大喜，乃使石匠於山中鑿石為板，以黃羅木貫穿其中，排列成塘。因鑿石遲慢，乃下令：「如有軍民人等，以新舊石板，將船裝來，一船換米一船。」各處即將船載石板來換米。因此砌了江岸，石板有餘。後方始稱為錢塘江。至大宋高宗南渡，建都錢塘，改名臨安府，稱為行在。方始人煙輳集，風俗淳美。似此每遇年年八月十八，乃潮生日，傾城士庶，皆往江塘之上，玩潮快樂。亦有本土善識水性之人，手執十幅旗旛，出沒水中，謂之弄潮，果是好看。至有不識水性深淺者，學弄潮，多有被滲了去，壞了性命。臨安府尹得知，累次出榜禁諭，不能革其風俗。有東坡學士看潮一絕為證：

吳兒生長押濤淵，冒險輕生不自憐；東海若知明主意，應教破浪變桑田。

話說南宋臨安府有一個舊家，姓樂名美善，原是賢福坊安平巷內出身，祖上七輩衣冠。近因家道消乏，移在錢塘門外居住，開個雜色貨鋪子，人都重他的家世，稱他為樂大爺。媽媽安氏，單生一子，名和，生得眉目清秀，伶俐乖巧。幼年寄在永清巷母舅安三老家撫養，附在間壁喜將仕❶館中上學，喜將仕家有個女兒，小名順娘，小樂和一歲。兩個同學讀書，學中取笑道：「你兩個姓名『喜樂和順』，合是天緣一對。」兩個小兒女，知覺漸開，聽這話也自歡喜。遂私下約為夫婦。這也是一時戲謔，誰知做了後來配合的讖語。正是：

---

❶將仕：宋朝官名「將仕郎」的簡稱。

姻緣本是前生定，曾向蟠桃會裏來。

樂和到十二歲時，順娘十一歲。那時樂和回家，順娘深閨女工，各不相見。樂和雖則童年，心中伶俐，常想順娘情意，不能割捨。又過了三年，時值清明將近，安三老接外甥同去上墳，就便遊西湖。原來臨安有這個風俗，但凡湖船，任從客便，或三朋四友，或帶子攜妻，不擇男女，各自去占個座頭，飲酒觀山，隨意取樂。安三老領著外甥上船，占了個座頭，方纔坐定，只見船頭上又一家女眷入來。看時不是別人，正是間壁喜將仕家母女二人，和一個丫頭，一個奶娘。三老認得，慌忙作揖。又教外甥來相見了。此時順娘年十四歲，一發長成得好了。樂和有三年不見，今日水面相逢，如見珍寶。雖然分桌而坐，四目不時觀看，相愛之意，彼此盡知。只恨眾人屬目，不能敘情。船到湖心亭，安三老和一班男客，都到亭子上閒步，樂和推腹痛留在艙中，捱身與喜大娘攀話，稍稍得與順娘相近。捉空以目送情，彼此意會。少頃眾客下船，又分開了。傍晚，各自分散。安三老送外甥回家。樂和一心憶著順娘，題詩一首：

嫩蕊嬌香鬱未開，不因蜂蝶自生猜；他年若作扁舟侶，日日西湖一醉回。

樂和將此詩題於桃花箋上，摺為方勝，藏於懷袖，私自進城，到永清巷喜家門首，伺候順娘，無路可通。如此數次。聞說潮王廟有靈，乃私買香燭果品，在潮王面前祈禱，願與喜順娘今生得成鴛侶。拜罷，爐前化紙，偶然方勝從袖中墜地，一陣風捲出紙錢的火來燒了。急去搶時，止剩得一個侶字。樂和拾起看了。想道：「侶乃雙口之意，此亦吉兆。」心下甚喜。忽見碑亭內坐一老者，衣冠古樸，容貌清奇，手中執一團扇，上寫「姻緣前定」四個字。樂和上前作揖，動問：「老翁尊姓？」答道：「老漢姓石。」又問道：「老翁能算姻緣之事乎？」老者道：「頗能推算。」樂和道：「小子樂和，煩老翁一推，赤繩繫於何處？」老者笑道：「小舍人年未弱冠，如何便想這事？」樂和道：「昔漢武帝為小兒時，聖母抱於膝上，問：『欲得阿嬌為妻否？』帝答言：『若得阿嬌，當以金屋貯之。』年無長幼，其情一也。」老者遂問了年月日時，在五指上一輪道：「小舍人佳眷，是熟人，不是生人。」樂和見說得合機，便道：「不瞞老翁，小子心上正有一熟人，未知緣法何如？」老者引至一口八角井邊，教樂和看井內有緣無緣便知。樂和手把井欄張望，但見井內水勢甚大，巨濤洶湧，如萬頃相似，其明如鏡，內立一個美女，可十六七歲，紫羅衫，杏黃裙，綽約可愛。仔細認之，正是順娘。心下又驚又喜。卻被老者望背後一推，剛剛的跌在那女子身上，大叫一聲，猛然驚覺，乃是一夢，雙手兀自抱定亭柱。正是：

黃粱猶未熟，一夢到華胥。

樂和醒將轉來，看亭內石碑，其神姓石名瑰，唐時捐財築塘捍水，死後封為潮王。樂和暗想：「原來夢中所見石老翁，即潮王也。此段姻緣，十有九就。」回家對母親說，要央媒與喜順娘議親。那安媽媽是婦道家，不知高低，便向樂公攛掇其事。樂公道：「姻親一節，須要門當戶對。我家雖曾有七輩衣冠，見今衰微，經紀營活。喜將仕名門富室，他的女兒，怕沒有人求允，肯與我家對親？若央媒往說，反取其笑。」樂和見父親不允，又教母親央求母舅去說合。安三老所言，與樂公一般。樂和大失所望。背地裏歎了一夜的氣，明早將紙裱一牌位，上寫「親妻喜順娘生位」七個字，每日三餐，必對而食之。

夜間安放枕邊，低喚三聲，然後就寢。每遇清明三月三，重陽九月九，端午龍舟，八月玩潮，這幾個勝會，無不刷鬢修容，華衣美服，在人叢中挨擠。只恐順娘出行，僥倖一遇。同般生意人家有女兒的，見樂小舍人年長，都來議親。爹娘幾遍要應承，倒是樂和立意不肯。立個誓願，直待喜家順娘嫁出之後，方纔放心，再圖婚配。事有湊巧，這裏樂和立誓不娶，那邊順娘卻也紅鸞不照，天喜未臨，高不成，低不就，也不曾許得人家。光陰似箭，倏忽又過了三年。樂和年一十八歲，順娘一十七歲了。男未有室，女未有家。

男才女貌正相和，未卜姻緣事若何？且喜室家俱未定，只須靈鵲肯填河。

話分兩頭。卻說是時，南北通和。其年有金國使臣高景山來中國修聘。那高景山善會文章，朝命宣一個翰林范學士接伴。當八月中秋過了，又到十八，潮生日，就城外江邊浙江亭子上，搭綵鋪氈，大排筵宴，款待使臣觀潮。陪宴官非止一員。都統司領著水軍，乘戰艦，於水面往來，施放五色煙火炮。豪家貴戚，沿江搭縛綵幕，綿亘三十餘里，照江如鋪錦相似。市井弄水者，共有數百人，蹈浪爭雄，出沒遊戲。有蹈滾木，水傀儡，諸般伎藝。但見：

迎潮鼓浪，拍岸移舟。驚湍忽自海門來，怒吼遙連天際出。何異地生銀漢，分明天震春雷。遙觀似疋練飛空，遠聽如千軍馳噪。吳兒勇健，平分白浪弄洪波；漁父輕便，出沒江心誇好手。果然是萬頃碧波隨地滾，千尋雪浪接雲奔。

北朝使臣高景山見了，毛髮皆聳，嗟歎不已，果然奇觀。范學士道：「相公見此，何不賜一佳作？」即令取過文房四寶來。高景山謙讓再三，做念奴嬌詞：

雲濤千里，泛今古絕致，東南風物。碧海雲橫初一線，忽爾雷轟蒼壁，萬馬奔天，群鵝撲地，洶湧飛煙雪。吳人勇悍，便競踏浪雄傑。　想旗幟紛紜，吳音楚管，與胡笳俱發。人物江山如許麗，豈信妖氛難滅。況是行宮，星纏五福，光焰窺毫髮。驚看無語，凭欄姑待明月。

高景山題畢，滿座皆讚奇才。只有范學士道：「相公詞做得甚好，只可惜『萬馬奔天，群鵝撲地』，將潮比得來輕了，這潮可比玉龍之勢。」學士遂做水調歌頭，道是：

登臨眺東渚，始覺太虛寬；海天相接，潮生萬里一毫端。滔滔怒生雄勢，宛勝玉龍戲水，儘出沒波間。雪浪番雲腳，波捲水晶寒。　掃方濤，捲圓嶠，大洋番；天垂銀漢，壯觀江北與江南。借問子胥何在？博望乘槎仙去，知是幾時還？上界銀河窄，流瀉到人間！

范學士題罷，高景山見了，大喜道：「奇哉佳作，難比萬馬爭馳，真是玉龍戲水。」不題各官盡歡飲酒。且說臨安大小戶人家，聞得是日朝廷款待北使，陳設百戲，傾城士女都來觀看。樂和打聽得喜家一門也去看潮。侵早，便粧扮齊整，來到錢塘江口，踅來踅去，找尋喜順娘不著。結末來到一個去處，喚做「天開圖畫」，又叫做「團圍頭」。因那裏團團圍轉，四面都看見潮頭，故名「團圍頭」。後人訛傳，謂之「團魚頭」。這個所在，潮勢闊大，多有子弟立腳不牢，被潮頭湧下水去，又有豁溼了身上衣服的，都在下浦橋邊攬擠教乾。有人做下臨江仙一隻，單嘲那看潮的：

自古錢塘難比。看潮人成群作隊，不待中秋，相隨相趁，盡往江邊游戲。沙灘畔，遠望潮頭，不覺侵天浪起。　頭巾如洗，鬥把衣裳去擠。下浦橋邊，一似奈何池畔，裸體披頭似鬼。入城裏，烘好衣裳，猶問幾時起水？

樂和到「團圍頭」尋了一轉。不見順娘，復身又尋轉來。那時人山人海，圍擁著蓆棚綵幕。樂和身材即溜，在人叢裏捱擠進去，一步一看，行走多時。看見一個婦人，走進一個蓆棚裏面去了。樂和認得這婦人，是喜家的奶娘，緊步隨後，果然喜將仕一家男女，都成團聚塊的坐下飲酒玩賞。樂和不敢十分逼近，又不捨得十分窵遠。緊緊的貼著蓆棚而立，覷定順娘目不轉睛，恨不得走近前去，雙手摟抱，說句話兒。那小娘子擡頭觀省，遠遠的也認得是樂小舍人，見他趨前褪後，神情不定，心上也覺可憐。只是父母相隨，寸步不離，無由相會一面。正是：

兩人衷腹事，盡在不言中。

卻說樂和與喜順娘正在相視悽惶之際，忽聽得說潮來了。道猶未絕，耳邊如山崩地坼之聲，潮頭有數丈之高，一湧而至。有詩為證：

銀山萬疊聳巍巍，蹴地排空勢若飛；信是子胥靈未泯，至今猶自奮神威。

那潮頭比往年更大，直打到岸上高處，掀翻錦幙，衝倒蓆棚，眾人發聲喊，都退後走。順娘出神在小舍人身上，一時著忙不知高低，反向前幾步，腳兒把滑不住，溜的滾入波浪之中。

可憐繡閣金閨女，翻做隨波逐浪人。

樂和乖覺，約莫潮來，便移身立於高阜去處。心中不捨得順娘，看定蓆棚，高叫：「避水！」忽見順娘跌在江裏去了。這驚非小，說時遲，那時快，就順娘跌下去這一刻，樂和的眼光緊隨著小娘子下水，腳步自然留不住，撲通的向水一跳，也隨波而滾。他那裏會水，只是為情所使，不顧性命。這裏喜將仕夫婦見女兒墜水，慌急了，亂呼：「救人救人！救得吾女，自有重賞。」那順娘穿著紫羅衫杏黃裙，最好記認。有那一班弄潮的子弟們，踏著潮頭，如履平地，貪著利物，應聲而往。翻波攪浪，去撈救那紫羅衫杏黃裙的女子。卻說樂和跳下水去，直至水底，全不覺波濤之苦，心下如夢中相似。行到潮王廟中，見燈燭輝煌，香煙繚繞。樂和下拜，求潮王救取順娘，度脫水厄。潮王開言道：「喜順吾已收留在此，今交付你去。」說罷，小鬼從神帳後，將順娘送出。樂和拜謝了潮王，領順娘出了廟門。彼此十分歡喜，一句話也說不出，四隻手兒緊緊對面相抱，覺身子或沉或浮，滔出水面。那一班弄潮的看見紫羅衫杏黃裙在浪中現出，慌忙去搶。及至托出水面，不是單卻是雙。四五個人，扛頭扛腳，擡上岸來，對喜將仕道：「且喜連女婿都救起來了。」喜公喜母丫鬟妳娘都來看時，此時八月天氣，衣服都單薄，兩個臉對臉，胸對胸，交股疊肩，且是偎抱得緊，分拆不開，叫喚不醒，體尚微煖，不生不死的模樣。父母慌又慌，苦又苦，正不知甚麼意故。喜家眷屬哭做一堆。眾人爭先來看，都道從古來無此奇事。卻說樂美善正在家中，有人報他兒子在「團魚頭」看潮，被潮頭打在江裏去了。慌得一步一跌，直跑到「團圍頭」來。又聽得人說打撈得一男一女，那女的是喜將仕家小姐。樂公分開人眾，捱入看時，認得是兒子樂和，叫了幾聲：「親兒！」放聲大哭道：「兒呵！你生前不得吹簫侶，誰知你死後方成連理枝！」喜將仕問其緣故，樂公將三年前兒子執意求親，及誓不先娶之言，敘了一遍。喜公喜母倒抱怨起來道：「你樂門七輩衣冠，也是舊族，況且兩個幼年，曾同窗讀書。有此說話，何不早說。如今大家叫喚，若喚得醒時，情願把小女配與令郎。」兩家一邊喚女，一邊喚兒，約莫叫喚了半個時辰，漸漸眼開氣續，四隻肐膊，兀自不放。樂公道：「我兒快甦醒，將仕公已許下，把順娘配你為妻了。……」話猶未畢，只見樂和睜開雙眼道：「岳翁休要言而無信！」跳起身來，便向喜公喜母作揖稱謝。喜小姐隨後甦醒。兩口兒精神如故，清水也不吐一口。喜殺了喜將仕，樂殺了樂大爺。兩家都將乾衣服換了，顧個小轎擡回家裏。次日，倒是喜將仕央媒來樂家議親，願贅樂和為婿，媒人就是安三老。樂家無不應允。擇了吉日，喜家送些金帛之類，笙簫鼓樂，迎娶樂和到家成親。夫妻恩愛，自不必說。滿月後，樂和同順娘備了三牲祭禮，到潮王廟去賽謝。喜將仕見樂和聰明，延名師在家，教他讀書，後來連科及第。至今臨安說婚姻配合故事，還傳「喜樂和順」四字。有詩為證：

少負情癡長更狂，卻將情字感潮王；鍾情若到真深處，生死風波總不妨。

第二十四卷　玉堂春落難逢夫

公子初年柳陌遊，玉堂一見便綢繆；黃金數萬皆消費，紅粉雙眸枉淚流。財貨拐，僕駒休，犯法洪同獄內囚；按臨驄馬冤愆脫，百歲姻緣到白頭。

話說正德年間，南京金陵城有一人，姓王，名瓊，別號思竹，中乙丑科進士，累官至禮部尚書。因劉瑾擅權，劾了一本。聖旨發回原籍。不敢稽留，收拾轎馬和家眷起身。王爺暗想有幾兩俸銀，都借在他人名下，一時取討不及。況長子南京中書，次子時當大比，躊躇半晌，乃呼公子三官前來。那三官雙名景隆，字順卿，年方一十七歲。生得眉目清新，丰姿俊雅，讀書一目十行，舉筆即便成文，原是個風流才子，王爺愛惜勝如心頭之氣，掌上之珍。當下王爺喚至分付道：「我留你在此讀書，叫王定討帳，銀子完日，作速回家，免得父母牽掛。我把這裏帳目，都留與你。」叫王定過來：「我留你與三叔在此讀書討帳，不許你引誘他胡行亂為。吾若知道，罪責非小。」王定叩頭說：「小人不敢。」次日收拾起程，王定與公子送別，轉到北京，另尋寓所安下。公子謹依父命，在寓讀書。王定討帳。不覺三月有餘，三萬銀帳，都收完了。公子把底帳扣算，分釐不欠。分付王定，選日起身。公子說：「王定，我們事體俱已完了，我與你到大街上各巷口，閒耍片時，來日起身。」王定遂即鎖了房門，分付主人家用心看著生口。房主說：「放心，小人知道。」二人離了寓所，至大街觀看皇都景致。但見：

人煙湊集，車馬喧闐。人煙湊集，合四山五岳之音；車馬喧闐，盡六部九卿之輩。做買做賣，總四方土產奇珍；閒蕩閒遊，靠萬歲太平洪福。處處衚衕鋪錦繡，家家杯斝醉笙歌。

公子喜之不盡。忽然又見五七個宦家子弟，各拿琵琶絃子，歡樂飲酒。公子道：「王定，好熱鬧去處。」王定說：「三叔，這等熱鬧，你還沒到那熱鬧去處哩！」二人前至東華門，公子睜眼觀看，好錦繡景致。只見門彩金鳳，柱盤金龍。王定道：「三叔，好麼？」公子說：「真個好所在！」又走前面去，問王定：「這是那裏？」王定說：「這是紫金城。」公子往裏一視，只見城內瑞氣騰騰，紅光燗燗。看了一會，果然富貴無過於帝王，歎息不已。離了東華門往前，又走多時，到一個所在，見門前站著幾個女子，衣服整齊。公子便問：「王定，此是何處？」王定道：「此是酒店。」乃與王定進到酒樓上。公子坐下。看那樓上有五七席飲酒的。內中一席有兩個女子，坐著同飲。公子看那女子，人物清楚，比門前站的，更勝幾分。公子正看中間，酒保將酒來，公子便問：「此女是那裏來的？」酒保說：「這是一秤金家丫頭翠香翠紅。」三官道：「生得清氣。」酒保說：「這等就說標致；他家裏還有一個粉頭，排行三姐，號玉堂春，有十二分顏色。鴇兒索價太高，還未梳櫳❶。」公子聽說留心。叫王定還了酒錢，下樓去，說：「王定，我與你春院❷衚衕走走。」王定道：「三叔不可去，老爺知道怎了！」公子說：「不妨，

❶ 梳櫳：即「梳弄」，妓女第一次接客。

❷ 春院：妓院。

看一看就回。」乃走至本司院門首。果然是：

花街柳巷，繡閣朱樓。家家品竹彈絲，處處調脂弄粉。黃金買笑，無非公子王孫；紅袖邀歡，都是妖姿麗色。正疑香霧彌天靄，忽聽歌聲別院嬌。總然道學也迷魂，任是真僧須破戒。

公子看得眼花撩亂，心內躊躇，不知那是一秤金的門。正思中間，有個賣瓜子的小夥叫做金哥走來，公子便問：「那是一秤金的門？」金哥說：「大叔莫不是要耍？我引你去。」王定便道：「我家相公不嫖，莫錯認了。」公子說：「但求一見。」那金哥就報與老鴇知道。老鴇慌忙出來迎接，請進待茶。王定見老鴇留茶，心下慌張，說：「三叔可回去罷！」老鴇聽說，問道：「這位何人？」公子說：「是小价。」鴇子道：「大哥，你也進來喫茶去，怎麼這等小器？」公子道：「休要聽他。」跟著老鴇往裏就走。王定道：「三叔不要進去，俺老爺知道，可不干我事。」在後邊自言自語。公子那裏聽他，竟到了裏面坐下。老鴇叫丫頭看茶。茶罷，老鴇便問：「客官貴姓？」公子道：「學生姓王，家父是禮部正堂。」老鴇聽說拜道：「不知貴公子，失瞻休罪。」公子道：「不礙，休要計較。久聞令愛玉堂春大名，特來相訪。」老鴇道：「昨有一位客官，要梳弄小女，送一百兩財禮，不曾許他。」公子道：「一百兩財禮小哉！學生不敢誇大話，除了當今皇上，往下也數家父。就是家祖，也做過侍郎。」老鴇聽說，心中暗喜。便叫翠紅請三姐出來見尊客。翠紅去不多時，回話道：「三姐身子不健，辭了罷！」老鴇起身帶笑說：「小女從幼養嬌了，直待老婢自去喚他。」王定在傍猴急，又說：「他不出來就罷了，莫又去喚。」老鴇不聽其言，走進房中，叫：「三姐，我的兒，你時運到了！今有王尚書的公子，特慕你而來。」玉堂春低頭不語。慌得那鴇兒便叫：「我兒，王公子好個標致人物，年紀不上十六七歲，囊中廣有金銀。你若打得上這個主兒，不但名聲好聽，也勾你一世受用。」玉姐聽說，即時打扮，來見公子。臨行，老鴇又說：「我兒，用心奉承，不要怠慢他。」玉姐道：「我知道了。」公子看玉堂春果然生得好：

鬢挽烏雲，眉彎新月。肌凝瑞雪，臉襯朝霞。袖中玉筍尖尖，裙下金蓮窄窄。雅淡梳粧偏有韻，不施脂粉自多姿。便數盡滿院名姝，總輸他十分春色。

玉姐偷看公子，眉清目秀，面白唇紅，身段風流，衣裳清楚，心中也是暗喜。當下玉姐拜了公子。老鴇就說：「此非貴客坐處，請到書房小敘。」公子相讓，進入書房，果然收拾得精緻。明窗淨几，古畫古爐，公子卻無心細看，一心只對著玉姐。鴇兒幫襯，教女兒挨著公子肩下坐了，分付丫鬟擺酒。王定聽見擺酒，一發著忙，連聲催促三叔回去。老鴇丟個眼色與丫頭：「請這大哥到房裏喫酒。」翠香翠紅道：「姐夫請進房裏，我和你喫鍾喜酒。」王定本不肯去，被翠紅二人，拖拖拽拽扯進去坐了。甜言美語，勸了幾杯酒。初時還是勉強，以後喫得熱鬧，連王定也忘懷了，索性放落了心，且偷快樂。正飲酒中間，聽得傳語公子叫王定。王定忙到書房，只見杯盤羅列，本司自有答應樂人，奏動樂器。公子開懷樂飲。王定走近身邊，公子附耳低言：「你到下處取二百兩銀子，四疋尺頭❸，再帶散碎銀二十兩，到這裏來。」王定道：「三叔要這許多銀子何用？」公子道：「不要你閒管。」王定沒奈何，只得來到下處，開了皮箱，取出五十兩元寶四個，并尺頭碎銀，再到本司院說：「三叔有了。」公子看也不看，都教送與鴇兒，

❸ 尺頭：衣料。

說：「銀兩尺頭，權為令愛初會之禮；這二十兩碎銀，把做賞人雜用。」王定只道公子要討那三姐回去，用許多銀子；聽說只當初會之禮，嚇得舌頭吐出三寸。卻說鴇兒一見許多東西，就叫丫頭轉過一張空桌。王定將銀子尺頭，放在桌上，鴇兒假意謙讓了一回。叫玉姐：「我兒，拜謝了公子。」又說：「今日是王公子，明日就是王姐夫了。」叫丫頭收了禮物進去。「小女房中還備得有小酌，請公子開懷暢飲。」公子與玉姐肉手相攙，同至香房，只見圍屏小桌，果品珍羞，俱已擺設完備。公子上坐，鴇兒自彈弦子，玉堂春清唱侑酒。弄得三官骨鬆筋癢，神蕩魂迷。王定見天色晚了，不見三官動身，連催了幾次。丫頭受鴇兒之命，不與他傳。王定又不得進房。等了一個黃昏，翠紅要留他宿歇，王定不肯，自回下處去了。公子直飲到二鼓方散。玉堂春殷勤伏侍公子上床，解衣就寢，真個男貪女愛，倒鳳顛鸞，徹夜交情，不在話下。天明，鴇兒叫廚下擺酒煮湯，自進香房，追紅討喜，叫一聲：「王姐夫，可喜可喜。」丫頭小廝都來磕頭。公子分付王定每人賞銀一兩。翠香翠紅各賞衣服一套，折釵銀三兩。王定早晨本要來接公子回寓，見他撒漫使錢，有不然之色。公子暗想：「在這奴才手裏討針線❹，好不爽利，索性將皮箱搬到院裏，自家便當。」鴇兒見皮箱來了，愈加奉承。真個朝朝寒食，夜夜元宵，不覺住了一個多月。老鴇要生心科派❺，設一大席酒，搬戲演樂，專請三官玉姐二人赴席。鴇子舉杯敬公子說：「王姐夫，我女兒與你成了夫婦，地久天長，凡家中事務，望乞扶持。」那三官心裏只怕鴇子心裏不自在，看那銀子猶如糞土，憑老鴇說謊，欠下許多債負，都替他還。又打若干首飾酒器，做若干衣服，又許他改造房子。

❹ 討針線：討生活。
❺ 科派：需索，攤派。

又造百花樓一座，與玉堂春做臥房。隨其科派，件件許了。正是：

酒不醉人人自醉，色不迷人人自迷。

急得家人王定手足無措，三回五次，催他回去。三官初時含糊答應，以後逼急了，反將王定痛罵。王定沒奈何，只得倒求玉姐勸他。玉姐素知虔婆利害，也來苦勸公子道：「『人無千日好，花有幾日紅！』你一日無錢，他番了臉來，就不認得你。」三官此時手內還有錢鈔，那裏信他這話。王定暗想：「心愛的人還不聽他，我勸他則甚？」又想：「老爺若知此事，如何了得！不如回家報與老爺知道，憑他怎麼裁處，與我無干。」王定乃對三官說：「我在北京無用，先回去罷！」三官正厭王定多管，巴不得他開身，說：「王定，你去時，我與你十兩盤費，你到家中稟老爺，只說帳未完，三叔先使我來問安。」玉姐也送五兩，鴇子也送五兩。王定拜別三官而去。正是：

各人自掃門前雪，莫管他家瓦上霜。

且說三官被酒色迷住，不想回家。光陰似箭，不覺一年。亡八淫婦，終日科派。莫說上頭，做生，討粉頭，買丫鬟，連亡八的壽壙都打得到。三官手內財空。亡八一見無錢，凡事疏淡，不照常答應奉承。又住了半月，一家大小作鬧起來。老鴇對玉姐說：「『有錢便是本司院，無錢便是養濟院。』王公子沒錢了，還留在此做甚！那曾見本司院舉了節婦，你卻呆守那窮鬼做甚！」玉姐聽說，只當耳邊之風。一日三官下樓往外去了，丫頭來報與鴇子。鴇子叫玉堂春下來：「我問你，幾時打發王三起身？」玉姐見話不投機，復身向樓上便走。鴇子隨即跟上樓來。說：「奴才，不理我麼？」玉姐說：「你們這等沒天理，王公子三萬兩銀子，俱送在我家。若不是他時，我家東也欠債，西也欠債，焉有今日這等足用？」鴇子怒發，一頭撞去。高叫：「三兒打娘哩！」亡八聽見，不分是非，便拿了皮鞭，趕上樓來，將玉姐撻跌在樓上，舉鞭亂打。打得髻偏髮亂，血淚交流。且說三官在午門外，與朋友相敘，忽然面熱肉顫，心下懷疑，即辭歸，逕走上百花樓。看見玉姐如此模樣，心如刀割，慌忙撫摩，問其緣故。玉姐睜開雙眼，看見三官，強把精神掙著說：「俺的家務事，與你無干！」三官說：「冤家，你為我受打，還說無干？明日辭去，免得累你受苦！」玉姐說：「哥哥，當初勸你回去，你卻不依我。如今孤身在此，盤纏又無，三千餘里，怎生去得？我如何放得心？你若不能還鄉，流落在外，又不如忍氣且住幾日。」三官聽說，悶倒在地。玉姐近前抱住公子。說：「哥哥，你今後休要下樓去，看那亡八淫婦怎麼樣行來？」三官說：「欲待回家，難見父母兄嫂；待不去，又受不得亡八冷言熱語。我又捨不得你；待住，那亡八淫婦只管打你。」玉姐說：「哥哥，打不打你休管他，我與你是從小的兒女夫妻，你豈可一旦別了我！」看看天色又晚，房中往常時丫頭秉燈上來，今日火也不與了。玉姐見三官痛傷，用手扯到床上睡了。一遞一聲長吁短氣。三官與玉姐說：「不如我去罷！再接有錢的客官，省你受氣。」玉姐說：「哥哥，那亡八淫婦，任他打我，你好歹休要起身。哥哥在時，奴命在，你真個要去，我只一死。」二人直哭到天明，起來，無人與他碗水。玉姐叫丫頭：「拿鍾茶來與你姐夫喫。」鴇子聽見，高聲大罵：「大膽奴才，少打。叫小三自家來取。」那丫頭小廝都不敢來。玉姐無奈，只得自己下樓，到廚下，盛碗飯，淚滴滴自拿上樓去。說：「哥哥，你喫飯來。」公子纔要喫，又聽得下邊罵，待不喫，玉姐又勸。公子方纔喫得一口，那淫婦在樓下說：「小三，大膽奴才，那有『巧媳婦做出無米粥』？」三官分明聽得他話，只索隱忍。正是：

囊中有物精神旺，手內無錢面目慚。

卻說亡八惱恨玉姐，待要打他，倘或打傷了，難教他掙錢；待不打他，他又戀著王小三。十分逼的小三極了，他是個酒色迷了的人，一時他尋個自盡，倘或尚書老爺差人來接，那時把泥做也不乾。左思右算，無計可施。鴇子說：「我自有妙法，叫他離咱門去。明日是你妹子生日，如此如此，喚做『倒房計』。」亡八說：「倒也好。」鴇子叫丫頭樓上問：「姐夫喫了飯還沒有？」鴇子上樓來說：「休怪！俺家務事，與姐夫不相干。」又照常擺上了酒。喫酒中間，老鴇忙陪笑道：「三姐，明日是你姑娘生日，你可稟王姐夫，封上人情，送去與他。」玉姐當晚封下禮物。第二日清晨，老鴇說：「王姐夫早起來，趁涼可送人情到姑娘家去。」大小都離司院，將半里，老鴇故意喫一驚。說：「王姐夫，我忘了鎖門，你回去把門鎖上。」公子不知鴇子用計，回來鎖門不提。且說亡八從那小巷轉過來。叫：「三姐，頭上吊了簪子。」哄的玉姐回頭，那亡八把頭口打了兩鞭，順小巷流水❻出城去了。三官回院，鎖了房門，忙往外趕看，不見玉姐，遇著一夥人。公子躬身便問：「列位曾見一起男女，往那裏去了？」那夥人不是好人，卻是短路❼的。見三官衣服齊整，心生一計，說：「纔往蘆葦西邊去了。」三官說：「多謝列

---

❻ 流水：急忙。
❼ 短路：攔路搶劫。

位。」公子往蘆葦裏就走。這人哄的三官往蘆葦裏去了，即忙走在前面等著。三官至近，跳起來喝一聲，卻去扯住三官，齊下手剝去衣服帽子，拿繩子捆在地上。三官手足難掙，昏昏沉沉，捱到天明，還只想了玉堂春，說：「姐姐，你不知在何處去，那知我在此受苦！」——不說公子有難，且說亡八淫婦拐著玉姐，一日走了一百二十里地，野店安下。玉姐明知中了亡八之計，路上牽掛三官，淚不停滴。——再說三官在蘆葦裏，口口聲聲叫救命。許多鄉老近前看見，把公子解了繩子。就問：「你是那裏人？」三官害羞不說是公子，也不說嫖玉堂春。渾身上下又無衣服，眼中吊淚說：「列位大叔，小人是河南人，來此小買賣，不幸遇著歹人，將一身衣服盡剝去了，盤費一文也無。」眾人見公子年少，捨了幾件衣服與他，又與了他一頂帽子。三官謝了眾人，拾起破衣穿了，拿破帽子戴了。又不見玉姐，又沒了一個錢，還進北京來，順著房簷，低著頭，從早至黑，水也沒得口。三官餓的眼黃，到天晚尋宿，又沒人家下❽他。有人說：「想你這個模樣子，誰家下你？你如今可到總鋪門口去，有覓人打梆子，早晚勤謹，可以度日。」三官逕至總鋪門首，只見一個地方來顧人打更。三官向前叫：「大叔，我打頭更。」地方便問：「你姓甚麼？」公子說：「我是王小三。」地方說：「你打二更罷！失了更，短了籌，不與你錢，還要打哩！」三官是個自在慣了的人，貪睡了，晚間把更失了。地方罵：「小三，你這狗骨頭，也沒造化喫這自在飯，快著走。」三官自思無路，乃到孤老院裏去存身。正是：

一般院子裏，苦樂不相同。

❽ 下：住宿或留人住宿。

卻說那亡八鴇子，說：「咱來了一個月，想那王三必回家去了，咱們回去罷。」收拾行李，回到本司院。只有玉姐每日思想公子，寢食俱廢。鴇子上樓來，苦苦勸說：「我的兒，那王三已是往家去了，你還想他怎麼？北京城內多少王孫公子，你只是想著王三不接客，你可知道我的性子，自討分曉❾，我再不說你了。」說罷自去了。玉姐淚如雨滴。想王順卿手內無半文錢，不知怎生去了？「你要去時，也通個信息，免使我蘇三常常掛牽。不知何日再得與你相見？」不說玉姐想公子。且說公子在北京院討飯度日。北京大街上有個高手王銀匠，曾在王尚書處打過酒器。公子在虔婆家打首飾物件，都用著他。一日往孤老院過，忽然看見公子，唬了一跳。上前扯住，叫：「三叔！你怎麼這等模樣？」三官從頭說了一遍。王銀匠說：「自古狠心亡八！三叔，你今到寒家，清茶淡飯，暫住幾日。等你老爺使人來接你。」三官聽說大喜，隨跟至王匠家中。王匠敬他是尚書公子，盡禮款待，也住了半月有餘。他媳婦見短❿，不見尚書家來接，只道丈夫說謊，乘著丈夫上街，便發說話：「自家一窩子⓫男女，那有閒飯養他人！好意留喫幾日，各人要自達時務，終不然在此養老送終。」三官受氣不過，低著頭，順著房簷往外，出來信步而行。走至關王廟，猛省關聖最靈，何不訴他？乃進廟，跪於神前，訴以亡八鴇兒負心之事。拜禱良久，起來閒看兩廊畫的三國功勞。卻說廟門外街上，有一個小夥兒叫云：「本京瓜子，一分一桶；高郵鴨蛋，半分一個。」此人是誰？是賣瓜子的金哥。金哥說道：「原來是年景消疏，買賣不濟。當時

❾ 討分曉：放明白些。

❿ 見短：識見淺薄。

⓫ 一窩子：許多。

本司院有王三叔在時，一時照顧二百錢瓜子，轉的來，我父母喫不了。自從三叔回家去了，如今誰買這物？二三日不曾發市，怎麼過？我到廟裏歇歇再走。」金哥進廟裏來，把盤子放在供桌上，跪下磕頭。三官卻認得是金哥，無顏見他，雙手掩面坐於門限側邊。金哥磕了頭，起來，也來門限上坐下。三官只道金哥出廟去了。放下手來，卻被金哥認出說：「三叔！你怎麼在這裏？」三官含羞帶淚，將前事道了一遍。金哥說：「三叔休哭，我請你喫些飯。」三官說：「我得了飯。」金哥又問：「你這兩日，沒見你三嬸來？」三官說：「久不相見了！金哥，我煩你到本司院密密的與三嬸說，我如今這等窮，看他怎麼說？回來復我。」金哥應允，端起盤，往外就走。三官又說：「你到那裏看風色，他若想我，你便提我在這裏如此。若無真心疼我，你便休話，也來回我。他這人家有錢的另一樣待，無錢的另一樣待。」金哥說：「我知道。」辭了三官，往院裏來，在於樓外邊立著。說那玉姐手托香腮，將汗巾拭淚，聲聲只叫：「王順卿，我的哥哥！你不知在那裏去了？」金哥說：「呀，真個想三叔哩！」咳嗽一聲，玉姐聽見，問：「外邊是誰？」金哥上樓來，說：「是我。我來買瓜子與你老人家磕哩！」玉姐眼中吊淚。說：「金哥，縱有羊羔美酒，喫不下，那有心緒磕瓜仁！」金哥說：「三嬸！你這兩日怎麼淡⓬了？」玉姐不理。金哥又問：「你想三叔，還想誰？你對我說，我與你接去。」玉姐說：「我自三叔去後，朝朝思想，那裏又有誰來？我曾記得一輩古人。」金哥說：「是誰？」玉姐說：「昔有個亞仙女，鄭元和為他黃金使盡，去打蓮花落。後來收心勤讀詩書，一舉成名。那亞仙風月場中顯大名。我常懷亞仙之心，怎得三叔他像鄭元和方好。」金哥聽說，口中不語，心內自思：「王三倒也與鄭元和相像了，雖不打蓮

⓬ 淡：瘦。

花落，也在孤老院討飯喫。」金哥乃低低把三嬸叫了一聲，說：「三叔如今在廟中安歇，叫我密密的報與你，濟他些盤費，好上南京。」玉姐嚇了一驚，「金哥休要哄我。」金哥說：「三嬸，你不信，跟我到廟中看看去。」玉姐說：「這裏到廟中有多少遠？」金哥說：「這裏到廟中有三里地。」玉姐說：「怎麼敢去？」又問：「三叔還有甚話？」金哥說：「只是少銀子錢使用，並沒甚話。」玉姐說：「你去對三叔說：『十五日在廟裏等我。』」金哥去廟裏回復三官，就送三官到王匠家中，「倘若他家不留你，就到我家裏去。」幸得王匠回家，又留住了公子不提。

卻說老鴇又問：「三姐！你這兩日不喫飯，還是想著王三哩！你想他，他不想你。我兒好癡，我與你尋個比王三強的，你也新鮮些。」玉姐說：「娘！我心裏一件事不得停當。」鴇子說：「你有甚麼事？」玉姐說：「我當初要王三的銀子，黑夜與他說話，指著城隍爺爺說誓，如今等我還了願，就接別人。」老鴇問：「幾時去還願？」玉姐道：「十五日去罷！」老鴇甚喜。預先備下香燭紙馬。等到十五日，天未明，就叫丫頭起來：「你與姐姐燒下水洗臉。」玉姐也懷心，起來梳洗，收拾私房銀兩，並釵釧首飾之類，叫丫頭拿著紙馬，徑往城隍廟裏去。進的廟來，天還未明，不見三官在那裏。那曉得三官卻躲在東廊下相等。先已看見玉姐，咳嗽一聲。玉姐就知，叫丫頭燒了紙馬，「你先去，我兩邊看看十帝閻君。」玉姐叫了丫頭轉身，逕來東廊下尋三官。三官見了玉姐，羞面通紅。玉姐叫聲：「哥哥王順卿，怎麼這等模樣？」兩下抱頭而哭。玉姐將所帶有二百兩銀子東西，付與三官，叫他置辦衣帽買騾子，再到院裏來，「你只說是從南京纔到，休負奴言。」二人含淚各別。玉姐回至家中，鴇子見了，欣喜不勝。說：「我兒還了願了？」玉姐說：「我還了舊願，發下新願。」鴇子說：「我兒，你發下甚麼新願？」玉姐說：

「我要再接王三，把咱一家子死的滅門絕戶，天火燒了。」鴇子說：「我兒這願，忒發得重了些。」從此歡天喜地不提。

且說三官回到王匠家，將二百兩東西，遞與王匠，王匠大喜。隨即到了市上，買了一身衲帛⑬衣服，粉底皂靴，絨襪，瓦楞帽子，青絲縧，真川扇，皮箱騾馬，辦得齊整。把磚頭瓦片，用布包裹，假充銀兩，放在皮箱裏面，收拾打扮停當。僱了兩個小廝，跟隨就要起身。王匠說：「三叔！略停片時，小子置一杯酒餞行。」公子說：「不勞如此，多蒙厚愛，異日須來報恩。」三官遂上馬而去。

粧成圈套入衚衕，鴇子焉能不強從；虧殺玉堂垂念永，固知紅粉亦英雄。

卻說公子辭了王匠夫婦，徑至春院門首。只見幾個小樂工，都在門首說話。忽然看見三官氣象一新，嚇了一跳。飛風⑭報與老鴇。老鴇聽說，半晌不言：「這等事怎麼處！向日三姐說：他是宦家公子，金銀無數，我卻不信，逐他出門去了。今日倒帶有金銀，好不惶恐人也！」左思右想，老著臉走出來見了三官，說：「姐夫從何而至？」一手扯住馬頭。公子下馬唱了半個喏，就要行，說：「我夥計都在船中等我。」老鴇陪笑道：「姐夫好狠心也。就是寺破僧醜，也看佛面，縱然要去，你也看看玉堂春。」公子道：「向日那幾兩銀子值甚的？學生豈肯放在心上！我今皮箱內，現有五萬銀子，還有幾船貨物。夥計也有數十人。有王定看守在那裏。」鴇子一發不肯放手了。公子恐怕掣脫了，將機就機，進到院門坐下。

⑬ 衲帛：織繡。
⑭ 飛風：飛快。

鴇兒分付廚下忙擺酒席接風。三官茶罷，就要走。故意攞出兩定銀子來，都是五兩頭細絲。三官檢起，袖而藏之。鴇子又說：「我到了姑娘家酒也不曾喫，就問你，說你往東去了，尋不見你，尋了一個多月，俺纔回家。」公子乘機便說：「虧你好心，我那時也尋不見你。王定來接我，我就回家去了。我心上也欠掛著玉姐，所以急急而來。」老鴇忙叫丫頭去報玉堂春。丫頭一路笑上樓來，玉姐已知公子到了。故意說：「奴才笑甚麼？」丫頭說：「王姐夫又來了。」玉姐故意唬了一跳，說：「你不要哄我！」不肯下樓。老鴇慌忙自來。玉姐故意回臉往裏睡。鴇子說：「我的親兒，王姐夫來了，你不知道麼？」玉姐也不語，連問了四五聲，只不答應。這一時待要罵，又用著他。扯一把椅子拿過來，一直坐下，長吁了一聲氣。玉姐見他這模樣，故意回過頭起來，雙膝跪在樓上。說：「媽媽！今日饒我這頓打。」老鴇忙扯起來說：「我兒！你還不知道王姐夫又來了。拿有五萬兩花銀，船上又有貨物并夥計數十人，比前加倍。你可去見他，好心奉承。」玉姐道：「發下新願了，我不去接他。」鴇子道：「我兒！發願只當取笑。」一手挽玉姐下樓來，半路就叫：「王姐夫，三姐來了。」三官見了玉姐，冷冷的作了一揖，全不溫存。老鴇便叫丫頭擺桌，取酒斟上一鍾，深深萬福，遞與王姐夫：「權當老身不是。可念三姐之情，休走別家，教人笑話。」三官微微冷笑。叫聲媽媽：「還是我的不是。」老鴇慇勤勸酒，公子喫了幾杯，叫聲多擾，抽身就走。翠紅一把扯住，叫：「玉姐，與俺姐夫陪個笑臉。」老鴇說：「王姐夫，你忒做絕了。丫頭把門頂了，休放你姐夫出去。」叫丫頭把那行李擡在百花樓去。就在樓下重設酒席，笙琴細樂，又來奉承。喫了半更，老鴇說：「我先去了，讓你夫妻二人敘話。」三官玉姐正中其意，攜手登樓。

如同久旱逢甘雨，好似他鄉遇故知。

二人一晚敘話，正是：「歡娛嫌夜短，寞寂恨更長。」不覺鼓打四更，公子爬將起來，說：「姐姐！我走罷！」玉姐說：「哥哥！我本欲留你多住幾日，只是留君千日，終須一別。今番作急⑮回家，再休惹閒花野草⑯。見了二親，用意攻書。倘或成名，也爭得這一口氣。」玉姐難捨王公子，公子留戀玉堂春。玉姐說：「哥哥，你到家，只怕娶了家小不念我。」三官說：「我怕你在北京另接一人，我再來也無益了。」玉姐說：「你指著聖賢爺⑰說了誓願。」兩人雙膝跪下。公子說：「我若南京再娶家小，五黃六月⑱害病死了我。」玉姐說：「蘇三再若接別人，鐵鎖長枷永不出世。」就將鏡子拆開，各執一半，日後為記。玉姐說：「你敗了三萬兩銀子，空手而回，我將金銀首飾器皿，都與你拿去罷。」三官說：「亡八淫婦知道時，你怎打發他？」玉姐說：「你莫管我，我自有主意。」玉姐收拾完備，輕輕的開了樓門，送公子出去了。天明鴇兒起來，叫丫頭燒下洗臉水，承下淨口茶，「看你姐夫醒了時，送上樓去。問他要喫甚麼？我好做去。若是還睡，休驚醒他。」丫頭走上樓去，見擺設的器皿都沒了。梳粧匣也出空了，撇在一邊。揭開帳子，床上空了半邊。跑下樓，叫：「媽媽罷了！」鴇子說：「奴才！慌甚麼？驚著你姐夫。」丫頭說：「還有甚麼姐夫？不知那裏去了。俺姐姐回臉往裏睡著。」老鴇聽說，大驚，看小廝

⑮ 作急：趕緊。
⑯ 閒花野草：指妓女。
⑰ 聖賢爺：神靈。
⑱ 五黃六月：大熱天。

騾腳都去了。連忙走上樓來，喜得皮箱還在。打開看時，都是個磚頭瓦片。鴇兒便罵：「奴才！王三那裏去了？我就打死你！為何金銀器皿他都偷去了？」玉姐說：「我發過新願了，今番不是我接他來的。」鴇子說：「你兩個昨晚說了一夜話，一定曉得他去處。」亡八就去取皮鞭，玉姐拿個首帕，將頭扎了。口裏說：「待我尋王三還你。」忙下樓來，往外就走。鴇子樂工，恐怕走了，隨後趕來。玉姐行至大街上，高聲叫屈：「圖財殺命！」只見地方都來了。鴇子說：「奴才，他倒把我金銀首飾盡情拐去，你還放刁！」亡八說：「由他，咱到家裏算帳。」玉姐說：「不要說嘴，喒往那裏去？那是我家？我同你到刑部堂上講講，恁家裏是公侯宰相，朝郎駙馬，你那裏的金銀器皿！萬物要平個理。一個行院人家，至輕至賤，那有甚麼大頭面，戴往那裏去坐席？王尚書公子在我家，費了三萬銀子，誰不知道他去了就開手。你昨日見他有了銀子，又去哄到家裏，圖謀了他行李。不知將他下落在何處？列位做個證見。」說得鴇子無言可答。亡八說：「你叫王三拐去我的東西，你反來圖賴我。」玉姐舍命，就罵：「亡八淫婦，你圖財殺人，還要說嘴？現今皮箱都打開在你家裏，銀子都拿過了。那王三官不是你謀殺了是那個？」鴇子說：「他那裏有甚麼銀子？都是磚頭瓦片哄人。」玉姐說：「你親口說帶有五萬銀子，如何今日又說沒有？」兩下廝鬧。眾人曉得三官敗過三萬銀子是真，謀命的事未必，都將好言勸解。玉姐說：「列位，你既勸我不要到官，也得我罵他幾句，出這口氣。」眾人說：「憑你罵罷！」玉姐罵道：

你這亡八是餵不飽的狗，鴇子是填不滿的坑。不肯思量做生理，只是排局騙別人。奉承盡是天羅網，說話皆是陷人坑。只圖你家長興旺，那管他人貧不貧。八百好錢買了我，與你掙了多少銀。

我父叫做周彥亨，大同城裏有名人。買良為賤該甚罪？興販人口問充軍。哄誘良家子弟猶自可，圖財殺命罪非輕！你一家萬分無天理，我且說你兩三分。

眾人說：「玉姐，罵得夠了。」鴇子說：「讓你罵許多時，如今該回去了。」玉姐說：「要我回去，須立個文書執照與我。」眾人說：「文書如何寫？」玉姐說：「要寫『不合買良為娼，及圖財殺命』等話。」亡八那裏肯寫。玉姐又叫起屈來。眾人說：「買良為娼，也是門戶常事。那人命事不的實，卻難招認。我們只主張寫個贖身文書與你罷！」亡八還不肯。眾人說：「你莫說別項，只王公子三萬銀子也夠買三百個粉頭了。玉姐左右心不向你了，捨了他罷！」眾人都到酒店裏面，討了一張綿紙，一人念，一人寫，只要亡八鴇子押花⑲。玉姐道：「若寫得不公道，我就扯碎了。」眾人道：「還你停當。」寫道：

立文書本司樂戶蘇淮，同妻一秤金，向將錢八百文，討大同府人周彥亨女玉堂春在家，本望接客靠老，奈女不願為娼。……

寫到「不願為娼」，玉姐說：「這句就是了。須要寫收過王公子財禮銀三萬兩。」亡八道：「三兒！你也拿些公道出來，這一年多費用去了，難道也算？」眾人道：「只寫二萬罷。」又寫道：

……有南京公子王順卿，與女相愛，淮得過銀二萬兩，憑眾議作贖身財禮。今後聽憑玉堂春嫁人，

---

⑲ 押花：即「打花押」，簽字的意思。

并與本戶無干。立此為照。

後寫「正德年月日，立文書樂戶蘇淮同妻一秤金」，見人[20]有十餘人。眾人先押了花，蘇淮只得也押了，一秤金也畫個十字。玉姐收訖。又說：「列位老爹！我還有一件事，要先講個明。」眾人曰：「又是甚事？」玉姐曰：「那百花樓，原是王公子蓋的，撥與我住。丫頭原是公子買的，要叫兩個來伏侍我。以後米麵柴薪菜蔬等項，須是一一供給，不許揹勒短少，直待我嫁人方止。」眾人說：「這事都依著你。」玉姐辭謝先回。亡八又請眾人喫過酒飯方散。正是：

周郎妙計高天下，賠了夫人又折兵。

話說公子在路，夜住曉行，不數日，來到金陵自家門首下馬。王定看見，唬了一驚。上前把馬扯住，進的裏面。三官坐下，王定一家拜見了。三官就問：「我老爺安麼？」王定說：「安。」「大叔、二叔、姑爺、姑娘何如？」王定說：「俱安。」又問：「你聽得老爺說我家來，他要怎麼處？」王定不言。長吁一口氣，只看看天。三官就知其意：「你不言語，想是老爺要打死我。」王定說：「三叔！老爺誓不留你，今番不要見老爺了。私去看看老奶奶和姐姐兄嫂討些盤費，他方去安身罷！」公子又問：「老爺這二年，與何人相厚？央他來與我說個人情。」王定說：「無人敢說。只除是姑娘姑爹，意思間稍提提，也不敢直說。」三官道：「王定，你去請姑爹來，我與他講這件事。」王定即時去請劉齋長、何上舍到

[20] 見人：證人。

來。敘禮畢，何劉二位說：「三舅，你在此，等俺兩個與喒爺講過，使人來叫你。若不依時，捎信與你，作速逃命。」二人說罷，竟往潭府來見了王尚書。坐下，茶罷，王爺問何上舍：「田莊好麼？」上舍答道：「好！」王爺又問劉齋長：「學業何如？」答說：「不敢，連日有事，不得讀書。」王爺笑道：「『讀書過萬卷，下筆如有神。』秀才將何為本？『家無讀書子，官從何處來？』今後須宜勤學，不可將光陰錯過。」劉齋長唯唯謝教。何上舍問：「客位前這牆幾時築的？一向不見。」王爺笑曰：「我年大了，無多田產，日後恐怕大的二的爭競，預先分為兩分。」二人笑說：「三分家事，如何只做兩分？三官回來，叫他那裏住？」王爺聞說，心中大惱：「老夫平生兩個小兒，那裏又有第三個？」二人齊聲叫：「爺，你如何不疼三官王景隆？當初還是爺不是，托他在北京討帳，無有一個去接尋。休說三官十六七歲，北京是花柳之所，就是久慣江湖，也迷了心。」二人雙膝跪下，吊下淚來。王爺說：「沒下稍的狗畜生，不知死在那裏了，休再提起了！」正說間，二位姑娘也到。眾人都知三官到家，只哄著王爺一人。王爺說：「今日不請都來，想必有甚事情？」即叫家奴擺酒。何靜菴欠身打一躬曰：「你閨女昨晚作一夢，夢三官王景隆身上藍縷，叫他姐姐救他性命。三更鼓做了這個夢，半夜搥床搗枕哭到天明，埋怨著我不接三官，今日特來問問三舅的信音。」劉心齋亦說：「自三舅在京，我夫婦日夜不安，今我與姨夫湊些盤費，明日起身去接他回來。」王爺含淚道：「賢婿，家中還有兩個兒子，無他又待怎生？」何劉二人往外就走。王爺向前扯住問：「賢婿何故起身？」二人說：「爺撒手，你家親生子還是如此，何況我女婿也？」大小兒女放聲大哭，兩個哥哥一齊下跪，女婿也跪在地上；奶奶在後邊吊下淚來。引得王爺心動，亦哭起來。王定跑出來說：「三叔，如今老爺在那裏哭你，你好過去見老爺，不要待等惱了。」王定推著公子進前廳跪下說：「爹爹！不孝兒王景隆今日回了。」那王爺兩手擦了淚眼，說：「那無恥畜生，不知死的往那裏去了。北京城街上最多遊食光棍，偶與畜生面龐廝像，假充畜生來家，哄騙我財物，可叫小廝拿送三法司問罪！」那公子往外就走。二位姐姐趕至二門首攔住說：「短命的，你待往那裏去？」三官說：「二位姐姐，開放條路與我逃命罷！」二位姐姐不肯撒手，推至前來雙膝跪下，兩個姐姐手指說：「短命的！娘為你痛得肝腸碎，一家大小為你哭得眼花，那個不牽掛！」眾人哭在傷情處，王爺一聲喝住眾人不要哭。說：「我依著二位姐夫，收了這畜生，可叫我怎麼處他？」眾人說：「消消氣再處。」王爺搖頭。奶奶說：「憑我打罷。」王爺說：「可打多少？」眾人說：「任爺爺打多少？」王爺道：「須依我說，不可阻我，要打一百。」大姐二姐跪下說：「爹爹嚴命，不敢阻當，容你兒待替罷！」大哥二哥每人替上二十，大姐二姐每人亦替二十。王爺說：「打他二十。」大姐二姐說：「叫他姐夫也替他二十，只看他這等黃瘦，一棍打在那裏？等他膔滿肉肥，那時打他不遲。」王爺笑道：「我兒，你也說得是。想這畜生，天理已絕，良心已喪，打他何益？我問你：『家無生活計，不怕斗量金。』我如今又不做官了，無處掙錢，作何生意以為糊口之計？要做買賣，我又無本錢與你。」二位姐夫問：「他那銀子還有多少？」何劉便問三舅：「銀子還有多少？」王定擡過皮箱打開，盡是金銀首飾器皿等物。王爺大怒，罵：「狗畜生！你在那裏偷的這東西？快寫首狀，休要玷辱了門庭。」三官高叫：「爹爹息怒，聽不肖兒一言。」遂將初遇玉堂春，後來被鴇兒如何哄騙盡了。如何虧了王銀匠收留。又虧了金哥報信，「玉堂春私將銀兩贈我回鄉，這些首飾器皿，皆玉堂春所贈。」備細述了一遍。王爺聽說罵道：「無恥狗畜生！自家三萬銀子都花了，卻要娼婦的東西，可不羞殺了人。」三官說：「兒不曾強要他的，是他情願與我的。」王爺說：「這也罷了，看你姐夫面上，與你一個莊子，你自去耕地布種。」公子不言。王爺怒道：「王景隆，你不言怎麼說？」公子說：「這事不是孩兒做的。」王爺說：「這事不是你做的。你還去嫖院罷！」三官說：「兒要讀書。」王爺笑曰：「你已放蕩了，心猿意馬，讀甚麼書？」公子說：「孩兒此回篤志用心讀書。」王爺說：「既知讀書好，緣何這等胡為？」何靜菴立起身來說：「三舅受了艱難苦楚，這下來改過遷善，料想要用心讀書。」王爺說：「就依你眾人說，送他到書房裏去，叫兩個小廝去伏侍他。」即時就叫小廝送三官往書院裏去。兩個姐夫又來說：「三舅久別，望老爺留住他，與小婿共飲則可。」王爺說：「賢婿，你如此乃非教子之方，休要縱他。」二人道：「老爺言之最善。」於是翁婿大家痛飲，盡醉方歸。這一出父子相會，分明是：

月被雲遮重露彩，花遭霜打又逢春。

卻說公子進了書院，清清獨坐，只見滿架詩書，筆山硯海。歎道：「書呵！相別日久，且是生澀。欲待不看，焉得一舉成名，卻不辜負了玉姐言語；欲待讀書，心猿放蕩，意馬難收。」公子尋思一會，拿著書來讀了一會。心下只是想著玉堂春。忽然鼻聞甚氣？耳聞甚聲？乃問書童道：「你聞這書裏甚麼氣？聽聽甚麼響？」書童說：「三叔，俱沒有。」公子道：「沒有？呀，原來鼻聞乃是脂粉氣，耳聽即是箏板聲。」公子一時思想起來：「玉姐當初囑付我，是甚麼話來？叫我用心讀書。我如今未曾讀書，心意還丟他不下，坐不安，寢不寧，茶不思，飯不想，梳洗無心，神思恍忽。」公子自思：「可怎麼處他？」走出門來，只見大門上掛著一聯對子：『十年受盡窗前苦，一舉成名天下聞。』這是我公公作下的對聯。他中舉會試，官至侍郎。後來咱爹爹在此讀書，官到尚書。我今在此讀書，亦要攀龍附鳳，以繼前人之志。」又見二門上有一聯對子：「不受苦中苦，難為人上人。」公子急回書房，看見風月機關，洞房春意，公子自思，乃是此二書亂了我的心，將一火而焚之，破鏡分釵，俱將收了，心中回轉，發志勤學。一日書房無火，書童往外取火。王爺正坐，叫書童。書童近前跪下。王爺便問：「三叔這一會用功不曾？」書童說：「稟老爺得知，我三叔先時通不讀書，胡思亂想，體瘦如柴；這半年整日讀書，晚上讀至三更方纔睡，五更就起，直至飯後，方纔梳洗。口雖喫飯，眼不離書。」王爺道：「奴才！你好說謊，我親自去看他。」書童叫：「三叔，老爺來了。」公子從從容容迎接父親。王爺暗喜。觀他行步安詳，可以見他學問。王爺正面坐下，公子拜見。王爺曰：「我限的書你看了不曾？我出的題你做了多少？」公子說：「爹爹嚴命，限兒的書都看了，題目都做完了，但有餘力旁觀子史。」王爺說：「拿文字來我看。」公子取出文字。王爺看他所作文課，一篇強如一篇，心中甚喜。叫：「景隆，去應個儒士科舉罷！」公子說：「兒讀了幾日書，敢望中舉？」王爺說：「一遭中了雖多，兩遭中了甚廣。出去觀觀場，下科好中。」王爺就寫書與提學察院，許公子科舉。竟到八月初九日，進過頭場，寫出文字與父親看。王爺喜道：「這七篇，中有何難？」到二場三場俱完，王爺又看他後場，喜道：「不在散舉，決是魁解。」

話分兩頭。卻說玉姐自上了百花樓，從不下梯。是日悶倦，叫丫頭：「拿棋子過來，我與你下盤棋。」丫頭說：「我不會下。」玉姐說：「你會打雙陸麼？」丫頭說：「也不會。」玉姐將棋盤雙陸一皆撇在樓板上。丫頭見玉姐眼中吊淚，即忙掇過飯來，說：「姐姐，自從昨晚沒用飯，你喫個點心。」玉姐拿過分為兩半。右手拿一塊喫，左手拿一塊與公子。丫頭欲接又不敢接。玉姐猛然睜眼見不是公子，將那一塊點心掉在樓板上。丫頭又忙掇過一碗湯來，說：「飯乾燥，喫些湯罷！」玉姐剛呷得一口，淚如湧泉，放下了。問：「外邊是甚麼響？」丫頭說：「今日中秋佳節，人人翫月，處處笙歌，俺家翠香翠紅姐都有客哩！」玉姐聽說，口雖不言，心中自思：「哥哥今已去了一年了。」叫丫頭拿過鏡子來照了一照，猛然唬了一跳：「如何瘦的我這模樣？」把那鏡丟在床上，長吁短歎，走至樓門前，叫丫頭：「拿椅子過來，我在這裏坐一坐，」坐了多時，只見明月高升，譙樓敲轉，玉姐叫丫頭，「你可收拾香燭過來，今日八月十五日，乃是你姐夫進三場日子，我燒一炷香保佑他。」玉姐下樓來，當天井跪下，說：「天地神明，今日八月十五日，我哥王景隆進了三場，願他早占鰲頭，名揚四海。」祝罷，深深拜了四拜。有詩為證：

> 對月燒香禱告天，何時得洩腹中冤；王郎有日登金榜，不枉今生結好緣。

卻說西樓上有個客人，乃山西平陽府洪同縣人，拿有整萬銀子，來北京販馬。這人姓沈名洪，因聞玉堂春大名，特來相訪。老鴇見他有錢，把翠香打扮當作玉姐，相交數日，沈洪方知不是，苦求一見。是夜丫頭下樓取火，與玉姐燒香。小翠紅忍不住多嘴，就說了：「沈姐夫！你每日間想玉姐，今夜下樓，在天井內燒香，我和你悄悄地張他。」沈洪將三錢銀子買囑了丫頭，悄然跟到樓下，月明中，看得仔細。等他拜罷，趨出唱喏。玉姐大驚，問：「是甚麼人？」答道：「在下是山西沈洪，有數萬本錢，在此販馬，久慕玉姐大名，未得面睹。今日得見，如撥雲霧見青天。望玉姐不棄，同到西樓一會。」玉姐怒道：

「我與你素不相識，今當黌夜，何故自誇財勢，妄生事端？」沈洪又哀告道：「王三官也只是個人，我也是個人。他有錢，我亦有錢。那些兒強似我？」說罷，就上前要摟抱玉姐。被玉姐照臉啐一口，急急上樓關了門，罵丫頭：「好大膽，如何放這野狗進來？」沈洪沒意思自去了。玉姐思想起來，分明是小翠香小翠紅這兩個奴才報他。又罵：「小淫婦，小賤人，你接著得意孤老也好了，怎該來囉唣我？」罵了一頓，放聲悲哭，「但得我哥哥在時，那個奴才敢調戲我！」又氣又苦，越想越毒。正是：

可人去後無日見，俗子來時不待招。

卻說三官在南京鄉試終場，閒坐無事，每日只想玉姐。南京一般也有本司院，公子再不去走。到了二十九開榜之日，公子想到三更以後，方纔睡著。外邊報喜的說：「王景隆中了第四名。」三官夢中聞信，起來梳洗，揚鞭上馬。前擁後簇，去赴鹿鳴宴。父母兄嫂，姐夫姐姐，喜做一團。連日做慶賀筵席。公子謝了主考，辭了提學。墳前祭掃了。起了文書。「稟父母得知，兒要早些赴京，到僻靜去處安下，看書數月，好入會試。」父母明知公子本意牽掛玉堂春，中了舉，只得依從。叫大哥二哥來。「景隆赴京會試，昨日祭掃。有多少人情？」大哥說：「不過三百餘兩。」王爺道：「那只夠他人情的，分外再與他一二百兩拿去。」二哥說：「稟上爹爹，用不得許多銀子。」王爺說：「你那知道，我那同年門生，在京頗多，往返交接，非錢不行。等他手中寬裕，讀書也有興。」叫景隆收拾行裝，有知心同年，約上兩三位。分付家人到張先生家看了良辰。公子恨不的一時就到北京。邀了幾個朋友，僱了一隻船，即時拜了父母，辭別兄嫂。兩個姐夫，邀親朋至十里長亭，酌酒作別。公子上的船來，手舞足蹈，莫知所之。

眾人不解其意，他心裏只想著玉姐玉堂春。不則一日到了濟寧府，舍舟起岸，不在話下。

再說沈洪自從中秋夜見了玉姐，到如今朝思暮想，廢寢忘餐。叫聲：「二位賢姐！只為這冤家害的我一絲兩氣，七顛八倒，望二位可憐我孤身在外，舉眼無親，替我勸化玉姐，叫他相會一面，雖死在九泉之下，也不敢忘了二位活命之恩。」說罷，雙膝跪下。翠香翠紅說：「沈姐夫！你且起來，我們也不敢和他說這話。你不見中秋夜罵的我們不耐煩。等俺媽媽來，你央浼他。」沈洪說：「二位賢姐！替我請出媽媽來。」翠香姐說：「你跪著我，再磕一百二十個大響頭。」沈洪慌忙跪下磕頭。翠香即時就去，將沈洪說的言語述與老鴇。老鴇到西樓見了沈洪。問：「沈姐夫喚老身何事？」沈洪說：「別無他事，只為不得玉堂春到手。你若幫襯我成就了此事，休說金銀，便是殺身難保。」老鴇聽說，口內不言，心中自思：「我如今若許了他，倘三兒不肯，教我如何？若不許他，怎哄出他的銀子？」沈洪見老鴇躊躇不語，便看翠紅。翠紅丟了一個眼色，走下樓來。沈洪即跟他下去。翠紅說：「常言：『姐愛俏，鴇愛鈔。』你多拿些銀子出來打動他，不愁他不用心。他是使大錢的人，若少了，他不放在眼裏。」沈洪說：「要多少？」翠香說：「不要少了，就把一千兩與他，方纔成得此事。」也是沈洪命運該敗，渾如鬼迷一般，即依著翠香，就拿一千兩銀子來。叫：「媽媽！財禮在此。」老鴇說：「這銀子，老身權收下，你卻不要性急。待老身慢慢的偎他。」沈洪拜謝說：「小子懸懸而望。」正是：

請下煙花諸葛亮，欲圖風月玉堂春。

且說十三省鄉試榜都到午門外張掛，王銀匠邀金哥說：「王三官不知中了不曾？」兩個跑在午門外南直隸榜下，看解元是書經，往下第四個乃王景隆。王匠說：「金哥好了，三叔已中在第四名。」金哥道：「你看看的確，怕你識不得字。」王匠說：「你說話好欺人，我讀書讀到孟子，難道這三個字也認不得，隨你叫誰看。」金哥聽說大喜。二人買了一本鄉試錄，走到本司院裏去報玉堂春說：「三叔中了。」玉姐叫丫頭將試錄拿上樓來，展開看了，上刊「第四名王景隆」，註明「應天府儒士，禮記。」玉姐步出樓門，叫丫頭忙排香案，拜謝天地。起來先把王匠謝了，轉身又謝金哥。嚇得亡八鴇子魂不在體。商議說：「王三中了舉，不久到京，白白地要了玉堂春去，可不人財兩失？三兒向他孤老，決沒甚好言語，搬鬥㉑是非，教他報往日之仇，此事如何了？」鴇子說：「不若先下手為強。」亡八說：「怎麼樣下手？」老鴇說：「噌已收了沈官人一千兩銀子，如今再要了他一千，賤些價錢賣與他罷。」亡八道：「三兒不肯如何？」鴇子說：「明日殺豬宰羊，買一桌紙錢，假說東嶽廟看會，燒了紙，說了誓，合家從良，再不在煙花巷裏。小三若聞知從良一節，必然也要往嶽廟燒香。叫沈官人先安排轎子，逕擡往山西去。公子那時就來，不見他的情人，心下就冷了。」亡八說：「此計大妙。」即時暗暗地與沈洪商議。又要了他一千銀子。次早，丫頭報與玉姐：「俺家殺豬宰羊，上嶽廟哩。」玉姐問：「為何？」丫頭道：「聽得媽媽說：『為王姐夫中了，恐怕他到京來報仇，今日發願，合家從良。』」玉姐說：「是真是假？」丫頭說：「當真哩！昨日沈姐夫都辭去了。如今再不接客了。」玉姐說：「既如此，你對媽媽說，我也要去燒香。」老鴇說：「三姐，你要去，快梳洗，我喚轎兒擡你。」玉姐梳粧打扮，同老鴇出的門來。正見四個人，擡著一頂空轎。老鴇便問：「此轎是僱的？」這人說：「正是。」老鴇說：「這裏到嶽廟要

㉑ 搬鬥：挑撥。

多少僱價？」那人說：「擡去擡來，要一錢銀子。」老鴇說：「只是五分。」那人說：「這個事小，請老人家上轎。」老鴇說：「不是我坐，是我女兒要坐。」玉姐上轎，那二人擡著，不往東嶽廟去，逕往西門去了。走有數里，到了上高轉折去處，玉姐回頭，看見沈洪在後騎著個騾子。玉姐大叫一聲：「吆！想是亡八鴇子盜賣我了？」玉姐大罵：「你這些賊狗奴，擡我往那裏去？」沈洪說：「往那裏去？我為你去了二千兩銀子，買你往山西家去。」玉姐在轎中號啕大哭，罵聲不絕。那轎夫擡了飛也似走。行了一日，天色已晚。沈洪尋了一座店房，排合卺美酒，指望洞房歡樂。誰知玉姐提著便罵，觸著便打。沈洪見店中人多，恐怕出醜。想道：「甕中之鱉，不怕他走了，權耐幾日，到我家中，何愁不從。」於是反將好話奉承，並不去犯他。玉姐終日啼哭，自不必說。

卻說公子一到北京，將行李上店，自己帶兩個家人，就往王銀匠家，探問玉堂春消息。王匠請公子坐下：「有現成酒，且喫三盃接風，慢慢告訴。」王匠就拿酒來斟上。三官不好推辭，連飲了三盃。又問：「玉姐敢不知我來？」王匠叫：「三叔開懷，再飲三盃。」三官說：「夠了，不喫了。」王匠說：「三叔久別，多飲幾盃，不要太謙。」公子又飲了幾盃。問：「這幾日曾見玉姐不曾？」王匠又叫：「三叔且莫問此事，再喫三盃。」公子心疑，站起說：「有甚或長或短，說個明白，休悶死我也！」王匠只是勸酒。卻說金哥在門首經過，知道公子在內，進來磕頭叫喜。三官問金哥：「你三嬸近日何如？」金哥年幼多嘴說：「賣了。」三官急問說：「賣了誰？」王匠瞅了金哥一眼，金哥縮了口。公子堅執盤問，二人瞞不過。說：「三嬸賣了。」公子問：「幾時賣了？」王匠說：「有一個月了。」公子聽說，一頭撞在塵埃，二人忙扶起來。公子問金哥：「賣在那裏去了？」金哥說：「賣與山西客人沈洪去了。」三官說：「你那三嬸就怎麼肯去？」金哥敘出：「鴇兒假意從良，殺豬宰羊上嶽廟，哄三嬸同去燒香，私與沈洪約定，僱下轎子擡去，不知下落。」公子說：「亡八盜賣我玉堂春，我與他算帳！」那時叫金哥跟著，帶領家人，逕到本司院裏，進的院門，亡八眼快，跑去躲了。公子問眾丫頭：「你家玉姐何在？」無人敢應。公子發怒，房中尋見老鴇，一把揪住，叫家人亂打。金哥勸住。公子就走在百花樓上，看見錦帳羅幃，越加怒惱。把箱籠盡行打碎，氣得癡呆了。問：「丫頭，你姐姐嫁那家去？可老實說，饒你打。」丫頭說：「去燒香，不知道就偷賣了他。」公子滿眼落淚，說：「冤家，不知是正妻，是偏妾？」丫頭說：「他家裏自有老婆。」公子聽說，心中大怒，恨罵：「亡八淫婦，不仁不義！」丫頭說：「他今日嫁別人去了，還疼他怎的？」公子滿眼流淚，正說間，忽報朋友來訪。金哥勸：「三叔休惱，三嬸一時不在了，你縱然哭他，他也不知道。今有許多相公在店中相訪，聞公子在院中，都要來。」公子聽說，恐怕朋友笑話，即便起身回店。公子心中氣悶，無心應舉。意欲束裝回家。朋友聞知，都來勸說：「順卿兄，功名是大事，表子是末節，那裏有為表子而不去求功名之理？」公子說：「列位不知，我奮志勤學，皆為玉堂春的言語激我。冤家為我受了千辛萬苦，我怎肯輕捨？」眾人叫：「順卿兄，你倘聯捷，幸在彼地，見之何難？你若回家，憂慮成病，父母懸心，朋友笑恥，你有何益？」三官自思言之最當，倘或僥倖，得到山西，平生願足矣。數言勸醒公子。會試日期已到。公子進了三場，果中金榜二甲第八名，刑部觀政。三個月，選了真定府理刑官。即遣轎馬迎請父母兄嫂。父母不來。回書說：「教他做官勤慎公廉，念你年長未娶，已聘劉都堂之女，不日送至任所成親。」公子一心只想玉堂春，全不以聘娶為喜。正是：

已將路柳為連理，翻把家雞作野鴛。

且說沈洪之妻皮氏，也有幾分顏色，雖然三十餘歲，比二八少年，也還風騷。平昔間嫌老公粗蠢，不會風流，又出外日多，在家日少，皮氏色性太重，打熬不過。間壁有個監生，姓趙名昂，自幼慣走花柳場中，為人風月。近日喪偶。雖然是納粟相公，家道已在消乏一邊。一日，皮氏在後園看花，偶然撞見趙昂，彼此有心，都看上了。趙昂訪知巷口做歇家㉒的王婆，在沈家走動識熟，且是利口，善於做媒說合。乃將白銀二十兩，賄賂王婆，央他通腳㉓。皮氏平昔間不良的口氣，已有在王婆肚裏，況且今日你貪我愛，一說一上，幽期密約，一牆之隔，梯上梯下，做就了一點不明不白的事。趙昂一者貪皮氏之色，二者要騙他錢財。枕席之間，竭力奉承。皮氏心愛趙昂，但是開口，無有不從，恨不得連家當都津貼了他。不上一年，傾囊倒篋，騙得一空。初時只推事故，暫時挪借，借去後，分毫不還。皮氏只愁老公回來盤問時，無言回答。一夜與趙昂商議，欲要跟趙昂逃走他方。趙昂道：「我又不是赤腳漢，如何走得？便走了，也不免喫官司。只除暗地謀殺了沈洪，做個長久夫妻，豈不盡美。」皮氏點頭不語。卻說趙昂有心打聽沈洪的消息，曉得他討了院妓玉堂春一路回來，即忙報與皮氏知道。故意將言語觸惱皮氏。皮氏怨恨不絕於聲。問：「如今怎麼樣對付他說好？」趙昂道：「一進門時，你便數他不是，與他尋鬧，叫他領著娼根另住，那時憑你安排了。我央王婆贖得些砒霜在此，覷便放在食器內，把與他兩個

㉒ 歇家：非正式的客寓。

㉓ 通腳：做內線。

喫。等他雙死也罷！單死也罷！」皮氏說：「他好喫的是辣麵。」趙昂說：「辣麵內正好下藥。」兩人圈套已定，只等沈洪入來。不一日，沈洪到了故鄉，叫僕人和玉姐暫停門外。自己先進門，與皮氏相見，滿臉陪笑說：「大姐休怪，我如今做了一件事。」皮氏說：「你莫不是娶了個小老婆？」沈洪說：「是了。」皮氏大怒，說：「為妻的整年月在家守活孤孀，你卻花柳快活，又帶這潑淫婦回來，全無夫妻之情。你若要留這淫婦時，你自在西廳一帶住下，不許來纏我。我也沒福受這淫婦的拜，不要他來。」昂然說罷，啼哭起來，拍檯拍櫈。口裏「千亡八，萬淫婦」罵不絕聲。沈洪勸解不得。想道：「且暫時依他言語在西廳住幾日，落得受用。等他氣消了時，卻領玉堂春與他磕頭。」沈洪只道渾家是喫醋，誰知他有了私情，又且房計空虛了，正怕老公進房，借此機會，打發他另居。正是：

你向東時我向西，各人有意自家知。

不在話下。

卻說玉堂春曾與王公子設誓，今番怎肯失節於沈洪，腹中一路打稿㉔：「我若到這厭物家中，將情節哭訴他大娘子，求他做主，以全節操。慢慢的寄信與三官，教他將二千兩銀子來贖我去，卻不好。」及到沈洪家裏，聞知大娘不許相見，打發老公和他往西廳另住，不遂其計，心中又驚又苦。沈洪安排床帳在廂房，安頓了蘇三。自己卻去窩伴皮氏，陪喫夜飯。被皮氏三回五次催趕，沈洪說：「我去西廳時，只怕大娘著惱。」皮氏說：「你在此，我反惱，離了我眼睛，我便不惱。」沈洪唱個淡喏，謝聲：「得

㉔ 打稿：計劃。

罪。」出了房門，逕望西廳而來。原來玉姐乘著沈洪不在，檢出他鋪蓋撇在廳中，自己關上房門自睡了。任沈洪打門，那裏肯開。卻好皮氏叫小段名到西廳看老公睡也不曾。沈洪平日原與小段名有情，那時扯在鋪上，草草合歡，也當春風一度。事畢，小段名自去了。沈洪身子困倦，一覺睡去直至天明。卻說皮氏這一夜等趙昂不來，小段名回後，老公又睡了。番來復去，一夜不曾合眼。天明早起，趕下一軸麵，煮熟分作兩碗。皮氏悄悄把砒霜撒在麵內，卻將辣汁澆上。叫小段名送去西廳：「與你爹爹喫。」小段名送至西廳，叫道：「爹爹！大娘欠㉕你，送辣麵與你喫。」沈洪見是兩碗，就叫：「我兒，送一碗與你二娘喫。」小段名便去敲門。玉姐在床上問：「做甚麼？」小段名說：「請二娘起來喫麵。」玉姐道：「我不要喫。」沈洪說：「想是你二娘還要睡，莫去鬧他。」沈洪把兩碗都喫了。須臾而盡。小段名收碗去了。沈洪一時肚疼，叫道：「不好了，死也死也！」玉姐還只認假意，看看聲音漸變。開門出來看時，只見沈洪九竅流血而死。正不知甚麼緣故。慌慌的高叫：「救人！」只聽得腳步響，皮氏早到，不等玉姐開言，就變過臉，故意問道：「好好的一個人，怎麼就死了？想必你這小淫婦弄死了他，要去嫁人？」玉姐說：「那丫頭送麵來，叫我喫，我不要喫，並不曾開門。誰知他喫了，便肚疼死了。必是麵裏有些緣故。」皮氏說：「放屁！麵裏若有緣故，必是你這小淫婦做下的，不然，你如何先曉得這麵是喫不得的，不肯喫？你說並不曾開門，如何卻在門外？這謀死情由，不是你，是誰？」說罷，假哭起「養家的天」來。家中僮僕養娘都亂做一堆。皮氏就將三尺白布擺頭，扯了玉姐往知縣處叫喊。正直王知縣升堂，喚進問其緣故。皮氏說：「小婦人皮氏，丈夫叫沈洪，在北京為商，用千金娶這娼婦，叫做玉堂

㉕ 欠：想念。

春為妾。這娼婦嫌丈夫醜陋，因喫辣麵，暗將毒藥放入，丈夫喫了，登時身死。望爺爺斷他償命。」王知縣聽罷，問：「玉堂春，你怎麼說？」玉姐說：「爺爺，小婦人原籍北直隸大同府人氏，只因年歲荒旱，父親把我賣在本司院蘇家，賣了三年後，沈洪看見，娶我回家。皮氏嫉妒，暗將毒藥藏在麵中，毒死丈夫性命。反倚刁潑，展賴小婦人。」知縣聽玉姐說了一會。叫：「皮氏，想你見那男子棄舊迎新，你懷恨在心，藥死親夫，此情理或有之。」皮氏說：「爺爺！我與丈夫，從幼的夫妻，怎忍做這絕情的事。這蘇氏原是不良之婦，別有個心上之人，分明是他藥死，要圖改嫁。望青天爺爺明鏡。」知縣乃叫蘇氏：「你過來，我想你原係娼門，你愛那風流標致的人，想是你見丈夫醜陋，不趁你意，故此把毒藥藥死是實。」叫皂隸：「把蘇氏與我夾起來。」玉姐說：「爺爺！小婦人雖在煙花巷里，跟了沈洪又不曾難為半分，怎下這般毒手？小婦人果有惡意，何不在半路謀害？既到了他家，他怎容得小婦人做手腳？這皮氏昨夜就趕出丈夫，不許他進房。今早的麵，出於皮氏之手，小婦人並無干涉。」王知縣見他二人各說有理。叫皂隸暫把他二人寄監。「我差人訪實再審。」二人進了南牢不提。卻說皮氏差人密密傳與趙昂，叫他快來打點。趙昂拿著沈家銀子，與刑房吏一百兩，書手八十兩，掌案的先生五十兩，門子五十兩，兩班皂隸六十兩，禁子每人二十兩，上下打點停當。封了一千兩銀子，放在罈內，當酒送與王知縣。知縣受了，次日清晨升堂，叫皂隸把皮氏一起提出來。不多時到了，當堂跪下。知縣說：「我夜來一夢，夢見沈洪說：『我是蘇氏藥死，與那皮氏無干。』」玉堂春正待分辨，知縣大怒，說：「人是苦蟲，不打不招㉖。」叫皂隸：「與我拶起著實打。問他招也不招？他若不招，就活活敲死。」玉姐熬刑不過，說：

㉖ 人是苦蟲二句：犯人不打不肯招認。

「願招。」知縣說：「放下刑具。」皂隸遞筆與玉姐畫供。知縣說：「皮氏召保在外。玉堂春收監。」皂隸將玉姐手肘腳鐐，帶進南牢。禁子牢頭都得了趙上舍銀子，將玉姐百般凌辱。只等上司詳允之後，就遞病狀，結果他性命。正是：

安排縛虎擒龍計，斷送愁鸞泣鳳人。

且喜有個刑房吏，姓劉名志仁，為人正直無私，素知皮氏與趙昂有奸，都是王婆說合。數日前撞見王婆在生藥鋪內贖砒霜，說：「要藥老鼠。」劉志仁就有些疑心。今日做出人命來，趙監生使著沈家不疼的銀子來衙門打點，把蘇氏買成死罪，天理何在？躊躇一會，「我下監去看看。」那禁子正在那裏逼玉姐要燈油錢。志仁喝退眾人，將溫言寬慰玉姐，問其冤情。玉姐垂淚拜訴來歷。志仁見四傍無人，遂將趙監生與皮氏私情及王婆贖藥始末，細說一遍。分付：「你且耐心守困，待後有機會，我指點你去叫冤。日逐飯食，我自供你。」玉姐再三拜謝。禁子見劉志仁做主，也不敢則聲。此話擱過不提。

卻說公子自到真定府為官，興利除害，吏畏民悅。只是想念玉堂春，無刻不然。一日正在煩惱，家人來報，老奶奶家中送新奶奶來了。公子聽說，接進家小。見了新人，口中不言，心內自思：「容貌倒也齊整，怎及得玉堂春風趣？」當時擺了合歡宴，喫下合巹盃，畢姻之際，猛然想起多嬌，「當初指望白頭相守，誰知你嫁了沈洪，這官誥卻被別人承受了。」雖然陪伴了劉氏夫人，心裏還想著玉姐，因此不快。當夜中了傷寒。又想當初與玉姐別時，發下誓願，各不嫁娶。心下疑惑，合眼就見玉姐在傍。劉夫人遣人到處祈禳，府縣官都來問安，請名藥切脈調治。一月之外，纔得痊可。公子在任年餘，官聲大著，行取到京。吏部考選天下官員，公子在部點名已畢，回到下處，焚香禱告天地，只願山西為官，好訪問玉堂春消息。須臾馬上人來報：「王爺點了山西巡按。」公子聽說，兩手加額：「趁我平生之願矣。」次日領了敕印，辭朝，連夜起馬，往山西省城上任訖。即時發牌，先出巡平陽府。公子到平陽府，坐了察院，觀看文卷。見蘇氏玉堂春問了重刑，心內驚慌，其中必有蹺蹊。隨叫書吏過來：「選一個能幹事的，跟著我私行採訪。你眾人在內，不可走漏消息。」公子時下換了素巾青衣，隨跟書吏，暗暗出了察院。僱了兩個騾子，往洪同縣路上來。這趕腳的小夥，在路上閒問：「二位客官往洪同縣有甚貴幹？」公子說：「我來洪同縣要娶個妾，不知誰會說媒？」小夥說：「你又說娶小，俺縣裏一個財主，因娶了個小，害了性命。」公子問：「怎的害了性命？」小夥說：「這財主叫沈洪，婦人叫做玉堂春。他是京裏娶來的。他那大老婆皮氏與那鄰家趙昂私通，怕那漢子回來知道，一服毒藥把沈洪藥死了。這皮氏與趙昂反把玉堂春送到本縣，將銀買囑官府衙門，將玉堂春屈打成招，問了死罪，送在監裏。若不是虧了一個外郎㉗，幾時便死了。」公子又問：「那玉堂春如今在監死了？」小夥說：「不曾。」公子說：「我要娶個小，你說可投著誰做媒？」小夥說：「我送你往王婆家去罷，他極會說媒。」公子說：「你怎知道他會說媒？」小夥說：「趙昂與皮氏都是他做牽頭㉘。」公子說：「如今下他家裏罷。」小夥竟引到王婆家裏，叫聲：「乾娘！我送個客官在你家來，這客官要娶個小，你可與他說媒。」王婆說：「累你，我轉了錢來，謝你。」小夥自去了。公子夜間與王婆攀話。見他能言快語，是個積年的馬泊六㉙了。到

㉗ 外郎：衙門中書吏。

㉘ 做牽頭：拉攏男女搞不正常關係。

天明，又到趙監生前後門看了一遍：與沈洪家緊壁相通，可知做事方便。回來喫了早飯，還了王婆店錢。說：「我不曾帶得財禮，到省下回來，再作商議。」公子出的門來，僱了騾子，星夜回到省城，到晚進了察院，不提。次早，星火發牌，按臨洪同縣。各官參見過。分付就要審錄。王知縣回縣，叫刑房吏書，即將文卷審冊，連夜開寫停當，明日送審不提。卻說劉志仁與玉姐寫了一張冤狀，暗藏在身，到次日清晨，王知縣坐在監門首，把應解犯人點將出來。玉姐披枷帶鎖，眼淚紛紛。隨解子到了察院門首，伺候開門。巡捕官回風㉚已畢，解審牌出。公子先喚蘇氏一起。玉姐口稱冤枉。探懷中訴狀呈上。公子擡頭見玉姐這般模樣，心中悽慘，叫聽事官接上狀來。公子看了一遍，問說：「你從小嫁沈洪，可還接了幾年客？」玉姐說：「爺爺！我從小接著一個公子，他是南京禮部尚書三舍人。」公子怕他說出醜處，喝聲：「住了，我今只問你謀殺人命事，不消多講。」玉姐說：「爺爺！若殺人的事，只問皮氏便知。」公子叫皮氏問了一遍。玉姐又說了一遍。公子分付劉推官道：「聞知你公正廉能，不肯玩法狗私，我來到任，尚未出巡，先到洪同縣訪得這皮氏藥死親夫，累蘇氏受屈，你與我把這事情用心問斷。」說罷，公子退堂。劉推官回衙，升堂，就叫：「蘇氏，你謀殺親夫，是何意故？」玉姐說：「冤屈！分明是皮氏串通王婆，和趙監生合計毒死男子，縣官要錢，逼勒成招。今日小婦拚死訴冤，望青天爺爺做主。」劉爺叫皂隸把皮氏採上來。問：「你與趙昂奸情可真麼？」皮氏抵賴沒有。劉爺即時拿趙昂和王婆到來面對。用了一番刑法，都不肯招。劉爺又叫小段名：「你送麵與家主喫，必然知情！」喝教夾起。小段

㉙ 馬泊六：牽引男女搞不正常關係的人。

㉚ 回風：吏役向長官報告一切順當，然後升堂，此種報告即「回風」。

名說：「爺爺，我說罷！那日的麵，是俺娘親手盛起，叫小婦人送與爹爹喫。小婦人送到西廳，爹叫新娘㉛同喫。新娘關著門，不肯起身，回道：『不要喫。』俺爹自家喫了。即時口鼻流血死了。」劉爺又問趙昂奸情。小段名也說了。趙昂說：「這是蘇氏買來的硬證。」劉爺沉吟了一會，把皮氏這一起分頭送監，叫一書吏過來：「這起潑皮奴才，苦不肯招。我如今要用一計，用一個大櫃，放在丹墀內，鑿幾個孔兒，你執紙筆暗藏在內，不要走漏消息。我再提來問他，不招，即把他們鎖在櫃左櫃右，看他有甚麼話說，你與我用心寫來。」劉爺分付已畢，書吏即辦一大櫃，放在丹墀，藏身於內。劉爺又叫皂隸，把皮氏一起提來再審。又問：「招也不招？」趙昂、皮氏、王婆三人齊聲哀告，說：「就打死小的那裏招？」劉爺大怒。分付：「你眾人各自去喫飯來，把這起奴才著實拷問。把他放在丹墀裏，連小段名四人鎖於四處。不許他交頭接耳。」皂隸把這四人鎖在櫃的四角。眾人盡散。卻說皮氏擡起頭來，四顧無人，便罵：「小段名！小奴才！你如何亂講？今日再亂講時，到家中活敲殺你。」小段名說：「不是夾得疼，我也不說。」王婆便叫：「皮大姐，我也受這刑杖不過，等劉爺出來，說了罷。」趙昂說：「好娘，我那些虧著你，倘捱出官司去，我百般孝順你，即把你做親母。」王婆說：「我再不聽你哄我。叫我圓成了，認我做親娘；許我兩石麥，還欠八升；許我一石米，都下了糠粃！緞衣兩套，止與我一條藍布裙；許我好房子，不曾得住。你幹的事，沒天理，教我只管與你熬刑受苦。」皮氏說：「老娘，這遭出去，不敢忘你恩。捱過今日不招，便沒事了。」櫃裏書吏把他說的話盡記了，寫在紙上。劉爺升堂，先叫打開櫃子。書吏跪將出來，眾人都嚇軟了。劉爺看了書吏所錄口詞，再要拷問，三人都不打自招。

㉛ 新娘：妾的稱呼。

趙昂從頭依直寫得明白。各各畫供已完，遞至公案。劉爺看了一遍。問蘇氏：「你可從幼為娼，還是良家出身？」蘇氏將「蘇淮買良為賤，先遇王尚書公子，揮金三萬，後被老鴇一秤金趕逐，將奴賺賣與沈洪為妾，一路未曾同睡」，備細說了。劉推官情知王公子就是本院。提筆定罪：

皮氏凌遲處死，趙昂斬罪非輕。王婆贖藥是通情，杖責段名示警。王縣貪酷罷職，追贓不恕衙門。蘇淮買良為賤合充軍，一秤金三月立枷罪定。

劉爺做完申文，把皮氏一起俱已收監。次日親捧招詳，送解察院。公子依擬。留劉推官後堂待茶。問：「蘇氏如何發放？」劉推官答言：「發還原籍，擇夫另嫁。」公子屏去從人，與劉推官吐膽傾心，備述少年設誓之意：「今日煩賢府密地差人送至北京王銀匠處暫居，足感足感。」劉推官領命奉行，自不必說。卻說公子行下關文㉜，到北京本司院提到蘇淮一秤金依律問罪。蘇淮已先故了。一秤金認得是公子，還叫：「王姐夫。」被公子喝教重打六十，取一百斤大枷枷號。不夠半月，嗚呼哀哉！正是：

萬兩黃金難買命，一朝紅粉已成灰。

再說公子一年任滿，復命還京。見朝已過，便到王匠處問信。王匠說有金哥服侍，在頂銀衚衕居住。公子即往頂銀衚衕，見了玉姐。二人放聲大哭。公子已知玉姐守節之美，玉姐已知王御史就是公子，彼此稱謝。公子說：「我父母娶了個劉氏夫人，甚是賢德，他也知道你的事情，決不妒忌。」當夜同飲同

㉜關文：官廳向別一機構通知或查詢的文書。

宿，濃如膠漆。次日，王匠金哥都來磕頭賀喜。公子謝二人昔日之恩，分付：本司院蘇淮家當原是玉堂春置辦的，今蘇淮夫婦已絕，將遺下家財，撥與王匠金哥二人管業，以報其德。上了個省親本，辭朝和玉堂春起馬共回南京。到了自家門首，把門人急報老爺說：「小老爺到了。」老爺聽說甚喜。公子進到廳上，排了香案，拜謝天地，拜了父母兄嫂，兩位姐夫姐姐都相見了。又引玉堂春見禮已畢。玉姐進房，見了劉氏說：「奶奶坐上，受我一拜。」劉氏說：「姐姐怎說這話?你在先，奴在後。」玉姐說：「奶奶是名門宦家之子，奴是煙花，出身微賤。」公子喜不自勝。當日正了妻妾之分，姐妹相稱，一家和氣。公子又叫：「王定，你當先在北京三番四復規諫我，乃是正理，我今與老老爺說將你做老管家。」以百金賞之。後來王景隆官至都御史，妻妾俱有子，至今子孫繁盛。有詩歎云：

鄭氏元和已著名，三官嫖院是新聞，風流子弟知多少，夫貴妻榮有幾人?

第二十五卷　桂員外途窮懺悔

交遊誰似古人情？春夢秋雲未可憑。溝壑不援徒汎愛，寒暄有問但虛名。
陳雷義重踰膠漆，管鮑貧交托死生。此道今人棄如土，歲寒惟有竹松盟。

話說元朝大順年間，江南蘇州府吳趨坊，有一長者，姓施名濟字近仁。其父施鑑，字公明，為人謹厚志誠，治家勤儉，不肯妄費一錢。生施濟時年已五十餘矣。鑑晚歲得子，愛惜如金。年八歲，送與里中支學究先生館中讀書。先生見他聰秀，與己子支德年齒相仿，遂令同桌而坐。那時館中學生雖多，長幼不一，偏他兩個聰明好學，文藝日進。後支學究得病而亡，施濟稟知父親，邀支德館穀於家，彼此切磋，甚相契愛。未幾同遊庠序，齊赴科場。支家得第為官，施家屢試不捷。乃散財結客，周貧恤寡，欲以豪俠成名於世。父親施鑑是個本分財主，惜糞如金的，見兒子揮金不吝，未免心疼。惟恐他將家財散盡，去後蕭索，乃密將黃白之物，埋藏於地窖中，如此數處，不使人知，待等天年，纔授與兒子。從來財主家往往有此。正是：

常將有日思無日，莫待無時思有時。

那施公平昔苦是常患頭疼腹痛，三好兩歉的，到老來也自判個死日；就是平昔間沒病，臨老來伏床半月或十日，兒子朝夕在面前奉侍湯藥，那地窨中的話兒卻也說了。只為他年已九十有餘，兀自精神健旺，飲啖兼人，步履如飛，不匡一夕五更睡去，就不醒了。雖喚做吉祥而逝，卻不曾有片言遺囑。常言說得好：

三寸氣在千般用，一日無常萬事休。

那施濟是有志學好的人，少不得殯殮祭葬，務從其厚。

其時施濟年踰四十，尚未生子，三年孝滿，妻嚴氏勸令置妾。施濟不從，發心持誦白衣觀音經，并刊本布施，許願：「生子之日，捨三百金修蓋殿宇。」期年之後，嚴氏得孕，果生一男。三朝剃頭，夫妻說起還願之事，遂取名施還。到彌月做了湯餅會。施濟對渾家說，收拾了三百兩銀子，來到虎丘山水月觀音殿上燒香禮拜。正欲喚主僧囑托修殿之事，忽聞下面有人哭泣之聲，仔細聽之，其聲甚慘。施濟下殿走到千人石上觀看，只見一人坐在劍池邊，望著池水，嗚咽不止。上前看時，認得其人姓桂名富五，幼年間一條街上居住，曾同在支先生館中讀書。不一年，桂家父母移居胥口，以便耕種，桂生就出學去了。後來也曾相會幾次。有十餘年不相聞了，何期今日得遇？施公喫了一驚，喚起相見，問其緣故。桂生只是墮淚，口不能言。施公心懷不忍，一手挽住，拉到觀音殿上來問道：「桂兄有何傷痛？倘然見教，小弟或可分憂。」桂富五初時不肯說。被再三盤詰，只得吐實道：「某祖遺有屋一所，田百畝，自耕自食，儘可糊口。不幸惑於人言，謂農夫利薄，商販利厚。將薄產抵借李平章府中本銀三百兩，販紗緞往燕京。豈料運蹇時乖，連走幾遍，本利俱耗。宦家索債，如狼似虎，利上盤利，將田房家私盡數估計。一妻二子，亦為其所有，尚然未足，要逼某扳害親戚賠補。某情急，夜間逃出，思量無路，欲投澗水中自盡，是以悲泣耳。」施公惻然道：「吾兄勿憂，吾適帶修殿銀三百兩在此，且移以相贈，使君夫妻父子團圓何如？」桂生驚道：「足下莫非戲言乎？」施公大笑道：「君非有求於我，何戲之有？我與君交雖不深，然幼年曾有同窗之雅。每見吳下風俗惡薄，見朋友患難，虛言撫慰，曾無一毫實惠之加；甚則面是背非，幸災樂禍，此吾平時所深恨者。況君今日之禍，波及妻子。吾向苦無子，今生子僅彌月，祈佛保佑，願其長成。君有子而棄之他人，玷辱門風，吾何忍見之！吾之此言，實出肺腑。」遂開篋取銀三百兩，雙手遞與桂生。桂生還不敢便接，說道：「足下既念舊情，肯相周濟，願留借券。倘有好日，定當報補。」施公道：「吾憐君而相贈，豈望報乎？君可速歸，恐尊嫂懸懸而望也。」桂生喜出望外，做夢也想不到此。接銀在手，不覺屈膝下拜。施濟慌忙扶起。桂生垂淚道：「某一家骨肉皆足下所再造，雖重生父母不及此恩。三日後，定當踵門叩謝。」又向觀音大士前磕頭說誓道：「某受施君活命之恩，今生倘不得補答，來生亦作犬馬相報。」歡歡喜喜的下山去了。後人有詩贊施君之德！

誼高矜厄且憐貧，三百朱提賤似塵；試問當今有力者，同窗誰念幼時人？

施公對主僧說道：「帶來修殿的銀子，別有急用那去，來日奉補。」主僧道：「遲一日不妨事。」施濟回家將此事述與嚴氏知道。嚴氏亦不以為怪。次日另湊銀三百兩，差人送去水月觀音殿完了心願。到第三日，桂生領了十二歲的長兒桂高，親自到門拜謝。施濟見了他父子一處，愈加歡喜，殷勤接待，酒食留款。從容問其償債之事。桂生答道：「自蒙恩人所賜，已足本錢，奈渠將利盤算，田產盡數取去，止落得一家骨肉完聚耳。」說罷，淚如雨下。施濟道：「君家至親數口，今後如何活計？」桂生道：「身居口食，一無所賴，家世衣冠，羞在故鄉出醜，只得往他方外郡，傭工趁食。」施公道：「為人須為徹，胥門外吾有桑棗園一所，茆屋數間，園邊有田十畝，勤於樹藝，儘可度日。倘足下不嫌淡泊，就此暫過幾時何如？」桂生道：「若得如此，免作他鄉餓鬼。只是前施未報，又叨恩賜，深有未安。某有二子，長年十二，次年十一，但憑所愛，留一個服侍恩人，少盡犬馬之意，譬如服役於豪宦也。」施公道：「吾既與君為友，君之子即吾之子，豈有此理？」當喚小廝取皇曆看個吉日，教他入宅。一面差人分付看園的老僕，教他打掃房屋潔淨，至期交割與桂家管業。桂生命兒子拜謝了恩人。桂高朝上磕頭。施公要還禮，卻被桂生扶住，只得受了。桂生連唱了七八個喏，千恩萬謝，同兒子相別而去。到移居之日，施家又送些糕米錢帛之類。分明是：

從空伸出拿雲手，提起天羅地網人。

過了數日，桂生備了四個盒子，無非是時新菓品，肥雞巨鯽，教渾家孫大嫂乘轎親到施家稱謝。嚴氏備飯留款。那孫大嫂能言快語，讒諂面諛。嚴氏初相會便說得著，與他如姊妹一般。更有一件奇事，連施家未週歲的小官人，一見了孫大嫂也自歡喜，就賴在身上要他抱。大嫂道：「不瞞姆姆說，奴家現有身孕，抱不得小官人。」原來有這個俗忌，大凡懷胎的抱了孩子家，那孩子就壞了脾胃，要出青糞，謂之「受記」，直到產後方痊。嚴氏道：「不知嬸嬸且喜幾個月了？」大嫂道：「五個足月了。」嚴氏把十指一輪道：「去年十二月內受胎的，今年九月間該產。嬸嬸有過了兩位令郎了，若今番生下女兒，奴與姆姆結個兒女親家。」大嫂道：「多承姆姆不棄，只怕扳高不來。」當日說話，直到晚方別。大嫂回家，將嚴氏所言，述了一遍。丈夫聽了，各各歡喜，只願生下女兒，結得此姻，一生有靠。光陰似箭，不覺九月初旬，孫大嫂果然產下一女。施家又遣人送柴米，嚴氏又差女使去問安。其時只當親眷往來，情好甚密，這話閣過不提。

卻說桑棗園中有銀杏一棵，大數十圍，相傳有「福德五聖之神」棲止其上。園丁每年臘月初一日，於樹下燒紙錢奠酒。桂生曉得有這舊規，也是他命運合當發跡，其年正當燒紙，忽見有白老鼠一個，遶樹走了一遍，逕鑽在樹底下去，不見了。桂生看時，只見樹根浮起處有個盞大的竅穴，那白老鼠兀自在穴邊張望。桂生說與渾家，莫非這老鼠是神道現靈？孫大嫂道：「鳥瘦毛長，人貧就智短了。常聽人說金蛇是金，白鼠是銀，卻沒有神道變鼠的話。或者樹下窖得有錢財，皇天可憐，見我夫妻貧苦，故教白鼠出現，也不見得。你明日可往胥門童瞎子家起一當家宅課，看財爻發動也不？」桂生平日慣聽老婆舌的，明日起早，真個到童瞎子鋪中起課，斷得有十分財采。夫妻商議停當，買豬頭祭獻藏神。二更人靜，兩口兒兩把鋤頭，照樹根下竅穴開將下去。約有三尺深，發起小方磚一塊，磚下磁罈三個，罈口鋪著米，都爛了。撥開米下邊，都是白物。原來銀子埋在土中，得了米便不走。夫妻二人叫聲慚愧，四隻手將銀子搬盡。不動那磁罈，依舊蓋磚掩土。二人回到房中，看那東西，約一千五百金。桂生算計要將三百兩還施氏所贈之數，餘下的將來營運。孫大嫂道：「卻使不得。」桂生問道：「為何？」孫大嫂道：「施氏知我赤貧來此，倘問這三百金從何而得？反生疑心。若知是銀杏樹下掘得的，原是他園中之物，祖上所遺，憑他說三千四千，你那裏分辨。和盤托出，還只嫌少，不惟不見我們好心，反成不美。」桂生道：「若依賢妻所見如何？」孫大嫂道：「這十畝田，幾株桑棗，了不得你我終身之事。幸天賜藏金，何不於他鄉私下置些產業，慢慢地脫身去，自做個財主。那時報他之德，彼此見好。」桂生道：「有智婦人，勝如男子。你說的是。我有遠房親族在會稽地方。向因家貧久不來往。今攜千金而去，料不慢我。我在彼處置辦良田美產，每歲往收花利，盤放幾年，怕不做個大大財主。」商量已定，到來春，推說浙中訪親，私自置下田產，托人收放，每年去算帳一次。回時舊衣舊裳，不露出有錢的本相。如此五年，桂生在紹興府會稽縣已做個大家事，住房都買下了，只瞞得施家不知。忽一日兩家兒女同時出痘，施濟請醫看了自家兒子，就教去看桂家女兒，此時只當親媳婦一般。大幸痘都好了。里中有個李老兒，號梅軒者，素在施家來往。遂邀親鄰醵錢與施公把盞賀喜，桂生亦與席。施濟又提起親事，李梅軒自請為媒，眾人都玉成其美。桂生心下也情願，回家與渾家孫大嫂商量。大嫂道：「自古說：『慈不掌兵，義不掌財。』施生雖是好人，卻是為仁不富，家事也漸漸消乏不如前了。我的人家都做在會稽地面，到彼攀個高門，這些田產也有個依靠。」桂生道：「賢妻說得是。只是他一團美意，將何推托？」大嫂道：「你只推門衰祚薄，攀陪不起就是。倘若他定要做親，只說兒女年幼，等他長大行聘未遲。」古人說得好：「人心不足蛇吞象。」當初貧困之日，低門扳高，求之不得，如今掘藏發跡了，反嫌好道歉❶起來。

只因上岸身安穩，忘卻從前落水時。

❶ 嫌好道歉：多方挑剔。

施濟是個正直之人，只道他真個謙遜，並不疑有他故。

荏苒光陰，又過了三年。施濟忽遘一疾，醫治不痊，嗚呼哀哉了。殯殮之事不必細說。桂富五的渾家攛掇丈夫，乘此機會早為脫身之計。乃具隻雞斗酒，夫婦齊往施家弔奠。桂生拜奠過了先回，孫大嫂留身向嚴氏道：「拙夫向蒙恩人救拔，朝夕感念，犬馬之報尚未少申。今恩人身故，愚夫婦何敢久占府上之田廬？寧可轉徙他方，別圖生計。今日就來告別。」嚴氏道：「嬸嬸何出此言！先夫雖則去世，奴家亦可做主。孤苦中正要嬸嬸時常伴話，何忍舍我而去。」大嫂道：「奴家也舍不得姆姆。但，非親非故，白占寡婦田房，被人議論，日後郎君長大，少不得要吐還的；不如早達時務，善始善終，全了恩人生前一段美意。」嚴氏苦留不住，各各流淚而別。桂生挈家搬往會稽居住，恍似開籠放鳥，一去不回。

再說施家，自從施濟存日，好施樂善，囊中已空虛了。又經這番喪中之費，不免欠下些債負。那嚴氏又是賢德有餘才幹不足的，守著數歲的孤兒撐持不定，把田產逐漸棄了。不勾五六年，資財罄盡，不能度日，童僕俱已逃散。常言：「吉人天相，絕處逢生。」恰好遇一個人從任所回來。那人姓支名德，從小與施濟同窗讀書，一舉成名，剔歷外任，官至四川路參政。此時元順帝至正年間，小人用事，朝政日紊。支德不願為官，致政而歸。聞施濟故後，家日貧落，心甚不忍，特地登門弔唁。孤子施還出迎，年甫垂髫，進退有禮。支翁問：「曾聘婦否？」施還答言：「先人薄業已罄，老母甘旨尚缺，何暇及此！」支翁潸然淚下道：「令先公憂人之憂，樂人之樂，此天地間有數好人，天理若不泯，子孫必然昌盛。某忝在窗誼，因久宦遠方，不能分憂共患，乃令先公之罪人也。某有愛女一十三歲，與賢姪年頗相宜，欲遣媒妁與令堂夫人議姻，萬望先為道達，是必勿拒！」施還拜謝，口稱「不敢」。次日支翁差家人持金錢幣帛之禮，同媒人往聘施氏子為養婿。嚴氏感其美意，只得依允。施還擇日過門，拜岳父岳母，就留在館中讀書，延明師以教之。又念親母嚴氏在家薪水不給，擔柴送米，每十日令其子歸省一次。嚴氏母子感恩非淺。後人評論世俗倚富欺貧，已定下婚姻猶有圖賴者，況以宦家之愛女下贅貧友之孤兒，支翁真盛德之人也！這纔是：

錢財如糞土，仁義值千金。

說那支翁雖然屢任，立意做清官的，所以宦囊甚薄。又添了女婿一家供給，力量甚是勉強。偶有人來說及桂富五在桑棗園搬去會稽縣，造化發財，良田美宅，何止萬貫，如今改名桂遷，外人都稱為桂員外。支翁是曉得前因的，聽得此言，遂向女婿說知：「當初桂富五受你家恩惠不一而足，別的不算，只替他償債一主，就是三百兩。如今他發跡之日不來看顧你，一定不知你家落薄如此。賢婿若往會稽投奔他，必然厚贈，此乃分內之財，諒他家也巴不得你去的，可與親母計議。」施還回家，對母親說了。嚴氏道：「若桂家果然發跡，必不負我。但當初你尚年幼，不知中間許多情節，他的渾家孫大娘與我姊妹情分。我與你同去，倘男子漢出外去了，我就好到他內裏說話。」施還回復了，支翁以盤費相贈，又作書與桂遷，自敘同窗之誼，囑他看顧施氏母子二人。當下買舟，逕往紹興會稽縣來。問：「桂遷員外家居何處？」有人指引道：「在西門城內，大街上，第一帶高樓房就是。」施還就西門外下個飯店。次日嚴氏留止店中，施還寫個通家晚輩的名刺，帶了支公的書信，進城到桂遷家來。門景甚是整齊，但見：

門樓高聳，屋宇軒昂，花木點綴庭中，桌椅擺列堂上。一條甬道花磚砌，三尺高堦琢石成。蒼頭出入，無非是管屋管田；小户登門，不過是還租還債。桑棗園中掘藏客，會稽縣裏起家人。

施小官人見桂家門庭赫奕，心中私喜，這番投人投得著了。守門的問了來歷，收了書帖，引到儀門之外，一座照廳❷內坐下。廳内匾額題「知稼堂」三字，乃名人楊鐵崖之筆。名帖傳進許久，不見動靜。伺候約有兩個時辰，只聽得儀門開響，履聲閣閣，從中堂而出。施還料道必是主人，乃重整衣冠，鵠立於檻外，良久不見出來。施還引領於儀門内窺覰；只見桂遷峨冠華服，立於中庭，從者十餘人環侍左右。桂遷東指西畫，處分家事，童僕去了一輩又來一輩，也有領差的，也有回話的，說一個不了。約莫又有一個時辰，童僕方散。管門的稟復有客候見，員外問道：「在那裏？」答言：「在照廳。」桂遷不說請進，一步步踱出儀門，逕到照廳來。施還鞠躬出迎。作揖過了。桂遷把眼一瞧，故意問道：「足下何人？」施還道：「小子長洲施還，號近仁的就是先父。因與老叔昔年有通家之好，久疏問候，特來奉謁。請老叔上坐，小侄有一拜。」桂遷也不敘寒溫，連聲道：「不消不消。」看坐喚茶已畢，就分付小童留飯。施還卻又暗暗歡喜。施還開口道：「家母候老嬸母萬福，現在旅舍，先遣小子通知。」論起昔日受知深處，就該說：「既然老夫人在此，請到舍中與拙荊相會。」桂遷口中唯唯，全不招架。少停，童子報午飯已備。桂生就教擺在照廳内。只一張桌子，卻是上下兩桌嗄飯。施還謙讓不肯上坐，把椅拖在傍邊，桂遷也不來安正。桂遷問道：「舍人青年幾何？」施還答道：「昔老叔去蘇之時，不肖年方八歲。承垂

---

❷ 照廳：正廳對面的廳堂。

弔賜奠，家母至今感激。今奉別又已六年，不肖門戶貧落，老叔福祉日臻，盛衰懸絕，使人欣羨不已。」桂遷但首肯，不答一詞。酒至三巡，施還道：「不肖量窄，況家母現在旅舍懸望，不敢多飲。」桂遷又不招架，道：「既然少飲，快取飯來！」喫飯已畢，並不提起昔日交情，亦不問及家常之事。施還忍不住了，只得微露其意，道：「不肖幼時侍坐於先君之側，常聽得先君說：生平窗友只有老叔親密，比時就說老叔後來決然大發的。家母亦常稱老嬸母賢德，有仁有義。幸而先年老叔在敝園暫居之時，寒家並不曾怠慢，不然今日亦無顏至此。」桂遷低眉搖手，嘿然不答。施還又道：「昔日虎丘水月觀音殿與先君相會之事，想老叔也還記得？」桂遷恐怕又說，慌忙道：「足下來意，我已悉知，不必多言，恐他人聞之，為吾之羞也。」說罷，先立起身來，施還只得告辭道：「暫別台顏，來日再來奉候。」桂遷送至門下，舉手而退。正是：

別人求我三春雨，我去求人六月霜。

話分兩頭，卻說嚴氏在旅店中懸懸而待，道：「桂家必然遣人迎我。」怪其來遲，倚閭而望。只見小舍人怏怏回來，備述相見時的態度言語，嚴氏不覺雙淚交流，罵道：「桂富五，你不記得跳劍池的時節麼？」正要數一數二的叫罵出來，小舍人急忙勸住道：「今日求人之際，且莫說盡情話。他既知我母子的來意，必然有個處法。當初曾在觀音面前設誓，『犬馬相報』，料不食言。待孩兒明日再往，看他如何？」嚴氏歎口氣，只得含忍過了一夜。次日，施還起早便往桂家門首候見。誰知桂遷自見了施小官人之後，卻也腹中打藁，要厚贈他母子回去。其奈孫大嫂立意阻攔道：「『接人要一世，怪人只一次。』攬了這野火❸上門，他喫了甜頭，只管思想，惜草留根，到是個月月紅❹了。就是他當初有些好處到我，他是一概行善，若干人沾了他的恩惠，不獨我們一家；千人喫藥，靠著一人還錢，我們當恁般晦氣？若是有天理時，似恁地做好人的千年發跡，萬年財主，不到這個地位了！如今的世界還是硬心腸的得便宜，貼人不富，連自家都窮了。」桂遷道：「賢妻說得是。只是他母子來一場，又有同窗支老先生的書，如何打發他動身？」孫大嫂道：「支家的書不知是真是假，當初在姑蘇時不見有甚麼支鄉宦扶持了我，如今卻來通書！他既然憐貧恤寡，何不損己財？這樣書一萬封也休作准。你去分付門上，如今這窮鬼來時不要招接他。等得興盡心灰，多少賣發些盤費著他回去。『頭醋不酸，二醋不辣』❺，沒甚麼想頭，下次再不來纏了。」只一套話說得桂遷：

惡心孔再透一個窟窿，黑肚腸重打三重跎躂。

施還在門上候了多時，守門的推三阻四不肯與他傳達。再催促他時，佯佯的走開去了。那小官人且羞且怒，揎衣露臂，面赤高聲，發作道：「我施某也不是無因至此的，『行得春風，指望夏雨』！當初我們做財主時節，也有人求我來，卻不曾恁般怠慢人！……」罵猶未絕，只見一位郎君衣冠齊整，自外而入。問罵者何人？施還不認得那位郎君，整衣向前道：「姑蘇施某……」言未畢，那郎君慌忙作揖道：「原

❸ 野火：喻麻煩。
❹ 月月紅：原是花名，喻為「每月成了老例」。
❺ 頭醋不酸二句：第一次不好，第二次就更不好了。

來是故人，別來已久，各不相識矣。昨家君備述足下來意，正在措置，足下遽發大怒，何性急如此？今亦不難，當即與家君說知，來日便有設處❻。」施還方知那郎君就是桂家長子桂高。見他說話入耳，自悔失言，方欲再訴衷曲，那郎君不別，竟自進門去了。施還見其無禮，忿氣愈加，又指望他來日設處，只得含淚而歸，詳細述於母親嚴氏。嚴氏復勸道：「我母子數百里投人，分宜謙下，常將和氣為先，勿騁銳氣致觸其怒。」到次早，嚴氏又叮囑道：「此去須要謙和，也不可過有所求，只還得原借三百金回家，也好過日。」施還領了母親教訓，再到桂家，鞠躬屏氣，立於門首。只見童僕出入自如，昨日守門的已不見了。小舍人站了半日，只得扯著一個年長的僕者問道：「小生姑蘇施還，求見員外兩日了，煩通報一聲！」那僕者道：「員外宿酒未醒，此時正睡夢哩。」施還道：「不敢求見員外，只求大官人一見足矣。小生今日不是自來的，是大官人昨日面約來的。」僕者道：「大官人今早五鼓駕船往東莊催租去了。」施還道：「二官人也罷。」僕者道：「二官人在學堂攻書，不管閒事的。」那僕者一頭說，一頭就有人喚他說話，忙忙的奔去了。施還此時怒氣填胸，一點無明火按納不住，又想小人之言不可計較，家主未必如此，只得又忍氣而待。須臾之間，只見儀門大開，桂遷在庭前乘馬而出。施還迎住馬頭鞠躬致敬，遷慢不為禮，以鞭指道：「你遠來相投，我又不曾耽擱你半月十日，如何便使性氣惡言辱罵？本欲從厚，今不能矣。」回顧僕者：「將拜匣內大銀二錠，打發施生去罷。」又道：「這二錠銀子也念你先人之面，似你少年狂妄，休想分文賫發。如今有了盤纏，可速回去！」施還再要開口，桂遷馬上揚鞭如飛去了。正是：

❻ 設處：處置。

蝮蛇口中草，蝎子尾後針；兩般猶未毒，最毒負心人。

那兩錠銀子只有二十兩重，論起少年性子不希罕，就撇在地下去了。一來主人已去，二來只有來的使費，沒有去的盤纏，沒奈何，含著兩眼珠淚，回店對娘說了。母子二人，看了這兩錠銀子，放聲大哭。店家王婆見哭得悲切，問其緣故，嚴氏從頭至尾泣訴了一遍。王婆道：「老安人且省愁煩，老身與孫大娘相熟，時常進去的。那大娘最和氣會接待人，他們男子漢辜恩負義，婦道家怎曉得？既然老安人與大娘如此情厚，待老身去與老安人傳信，說老安人在小店中，他必然相請。」嚴氏收淚而謝。又次日，王婆當一節好事，進桂家去報與孫大嫂知。孫大嫂道：「王婆休聽他話，當先我員外生意不濟時，果然曾借過他些小東西，本利都清還了。他自不會作家，把個大家事費盡了，卻來這裏打秋風❼。我員外好意款待他一席飯，送他二十兩銀子，是念他日前相處之情，別個也不能夠如此，他倒說我欠下他債負未還。王婆，如今我也莫說有欠無欠，只問他把借契出來看，有一百還一百，有一千還一千。」王婆道：「大娘說得是。」王婆即忙轉身，孫大嫂又喚轉來，叫養娘封一兩銀子，又取帕子一方，道：「這些微之物，你與我送施家姆姆，表我的私敬，教他下次切不可再來，恐怕怠慢了傷了情分。」王婆聽了這話，倒疑心嚴老安人不是。回家去說：「孫大嫂千好萬好，教老身寄禮物與老安人。」又道：「若有舊欠未清，教老安人將借契送去，照契本利不缺分毫。」嚴氏說當初原沒有契書。那王婆看這三百兩銀子，山高海闊，怎麼肯信。母子二人恓惶了一夜，天明算了店錢，起身回姑蘇而來。正是：

❼ 打秋風：向別人講交情，希圖人家贈送錢物。

人無喜事精神減，運到窮時落寞多。

嚴氏為桂家嘔氣，又路上往來受了勞碌，歸家一病三月，施還尋醫問卜，諸般不效，亡之命矣夫。衣衾棺槨，一事不辦，只得將祖房絕賣與本縣牛公子管業。那牛公子的父親牛萬戶久在李平章門下用事，說事過錢，起家百萬。公子倚勢欺人，無所不至。他門下又有個用事的叫做郭刁兒，專一替他察訪孤兒寡婦，便宜田產，半價收買。施還年幼，岳丈支公雖則鄉紳，是個厚德長者，自己家事不屑照管，怎管得女婿之事。施小舍人急於求售，落其圈套，房產值數千金，郭刁兒於中議估，止值四百金。以百金壓契，餘俟出房後方交。施還想營葬遷居，其費甚多，百金不能濟事，再三請益，只許加四十金。還勉支葬事，丘壠已成，所餘無幾。尋房子不來，牛公子雪片差人催促出屋。支翁看不過意，親往謁牛公子，要與女婿說個方便。連去數次，並不接見。支翁道：「等他回拜時講。」牛公子卻蹈襲個陽貨拜孔子之法，瞯亡而往。支翁回家，連忙又去，仍回不在家了。支翁大怒，與女婿說道：「那些市井之輩，不通情理，莫去求他。賢婿且就甥館權住幾時，待尋得房子時，從容議遷便了。」施還從岳父之言，要將家私什物權移到支家。先拆卸祖父臥房裝摺❽，往支處修理。於乃祖房內天花板上得一小匣，重重封固，還開看之，別無他物，只有帳簿一本，內開：某處埋銀若干，某處若干，如此數處，末寫「九十翁公明親筆」。還喜甚，納諸袖中，分付眾人且莫拆動。即詣支翁家商議。支翁看了帳簿道：「既如此，不必遷居了。」乃隨婿到彼先發臥房檻下左柱磉邊，簿上載內藏銀二千兩。果然不謬。遂將銀一百四十兩與牛

❽ 裝摺：裝修。

公子贖房。公子執定前言，勒措不許。支翁遍求公子親戚往說方便，公子索要加倍，度施家沒有銀子。誰知藏鏹充然，一天平兌足二百八十兩，公子沒理得講，只得收了銀子，推說文契偶尋不出，再過一日送還。哄得施還轉背，即將悔產事訟於本府。幸本府陳太守正直無私，素知牛公子之為人，又得支鄉宦替女婿分剖明白。斷令回贖原價一百四十兩，外加契面銀❾一十四兩，其餘一百二十六兩追出助修學宮，文契追還施小官人，郭刁兒坐教唆問杖。牛公子羞變成怒，寫家書一封差家人往京師，捏造施家三世惡單，教父親討李平章關節❿，囑托地方上司官，訪拿施還出氣。誰知人謀雖巧，天理難容，正是：

下水拖人他未溺，逆風點火自先燒。

那時元順帝失政，紅巾賊起，大肆劫掠。朝廷命樞密使咬咬征討。李平章私受紅巾賊賄賂，主張招安，事發，坐同逆繫獄。窮治黨與，牛萬戶係首名，該全家抄斬。頃刻有詔書下來。家人得了這個凶信，連夜奔回說了。牛公子驚慌，收拾細軟家私，帶妻攜女，往海上避難。遇叛寇方國珍遊兵，奪其妻妾金帛，公子刀下亡身，此乃作惡之報也。

卻說施還自發了藏鏹，贖產安居，照帳簿以次發掘，不爽分毫，得財鉅萬。只有內開桑棗園銀杏樹下埋藏一千五百兩，止剩得三個空罈。只道神物化去，付之度外，亦不疑桂生之事。自此遍贖田產，又得支翁代為經理，重為富室。直待服闋成親，不在話下。

---

❾ 契面銀：贖還產業時，照契面原價加上若干，作為津貼，叫做「契面銀」。

❿ 關節：賄賂、運動。

再說桂員外在會稽為財主，因田多役重，官府生事侵漁，甚以為苦。近鄰有尤生號尤滑稽，慣走京師，包攬事幹，出入貴人門下。員外一日與他商及此事。尤生道：「何不入粟買官，一則冠蓋榮身，二則官戶免役，兩得其便。」員外道：「不知所費幾何？仗老兄斡旋則個！」尤生道：「此事吾所熟為，吳中許萬戶衛千兵都是我替他幹的，見今腰金衣紫，食祿千石。兄若要做時，敢不效勞，多不過三千，少則二千足矣。」桂生惑於其言，隨將白金五十兩付與尤生安家；又收拾三千餘金，擇日同尤生赴京。一路上尤生將甜言美語哄誘桂生，桂生深信，與之結為兄弟。一到京師，將三千金唾手付之，恣其所用。

只要烏紗上頂，那顧白鏹空囊。

約過了半年，尤生來稱賀道：「恭喜吾兄，旦夕為貴人矣！但時宰貪甚，凡百費十倍昔年，三千不夠，必得五千金方可成事。」桂遷已費了三千金，只恐前功盡棄，遂托尤生在勢要家借銀二千兩，留下一半，以一千付尤生使用。又過了兩三個月，忽有隸卒四人傳命，新任親軍指使老爺請員外講話。桂遷疑是堂官之流，問：「指使老爺何姓？」隸卒道：「到彼便知，今不可說。」桂遷急整衣冠，從四人到一大衙門。那老爺烏紗袍帶，端坐公堂之上。二人跟定桂遷，二人先入報。少頃聞堂上傳呼喚進。桂遷生平未入公門，心頭突突地跳。軍校指引到於堂簷之下，喝教跪拜，那官員全不答禮，從容說道：「前日所付之物，我已便宜借用，僥倖得官，相還有日，決不相負。但新任缺錢使用，知汝囊中尚有一千，可速借我，一併送還。」說罷，即命先前四卒：「押到下處取銀回話。如或不從，仍押來受罪，決不輕貸。」桂遷被隸卒逼勒，只得將銀交付去訖，敢怒而不敢言。明日，債主因桂生功名不就，執了文契取索原銀。

桂遷沒奈何，特地差人回家變產，得二千餘，加利償還。桂遷受了這場屈氣，沒告訴處，羞回故里。又見尤滑稽乘馬張蓋，前呼後擁，眼紅心熱，忍耐不過，狠一聲：「不是他，就是我！」往鐵匠店裏打下一把三尖利刀，藏於懷中，等尤生明日五鼓入朝，刺殺他了，便償命也出了這口悶氣。事不關心，關心者亂，打點做這節非常的事，夜裏就睡不著了。看見月光射窗，只道天明，慌忙起身，聽得禁中鼓纔三下，復身回來，坐以待旦。又捱了一個更次，心中按納不住，持刀飛奔尤滑稽家來。其門尚閉，旁有一竇，自己立腳不住，不覺兩手據地，鑽入竇中。堂上燈燭輝煌，一老翁據案而坐，認得是施濟模樣。自覺羞慚，又被施公看見，不及躲避，欲與拱揖，手又伏地不能起，只得爬向膝前，搖尾而言：「向承看顧，感激不忘，前日令郎遠來，因一時手頭不便，不能從厚，非負心也，將來必當補報。」只見施君大喝道：「畜生討死喫，只管吠做甚麼！」桂見施君不聽其語，心中甚悶，忽見施還自內出來，乃銜衣獻笑，謝昔怠慢之罪。施還罵道：「畜生作怪了！」一腳踢開。桂不敢分辨，俯首而行，不覺到廚房下。見施母嚴老安人坐於椅上，分派肉羹。桂聞肉香，乃左右跳躍良久，蹲足叩首。訴道：「向郎君性急，不能久待，以致老安人慢去，幸勿記懷！有餘肉幸見賜一塊。」只見嚴老母喚侍婢：「打這畜生開去。」養娘取竈內火叉在手，桂大驚，奔至後園，看見其妻孫大嫂與二子桂高桂喬，及少女瓊枝，都聚一處。細認之，都是犬形，回顧自己，亦化為犬。乃大駭，不覺垂淚，問其妻：「何至於此？」妻答道：「你不記得水月觀音殿上所言乎？『今生若不能補答，來生誓作犬馬相報。』冥中最重誓語，今負了施君之恩，受此果報，復何說也！」桂抱怨道：「當初桑棗園中掘得藏鏹，我原要還施家債負，都聽了你那不賢之婦，瞞昧入己；及至他母子遠來相投，我又欲厚贈其行，你又一力阻擋，今日之苦，都是你作成我的。」其妻也罵道：「男子不聽婦人言，我是婦人之見，誰教你句句依我？」二子上前勸解道：「既往不咎，徒傷和氣耳。腹中餒甚，覓食要緊。」於是夫妻父子相牽，同至後園，遶魚池而走。見有人糞，明知齷齪，因餓極姑嗅之，氣息亦不惡。見妻與二兒攢聚先啖，不覺垂涎，試將舌舐，味覺甘美，但恨其少。忽有童兒來池邊出恭，遂守其傍，兒去，所遺是乾糞，以口咬之，誤墮於池中，意甚可惜。忽聞庖人傳主人之命，於諸犬中選肥壯者烹食。縛其長兒去，長兒哀叫甚慘。猛然驚醒，流汗浹背，乃是一夢，身子卻在寓所，天已大明了。桂遷想起夢中之事，癡呆了半晌：「昔日我負施家，今日尤生負我，一般之理。只知責人不知自責，天以此夢儆醒我也。」歎了一口氣，棄刀於河內，急急束裝而歸，要與妻子商議，尋施氏母子報恩。

只因一夢多奇異，喚醒忘恩負義人。

桂員外自得了這個異夢，心緒如狂，從京師趕回家來，只見門庭冷落，寂無一人。步入中堂，見左邊停有二柩，前設供桌，桌上有兩個牌位，明寫長男桂高，次男桂喬。心中大驚，莫非眼花麼？雙手拭眼，定睛觀看，叫聲：「苦也苦也！」早驚動了宅裏，奔出三四個丫鬟養娘出來，見了家主便道：「來得好，大娘病重，正望著哩。」急得桂遷魂不附體，一步一跌進房，直到渾家床前。兩個媳婦和女兒都守在床邊，啼啼哭哭，見了員外不暇施禮，叫公的叫爹的亂做一堆，都道：「快來看視！」桂遷纔叫得一聲：「大娘！」只見渾家在枕上忽然倒插雙眼，直視其夫道：「父親如何今日方回？」桂遷知譫語，急叫：「大娘甦醒，我在此。」女兒媳婦都來叫喚，那病者睜目垂淚說：「父親，我是你大兒子桂高，被万俟總管家打死，好苦呵！」桂遷驚問其故，又嗚嗚咽咽的哭道：「往事休提了。冥王以我家負施氏之恩，父親曾有犬馬之誓，我兄弟兩個同母親於明日往施家投於犬胎，一產三犬，二雄者我兄弟二人，其雌犬背有肉瘤者，即母親也。父親因陽壽未終，當在明年八月中亦托生施家做犬，以踐前誓。惟妹子與施還緣分合為夫婦，獨免此難耳。」桂見言與夢合，毛骨悚然，方欲再問，氣已絕了。舉家哀慟，一面差人治辦後事。桂員外細叩女兒，二兒致死及母病緣由。女兒答道：「自爹赴京後，二哥出外嫖賭，日費不貲，私下將田莊陸續寫與万俟總管府中，止收半價。一月前，病瘵身死。大哥不知賣田之情，往東莊取租，遇万俟府中家人，與他爭競，被他毒打一頓，登時嘔血，擡回數日亦死。母親向聞爹在京中為人誆騙，終日憂鬱，又見兩位哥哥相繼而亡，痛傷難盡，望爹不歸，鬱成寒熱之症。三日前疽發於背，遂昏迷不省人事。遍請醫人看治，俱說難救。天幸爹回，送了母親之終。」桂遷聞言，痛如刀割。延請僧眾作九晝夜功德拔罪救苦。家人連日疲倦，遺失火燭，廳房樓房燒做一片白地，三口棺材盡為灰燼，不曾剩一塊板頭。桂遷與二媳一女僅以身免，叫天號地，喚祖呼宗，哭得眼紅喉啞，昏絕數次。正是：

從前作過事，沒興一齊來。

常言道：「瘦駱駝強似象。」桂員外今日雖然顛沛，還有些餘房剩產，變賣得金銀若干。念二媳少年難守，送回母家，聽其改嫁。童婢或送或賣，止帶一房男女自隨，兩個養娘服事女兒。喚了船隻直至姑蘇，欲與施子續其姻好，兼有所贈。想施子如此赤貧，決然未娶，但不知漂流何所？且到彼舊居，一問便知。船到吳趨坊河下，桂遷先上岸，到施家門首一看，只見煥然一新，比往日更自齊整。心中有疑，這房子不知賣與何宅？收拾得恁般華美！問鄰舍家：「舊時施小舍人今在何處？」鄰舍道：「大宅裏不是？」又問道：「他這幾年家事如何？」鄰舍將施母已故，及賣房發藏始末述了一遍。「如今且喜娶得支參政家小姐才德兼全，甚會治家，夫妻好不和順，家道日隆，比老官兒在日更不同了。」桂遷聽說，又喜又驚，又羞又悔，欲待把女兒與他，他已有妻了；欲待不與，又難以贖罪；欲待進弔，又恐怕他不理；若不進弔，又求見無辭。躊躇再四，乃作寓於閶門，尋相識李梅軒托其通信，願將女送施為側室。梅軒道：「此事未可造次，當引足下相見了小舍人，然後徐議之。」明日，李翁同桂遷造於施門。李先入，述桂生家難，并達悔過求見之情。施還不允，李翁再三相勸，施還念李翁是父輩之交，被央不過，勉強接見。桂生羞慚滿面，流汗沾衣，俯首請罪。施還問：「到此何事？」李翁代答道：「一來拜奠令先堂，二來求釋罪於門下。」施還冷笑道：「謝固不必，奠亦不勞！」李翁道：「古人云：『禮至不爭。』桂先生好意拜奠，休得固辭。」施還不得已，命蒼頭開了祠堂，桂遷陳設祭禮，下拜方畢，忽然有三隻黑犬，從宅內出來，環遶桂遷，銜衣號叫，若有所言。其一犬背上果有肉瘤隱起，乃孫大嫂轉生，餘二犬乃其子也。桂遷思憶前夢，及渾家病中之言，輪迴果報，確然不爽，哭倒在地。施還不知變犬之事，但見其哀痛，以為懊悔前非，不覺感動，乃徹奠留款，詞氣稍和。桂遷見施子舊憾釋然，遂以往日曾與小女約婚為言。施還即變色入內，不復出來。桂遷返寓所與女兒談三犬之異，父女悲慟。

早知今日都成犬，卻悔當初不做人！

次日，桂遷拉李翁再往，施還托病不出。一連去候四次，終不相見。桂遷計窮，只得請李翁到寓，將京中所夢，及渾家病中之言，始末備述，就喚女兒出來相見了。指道：「此女自出痘時便與施氏有約，如今悔之無及！然冥數已定，吾豈敢違。況我妻男並喪，無家可奔，倘得收吾女為婢妾，吾身雜童僕，終身力作，以免犬報，吾願畢矣。」說罷，涕淚交下。李翁憐憫其情，述於施還，勸之甚力。施還道：「我昔貧困時仗岳父周旋，畢姻後又賴吾妻綜理家政，吾安能負之更娶他人乎？且吾母懷恨身亡，此吾之仇家也，若與為姻眷，九泉之下何以慰吾母！此事斷不可提起！」李翁道：「令岳翁詩禮世家，令閫必閑內則，以情告之，想無難色。況此女賢孝，昨聞祠堂三犬之異，徹夜悲啼，思以身贖母罪。取過門來，又是令閫一幫手，令先堂泉下聞之，必然歡喜。古人不念舊惡，絕人不欲已甚，郎君試與令岳翁商之！」施還方欲再卻，忽支參政自內而出，道：「賢婿不必固辭，吾已備細聞之矣。此美事，吾女亦已樂從，即煩李翁作伐可也。……」言未畢，支氏已收拾金珠幣帛之類，教丫鬟養娘送出以為聘資。李翁傳命說合，擇日過門。當初桂生欺負施家，不肯應承親事，誰知如今不為妻反為妾，雖是女孩兒命薄，也是桂生欺心的現報。分明是：

周郎妙計高天下，賠了夫人又折兵。

那桂女性格溫柔，能得支氏的歡喜，一妻一妾甚說得著。桂遷罄囊所有，造佛堂三間，朝夕侒佛持齋，養三犬於佛堂之內。桂女又每夜燒香為母兄懺悔。如此年餘，忽夢母兄來辭：「幸仗佛力，已脫離罪業矣。」早起桂老來報，夜來三犬，一時俱死。桂女脫簪珥買地葬之，至今閶門城外有三犬塚。桂老踰年竟無恙，乃持齋悔罪之力。卻說施還虧妻妾主持家事，專意讀書，鄉榜高中。桂老相伴至京，適值尤滑稽為親軍指揮使，受賕枉法，被言官所劾，拿送法司究問。途遇桂遷，悲慚伏地，自陳昔年欺誑之罪。其妻子跟隨於後，向桂老叩頭求助。桂遷慈心忽動，身邊帶有數金，悉以相贈。尤生叩謝道：「今生無及，待來生為犬馬相報。」桂老歎息而去。後聞尤生受刑不過，竟死於獄中。桂遷益信善惡果報，分毫不爽，堅心辦道。是年，施還及第為官，妻妾隨任，各生二子。桂遷養老於施家。至今施支二姓，子孫蕃衍，為東吳名族。有詩為證：

桂遷悔過身無恙，施濟行仁嗣果昌；
奉勸世人行好事，皇天不佑負心郎！

第二十六卷　唐解元一笑姻緣

三通鼓角四更雞，日色高升月色低；時序秋冬又春夏，舟車南北復東西。
鏡中次第人顏老，世上參差事不齊；若向其間尋穩便，一壺濁酒一餐虀。

這八句詩乃吳中一個才子所作，那才子姓唐名寅，字伯虎，聰明蓋地，學問包天，書畫音樂，無有不通；詞賦詩文，一揮便就。為人放浪不羈，有輕世傲物之志。生於蘇郡，家住吳趨。做秀才時，曾效連珠體，做花月吟十餘首，句句中有花有月。如「長空影動花迎月，深院人歸月伴花」；「雲破月窺花好處，夜深花睡月明中」等句，為人稱頌。本府太守曹鳳見之，深愛其才。值宗師科考，曹公以才名特薦。那宗師姓方名誌，鄞縣人，最不喜古文辭。聞唐寅恃才豪放，不修小節，正要坐名黜治。卻得曹公一力保救，雖然免禍，卻不放他科舉。直至臨場，曹公再三苦求，附一名於遺才之末。是科遂中了解元。伯虎會試至京，文名益著，公卿皆折節下交，以識面為榮。有程詹事典試，頗開私徑賣題，恐人議論，欲訪一才名素著者為榜首，壓服眾心，得唐寅甚喜，許以會元。伯虎性素坦率，酒中便向人誇說：「今年我定做會元了。」眾人已聞程詹事有私，又忌伯虎之才，鬨傳主司不公，言官風聞動本。聖旨不許程詹事閱卷，與唐寅俱下詔獄，問革。伯虎還鄉，絕意功名，益放浪詩酒，人都稱為唐解元。得悟解元詩文字畫，片紙尺幅，如獲重寶。其中惟畫，尤其得意。平日心中喜怒哀樂，都寓之於丹青。每一畫出，爭以重價購之。有言志詩一絕為證：

不鍊金丹不坐禪，不為商賈不耕田；閒來寫幅丹青賣，不使人間作業錢。

卻說蘇州六門：葑、盤、胥、閶、婁、齊。那六門中只有閶門最盛，乃舟車輻輳之所。真個是：

翠袖三千樓上下，黃金百萬水東西，五更市販何曾絕，四遠方言總不齊。

唐解元一日坐在閶門遊船之上，就有許多斯文中人，慕名來拜，出扇求其字畫。解元畫了幾筆水墨，寫了幾首絕句。那聞風而至者，其來愈多。解元不耐煩，命童子且把大杯斟酒來。解元倚窗獨酌，忽見有畫舫從旁搖過，舫中珠翠奪目，內有一青衣小鬟，眉目秀艷，體態綽約，舒頭船外，注視解元，掩口而笑。須臾船過，解元神蕩魂搖，問舟子：「可認得去的那隻船麼？」舟人答言：「此船乃無錫華學士府眷也。」解元欲尾其後，急呼小艇不至，心中如有所失。正要教童子去覓船，只見城中一隻船兒，搖將出來。他也不管那船有載沒載，把手相招，亂呼亂喊。那船漸漸至近，艙中一人，走出船頭，叫聲：「伯虎，你要到何處去？這般要緊！」解元打一看時，不是別人，卻是好友王雅宜。便道：「急要答拜一個遠來朋友，故此要緊，兄的船往那裏去？」雅宜道：「弟同兩個舍親到茅山去進香，數日方回。」解元道：「我也要到茅山進香，正沒有人同去。如今只得要趁便了。」雅宜道：「兄若要去，快些回家收拾。弟泊船在此相候。」解元道：「就去罷了，又回家做甚麼！」雅宜道：「香燭之類，也要備的。」解元道：「到那裏去買罷！」遂打發童子回去。也不別這些求詩畫的朋友，徑跳過船來，與艙中朋友敘了禮，連呼：「快些開船。」舟子知是唐解元，不敢怠慢，即忙撐篙搖櫓。行不多時，望見這隻畫舫就在前面。解元分付船上，隨著大船而行。眾人不知其故，只得依他。次日到了無錫，見畫舫搖進城裏。解元道：「到了這裏，若不取惠山泉也就俗了。」叫船家移舟去惠山取了水，原到此處停泊，明日早行。「我們到城裏略走一走，就來下船。」舟子答應自去。解元同雅宜三四人登岸，進了城，到那熱鬧的所在，撇了眾人，獨自一個去尋那畫舫。卻又不認得路徑，東行西走，並不見些蹤影。走了一回，穿出一條大街上來，忽聽得呼喝之聲。解元立住腳看時，只見十來個僕人前引一乘煖轎❶，自東而來，女從如雲。自古道：「有緣千里能相會。」那女從之中，閶門所見青衣小鬟，正在其內。解元心中歡喜，遠遠相隨，直到一座大門樓下，女使出迎，一擁而入。詢之傍人，說是華學士府，適纔轎中乃夫人也。解元得了實信，問路出城。恰好船上取了水纔到。少頃，王雅宜等也來了。問：「解元那裏去了？教我們尋得不耐煩！」解元道：「不知怎的，一擠就擠散了，又不認得路徑，問了半日，方能到此。」並不提起此事。至夜半，忽於夢中狂呼，如魘魅之狀。眾人皆驚，喚醒問之。解元道：「適夢中見一金甲神人，持金杵擊我，責我進香不虔。我叩頭哀乞，願齋戒一月，隻身至山謝罪。天明，汝等開船自去，吾且暫回，不得相陪矣。」雅宜等信以為真。至天明，恰好有一隻小船來到，說是蘇州去的。解元別了眾人，跳上小船。行不多時，推說遺忘了東西，還要轉去。袖中摸幾文錢，賞了舟子，奮然登岸。到一飯店，辦下舊衣破帽，將衣巾換訖，如窮漢之狀。走至華府典鋪內，以典錢為由，與主管❷相見。卑詞下氣，問主管道：「小子姓康，

❶ 煖轎：四面有帷的轎子。

名宣，吳縣人氏，頗善書，處一個小館為生。近因拙妻亡故，又失了館，孤身無活，欲投一大家充書辦之役，未知府上用得否？倘收用時，不敢忘恩！」因於袖中取出細楷數行，與主管觀看。主管看那字，寫得甚是端楷可愛，答道：「待我晚間進府稟過老爺，明日你來討回話。」是晚，主管果然將字樣稟知學士。學士看了，誇道：「寫得好，不似俗人之筆。明日可喚來見我。」次早，解元便到典中，主管引進解元拜見了學士。學士見其儀表不俗，問過了姓名住居，又問：「曾讀書麼？」解元道：「曾考過幾遍童生，不得進學，經書還都記得。」學士問是何經？解元雖習尚書，其實五經俱通的，曉得學士習周易，就答應道：「易經。」學士大喜道：「我書房中寫帖的不缺，可送公子處作伴讀。」問他要多少身價？解元道：「身價不敢領，只要求些衣服穿。待後老爺中意時，賞一房好媳婦足矣。」學士更喜。就叫主管於典中尋幾件隨身衣服與他換了，改名華安。送至書館，見了公子。公子教華安抄寫文字。文字中有字句不妥的，華安私加改竄。公子見他改得好，大驚道：「你原來通文理，幾時放下書本的？」華安道：「從來不曾曠學，但為貧所迫耳。」公子大喜。將自己日課教他改削。華安筆不停揮，真有點鐵成金手段。有時題義疑難，華安就與公子講解。若公子做不出時，華安就通篇代筆。先生見公子學問驟進，向主人誇獎。學士討近作看了，搖頭道：「此非孺子所及，若非抄寫，必是倩人。」呼公子詰問其由。公子不敢隱瞞，說道：「曾經華安改竄。」學士大驚。喚華安到來出題面試。華安不假思索，援筆立就，手捧所作呈上。學士見其手腕如玉，但左手有枝指。閱其文，詞意兼美，字復精工，愈加歡喜。道：「你時藝如此，想古作亦可觀也！」乃留內書房掌書記。一應往來書劄，授之以意，輒令代筆，煩

❷ 主管：經理。

簡曲當，學士從未曾增減一字。寵信日深，賞賜比眾人加厚。華安時買酒食與書房諸童子共享，無不歡喜。因而潛訪前所見青衣小鬟，其名秋香，乃夫人貼身服侍，頃刻不離者。計無所出。乃因春暮，賦黃鶯兒以自歎：

風雨送春歸，杜鵑愁，花亂飛，青苔滿院朱門閉。孤燈半垂，孤衾半攲，蕭蕭孤影汪汪淚。憶歸期，相思未了，春夢遶天涯。

學士一日偶到華安房中，見壁間之詞，知安所題，甚加稱獎。但以為壯年鰥處，不無感傷，初不意其有所屬意也。適典中主管病故，學士令華安暫攝其事。月餘，出納謹慎，毫忽無私。學士欲遂用為主管，嫌其孤身無室，難以重托。乃與夫人商議，呼媒婆欲為娶婦。華安將銀三兩，送與媒婆，央他稟知夫人說：「華安蒙老爺夫人提拔，復為置室，恩同天地。但恐外面小家之女，不習裏面規矩。倘得於侍兒中擇一人見配，此華安之願也！」媒婆依言稟知夫人。夫人對學士說了。學士道：「如此誠為兩便。但華安初來時，不領身價，原指望一房好媳婦。今日又做了府中得力之人，倘然所配未中其意，難保其無他志也。不若喚他到中堂，將許多丫鬟聽其自擇。」夫人點頭道是。當晚夫人坐於中堂，燈燭輝煌，將丫鬟二十餘人各盛飾裝扮，排列兩邊，恰似一班仙女，簇擁著王母娘娘在瑤池之上。夫人傳命喚華安。華安進了中堂，拜見了夫人。夫人道：「老爺說你小心得用，欲賞你一房妻小。這幾個粗婢中，任你自擇。」叫老姆姆攜燭下去照他一照。華安就燭光之下，看了一回，雖然儘有標致的，那青衣小鬟不在其內。華安立於傍邊，嘿然無語。夫人叫：「老姆姆，你去問華安：『那一個中你的意？就配與你。』」華安只不開言。夫人心中不樂，叫：「華安，你好大眼孔，難道我這些丫頭就沒個中你意的？」華安道：「復夫人，華安蒙夫人賜配，又許華安自擇，這是曠古隆恩，粉身難報。只是夫人隨身侍婢還來不齊，既蒙恩典，願得盡觀。」夫人笑道：「你敢是疑我有吝嗇之意。也罷！房中那四個一發喚出來與他看看，滿他的心願。」原來那四個是有執事的，叫做：

春媚，夏清，秋香，冬瑞。

春媚，掌首飾脂粉。夏清，掌香爐茶竈。秋香，掌四時衣服。冬瑞，掌酒果食品。管家老姆姆傳夫人之命，將四個喚出來。那四個不及更衣，隨身粧束，——秋香依舊青衣。老姆姆引出中堂，站立夫人背後。堂中蠟炬，光明如晝。華安早已看見了。昔日丰姿，宛然在目。還不曾開口，那老姆姆知趣，先來問道：「可看中了誰？」華安心中明曉得是秋香，不敢說破，只將手指道：「若得穿青這一位小娘子，足遂生平。」夫人回顧秋香，微微而笑。叫華安且出去。華安回典鋪中，一喜一懼，喜者機會甚好，懼者未曾上手，惟恐不成。偶見月明如晝，獨步徘徊，吟詩一首：

徙倚無聊夜臥遲，綠楊風靜鳥栖枝；難將心事和人說，說與青天明月知。

次日，夫人向學士說了。另收拾一所潔淨房室，其床帳家火，無物不備。又合家童僕奉承他是新主管，擔東送西，擺得一室之中，錦片相似。擇了吉日，學士和夫人主婚。華安與秋香中堂雙拜，鼓樂引至新房，合巹成婚，男歡女悅，自不必說。夜半，秋香向華安道：「與君頗面善，何處曾相會來？」華安道：「小娘子自去思想。」又過了幾日，秋香忽問華安道：「向日閶門遊船中看見的可就是你？」華安笑道：「是也。」秋香道：「若然，君非下賤之輩，何故屈身於此？」華安道：「吾為小娘子傍舟一笑，不能忘情，所以從權相就。」秋香道：「妾昔見諸少年擁君，出素扇紛求書畫，君一概不理，倚窗酌酒，旁若無人。妾知君非凡品，故一笑耳。」華安道：「女子家能於流俗中識名士，誠紅拂綠綺之流也！」秋香道：「此後於南門街上，似又會一次。」華安笑道：「好利害眼睛！果然果然。」秋香道：「你既非下流，實是甚麼樣人？可將真姓名告我。」華安道：「我乃蘇州唐解元也。與你三生有緣，得諧所願。今夜既然說破，不可久留，欲與你圖諧老之策，你肯隨我去否？」秋香道：「解元為賤妾之故，不惜辱千金之軀，妾豈敢不惟命是從。」華安次日將典中帳目細細開了一本簿子，又對房中衣服首飾及床帳器皿另開一帳，又將各人所贈之物亦開一帳，纖毫不取。共是三宗帳目，鎖在一個護書篋❸內。其鑰匙即掛在鎖上。又於壁間題詩一首：

擬向華陽洞裏遊，行蹤端為可人留；願隨紅拂同高蹈，敢向朱家惜下流。
好事已成誰索笑？屈身今去尚含羞；主人若問真名姓，只在「康宣」兩字頭。

是夜僱了一隻小船，泊於河下。黃昏人靜，將房門封鎖，同秋香下船，連夜望蘇州去了。天曉，家人見華安房門封鎖，奔告學士。學士教打開看時，床帳甚物一毫不動，護書內帳目開載明白。學士沉思，莫測其故。擡頭一看，忽見壁上有詩八句，讀了一遍。想：「此人原名不是康宣。」又不知甚麼意故，來

❸ 護書篋：安放文書用的長方形木匣子。

府中住許多時；若是不良之人，財上又分毫不苟。又不知那秋香如何就肯隨他逃走，如今兩口兒又不知逃在那裏？「我棄此一婢，亦有何難。只要明白了這樁事跡。」便叫家童喚捕人來，出信賞錢，各處緝獲康宣秋香，杳無影響。過了年餘，學士也放過一邊了。

忽一日學士到蘇州拜客。從閶門經過，家童看見書坊中有一秀才坐而觀書，其貌酷似華安，左手亦有枝指。報與學士知道。學士不信，分付此童再去看個詳細，并訪其人名姓。家童覆身到書坊中，那秀才又和著一個同輩說話，剛下堦頭，家童乖巧，悄悄隨之，那兩個轉彎向潼子門下船去了，僕從相隨共有四五人。背後察其形相，分明與華安無二。只是不敢唐突。家童回轉書坊，問店主適來在此看書的是甚麼人？店主道：「是唐伯虎解元相公。今日是文衡山相公舟中請酒去了。」家童道：「方纔同去的那一位可就是文相公麼？」店主道：「那是祝枝山，也都是一般名士。」家童一一記了，回復了華學士。學士大驚，想道：「久聞唐伯虎放達不羈，難道華安就是他。明日專往拜謁，便知是否。」次日寫了名帖，特到吳趨坊拜唐解元。解元慌忙出迎，分賓而坐。學士再三審視，果肖華安。及捧茶，又見手白如玉，左有枝指。意欲問之，難於開口。茶罷，解元請學士書房中小坐。學士有疑未決，亦不肯輕別，遂同至書房。見其擺設齊整，嘖嘖歎羨。少停酒至，賓主對酌多時。學士開言道：「貴縣有個康宣，其人讀書不遇，甚通文理。先生識其人否？」解元唯唯。學士又道：「此人去歲曾傭書於舍下，改名華安。先在小兒館中伴讀，後在學生書房管書柬。後又在小典中為主管。因他無室，教他於賤婢中自擇。他擇得秋香成親。數日後夫婦俱逃，房中日用之物一無所取，竟不知其何故？學生曾差人到貴處察訪，並無其人。先生可略知風聲麼？」解元又唯唯。學士見他不明不白，只是胡答應，忍耐不住，只得又說道：

「此人形容頗肖先生模樣，左手亦有枝指，不知何故？」解元又唯唯。少頃，解元暫起身入內。學士翻看桌上書籍，見書內有紙一幅，題詩八句，讀之，即壁上之詩也。解元出來。學士執詩問道：「這八句詩乃華安所作，此字亦華安之筆，如何有在尊處？必有緣故，願先生一言，以決學生之疑。」解元道：「容少停奉告。」學士心中愈悶道：「先生見教過了，學生還坐，不然即告辭矣。」解元道：「稟復不難，求老先生再用幾杯薄酒。」學士又喫了數杯。解元巨觥奉勸。學士已半酣，道：「酒已過分，不能領矣。學生惓惓請教，止欲剖胸中之疑，並無他念。」解元道：「請用一筯粗飯。」飯後獻茶，看看天晚，童子點燭到來。學士愈疑，只得起身告辭。解元道：「請老先生暫挪貴步，當決所疑。」命童子秉燭前引，解元陪學士隨後共入後堂。堂中燈燭輝煌。裏面傳呼：「新娘來。」只見兩個丫鬟，伏侍一位小娘子，輕移蓮步而出，珠珞重遮，不露嬌面。學士惶悚退避。解元一把扯住衣袖道：「此小妾也，通家長者，合當拜見，不必避嫌。」丫鬟鋪氈。小娘子向上便拜。學士還禮不迭。解元將學士抱住，不要他還禮。拜了四拜，學士只還得兩個揖，甚不過意。拜罷，解元攜小娘子近學士之旁，帶笑問道：「老先生請認一認，方纔說學生頗似華安，不識此女亦似秋香否？」學士熟視大笑，慌忙作揖，連稱得罪。解元道：「還該是學生告罪。」二人再至書房。解元命重整杯盤，洗盞更酌。酒中學士復叩其詳。解元將閶門舟中相遇始末細說一遍。各各撫掌大笑。學士道：「今日即不敢以記室相待，少不得行子婿之禮。」解元道：「若要甥舅相行，恐又費丈人粧奩耳。」二人復大笑。是夜，盡歡而別。

學士回到舟中，將袖中詩句置於桌上，反覆玩味。「首聯道：『擬回華陽洞裏遊，』是說有茅山進香之行了。『行蹤端為可人留，』分明為中途遇了秋香，耽擱住了。第二聯：『願隨紅拂同高蹈，敢向朱家惜下流。』他屈身投靠，便有相挈而逃之意。第三聯：『好事已成誰索笑？屈身今去尚含羞。』這兩句，明白。末聯：『主人若問真名姓，只在「康宣」兩字頭。』康字與唐字頭一般，宣字與寅字頭無二，是影著唐寅二字。我自不能推詳耳。他此舉雖似情癡，然封還衣飾，一無所取，乃禮義之人，不枉名士風流也。」學士回家，將這段新聞向夫人說了。夫人亦駭然。於是厚具裝奩，約值千金，差當家老姆姆押送唐解元家。從此兩家遂為親戚，往來不絕。至今吳中把此事傳作風流話柄。有唐解元焚香默坐歌，自述一生心事，最做得好！歌曰：

焚香嘿坐自省己，口裏喃喃想心裏。心中有甚害人謀？口中有甚欺心語？
為人能把口應心，孝弟忠信從此始。其餘小德或出入，焉能磨涅吾行止。
頭插花枝手把杯，聽罷歌童看舞女。食色性也古人言，今人乃以為之恥。
及至心中與口中，多少欺人沒天理。陰為不善陽掩之，則何益矣徒勞耳。
請坐且聽吾語汝：凡人有生必有死。死見閻君面不慚，才是堂堂好男子。

第二十七卷 假神仙大鬧華光廟

欲學為仙說與賢，長生不老是虛傳。少貪色慾身康健，心不瞞人便是仙。

話說故宋時杭州普濟橋有個寶山院，乃嘉泰中所建，又名華光廟，以奉五顯之神。那五顯？

一顯，聰昭聖孚仁福善王。

二顯，明昭聖孚義福順王。

三顯，正昭聖孚智福應王。

四顯，直昭聖孚愛福惠王。

五顯，德昭聖孚信福慶王。

此五顯，乃是五行之佐，最有靈應。——或言五顯即五通，此謬言也。——紹定初年，丞相鄭清之重修，添造樓房精舍，極其華整。遭元時兵火，道侶流散，房垣倒塌，左右民居，亦皆凋落。至正初年，道士募緣修理，香火重興，不在話下。單說本郡秀才魏宇，所居於廟相近。同表兄服道勤讀書於廟旁之小樓。魏生年方一十七歲，丰姿俊雅，性復溫柔，言語恂恂，宛如處子。每赴文會，同輩輒調戲之，呼為魏娘子。魏生羞臉發赤。自此不會賓客，只在樓上溫習學業。惟服生朝夕相見。一日，服生因母病回家侍疾，魏生獨居樓中讀書。約至二鼓，忽聞有人叩門。生疑表兄之來也，開而視之。見一先生，黃袍藍袖，絲拂綸巾，豐儀美髯，香風襲襲，有出世淩雲之表。背後跟著個小道童，也生得清秀，捧著個朱紅盒子。先生自說：「吾乃純陽呂洞賓，遨遊四海，偶爾經過此地。空中聞子書聲清亮，殷勤嗜學，必取科甲，且有神仙之分。每與汝宿世有緣，合當度汝。知汝獨居，特特奉訪。」魏生聽說，又驚又喜。連忙下拜，請純陽南面坐定，自己側坐相陪。洞賓呼道童，拿過盒子，擺在桌上，都是鮮異菓品，和那山珍海錯，馨香撲鼻。所用紫金杯，白玉壺，其壺不滿三寸，出酒不竭，其酒色如琥珀，味若醍醐。洞賓道：「此仙餚仙酒，惟吾仙家受用。以子有緣，故得同享。」魏生此時，恍恍惚惚，如已在十洲三島之中矣。飲酒中間，洞賓道：「今夜與子奇遇，不可無詩。」魏生欲觀仙筆，即將文房四寶，列於几上。洞賓不假思索，信筆賦詩四首：

黃鶴樓前靈氣生，蟠桃會上啜玄英。劍橫紫海秋光勁，每夕乘雲上玉京。其一

嵯峨棟宇接雲煙，身在蓬壺境裏眠。一覺不知天地老，醒來又見幾桑田。其二

一粒金丹羽化奇，就中玄妙少人知。夜來忽聽鈞天樂，知是仙人跨鶴時。其三

劍氣橫空海月浮，遨遊頃刻遍神洲。蟠桃歷盡三千度，不計人間九百秋。其四

字勢飛舞，魏生贊不絕口。洞賓問道：「子聰明過人，可隨意作一詩，以覲子仙緣之遲速也。」魏生亦賦二絕：

十二峰前瓊樹齊，此生何似躡天梯。消磨寰宇塵氛淨，漫著霞裳禮玉樞。其一
天空月色兩悠悠，絕勝飛吟亭上遊。夜靜玉簫天宇碧，直隨鶴馭到瀛洲。其二

洞賓覽畢，目視魏生微笑道：「子有瀛洲之志，真仙種也。昔西漢大將軍霍去病，禱於神君之廟，神君現形，願為夫婦。去病大怒而去。後病篤，復遣人哀懇神君求救。神君曰：『霍將軍體弱，吾欲以太陰精氣補之。霍將軍不悟，認為淫慾，遂爾見絕。今日之病，不可救矣。』去病遂死。仙家度人之法，不拘一定，豈是凡人所知。惟有緣者信之不疑耳。吾更贈子一詩。」詩云：

相逢此夕在瓊樓，酬酢燈前且自留。玉液斟來晶影動，珠璣賦就峽雲收。
漫將夙世人間了，且藉仙緣天上修。從此岳陽消息近，白雲天際自悠悠。

魏生讀詩會意，亦答一絕句：

仙境清虛絕慾塵，凡心那雜道心真。後庭無樹栽瓊玉，空羨隋煬堤上人。

二人唱和之後，意益綢繆。洞賓命童子且去：「今夜吾當宿此。」又向魏生道：「子能與吾相聚十晝夜，當令子神完氣足，日記萬言。」魏生信以為然。酒酣，洞賓先寢。魏生和衣睡於洞賓之側。洞賓道：「凡人肌肉相湊，則神氣自能往來。若和衣各睡，吾不能有益於子也。」乃抱魏生於懷，為之解衣，並枕而臥。洞賓軟款撫摩，漸至狎浪。魏生欲竊其仙氣，隱忍不辭。至雞鳴時，洞賓與魏生說：「仙機不可漏

泄。乘此未明，與子暫別。夜當再會。」推窗一躍，已不知所在。魏生大驚，決為真仙。取夜來金玉之器看之，皆真物也。制度精巧可愛。枕席之間，餘香不散。魏生凝思不已。至夜，洞賓又來與生同寢。一連宿了十餘夜，情好愈密，彼此俱不忍舍。一夕，洞賓與魏生飲酒，說道：「我們的私事，昨日何仙姑赴會回來知道了，大發惱怒，要奏上玉帝，你我都受罪責。我再三求告，方纔息怒。他見我說你十分標致，要來看你。夜間相會時，你陪個小心，求服他，我自也在裏面攛掇。倘得歡喜起來，從了也不見得。若得打做一家，這事永不露出來。得他太陰真氣，亦能少助。」魏生聽說，心中大喜。到日間，疾忙置辦些美酒精饌菓品，等候到晚。且喜這幾日，服道勤不來，只魏生一個在樓上。魏生見更深人靜了，焚起一爐好香，擺下酒菓，又穿些華麗衣服，粧扮整齊，等待二仙。只見洞賓領著何仙姑逕來樓上。看這仙姑，顏色柔媚，光艷射人，神采奪目。魏生一見，神魂飄蕩，心意飛揚。那時身不由己，雙膝跪下在仙姑面前。何仙姑看見魏生果然標致，心裏真實歡喜。倒假意做個惱怒的模樣，說道：「你兩個做得好事！擾亂清規，不守仙範，那裏是出家讀書人的道理！」雖然如此，其中有喜。魏生叩頭討饒。洞賓也陪著小心，求服仙姑。仙姑說道：「你二人既然知罪，且饒這一次。」說了，便要起身，魏生再三苦留，說道：「塵俗粗餚，聊表寸意。」洞賓又懇懇攛掇，說：「略飲數杯見意，不必固辭。若去了，便傷了仙家和氣。」仙姑被留不過，只得勉意坐了。輪番把盞。洞賓又與仙姑說：「魏生高才能詩。今夕之樂，不可無詠。」仙姑說：「既然如此，請師兄起句。」洞賓也不推辭。

每日蓬壺戀玉巵，暫同仙伴樂須斯。洞賓

一宵清興因知己，幾朵金蓮映碧池。仙姑
物外幸逢環珮媛，人間亦許鳳皇儀。魏生
般勤莫為桃源誤，此夕須調琴瑟絲。洞賓

仙姑覽詩，大怒道：「你二人如何戲弄我？」魏生慌忙磕頭謝罪。洞賓勸道：「天上人間，其情則一。洛妃解珮，神女行雲，此皆吾仙家故事也。世上佳人才子，猶為難遇，況魏生原有仙緣，神仙聚會，彼此一家，何必分體別形，效塵俗硜硜之態乎？」說罷，仙姑低頭不語，弄其裙帶。洞賓道：「和議已成，魏宇可拜謝仙姑俯就之恩也。」魏生連忙下拜。仙姑笑扶而起，入席再酌，盡歡而罷。是夜，三人共寢，魏生先近仙姑，次後洞賓舉事，陽變陰闔，歡娛一夜。仙姑道：「我三人此會，真是奇緣。可於枕上聯詩一律。」仙姑首唱：

滿目輝光滿目煙，無情卻被有情牽。仙姑
春來楊柳風前舞，雨後桃花浪裏顛。魏生
須信仙緣應不爽，漫將好事了當年。仙姑
香銷夢遶三千界，黃鶴棲遲一夜眠。洞賓

雞鳴時，二仙起身欲別。魏生不舍，再三留戀，懇求今夜重會。仙姑含著羞說道：「你若謹慎，不向人言，我當源源而至。」自此以後，無夕不來。或時二仙同來，或時一仙自來。雖表兄服生，同寓書樓，一壁之隔，窗中來去，全不露跡。

如此半載有餘。魏生漸漸黃瘦，肌膚銷鑠，飲食日減。夜間偏覺健旺，無奈日裏倦怠，只想就枕。服生見其如此模樣，叩其染病之故。魏生堅不肯吐。服生只得對他父親說知。魏公到樓上看了兒子，大驚，乃取鏡子教兒自家照看，魏生自睹尩羸之狀，亦覺駭然。魏公勸兒回家調理，兒子那裏肯回。乃請醫切脈，用藥調理。是夜，二仙又來。魏生述容顏黃瘦，父親要搬回之語。洞賓道：「凡人成仙，脫胎換骨，定然先將俗肌消盡，然後重換仙體。此非肉眼所知也。」魏生由此不疑。連藥也不肯喫。再過數日，看看一絲兩氣。魏公著了忙，自攜鋪蓋，往樓上守著兒子同宿。到夜半，兒子向著床裏說鬼話。魏公叫喚不醒。連隔房服道勤都起身來看。只見魏生口裏說：「二位師父怕怎的！不要去！」伸出手來，一把扯住，卻扯了父親。魏公雙眼流淚，叫：「我兒！你病勢十死一生，兀自不肯實說！那二位師父是何人？想是邪魅。」魏生道：「是兩個仙人來度我的，不是邪魅。」魏公見兒沉重，不管他肯不肯，僱了一乘小轎擡回家去將息。兒子道：「仙人與我紫金杯，白玉壺，在書櫃裏，與我檢好。」開櫃看時，那是紫金白玉，都是黃泥白泥捻就的。魏公道：「我兒，眼見得不是仙人是邪魅了！」魏生恰纔心慌。只得將廟中初遇純陽，後遇仙姑，始末敘了一遍。魏公大驚。一面教媽媽收拾淨房，伏侍兒子養病，一面出門訪問個祛妖的法師。走不多步，恰好一個法師，手中拿著法環❶搖將過來，朝著打個問訊。魏公連忙答禮，問道：「師父何來？」這法師說道：「弟子是湖廣武當山張三丰老爺的徒弟，姓裴，法名守正，傳得五雷法，普救人世。因見府上有妖氣，故特動問。」魏公聽得說話有些來歷，慌忙請法師到裏面客位裏坐。茶畢，就把兒子的事，備

❶ 法環：道士手中所搖的鈴。

細說與裴法師知道。裴道說：「令郎今在何處？」魏公就邀裴法師進到房裏看魏生。裴道一見魏生，就與魏公說：「令郎卻被兩個雌雄妖精迷了。若再過旬日不治，這命休了。」魏公聽說，慌忙下拜，說道：「萬望師父慈悲，垂救犬子則個！永不敢忘！」裴法師說：「我今晚就與你拿這精怪。」魏公說：「如此甚好，或是要甚東西，吾師說來，小人好去治辦。」裴守正說：「要一付熟三牲，和酒菓五雷紙馬，香燭，硃砂黃紙之類。」分付畢，又道：「暫且別去，晚上過來。」魏公送裴道出門，囑道：「晚上准望光降。」裴法師道：「不必說。」照舊又來街上，搖著法環而去。魏公慌忙買辦合用物件，都齊備了，只等裴法師來捉鬼。到晚，裴法師來了。魏公接著法師，說：「東西俱已完備，不知要擺在那裏？」裴道說：「就擺在令郎房裏。」擡兩張桌子進去，擺下三牲福物，燒起香來。裴道戴上法冠。穿領法衣，仗著劍，步起罡來，念動呪訣，把硃砂書起符來，正要燒這符去，只見這符都是水濕的，燒不著。裴法師罵道：「畜生，不得無禮！」把劍望空中斫將去。這口劍被妖精接著，拿去懸空釘在屋中間，動也動不得。裴道心裏慌張，把平生的法術都使出來，一些也不靈。魏公看著裴道，說：「師父頭上戴的道冠兒那裏去了？」裴道說：「我不曾除下，如何便沒了？又是作怪！」連忙使人去尋，只見門外有個尿桶，這道冠兒浮在尿桶面上。撈得起來時，爛臭，如何戴得在頭上！裴道說：「這精怪妖氣太盛，我的法術敵他不過。你自別作計較。」魏公見說，心裏雖是煩惱，免不得把福物收了，請裴道來堂前散福，喫了酒飯。夜又深了，就留裴道在家安歇。彼此俱不歡喜。裴道也悶悶的，自去側房裏脫了衣服睡。纔要合眼，只見三四個黃衣力士，扛四五十斤一塊石板，壓在裴道身上。口裏說：「謝賊道的好法！」裴道壓得動身不得，氣也透不轉，慌了，只得叫道：「有鬼，救人！救人！」原來魏公家裏人正收拾未了，還不曾睡。聽得裴道叫響，魏公與家人拿著燈火，走進房來。看裴道時，見裴道被塊青石板壓在身上，動不得。兩三個人慌忙扛去這塊石板，救起裴道來。將薑湯灌了一回，東方已明，裴道也醒了。裴道梳洗已畢，又喫些早粥，辭了魏公自去，不在話下。魏公見這模樣，夫妻兩個，淚不曾乾，也沒奈何。

次日，表兄服道勤來看魏生。魏公與服生備說夜來裴道著鬼之事。「怎生是好?」服生說道：「本廟華光菩薩最靈感，原在廟裏被精了，我們備些福物，做道疏文燒了，神道正必勝邪，或可救得。」服生與同會李林等說了，這些會友，個個愛惜魏生，爭出分子，備辦福物，香燭紙馬，酒菓，擺列在神道面前，與魏公拜獻，就把疏文宣讀：

惟神正氣攝乎山川，善惡不爽，威靈布於寰宇，禍福無私。今魏宇者，讀書本廟，禍被物精。男女不分，黌夜歡娛於一席；陰陽無間，晨昏耽樂於兩情。苟且相交，不顧踰牆之戒，無媒而合，自同鑽穴之污。先假純陽，比頑不已；後托何氏，淫樂無休。致使魏生形神搖亂，全無清爽之期；心志飛揚，已失永長之道。或月怪，或花妖，殛之以滅其跡；或山精，或木魅，袪之使屏其形。陽伸陰屈，物泰民安，萬眾皆欽，惟神是禱！李林等拜疏。

疏文念畢，燒化了紙，就在廟裏散福。眾人因論呂洞賓何仙姑之事。李林道：「忠清巷新建一座純陽庵，我們明早同去拈香，通陳此事。倘然呂仙有靈，必然震怒。」眾人齊聲道好。次日，同會十人，不約齊而都到純陽祖師面前，拈香拜禱。轉來回覆了魏公。從此夜為始，魏生漸覺清爽。但元神不能驟復。魏公心下已有三分歡喜。過了數日，自備三牲祭禮，往華光廟，一則賽願❷，二則保福。眾友聞知，都來陪他拜神。禮畢，化紙，只見魏公雙眸緊閉，大踏步向供桌上坐了，端然不動。叫道：「魏則優，你兒子的性命，虧我救了。我乃五顯靈官是也！」眾人知華光菩薩附體，都來參拜。叩問：「魏宇所患何等妖精？神力如何救拔？病體幾時方能全妥？」魏公口裏又說道：「這二妖，乃是多年的龜精，一雌一雄，慣迷惑少年男女。吾神訪得真了，先差部下去拿他。二妖神通廣大，反為所敗。吾神親往收捕，他兀自假冒呂洞賓何仙姑名色，抗拒不服。大戰百合，不分勝敗。恰好洞賓仙姑亦知此情，奏聞玉帝，命神將天兵下界。真仙既到，偽者自不能敵。二妖逃走，去烏江孟子河裏去躲。吾神將火輪去燒得出來。又與交戰，被洞賓先生，飛劍斬了雄的龜精，雌的直驅在北海冰水陰中受苦，永不赦出。吾神與洞賓仙姑奏覆上帝。上帝要并治汝子迷惑之罪。吾神奏道：『他是年幼書生，一時被惑，父母朋友，俱悔過求懺。況此生後有功名，可以恕之。』上帝方准免罰。你看我的袍袖，都戰裂了。那雄龜精的腹殼，被吾神劈來，埋於後園碧桃樹下。你若要兒子速愈，可取此殼煎膏，用酒服之，便愈也。」說罷，魏公跌倒在地下。眾人扶起，喚醒，問他時，魏公並不曉得菩薩附體一事。眾人向魏公說這備細。魏公驚異，就神帳中看神道袍袖，果然裂開。往後園碧桃樹下，掘起浮土，見一龜板，約有三尺之長，猶帶血肉。魏公取歸，煎膏入酒，與魏生喫。一日三服。比及膏完，病已全愈。於是父子往華光廟祭賽，與神道換袍。又往純陽庵燒香。後魏宇果中科甲。有詩為證：

真妄由來本自心；神仙豈肯蹈邪淫！人心不被邪淫惑，眼底蓬萊便可尋。

❷ 賽願：還願。

第二十八卷　白娘子永鎮雷峰塔

山外青山樓外樓，西湖歌舞幾時休？暖風薰得遊人醉，直把杭州作汴州。

話說西湖景致，山水鮮明。晉朝咸和年間，山水大發，洶湧流入西門。忽然見水內有牛一頭，渾身金色。後水退，其牛隨行至北山，不知去向。鬨動杭州市上之人，皆以為顯化。所以建立一寺，名曰金牛寺。西門，即今之湧金門。立一座廟，號金華將軍。當時有一番僧，法名渾壽羅，到此武林郡雲遊，翫其山景，道：「靈鷲山前小峰一座，忽然不見，原來飛到此處。」當時人皆不信。僧言：「我記得靈鷲山前峰嶺，喚做靈鷲嶺，這山洞裏有個白猿，看我呼出為驗。」果然呼出白猿來。山前有一亭，今喚做冷泉亭。又有一座孤山，生在西湖中。先曾有林和靖先生在此山隱居。使人搬挑泥石，砌成一條走路，東接斷橋，西接棲霞嶺，因此喚作孤山路。又唐時有刺史白樂天，築一條路，南至翠屏山，北至棲霞嶺，喚做白公堤，不時被山水衝倒，不只一番，用官錢修理。後宋時，蘇東坡來做太守，因見有這兩條路，被水衝壞，就買木石，起人夫，築得堅固。六橋上朱紅欄杆，堤上栽種桃柳，到春景融和，端的十分好景，堪描入畫。後人因此只喚做蘇公堤。又孤山路畔，起造兩條石橋，分開水勢，東邊喚做斷橋，西邊喚做西靈橋。真乃：

隱隱山藏三百寺，依稀雲鎖二高峰。

說話的，只說西湖美景，仙人古跡。俺今日且說一個俊俏後生，只因遊翫西湖，遇著兩個婦人，直惹得幾處州城，鬧動了花街柳巷。有分教：才人把筆，編成一本風流話本。單說那子弟，姓甚名誰？遇著甚般樣的婦人？惹出甚般樣事？有詩為證：

清明時節雨紛紛，路上行人欲斷魂；借問酒家何處有，牧童遙指杏花村。

話說宋高宗南渡，紹興年間，杭州臨安府過軍橋黑珠巷內，有一個宦家，姓李名仁。現做南廊閣子庫募事官，又與邵太尉管錢糧。家中妻子，有一個兄弟，許宣，排行小乙。他爹曾開生藥店。自幼父母雙亡，卻在表叔李將仕家生藥鋪做主管，年方二十二歲。那生藥店開在官巷口。忽一日，許宣在鋪內做買賣，只見一個和尚來到門首，打個問訊道：「貧僧是保叔塔寺內僧，前日已送饅頭并卷子在宅上。今清明節近，追修祖宗，望小乙官到寺燒香，勿誤。」許宣道：「小子准來。」和尚相別去了。許宣至晚歸姐夫家去。原來許宣無有老小，只在姐姐家住。當晚與姐姐說：「今日保叔塔和尚來請燒簮子，明日要薦祖宗，走一遭了來。」次日早起買了紙馬、蠟燭、經幡、錢垛❶一應等項，喫了飯，換了新鞋襪衣服，把簮子錢馬，使條袱子包了，逕到官巷口李將仕家來。李將仕見了，問許宣何處去？許宣道：「我今日要去保叔塔燒簮子，追薦祖宗，乞叔叔容暇一日。」李將仕道：「你去便回。」許宣離了鋪中，入

❶ 錢垛：成串的紙錢。

壽安坊，花市街，過井亭橋，往清河街後錢塘門，行石函橋過放生碑，逕到保叔塔寺。尋見送饅頭的和尚，懺悔過疏頭，燒了箵子，到佛殿上看眾僧念經。喫齋罷，別了和尚，離寺迤逦閒走，過西寧橋、孤山路、四聖觀，來看林和靖墳，到六一泉閒走。不期雲生西北，霧鎖東南，落下微微細雨，漸大起來。正是清明時節，少不得天公應時，催花雨下，那陣雨下得綿綿不絕。許宣見腳下濕，脫下了新鞋襪，走出四聖觀來尋船，不見一隻。正沒擺布處，只見一個老兒，搖著一隻船過來。許宣暗喜，認時正是張阿公。叫道：「張阿公，搭我則個。」老兒聽得叫，認時，原來是許小乙。將船搖近岸來，道：「小乙官，著了雨，不知要何處上岸？」許宣道：「湧金門上岸。」這老兒扶許宣下船，離了岸，搖近豐樂樓來。搖不上十數丈水面，只見岸上有人叫道：「公公，搭船則個。」許宣看時，是一個婦人，頭戴孝頭髻，烏雲畔插著些素釵梳，穿一領白絹衫兒，下穿一條細麻布裙。這婦人肩下一個丫鬟，身上穿著青衣服，頭上一雙角髻，戴兩條大紅頭鬚，插著兩件首飾，手中捧著一個包兒要搭船。那老張對小乙官道：「『因風吹火，用力不多』，一發搭了他去。」許宣道：「你便叫他下來。」老兒見說，將船傍了岸邊，那婦人同丫鬟下船，見了許宣，起一點朱唇，露兩行碎玉，向前道一個萬福。許宣慌忙起身答禮。那娘子和丫鬟艙中坐定了。娘子把秋波頻轉，瞧著許宣。許宣平生是個老實之人，見了此等如花似玉的美婦人，傍邊又是個俊俏美女樣的丫鬟，也不免動念。那婦人道：「不敢動問官人，高姓尊諱？」許宣答道：「在下姓許名宣，排行第一。」婦人道：「宅上何處？」許宣道：「寒舍住在過軍橋黑珠兒巷，生藥鋪內做買賣。」那娘子問了一回，許宣尋思道：「我也問他一問。」起身道：「不敢拜問娘子高姓？潭府何處？」那婦人答道：「奴家是白三班白殿直之妹，嫁了張官人，不幸亡過了，現葬在這雷嶺。為因清明節近，今日帶了丫鬟，往墳上祭掃了方回。不想值雨，若不是搭得官人便船，實是狼狽。」又閒講了一回，迤邐船搖近岸。只見那婦人道：「奴家一時心忙，不曾帶得盤纏在身邊，萬望官人處借些船錢還了，並不有負。」許宣道：「娘子自便，不妨，些須船錢不必計較。」還罷船錢。那雨越不住。許宣晚了上岸。那婦人道：「奴家只在箭橋雙茶坊巷口。若不棄時，可到寒舍拜茶，納還船錢。」許宣道：「小事何消掛懷。天色晚了，改日拜望。」說罷，婦人共丫鬟自去。許宣入湧金門，從人家屋簷下到三橋街，見一個生藥鋪，正是李將仕兄弟的店。許宣走到鋪前，正見小將仕在門前。小將仕道：「小乙哥晚了，那裏去？」許宣道：「便是去保叔塔燒菴子，著了雨，望借一把傘則個。」將仕見說叫道：「老陳把傘來，與小乙官去。」不多時，老陳將一把雨傘撐開道：「小乙官，這傘是清湖八字橋老實舒家做的。八十四骨，紫竹柄的好傘，不曾有一些兒破，將去休壞了！仔細，仔細！」許宣道：「不必分付。」接了傘，謝了將仕，出羊垻頭來。到後市街巷口，只聽得有人叫道：「小乙官人。」許宣回頭看時，只見沈公井巷口小茶坊屋簷下，立著一個婦人，認得正是搭船的白娘子。許宣道：「娘子如何在此？」白娘子道：「便是雨不得住，鞋兒都踏濕了，教青青回家，取傘和腳下。又見晚下來。望官人搭幾步則個。」許宣和白娘子合傘到垻頭道：「娘子到那裏去？」白娘子道：「過橋投箭橋去。」許宣道：「小娘子，小人自往過軍橋去，路又近了，不若娘子把傘將去，明日小人自來取。」白娘子道：「卻是不當，感謝官人厚意！」許宣沿人家屋簷下冒雨回來。只見姐夫家當直王安，拿著釘靴雨傘來接不著，卻好歸來。到家內喫了飯。當夜思量那婦人，翻來覆去睡不著。夢中共日間見的一般，情意相濃，不想金雞叫一聲，卻是南柯一夢。正是：

心猿意馬馳千里，浪蝶狂蜂鬧五更。

到得天明，起來梳洗罷，喫了飯，到鋪中心忙意亂，做些買賣也沒心想。到午時後，思量道：「不說一謊，如何得這傘來還人？」當時許宣見老將仕坐在櫃上，向將仕說道：「姐夫叫許宣歸早些，要送人情，請暇半日。」將仕道：「去了，明日早些來！」許宣唱個喏，逕來箭橋雙茶坊巷口，尋問白娘子家裏。問了半日，沒一個認得。正躊躕間，只見白娘子家丫鬟青青，從東邊走來。許宣道：「姐姐，你家何處住？討傘則個。」青青道：「官人隨我來。」許宣跟定青青，走不多路，道：「只這裏便是。」許宣看時，見一所樓房，門前兩扇大門，中間四扇看街❷槅子眼，當中掛頂細密朱紅簾子，四下排著十二把黑漆交椅，掛四幅名人山水古畫。對門乃是秀王府牆。那丫頭轉入簾子內道：「官人請入裏面坐。」許宣隨步入到裏面，那青青低低悄悄叫道：「娘子，許小乙官人在此。」白娘子裏面應道：「請官人進裏面拜茶。」許宣心下遲疑。青青三回五次，催許宣進去。許宣轉到裏面，只見：四扇暗槅子窗，揭起青布幕，一個坐起，桌上放一盆虎鬚菖蒲，兩邊也掛四幅美人，中間掛一幅神像，桌上放一個古銅香爐花瓶。那小娘子向前深深的道一個萬福，道：「夜來多蒙小乙官人應付週全，識荊之初，甚是感激不淺！」許宣道：「些微何足掛齒。」白娘子道：「少坐拜茶。」茶罷，又道：「片時薄酒三盃，表意而已。」許宣方欲推辭，青青已自把菜蔬菓品流水排將出來。許宣道：「感謝娘子置酒，不當厚擾。」飲至數盃，許宣起身道：「今日天色將晚，路遠，小子告回。」娘子道：「官人的傘，舍親昨夜轉借去了，再飲幾

❷ 看街：舊時住宅在臨街大門開幾個窗洞，裝上槅子，可以觀看街上景物。

盃，著人取來。」許宣道：「日晚，小子要回。」娘子道：「再飲一盃。」許宣道：「飲饌好了，多感，多感！」白娘子道：「既是官人要回，這傘相煩明日來取則個。」許宣只得相辭了回家。至次日，又來店中做些買賣。又推個事故，卻來白娘子家取傘。娘子見來，又備三盃相款。許宣道：「娘子還了小子的傘罷，不必多擾。」那娘子道：「既安排了，略飲一盃。」許宣只得坐下。那白娘子篩一盃酒，遞與許宣，啟櫻桃口，露榴子牙，嬌滴滴聲音，帶著滿面春風，告道：「小官人在上，真人面前說不得假話。奴家亡了丈夫，想必和官人有宿世姻緣，一見便蒙錯愛。正是你有心，我有意。煩小乙官人尋一個媒證，與你共成百年姻眷，不枉天生一對，卻不是好。」許宣聽那婦人說罷，自己尋思：「真個好一段姻緣。若取得這個渾家，也不枉了。我自十分肯了，只是一件不諧：思量我日間在李將仕家做主管，夜間在姐夫家安歇，雖有些少東西，只好辦身上衣服，如何得錢來娶老小？」自沉吟不答。只見白娘子道：「官人何故不回言語？」許宣道：「多感過愛，實不相瞞，只為身邊窘迫，不敢從命。」娘子道：「這個容易。我囊中自有餘財，不必掛念。」便叫青青道：「你去取一錠白銀下來。」只見青青手扶欄杆，腳踏胡梯，取下一個包兒來，遞與白娘子。娘子道：「小乙官人，這東西將去使用，少欠時再來取。」親手遞與許宣。許宣接得包兒，打開看時，卻是五十兩雪花銀子。藏於袖中，起身回告。青青把傘來還了許宣。許宣接得相別，一逕回家，把銀子藏了。當夜無話。明日起來，離家到官巷口，把傘還了李將仕。許宣將些碎銀子買了一隻肥好燒鵝，鮮魚精肉，嫩雞菓品之類提回家來。又買了一樽酒，分付養娘丫鬟安排整下。那日卻好姐夫李募事在家。飲饌俱已完備，來請姐夫和姐姐喫酒。李募事卻見許宣請他，倒喫了一驚，道：「今日做甚麼子壞鈔❸？日常不曾見酒盞兒面，今朝作怪！」三人依次坐定飲酒，酒至數盃，李募事道：「尊舅，沒事教你壞鈔做甚麼？」許宣道：「多謝姐夫，切莫笑話，輕微何足掛齒。感謝姐夫姐姐管雇❹多時。一客不煩二主人，許宣如今年紀長成，恐慮後無人養育，不是了處。今有一頭親事在此說起，望姐夫姐姐與許宣主張，結果了一生終身，也好。」姐夫姐姐聽得說罷，肚內暗自尋思道：「許宣日常一毛不拔，今日壞得些錢鈔，便要我替他討老小？」夫妻二人，你我相看，只不回話。喫酒了，許宣自做買賣。過了三兩日，許宣尋思道：「姐姐如何不說起？」忽一日，見姐姐問道：「曾向姐夫商量也不曾？」姐姐道：「不曾。」許宣道：「如何不曾商量？」姐姐道：「這個事不比別樣的事，倉卒不得，又見姐夫這幾日面色心焦，我怕他煩惱，不敢問他。」許宣道：「姐姐你如何不上緊？這個有甚難處，你只怕我教姐夫出錢，故此不理。」許宣便起身到臥房中開箱，取出白娘子的銀來，把與姐姐道：「不必推故，只要姐夫做主。」姐姐道：「吾弟多時在叔叔家中做主管，積攢得這些私房❺。可知道要娶老婆！你且去，我安在此。」卻說李募事歸來，姐姐道：「丈夫，可知小舅要娶老婆，原來自攢得些私房，如今教我倒換些零碎使用，我們只得與他完就這親事則個。」李募事聽得說道：「原來如此，得他積得些私房也好。拿來我看！」做妻的連忙將出銀子遞與丈夫。李募事接在手中，番來覆去，看了上面鑿的字號，大叫一聲：「苦！不好了，全家是死！」那妻喫了一驚，問道：「丈夫有甚麼利害之事？」李募事道：「數日前邵太尉庫內封記鎖押俱不動，又無地穴得入，平空不見了五十錠大銀。現

---

❸ 壞鈔：即「破鈔」，花錢的意思。

❹ 管雇：照顧。

❺ 私房：私下積蓄的銀錢。

今著落臨安府提捉賊人，十分緊急，沒有頭路得獲，累害了多少人。出榜緝捕，寫著字號錠數，有人捉獲賊人銀子者，賞銀五十兩；知而不首，及窩藏賊人者，除正犯外，全家發邊遠充軍。這銀子與榜上字號不差，正是邵太尉庫內銀子。即今捉捕十分緊急。正是：『火到身邊，顧不得親眷，自可去撥。』明日事露，實難分說。不管他偷的借的，寧可苦他，不要累我。只得將銀子出首，免了一家之害。」老婆見說了，合口不得，目睜口呆。當時拿了這錠銀子，逕到臨安府出首。那大尹聞知這話，一夜不睡。次日，火速差緝捕使臣何立。何立帶了夥伴，并一班眼明手快的公人❻，逕到官巷口，李家生藥店，提捉正賊許宣。到得櫃邊，發聲喊，把許宣一條繩子綁縛了，一聲鑼，一聲鼓，解上臨安府來。正值韓大尹陞廳，押過許宣當廳跪下，喝聲打！許宣道：「告相公不必用刑，不知許宣有何罪？」大尹焦躁道：「真贓正賊，有何理說，還說無罪？邵太尉府中不動封鎖，不見了一號大銀五十錠，見有李募事出首，一定這四十九錠也在你處。想不動封皮，不見了銀子，你也是個妖人！不要打，……」喝教：「拏些穢血來！」許宣方知是這事，大叫道：「不是妖人，待我分說！」大尹道：「且住，你且說這銀子從何而來？」許宣將借傘討傘的上項事，一一細說一遍。大尹道：「白娘子是甚麼樣人？現住何處？」許宣道：「憑他說是白三班白殿直的親妹子，如今現住箭橋邊，雙茶坊巷口，秀王牆對黑樓子高坡兒內住。」那大尹隨即便叫緝捕使臣何立，押領許宣，去雙茶坊巷口捉拿本婦前來。何立等領了鈞旨，一陣做公的逕到雙茶坊巷口秀王府牆對黑樓子前看時：門前四扇看階，中間兩扇大門，門外避藉陛，坡前卻是垃圾，一條竹子橫夾著。何立等見了這個模樣，倒都呆了！當時就叫捉了鄰人，上首是做花的丘大，下首是做皮匠的

❻ 公人：衙役。

孫公。那孫公擺忙❼的喫他一驚，小腸氣發，跌倒在地。眾鄰舍都走來道：「這裏不曾有甚麼白娘子。這屋不五六年前有一個毛巡檢，合家時病死了。青天白日，常有鬼出來買東西，無人敢在裏頭住。幾日前，有個瘋子立在門前唱喏。」何立教眾人解下橫門竹竿，裏面冷清清地，起一陣風，捲出一道腥氣來。眾人都喫了一驚，倒退幾步。許宣看了，則聲不得，一似呆的。做公的數中，有一個能膽大，排行第二，姓王，專好酒喫，都叫他做好酒王二。王二道：「都跟我來。」發聲喊一齊鬨將入去，看時板壁、坐起、桌凳都有。來到胡梯邊，教王二前行，眾人跟著，一齊上樓。樓上灰塵三寸厚。眾人到房門前，推開房門一望，床上掛著一張帳子，箱籠都有，只見一個如花似玉穿著白的美貌娘子，坐在床上。眾人看了，不敢向前。眾人道：「不知娘子是神是鬼？我等奉臨安大尹鈞旨，喚你去與許宣執證❽公事。」那娘子端然不動。好酒王二道：「眾人都不敢向前，怎的是了？你可將一罈酒來，與我喫了，做我不著，捉他去見大尹。」眾人連忙叫兩三個下去提一罈酒來與王二喫。王二開了罈口，將一罈酒喫盡了，道：「做我不著！」將那空罈望著帳子內打將去。不打萬事皆休，纔然打去，只聽得一聲響，卻是青天裏打一個霹靂，眾人都驚倒了！起來看時，床上不見了那娘子，只見明晃晃一堆銀子。眾人向前看了道：「好了。」計數四十九錠。眾人道：「我們將銀子去見大尹也罷。」扛了銀子，都到臨安府。何立將前事稟覆了大尹。大尹道：「定是妖怪了。也罷，鄰人無罪寧家。」差人送五十錠銀子與邵太尉處，開個緣由，一一稟覆過了。許宣照「不應得為而為之事」，理重者決杖免刺，配牢城營做工，滿日疏放❾。牢城營乃蘇州

❼ 擺忙：百忙。

❽ 執證：對證。

府管下。李募事因出首許宣，心上不安，將邵太尉給賞的五十兩銀子盡數付與小舅作為盤費。李將仕與書二封，一封與押司范院長，一封與吉利橋下開客店的王主人。許宣痛哭一場，拜別姐夫姐姐，帶上行枷，兩個防送人押著，離了杭州到東新橋，下了航船。不一日，來到蘇州。先把書去見了范院長，并王主人。王主人與他官府上下使了錢，打發兩個公人去蘇州府，下了公文，交割了犯人，討了回文，防送人自回。范院長王主人保領許宣不入牢中，就在王主人門前樓上歇了。許宣心中愁悶，壁上題詩一首：

獨上高樓望故鄉，愁看斜日照紗窗；平生自是真誠士，誰料相逢妖媚娘！
「白白」不知歸甚處？青青那識在何方？拋離骨肉來蘇地，思想家中寸斷腸！

有話即長，無話即短。不覺光陰似箭，日月如梭，又在王主人家住了半年之上。忽遇九月下旬，那王主人正在門首閒立，看街上人來人往。只見遠遠一乘轎子，傍邊一個丫鬟跟著，道：「借問一聲：此間不是王主人家麼？」王主人連忙起身道：「此間便是。你尋誰人？」丫鬟道：「我尋臨安府來的許小乙官人。」主人道：「你等一等，我便叫他出來。」這乘轎子便歇在門前。王主人便入去，叫道：「小乙哥！有人尋你。」許宣聽得，急走出來，同主人到門前看時，正是青青跟著，轎子裏坐著白娘子。許宣見了，連聲叫道：「死冤家！自被你盜了官庫銀子，帶累我喫了多少苦，有屈無伸，如今到此地位，又趕來做甚麼？可羞死人！」那白娘子道：「小乙官人不要怪我，今番特來與你分辯這件事。我且到主人家裏面與你說。」白娘子叫青青取了包裹下轎。許宣道：「你是鬼怪，不許入來。」擋住了門不放他。

❾ 疏放：釋放。

那白娘子與主人深深道了個萬福，道：「奴家不相瞞，主人在上，我怎的是鬼怪？衣裳有縫，對日有影。不幸先夫去世，教我如此被人欺負！做下的事，是先夫日前所為，非干我事。如今怕你怨暢⑩我，特地來分說明白了，我去也甘心。」主人道：「且教娘子入來坐了說。」那娘子道：「我和你到裏面對主人家的媽媽說。」門前看的人，自都散了。許宣入到裏面對主人家并媽媽道：「我為他偷了官銀子事，如此如此，因此教我喫場官司。如今又趕到此，有何理說？」白娘子道：「先夫留下銀子，我好意把你，我也不知怎的來的？」許宣道：「如何做公的捉你之時，門前都是垃圾，就帳子裏一響不見了你？」白娘子道：「我聽得人說你為這銀子捉了去，我怕你說出我來，捉我到官，粧幌子羞人不好看。我無奈何只得走去華藏寺前姨娘家躲了。使人擔垃圾堆在門前，把銀子安在床上，央鄰舍與我說謊。」許宣道：「你卻走了去，教我喫官事！」白娘子道：「我將銀子安在床上，只指望要好，那裏曉得有許多事情？我見你配在這裏，我便帶了些盤纏，搭船到這裏尋你，如今分說都明白了，我去也。敢是我和你前生沒有夫妻之分！」那王主人道：「娘子許多路來到這裏，難道就去？且在此間住幾日，卻理會。」青青道：「既是主人家再三勸解，娘子且住兩日，當初也曾許嫁小乙官人。」白娘子隨口便道：「羞殺人，終不成奴家沒人要？只為分別是非而來。」王主人道：「既然當初許嫁小乙哥，卻又回去；且留娘子在此。」打發了轎子，不在話下。

過了數日，白娘子先自奉承好了主人的媽媽，那媽媽勸主人與許宣說合，選定十一月十一日成親，共百年諧老。光陰一瞬，早到吉日良時。白娘子取出銀兩，央王主人辦備喜筵，二人拜堂結親。酒席散

⑩ 怨暢：怨恨。

後，共入紗廚。白娘子放出迷人聲態，顛鸞倒鳳，百媚千嬌，喜得許宣如遇神仙，只恨相見之晚。正好歡娛，不覺金雞三唱，東方漸白。正是：

歡娛嫌夜短，寂寞恨更長。

自此日為始，夫妻二人如魚似水，終日在王主人家快樂昏迷纏定。日往月來，又早半年光景。時臨春氣融和，花開如錦，車馬往來，街坊熱鬧。許宣問主人家道：「今日如何人人出去閒遊，如此喧嚷？」主人道：「今日是二月半，男子婦人，都去看臥佛。你也好去承天寺裏閒走一遭。」許宣見說，道：「我和妻子說一聲，也去看一看。」許宣上樓來，和白娘子說：「今日二月半，男子婦人都去看臥佛，我也看一看就來。有人尋說話，回說不在家，不可出來見人。」白娘子道：「有甚好看，只在家中卻不好？看他做甚麼？」許宣道：「我去閒耍一遭就回，不妨。」許宣離了店內，有幾個相識，同走到寺裏看臥佛。繞廊下各處殿上觀看了一遭，方出寺來，見一個先生，穿著道袍，頭戴逍遙巾，腰繫黃絲縧，腳著熟麻鞋，坐在寺前賣藥，散施符水。許宣立定了看。那先生道：「貧道是終南山道士，到處雲遊，散施符水，救人病患災厄，有事的向前來。」那先生在人叢中看見許宣頭上一道黑氣，必有妖怪纏他，叫道：「你近來有一妖怪纏你，其害非輕！我與你二道靈符，救你性命。一道符，三更燒，一道符放在自頭髮內。」許宣接了符，納頭便拜，肚內道：「我也八九分疑惑那婦人是妖怪，真個是實。」謝了先生，逕回店中。至晚，白娘子與青青睡著了，許宣起來道：「料有三更了！」將一道符放在自頭髮內，正欲將一道符燒化，只見白娘子歎一口氣道：「小乙哥和我許多時夫妻，尚兀自不把我親熱，卻信別人言語，半夜三更，燒符來壓鎮我！你且把符來燒看！」就奪過符來，一時燒化，全無動靜。白娘子道：「卻如何？說我是妖怪！」許宣道：「不干我事。臥佛寺前一雲遊先生，知你是妖怪。」白娘子道：「明日同你去看他一看，如何模樣的先生。」次日，白娘子清早起來，梳粧罷，戴了釵環，穿上素淨衣服，分付青青看管樓上。夫妻二人，來到臥佛寺前。只見一簇人，團團圍著那先生，在那裏散符水。只見白娘子睜一雙妖眼，到先生面前，喝一聲：「你好無禮！出家人枉在我丈夫面前說我是一個妖怪，書符來捉我！」那先生回言：「我行的是五雷天心正法，凡有妖怪，喫了我的符，他即變出真形來。」那白娘子道：「眾人在此，你且書符來我喫看！」那先生書一道符，遞與白娘子。白娘子接過符來，便吞下去。眾人都看，沒些動靜。眾人道：「這等一個婦人，如何說是妖怪？」眾人把那先生齊罵，那先生罵得口睜眼呆，半晌無言，惶恐滿面。白娘子道：「眾位官人在此，他捉我不得。我自小學得個戲術，且把先生試來與眾人看。」只見白娘子口內喃喃的，不知念些甚麼。把那先生卻似有人擒的一般，縮做一堆，懸空而起。眾人看了齊喫一驚。許宣呆了。娘子道：「若不是眾位面上，把這先生吊他一年。」白娘子噴口氣，只見那先生依然放下，只恨爹娘少生兩翼，飛也似走了。眾人都散了。夫妻依舊回來。不在話下。日逐盤纏，都是白娘子將出來用度。正是：夫唱婦隨，朝歡暮樂。

不覺光陰似箭，又是四月初八日，釋迦佛生辰。只見街市上人擡著柏亭浴佛，家家布施。許宣對王主人道：「此間與杭州一般。」只見鄰舍邊一個小的，叫做鐵頭，道：「小乙官人，今日承天寺裏做佛會，你去看一看。」許宣轉身到裏面，對白娘子說了。白娘子道：「甚麼好看，休去！」許宣道：「去走一遭，散悶則個。」娘子道：「你要去，身上衣服舊了不好看，我打扮你去。」叫青青取新鮮時樣衣服來。許宣著得不長不短，一似像體裁的：戴一頂黑漆頭巾，腦後一雙白玉環；穿一領青羅道袍，腳著一雙皂靴，手中拏一把細巧百摺描金美人珊瑚墜上樣春羅扇。打扮得上下齊整。那娘子分付一聲，如鶯聲巧囀道：「丈夫早早回來，切勿教奴記掛！」許宣叫了鐵頭相伴，逕到承天寺來看佛會。人人喝采，好個官人。只聽得有人說道：「昨夜周將仕典當庫內，不見了四五千貫金珠細軟物件。現今開單告官，挨查沒捉人處。」許宣聽得，不解其意，自同鐵頭在寺。其日燒香官人子弟男女人等往往來來，十分熱鬧。許宣道：「娘子教我早回，去罷。」轉身人叢中，不見了鐵頭，獨自個走出寺門來。只見五六個人似公人打扮，腰裏掛著牌兒。數中一個看了許宣，對眾人道：「此人身上穿的，手中拿的，好似那話兒？」數中一個認得許宣的道：「小乙官，扇子借我一看。」許宣不知是計，將扇遞與公人。那公人道：「你們看這扇子扇墜，與單上開的一般！」眾人喝聲：「拿了！」就把許宣一索子綁了，好似：

數隻皂鵰追紫燕，一群餓虎啖羊羔。

許宣道：「眾人休要錯了，我是無罪之人。」眾公人道：「是不是，且去府前周將仕家分解！他店中失去五千貫金珠細軟，白玉縧環，細巧百摺扇，珊瑚墜子，你還說無罪？真贓正賊，有何分說！實是大膽漢子，把我們公人作等閒看成。現今頭上、身上、腳上，都是他家物件，公然出外，全無忌憚！」許宣方纔呆了，半晌不則聲。許宣道：「原來如此，不妨，不妨，自有人偷得。」眾人道：「你自去蘇州府廳上分說。」次日大尹陞廳，押過許宣見了。大尹審問：「盜了周將仕庫內金珠寶物在於何處？從實供來，免受刑法拷打。」許宣道：「稟上相公做主，小人穿的衣服物件皆是妻子白娘子的，不知從何而來。

望相公明鏡詳辨則個！」大尹喝道：「你妻子今在何處？」許宣道：「現在吉利橋下王主人樓上。」大尹即差緝捕使臣袁子明押了許宣火速捉來。差人袁子明來到王主人店中，主人喫了一驚，連忙問道：「做甚麼？」許宣道：「白娘子在樓上麼？」主人道：「你同鐵頭早去承天寺裏，去不多時，白娘子對我說道：『丈夫去寺中閒耍，教我同青青照管樓上。此時不見回來，我與青青去寺前尋他去也，望乞主人替我照管。』出門去了，到晚不見回來。我只道與你去望親戚，到今日不見回來。」眾公人要王主人尋白娘子，前前後後，遍尋不見。袁子明將王主人捉了，見大尹回話。大尹道：「白娘子在何處？」王主人細細稟覆了，道：「白娘子是妖怪。」大尹一一問了，道：「且把許宣監了。」王主人使用了些錢，保出在外，伺候歸結。且說周將仕正在對門茶坊內閒坐，只見家人報道：「金珠等物都有了，在庫閣頭空箱子內。」周將仕聽了，慌忙回家看時，果然有了。只不見了頭巾縧環扇子并扇墜。周將仕道：「明是屈了許宣，平白地害了一個人，不好。」暗地裏倒與該房說了，把許宣只問個小罪名。卻說邵太尉使李募事到蘇州幹事，來王主人家歇。主人家把許宣來到這裏，又喫官事，一一從頭說了一遍。李募事尋思道：「看自家面上親眷，如何看做落⓫？」只得與他央人情，上下使錢。一日，大尹把許宣一一供招明白，都做在白娘子身上，只做「不合不出首妖怪等事」，杖一百，配三百六十里，押發鎮江府牢城營做工。李募事道：「鎮江去便不妨。我有一個結拜的叔叔，姓李名克用，在針子橋下開生藥店。我寫一封書，你可去投托他。」許宣只得問姐夫借了些盤纏，拜謝了王主人并姐夫，就買酒飯與兩個公人喫，收拾行李起程。王主人并姐夫送了一程，各自回去了。

⓫ 看做落：袖手旁觀。

且說許宣在路，飢餐渴飲，夜住曉行，不則一日，來到鎮江。先尋李克用家，來到針子橋生藥鋪內，只見主管正在門前賣生藥。老將仕從裏面走出來。兩個公人同許宣慌忙唱個喏道：「小人是杭州李募事家中人，有書在此。」主管接了，遞與老將仕。老將仕拆開看了道：「你便是許宣？」許宣道：「小人便是。」李克用教三人喫了飯。分付當直的，同到府中，下了公文，使用了錢，保領回家。防送人討了回文，自歸蘇州去了。許宣與當直一同到家中，拜謝了克用，參見了老安人。克用見李募事書，說道：「許宣原是生藥店中主管。」因此留他在店中做買賣，夜間教他去五條巷賣豆腐的王公樓上歇。克用見許宣藥店中十分精細，心中歡喜。原來藥鋪中有兩個主管，一個張主管，一個趙主管。趙主管一生老實本分，張主管一生尅剝奸詐。倚著自老了，欺侮後輩。現又添了許宣，心中不悅，恐怕退了他；反生奸計，要嫉妒他。忽一日，李克用來店中閒看，問：「新來的做買賣如何？」張主管聽了心中道：「中我機謀了！」應道：「好便好了，只有一件，……」克用道：「有甚麼一件？」老張道：「他大主買賣肯做，小主兒就打發去了，因此人說他不好。我幾次勸他，不肯依我。」老員外說：「這個容易，我自分付他便了，不怕他不依。」趙主管在傍聽得此言，私對張主管說道：「我們都要和氣。許宣新來，我和你照管他纔是。有不是寧可當面講，如何背後去說他？他得知了，只道我們嫉妒。」老張道：「你們後生家，曉得甚麼！」天已晚了，各回下處。趙主管來許宣下處道：「張主管在員外面前嫉妒你，你如今要愈加用心，大主小主兒買賣，一般樣做。」許宣道：「多承指教！我和你去閒酌一盃。」二人同到店中，左右坐下。酒保將要飯果碟擺下，二人喫了幾盃。趙主管說：「老員外最性直，受不得觸。你便依隨他生性，耐心做買賣。」許宣道：「多謝老兄厚愛，謝之不盡！」又飲了兩盃，天色晚了。趙主管道：

「晚了路黑難行，改日再會。」許宣還了酒錢，各自散了。許宣覺道有盃酒醉了，恐怕沖撞了人，從屋簷下回去。正走之間，只見一家樓上推開窗，將熨斗播灰下來，都傾在許宣頭上。立住腳，便罵道：「誰家潑男女⓬，不生眼睛，好沒道理！」只見一個婦人，慌忙走下來道：「官人休要罵，是奴家不是，一時失誤了，休怪！」許宣半醉，擡頭一看，兩眼相覷，正是白娘子。許宣怒從心上起，惡向膽邊生，無明火焰騰騰高起三千丈，掩納⓭不住，便罵道：「你這賊賤妖精，連累得我好苦！喫了兩場官事！」恨小非君子，無毒不丈夫。正是：

踏破鐵鞋無覓處，得來全不費工夫。

許宣道：「你如今又到這裏，卻不是妖怪？」趕將入去，把白娘子一把拿住道：「你要官休私休！」白娘子陪著笑面道：「丈夫，『一夜夫妻百夜恩』，和你說來事長。你聽我說：當初這衣服，都是我先夫留下的。我與你恩愛深重，教你穿在身上，恩將讎報，反成吳越？」許宣道：「那日我回來尋你，如何不見了！主人都說你同青青來寺前看我，因何又在此間？」白娘子道：「我到寺前，聽得說你被捉了去，教青青打聽不著，只道你脫身走了。怕來捉我，教青青連忙討了一隻船，到建康府娘舅家去。昨日纔到這裏。我也道連累你兩場官事，也有何面目見你！你怪我也無用了。情意相投，做了夫妻，如今好端端難道走開了？我與你情似泰山，恩同東海，誓同生死，可看日常夫妻之面，取我到下處，和你百年偕老，

⓬ 潑男女：壞東西，罵人的話。

⓭ 納：即「捺」。

卻不是好！」許宣被白娘子一騙，回嗔作喜，沉吟了半晌，被色迷了心膽，留連之意，不回下處，就在白娘子樓上歇了。次日，來上河五條巷王公樓家，對王公說：「我的妻子同丫鬟從蘇州來到這裏。」一一說了，道：「我如今搬回來一處過活。」王公道：「此乃好事，如何用說。」當日把白娘子同青青搬來王公樓上。次日，點茶請鄰舍。第三日，鄰舍又與許宣接風。酒筵散了，鄰舍各自回去，不在話下。第四日，許宣早起梳洗已罷，對白娘子說：「我去拜謝東西鄰舍，去做買賣去也。你同青青只在樓上照管，切勿出門！」分付已了，自到店中做買賣，早去晚回。不覺光陰迅速，日月如梭，又過一月。忽一日，許宣與白娘子商量，去見主人李員外媽媽家眷。白娘子道：「你在他家做主管，去參見了他，也好日常走動。」到次日，雇了轎子，逕進裏面請白娘子上了轎。叫王公挑了盒兒，丫鬟青青跟隨，一齊來到李員外家。下了轎子，進到裏面，請員外出來。李克用連忙來見，白娘子深深道個萬福，拜了兩拜，媽媽也拜了兩拜，內眷都參見了。原來李克用年紀雖然高大，卻專一好色。見了白娘子有傾國之姿，正是：

三魂不附體，七魄在他身。

那員外目不轉睛，看白娘子。當時安排酒飯款待。媽媽對員外道：「好個伶俐的娘子！十分容貌，溫柔和氣，本分老成。」員外道：「便是杭州娘子生得俊俏。」飲酒罷了，白娘子相謝自回。李克用心中思想：「如何得這婦人共宿一宵？」眉頭一簇，計上心來，道：「六月十三是我壽誕之日，不要慌，教這婦人著我一個道兒。」不覺烏飛兔走，纔過端午，又是六月初間。那員外道：「媽媽，十三日是我壽誕，可做一個筵席，請親眷朋友閒耍一日，也是一生的快樂。」當日親眷鄰友主管人等，都下了請帖。次日，家家戶戶都送燭麵手帕物件來。十三日都來赴筵，喫了一日。次日是女眷們來賀壽，也有廿來個。且說白娘子也來，十分打扮，上著青織金衫兒，下穿大紅紗裙，戴一頭百巧珠翠金銀首飾。帶了青青，都到裏面拜了生日，參見了老安人。東閣下排著筵席。原來李克用喫虱子留後腿的人。因見白娘子容貌，設此一計，大排筵席。各各傳盃弄盞，酒至半酣，卻起身脫衣淨手。李員外原來預先分付腹心養娘道：「若是白娘子登東，他要進去，你可另引他到後面僻淨房內去。」李員外設計已定，先自躲在後面。正是：

不勞鑽穴踰牆事，穩做偷香竊玉人。

只見白娘子真個要去淨手，養娘便引他到後面一間僻淨房內去。養娘自回。那員外心中淫亂，捉身不住，不敢便走進去，卻在門縫裏張。不張萬事皆休，則一張那員外大喫一驚，回身便走，來到後邊，望後倒了。

不知一命如何，先覺四肢不舉！

那員外眼中不見如花似玉體態，只見房中蟠著一條吊桶來粗大白蛇，兩眼一似燈盞，放出金光來。驚得半死，回身便走，一絆一交。眾養娘扶起看時，面青口白。主管慌忙用安魂定魄丹服了，方纔醒來。老安人與眾人都來看了道：「你為何大驚小怪做甚麼？」李員外不說其事，說道：「我今日起得早了，連日又辛苦了些，頭風病發暈倒了。」扶去房裏睡了。眾親眷再入席飲了幾盃，酒筵罷散，眾人作謝回家。

白娘子回到家中思想，恐怕明日李員外在鋪中對許宣說出本相來。便生一條計，一頭脫衣服，一頭歎氣。許宣道：「今日出去喫酒，因何回來歎氣？」白娘子道：「丈夫，說不得！李員外原來假做生日，其心不善。因見我起身登東，他躲在裏面，欲要姦騙我，扯裙扯褲，來調戲我。欲待叫起來，眾人都在那裏，怕粧幌子。被我一推倒地，他怕羞沒意思，假說暈倒了。這惶恐那裏出氣！」許宣道：「既不曾姦騙你，他是我主人家，出於無奈，只得忍了。這遭休去便了。」白娘子道：「你不與我做主，還要做人？」許宣道：「先前多承姐夫寫書，教我投奔他家。虧他不阻，收留在家做主管。如今教我怎的好？」白娘子道：「男子漢！我被他這般欺負，你還去他家做主管？」許宣道：「你教我何處去安身？做何生理？」白娘子道：「做人家主管，也是下賤之事。不如自開一個生藥鋪。」許宣道：「虧你說，只是那討本錢？」白娘子道：「你放心，這個容易。我明日把些銀子，你先去賃了間房子卻又說話。」且說「今是古，古是今」，各處有這等出熱⓮的。間壁有一個人，姓蔣名和，一生出熱好事。次日，許宣問白娘子討了些銀子，教蔣和去鎮江渡口碼頭上，賃了一間房子，買下一付生藥廚櫃，陸續收買生藥。十月前後，俱已完備，選日開張藥店，不去做主管。那李員外也自知惶恐，不去叫他。

許宣自開店來，不匡⓯買賣一日興一日，普得厚利。正在門前賣生藥，只見一個和尚將著一個募緣簿子道：「小僧是金山寺和尚，如今七月初七日是英烈龍王生日，伏望官人到寺燒香，布施些香錢！」許宣道：「不必寫名，我有一塊好降香，捨與你拿去燒罷。」即便開櫃取出遞與和尚。和尚接了道：「是

⓮ 出熱：熱心幫助別人。
⓯ 不匡：不料。

日望官人來燒香！」打一個問訊去了。白娘子看見道：「你這殺才，把這一塊好香與那賊禿去換酒肉喫！」許宣道：「我一片誠心捨與他，花費了也是他的罪過。」不覺又是七月初七日，許宣正開得店，只見街上鬧熱，人來人往。幫閒的蔣和道：「小乙官前日布施了香，今日何不去寺內閒走一遭？」許宣道：「我收拾了，略待略待，和你同去。」蔣和道：「小人當得相伴。」許宣連忙收拾了，進去對白娘子道：「我去金山寺燒香，你可照管家裏則個。」白娘子道：「『無事不登三寶殿』，去做甚麼？」許宣道：「一者不曾認得金山寺，要去看一看；二者前日布施了，要去燒香。」白娘子道：「你既要去，我也攔你不得，只要依我三件事。」許宣道：「那三件？」白娘子道：「一件，不要去方丈內去；二件，不要與和尚說話；三件，去了就回。來得遲，我便來尋你也。」許宣道：「這個何妨，都依得。」當時換了新鮮衣服鞋襪，袖了香盒，同蔣和逕到江邊，搭了船，投金山寺來。先到龍王堂燒了香，遶寺閒走了一遍，同眾人信步來到方丈門前。許宣猛省道：「妻子分付我休要進方丈內去。」立住了腳，不進去。蔣和道：「不妨事，他自在家中，回去只說不曾去便了。」說罷，走入去，看了一回，便出來。且說方丈當中座上，坐著一個有德行的和尚，眉清目秀，圓頂方袍，看了模樣，的是真僧。一見許宣走過，便叫侍者：「快叫那後生進來。」侍者看了一回，人千人萬，亂滾滾的，又不記得他，回說：「不知他走那邊去了？」和尚見說，持了禪杖，自出方丈來，前後尋不見。復身出寺來看，只見眾人都在那裏等風浪靜了落船。那風浪越大了，道：「去不得。」正看之間，只見江心裏一隻船飛也似來得快。許宣對蔣和道：「這般大風浪過不過渡，那隻船如何倒來得快？」正說之間，船已將近。看時，一個穿白的婦人，一個穿青的女子來到岸邊，仔細一認，正是白娘子和青青兩個。許宣這一驚非小。白娘子來到岸邊，叫道：「你如何不歸？快來上船！」許宣卻欲上船，只聽得有人在背後喝道：「業畜在此做甚麼？」許宣回頭看時，人說道：「法海禪師來了！」禪師道：「業畜，敢再來無禮，殘害生靈！老僧為你特來。」白娘子見了和尚，搖開船，和青青把船一翻，兩個都翻下水底去了。許宣回身看著和尚便拜：「告尊師，救弟子一條草命！」禪師道：「你如何遇著這婦人？」許宣把前項事情從頭說了一遍。禪師聽罷，道：「這婦人正是妖怪，汝可速回杭州去。如再來纏汝，可到湖南淨慈寺裏來尋我。有詩四句：

本是妖精變婦人，西湖岸上賣嬌聲；汝因不識遭他計，有難湖南見老僧。」

許宣拜謝了法海禪師，同蔣和下了渡船，過了江，上岸歸家。白娘子同青青都不見了。方纔信是妖精。到晚來，教蔣和相伴過夜，心中昏悶，一夜不睡。次日早起，叫蔣和看著家裏，卻來到針子橋李克用家，把前項事情告訴了一遍。李克用道：「我生日之時，他登東，我撞將去，不期見了這妖怪，驚得我死去。我又不敢與你說這話。既然如此，你且搬來我這裏住著，別作道理。」許宣作謝了李員外，依舊搬到他家。不覺住過兩月有餘。

忽一日立在門前，只見地方總甲分付排門人等，俱要香花燈燭，迎接朝廷恩赦。原來是宋高宗策立孝宗，降赦通行天下，只除人命大事，其餘小事，盡行赦放回家。許宣遇赦，歡喜不勝，吟詩一首，詩云：

感謝吾皇降赦文，網開三面許更新；死時不作他邦鬼，生日還為舊土人。

不幸逢妖愁更甚，何期遇宥罪除根？歸家滿把香焚起，拜謝乾坤再造恩。

許宣吟詩已畢，央李員外衙門上下打點使用了錢，見了大尹，給引還鄉。拜謝東鄰西舍，李員外媽媽合家大小，二位主管，俱拜別了。央幫閒的蔣和買了些土物帶回杭州。來到家中，見了姐夫姐姐，拜了四拜。李募事見了許宣焦躁道：「你好生欺負人，我兩遭寫書教你投托人，你在李員外家娶了老小，不直得寄封書來教我知道，直恁的無仁無義！」許宣道：「我不曾娶妻小。」姐夫道：「現今兩日前，有一個婦人帶著一個丫鬟，道是你的妻子。說你七月初七日去金山寺燒香，不見回來。那裏不尋到。直到如今，打聽得你回杭州，同丫鬟先到這裏等你兩日了。」教人叫出那婦人和丫鬟見了許宣。許宣看見，果是白娘子青青。許宣見了，目睜口呆，喫了一驚。不在姐夫姐姐面前說這話本，只得任他埋怨了一場。李募事教許宣共白娘子去一間房內去安身。許宣見晚了，怕這白娘子，心中慌了。不敢向前，朝著白娘子跪在地下道：「不知你是何神何鬼？可饒我的性命！」白娘子道：「小乙哥是何道理？我和你許多時夫妻，又不曾虧負你，如何說這等沒力氣的話。」許宣道：「自從和你相識之後，帶累我喫了兩場官司。我到鎮江府，你又來尋我。前日金山寺燒香，歸得遲了，你和青青又直趕來。見了禪師，便跳下江裏去了。我只道你死了，不想你又先到此，望乞可憐見饒我則個！」白娘子圓睜怪眼道：「小乙官我也只是為好，誰想倒成怨本！我與你平生夫婦，共枕同衾，許多恩愛，如今卻信別人閒言語，教我夫妻不睦。我如今實對你說，若聽我言語喜喜歡歡，萬事皆休；若生外心，教你滿城皆為血水，人人手攀洪浪，腳踏渾波，皆死於非命。」驚得許宣戰戰兢兢，半晌無言可答，不敢走近前去。青青勸道：「官人，娘子愛你杭州人生得好，又喜你恩情深重，聽我說，與娘子和睦了，休要疑慮。」許宣喫兩個纏不過，叫道：「卻是苦耶！」只見姐姐在天井裏乘涼，聽得叫苦，連忙來到房前，只道他兩個兒廝鬧，拖了許宣出來。白娘子關上房門自睡。許宣把前因後事，一一對姐姐告訴了一遍。卻好姐夫乘涼歸房。姐姐道：「他兩口兒廝鬧了，如今不知睡了也未，你且去張一張了來。」李募事走到房前看時，裏頭黑了，半亮不亮。將舌頭舔破紙窗，不張萬事皆休，一張時，見一條吊桶來大的蟒蛇，睡在床上，伸頭在天窗內乘涼，鱗甲內放出白光來，照得房內如同白日。喫了一驚，回身便走。來到房中，不說其事。道：「睡了，不見則聲。」許宣躲在姐姐房中，不敢出頭。姐夫也不問他。過了一夜，次日，李募事叫許宣出去，到僻靜處問道：「你妻子從何娶來？實實的對我說，不要瞞我！自昨夜親眼看見他是一條大白蛇，我怕你姐姐害怕，不說出來。」許宣把從頭事，一一對姐夫說了一遍。李募事道：「既是這等，白馬廟前，一個呼蛇戴先生，如法捉得蛇。我同你去接他。」二人取路來到白馬廟前，只見戴先生正立在門口。二人道：「先生拜揖。」先生道：「有何見諭？」許宣道：「家中有一條大蟒蛇，相煩一捉則個！」先生道：「宅上何處？」許宣道：「過將軍橋黑珠兒巷內李募事家便是。」取出一兩銀子道：「先生收了銀子，待捉得蛇另又相謝。」先生收了道：「二位先回，小子便來。」李募事與許宣自回。那先生裝了一瓶雄黃藥水，一直來到黑珠兒巷內，問李募事家。人指道：「前面那樓子內便是。」先生來到門前，揭起簾子，咳嗽一聲，並無一個人出來。敲了半晌門，只見一個小娘子出來問道：「尋誰家？」先生道：「此是李募事家麼？」小娘子道：「便是。」先生道：「說宅上有一條大蛇，卻纔二位官人來請小子捉蛇。」小娘子道：「我家那有大蛇？你差了。」先生道：「官人先與我一兩銀子，說捉了蛇後，有重謝。」白娘子道：「沒有，休信他們哄你。」先生道：「如何作耍？」白娘子三回五次發落不去，焦躁起來，道：「你真個會捉蛇？只怕你捉他不得！」戴先生道：「我祖宗七八代呼蛇捉蛇，量道一條蛇有何難捉！」娘子道：「你說捉得，只怕你見了要走！」先生道：「不走，不走！如走，罰一錠白銀。」娘子道：「隨我來。」到天井內，那娘子轉個彎，走進去了。那先生手中提著瓶兒，立在空地上。不多時，只見刮起一陣冷風，風過處，只見一條吊桶來大的蟒蛇，速射將來，正是：

人無害虎心，虎有傷人意。

且說那戴先生喫了一驚，望後便倒，雄黃罐兒也打破了。那條大蛇張開血紅大口，露出雪白齒，來咬先生。先生慌忙爬起來，只恨爹娘少生兩腳，一口氣跑過橋來，正撞著李募事與許宣。許宣道：「如何？」那先生道：「好教二位得知，……」把前項事，從頭說了一遍。取出那一兩銀子付還李募事道：「若不生這雙腳，連性命都沒了。二位自去照顧別人。」急急的去了。許宣道：「姐夫，如今怎麼處？」李募事道：「眼見實是妖怪了，如今赤山埠前張成家欠我一千貫錢。你去那裏靜處，討一間房兒住下。那怪物不見了你，自然去了。」許宣無計可奈，只得應承。同姐夫到家時，靜悄悄的沒些動靜。李募事寫了書帖，和票子做一封，教許宣往赤山埠去。只見白娘子叫許宣到房中道：「你好大膽，又叫甚麼捉蛇的來！你若和我好意，佛眼相看，若不好時，帶累一城百姓受苦，都死於非命！」許宣聽得，心寒膽戰，不敢則聲。將了票子，悶悶不已。來到赤山埠前，尋著了張成。隨即袖中取票時，不見了。只叫得苦，慌忙轉步，一路尋回來時，那裏見。正悶之間，來到淨慈寺前，忽地裏想起那金山寺長老法海禪師曾分付來：「倘若那妖怪再來杭州纏你，可來淨慈寺內來尋我。如今不尋，更待何時。」急入寺中，問監寺道：「動問和尚，法海禪師曾來上剎也未？」那和尚道：「不曾到來。」許宣聽得說不在，越悶。折身便回來長橋堍下，自言自語道：『時衰鬼弄人』，我要性命何用？」看著一湖清水，卻待要跳！正是：

閻王判你三更到，定不容人到四更。

許宣正欲跳水，只聽得背後有人叫道：「男子漢何故輕生？死了一萬口，只當五千雙，有事何不問我！」許宣回頭看時，正是法海禪師。背馱衣鉢，手提禪杖，原來真個纔到。也是不該命盡，再遲一碗飯時，性命也休了。許宣見了禪師，納頭便拜，道：「救弟子一命則個！」禪師道：「這業畜在何處？」許宣把上項事一一訴了。道：「如今又直到這裏，求尊師救度一命。」禪師於袖中取出一個鉢盂，遞與許宣道：「你若到家，不可教婦人得知，悄悄的將此物劈頭一罩，切勿手輕，緊緊的按住，不可心慌，你便回去。」且說許宣拜謝了禪師，回家。只見白娘子正坐在那裏，口內喃喃的罵道：「不知甚人挑撥我丈夫和我做冤家，打聽出來，和他理會！」正是有心等了沒心的，許宣張得他眼慢，背後悄悄的，望白娘子頭上一罩，用盡平生氣力納住。不見了女子之形，隨著鉢盂慢慢的按下，不敢手鬆，緊緊的按住。只聽得鉢盂內道：「和你數載夫妻，好沒一些兒人情！略放一放！」許宣正沒了結處，報道：「有一個和尚，說道：『要收妖怪。』」許宣聽得，連忙教李募事請禪師進來。來到裏面，許宣道：「救弟子則個！」不知禪師口裏念的甚麼，念畢，輕輕的揭起鉢盂，只見白娘子縮做七八寸長，如傀儡人像，雙眸緊閉，做一堆兒，伏在地下。禪師喝道：「是何業畜妖怪，怎敢纏人？可說備細！」白娘子答道：「禪師，我是一條大蟒蛇。因為風雨大作，來到西湖上安身，同青青一處。不想遇著許宣，春心蕩漾，按納不住，一時冒犯天條，卻不曾殺生害命。望禪師慈悲則個！」禪師又問：「青青是何怪？」白娘子道：「青青是西湖內第三橋下潭內千年成氣的青魚。一時遇著，拉他為伴，他不曾得一日歡娛，并望禪師憐憫！」禪師道：「念你千年修煉，免你一死，可現本相！」白娘子不肯。禪師勃然大怒，口中念念有詞，大喝道：「揭諦何在？快與我擒青魚怪來，和白蛇現形，聽吾發落！」須臾庭前起一陣狂風。風過處，只聞得豁剌一聲響，半空中墜下一個青魚，有一丈多長，向地撥剌的連跳幾跳，縮做尺餘長一個小青魚。看那白娘子時，也復了原形，變了三尺長一條白蛇，兀自昂頭看著許宣。禪師將二物置於鉢盂之內，扯下褊衫⑯一幅，封了鉢盂口，拿到雷峰寺前，將鉢盂放在地下，令人搬磚運石，砌成一塔。後來許宣化緣，砌成了七層寶塔。千年萬載，白蛇和青魚不能出世。且說禪師押鎮了，留偈四句：

西湖水乾，江湖不起，雷峰塔倒，白蛇出世。

法海禪師言偈畢。又題詩八句以勸後人：

奉勸世人休愛色！愛色之人被色迷。心正自然邪不擾，身端怎有惡來欺？
但看許宣因愛色，帶累官司惹是非。不是老僧來救護，白蛇吞了不留些。

法海禪師吟罷，各人自散。惟有許宣情願出家，禮拜禪師為師，就雷峰塔披剃為僧。修行數年，一

---

⑯ 褊衫：袈裟。

夕坐化去了。眾僧買龕燒化，造一座骨塔，千年不朽。臨去世時，亦有詩四句，留以警世，詩曰：

祖師度我出紅塵，鐵樹開花始見春；化化輪迴重化化，生生轉變再生生，
欲知有色還無色，須識無形卻有形；色即是空空即色，空空色色要分明。

第二十九卷　宿香亭張浩遇鶯鶯

閒向書齋閱古今，生非草木豈無情。佳人才子多奇遇，難比張生遇李鶯。

話說西洛有一才子，姓張名浩字巨源，自兒曹時清秀異眾。既長，才擒蜀錦，貌瑩寒冰，容止可觀，言詞簡當。承祖父之遺業，家藏鏹數萬，以財豪稱於鄉里。貴族中有慕其門第者，欲結婚姻，雖媒妁日至，浩正色拒之。人謂浩曰：「君今冠矣。男子二十而冠，何不求良家令德女子配君，其理安在？」浩曰：「大凡百歲姻緣，必要十分美滿。某雖非才子，實慕佳人。不遇出世嬌姿，寧可終身鰥處。且俟功名到手之日，此願或可遂耳。」緣此至弱冠之年，猶未納室。浩性喜厚自奉養。所居連簷重閣，洞戶相通，華麗雄壯，與王侯之家相等，浩猶以為隘窄。又於所居之北，刱置一園。中有：

風亭月榭，杏塢桃溪，雲樓上倚晴空，水閣下臨清泚。橫塘曲岸，露偃月虹橋，朱檻彫欄，疊生雲怪石。爛漫奇花艷蕊，深沉竹洞花房。飛異域佳禽，植上林珍果。綠荷密鎖尋芳路，翠柳低籠鬥草場。

浩暇日，多與親朋宴息其間。西都風俗，每至春時，園圃無大小，皆修蒔花木，灑掃亭軒，縱遊人翫賞，以此遞相誇逞士庶為常。浩閭巷有名儒廖山甫者，學行俱高，可為師範。與浩情愛至密。浩喜園館新成，花木茂盛，一日，邀山甫閒步其中。行至宿香亭共坐。時當仲春，桃李正芳，牡丹花放，嫩白妖紅，環遶亭砌。浩謂山甫曰：「淑景明媚，非詩酒莫稱韶光。今日幸無俗事，先飲數盃，然後各賦一詩，詠目前景物。雖園圃消疏，不足以當君之盛作，若得一詩，可以永為壯觀。」山甫曰：「願聽指揮。」浩喜，即呼小童，具飲器筆硯於前。酒三行，方欲索題，忽遙見亭下花間，有流鶯驚飛而起。山甫曰：「鶯語堪聽，何故驚飛？」浩曰：「此無他，料必有遊人偷折花耳。邀先生一往觀之。」遂下宿香亭，逕入花陰，躡足潛身，尋蹤而去。過太湖石畔，芍藥欄邊，見一垂鬟女子，年方十五，攜一小青衣，倚欄而立。但見：

新月籠眉，春桃拂臉，意態幽花未艷，肌膚嫩玉生光。蓮步一折，著弓弓扣繡鞋兒；螺髻雙垂，插短短紫金釵子。似向東君誇艷態，倚欄笑對牡丹叢！

浩一見之，神魂飄蕩，不能自持。又恐女子驚避，引山甫退立花陰下，端詳久之，真出世色也。告山甫曰：「塵世無此佳人，想必上方花月之妖！」山甫曰：「花月之妖，豈敢晝見？天下不乏美婦人，但無緣者自不遇耳。」浩曰：「浩閱人多矣，未常見此殊麗。使浩得配之，足快平生。兄有何計，使我早遂佳期，則成我之恩，與生我等矣。」山甫曰：「以君之門第才學，欲結婚姻，易如反掌，何須如此勞神？」浩曰：「君言未當，若不遇其人，寧可終身不娶。今既遇之，即頃刻亦難捱也。媒妁通問，必須歲月，將無已在枯魚之肆乎！」山甫曰：「但患不諧，苟得諧，何患晚也。請詢其蹤跡，然後圖之。」浩此時情不自禁，遂整巾正衣，向前而揖。女子斂袂答禮。浩啟女子曰：「貴族誰家？何因至此？」女子笑曰：

「妾乃君家東鄰也。今日長幼赴親族家會，惟妾不行。聞君家牡丹盛開，故與青衣潛啟隙戶至此。」浩聞此語，乃知李氏之女鶯鶯也。與浩童稚時曾共扶欄之戲。再告女子曰：「敝園荒蕪，不足寓目，幸有小館，欲備餚酒，盡主人接鄰里之歡，如何？」女曰：「妾之此來，本欲見君；若欲開樽，決不敢領。願無及亂，略訴此情。」浩拱手鞠躬而言曰：「願聞所諭！」女曰：「妾自幼年慕君清德，緣家有嚴親，禮法所拘，無因與君聚會。今君猶未娶，妾亦垂髫，若不以醜陋見疏，為通媒妁，使妾異日奉箕箒之末，立祭祀之列，奉侍翁姑，和睦親族，成兩姓之好，無七出之玷，此妾之素心也。不知君心還肯從否？」浩聞此言，喜出望外，告女曰：「若得與麗人偕老，平生之樂事足矣。但未知緣分何如耳？」女曰：「兩心既堅，緣分自定。君果見許，願求一物為定，使妾藏之異時，表今日相見之情。」浩倉卒中無物表意，遂取繫腰紫羅繡帶，謂女曰：「取此以待定議。」女亦取擁項香羅，謂浩曰：「請君作詩一篇，親筆題於羅上，庶幾他時可以取信。」浩心轉喜，呼童取筆硯，指欄中未開牡丹為題，賦詩一絕於香羅之上，詩曰：

沉香亭畔露凝枝，斂艷含嬌未放時；自是名花待名手，風流學士獨題詩。

女見詩大喜，取香羅在手，謂浩曰：「君詩句清妙，中有深意，真才子也。此事切宜緘口，勿使人知，無忘今日之言，必遂他時之樂。父母恐回，妾且歸去。」道罷，蓮步卻轉，與青衣緩緩而去。浩時酒興方濃，春心淫蕩，不能自遏，自言：「下坡不趕，次後難逢。爭忍棄人歸去？雜花影下，細草如茵，略效鴛鴦，死亦無恨！」遂奮步趕上，雙手抱持。女子顧戀恩情，不忍移步絕裾而去，正欲啟口致辭，含羞告免。忽自後有人言曰：「相見已非正禮，此事決然不可！若能用我一言，可以永諧百歲。」浩捨女回視，乃山甫也。女子已去。山甫曰：「但凡讀書，蓋欲知禮別嫌。今君誦孔聖之書，何故習小人之態？若使女子去遲，父母先回，必詢究其所往，則女禍延及於君。豈可戀一時之樂，損終身之德。請君三思，恐成後悔！」浩不得已，怏怏復回宿香亭上，與山甫盡醉散去。

自此之後，浩但當歌不語，對酒無歡，月下長吁，花前偷淚。俄而綠暗紅稀，春光將暮。浩一日獨步閒齋，反覆思念，一段離愁，方恨無人可訴。忽有老尼惠寂自外而來，乃浩家香火院❶之尼也。浩禮畢，問曰：「吾師何來？」寂曰：「專來傳達書信。」浩問：「何人致意於我？」寂移坐促席請浩曰：「君東鄰李家女子鶯鶯，再三申意。」浩大驚，告寂曰：「寧有是事，吾師勿言！」寂曰：「此事何必自隱？聽寂拜聞：李氏為寂門徒二十餘年，其家長幼相信。今日因往李氏誦經，知其女鶯鶯染病，寂遂勸令勤服湯藥。鶯屏去侍妾，私告寂曰：『此病豈藥所能愈耶？』寂再三詢其仔細，鶯遂說及園中與君相見之事，又出羅巾上詩，向寂言：『此即君所作也。』令我致意於君，幸勿相忘，以圖後會。蓋鶯與寂所言也，君何用隱諱耶？」浩曰：「事實有之，非敢自隱。但慮傳揚遐邇，取笑里閭。今日吾師既知，使浩如何而可？」寂曰：「早來既知此事，遂與鶯父母說及鶯親事。答云：『女兒尚幼，未能幹家。』觀其意在二三年後，方始議親。更看君緣分如何？」言罷，起身謂浩曰：「小庵事冗，不及款話，如日後欲寄音信，但請垂諭！」遂相別去。

自此香閨密意，書幌幽懷，皆托寂私傳。光陰迅速，倏忽之間，已經一載。節過清明，桃李飄零，牡丹半折。浩倚欄凝視，睹物思人，情緒轉添。久之，自思去歲此時，相逢花畔，今歲花又重開，玉人

❶香火院：私人所建的廟宇。

難見。沉吟半晌，不若折花數枝，托惠寂寄鶯鶯同賞。遂召寂至，告曰：「今折得花數枝，煩吾師持往李氏，但云吾師所獻。若見鶯鶯，作浩起居：去歲花開時，相見於西欄畔；今花又開，人猶間阻。相憶之心，言不可盡。願似葉如花，年年長得相見。」寂曰：「此事易為，君可少待。」遂持花去。踰時復來，浩迎問：「如何？」寂於袖中取彩箋小柬，告浩曰：「鶯鶯寄君，切勿外啟！」寂乃辭去。浩啟封視之，曰：

妾鶯鶯拜啟：相別經年，無日不懷思憶。前令乳母以親事白於父母，堅意不可。事須後圖，不可倉卒。願君無忘妾，妾必不負君！姻若不成，誓不他適。其他心事，詢寂可知。昨夜宴花前，眾皆歡笑，獨妾悲傷。偶成小詞，略訴心事。君讀之，可以見妾之意。讀畢毀之，切勿外泄！詞曰：

紅疏綠密時喧，還是困人天。相思極處，凝睛月下，灑淚花前。誓約已知俱有願，奈目前兩處懸懸！鸞凰未偶，清宵最苦，月色先圓。

浩覽畢，斂眉長歎，曰：「好事多磨，信非虛也！」展放案上，反覆把玩，不忍釋手。感刻寸心，淚下如雨。又恐家人見疑，詢其所因，遂伏案掩面，偷聲潛泣。良久，舉首起視，見日影下窗，暝色已至。浩思適來書中言「心事訊寂可知」，今抱愁獨坐，不若詢訪惠寂，究其仔細，庶幾少解情懷。遂徐步出門，路過李氏之家。時夜色已闌，門戶皆閉，浩至此，想像鶯鶯，心懷愛慕，步不能移，指李氏之門曰：「非插翅步雲，安能入此？」方徘徊未進，忽見旁有隙戶半開，左右寂無一人。浩大喜曰：「天賜此便，成我佳期。遠托惠寂，不如潛入其中，探問鶯鶯消息。」浩為情愛所重，不顧禮法，躡足而入。既到中堂，匿身迴廊之下。左右顧盼，見：

閑庭悄悄，深院沉沉。靜中聞風響玎璫，暗裏見流螢聚散。更籌漸急，窗中風弄殘燈；夜色已闌，
階下月移花影。香閨想在屏山後，遠似巫陽千萬重。

浩至此，茫然不知所往。獨立久之，心中頓省。自思設若敗露，為之奈何？不惟身受苦楚，抑且玷辱祖宗，此事當款曲圖之。不期隙戶已閉，返轉迴廊，方欲尋路復歸；忽聞空中有低低而唱者。浩思深院淨夜，何人獨歌？遂隱住側身，靜聽所唱之詞，乃行香子詞：

雨後風微，綠暗紅稀。燕巢成蝶遶殘枝，楊花點點，永日遲遲。動離懷，牽別恨，鷓鴣啼。辜負
佳期，虛度芳時。為甚褪盡羅衣？宿香亭下，紅芍欄西。當時情，今日恨，有誰知！

但覺如雛鶯囀翠柳陰中，彩鳳鳴碧梧枝上。想是清夜無人，調韻轉美。浩審詞察意，若非鶯鶯，誰知宿香亭之約？但得一見其面，死亦無悔。方欲以指擊窗，詢問仔細，忽有人叱浩曰：「良士非媒不聘，女子無故不婚。今女按板於窗中，小子踰牆到廳下，皆非善行，玷辱人倫。執詣有司，永作淫奔之戒。」浩大驚退步，失腳墮於砌下，久之方醒。開目視之，乃伏案晝寢於書窗之下，時日將晡矣。浩曰：「異哉夢也！何顯然如是？莫非有相見之期，故先垂吉兆告我！」方心緒擾擾未定，惠寂復來。浩訊其意。寂曰：「適來只奉小柬而去，有一事偶忘告君。鶯鶯傳語，他家所居房後，乃君家之東牆也，高無數尺。其家初夏二十日，親族中有婚姻事，是夕舉家皆往，鶯托病不行。令君至期，於牆下相待，欲踰牆與君

相見，君切記之。」惠寂且去，浩欣喜之心，言不能盡。

屈指數日，已至所約之期。浩遂張帷幄，具飲饌，器用玩好之物，皆列於宿香亭中。日既晚，悉逐僮僕出外，惟留一小鬟。反閉園門，倚梯近牆，屏立以待。未久，夕陽消柳外，暝色暗花間，斗柄指南，夜傳初鼓。浩曰：「惠寂之言豈非謔我乎？……」語猶未絕，粉面新粧，半出短牆之上。浩舉目仰視，乃鶯鶯也。急升梯扶臂而下，攜手偕行，至宿香亭上。明燭並坐，細視鶯鶯，欣喜轉盛。告鶯曰：「不謂麗人果肯來此！」鶯曰：「妾之此身，異時欲作閨門之事，今日寧肯誑語！」浩曰：「肯飲少酒，共慶今宵佳會可乎？」鶯曰：「難禁酒力，恐來朝獲罪於父母。」浩曰：「酒既不飲，略歇如何？」鶯笑倚浩懷，嬌羞不語。浩遂與解帶脫衣，入鴛幃共寢。但見：

寶炬搖紅，麝裀吐翠。金縷繡屏深掩，紺紗斗帳低垂。並連鴛枕，如雙雙比目同波；共展香衾，似對對春蠶作繭。向人尤殢春情事，一搦纖腰怯未禁！

須臾，香汗流酥，相偎微喘，雖楚王夢神女，劉阮入桃源，相得之懽，皆不能比。少頃，鶯告浩曰：「夜色已闌，妾且歸去。」浩亦不敢相留，遂各整衣而起。浩告鶯曰：「後會未期，切宜保愛！」鶯曰：「去歲偶然相遇，猶作新詩相贈，今夕得侍枕席，何故無一言見惠？豈非猥賤之軀，不足當君佳句？」浩笑謝鶯曰：「豈有此理！謹賦一絕：

華胥佳夢徒聞說，解佩江皋浪得聲；一夕東軒多少事，韓生虛負竊香名。」

鶯得詩，謂浩曰：「妾之此身，今已為君所有，幸終始成之。」遂攜手下亭，轉柳穿花，至牆下，浩扶策鶯升梯而去。

自此之後，雖音耗時通，而會遇無便。經數日，忽惠寂來告曰：「鶯鶯致意，其父守官河朔，來日挈家登程，願君莫忘舊好。候回日，當議秦晉之禮。」惠寂辭去。浩神悲意慘，度日如年，抱恨懷愁，俄經二載。一日，浩季父召浩語曰：「吾聞不孝以無嗣為大，今汝將及當立之年，猶未納室，雖未至絕嗣，而內政亦不可缺。此中有孫氏者，累世仕宦，家業富盛，其女年已及笄，幼奉家訓，習知婦道。我欲與汝主婚，結親孫氏。今若失之，後無令族。」浩素畏季父賦性剛暴，不敢抗拒，又不敢明言李氏之事，遂通媒妁，與孫氏議姻。擇日將成，而鶯鶯之父任滿方歸。浩不能忘舊情，乃遣惠寂密告鶯曰：「浩非負心，實被季父所逼，復與孫氏結親，負心違願，痛徹心髓！」鶯謂寂曰：「我知其叔父所為，我必能自成其事。」寂曰：「善為之！」遂去。鶯啟父母曰：「兒有過惡，玷辱家門，願先啟一言，然後請死。」父母驚駭，詢問：「我兒何自苦如此？」鶯曰：「妾自幼歲慕西鄰張浩才名，曾以此身私許偕老。曾令乳母白父母欲與浩議姻，當日尊嚴不蒙允許。今聞浩與孫氏結婚，棄妾此身，將歸何地？然女行已失，不可復嫁他人，此願若違，含笑自絕。」父母驚謂鶯曰：「我止有一女，所恨未能選擇佳婿。若早知，可以商議。今浩既已結婚，為之奈何？」鶯曰：「父母許以兒歸浩，則妾自能措置。」父曰：「但願親成，一切不問。」鶯曰：「果如是，容妾訴於官府。」遂取紙作狀，更服舊粧，逕至河南府訟庭之下。龍圖閣待制陳公方據案治事，見一女子執狀向前。公停筆問曰：「何事？」鶯鶯斂身跪告曰：「妾誠誑妄，上瀆高明，有狀上呈。」公令左右取狀展視云：

告狀妾李氏：妾聞語云：「女非媒不嫁。」此雖至論，亦有未然，何也？昔文君心喜司馬，賈午志慕韓壽，此二女皆有私奔之名，而不受無媒之謗。蓋所歸得人，青史標其令德，注在篇章，使後人繼其所為，免委身於傭俗。妾於前歲慕西鄰張浩才名，已私許之偕老。言約已定，誓不變更。今張浩忽背前約，使妾呼天叩地，無所告投！妾聞律設大法，禮順人情。若非判府龍圖明斷，孤寡終身何恃！為此冒恥瀆尊，幸望台慈，特賜予決！謹狀。

陳公讀畢，謂鶯鶯曰：「汝言私約已定，有何為據？」鶯取懷中香羅并花箋上二詩，皆浩筆也。陳公命追浩至公庭，責浩與李氏既已約婚，安可再婚孫氏？浩倉卒但以叔父所逼為辭，實非本心。再訊鶯曰：「爾意如何？」鶯曰：「張浩才名，實為佳婿。使妾得之，當克勤婦道。實龍圖主盟之大德。」陳公曰：「天生才子佳人，不當使之孤另，我今曲與汝等成之。」遂於狀尾判云：

花下相逢，已有終身之約；中道而止，竟乖偕老之心。在人情既出至誠，論律文亦有所禁。宜從先約，可斷後婚。

判畢，謂浩曰：「吾今判合與李氏為婚。」二人大喜，拜謝相公恩德，遂成夫婦，偕老百年。後生二子，俱擢高科。話名宿香亭張浩遇鶯鶯。

當年崔氏賴張生，今日張生仗李鶯；同是風流千古話，西廂不及宿香亭。

第三十卷　金明池吳清逢愛愛

朱文燈下逢劉倩，師厚燕山遇故人；隔斷死生終不泯，人間最切是深情。

話說大唐中和年間，博陵有個才子，姓崔名護，生得風流俊雅，才貌無雙。偶遇春榜動，選場開，收拾琴劍書箱，前往長安應舉。時當暮春，崔生暫離旅舍，往城南郊外遊賞。但覺口燥咽乾，唇焦鼻熱。一來走得急，那時候也有些熱了。這崔生只為口渴，又無溪澗取水。只見一個去處：灼灼桃紅似火，依依綠柳如煙，竹籬，茅舍，黃土壁，白板扉，哰哰犬吠桃源中，兩兩黃鸝鳴翠柳。崔生去叩門，覓一口水。立了半日，不見一人出來。正無計結。忽聽得門內笑聲，崔生鷹覷鶻望❶，去門縫裏一瞧：原來那笑的，卻是一個女孩兒，約有十六歲。那女兒出來開門。崔生見了，口一發燥，咽一發乾，唇一發焦，鼻一發熱。連忙叉手向前道：「小娘子拜揖。」那女兒回個嬌嬌滴滴的萬福道：「官人寵顧茅舍，有何見諭？」崔生道：「卑人博陵崔護，別無甚事，只因走遠氣喘，敢求勺水解渴則個。」女子聽罷，並無言語。疾忙進去，用纖纖玉手，捧著磁甌，盛半甌茶，遞與崔生。崔生接過，呷入口，透心也似涼好爽利。只得謝了自回。想著功名，自去赴選。誰想時運未到，金榜無名，離了長安，匆匆回鄉去了。倏忽

❶ 鷹覷鶻望：形容眼睛敏銳。

一年，又遇開科。崔生又起身赴試。追憶故人，且把試事權時落後，急往城南，一路上東觀西望，只怕錯認了女兒住處。頃刻到門前，依舊桃紅柳綠，犬吠鶯啼。崔生至門，見寂寞無人，心中疑惑。還去門縫裏瞧時，不聞人聲。徘徊半晌，去白板扉上題四句詩：

去年今日此門中，人面桃花相映紅。人面不知何處去？桃花依舊笑春風。

題罷，自回。明日放心不下，又去探看。忽見門兒「呀」地開了，走出一個人來。生得：

鬚眉皓白，鬢髮稀疏。身披白布道袍，手執斑竹拄杖。堪為四皓商山客，做得磻溪執釣人。

那老兒對崔生道：「君非崔護麼？」崔生道：「丈人拜揖，卑人是也。不知丈人何以見識？」那老兒道：「君殺我女兒，怎生不識？」驚得崔護面色如土，道：「卑人未嘗到老丈宅中，何出此言？」老兒道：「我女兒去歲獨自在家，遇你來覓水。去後昏昏如醉，不離床席。昨日忽說道：『去年今日曾遇崔郎，今日想必來也。』走到門前，望了一日，不見。轉身擡頭，忽見白板扉上詩，長哭一聲，瞥然倒地。老漢扶入房中，一夜不醒。早間忽然開眼道：『崔郎來了，爹爹好去迎接。』今君果至，豈非前定。且請進去一看。」誰想崔生入得門來，裏面哭了一聲。仔細看時，女兒死了。老兒道：「郎君今番真個償命！」崔生此時，又驚又痛。便走到床前，坐在女兒頭邊，輕輕放起女兒的頭，伸直了自家腿，將女兒的頭，放在腿上，親著女兒的臉道：「小娘子，崔護在此。」頃刻間那女兒三魂再至，七魄重生，須臾就走起來。老兒十分歡喜。就賠粧奩，招贅崔生為婿。後來崔生發跡為官，夫妻一世團圓。正是：

月缺再圓，鏡離再合，花落再開，人死再活。

為甚今日說這段話？這個便是死中得活。有一個多情的女兒，沒興遇著個子弟，不能成就，干折❷了性命，反作成別人洞房花燭。正是：

有緣千里能相會，無緣對面不相逢。

說這女兒遇著的子弟，卻是宋朝東京開封府有一員外，姓吳名子虛。平生是個真實的人，止生得一個兒子，名喚吳清。正是愛子嬌癡，獨兒得惜。那吳員外愛惜兒子，一日也不肯放出門。那兒子卻是風流博浪❸的人，專要結識朋友，覓柳尋花。忽一日，有兩個朋友來望，卻是金枝玉葉，鳳子龍孫，是宗室趙八節使之子，兄弟二人，大的諱應之，小的諱茂之，都是使錢的勤兒。兩個叫院子通報。吳小員外出來迎接，分賓而坐。獻茶畢，問道：「幸蒙恩降，不知又何使令？」二人道：「即今清明時候，金明池上，士女喧闐，遊人如蟻。欲同足下一遊，尊意如何？」小員外大喜道：「蒙二兄不棄寒賤，當得奉陪。」小員外便教童兒挑了酒樽食罍，備三匹馬，與兩個同去。迤逞早到金明池。陶穀學士有首詩道：

萬座笙歌醉後醒，遶池羅幙翠煙生。雲藏宮殿九重碧，日照乾坤五色明。
波面畫橋天上落，岸邊遊客鑑中行。駕來將幸龍舟宴，花外風傳萬歲聲。

❷ 干折：白白地損失。
❸ 風流博浪：風流放浪。

三人遶池遊翫，但見：

桃紅似錦，柳綠如煙。花間粉蝶雙雙，枝上黃鸝兩兩。踏青士女紛紛至，賞翫遊人隊隊來。

三人就空處，飲了一回酒。吳小員外道：「今日天氣甚佳，只可惜少個侑酒的人兒。」二趙道：「酒已足矣，不如閒步消遣，觀看士女遊人，強似呆坐。」三人挽手同行。剛動腳不多步，忽聞得一陣香風，絕似麝蘭香，又帶些脂粉氣。吳小員外迎這陣香風上去。忽見一簇婦女，如百花鬥彩，萬卉爭妍。內中一位小娘子，剛則十五六歲模樣，身穿杏黃衫子，生得如何：

眼橫秋水，眉拂春山，髮似雲堆，足如蓮蕊，兩顆櫻桃分素口，一枝楊柳鬥纖腰。未領略遍體溫香，早已睹十分丰韻。

吳小員外看見，不覺遍體酥麻，急欲捱身上前。卻被趙家兩兄弟拖回，道：「良家女子，不可調戲。恐耳目甚多，惹禍招非。」小員外雖然依允，卻似勾去了魂靈一般。那小娘子隨著眾女娘自去了。小員外與二趙相別自回。一夜不睡，道：「好個十相具足❹的小娘子，恨不曾訪問他居止姓名。若訪問得明白，央媒說合，或有三分僥倖。」次日，放心不下，換了一身整齊衣服，又約了二趙，在金明池上尋昨日小娘子蹤跡。

❹ 十相具足：十分姿色。

分明昔日陽臺路，不見當時行雨人。

吳小員外在遊人中，往來尋趁，不見昨日這位小娘子，心中悶悶不悅。趙大哥道：「足下情懷少樂，想尋春之興未遂。此間酒肆中，多有當罏少婦。愚弟兄陪足下一行，倘有看得上眼的，沽飲三盃，也當春風一度，如何？」小員外道：「這些老妓夙娼，殘花敗柳，學生平日都不在意。」趙二哥道：「街北第五家，小小一個酒肆，倒也精雅。內中有個量酒的女兒，大有姿色，年紀也只好二八，只是不常出來。」小員外欣然道：「煩相引一看。」三人移步街北，果見一個小酒店，外邊花竹扶疏，裏面杯盤羅列。趙二哥指道：「此家就是。」三人入得門來，悄無人聲。不免喚一聲：「有人麼？有人麼？」須臾之間，似有如無，覺得嬌嬌媚媚，妖妖嬈嬈，走一個十五六歲花朵般多情女兒出來。那三個子弟，見了女兒，齊齊的三頭對地，六臂向身，唱個喏道：「小娘子拜揖。」那多情的女兒，見了三個子弟，一點春心動了，按捺不下，一雙腳兒出來了，則是痲痲地進去不得。緊挨著三個子弟坐地。便教迎兒取酒來。那四個可知道喜！四口兒併來，沒一百歲。方纔舉得一盃，忽聽得驢兒蹄響，車兒輪響，卻是女兒的父母上墳回來。三人敗興而返。

迤邐春色凋殘，勝遊難再，只是思憶之心，形於夢寐。轉眼又是一年。三個子弟不約而同，再尋舊約。頃刻已到。但見門戶蕭然，當罏的人不知何在。三人少歇一歇問信，則見那舊日老兒和婆子走將出來，三人道：「丈人拜揖。有酒打一角來。」便問：「丈人，去年到此，見個小娘子量酒；今日如何不見？」那老兒聽了，簌地兩行淚下：「覆官人，老漢姓盧名榮。官人見那量酒的就是老拙女兒，小名愛愛。去年今日合家去上墳，不知何處來三個輕薄廝兒❺，和他喫酒，見我回來散了。中間別事不知。老拙兩個薄薄罪過❻他兩句言語，不想女兒性重❼，頓然悒怏，不喫飲食，數日而死。這屋後小丘，便是女兒的墳。」說罷，又簌簌地淚下。三人噤口不敢再問，連忙還了酒錢，三個馬兒連著，一路傷感不已。回頭顧盼，淚下沾襟，怎生放心得下！正是：

夜深喧暫息，池臺惟月明。無因駐清景，日出事還生。

那三個正行之際，恍惚見一婦人，素羅罩首，紅帕當胸，顫顫搖搖，半前半卻。覷著三個，低聲萬福。那三個如醉如癡，罔知所措。道他是鬼，又衣裳有縫，地下有影；道是夢裏，自家掐著又疼。只見那婦人道：「官人認得奴家，即去歲金明池上人也。官人今日到奴家相望，爹媽詐言我死，虛堆個土墳，待瞞過官人們。奴家思想前生有緣，幸得相遇。如今搬在城裏一個曲巷小樓，且是瀟洒。尚不棄嫌，屈尊一顧。」三人下馬齊行。瞬息之間，便到一個去處。入得門來，但見：

小樓連苑，斗帳藏春。低簷淺映紅簾，曲閣遙開錦帳。半明半暗，人居掩映之中；萬綠萬紅，春滿風光之內。

❺廝兒：小子。
❻罪過：責備。
❼性重：脾氣大。

上得樓兒，那女兒便叫：「迎兒，安排酒來，與三個姐夫賀喜。」無移時，酒到痛飲。那女兒所事熟滑❽。唱一個嬌滴滴的曲兒，舞一個妖媚媚的破兒❾，搊一個緊颼颼的箏兒，道一個甜甜嫩嫩的千歲兒。那弟兄兩個飲散，相別去了。吳小員外回身轉手，搭定女兒香肩，摟定女兒細腰，捏定女兒纖手，醉眼乜斜，只道樓兒便是床上，火急做了一班半點兒事。端的是春衫脫下，繡被鋪開，酥胸露一朵雪梅，纖足啟兩彎新月，未開桃蕊，怎禁他浪蝶深偷，半折花心，忍不住狂蜂恣採，濟然粉汗，微喘相偎。睡到天明，起來梳洗，喫些早飯，兩口兒絮絮叨叨，不肯放手。吳小員外焚香設誓，嚙臂為盟。那女兒方纔掩著臉，笑了進去。吳小員外自一路悶悶回家。見了爹媽，道：「我兒，昨夜宿於何處？教我一夜不睡，亂夢顛倒。」小員外道：「告爹媽，兒為兩個朋友是皇親國戚，要我陪宿，不免依他。」爹媽見說是皇親，又曾來望，便不疑他。誰想情之所鍾，解釋不得。有詩為證：

剗平荊棘蓋樓臺，樓上笙歌鼎沸開。歡笑未終離別起，從前荊棘又生來。

那小員外與女兒兩情廝投，好說得著。可知哩，筍芽兒般後生，遇著花朵兒女娘，又是芳春時候，正是：

佳人窈窕當春色，才子風流正少年。

---

❽ 熟滑：熟習。

❾ 破兒：舞曲中的一個節段。

小員外只為情牽意惹，不隔兩日，少不得去伴女兒一宵。只一件，但見女兒時，自家覺得精神百倍，容貌勝常；纔到家便顏色憔悴，形容枯槁，漸漸有如鬼質，看看不似人形，飲食不思，藥餌不進。父母見兒如此，父子情深，顧不得朋友之道，也顧不得皇親國戚，便去請趙公子兄弟二人來，告道：「不知二兄日前帶我豚兒何處非為？今已害得病深。若是醫得好，一句也不敢言；萬一有些不測，不免擊鼓訴冤，那時也怪老漢不得。」那兄弟二人聽罷，切切偶語：「我們雖是金枝玉葉，爭奈法度極嚴：若子弟賢的，一般如凡人敘用；若有些爭差的，罪責卻也不小。萬一被這老子告發時，畢竟於我不利。」疾忙回言：「丈人，賢嗣之疾，本不由我弟兄。」遂將金明酒店上遇見花枝般多情女兒，始末敘了一遍。老兒大驚，道：「如此說，我兒著鬼了！二位有何良計可以相救？」二人道：「有個皇甫真人，他有斬妖符劍，除非請他來施設，退了這邪鬼，方保無恙。」老兒拜謝道：「全在二位身上。」二人回身就去。卻是：

青龍共白虎同行，吉凶事全然未保。

兩個上了路，遠遠到一山中，白雲深處，見一茅庵：

黃茅蓋屋，白石壘牆。陰陰松暝鶴飛回，小小池晴龜出曝，翠柳碧梧夾路，玄猿白鶴迎門。

頃刻間庵裏走出個道童來，道：「二位莫不是尋師父救人麼？」二人道：「便是，相煩通報則個。」道童道：「若是別患，俺師父不去，只割情慾之妖。卻為甚的？情能生人，亦能死人。生是道家之心，死是道家之忌。」二人道：「正要剖情慾之妖，救人之死。」小童急去，請出皇甫真人。真人見道童已說過了，「吾可一去。」迤逦同到吳員外家。纔到門首，便道：「這家被妖氣罩定，卻有生氣相臨。」卻好小員外出見，真人喫了一驚，道：「鬼氣深了！九死一生，只有一路可救。」驚得老夫妻都來跪告真人：「俯垂法術，救俺一家性命。」真人道：「你依吾說，急往西方三百里外避之。若到所在，這鬼必然先到。倘若滿了一百二十日，這鬼不去，員外拚著一命，不可救治矣。」員外應允。備素齋，請皇甫真人齋罷，相別自去。老員外速教收拾担仗❿，往西京河南府去避死。正是：

曾觀前定錄，生死不由人。

小員外請兩個趙公子相伴同行。沿路去時，由你登山涉嶺，過澗渡橋，鬧中鬧處，有伴無人，但小員外喫食，女兒在旁供菜；員外臨睡，女兒在傍解衣；若員外登廁，女兒拿著衣服。處處莫避，在在難離。不覺在洛陽幾日。忽然一日屈指算時，卻好一百二十日。如何是好？那兩個趙公子和從人守著小員外，請到酒樓散悶，又愁又怕，都擱不住淚汪汪地。又怕小員外看見，急急拭了。小員外目睜口呆，罔知所措。正低了頭倚著欄干，恰好皇甫真人騎個驢兒過來。趙公子看見了，慌忙下樓，當街拜下，扯住真人，求其救度。吳清從人都一齊跪下拜求。真人便就酒樓上結起法壇，焚香步罡，口中念念有詞。行持了畢，把一口寶劍，遞與小員外道：「員外本當今日死。且將這劍去，到晚緊閉了門。黃昏之際，定來敲門。休問是誰，速把劍斬之。若是有幸，斬得那鬼，員外便活；若不幸誤傷了人，員外只得納死。

❿ 担仗：行李。

總然一死，還有可脫之理。」分付罷，真人自騎驢去了。小員外得了劍，巴到晚間，閉了門。漸次黃昏，只聽得剝啄之聲。員外不露聲息，悄然開門，便把劍斫下，覺得隨手倒地。員外又驚又喜，心窩裏突突地跳。連叫：「快點燈來。」眾人點燈來照，連店主人都來看。不看猶可，看時，眾人都喫了一大驚：

分開八片頂陽骨，傾下半桶冰雪水。

店主人認得砍倒的屍首，卻是店裏奔走的小廝阿壽，十五歲了，因往街上登東，關在門外，故此敲門，恰好被劍砍壞了。當時店中嚷動，地方來，見了人命事，便將小員外縛了。兩個趙公子也被縛了。等待來朝，將一行人解到河南府。大尹聽得是殺人公事，看了辭狀，即送獄司勘問。吳清將皇甫真人斬妖事，備細說了。獄司道：「這是荒唐之言。現在殺死小廝，真正人命，如何抵釋！」喝教手下用刑。卻得跟隨小員外的在衙門中使透了銀子。獄卒稟道：「吳清久病未痊，受刑不起。那兩個宗室，止是干連小犯。」獄官借水推船，權把吳清收監，候病痊再審，二趙取保在外。一面著地方將棺木安放屍首，聽候堂上弔驗，斬妖劍作兇器駐庫。卻說吳小員外是夜在獄中垂淚歎道：「爹娘止生得我一人，從小寸步不離，何期今日死於他鄉！早知左右是死，背井離鄉，著甚麼來！」又歎道：「小娘子呵，只道生前相愛，誰知死後纏綿，恩變成仇，害得我骨肉分離，死無葬身之地，我好苦也！我好恨也！」嗟怨了半夜，不覺睡去。夢見那花枝般多情的女兒，妖妖嬈嬈，走近前來，深深道個萬福道：「小員外休得悵恨奴家。奴自身亡之後，感上元夫人空中經過，憐奴無罪早殀，授以太陰煉形之術，以此元形不損，且得遊行世上。感員外隔年垂念，因而冒恥相從。亦是前緣宿分，合有一百二十日夫妻。今已完滿，奴自當去。前夜特來奉別，不意員外起其惡意，將劍砍奴。今日受一夜牢獄之苦，以此相報。阿壽小廝，自在東門外古墓之中，只教官府覆驗屍首，便得脫罪。奴又與上元夫人求得玉雪丹二粒，員外試服一粒，管取百病消除，元神復舊；又一粒員外謹藏之，他日成就員外一段佳姻，以報一百二十日夫妻之恩。」說罷，出藥二粒，如雞豆般，其色正紅，分明是兩粒火珠。那女兒將一粒納於小員外袖內，一粒納於口中，叫聲：「奴去也，還鄉之日，千萬到奴家荒墳一顧，也表員外不忘故舊之情。」小員外再欲叩問詳細，忽聞鐘聲聒耳，驚醒將來。口中覺有異香，腹裏一似火團展轉，汗流如雨。巴到天明，汗止，身子頓覺健旺。摸摸袖內，一粒金丹尚在，宛如夢中所見。小員外隱下餘情，只將女鬼托夢說阿壽小廝見在，請覆驗屍首，便知真假。獄司稟過大尹。開棺檢視，原來是舊笤箒一把，並無他物。尋到東門外古墓，那阿壽小廝如醉夢相似，睡於破石槨之內。眾人把薑湯灌醒，問他如何到此，那小廝一毫不知。獄司帶那小廝并笤箒到大尹面前，教店主人來認，實是阿壽未死，方知女鬼的做作。大尹即將眾人趕出。皇甫真人已知斬妖劍不靈，自去入山修道去了。二趙接得吳小員外，連稱恭喜。酒店主人也來謝罪。三人別了主人家，領著僕從，歡歡喜喜回開封府來。

離城還有五十餘里，是個大鎮，權歇馬上店，打中火。只見間壁一個大戶人家門首，貼一張招醫榜文：

本宅有愛女患病垂危，人不能識。倘有四方明醫，善能治療者，奉謝青蚨十萬，花紅羊酒奉迎，決不虛示。

吳小員外看了榜文，問店小二道：「間壁何宅？患的是甚病？沒人識得？」小二道：「此地名褚家莊，間壁住的，就是褚老員外。生得如花似玉一位小娘子，年方一十六歲。若干人來求他，老員外不肯輕許。一月之間，忽染一病，發狂顫語，不思飲食。許多太醫下藥，病只有增無減。好一主大財鄉，沒人有福承受得。可惜好個小娘子，世間難遇。如今看看欲死，老夫妻兩口兒晝夜啼哭，只祈神拜佛，做好事保福，也不知費了若干錢鈔了。」小員外聽說，心中暗喜，道：「小二哥，煩你做個媒，我要娶這小娘子為妻。」小二道：「小娘子十生九死，官人便要講親，也待病痊。」小員外道：「我會醫的是狂病。不願受謝，只要許下成婚，手到病除。」小二道：「官人請坐，小人即時傳語。」須臾之間，只見小二同著褚公到店中來，與三人相見了。問道：「那一位先生善醫？」二趙舉手道：「這位吳小員外。」褚公道：「先生若醫得小女病痊，帖上所言，毫釐不敢有負。」吳小員外道：「學生姓吳名清，本府城內大街居住。父母在堂，薄有家私，豈希罕萬錢之贈。但學生年方二十，尚未婚配。久慕宅上小娘子容德俱全，倘蒙許諧秦晉，自當勉舉盧扁。」二趙在傍，又幫襯許多好言，誇吳氏名門富室，又誇小員外做人忠厚。褚公愛女之心，無所不至，不由他不應承了。便道：「若果然醫得小女好時，老漢賠薄薄粧奩，送至府上成婚。」吳清向二趙道：「就煩二兄為媒，不可退悔。」褚公道：「豈敢。」當下褚公連三位都請到家中，設宴款待。吳清性急，就教老員外：「引進令愛房中，看病下藥。」褚公先行，吳清隨後。也是緣分當然，吳小員外進門時，那女兒就不狂了。吳小員外假要看脈，養娘將羅幃半揭，幃中但聞金釧索琅的一聲，舒出削玉團冰的一隻纖手來。正是：

未識半面花容，先見一雙玉腕。

小員外將兩手脈俱已看過，見神見鬼的道：「此病乃邪魅所侵，非學生不能治也。」遂取所存玉雪丹一粒，以新汲升花水⓫，令其送下。那女子頓覺神清氣爽，病體脫然。褚公感謝不盡。是日三人在褚家莊歡飲。至夜，褚公留宿於書齋之中。次日，又安排早酒相請。二趙道：「擾過就告辭了。只是吳小員外姻事，不可失信。」褚公道：「小女蒙活命之恩，豈敢背恩忘義。所諭敢不如命！」小員外就拜謝了岳丈。褚公備禮相送，為程儀之敬。三人一無所受，作別還家。吳老員外見兒子病好回來，歡喜自不必說。二趙又將婚姻一事說了，老員外十分之美。少不得擇日行聘，六禮既畢，褚公備千金嫁妝，親送女兒過門成親。吳小員外在花燭之下，看了新婦，喫了一驚：好似初次在金明池上相逢這個穿杏黃衫的美女。過了三朝半月，夫婦廝熟了。吳小員外叩問妻子，去年清明前二日，果係探親入城，身穿杏黃衫，曾到金明池上遊翫。正是人有所願，天必然之。那褚家女子小名，也喚做愛愛。吳小員外一日對趙氏兄弟說知此事，二趙各各稱奇：「此段姻緣乃盧女成就，不可忘其功也。」吳小員外即日到金明池北盧家店中，述其女兒之事，獻上金帛，拜認盧榮老夫婦為岳父母，求得開墳一見，願買棺改葬。盧公是市井小人，得員外認親，無有不從。小員外央陰陽生擇了吉日，先用三牲祭禮澆奠，然後啟土開棺。那愛愛小娘子面色如生，香澤不散，乃知太陰煉形之術所致。吳小員外歎羡了一回。改葬已畢，請高僧廣做法事七晝夜。其夜又夢愛愛來謝，自此蹤影遂絕。後吳小員外與褚愛愛百年諧老。盧公夫婦亦賴小員外送終，此

⓫ 升花水：井水。

小員外之厚德也。有詩為證：

金明池畔逢雙美，了卻人間生死緣。世上有情皆似此，分明火宅現金蓮。

第三十一卷　趙春兒重旺曹家莊

東鄰昨夜報吳姬，一曲琵琶蕩客思；不是婦人偏可近，從來世上少男兒。

這四句詩是誇獎婦人的。自古道：「有志婦人，勝如男子。」且如婦人中，只有娼流最賤，其中出色的儘多。有一個梁夫人，能於塵埃中識拔韓世忠。世忠自卒伍起為大將，與金兀朮四太子，相持於江上，梁夫人脫簪珥犒軍，親自執桴，擂鼓助陣，大敗金人。後世忠封蘄王，退居西湖，與梁夫人偕老百年。又有一個李亞仙，他是長安名妓，有鄭元和公子嫖他，吊了稍，在悲田院做乞兒，大雪中唱蓮花落。亞仙聞唱，知是鄭郎之聲，收留在家，繡繻裹體，剔目勸讀，一舉成名，中了狀元，亞仙直封至一品夫人。這兩個是紅粉班頭，青樓出色：

若與尋常男子比，好將巾幗換衣冠。

如今說一個妓家故事，雖比不得李亞仙梁夫人恁般大才，卻也在千辛百苦中熬鍊過來，助夫成家，有個小小結果，這也是千中選一。話說揚州府城外，有個地名，叫曹家莊。莊上曹太公是個大戶之家。院君❶已故，止生一位小官人，名曹可成。那小官人人材出眾，百事伶俐。只有兩件事非其所長，一者不會讀書，二者不會作家。常言道：「獨子得惜。」因是個富家愛子，養驕了他；又且自小納粟入監，出外都稱相公，一發縱蕩了。專一穿花街，串柳巷，喫風月酒，用脂粉錢，真個滿面春風，揮金如土，人都喚他做「曹獃子」。太公知他浪費，禁約不住，只不把錢與他用。他就瞞了父親，背地將田產各處抵借銀子。那敗子借債，有幾般不便宜處：第一，折色❷短少，不能足數，遇狠心的，還要搭些貨物；第二，利錢最重；第三，利上起利，過了一年十個月，只倒換一張文書，並不催取，誰知本重利多，便有銅斗家計❸，不夠他盤算；第四，居中的人還要扣些謝禮，他把中人就自看做一半債主，狐假虎威，需索不休；第五，寫借票時，只揀上好美產，要他寫做抵頭，既寫之後，這產業就不許你賣與他人，及至准算與他，又要減你的價錢，若算過，便有幾兩贏餘，要他找絕，他又東扭西捏，朝三暮四，沒有得爽利與你；有此五件不便宜處，所以往往破家。為尊長的只管拿住兩頭不放，卻不知中間都替別人家發財去了。十分家當，實在沒用得五分。這也是只顧生前，不顧死後。左右把與他敗的，倒不如自眼裏看他結末了，也得明白。

明識兒孫是下流，故將鎖鑰用心收；兒孫自有兒孫算，枉與兒孫作馬牛。

閒話休敘。卻說本地有個名妓，叫做趙春兒，是趙大媽的女兒。真個花嬌月艷，玉潤珠明，專接富

---

❶ 院君：對富室女主人的尊稱。
❷ 折色：銀子的成色。
❸ 銅斗家計：形容財產多而又牢固可靠。

商巨室，賺大主錢財。曹可成一見，就看上了，一住整月，在他家撒漫使錢。兩下如膠似漆，一個願討，一個願嫁，神前罰願，燈下設盟。爭奈父親在堂，不敢娶他入門。那妓者見可成是慷慨之士，要他贖身。原來妓家有這個規矩：初次破瓜的，叫做梳櫳孤老；若替他把身價還了鴇兒，由他自在接客，無拘無管，這叫做贖身孤老。但是贖身孤老要歇時，別的客只索讓他，十夜五夜，不論宿錢，後來若要娶他進門，別不費財禮。又有這許多脾胃❹處。曹可成要與春兒贖身，大媽索要五百兩，分文不肯少。可成各處設法，尚未到手。忽一日，聞得父親喚銀匠在家傾成許多元寶，未見出笏。用心體訪，曉得藏在臥房床背後複壁之內，用帳子掩著。可成覷個空，趄進房去，偷了幾個出來。又怕父親查檢，照樣做成貫鉛的假元寶，一個換一個，大模大樣的，與春兒贖了身，又置辦衣飾之類。以後但是要用，就將假銀換出真銀，多多少少都放在春兒處，憑他使費，並不檢查。真個來得易，去得易，日漸日深，換個行雲流水，也不曾計個數目是幾錠幾兩。春兒見他撒漫，只道家中有餘，亦不知此銀來歷。忽一日，太公病篤，喚可成夫婦到床頭叮囑道：「我兒，你今三十餘歲，也不為年少了。『敗子回頭便作家』！你如今莫去花柳遊蕩，收心守分。我家當之外，還有些本錢，又沒第二個兄弟分受，儘夠你夫妻受用。」遂指床背後說道：「你揭開帳子，有一層複壁，裏面藏著元寶一百個，共五千兩。這是我一生的精神。向因你務外❺，不對你說，如今交付你夫妻之手，置些產業，傳與子孫，莫要又浪費了！」又對媳婦道：「娘子，你夫妻是一世之事，莫要冷眼相看，須將好言諫勸丈夫，同心合膽，共做人家。我九泉之下，也得瞑目。」說罷，

❹ 脾胃：稱心合意。
❺ 務外：專在外遊蕩。

須臾死了。可成哭了一場，少不得安排殯葬之事。暗想複壁內，正不知還存得多少真銀？當下搬將出來，鋪滿一地，看時，都是貫鉛的假貨，整整的數了九十九個，剛剩得一個真的。五千兩花銀，費過了四千九百五十兩。可成良心頓萌。早知這東西始終還是我的，何須性急！如今大事在身，空手無措，反欠下許多債負，懊悔無及，對著假錠放聲大哭。渾家勸道：「你平日務外，既往不咎，如今現放著許多銀子，不理正事，只管哭做甚麼？」可成將假錠偷換之事，對渾家敘了一遍。渾家平昔間為老公務外，諫勸不從，氣得有病在身。今日哀苦之中，又聞了這個消息，如何不惱，登時手足俱冷。扶回房中，上了床，不夠數日，也死了。這的是：

從前作過事，沒興一齊來。

可成連遭二喪，痛苦無極，勉力支持。過了七七四十九日，各債主都來算帳，把曹家莊祖業田房，盡行盤算去了。因出房與人，上緊出殯。此時孤身無靠，權退在墳堂屋內安身。不在話下。

且說趙春兒久不見可成來家，心中思念。聞得家中有父喪，又渾家為假錠事氣死了，恐怕七嘴八張，不敢去弔問。後來曉得他房產都費了，搬在墳堂屋裏安身，甚是淒慘，寄信去請他來。可成無顏相見，回了幾次。連連來請，只得含羞而往。春兒一見，抱頭大哭，道：「妾之此身，乃君身也。幸妾尚有餘貲可以相濟，有急何不告我！」乃治酒相款，是夜留宿。明早，取白金百兩，贈與可成，囑付他拿回家省喫省用。「缺少時，再來對我說。」可成得了銀子，頓忘苦楚，迷戀春兒，不肯起身。就將銀子買酒買肉，請舊日一班閒漢同喫。春兒初次不好阻他，到第二次，就將好言苦勸，說：「這班閒漢，有損無益。

當初你一家人家，都是這班人壞了。如今再不可近他了，我勸你回去是好話。且待三年服滿之後，還有事與你商議。」一連勸了幾次。可成還是敗落財主的性子，疑心春兒厭薄他，忿然而去。春兒放心不下，悄地教人打聽他，雖然不去跳槽，依舊大喫大用。春兒暗想，他受苦不透，還不知稼穡艱難，且由他磨鍊去。過了數日，可成盤纏竭了，有一頓，沒一頓，卻不服氣去告求春兒。春兒心上雖念他，也不去惹他上門了。約莫十分艱難，又教人送些柴米之類，小小周濟他，只是不敷。卻說可成一般也有親友，自己不能周濟，看見趙春兒家擔東送西，心上反不樂，倒去攛掇可成道：「你當初費過幾千銀子在趙家，連這春兒的身子都是你贖的。你今如此落寞，他卻風花雪月受用，何不去告他一狀，追還些身價也好。」可成道：「當初之事，也是我自家情願，相好在前。今日重新番臉，卻被子弟們笑話。」又有嘴快的，將此話學與春兒聽了，春兒暗暗點頭：「可見曹生的心腸還好。」又想道：「『人無千日好，花無百日紅』。若再有人攛掇，怕不變卦❻？」躊躕了幾遍，又教人去請可成到家，說道：「我當初原許嫁你，難道是哄你不成。一來你服制未滿，怕人議論；二來知你艱難，趁我在外尋些衣食之本。你切莫聽人閒話，壞了夫妻之情。」可成道：「外人雖不說好話，我卻有主意，你莫疑我。」住了一二晚，又贈些東西去了。

光陰似箭，不覺三年服滿。春兒備了三牲祭禮，香燭紙錢，到曹氏墳堂拜奠，又將錢三串，把與可成做起靈功德。可成歡喜。功德完滿，可成到春兒處作謝。春兒留款。飲酒中間，可成問從良之事。春兒道：「此事我非不願，只怕你還想娶大娘！」可成道：「我如今是甚麼日子，還說這話？」春兒道：「你目下雖如此說，怕日後掙得好時，又要尋良家正配，可不枉了我一片心機。」可成就對天說起誓來。春兒

❻ 變卦：改變宗旨。

道：「你既如此堅心，我也更無別話。只是墳堂屋裏，不好成親。」可成道：「在墳邊左近，有一所空房要賣，只要五十兩銀子。苟買得他的，倒也方便。」春兒就湊五十兩銀子，把與可成買房。又與些零碎銀錢，教他收拾房室，置辦些家火。擇了吉日。至期，打疊細軟，做幾個箱籠，裝了。帶著隨身服侍的丫鬟，叫做翠葉，喚個船隻，驀地到曹家，神不知，鬼不覺，完其親事。

收將野雨閒雲事，做就牽絲結髮人。

畢姻之後，春兒與可成商議過活之事。春兒道：「你生長富室，不會經營生理，還是贖幾畝田地耕種，這是務實的事。」可成自誇其能，說道：「我經了許多折挫，學得乖了，不到得被人哄了。」春兒湊出三百兩銀子，交與可成。可成是散漫慣了的人，銀子到手，思量經營那一樁好？往城中東占西卜。有先前一班閒漢，遇見了，曉得他納了春姐，手中有物。都來哄他：某事有利無利，某事利重利輕，某人五分錢，某人合子錢❼。不一時，都哄盡了。空手而回，卻又去問春兒要銀子用。氣得春兒兩淚交流道：「『常將有日思無日，莫待無時思有時。』你當初浪費以有今日，如今是有限之物，費一分沒一分了。」初時硬了心腸，不管閒事。以後夫妻之情，看不過，只得又是一五一十擔將出來，無過是買柴糴米之類。拿出來多遍了，覺得漸漸空虛，一遍少似一遍。可成先還有感激之意，一年半載，理之當然，只道他還有多少私房，不肯和盤托出，終日鬧吵逼他拿出來。春兒被逼不過，彆口氣，將箱籠上鑰匙一一交付丈夫，說道：「這些東西，左右是你的，如今都交與你，省得欠掛。我今後自和翠葉紡績度日，我也不要

❼ 合子錢：一本一利。

你養活，你也莫纏我。」春兒自此日為始，就喫了長齋，朝暮紡績自食。可成一時雖不過意，卻喜又有許多東西。暗想道：「且把來變買銀兩，今番贖取些恆業，為恢復家緣之計，也在渾家面上爭口氣。」雖然腹內躊躕，卻也說而不作。常言「食在口頭，錢在手頭」❽，費一分，沒一分，坐喫山空。不上一年，又空言了。更無出沒❾，瞞了老婆，私下把翠葉這丫頭賣與人去。春兒又失了個紡績的伴兒。又氣又苦，從前至後，把可成訴說一場。可成自知理虧，懊悔不迭，禁不住眼中流淚。又過幾時，沒飯喫了。對春兒道：「我看你朝暮紡績，倒是一節好生意。你如今又沒伴，我又沒事做，何不將紡績教會了，也是一隻飯碗。」春兒又好笑又好惱，忍不住罵道：「你堂堂一軀男子漢，不指望你養老婆，難道一身一口，再沒個道路尋飯喫？」可成道：「賢妻說得是。『鳥瘦毛長，人貧智短』。你教我那一條道路尋得飯喫的，我去做。」春兒道：「你也曾讀書識字，這裏村前村後少個訓蒙先生，墳堂屋裏又空著，何不聚集幾個村童教學，得些學俸，好盤用。」可成道：「『有智婦人，勝如男子』，賢妻說得是。」當下便與鄉老商議，聚了十來個村童，教書寫倣，甚不耐煩，出於無奈。過了些時，漸漸慣了，枯茶淡飯，絕不想分外受用。春兒又不時牽前扯後的訴說他，可成並不敢回答一字，追思往事，便要流淚。想當初偌大家私，沒來由付之流水，不須提起；就是春兒帶來這些東西，若會算計時，儘可過活，如今悔之無及！

如此十五年。忽一日，可成入城，撞見一人，豸補銀帶，烏紗皂靴，乘輿張蓋而來，僕從甚盛。其人認得是曹可成，出轎施禮。可成躲避不迭。路次相見，各問寒暄。此人姓殷名盛，同府通州人。當初

---

❽ 食在口頭二句：漸漸消磨的意思。

❾ 出沒：出脫。

與可成同坐監，同撥歷的，近選得浙江按察使經歷，在家起身赴任，好不熱鬧。可成別了殷盛，悶悶回家，對渾家說道：「我的家當已敗盡了，還有一件敗不盡的，是監生。今日看見通州殷盛選了三司首領官，往浙江赴任，好不興頭！我與他是同撥歷的，我的選期已透❿了，怎得銀子上京使用。」春兒道：「莫做這夢罷，現今飯也沒得喫，還想做官。」過了幾日，可成欣羨殷監年榮華，三不知又說起。春兒道：「選這官要多少使用？」可成道：「本多利多，如今的世界，中科甲的也只是財來財往，莫說監生官。使用多些，就有個好地方，多趁得些銀子；再肯營幹時，還有一兩任官做；使用得少，把個不好的缺打發你，一年二載，就陞你做王官，有官無職，監生的本錢還弄不出哩。」春兒道：「好缺要多少？」可成道：「好缺也費得千金。」春兒道：「百兩尚且難措，何況千金？還是訓蒙安穩。」可成含著雙淚，只得又去墳堂屋裏教書。正是：

漸無面目辭家祖，賸把淒涼對學生。

忽一日，春兒睡至半夜醒來，見可成披衣坐於床上，哭聲不止，問其緣故。可成道：「適纔夢見得了官職，在廣東潮州府。我身坐府堂之上，眾書吏參謁。我方喫茶，有一吏，瘦而長，黃鬚數莖，捧文書至公座。偶不小心，觸吾茶甌，翻污衣袖，不覺驚醒。醒來乃是一夢。自思一貧如洗，此生無復冠帶之望，上辱宗祖，下玷子孫，是以悲泣耳！」春兒道：「你生於富家，長在名門，難道沒幾個好親眷，何不去借貸，為求官之資；倘得一命⓫，償之有日。」可成道：「我因自小務外，親戚中都以我為不肖，

❿ 透：超過。

擯棄不納。今窮困如此，枉自開口，人誰托我？便肯借時，將何抵頭？」春兒道：「你今日為求官借貸，比先前浪費不同，或者肯借也不見得。」可成道：「賢妻說得是。」次日真個到三親四眷家去了一巡：也有閉門不納的，也有回說不在的，就是相見時，說及借貸求官之事，也有冷笑不答的，也有推辭沒有的，又有念他開口一場，少將錢米相助的。可成大失所望，回復了春兒。

早知借貸難如此，悔卻當初不作家。

可成思想無計，只是啼哭。春兒道：「哭恁麼？沒了銀子便哭，有了銀子又會撒漫起來。」可成道：「到此地位，做妻子的還信我不過，莫說他人！」哭了一場：「不如死休！只可惜負了趙氏妻十五年相隨之意，如今也顧不得了。」可成正在尋死，春兒上前解勸道：「『物有一變，人有千變，若要不變，除非三尺蓋面』。天無絕人之路，你如何把性命看得恁輕？」可成道：「螻蟻尚且貪生，豈有人不惜死？只是我今日生而無用，倒不如死了乾淨，省得連累你終身。」春兒道：「且不要忙，你真個收心務實，我還有個計較。」可成連忙下跪道：「我的娘，你有甚計較？早些救我性命！」春兒道：「我當初未從良時，結拜過二九一十八個姊妹，一向不曾去拜望。如今為你這冤家，只得忍著羞去走一遍。一個姊妹出十兩，十八個姊妹，也有一百八十兩銀子。」可成道：「求賢妻就去。」春兒道：「初次上門，須用禮物，就要備十八副禮。」可成道：「莫說一十八副禮，就是一副禮也無措。」春兒道：「若留得我一兩件首飾在，今日也還好活動。」可成又啼哭起來。春兒道：「當初誰叫你快活透了，今日有許多眼淚！你且去

⑪一命：一個任命，即一個官職。

理會起送文書，待文書有了，那京中使用，我自去與人討面皮。若弄不來文書時，可不枉了。」可成道：「我若起不得文，誓不回家。」一時間說了大話，出門去了。暗想道：「要備起送文書，府縣公門也得些使用。」不好又與渾家纏帳，只得自去，向那幾個村童學生的家裏告借。一錢五分的湊來，好不費力。若不是十五年折挫到於如今，這些須之物把與他做一封賞錢，也還不夠，那個看在眼裏。正是彼一時此一時。可成湊了兩許銀子，到江都縣幹辦文書。縣裏有個朱外郎，為人忠厚，與可成舊有相識，曉得他窮了，在眾人面前，替他周旋其事，寫個欠票，等待有了地方，加利寄還。可成歡歡喜喜，懷著文書回來，一路上叫天地，叫祖宗，只願渾家出去告債，告得來便好。走進門時，只見渾家依舊坐在房裏績麻，光景甚是淒涼。口雖不語，心下慌張，想告債又告不來了，不覺眼淚汪汪，又不敢大驚小怪。懷著文書立於房門之外，低低的叫一聲：「賢妻。」春兒聽見了，手中擘麻，口裏問道：「文書之事如何？」可成便腳揣進房門，在懷中取出文書，放於桌上道：「托賴賢妻福蔭，文書已有了。」春兒起身，將文書看了，肚裏想道：「這獃子也不獃了。」相著可成問道：「你真個要做官？只怕為妻的叫奶奶不起！」可成道：「說那裏話！今日可成前程，全賴賢妻扶持挈帶，但不識借貸之事如何？」春兒道：「都已告過，只等你有個起身日子，大家送來。」可成也不敢問借多借少，慌忙走去肆中擇了個吉日，回復了春兒。春兒道：「你去鄰家借把鋤頭來用用。」須臾鋤頭借到。春兒拿開了績麻的籃兒，指這搭地說道：「我嫁你時，就替你辦一頂紗帽埋於此下。」可成想道：「紗帽埋在地下，卻不朽了？莫要拗他，且鋤著看。」怎地運起鋤頭，狠力幾下，只聽得噹的一聲響，翻起一件東西。可成倒驚了一跳。檢起看，是個小小瓷罈，罈裏面裝著散碎銀兩和幾件銀酒器。春兒叫丈夫拿去城中傾兌，看是多少。可成傾了錁兒，兌准一百六十七兩，拿回家來，雙手捧與渾家，笑容可掬。春兒本知數目，有心試他，見分毫不曾苟且，心下甚喜。叫再取鋤頭來，將十五年常坐下績麻去處，一個小矮凳兒搬開了，教可成再鋤下去，鋤出一大瓷罈，內中都是黃白之物，不下千金。原來春兒看見可成浪費，預先下著⑫，悄地埋藏這許多東西，終日在上面坐著績麻，一十五年並不露半字，真女中丈夫也。可成見了許多東西，掉下淚來。春兒道：「官人為甚悲傷？」可成道：「想著賢妻一十五年，勤勞辛苦，布衣蔬食。誰知留下這一片心機。都因我曹可成不肖，以至連累受苦！今日賢妻當受我一拜！」說罷，就拜下去。春兒慌忙扶起道：「今日苦盡甘來，博得好日，共享榮華。」可成道：「盤纏儘有，我上京聽選，留賢妻在家，形孤影隻。不若同到京中，百事也有商量。」春兒道：「我也放心不下。如此甚好。」當時打疊行李，討了兩房童僕，僱下船隻，夫妻兩口，同上北京。正是：

運去黃金失色，時來鐵也生光。

可成到京，尋個店房，安頓了家小，吏部投了文書。有銀子使用，就選了出來。初任是福建同安縣二尹，就陞了本省泉州府經歷，都是老婆幫他做官，宦聲大振。又且京中用錢謀為，公私兩利，陞了廣東潮州府通判。適值朝覲之年，太守進京，同知推官俱缺，上司道他有才，批府印與他執掌，擇日陞堂管事。吏書參謁已畢，門子獻茶，方纔舉手，有一外郎，捧文書到公座前，觸翻茶甌，淋漓滿袖。可成正欲發怒，看那外郎瘦而長，有黃鬚數莖，猛然想起數年之前，曾有一夢，今日光景，宛然夢中所見。

⑫ 下著：準備。

始知前程出處，皆由天定，非偶然也。那外郎驚慌，磕頭謝罪。可成好言撫慰，全無怒意，合堂稱其大量。是日退堂，與奶奶述其應夢之事。春兒亦駭然說道：「據此夢，量官人功名止於此任。當初墳堂中教授村童，衣不蔽體，食不充口。今日三任為牧民官，位至六品大夫，太學生至此足矣。常言：『知足不辱。』官人宜急流勇退，為山林娛老之計。」可成點頭道是。坐了三日堂，就托病辭官。上司因本府掌印無人，不允所辭。勉強視事，分明又做了半年知府。新官上任，交印已畢，次日又出致仕文書。上司見其懇切求去，只得准了。百姓攀轅臥轍者數千人。可成一一撫慰。夫妻衣錦還鄉。三任宦資約有數千金，贖取舊日田產房屋，重在曹家莊興旺，為宦門巨室。這雖是曹可成改過之善，卻都虧趙春兒贊助之力也。後人有詩贊云：

破家只為貌如花，又仗紅顏再起家；如此紅顏千古少，勸君還是莫貪花。

第三十二卷　杜十娘怒沉百寶箱

掃蕩殘胡立帝畿，龍翔鳳舞勢崔嵬；左環滄海天一帶，右擁太行山萬圍。
戈戟九邊雄絕塞，衣冠萬國仰垂衣；太平人樂華胥世，永永金甌共日輝。

這首詩，單誇我朝燕京建都之盛。說起燕都的形勢，北倚雄關，南壓區夏，真乃金城天府，萬年不拔之基。當先洪武爺掃蕩胡塵，定鼎金陵，是為南京。到永樂爺從北平起兵靖難，遷於燕都，是為北京。只因這一遷，把個苦寒地面，變作花錦世界。自永樂爺九傳至於萬曆爺，此乃我朝第十一代的天子。這位天子，聰明神武，德福兼全，十歲登基，在位四十八年，削平了三處寇亂。那三處？

日本關白平秀吉，西夏哱承恩，播州楊應龍。

平秀吉侵犯朝鮮，哱承恩，楊應龍是土官謀叛，先後削平。遠夷莫不畏服，爭來朝貢。真個是：

一人有慶民安樂，四海無虞國太平。

話中單表萬曆二十年間，日本國關白作亂，侵犯朝鮮。朝鮮國王上表告急，天朝發兵泛海往救。有戶部官奏准：目今兵興之際，糧餉未充，暫開納粟入監之例。原來納粟入監的，有幾般便宜：好讀書，好科舉，好中，結末來又有個小小前程結果。以此宦家公子，富室子弟，倒不願做秀才，都去援例做太學生。自開了這例，兩京太學生，各添至千人之外。內中有一人，姓李名甲，字干先，浙江紹興府人氏。父親李布政所生三兒，惟甲居長。自幼讀書在庠，未得登科，援例入於北雍。因在京坐監，與同鄉柳遇春監生同遊教坊司院內，與一個名姬相遇。那名姬姓杜名媺，排行第十，院中都稱為杜十娘，生得：

渾身雅艷，遍體嬌香，兩彎眉畫遠山青，一對眼明秋水潤。臉如蓮萼，分明卓氏文君，唇似櫻桃，何減白家樊素。可憐一片無瑕玉，誤落風塵花柳中。

那杜十娘自十三歲破瓜，今一十九歲，七年之內，不知歷過了多少公子王孫，一個個情迷意蕩，破家蕩產而不惜。院中傳出四句口號來，道是：

坐中若有杜十娘，斗筲之量飲千觴；院中若識杜老媺，千家粉面都如鬼。

卻說李公子，風流年少，未逢美色，自遇了杜十娘，喜出望外，把花柳情懷，一擔兒挑在他身上。那公子俊俏龐兒，溫存性兒，又是撒漫的手兒，幫襯的勤兒，與十娘一雙兩好，情投意合。十娘因見鴇兒貪財無義，久有從良之志；又見李公子忠厚志誠，甚有心向他。奈李公子懼怕老爺，不敢應承。雖則如此，兩下情好愈密，朝歡暮樂，終日相守，如夫婦一般，海誓山盟，各無他志。真個：

恩深似海恩無底，義重如山義更高。

再說杜媽媽女兒，被李公子占住，別的富家巨室，聞名上門，求一見而不可得。初時李公子撒漫用錢，大差大使，媽媽脅肩諂笑，奉承不暇。日往月來，不覺一年有餘，李公子囊篋漸漸空虛，手不應心，媽媽也就怠慢了。老布政在家聞知兒子闞院，幾遍寫字來喚他回去。他迷戀十娘顏色，終日延捱。後來聞知老爺在家發怒，越不敢回。古人云：「以利相交者，利盡而疏。」那杜十娘與李公子真情相好，見他手頭愈短，心頭愈熱。媽媽也幾遍教女兒打發李甲出院，見女兒不統口，又幾遍將言語觸突李公子，要激怒他起身。公子性本溫克，詞氣愈和，媽媽沒奈何，日逐只將十娘叱罵道：「我們行戶人家，喫客穿客，前門送舊，後門迎新，門庭鬧如火，錢帛堆成垛。自從那李甲在此，混帳一年有餘，莫說新客，連舊主顧都斷了，分明接了個鍾馗老，連小鬼也沒得上門。弄得老娘一家人家，有氣無煙，成甚麼模樣！」杜十娘被罵，耐性不住，便回答道：「那李公子不是空手上門的，也曾費過大錢來。」媽媽道：「彼一時，此一時，你只教他今日費些小錢兒，把與老娘辦些柴米，養你兩口也好。別人家養的女兒便是搖錢樹，千生萬活，偏我家晦氣，養了個退財白虎，開了大門，七件事般般都在老身心上。倒替你這小賤人白白養著窮漢，教我衣食從何處來？你對那窮漢說：有本事出幾兩銀子與我，倒得你跟了他去，我別討個丫頭過活卻不好？」十娘道：「媽媽，這話是真是假？」媽媽曉得李甲囊無一錢，衣衫都典盡了，料他沒處設法。便應道：「老娘從不說謊，當真哩。」十娘道：「娘，你要他許多銀子？」媽媽道：「若是別人，千把銀子也討了，可憐那窮漢出不起，只要他三百兩，我自去討一個粉頭代替。只一件，須是三日內交付與我。左手交銀，右手交人。若三日沒有銀時，老身也不管三七二十一，公子不公子，一頓孤拐，打那光棍出去。那時莫怪老身！」十娘道：「公子雖在客邊乏鈔，諒三百金還措辦得來。只是三日忒近，限他十日便好。」媽媽想道：「這窮漢一雙赤手，便限他一百日，他那裏來銀子。沒有銀子，便鐵皮包臉，料也無顏上門。那時重整家風，媺兒也沒得話講。」答應道：「看你面，便寬到十日。第十日沒有銀子，不干老娘之事。」十娘道：「若十日內無銀，料他也無顏再見了。只怕有了三百兩銀子，媽媽又翻悔起來。」媽媽道：「老身年五十一歲了，又奉十齋，怎敢說謊？不信時與你拍掌為定。若翻悔時，做豬做狗。」

從來海水斗難量，可笑虔婆意不良；料定窮儒囊底竭，故將財禮難嬌娘。

是夜，十娘與公子在枕邊，議及終身之事。公子道：「我非無此心。但教坊落籍，其費甚多，非千金不可。我囊空如洗，如之奈何！」十娘道：「妾已與媽媽議定只要三百金，但須十日內措辦。郎君遊資雖罄，然都中豈無親友，可以借貸。倘得如數，妾身遂為君之所有，省受虔婆之氣。」公子道：「親友中為我留戀行院，都不相顧。明日只做束裝起身，各家告辭，就開口假貸路費，湊聚將來，或可滿得此數。」起身梳洗，別了十娘出門。十娘道：「用心作速，專聽佳音。」公子道：「不須分付。」公子出了院門，來到三親四友處，假說起身告別，眾人也倒歡喜。後來敘到路費欠缺，意欲借貸。常言道：「說著錢，便無緣。」親友們就不招架。他們也見得是，道李公子是風流浪子，迷戀煙花，年許不歸，父親都為他氣壞在家。他今日抖然要回，未知真假。倘或說騙盤纏到手，又去還脂粉錢，父親知道，將好意翻成惡意，始終只是一怪，不如辭了乾淨。便回道：「目今正值空乏，不能相濟，慚愧！慚愧！」人人如此，個個皆然，並沒有個慷慨丈夫，肯統口許他一十二十兩。李公子一連奔走了三日，分毫無獲，又不敢回決十娘，權且含糊答應。到第四日又沒想頭，就羞回院中。平日間有了杜家，連下處也沒有了，今日就無處投宿。只得往同鄉柳監生寓所借歇。柳遇春見公子愁容可掬，問其來歷。公子將杜十娘願嫁之情，備細說了。遇春搖首道：「未必，未必。那杜嫐曲中第一名姬，要從良時，怕沒有十斛明珠，千金聘禮。那鴇兒如何只要三百兩？想鴇兒怪你無錢使用，白白占住他的女兒，設計打發你出門。那婦人與你相處已久，又礙卻面皮，不好明言。明知你手內空虛，故意將三百兩賣個人情，限你十日。若十日沒有，你也不好上門。便上門時，他會說你笑你，落得一場褻瀆，自然安身不牢，此乃煙花逐客之計。足下三思，休被其惑。據弟愚意，不如早早開交為上。」公子聽說，半晌無言，心中疑惑不定。遇春又道：「足下莫要錯了主意。你若真個還鄉，不多幾兩盤費，還有人搭救。若是要三百兩時，莫說十日，就是十個月也難。如今的世情，那肯顧緩急二字的。那煙花也算定你沒處告債，故意設法難你。」公子道：「仁兄所見良是。」口裏雖如此說，心中割捨不下。依舊又往外邊東央西告，只是夜裏不進院門了。公子在柳監生寓中，一連住了三日，共是六日了。杜十娘連日不見公子進院，十分著緊，就教小廝四兒街上去尋。四兒尋到大街，恰好遇見公子。四兒叫道：「李姐夫，娘在家裏望你。」公子自覺無顏，回復道：「今日不得工夫，明日來罷。」四兒奉了十娘之命，一把扯住，死也不放。道：「娘叫咱尋你。是必同去走一遭。」李公子心上也牽掛著表子，沒奈何，只得隨四兒進院。見了十娘，嘿嘿無言。十娘問道：「所謀之事如何？」公子眼中流下淚來。十娘道：「莫非人情淡薄，不能足三百之數麼？」公子含淚而言，道出二句：

「不信上山擒虎易，果然開口告人難。

一連奔走六日，並無銖兩，一雙空手，羞見芳卿，故此這幾日不敢進院。今日承命呼喚，忍恥而來，非某不用心，實是世情如此。」十娘道：「此言休使虔婆知道。郎君今夜且住，妾別有商議。」十娘自備酒肴，與公子歡飲。睡至半夜，十娘對公子道：「郎君果不能辦一錢耶？妾終身之事，當如何也？」公子只是流涕，不能答一語。漸漸五更天曉。十娘道：「妾所臥絮褥內藏有碎銀一百五十兩，此妾私蓄，郎君可持去。三百金，妾任其半，郎君亦謀其半，庶易為力。限只四日，萬勿遲誤。」十娘起身將褥付公子，公子驚喜過望。喚童兒持褥而去。逕到柳遇春寓中，又把夜來之情與遇春說了。將褥拆開看時，絮中都裹著零碎銀子，取出兌時果是一百五十兩。遇春大驚道：「此婦真有心人也。既係真情，不可相負。吾當代為足下謀之。」公子道：「倘得玉成，決不有負。」當下柳遇春留李公子在寓，自出頭各處去借貸。兩日之內，湊足一百五十兩交付公子道：「吾代為足下告債，非為足下，實憐杜十娘之情也。」李甲拿了三百兩銀子，喜從天降，笑逐顏開，欣欣然來見十娘，剛是第九日，還不足十日。十娘問道：「前日分毫難借，今日如何就有一百五十兩？」公子將柳監生事情，又述了一遍。十娘以手加額道：「使吾二人得遂其願者，柳君之力也。」兩個歡天喜地，又在院中過了一晚。次日十娘早起，對李甲道：「此銀一交，便當隨郎君去矣。舟車之類，合當預備。妾昨日於姊妹中借得白銀二十兩，郎君可收下為行資也。」公子正愁路費無出，但不敢開口，得銀甚喜。說猶未了，鴇兒恰來敲門叫道：「媺兒，今日是第十日了。」公子聞叫，啟戶相延道：「承媽媽厚意，正欲相請。」便將銀三百兩放在桌上。鴇兒不料公子有銀，嘿然變色，似有悔意。十娘道：「兒在媽媽家中八年，所致金帛，不下數千金矣。今日從良美事，又媽媽親口所訂，三百金不欠分毫，又不曾過期。倘若媽媽失信不許，郎君持銀去，兒即刻自盡。恐那時人財兩失，悔之無及也。」鴇兒無詞以對。腹內籌畫了半晌，只得取天平兌准了銀子，說道：「事已如此，料留你不住了。只是你要去時，即今就去。平時穿戴衣飾之類，毫厘休想。」說罷，將公子和十娘推出房門，討鎖來就落了鎖。此時九月天氣。十娘纔下床，尚未梳洗，隨身舊衣，就拜了媽媽兩拜。李公子也作了一揖。一夫一婦，離了虔婆大門。

鯉魚脫卻金鉤去，擺尾搖頭再不來。

公子教十娘且住片時：「我去喚個小轎擡你，權往柳榮卿寓所去，再作道理。」十娘道：「院中諸姊妹平昔相厚，理宜話別。況前日又承他借貸路費，不可不一謝也。」乃同公子到各姊妹處謝別。姊妹中惟謝月朗徐素素與杜家相近，尤與十娘親厚。十娘先到謝月朗家。月朗見十娘禿髻舊衫，驚問其故。十娘備述來因。又引李甲相見。十娘指月朗道：「前日路資，是此位姊姊所貸，郎君可致謝。」李甲連連作揖。月朗便教十娘梳洗，一面去請徐素素來家相會。十娘梳洗已畢，謝徐二美人各出所有，翠鈿金釧，瑤簪寶珥，錦袖花裙，鸞帶繡履，把杜十娘裝扮得煥然一新，備酒作慶賀筵席。月朗讓臥房與李甲杜媺二人過宿。次日，又大排筵席，遍請院中姊妹。凡十娘相厚者，無不畢集。都與他夫婦把盞稱喜。吹彈歌舞，各逞其長，務要盡歡，直飲至夜分。十娘向眾姊妹，一一稱謝。眾姊妹道：「十姊為風流領袖，今從郎君去，我等相見無日。何日長行，姊妹們尚當奉送。」月朗道：「候有定期，小妹當來相報。但阿姊千里間關，同郎君遠去，囊篋蕭條，曾無約束，此乃吾等之事。當相與共謀之，勿令姊有窮途之慮也。」眾姊妹各唯唯而散。是晚，公子和十娘仍宿謝家。至五鼓，十娘對公子道：「吾等此去，何處安身？郎君亦曾計議有定著否？」公子道：「老父盛怒之下，若知娶妓而歸，必然加以不堪，反致相累。展轉尋思，尚未有萬全之策。」十娘道：「父子天性，豈能終絕。既然倉卒難犯，不若與郎君於蘇杭勝地，權作浮居。郎君先回，求親友於尊大人面前勸解和順，然後攜妾于歸，彼此安妥。」公子道：「此言甚當。」次日，二人起身辭了謝月朗，暫往柳監生寓中，整頓行裝。杜十娘見了柳遇春，倒身下拜，謝其周全之德：「異日我夫婦必當重報。」遇春慌忙答禮道：「十娘鍾情所歡，不以貧窶易心，此乃女中豪傑。僕因風吹火，諒區區何足掛齒！」三人又飲了一日酒。次早，擇了出行吉日，僱倩轎馬停當。十娘又遣童兒寄信，別謝月朗。臨行之際，只見肩輿紛紛而至，乃謝月朗與徐素素拉眾姊妹來送行。月朗道：「十姊從郎君千里間關，囊中消索，吾等甚不能忘情。今合具薄贐，十姊可檢收，或長途空乏，亦可少助。」說罷，命從人挈一描金文具至前，封鎖甚固，正不知甚麼東西在裏面。十娘也不開看，也不推辭，但殷勤作謝而已。須臾，輿馬齊集，僕夫催促起身。柳監生三盃別酒，和眾美人送出崇文門外，各各垂淚而別。正是：

他日重逢難預必，此時分手最堪憐。

再說李公子同杜十娘行至潞河，舍陸從舟，卻好有瓜洲差使船轉回之便，講定船錢，包了艙口。比及下船時，李公子囊中並無分文餘剩。你道杜十娘把二十兩銀子與公子，如何就沒了？公子在院中闞得衣衫藍縷，銀子到手，未免在解庫中取贖幾件穿著，又製辦了鋪蓋，剩來只夠轎馬之費。公子正當愁悶，十娘道：「郎君勿憂，眾姊妹合贈，必有所濟。」乃取鑰開箱。公子在傍自覺慚愧，也不敢窺覷箱中虛實。只見十娘在箱裏取出一個紅絹袋來，擲於桌上道：「郎君可開看之。」公子提在手中，覺得沉重。啟而觀之，皆是白銀，計數整五十兩。十娘仍將箱子下鎖，亦不言箱中更有何物。但對公子道：「承眾姊妹高情，不惟途路不乏，即他日浮寓吳越間，亦可稍佐吾夫妻山水之費矣。」公子且驚且喜道：「若不遇恩卿，我李甲流落他鄉，死無葬身之地矣。此情此德，白頭不敢忘也。」自此每談及往事，公子必感激流涕。十娘亦曲意撫慰，一路無話。不一日，行至瓜洲，大船停泊岸口，公子別僱了民船，安放行李。約明日侵晨，剪江而渡。其時仲冬中旬，月明如水，公子和十娘坐於舟首。公子道：「自出都門，困守一艙之中，四顧有人，未得暢語。今日獨據一舟，更無避忌。且已離塞北，初近江南，宜開懷暢飲，以舒向來抑鬱之氣，恩卿以為何如？」十娘道：「妾久疏談笑，亦有此心，郎君言及，足見同志耳。」公子乃攜酒具於船首，與十娘鋪氈並坐，傳盃交盞。飲至半酣，公子執卮對十娘道：「恩卿妙音，六院❶推首。某相遇之初，每聞絕調，輒不禁神魂之飛動。心事多違，彼此鬱鬱，鸞鳴鳳奏，久矣不聞。今清江明月，深夜無人，肯為我一歌否？」十娘興亦勃發，遂開喉頓嗓，取扇按拍，嗚嗚咽咽，歌出元人施君美拜月亭雜劇上「狀元執盞與嬋娟」一曲，名小桃紅。真個：

❶ 六院：妓院。

聲飛霄漢雲皆駐，響入深泉魚出遊。

　　卻說他舟有一少年，姓孫名富字善賚，徽州新安人氏。家資巨萬，積祖揚州種鹽❷。年方二十，也是南雍中朋友。生性風流，慣向青樓買笑，紅粉追歡，若嘲風弄月，倒是個輕薄的頭兒。事有偶然，其夜亦泊舟瓜洲渡口，獨酌無聊。忽聽得歌聲嘹喨，鳳吟鸞吹，不足喻其美。起立船頭，佇聽半晌，方知聲出鄰舟。正欲相訪，音響倏已寂然。乃遣僕者潛窺蹤跡，訪於舟人。但曉得是李相公僱的船，並不知歌者來歷。孫富想道：「此歌者必非良家，怎生得他一見？」展轉尋思，通宵不寐。捱至五更，忽聞江風大作。及曉，彤雲密布，狂雪飛舞。怎見得，有詩為證：

千山雲樹滅，萬徑人蹤絕；扁舟蓑笠翁，獨釣寒江雪。

因這風雪阻渡，舟不得開。孫富命艄公移船，泊於李家舟之傍，孫富貂帽狐裘，推窗假作看雪。值十娘梳洗方畢，纖纖玉手，揭起舟傍短簾，自潑盂中殘水，粉容微露，卻被孫富窺見了，果是國色天香。魂搖心蕩，迎眸注目，等候再見一面，杳不可得。沉思久之，乃倚窗高吟高學士梅花詩二句，道：

雪滿山中高士臥，月明林下美人來。

李甲聽得鄰舟吟詩，舒頭出艙，看是何人。只因這一看，正中了孫富之計。孫富吟詩，正要引李公子出

---

❷ 種鹽：在鹽田中製鹽。

頭，他好乘機攀話。當下慌忙舉手，就問：「老兄尊姓何諱？」李公子敘了姓名鄉貫，少不得也問那孫富。孫富也敘過了。又敘了些太學中的閒話，漸漸親熟。孫富便道：「風雪阻舟，乃天遣與尊兄相會，實小弟之幸也。舟次無聊，欲同尊兄上岸，就酒肆中一酌，少領清誨，萬望不拒。」公子道：「萍水相逢，何當厚擾？」孫富道：「說那裏話！『四海之內，皆兄弟也』。」喝教艄公打跳，童兒張傘，迎接公子過船，就於船頭作揖。然後讓公子先行，自己隨後，各各登跳上涯。行不數步，就有個酒樓，二人上樓，揀一副潔淨座頭，靠窗而坐。酒保列上酒肴。孫富舉杯相勸，二人賞雪飲酒。先說些斯文中套話。漸漸引入花柳之事。二人都是過來之人，志同道合，說得入港，一發成相知了。孫富屏去左右，低低問道：「昨夜尊舟清歌者，何人也？」李甲正要賣弄在行，遂實說道：「此乃北京名姬杜十娘也。」孫富道：「既係曲中姊妹，何以歸兄？」公子遂將初遇杜十娘，如何相好，後來如何要嫁，如何借銀討他，始末根由，備細述了一遍。孫富道：「兄攜麗人而歸，固是快事，但不知尊府中能相容否？」公子道：「賤室不足慮。所慮者，老父性嚴，尚費躊躇耳！」孫富將機就機，便問道：「既是尊大人未必相容，兄所攜麗人，何處安頓？亦曾通知麗人，共作計較否？」公子攢眉而答道：「此事曾與小妾議之。」孫富欣然問道：「尊寵必有妙策。」公子道：「他意欲僑居蘇杭，流連山水。使小弟先回，求親友宛轉於家君之前。俟家君回嗔作喜，然後圖歸，高明以為何如？」孫富沉吟半晌，故作愀然之色，道：「小弟乍會之間，交淺言深，誠恐見怪。」公子道：「正賴高明指教，何必謙遜？」孫富道：「尊大人位居方面，必嚴帷薄之嫌，平時既怪兄遊非禮之地，今日豈容兄娶不節之人。況且賢親貴友，誰不迎合尊大人之意者？兄枉去求他，必然相拒。就有個不識時務的進言於尊大人之前，見尊大人意思不允，他就轉口了。兄進不能和睦家庭，退無詞以回復尊寵。即使留連山水，亦非長久之計。萬一資斧困竭，豈不進退兩難！」公子自知手中只有五十金，此時費去大半，說到資斧困竭，進退兩難，不覺點頭道是。孫富又道：「小弟還有句心腹之談，兄肯俯聽否？」公子道：「承兄過愛，更求盡言。」孫富道：「疏不間親，還是莫說罷。」公子道：「但說何妨。」孫富道：「自古道：『婦人水性無常。』況煙花之輩，少真多假。他既係六院名姝，相識定滿天下；或者南邊原有舊約，借兄之力，挈帶而來，以為他適之地。」公子道：「這個恐未必然。」孫富道：「即不然，江南子弟，最工輕薄，兄留麗人獨居，難保無踰牆鑽穴之事。若挈之同歸，愈增尊大人之怒。為兄之計，未有善策。況父子天倫，必不可絕。若為妾而觸父，因妓而棄家，海內必以兄為浮浪不經之人。異日妻不以為夫，弟不以為兄，同袍不以為友，兄何以立於天地之間？兄今日不可不熟思也！」公子聞言，茫然自失，移席問計：「據高明之見，何以教我？」孫富道：「僕有一計，於兄甚便。只恐兄溺枕席之愛，未必能行，使僕空費詞說耳！」公子道：「兄誠有良策，使弟再睹家園之樂，乃弟之恩人也。又何憚而不言耶？」孫富道：「兄飄零歲餘，嚴親懷怒，閨閣離心，設身以處兄之地，誠寢食不安之時也。然尊大人所以怒兄者，不過為迷花戀柳，揮金如土，異日必為棄家蕩產之人，不堪承繼家業耳！兄今日空手而歸，正觸其怒。兄倘能割衽席之愛，見機而作，僕願以千金相贈。兄得千金，以報尊大人，只說在京授館，並不曾浪費分毫，尊大人必然相信。從此家庭和睦，當無間言。須臾之間，轉禍為福。兄請三思，僕非貪麗人之色，實為兄效忠於萬一也！」李甲原是沒主意的人，本心懼怕老子，被孫富一席話，說透胸中之疑，起身作揖道：「聞兄大教，頓開茅塞。但小妾千里相從，義難頓絕，容歸與商之。得其心肯，當奉復耳。」孫富道：「說話之間，宜放婉曲。

彼既忠心為兄，必不忍使兄父子分離，定然玉成兄還鄉之事矣。」二人飲了一回酒，風停雪止，天色已晚。孫富教家僮算還了酒錢，與公子攜手下船。正是：

逢人且說三分話，未可全拋一片心。

卻說杜十娘在舟中，擺設酒果，欲與公子小酌，竟日未回，挑燈以待。公子下船，十娘起迎。見公子顏色匆匆，似有不樂之意，乃滿斟熱酒勸之。公子搖首不飲。一言不發，竟自床上睡了。十娘心中不悅，乃收拾杯盤，為公子解衣就枕，問道：「今日有何見聞，而懷抱鬱鬱如此？」公子歎息而已，終不啟口。問了三四次，公子已睡去了。十娘委決不下，坐於床頭而不能寐。到夜半，公子醒來，又歎一口氣。十娘道：「郎君有何難言之事，頻頻歎息？」公子擁被而起，欲言不語者幾次，撲簌簌掉下淚來。十娘抱持公子於懷間，軟言撫慰道：「妾與郎君情好，已及二載，千辛萬苦，歷盡艱難，得有今日。然相從數千里，未曾哀戚。今將渡江，方圖百年歡笑，如何反起悲傷，必有其故。夫婦之間，死生相共，有事儘可商量，萬勿諱也。」公子再四被逼不過，只得含淚而言道：「僕天涯窮困，蒙恩卿不棄，委曲相從，誠乃莫大之德也。但反覆思之，老父位居方面，拘於禮法，況素性方嚴，恐添嗔怒，必加黜逐。你我流蕩，將何底止？夫婦之歡難保，父子之倫又絕。日間蒙新安孫友邀飲，為我籌及此事，寸心如割。」十娘大驚道：「郎君意將如何？」公子道：「僕事內之人，當局而迷。孫友為我畫一計頗善，但恐恩卿不從耳！」十娘道：「孫友者何人？計如果善，何不可從？」公子道：「孫友名富，新安鹽商，少年風流之士也。夜間聞子清歌，因而問及。僕告以來歷，并談及難歸之故，渠意欲以千金聘汝。我得千金，可藉口以見吾父母；而恩卿亦得所天。但情不能捨，是以悲泣。」說罷，淚如雨下。十娘放開兩手，冷笑一聲道：「為郎君畫此計者，此人乃大英雄也。郎君千金之資，既得恢復，而妾歸他姓，又不致為行李之累，發乎情，止乎禮，誠兩便之策也。那千金在那裏？」公子收淚道：「未得恩卿之諾，金尚留彼處，未曾過手。」十娘道：「明早快快應承了他，不可挫過機會。但千金重事，須得兌足交付郎君之手，妾始過舟，勿為賈豎子所欺。」時已四鼓，十娘即起身挑燈梳洗道：「今日之粧，乃迎新送舊，非比尋常。」於是脂粉香澤，用意修飾，花鈿繡襖，極其華艷，香風拂拂，光采照人。裝束方完，天色已曉。孫富差家童到船頭候信。十娘微窺公子，欣欣似有喜色，乃催公子快去回話，及早兌足銀子。公子親到孫富船中，回復依允。孫富道：「兌銀易事，須得麗人粧臺為信。」公子又回復了十娘，十娘即指描金文具道：「可便擡去。」孫富喜甚。即將白銀一千兩，送到公子船中。十娘親自檢看，足色足數，分毫無爽。乃手把船舷，以手招孫富。孫富一見，魂不附體。十娘啟朱唇，開皓齒道：「方纔箱子可暫發來，內有李郎路引一紙，可檢還之也。」孫富視十娘已為甕中之鱉，即命家童送那描金文具，安放船頭之上。十娘取鑰開鎖，內皆抽屜小箱。十娘叫公子抽第一層來看，只見翠羽明璫，瑤簪寶珥，充牣於中，約值數百金。十娘遽投之江中。李甲與孫富及兩船之人，無不驚詫。又命公子再抽一箱，乃玉簫金管。又抽一箱，盡古玉紫金玩器，約值數千金。十娘盡投之於水。舟中岸上之人，觀者如堵。齊聲道：「可惜可惜！」正不知甚麼緣故。最後又抽一箱，箱中復有一匣。開匣視之，夜明之珠，約有盈把。其他祖母綠，貓兒眼，諸般異寶，目所未睹，莫能定其價之多少。眾人齊聲喝采，喧聲如雷。十娘又欲投之於江。李甲不覺大悔，抱持十娘慟哭，那孫富也來勸解。十娘推開公子在一邊，向孫富罵道：「我與李郎備嘗艱苦，不是容易到此，汝以奸淫之意，巧為讒說，一旦破人姻緣，斷人恩愛，乃我之仇人。我死而有知，必當訴之神明，尚妄想枕席之歡乎！」又對李甲道：「妾風塵數年，私有所積，本為終身之計。自遇郎君，山盟海誓，白首不渝。前出都之際，假托眾姊妹相贈，箱中韞藏百寶，不下萬金。將潤色郎君之裝，歸見父母，或憐妾有心，收佐中饋，得終委托，生死無憾。誰知郎君相信不深，惑於浮議，中道見棄，負妾一片真心。今日當眾目之前，開箱出視，使郎君知區區千金，未為難事。妾櫝中有玉，恨郎眼內無珠。命之不辰，風塵困瘁，甫得脫離，又遭棄捐。今眾人各有耳目，共作證明，妾不負郎君，郎君自負妾耳！」於是眾人聚觀者，無不流涕，都唾罵李公子負心薄倖。公子又羞又苦，且悔且泣，方欲向十娘謝罪。十娘抱持寶匣，向江心一跳。眾人急呼撈救。但見雲暗江心，波濤滾滾，杳無蹤影。可惜一個如花似玉的名姬，一旦葬於江魚之腹。

三魂渺渺歸水府，七魄悠悠入冥途。

當時旁觀之人，皆咬牙切齒，爭欲拳毆李甲和那孫富。慌得李孫二人，手足無措，急叫開船，分途遁去。李甲在舟中，看了千金，轉憶十娘，終日愧悔，鬱成狂疾，終身不痊。孫富自那日受驚，得病臥床月餘，終日見杜十娘在傍詬罵，奄奄而逝。人以為江中之報也。

卻說柳遇春在京坐監完滿，束裝回鄉，停舟瓜步。偶臨江淨臉，失墜銅盆於水，覓漁人打撈。及至撈起，乃是個小匣兒。遇春啟匣觀看，內皆明珠異寶，無價之珍。遇春厚賞漁人，留於床頭把玩。是夜夢見江中一女子，凌波而來，視之，乃杜十娘也。近前萬福，訴以李郎薄倖之事。又道：「向承君家慷慨，以一百五十金相助，本意息肩之後，徐圖報答。不意事無終始；然每懷盛情，悒悒未忘。早間曾以小匣托漁人奉致，聊表寸心，從此不復相見矣。」言訖，猛然驚醒，方知十娘已死，歎息累日。後人評論此事，以為孫富謀奪美色，輕擲千金，固非良士；李甲不識杜十娘一片苦心，碌碌蠢才，無足道者。獨謂十娘千古女俠，豈不能覓一佳侶，共跨秦樓之鳳，乃錯認李公子，明珠美玉，投於盲人，以致恩變為仇，萬種恩情，化為流水，深可惜也！有詩歎云：

不會風流莫妄談，單單情字費人參；若將情字能參透，喚作風流也不慚。

第三十三卷 喬彥傑一妾破家

世事紛紛難訴陳，知機端不誤終身；若論破國亡家者，盡是貪花戀色人。

話說大宋仁宗皇帝明道元年，這浙江路寧海軍，即今杭州是也。在城眾安橋北首觀音庵相近，有一個商人，姓喬名俊字彥傑，祖貫錢塘人。自幼年喪父母，長而魁偉雄壯，好色貪淫。娶妻高氏，各年四十歲。夫妻不生得男子，止生一女，年一十八歲，小字玉秀，至親三口兒。止有一僕人，喚作賽兒。這喬俊看來有三五萬貫資本，專一在長安崇德收絲，往東京賣了，販棗子胡桃雜貨回家來賣，一年有半年不在家。門首交賽兒開張酒店，僱一個酒大工❶叫做洪三，在家造酒。其妻高氏，掌管日逐出進錢鈔一應事務，不在話下。

明道二年春間，喬俊在東京賣絲已了，買了胡桃棗子等貨，船到南京上新河泊，正要行船，因風阻了。一住三日，風大，開船不得。忽見鄰船上有一美婦，生得肌膚似雪，髻挽烏雲。喬俊一見，心甚愛之。乃訪問梢工道：「你船中是甚麼客人？緣何有宅眷在內？」梢工答道：「是建康府周巡檢病故，今家小扶靈柩回山東去。這年小的婦人，乃是巡檢的小娘子。官人問他做甚？」喬俊道：「梢工，你與我

---

❶ 酒大工：做酒的工人。

問巡檢夫人，若肯將此妾與人，我情願多與他些財禮，討此婦為妾，說得這事成了，我把五兩銀子謝你。」梢工遂乃下船艙裏去說這親事。言無數句，話不一席，有分教這喬俊娶這個婦人為妾，直使得：

一家人口因他喪，萬貫家資指日休。

當下梢工下船艙問老夫人道：「小人告夫人跟前，這個小娘子，肯嫁與人麼？」老夫人道：「你有甚好頭腦說他？若有人要娶他，就應承罷，只要一千貫文財禮。」梢工便說：「鄰船上有一販棗子客人，要娶一個二娘子，特命小人來與夫人說知。」夫人便應承了。梢工回復喬俊說：「夫人肯與你了，要一千貫文財禮哩。」喬俊聽說大喜，即便開箱，取出一千貫文，便教梢工送過夫人船上去。夫人接了，說與梢工，教請喬俊過船來相見。喬俊換了衣服，逕過船來拜見夫人。夫人問明白了鄉貫姓氏，就叫侍妾近前分付道：「相公已死，家中兒子利害。我今做主，將你嫁與這個官人為妾，即今便過喬官人船上去。寧海郡大碼頭去處，快活過了生世，你可小心伏侍，不可托大！」這婦人與喬俊拜辭了老夫人，夫人與他一個衣箱物件之類，卻送過船去。喬俊取五兩銀子謝了梢工，心中十分歡喜。乃問婦人：「你的名字叫做甚麼？」婦人乃言：「我叫作春香，年二十五歲。」當晚就舟中與春香同鋪而睡。次日天晴，風息浪平，大小船隻，一齊都開。喬俊也行了五六日，早到北新關，歇船上岸。叫一乘轎子擡了春香，自隨著逕入武林門裏。來到自家門首，下了轎，打發轎子去了。喬俊引春香入家中來。自先走入裏面去與高氏相見，說知此事，出來引春香入去參見。高氏見了春香，焦躁起來，說：「丈夫，你既娶來了，我難以推故。你只依我兩件事，我便容你。」喬俊道：「你且說那兩件事？」高氏啟口說出，直教喬俊有家難奔，有國難投。正是：

婦人之語不宜聽，割戶分門壞五倫。勿信妻言行大道，世間男子幾多人！

當下高氏說與丈夫：「你今已娶來家，我說也自枉然了。只是要你與他別住，不許放在家裏。」喬俊聽得說：「這個容易，我自賃房屋一間與他另住。」高氏又說：「自從今日為始，我再不與你做一處。家中錢本什物，首飾衣服，我自與女兒兩個受用，不許你來討。一應官司門戶等事，你自教賤婢支持，莫再來纏我，你依得麼？」喬俊沉吟了半晌，心裏道：「欲待不依，又難過日子。罷罷！」乃言：「都依你。」高氏不語。次日早起去搬貨物行李回家，就央人賃房一間，在銅錢局前，——今對貢院是也。——揀個吉日，喬俊帶了周氏，點家火一應什物完備，搬將過去。住了三朝兩日，歸家走一次。

光陰似箭，日月如梭，不覺半年有餘。喬俊刮取人頭帳目❷，及私房銀兩，還夠做本錢。收絲已完，打點家中柴米之類，分付周氏：「你可耐靜，我出去多只兩月便回；如有急事，可回去大娘家裏說知。」道罷，逕到家裏說與高氏：「我明日起身去後，多只兩月便回。倘有事故，你可照管周氏，看夫妻之面！」女兒道：「爹爹早回。」別了妻女，又來新住處打點明早起程。此時是九月間，出門搭船，登途去了。一去兩個月。周氏在家終日倚門而望，不見丈夫回來。看看又是冬景至了。其年大冷。忽一日晚彤雲密布，紛紛揚揚，下一天大雪。高氏在家思忖，丈夫一去，因何至冬時節，只管不回？這周氏寒冷。賽兒又病重，起身不得；乃叫洪三將些柴米炭火錢物，送與周氏。周氏見雪下得大，閉門在家哭泣。聽得敲

❷ 人頭帳目：與別人往來款項的帳目。

門，只道是丈夫回來。慌忙開門，見了洪大工挑了東西進門。周氏乃問大工：「大娘大姐一向好麼？」大工答道：「大娘見大官人不回，記掛你無盤纏，教我送柴米錢鈔與你用。」周氏見說，回言：「大工，你回家去，多多拜上大娘大姐！」大工別了，自回家去。次日午牌時分，周氏門首又有人敲門。周氏道：「這等大雪，又是何人敲門？」只因這人來，有分教，周氏再不能與喬俊團圓。正是：

閉門屋裏坐，禍從天上來。

當日雪下得越大，周氏在房中向火。忽聽得有人敲門，起身開門看時，見一人頭戴破頭巾，身穿舊衣服。便問周氏道：「嫂子，喬俊在家麼？」周氏答道：「自從九月出門，還未回哩。」那人說：「我是他里長。今來差喬俊去海寧砌江塘，做夫十日，歇二十日，又做十日。他既不在家，我替你們尋個人，你出錢僱他去做工。」周氏答道：「既如此，只憑你教人替了，我自還你工錢。」里長相別出門。次日飯後，領一個後生，年約二十歲，與周氏相見。里長說與周氏：「此人是上海縣人，姓董名小二。自幼他父母俱喪。如今專靠與人家做工過日，每年只要你三五百貫錢，冬夏做些衣服與他穿。我看你家裏又無人，可僱他在家走動也好。」周氏見說，心中歡喜，道：「委實我家無人走動，看這人，想也是個良善本分的，工錢便依你罷了。」當下遂謝了里長，留在家裏。至次日，里長來叫去海寧做夫，周氏取些錢鈔與小二，跟著里長去了十日，回來。這小二在家裏小心謹慎，燒香掃地，件件當心。

且說喬俊在東京賣絲，與一個上廳行首沈瑞蓮來往，倒身在他家使錢，因此留戀在彼，全不管家中妻妾。只戀花門柳戶，逍遙快樂。那知家裏賽兒病了兩個餘月死了。高氏叫洪三買具棺木，扛出城外化人場燒了。高氏立性貞潔，自在門前賣酒，無有半點狂心。不想周氏自從安了董小二在家，倒有心看上他。有時做夫回來，熱羹熱飯搬與他喫。小二見他家無人，勤謹做活。周氏時常眉來眼去的勾引他。這小二也有心，只是不敢上前。一日正是十二月三十日夜，周氏叫小二去買些酒果魚肉之類過年。到晚，周氏叫小二關了大門，去灶上盪一注子酒，切些肉做一盤，安排火盆，點上了燈，就擺在房內床面前桌兒上。小二在灶前燒火，周氏輕輕的叫道：「小二，你來房裏來，將些東西去喫！」小二千不合萬不合走入房內，有分教小二死無葬身之地。正是：

僮僕人家不可無，豈知撞了不良徒；分明一段蹺蹊事，瞞著堂堂大丈夫。

此時周氏叫小二到床前，便道：「小二你來你來，我和你喫兩盃酒，今夜你就在我房裏睡罷。」小二道：「不敢！」周氏罵了兩三聲：「蠻子！」雙手把小二抱到床邊，挨肩而坐。便將小二扯過懷中，解開主腰兒教他摸胸前膔團也似白奶，小二淫心蕩漾，便將周氏臉摟過來，將舌尖兒度在周氏口內，任意快樂。周氏將酒篩下，兩個喫一個交盃酒，兩人合喫五六盃。周氏道：「你在外頭歇，我在房內也是自歇，寒冷難熬。你今無福，不依我的口。」小二跪下道：「感承娘子有心，小人亦有意多時了，只是不敢說。今日娘子擡舉小人，此恩殺身難報。」二人說罷，解衣脫帶，就做了夫妻。一夜快樂，不必說了。天明，小二先起來燒湯洗碗做飯，周氏方起，梳粧洗面罷，喫飯。正是：

少女少郎，情色相當。

卻如夫妻一般在家過活，左右鄰舍皆知此事，無人閒管。

卻說高氏因無人照管門前酒店，忽一日，聽得閒人說：「周氏與小二通奸。」且信且疑，放心不下。因此教洪大工去與周氏說：「且搬回家，省得兩邊家火。」周氏見洪大工來說，沉吟了半晌，勉強回言道：「既是大娘好意，今晚就將家火搬回家去。」洪大工得了言語自回家了。周氏便叫小二商量：「今大娘要我搬回家去，料想違他不得，只是你卻如何？」小二答道：「娘子，大娘家裏也無人，小人情願與大娘家送酒走動。只是一件，不比此地，不得與娘子快樂了。不然，就今日拆散了罷。」說罷，兩個摟抱著，哭了一回。周氏道：「你且安心，我今收拾衣箱什物，你與我挑回大娘家去。我自與大娘說，留你在家，暗地裏與我快樂。且等丈夫回來，再做計較。」小二見說，纔放心歡喜。回言道：「萬望娘子用心！」當日下午收拾已了，小二先挑了箱籠來。捱到黃昏，洪大工提個燈籠去接周氏。周氏取具鎖鎖了大門，同小二回家。正是：

飛蛾撲火身須喪，蝙蝠投竿命必傾。

當時小二與周氏到家，見了高氏。高氏道：「你如今回到家一處住了，如何帶小二回來？何不打發他去了？」周氏道：「大娘門前無人照管，不如留他在家使喚，待等丈夫回時，打發他未遲。」高氏是個清潔的人，心中想道：「在我家中，我自照管著他，有甚皂絲麻線？」遂留下教他看店，討酒鐔，一應都會得。不覺又過了數月。周氏雖和小二有情，終久不比自住之時，兩個任意取樂。一日，周氏見高氏說起小二諸事勤謹，又本分，便道：「大娘何不將大姐招小二為婿，卻不便當？」高氏聽得大怒，罵道：

「你這個賤人，好沒志氣！我女兒招僱工人為婿？」周氏不敢言語，喫高氏罵了三四日。高氏只倚著自身正大，全不想周氏與他通姦，故此要將女兒招他。若還思量此事，只消得打發了小二出門，後來不見得自身同女打死在獄，滅門之事。

且說小二自三月來家，古人云：「一年長工，二年家公，三年太公。」不想喬俊一去不回，小二在大娘家一年有餘，出入房室，諸事托他，便做喬家公，欺負洪三。或早或晚，見了玉秀，便將言語調戲他。不則一日，不想玉秀被這小二姦騙了。其事周氏也知，只瞞著高氏。似此又過了一月。其時是六月半，天道大熱，玉秀在房內洗浴。高氏走入房中，看見女兒奶大，喫了一驚。待女兒穿了衣裳。叫女兒到面前問道：「你喫何人弄了身體，這奶大了？你好好實說，我便饒你！」玉秀推托不過，只得實說，「我被小二哄了。」高氏跌腳叫苦：「這事都是這小婆娘做一路，壞了我女孩兒，此事怎生是好？」欲待聲張起來，又怕嚷動人知，苦了女兒一世之事。當時沉吟了半晌，眉頭一蹙，計上心來，只除害了這蠻子，方纔免得人知。不覺又過了兩月。忽值八月中秋節到，高氏叫小二買些魚肉果子之物，安排家宴。當晚高氏周氏玉秀在後園賞月，叫洪三和小二別在一邊喫。高氏至夜三更，叫小二賞了兩大碗酒。小二不敢推辭，一飲而盡，不覺大醉，倒了。洪三也有酒，自去酒房裏睡了。這小二只因酒醉，中了高氏計策，當夜便是：

東嶽新添枉死鬼，陽間不見少年人。

當時高氏使女兒自去睡了。便與周氏說：「我只管家事買賣，那知你與這蠻子通姦。你兩個做了一路，故意教他姦了我的女兒。丈夫回來，教我怎的見他分說？我是個清清白白的人，如今討了你來，被你玷辱我的門風，如何是好！我今與你只得沒奈何害了這蠻子性命，神不知，鬼不覺。倘丈夫回來，你與我女兒俱各免得出醜，各無事了。你可去將條索來！」周氏初時不肯，被高氏罵道：「都是你這賤人與他通姦，因此壞了我女兒，你還戀著他？」周氏喫罵得沒奈何，只得去房裏取了麻索，遞與高氏。高氏接了，將去小二頸項下一絞。原來婦人家手軟，縛了一個更次，絞不死。小二喊起來，高氏急了，無家火在手邊，教周氏去灶前捉把劈柴斧頭，把小二腦門上一斧，腦漿流出死了。高氏與周氏商量：「好卻好了，這死屍須是今夜發落便好。」周氏道：「可叫洪三起來，將塊大石縛在屍上，馱去丟在新橋河裏水底去了，待他屍首自爛，神不知，鬼不覺。」高氏大喜，便到酒作坊裏叫起洪大工來，大工走入後園，看見了小二屍首道：「袪除了這害最好。倘留他在家，大官人回來，也有老大的口面。」周氏道：「你可趁天未明，把屍首馱去新河裏，把塊大石縛住，墜下水裏去。若到天明，倘有人問時，只說道小二偷了我家首飾物件，夜間逃走了。他家一向又無人往來的，料然沒事。」洪大工馱了屍首，高氏將燈照出門去。此時有五更時分，洪大工馱到河邊，掇塊大石，綁縛在屍首上，丟在河內，直推開在中心裏。這河有丈餘深水，當時沉下水底去了，料道永無蹤跡。洪大工回家，輕輕的關了大門，高氏與周氏各回房裏睡了。高氏雖自清潔，也欠些聰明之處，錯幹了此事。既知其情，只可好好打發了小二出門便了。千不合，萬不合，將他絞死。後來卻被人首告，打死在獄，滅門絕戶，悔之何及！且說洪大工睡至天明，起來開了酒店，高氏依舊在門前賣酒。玉秀眼中不見了小二，也不敢問。周氏自言自語，假意道：「小二這廝無禮，偷了我首飾物件，夜間逃走了。」玉秀自在房裏，也不問他。那鄰舍也不管他家小二在與不在。高氏一時害了小二性命，疑決不下，早晚心中只恐事發，終日憂悶過日。正是：

要人知重勤學，怕人知事莫做。

卻說武林門外清湖閘邊，有個做靴的皮匠，姓陳名文，渾家程氏五娘，夫妻兩口兒，止靠做靴鞋度日。此時是十月初旬，這陳文與妻子爭論，一口氣，走入門裏滿橋邊皮市裏買皮，當日不回，次日午後也不回。程五娘心內慌起來。又過了一夜，亦不見回。獨自一個在家煩惱。將及一月，並無消息。這程五娘不免走入城裏問訊。逕到皮市裏來，問賣皮店家，皆言：「一月前何曾見你丈夫來買皮？莫非死在那裏了？」有多口的道：「你丈夫穿甚衣服出來？」程五娘道：「我丈夫頭戴萬字頭巾，身穿著青絹一口中❸。一月前說來皮市裏買皮，至今不見信息，不知何處去了？」眾人道：「你可城內各處去尋，便知音信。」程五娘謝了眾人，遶城中逢人便問。一日，並無蹤跡。過了兩日，喫了早飯，又入城來尋問。不端不正，走到新橋上過。正是事有湊巧，物有偶然。只見河岸上有人喧哄說道：「有個人死在河裏，身上穿領青衣服，泛起在橋下水面上。」程五娘聽得說，連忙走到河岸邊，分開人眾一看時，只見水面上漂浮一個死屍，穿著青衣服。遠遠看時，有些相像。程氏便大哭道：「丈夫緣何死在水裏？」看的人都呆了。程氏又哀告眾人：「那個伯伯肯與奴家搜過我的丈夫屍首到岸邊，奴家認一認看。奴家自奉酒錢五十貫。」當時有一個破落戶，叫做王酒酒，專一在街市上幫閒打哄，賭騙人財，這廝是個潑皮，沒人家理他。當時也在那裏看，聽見程五娘許說五十貫酒錢，便說道：「小娘子，我與你搜過屍首來岸邊

❸ 一口中：一種裏外可穿的短衫。

你認看。」五娘哭罷道：「若得伯伯如此，深恩難報！」這王酒酒見隻過往船，便跳上船去，叫道：「梢工，你可住一住，等我替這個小娘子拽這屍首到岸邊。」當時王酒酒拽那屍首來。王酒酒認得喬家董小二的屍首，口裏不說出來，只教程氏認看。只因此起，有分教高氏一家，死於非命。正是：

鬧裏鑽頭熱處歪，遇人猛惜愛錢財。誰知錯認屍和首，引出冤家禍患來。

此時王酒酒在船上，將竹篙推那屍首到岸邊來，程氏看時，見頭面皮肉卻被水浸壞了，全不認得。看身上衣服卻認得，是丈夫的模樣。號號大哭，哀告王酒酒道：「煩伯伯同奴去買口棺木來盛了，卻又作計較。」王酒酒便隨程五娘到褚堂仵作李團頭家，買了棺木，叫兩個火家來河下撈起屍首，盛於棺內，就在河岸邊存著。那時新橋下無甚人家住，每日止有船隻來往。程氏取五十貫錢，謝了王酒酒。王酒酒得了錢，一逕走到高氏酒店門前，以買酒為名，便對高氏說：「你家緣何打死了董小二，丟在新橋河內？如今泛將起來。你道一場好笑！那裏走一個來錯認做丈夫屍首，買具棺木盛了，改日卻來埋葬。」高氏道：「王酒酒，你莫胡言亂語，我家小二，偷了首飾衣服在逃，追獲不著，那得這話！」王酒酒道：「大娘子，你不要賴！瞞了別人，不要瞞我。你今送我些錢鈔買求我，我便任那婦人錯認了去。你若白賴不與我，我就去本府首告，叫你喫一場人命官司。」高氏聽得，便罵起來：「你這破落戶，千刀萬剮的賊，不長俊的乞丐！見我丈夫不在家，今來詐我！」王酒酒被罵，大怒而去。能殺的婦人，到底無志氣，胡亂與他些錢鈔，也不見得弄出事來；當時高氏千不合萬不合，罵了王酒酒這一頓，被那廝走到寧海郡安撫司前，叫起屈來。安撫相公正坐廳上押文書，叫左右喚至廳下，問道：「有何屈事？」王酒酒跪在廳下，告道：「小人姓王名青，錢塘縣人，今來首告。鄰居有一喬俊，出外為商未回。其妻高氏，與妾周氏，一女玉秀，與家中一傭工人董小二有姦情。不知怎的緣故，把董小二謀死，丟在新橋河裏，如今泛起。小人去與高氏言說，反被本婦百般辱罵。他家有個酒大工，叫做洪三，敢是同心謀害的。小人不甘，因此叫屈。望相公明鏡昭察！」安撫聽罷，著外郎錄了王青口詞，押了公文，差兩個牌軍押著王青去捉拿三人并洪三，火急到廳。當時公人逕到高氏家，捉了高氏周氏玉秀洪三四人。關了大門，取鎖鎖了。逕到安撫司廳上。一行人跪下。相公是蔡州人，姓黃名正大，為人奸狡，貪濫酷刑。問高氏：「你家董小二何在？」高氏道：「小二拐物在逃，不知去向。」王青道：「要知明白，只問洪三，便知分曉。」安撫遂將洪三拖翻拷打，兩腿五十黃荊，血流滿地。打熬不過，只得招道：「董小二先與周氏有姦，後搬回家，姦了玉秀。高氏知覺，恐丈夫回家，辱滅了門風。於今年八月十五日，中秋夜賞月，教小的同小二兩個在一邊喫酒，我兩個都醉了。小的怕失了事，自去酒房內睡了。到五更時分，只見高氏周氏來酒房門邊，叫小的去後園內，只見小二屍首在地，教我速馱去丟在河內去。小的問高氏因由。高氏備將前事說道：『二人通同姦騙女兒，倘或丈夫回日，怎的是好？我今出於無奈，因是趕他不出去，又怕說出此情，只得用麻索絞死了。』小的是個老實的人，說道：『看這廝忒無理，也祛除了一害。』小的便將小二屍首，馱在新橋河邊，用塊大石，縛在他身上，沉在水底下。只此便是實話。」安撫見洪三招狀明白，點指畫字。二婦人見洪三已招，驚得魂不附體，玉秀抖做一塊。安撫叫左右將三個婦人過來供招，玉秀只得供道：「先是周氏與小二有姦。母高氏收拾回家，將奴調戲，奴不從。後來又調戲，奴又不從。將奴強抱到後園奸騙了。到八月十五日，備果喫酒賞月，母高氏先叫奴去房內睡了，並不知小二死亡之事。」安撫又問周氏：「你既與小二有姦，緣何將女孩兒壞了？你好好招承，免至受苦！」周氏兩淚交流，只得從頭一一招了。安撫又問高氏：「你緣何謀殺小二？」高氏抵賴不過，從頭招認了。都押下牢監了。安撫俱將各人供狀立案，次日差縣尉一人，帶領仵作行人，押了高氏等去新河橋下檢屍。當日鬧動城裏城外人都得知。男子婦人，挨肩擦背，不計其數，一齊來看。正是：

好事不出門，惡事傳千里。

卻說縣尉押著一行人到新橋下，打開棺木，取出屍首，檢看明白。將屍放在棺內，縣尉帶了一干人回話。董小二屍雖是斧頭打碎頂門，麻索絞痕見在。安撫叫左右將高氏等四人各打二十下，都打得昏暈復醒。取一面長枷，將高氏枷了。周氏玉秀洪三俱用鐵索鎖了，押下大牢內監了。王青隨衙聽候。且說那皮匠婦人，也知得錯認了，再也不來哭了。思量起來，一場惶恐，幾時不敢見人。這話且不說。再說玉秀在牢中湯水不喫，次日死了。又過了兩日，周氏也死了。洪三看看病重，獄卒告知安撫，安撫令官醫醫治，不痊而死。止有高氏渾身發腫，棒瘡疼痛熬不得，飯食不喫，服藥無用，也死了。可憐不夠半個月日，四個都死在牢中。獄卒通報，知府與吏商量，喬俊久不回家，妻妾在家，謀死人命，本該償命。兇身人等俱死，具表申奏朝廷，方可決斷。不則一日，聖旨到下，開讀道：「兇身俱已身死，將家私抄扎❹入官。小二屍首，又無苦主親人來領，燒化了罷。」當時安撫即差吏去，打開喬俊家大門，將細軟錢物，盡數入官。燒了董小二屍首，不在話下。

❹ 抄扎：抄查沒收。

卻說喬俊合當窮苦，在東京沈瑞蓮家，全然不知家中之事。住了兩年，財本使得一空，被虔婆常常發語道：「我女兒戀住了你，又不能接客，怎的是了？你有錢鈔，將些出來使用；無錢，你自離了我家，等我女兒接別個客人。終不成餓死了我一家罷！」喬俊是個有錢過的人，今日無了錢，被虔婆趕了數次，眼中淚下。尋思要回鄉，又無盤纏。那沈瑞蓮見喬俊淚下，也哭起來，道：「喬郎，是我苦了你！我有些日前趲下的零碎錢，與你些，做盤纏回去了罷。你若有心，到家取得些錢，再來走一遭。」喬俊大喜，當晚收拾了舊衣服，打了一個衣包，沈行首取出三百貫文，把與喬俊打在包內，別了虔婆，馱了衣包，手提了一條棍棒，又辭了瑞蓮，兩個流淚而別。且說喬俊於路搭船，不則一日，來到北新關。天色晚了，便投一個相識船主人家宿歇，明早入城。那船主人見了喬俊，喫了一驚，道：「喬官人，你一向在那裏去了，只管不回？你家中小娘子周氏，與一個僱工人有姦。大娘子取回一家住了，卻又與你女兒有姦。我聽得人說，不知爭姦也是怎的，大娘子謀殺了僱工人，酒大工洪三將屍丟在新橋河內。有了兩個月，屍首泛將起來，被人首告在安撫司。捉了大娘子，小娘子，你女兒并酒大工洪三到官。拷打不過，只得招認。監在牢裏，受苦不過，如今四人都死了。朝廷文書下來，抄扎你家財產入官。你如今投那裏去好？」喬俊聽罷，卻似：

分開八片頂陽骨，傾下半桶冰雪來！

這喬俊驚得呆了半晌，語言不得。那船主人排些酒飯與喬俊喫，那裏喫得下。兩行珠淚，如雨收不住，哽咽悲啼。心下思量：「今日不想我閃得有家難奔，有國難投，如何是好？」番來覆去，過了一夜。次日黑早起來，辭了船主人，背了衣包，急急奔武林門來。到著自家對門一個古董店王將仕門首立了。看自家房屋，俱拆沒了，止有一片荒地。卻好王將仕開門，喬俊放下衣包，向前拜道：「老伯伯，不想小人不回，家中如此模樣！」王將仕道：「喬官人，你一向在那裏不回？」喬俊道：「只為消折了本錢，歸鄉不得，並不知家中的消息。」王將仕邀喬俊到家中坐定道：「賢侄聽老身說，你去後，家中如此如此，……」把從頭之事，一一說了。「只好笑一個皮匠婦人，因丈夫死在外邊，到來錯認了屍。卻被王酒酒那廝首告，害了你大妻、小妾、女兒并洪三到官，被打得好苦惱，受疼不過，都死在牢裏，家產都抄扎入官了。你如今那裏去好？」喬俊聽罷，兩淚如傾，辭別了王將仕。上南不是，落北又難！歎了一口氣，道：「罷罷罷！我今年四十餘歲，兒女又無，財產妻妾俱喪了，去投誰的是好？」一逕走到西湖上第二橋，望著一湖清水便跳，投入水下而死。這喬俊一家人口，深可惜哉！

卻說王青這一日午後，同一般破落戶在西湖上閒蕩，剛到第二橋坐下，大家商量湊錢出來買碗酒喫。眾人道：「還勞王大哥去買，有些便宜。」只見王酒酒接錢在手，向西湖裏一撒。兩眼睜得圓滴溜，口中大罵道：「王青！那董小二奸人妻女，自取其死，與你何干？你只為詐錢不遂，害得我喬俊好苦！一門親丁四口，死無葬身之地。今日須償還我命來！」眾人知道是喬俊附體，替他磕頭告饒。只見王青打自己巴掌約有百餘，罵不絕口。跳入湖中而死。眾人傳說此事，都道喬俊雖然好色貪淫，卻不曾害人，今受此慘禍，九泉之下，怎放得王青過！這番索命，亦天理之必然也。後人有詩云：

喬俊貪淫害一門，王青毒害亦亡身。從來好色亡家國，豈見詩書誤了人。

第三十四卷　王嬌鸞百年長恨

天上烏飛兔走，人間古往今來；昔年歌管變荒臺，轉眼是非興敗！
須識鬧中取靜，莫因乖過成歡。不貪花酒不貪財，一世無災無害。

話說江西饒州府餘干縣長樂村，有一小民叫做張乙。因販些雜貨到於縣中，夜深投宿城外一邸店，店房已滿，不能相容。間壁鎖下一空房，卻無人住。張乙道：「店主人何不開此房與我？」主人道：「此房中有鬼，不敢留客。」張乙道：「便有鬼，我何懼哉！」主人只得開鎖，將燈一盞，掃帚一把，交與張乙。張乙進房，把燈放穩，挑得亮亮的。房中有破床一張，塵埃堆積，用掃帚掃淨，展上鋪蓋，討些酒飯喫了，推轉房門，脫衣而睡。夢見一美色婦人，衣服華麗，自來薦枕，夢中納之。及至醒來，此婦宛在身邊。張乙問是何人。此婦道：「妾乃鄰家之婦，因夫君遠出，不能獨宿，是以相就。勿多言，又當自知。」張亦不再問。天明，此婦辭去。至夜又來，歡好如初。如此三夜。店主人見張客無事，偶話及此房內曾有婦人縊死，往往作怪，今番卻太平了。張乙聽在肚裏。至夜，此婦仍來。張乙問道：「今日店主人說這房中有縊死女鬼，莫非是你？」此婦並無慚諱之意，答道：「妾身是也！然不禍於君，君幸勿懼。」張乙道：「試說其詳。」此婦道：「妾乃娼女，姓穆，行廿二，人稱我為廿二娘。與餘干客人楊川相厚。楊許娶妾歸去，妾將私財百金為助。一去三年不來，妾為鴇兒拘管。無計脫身，挹鬱不堪，遂自縊而死。鴇兒以所居售人，今為旅店。此房，昔日妾之房也，一靈不泯，猶依棲於此。楊川與你同鄉，可認得麼？」張乙道：「認得。」此婦道：「今其人安在？」張乙道：「去歲已移居饒州南門，娶妻開店，生意甚足。」婦人嗟歎良久，更無別語。又過了二日，張乙要回家。婦人道：「妾願始終隨君，未識許否？」張乙道：「倘能相隨，有何不可。」婦人道：「君可製一小木牌，題曰『廿二娘神位』，置於篋中。但出牌呼妾，妾便出來。」張亦許之。婦人道：「妾尚有白金五十兩埋於此床之下，沒人知覺，君可取用。」張掘地果得白金一瓶，心中甚喜。過了一夜。次日張乙寫了牌位，收藏好了，別店主而歸。到於家中，將此事告與渾家。渾家初時不喜。見了五十兩銀子，遂不嗔怪。張乙於東壁立了廿二娘神主，其妻戲往呼之，白日裏竟走出來，與妻施禮。妻初時也驚訝。後遂慣了，不以為事。夜來張乙夫婦同床，此婦亦來，也不覺床之狹窄。過了十餘日。此婦道：「妾尚有夙債在於郡城，君能隨我去索取否？」張利其所有，一口應承。即時顧船而行。船中供下牌位。此婦同行同宿，全不避人。不則一日，到了饒州南門，此婦道：「妾往楊川家討債去。」張乙方欲問之，此婦倏已上岸。張隨後跟去，見此婦竟入一店中去了。問其店，正楊川家也。張久候不出。忽見楊舉家驚惶，少頃哭聲振地。問其故，店中人云：「主人楊川向來無病，忽然中惡，九竅流血而死。」張乙心知廿二娘所為，嘿然下船，向牌位苦叫，亦不見出來了。方知有夙債在郡城，乃楊川負義之債也。有詩歎云：

王魁負義曾遭譴，李益虧心亦改常；請看楊川下稍事，皇天不佑薄情郎。

方纔說穆廿二娘事，雖則死後報冤，卻是鬼自出頭，還是渺茫之事。如今再說一件故事，叫做王嬌鸞百年長恨。這個冤更報得好。此事非唐非宋，出在國朝天順初年。廣西苗蠻作亂，各處調兵征勦，有臨安衛指揮王忠所領一枝浙兵，違了限期，被參降調河南南陽衛中所千戶。即日引家小到任。王忠年六十餘，止一子王彪，頗稱驍勇，督撫留在軍前效用。倒有兩個女兒，長曰嬌鸞，次曰嬌鳳。鸞年十八，鳳年十六。鳳從幼育於外家，就與表兄對姻。只有嬌鸞未曾許配。夫人周氏，原係繼妻。周氏有嫡姐，嫁曹家，寡居而貧，夫人接他相伴甥女嬌鸞，舉家呼為曹姨。嬌鸞幼通書史，舉筆成文。因愛女慎於擇配，所以及笄未嫁，每每臨風感歎，對月淒涼。惟曹姨與鸞相厚，知其心事，他雖父母亦不知也。一日清明節屆，和曹姨及侍兒明霞後園打鞦韆耍子。正在鬧熱之際，忽見牆缺處有一美少年，紫衣唐巾❶，舒頭觀看，連聲喝采。慌得嬌鸞滿臉通紅，推著曹姨的背，急回香房。侍女也進去了。生見園中無人，踰牆而入，鞦韆架子尚在，餘香彷彿，正在凝思。忽見草中一物，拾起看時，乃三尺線繡香羅帕也。生得此如獲珍寶。聞有人聲自內而來，復踰牆而出，仍立於牆缺邊。看時，乃是侍兒來尋香羅帕的。生見其三回五轉，意興已倦，微笑而言：「小娘子！羅帕已入人手，何處尋覓？」侍兒擡頭見是秀才，便上前萬福道：「相公想已檢得，乞即見還，感德不盡！」那生道：「此羅帕是何人之物？」侍兒道：「是小姐的。」那生道：「既是小姐的東西，還得小姐來討，方纔還他。」侍兒道：「相公府居何處？」那生道：「小生姓周名廷章，蘇州府吳江縣人，父親為本學司教，隨任在此，與尊府只一牆之隔。」原來衛署與學宮基址相連，衛叫做東衙，學叫做西衙。花園之外，就是學中的隙地。侍兒道：「貴公子又是

❶ 唐巾：明朝讀書人所戴的頭巾。

近鄰，失瞻了。妾當稟知小姐，奉命相求。」廷章道：「敢聞小姐及小娘子大名？」侍兒道：「小姐名嬌鸞，主人之愛女，妾乃貼身侍婢明霞也。」廷章道：「小生有小詩一章，相煩致於小姐。即以羅帕奉還。」明霞本不肯替他寄詩，因要羅帕入手，只得應允。廷章道：「煩小娘子少待。」廷章去不多時，攜詩而至。桃花箋疊成方勝。明霞接詩在手，問：「羅帕何在？」廷章笑道：「羅帕乃至寶，得之非易，豈可輕還？小娘子且將此詩送與小姐看了，待小姐回音，小生方可奉璧。」明霞沒奈何，只得轉身。

只因一幅香羅帕，惹起千秋長恨歌。

話說鸞小姐自見了那美少年，雖則一時慚愧，卻也挑動個「情」字。口中不語，心下躊躇道：「好個俊俏郎君，若嫁得此人，也不枉聰明一世。」忽見明霞氣忿忿的入來。嬌鸞問：「香羅帕有了麼？」明霞口稱：「怪事！香羅帕卻被西衙周公子收著。就是牆缺內喝采的那紫衣郎君。」嬌鸞道：「與他討了就是。」明霞道：「怎麼不討！也得他肯還！」嬌鸞道：「他為何不還？」明霞道：「他說：『小生姓周名廷章，蘇州府吳江人氏，父為司教，隨任在此。與吾家只一牆之隔。既是小姐的香羅帕，必須小姐自討。』」嬌鸞道：「你怎麼說？」明霞道：「我說待妾稟知小姐，奉命相求。他道，有小詩一章，煩吾傳遞，待有回音，纔把羅帕還我。」明霞將桃花箋遞與小姐。嬌鸞見了這方勝，已有三分之喜，拆開看時，乃七言絕句一首：

帕出佳人分外香，天公教付有情郎；殷勤寄取相思句，擬作紅絲入洞房。

嬌鸞若是個有主意的，捹得棄了這羅帕，把詩燒卻，分付侍兒，下次再不許輕易傳遞，天大的事都完了。奈嬌鸞一來是及瓜不嫁知情慕色的女子；二來滿肚才情不肯埋沒，亦取薛濤箋答詩八句：

妾身一點玉無瑕，生自侯門將相家；靜裏有親同對月，閒中無事獨看花。
碧梧只許來奇鳳，翠竹那容入老鴉；寄語異鄉孤另客，莫將心事亂如麻。

明霞捧詩方到後園，廷章早在缺牆相候。明霞道：「小姐已有回詩了，可將羅帕還我。」廷章將詩讀了一遍，益慕嬌鸞之才，必欲得之。道：「小娘子耐心，小生又有所答。」再回書房，寫成一絕：

居傍侯門亦有緣，異鄉孤另果堪憐；若容鸞鳳雙棲樹，一夜簫聲入九天。

明霞道：「羅帕又不還，只管寄甚麼詩？我不寄了。」廷章袖中出金簪一根道：「這微物奉小娘子，權表寸敬，多多致意小姐。」明霞貪了這金簪，又將詩回復嬌鸞。嬌鸞看罷，悶悶不悅。明霞道：「詩中有甚言語觸犯小姐？」嬌鸞道：「書生輕薄，都是調戲之言。」明霞道：「小姐大才，何不作一詩罵之，以絕其意。」嬌鸞道：「後生家性重，不必罵，且好言勸之可也。」再取薛箋題詩八句：

獨立庭際傍翠陰，侍兒傳語意何深。滿身竊玉偷香膽，一片撩雲撥雨心。
丹桂豈容稚子折，珠簾那許曉風侵；勸君莫想陽臺夢，努力攻書入翰林。

自此一倡一和，漸漸情熟，往來不絕。明霞的足跡不斷後園，廷章的眼光不離牆缺。詩篇甚多，不暇細述。時屆端陽，王千戶治酒於園亭家宴。廷章於牆缺往來，明知小姐在於園中，無由一面，侍女明霞亦不能通一語。正在氣悶，忽撞見衛卒孫九。那孫九善作木匠，長在衛裏服役，亦多在學中做工。廷章遂題詩一絕封固了，將青蚨二百賞孫九買酒喫，托他寄與衙中明霞姐。孫九受人之托，忠人之事，伺候到次早，纔覷個方便，寄得此詩於明霞。明霞遞於小姐，拆開看之，前有敘云：「端陽日園中望嬌娘子不見，口占一絕奉寄：

配成綵線思同結，傾就蒲觴擬共斟；霧隔湘江歡不見，錦葵空有向陽心。」

後寫「松陵周廷章拜稿」。嬌娘看了，置於書几之上。適當梳頭，未及酬和。忽曹姨走進香房，看見了詩稿，大驚道：「嬌娘既有西廂之約，可無東道之主，此事如何瞞我？」嬌鸞含羞答道：「雖有吟詠往來，實無他事，非敢瞞姨娘也。」曹姨道：「周生江南秀士，門戶相當，何不教他遣媒說合，成就百年姻緣，豈不美乎？」嬌鸞點頭道：「是。」梳粧已畢，遂答詩八句：

深鎖香閨十八年，不容風月透簾前；繡衾香煖誰知苦？錦帳春寒只愛眠。
生怕杜鵑聲到耳，死愁蝴蝶夢來纏；多情果有相憐意，好倩冰人片語傳。

廷章得詩，遂假托父親周司教之意，央趙學究往王千戶處求這頭親事。王千戶亦重周生才貌。但嬌鸞是愛女，況且精通文墨。自己年老，一應衛中文書筆札，都靠著女兒相幫，少他不得，不忍棄之於他鄉，以此遲疑未許。廷章知姻事未諧，心中如刺。乃作書寄於小姐。前寫：「松陵友弟廷章拜稿：

自睹芳容，未寧狂魄。夫婦已是前生定，至死靡他；媒妁傳來今日言，為期未決。遙望香閨深鎖，如唐玄宗離月宮而空想嫦娥；要從花圃戲遊，似牽牛郎隔天河而苦思織女。倘復遷延於月日，必當夭折於溝渠。生若無緣，死亦不瞑。勉成拙律，深冀哀憐。詩曰：

未有佳期慰我情，可憐春價值千金！悶來窗下三杯酒，愁向花前一曲琴。
人在瑣窗深處好，悶回羅帳靜中吟；孤恓一樣昏黃月，肯許相攜訴寸心？」

嬌鸞看罷，即時復書。前寫：「虎衙愛女嬌鸞拜稿：

輕荷點水，弱絮飛簾。拜月亭前，懶對東風聽杜宇；畫眉窗下，強消長晝刺鴛鴦。人正困於粧臺，詩忽墜於香案。啟觀來意，無限幽懷。自憐薄命佳人，惱殺多情才子。一番信到，一番使妾倍支吾；幾度詩來，幾度令人添寂寞。休得跳東牆學攀花之手，可以仰北斗駕折桂之心。眼底無媒，書中有女。自此衷情封去札，莫將消息問來人。謹和佳篇，仰祈深諒！詩曰：

秋月春花亦有情，也知身價重千金；雖窺青瑣韓郎貌，羞聽東牆崔氏琴。
痴念已從空裏散，好詩惟向夢中吟；此生但作乾兄妹，直待來生了寸心。」

廷章閱書讚歎不已，讀詩至末聯，「此生但作乾兄妹」，忽然想起一計道：「當初張琪申純皆因兄妹得就私情。王夫人與我同姓，何不拜之為姑？便可通家往來，於中取事矣！」遂托言西衙窄狹，且是喧鬧，欲借衛署後園觀書。周司教自與王千戶開口，王翁道：「彼此通家，就在家下喫些現成茶飯，不煩饋送。」

周翁感激不盡，回向兒子說了。廷章道：「雖承王翁盛意，非親非故，難以打攪。孩兒欲備一禮，拜認周夫人為姑。姑姪一家，庶乎有名。」周司教是糊塗之人，只要討些小便宜，道：「任從我兒行事。」廷章又央人通了王翁夫婦，擇個吉日，備下綵緞書儀，寫個表姪的名刺，上門認親，極其卑遜，極其親熱。王翁是個武人，只好奉承，遂請入中堂，教奶奶都相見了。連曹姨也認做姨娘，嬌鸞是表妹，一時都請見禮。王翁設宴後堂，權當會親。一家同席，廷章與嬌鸞，暗暗歡喜。席上眉來眼去，自不必說。當日盡歡而散。

姻緣好惡猶難問，蹤跡親疏已自分。

次日王翁收拾書室，接內姪周廷章來讀書。卻也曉得隔絕內外，將內宅後門下鎖，不許婦女入於花園。廷章供給，自有外廂照管。雖然搬做一家，音書來往反不便了。嬌鸞松筠之志雖存，風月之情已動。況既在席間，眉來眼去，怎當得園上鳳隔鸞分。愁緒無聊，鬱成一病。朝涼暮熱，茶飯不沾。王翁迎醫問卜，全然不濟。廷章幾遍到中堂問病，王翁只教致意，不令進房。廷章心生一計，因假說：「長在江南，曾通醫理。表妹不知所患何症，待姪兒診脈便知。」王翁向夫人說了，又教明霞，道達了小姐，方纔迎入。廷章坐於床邊，假以看脈為由，撫摩了半晌。其時王翁夫婦俱在，不好交言。只說得一聲保重，出了房門。對王翁道：「表妹之疾，是抑鬱所致，常須於寬敞之地，散步陶情，更使女伴勸慰，開其鬱抱，自當勿藥。」王翁敬信周生，更不疑惑，便道：「衙中只有園亭，並無別處寬敞。」廷章故意道：「若表妹不時要園亭散步，恐小侄在彼不便，暫請告歸。」王翁道：「既為兄妹，復何嫌阻？」即日教開了後門，將鎖鑰付曹姨收管，就教曹姨陪侍女兒任情閒耍，明霞伏侍，寸步不離，自以為萬全之策矣。卻說嬌鸞原為思想周郎致病，得他撫摩一番，已自歡喜。又許散步園亭，陪伴伏侍者，都是心腹之人，病便好了一半。每到園亭，廷章便得相見，同行同坐。有時亦到廷章書房中喫茶，漸漸不避嫌疑，挨肩擦背。廷章捉個空，向小姐懇求，要到香閨一望。嬌鸞目視曹姨，低低向生道：「鎖鑰在彼，兄自求之。」廷章已悟。次日廷章取吳綾二端，金釧一副，央明霞獻與曹姨。姨問鸞道：「周公子厚禮見惠，不知何事？」嬌鸞道：「年少狂生，不無過失，渠要姨包容耳。」曹姨道：「你二人心事，我已悉知。但有往來，決不泄漏。」因把匙鑰付與明霞。鸞心大喜，遂題一絕。寄廷章云：

暗將私語寄英才，倘向人前莫亂開；今夜香閨春不鎖，月移花影玉人來。

廷章得詩，喜不自禁。是夜黃昏已罷，譙鼓方聲，廷章悄步及於內宅，後門半啟，捱身而進。自那日房中看脈出園上來，依稀記得路徑，緩緩而行。但見燈光外射，明霞候於門側。廷章步進香房，與鸞施禮，便欲摟抱。鸞將生攩開，喚明霞快請曹姨來同坐。廷章大失所望，自陳苦情，責其變卦，一時急淚欲流。鸞道：「妾本貞姬，君非蕩子。只因有才有貌，所以相愛相憐。妾既私君，終當守君之節；君若棄妾，豈不負妾之誠。必矢明神，誓同白首，若還苟合，有死不從。」說罷，曹姨適至，向廷章謝日間之惠。廷章遂央姨為媒，誓諧伉儷。口中咒願如流而出。曹姨道：「二位賢甥，既要我為媒，可寫合同婚書四紙，將一紙焚於天地，以告鬼神；一紙留於吾手，以為媒證；你二人各執一紙，為他日合巹之驗。女若負男，疾雷震死；男若負女，亂箭亡身。再受陰府之愆，永墮酆都之獄。」生與鸞聽曹姨說得痛切，各各歡喜。遂依曹姨所說，寫成婚書誓約。先拜天地，後謝曹姨。姨乃出清果醇醪，與二人把盞稱賀。三人同坐飲酒，直至三鼓，曹姨別去。生與鸞攜手上床。雲雨之樂可知也。五鼓，鸞促生起身，囑付道：「妾已委身於君，君休負恩於妾。神明在上，鑒察難逃。今後妾若有暇，自遣明霞奉迎，切莫輕行，以招物議。」廷章字字應承，留戀不捨。鸞急教明霞送出園門。是日鸞寄生二律云：

昨夜同君喜事從，芙蓉帳暖語從容；貼胸交股情偏好，撥雨撩雲興轉濃。

一枕鳳鸞聲細細，半窗花月影重重。曉來窺視鴛鴦枕，無數飛紅撲繡絨。其一

衾翻紅浪效綢繆，乍抱郎腰分外羞。月正圓時花正好，雲初散處雨初收。

一團恩愛從天降，萬種情懷得自由；寄語今宵中夕夜，不須欹枕看牽牛。其二

廷章亦有酬答之句。自此鸞疾盡愈，門鎖竟弛。或三日或五日，鸞必遣明霞召生。來往既頻，恩情愈篤。

如此半年有餘。周司教任滿，陞四川峨眉縣尹。廷章戀鸞之情，不肯同行。只推身子有病，怕蜀道艱難；況學業未成，師友相得，尚欲留此讀書。周司教平昔縱子，言無不從。起身之日，廷章送父出城而返。鸞感廷章之留，是日邀之相會，愈加親愛。如此又半年有餘。其中往來詩篇甚多，不能盡載。廷章一日閱邸報，見父親在峨眉不服水土，告病回鄉。久別親闈，欲謀歸覲。又牽鸞情愛，不忍分離。事在兩難，憂形於色。鸞探知其故，因置酒勸生道：「夫婦之愛，瀚海同深；父子之情，高天難比。若戀私情而忘公義，不惟君失子道，累妾亦失婦道矣。」曹姨亦勸道：「今日暮夜之期，原非百年之算。公子不如暫回鄉故，且覲雙親。倘於定省之間，即議婚姻之事，早完誓願，免致情牽。」廷章心猶不決。

嬌鸞教曹姨竟將公子欲歸之情，對王翁說了。此日正是端陽，王翁治酒與廷章送行，且致厚贐。廷章義不容已，只得收拾行李。是夜鸞另置酒香閨，邀廷章重伸前誓，再訂婚期。曹姨亦在坐，千言萬語，一夜不睡。臨別，又問廷章住居之處。廷章道：「問做甚麼？」鸞道：「恐君不即來，妾便於通信耳。」廷章索筆寫出四句：

思親千里返姑蘇，家住吳江十七都；須問南麻雙漾口，延陵橋下督糧吳。

廷章又解說：「家本吳姓，祖當里長督糧，有名督糧吳家，周是外姓也。此字雖然寫下，欲見之切，度日如歲。多則一年，少則半載，定當持家君束帖，親到求婚，決不忍閨閣佳人，懸懸而望。」言罷，相抱而泣。將次天明，鸞親送生出園。有聯句一律：

綢繆魚水正投機，無奈思親使別離；廷章
花圃從今誰待月？蘭房自此懶圍棋。嬌鸞
惟憂身遠心俱遠，非慮文齊福不齊；廷章
低首不言中自省，強將別淚整蛾眉。嬌鸞

須臾天曉，鞍馬齊備。王翁又於中堂設酒，妻女畢集，為上馬之餞。廷章再拜而別。鸞自覺悲傷欲泣，潛歸內室，取烏絲箋題詩一律，使明霞送廷章上馬，伺便投之。章於馬上展看云：

同攜素手並香肩，送別那堪雙淚懸；郎馬未離青柳下，妾心先在白雲邊。
妾持節操如姜女，君重綱常類閔騫。得意匆匆便回首，香閨人瘦不禁眠。

廷章讀之淚下，一路上觸景興懷，未嘗頃刻忘鸞也。

閒話休敘，不一日，到了吳江家中，參見了二親，一門歡喜。原來父親已與同里魏同知家議親，正要接兒子回來行聘完婚。生初時有不願之意，後訪得魏女美色無雙，且魏同知十萬之富，粧奩甚豐。慕財貪色，遂忘前盟。過了半年，魏氏過門，夫妻恩愛，如魚似水，竟不知王嬌鸞為何人矣。

但知今日新粧好，不顧情人望眼穿。

卻說嬌鸞一時勸廷章歸省，是他賢慧達理之處。然已去之後，未免懷思。白日淒涼，黃昏寂寞。燈前有影相親，帳底無人共語。每遇春花秋月，不覺夢斷魂勞。捱過一年，杳無音信。忽一日明霞來報道：「姐姐可要寄書與周姐夫麼？」嬌鸞道：「那得有這方便？」明霞道：「適纔孫九說臨安衛有人來此下公文。臨安是杭州地方，路從吳江經過，是個便道。」嬌鸞道：「既有便，可教孫九囑付那差人不要去了。」即時修書一封，曲敘別離之意。囑他早至南陽，同歸故里，踐婚姻之約，成終始之交。書多不載。書後有詩十首。錄其一云：

端陽一別杳無音，兩地相看對月明；暫為椿萱辭虎衛，莫因花酒戀吳城。
遊仙閣內占離合，拜月亭前問死生；此去願君心自省，同來與妾共調羹。

封皮上又題八句：

此書煩遞至吳衙，門面春風足可誇；父列當今宣化職，祖居自古督糧家。
已知東宅鄰西宅，猶恐南麻混北麻；去路逢人須借問，延陵橋在那村些？

又取銀釵二股，為寄書之贈。書去了七個月，並無回耗。時值新春，又訪得前衛有個張客人要往蘇州收貨。嬌鸞又取金花一對，央孫九送與張客，求他寄書。書意同前。亦有詩十首。錄其一云：

春到人間萬物鮮，香閨無奈別魂牽；東風浪蕩君尤蕩，皓月團圓妾未圓。
情洽有心勞白髮，天高無計托青鸞。衷腸萬事憑誰訴？寄與才郎仔細看。

封皮上題一絕：

蘇州咫尺是吳江，吳姓南麻世督糧；囑付行人須著意，好將消息問才郎。

張客人是志誠之士，往蘇州收貨已畢，賫書親到吳江。正在長橋上問路，恰好周廷章過去。聽得是河南聲音，問的又是南麻督糧吳家，知嬌鸞書信，怕他到彼，知其再娶之事。遂上前作揖通名，邀往酒館三杯，拆開書看了。就於酒家借紙筆，匆匆寫下回書，推說父病未痊，方侍醫藥，所以有誤佳期；不久即圖會面，無勞注想。書後又寫：「路次借筆不備，希諒！」張客收了回書，不一日，回到南陽，付孫九回復鸞小姐。鸞拆書看了，雖然不曾定個來期，也當畫餅充飢，望梅止渴。過了三四個月，依舊杳然無聞。嬌鸞對曹姨道：「周郎之言欺我耳！」曹姨道：「誓書在此，皇天鑒知。周郎獨不怕死乎？」忽一日，聞有臨安人到，乃是嬌鸞妹子嬌鳳生了孩兒，遣人來報喜。嬌鸞彼此相形，愈加感歎。且喜又是寄書的一個順便，再修書一封托他。這是第三封書，亦有詩十首。末一章云：

叮嚀才子莫蹉跎，百歲夫妻能幾何？王氏女為周氏室，文官子配武官娥。

三封心事煩青鳥，萬斛閒愁鎖翠蛾；遠路尺書情未盡，相思兩處恨偏多！

封皮上亦寫四句：

此書煩遞至吳江，糧督南麻姓字香；去路不須馳步問，延陵橋下暫停航。

鸞自此寢廢餐忘，香消玉減，暗地淚流，懨懨成病。父母欲為擇配。嬌鸞不肯，情願長齋奉佛。曹姨勸道：「周郎未必來矣，毋拘小信，自誤青春。」嬌鸞道：「人而無信，是禽獸也。寧周郎負我，我豈敢負神明哉？」光陰荏苒，不覺已及三年。嬌鸞對曹姨說道：「聞說周郎已婚他族，此信未知真假。然三年不來，其心腸亦改變矣。但不得一實信，吾心終不死。」曹姨道：「何不央孫九親往吳江一遭，多與他些盤費。若周郎無他更變，使他等候同來，豈不美乎？」嬌鸞道：「正合吾意，亦求姨娘一字，促他早早登程可也。」當下嬌鸞寫就古風一首。其略云：

憶昔清明佳節時，與君邂逅成相知。嘲風弄月通來往，撥動風情無限思。

侯門曳斷千金索，攜手挨肩遊畫閣。好把青絲結死生，盟山誓海情不薄。
白雲渺渺草青青，才子思親欲別情。頓覺桃臉無春色，愁聽傳書鴈幾聲。
君行雖不排鸞馭，勝似征鑾父兄去。悲悲切切斷腸聲，執手牽衣理前誓。
與君成就鸞鳳友，切莫蘇城戀花柳。自君之去妾攢眉，脂粉慵調髮如帚。
姻緣兩地相思重，雪月風花誰與共？可憐夫婦正當年，空使梅花蝴蝶夢。
臨風對月無歡好，淒涼枕上魂顛倒。一宵忽夢汝娶親，來朝不覺愁顏老。
盟言願作神雷電，九天玄女相傳遍。只歸故里未歸泉，何故音容難得見？
才郎意假妾意真，再馳驛使陳丹心。可憐三七羞花貌，寂寞香閨思不禁。

曹姨書中亦備說女甥相思之苦，相望之切。二書共作一封。封皮亦題四句：

蕩蕩名門宰相衙，更兼糧督鎮南麻；逢人不用亭舟問，橋跨延陵第一家。

孫九領書，夜宿曉行，直至吳江延陵橋下。猶恐傳遞不的，直候周廷章面送。廷章一見孫九，滿臉通紅，不問寒溫，取書納於袖中，竟進去了。少頃教家童出來回復道：「相公娶魏同知家小姐，今已二年。南陽路遠，不能復來矣。回書難寫，仗你代言。這幅香羅帕乃初會鸞姐之物，并合同婚書一紙，央你送還，以絕其念。本欲留你一飯，誠恐老爹盤問嗔怪。白銀五錢權充路費，下次更不勞往返。」孫九聞言大怒，擲銀於地不受，走出大門，罵道：「似你短行薄情之人，禽獸不如！可憐負了鸞小姐一片真心，皇天斷然不佑你！」說罷，大哭而去。路人爭問其故，孫老兒數一數二的逢人告訴。自此周廷章無行之名，播於吳江，為衣冠所不齒。正是：

平生不作虧心事，世上應無切齒人。

再說孫九回至南陽，見了明霞，便悲泣不已。明霞道：「莫非你路上喫了苦？莫非周家郎君死了？」孫九只是搖頭。停了半晌，方說備細，如此如此：「他不發回書，只將羅帕婚書送還，以絕小姐之念。我也不去見小姐了。」說罷，拭淚歎息而去。明霞不敢隱瞞，備述孫九之語。嬌鸞見了這羅帕，已知孫九不是個謊話，不覺怨氣填胸，怒色盈面。就請曹姨至香房中，告訴了一遍。曹姨將言勸解，嬌鸞如何肯聽。整整的哭了三日三夜，將三尺香羅帕，反覆觀看，欲尋自盡。又想道：「我嬌鸞名門愛女，美貌多才。若嘿嘿而死，卻便宜了薄情之人。」乃製絕命詩三十二首及長恨歌一篇云：

倚門默默思重重，自歎雙雙一笑中；情惹遊絲牽嫩綠，恨隨流水縮殘紅。
當時只道春回准，今日方知色是空！回首凭欄情切處，閒愁萬里怨東風。

餘詩不載。其長恨歌略云：

長恨歌，為誰作？題起頭來心便惡。朝思暮想無了期，再把鸞箋訴情薄。
妾家原在臨安路，麟閣功勳受恩露。後因親老失軍機，降調南陽衛千戶。

深閨養育嬌鸞身，不曾舉步離中庭。豈知二九災星到，忽隨女伴粧臺行。
鞦韆戲蹴方纔罷，忽驚牆角生人話。含羞歸去香房中，倉忙尋覓香羅帕。
羅帕誰知入君手？空令梅香往來走。得蒙君贈香羅詩，惱妾相思淹病久。
感君拜母結妹兄，來詞去簡饒恩情。只恐恩情成苟合，兩曾結髮同山盟。
山盟海誓還不信，又托曹姨作媒證。婚書寫定燒蒼穹，始結于飛在天命。
情交二載甜如蜜，才子思親忽成疾。妾心不忍君心愁，反勸才郎歸故籍。
叮嚀此去姑蘇城，花街莫聽陽春聲。一睹慈顏便回首，香閨可念人孤另。
囑付殷勤別才子，棄舊憐新任從爾。那知一去意忘還，終日思君不如死！
有人來說君重婚，幾番欲信仍難憑。後因孫九去復返，方知伉儷諧文君。
此情恨殺薄情者，千里姻緣難割捨。到手恩情都負之，得意風流在何也？
莫論妾愁長與短，無處箱囊詩不滿。題殘錦札五千張，寫禿毛錐三百管。
玉閨人瘦嬌無力，佳期反作長相憶。枉將八字推子平，空把三生卜周易。
從頭一一思量起，往日交情不虧汝。既然恩愛如浮雲，何不當初莫相與？
鶯鶯燕燕皆成對，何獨天生我無配。嬌鳳妹子少二年，適添孩兒已三歲。
自慚輕棄千金軀，伊歡我獨心孤悲。先年誓願今何在？舉頭三尺有神祇。
君往江南妾江北，千里關山遠相隔。若能兩翅忽然生，飛向吳江近君側。
初交你我天地知，今來無數人揚非。虎門深鎖千金色，天教一笑遭君機。

恨君短行歸陰府，譬似皇天不生我。從今書遞故人收，不望回音到中所。
可憐鐵甲將軍家，玉閨養女嬌如花。只因頗識琴書味，風流不久歸黃沙。
白羅丈二懸高梁，飄然眼底魂茫茫。報道一聲嬌鸞縊，滿城笑殺臨安王。
妾身自愧非良女，擅把閨情賤輕許。相思債滿還九泉，九泉之下不饒汝。
當初寵妾非如今，我今怨汝如海深。自知妾意皆仁意，誰想君心似獸心！
再將一幅羅鮫綃，殷勤遠寄郎家遙。自歎興亡皆此物，殺人可恕情難饒。
反覆叮嚀只如此，往日閒愁今日止。君今肯念舊風流，飽看嬌鸞書一紙。

書已寫就，欲再遣孫九。孫九咬牙怒目，決不肯去。正無其便，偶值父親痰火病發，喚嬌鸞替他檢閱文書。嬌鸞看文書裏面有一宗乃勾本衛逃軍者，其軍乃吳江縣人。鸞心生一計，乃取從前倡和之詞，并今日絕命詩及長恨歌彙成一帙，合同婚書二紙，置於帙內，總作一封，入於官文書內，封筒上填寫「南陽衛掌印千戶王投下直隸蘇州府吳江縣當堂開拆」，打發公差去了，王翁全然不知。是晚，嬌鸞沐浴更衣，哄明霞出去烹茶，關了房門，用杌子填足，先將白練掛於梁上，取原日香羅帕，向咽喉扣住，接連白練，打個死結，蹬開杌子，兩腳懸空，煞時間三魂漂渺，七魄幽沉。剛年二十一歲。

始終一幅香羅帕，成也蕭何敗也何！

明霞取茶來時，見房門閉緊，敲打不開，慌忙報與曹姨。曹姨同周老夫人打開房門看了，這驚非小。王翁也來了。合家大哭，竟不知甚麼意故。少不得買棺殮葬。此事擱過休提。

再說吳江闕大尹接得南陽衛文書，拆開看時，深以為奇。此事曠古未聞。適然本府趙推官隨察院樊公祉按臨本縣。闕大尹與趙推官是金榜同年，因將此事與趙推官言及。趙推官取而觀之，遂以奇聞報知樊公。樊公將詩歌及婚書反覆詳味，深惜嬌鸞之才，而恨周廷章之薄倖。乃命趙推官密訪其人。次日，擒拿解院。樊公親自詰問。廷章初時抵賴，後見婚書有據，不敢開口。樊公喝教重責五十收監。行文到南陽衛查嬌鸞曾否自縊。不一日文書轉來，說嬌鸞已死。樊公乃於監中吊取周廷章到察院堂上。樊公罵道：「調戲職官家子女，一罪也；停妻再娶，二罪也；因奸致死，三罪也。婚書上說：『男若負女，萬箭亡身。』我今沒有箭射你，用亂棒打殺你，以為薄倖男子之戒。」喝教合堂皂快齊舉竹批亂打。下手時宮商齊響，著體處血肉交飛。頃刻之間，化為肉醬。滿城人無不稱快。周司教聞知，登時氣死。魏女後來改嫁。向貪新娶之財色，而沒恩背盟，果何益哉！有詩歎云：

一夜恩情百夜多，負心端的欲如何？若云薄倖無冤報，請讀當年長恨歌。

第三十五卷　況太守斷死孩兒

春花秋月足風流，不分紅顏易白頭；試把人心比松柏，幾人能為歲寒留？

這四句詩，泛論春花秋月，惱亂人心，所以才子有悲秋之辭，佳人有傷春之詠。往往詩謎寫恨，目語傳情，月下幽期，花間密約，但圖一刻風流，不顧終身名節。這是兩下相思，各還其債，不在話下。又有一等男貪而女不愛，女愛而男不貪。雖非兩相情願，卻有一片精誠。如冷廟泥神，朝夕焚香拜禱，也少不得靈動起來。其緣短的，合而終睽；倘緣長的，疏而轉密。這也是風月場中所有之事，亦不在話下。又有一種男不慕色，女不懷春，志比精金，心如堅石，沒來由被旁人播弄，設圈設套，一時失了把柄，墮其術中，事後悔之無及。如宋時玉通禪師，修行了五十年，因觸了知府柳宣教，被他設計，教妓女紅蓮假扮寡婦借宿，百般誘引，壞了他的戒行。這般會合，那些個男歡女愛，是偶然一念之差。如今再說個誘引寡婦失節的，卻好與玉通禪師的故事做一對兒。正是：

未離恩山休問道，尚沉慾海莫參禪。

話說宣德年間，南直隸揚州府儀真縣有一民家，姓丘名元吉，家頗饒裕。娶妻邵氏，姿容出眾，兼有志節。夫婦甚相愛重。相處六年，未曾生育，不料元吉得病身亡。邵氏年方二十三歲，哀痛之極，立志守寡，終身永無他適。不覺三年服滿。父母家因其年少，去後日長，勸他改嫁。叔公丘大勝，也叫阿媽來委曲譬喻他幾番。那邵氏心如鐵石，全不轉移。設誓道：「我亡夫在九泉之下，邵氏若事二姓，更二夫，不是刀下亡，便是繩上死。」眾人見他主意堅執，誰敢再去強他！自古云：「呷得三斗醋，做得孤孀婦。」孤孀不是好守的。替邵氏從長計較，倒不如明明改個丈夫，雖做不得上等之人，還不失為中等，不到得後來出醜。正是：

作事必須踏實地，為人切莫務虛名。

邵氏一口說了滿話，眾人中賢愚不等，也有嘖嘖誇獎他的，也有似疑不信，睜著眼看他的。誰知邵氏立心貞潔，閨門愈加嚴謹。止有一侍婢，叫做秀姑，房中作伴，針指營生；一小廝叫做得貴，年方十歲，看守中門。一應薪水買辦，都是得貴傳遞。童僕已冠者，皆遣出不用。庭無閒雜，內外肅然。如此數年，人人信服。那個不說邵大娘少年老成，治家有法。

光陰如箭，不覺十週年到來。邵氏思念丈夫，要做些法事追薦。叫得貴去請叔公丘大勝來商議，延七眾僧人，做三晝夜功德。邵氏道：「奴家是寡婦，全仗叔公過來主持道場。」大勝應允。

語分兩頭，卻說鄰近新搬來一個漢子，姓支名助，原是破落戶，平昔不守本分，不做生理，專一在街坊上趕熱❶管閒事過活。聞得人說邵大娘守寡貞潔，且是青年標致，天下難得。支助不信，不論早暮，

❶ 趕熱：湊熱鬧。

常在丘家門首閒站。果然門無雜人，只有得貴小廝買辦出入。支助就與得貴相識，漸漸熟了。閒話中，問得貴：「聞得你家大娘生得標致，是真也不？」得貴生於禮法之家，一味老實，遂答道：「標致是真。」又問道：「大娘也有時到門前看街麼？」得貴搖手道：「從來不曾出中門，莫說看街，罪過罪過！」一日得貴正買辦素齋的東西，支助撞見，又問道：「你家買許多素品為甚麼？」得貴道：「家主十週年，做法事要用。」支助道：「幾時？」得貴道：「明日起，三晝夜，正好辛苦哩！」支助聽在肚裏，想道：「既追薦丈夫，他必然出來拈香，我且去偷看一看，甚麼樣嘴臉？真像個孤孀也不？」卻說次日，丘大勝請到七眾僧人，都是有戒行的，在堂中排設佛像，鳴鐃擊鼓，誦經禮懺，甚是志誠。丘大勝勤勤拜佛。邵氏出來拈香，晝夜各只一次，拈過香，就進去了。支助趁這道場熱鬧，幾遍混進去看，再不見邵氏出來。又問得貴，方知日間只晝食拈香一遍。支助到第三日，約莫晝食時分，又踅進去，閃在槅子傍邊隱著。見那些和尚都穿著袈裟，站在佛前吹打樂器，宣和佛號。香火道人在道場上手忙腳亂的添香換燭。本家止有得貴，只好往來答應，那有工夫照管外邊。就是丘大勝同著幾個親戚，也都呆看和尚吹打，那個來稽查他。少頃邵氏出來拈香，被支助看得仔細。常言：「若要俏，添重孝。」縞素粧束，加倍清雅。分明是：

廣寒仙子月中出，姑射神人雪裏來。

支助一見，遍體酥麻了，回家想念不已。是夜，道場完滿，眾僧直至天明方散。邵氏依舊不出中堂了。支助無計可施，想著：「得貴小廝老實，我且用心下鈎子。」其時五月端五日，支助拉得貴回家，喫雄黃酒。得貴道：「我不會喫酒，紅了臉時，怕主母嗔罵。」支助道：「不喫酒，且喫隻粽子。」得貴跟支助家去，支助教渾家剝了一盤粽子，一碟糖，一碗肉，一碗鮮魚，兩雙筯，兩個酒杯，放在桌上。支助把酒壺便篩。得貴道：「我說過不喫酒，莫篩罷！」支助道：「喫杯雄黃酒應應時令，我這酒淡，不妨事。」得貴被央不過，只得喫了。支助道：「後生家莫喫單杯，須喫個成雙。」得貴推辭不得，又喫了一杯。支助自喫了一回，夾七夾八❷說了些街坊上的閒話。又斟一杯勸得貴。得貴道：「醉得臉都紅了，如今真個不喫了。」支助道：「臉左右紅了，多坐一時回去，打甚麼緊？只喫這一杯罷，我再不勸你了。」得貴前後共喫了三杯酒。他自幼在丘家被邵大娘拘管得嚴，何曾嘗酒的滋味；今日三杯落肚，便覺昏醉。支助乘其酒興，低低說道：「得貴哥！我有句閒話問你。」得貴道：「有甚話儘說。」支助道：「你主母孀居已久，想必風情亦動。倘得個漢子同眠同睡，可不喜歡？從來寡婦都牽掛著男子，只是難得相會。你引我去試他一試何如？若得成事，重重謝你。」得貴道：「說甚麼話！虧你不怕罪過，我主母極是正氣，閨門整肅，日間男子不許入中門，夜間同使婢持燈照顧四下，各門鎖訖，然後去睡。便要引你進去，何處藏身？地上使婢不離身畔，閒話也說不得一句，你卻恁地亂講。」支助道：「既如此，你的房門可來照麼？」得貴道：「怎麼不來照？」支助道：「得貴哥，你今年幾歲了？」得貴道：「十七歲了。」支助道：「男子十六歲精通，你如今十七歲，難道不想婦人？」得貴道：「便想也沒用處。」支助道：「放著家裏這般標致的，早暮在眼前，好不動興！」得貴道：「說也不該，他是主母，動不動非打則罵，見了他，好不怕哩！虧你還敢說取笑的話。」支助道：「你既不肯引我去，我教導你

❷ 夾七夾八：言語行動沒有條理。

一個法兒，作成你自去上手何如？」得貴搖手道：「做不得，做不得，我也沒有這樣膽！」支助道：「你莫管做得做不得，教你個法兒，且去試他一試。若得上手，莫忘我今日之恩。」得貴一來乘著酒興，二來年紀也是當時了，被支助說得心癢。便問道：「你且說如何去試他？」支助道：「你夜睡之時，莫關了房門，由他開著，如今五月，天氣正熱，你卻赤身仰臥，把那話兒弄得硬硬的，待他來照門時，你只推做睡著了。他若看見，必然動情。一次兩次，定然打熬不過，上門就你。」得貴道：「倘不來如何？」支助道：「拚得這事不成，也不好嗔責你，有益無損。」得貴道：「依了老哥的言語，果然成事，不敢忘報。」須臾酒醒，得貴別了，是夜依計而行。正是：

商成燈下瞞天計，撥轉閨中匪石心。

論來邵氏家法甚嚴，那得貴長成十七歲，嫌疑之際，也該就打發出去，另換個年幼的小廝答應，豈不盡善。只為得貴從小走使服的，且又粗蠢又老實。邵氏自己立心清正，不想到別的情節上去，所以因循下來。卻說是夜，邵氏同婢秀姑點燈出來照門，見得貴赤身仰臥，罵：「這狗奴才，門也不關，赤條條睡著，是甚麼模樣？」叫秀姑與他扯上房門。若是邵氏有主意，天明後叫得貴來，說他夜裏懶惰放肆，罵一場，打一頓，得貴也就不敢了。他久曠之人，卻似眼見希奇物，壽增一紀，絕不做聲。得貴膽大了，到夜來，依前如此。邵氏同婢又去照門，看見又罵道：「這狗才一發不成人了，被也不蓋。」叫秀姑替他把臥單扯上，莫驚醒他。此時便有些動情，奈有秀姑在傍礙眼。到第三日，得貴出外撞見了支助。支助就問他曾用計否？得貴老實，就將兩夜光景都敘了。支助道：「他叫丫頭替你蓋被，又教莫驚醒你，便有愛你之意，今夜決有好處。」其夜得貴依原開門，假睡而待。邵氏有意，遂不叫秀姑跟隨。自己持燈來照，逕到得貴床前，看得貴赤身仰臥，那話兒如鎗一般，禁不住春心蕩漾，慾火如焚。自解去小衣，爬上床去，還只怕驚醒了得貴，悄悄地跨在身上，從上而壓下，得貴忽然抱住，番身轉來，與之雲雨。一個久疏樂事，一個初試歡情，一個認著故物肯輕拋，一個嘗了甜頭難遽放，一個飢不擇食，豈嫌小廝粗醜，一個狎恩恃愛，那怕主母威嚴，分明惡草蒔蘿，也甚名花登架去；可惜清心冰雪，化為春水向東流。十年清白已成虛，一夕垢污難再洗。事畢，邵氏向得貴道：「我苦守十年，一旦失身於你，此亦前生冤債，你須謹口，莫洩於人，我自有看你之處。」得貴道：「主母分付，怎敢不依！」自此夜為始，每夜邵氏以看門為由，必與得貴取樂而後入。又恐秀姑知覺，倒放個空，教得貴連秀姑奸騙了。邵氏故意欲責秀姑，卻教秀姑引進得貴以塞其口。彼此河同水密，各不相瞞。得貴感支助教導之恩，時常與邵氏討東討西，將來奉與支助。支助指望得貴引進，得貴怕主母嗔怪，不敢開口。支助幾遍討信，得貴只是延捱下去。過了三五個月，邵氏與得貴如夫婦無異。也是數該敗露。邵氏當初做了六年親，不曾生育，如今纔得三五月，不覺便胸高腹大，有了身孕。恐人知覺不便，將銀與得貴教他悄地贖貼墜胎的藥來，打下私胎，免得日後出醜。得貴一來是個老實人，不曉得墜胎是甚麼藥；二來自得支助指教，以為恩人，凡事直言無隱。今日這件私房關目❸，也去與他商議。那支助是個棍徒，見得貴不肯引進自家，心中正在忿恨，卻好有這個機會，便是生意上門。心生一計，哄得貴道：「這藥只有我一個相識人家最效，我替你贖去。」乃往藥鋪中贖了固胎散四服，與得貴帶回，邵氏將此藥做四次喫了，腹中未見動靜。叫得

❸ 私房關目：祕密事情。

貴再往別處贖取好藥。得貴又來問支助：「前藥如何不效？」支助道：「打胎只是一次，若一次打不下，再不能打了。況這藥，只此一家最高，今打不下，必是胎受堅固，若再用狼虎藥去打，恐傷大人之命。」得貴將此言對邵氏說了。邵氏信以為然。到十月將滿，支助料是分娩之期，去尋得貴說道：「我要合補藥，必用一血孩子。你主母今當臨月，生下孩子，必然不養，或男或女，可將來送我。你虧我處多，把這一件謝我，亦是不費之惠，只瞞過主母便是。」得貴應允。過了數日，果生一男，邵氏將男溺死，用蒲包裹來，教得貴密地把去埋了。得貴答應曉得，卻不去埋，背地悄悄送與支助。支助將死孩收訖，一把扯住得貴喝道：「你主母是丘元吉之妻，家主已死多年，當家寡婦，這孩子從何而得？今番我去出首。」得貴慌忙掩住他口，說道：「我把你做恩人，每事與你商議，今日何反面無情？」支助變著臉道：「幹得好事！你強奸主母，罪該淩遲，難道叫句恩人就罷了？既知恩當報恩，你作成得我甚麼事？你今若要我不開口，可問主母討一百兩銀子與我，我便隱惡而揚善。若然沒有，決不干休，見有血孩作證，你自到官司去辨，連你主母做不得人。我在家等你回話，你快去快來。」急得得貴眼淚汪汪，回家料瞞不過，只得把這話對邵氏說了。邵氏埋怨道：「此是何等東西，卻把做禮物送人！坑死了我也！」說罷，流淚起來。得貴道：「若是別人，我也不把與他，因他是我的恩人，所以不好推托。」邵氏道：「他是你甚麼恩人？」得貴道：「當初我赤身仰臥，都是他教我的方法來調引你，沒有他時，怎得你我今日恩愛？他說要血孩合補藥，我好不奉他？誰知他不懷好意！」邵氏道：「你做的事，忒不即溜。當初是我一念之差，墮在這光棍術中，今已悔之無及。若不將銀買轉孩子，他必然出首，那時難以挽回。」只得取出四十兩銀子。教得貴拿去與那光棍贖取血孩，背地埋藏，以絕禍根。得貴老實，將四十兩銀子，雙手遞與支助，說道：「只有這些，你可將血孩還我罷。」支助得了銀子，貪心不足，思想：「此婦美貌，又且囊中有物。借此機會，倘得捱身入馬，他的家事在我掌握之中，豈不美哉！」乃向得貴道：「我說要銀子，是取笑話。你當真送來，我只得收受了。那血孩我已埋訖。你可在主母前引薦我與他相處；倘若見允，我替他持家，無人敢欺負他，可不兩全其美？不然，我仍在地下掘起孩子出首。限你五日內回話。」得貴出於無奈，只得回家，述與邵氏。邵氏大怒道：「聽那光棍放屁，不要理他！」得貴遂不敢再說。

卻說支助將血孩用石灰醃了，仍放蒲包之內，藏於隱處。等了五日，不見得貴回話。又捱了五日，共是十日。料得產婦也健旺了。乃往丘家門首，伺候得貴出來，問道：「所言之事濟否？」得貴搖頭道：「不濟，不濟！」支助更不問第二句，望門內直闖進去，得貴不敢攔阻，到走往街口遠遠的打聽消息。邵氏見有人走進中堂，罵道：「人家內外各別。你是何人，突入吾室？」支助道：「小人姓支名助，是得貴哥的恩人。」邵氏心中已知，便道：「你要尋得貴，在外邊去，此非你歇腳之所。」支助道：「小人久慕大娘，有如飢渴。小人縱不才，料不在得貴哥之下，大娘何必峻拒？」邵氏聽見話不投機，轉身便走。支助趕上，雙手抱住，說道：「你的私孩，現在我處。若不從我，我就首官。」邵氏忿怒無極，只恨擺脫不開，乃以好言哄之。道：「日裏怕人知覺。到夜時，我叫得貴來接你。」支助道：「親口許下，切莫失信。」放開了手，走幾步，又回頭，說道：「我也不怕你失信！」一直出外去了。氣得邵氏半晌無言，珠淚紛紛而墜。推轉房門，獨坐凳子上，左思右想，只是自家不是。當初不肯改嫁，要做上流之人；如今出乖露醜，有何顏見諸親之面？又想道：「日前曾對眾發誓：『我若事二姓，更二夫，不是刀下亡，便是繩上死。』我今拚這性命，謝我亡夫於九泉之下，卻不乾淨！」秀姑見主母啼哭，不敢上前解勸。守住中門，專等得貴回來。得貴在街上望見支助去了，方纔回家。見秀姑問：「大娘呢？」秀姑指道：「在裏面。」得貴推開房門看主母；卻說邵氏取床頭解手刀一把，欲要自刎，擔手不起。哭了一回，把刀放在桌上。在腰間解下八尺長的汗巾，打成結兒，懸於梁上，要把頸子套進結去，心下展轉悽慘，禁不住嗚嗚咽咽的啼哭。忽見得貴推門而進，抖然觸起他一點念頭：「當初都是那狗才做圈做套，來作弄我，害了我一生名節！」說時遲，那時快，只就這點念頭起處，仇人相見，分外眼睜。提起解手刀，望得貴當頭就劈。那刀如風之快，惱怒中，氣力倍加，把得貴頭腦劈做兩界，血流滿地，登時嗚呼了。邵氏著了忙，便引頸受套，兩腳蹬開凳子，做一個鞦韆把戲：

地下新添冤恨鬼，人間少了俏孤孀。

常言：「賭近盜，淫近殺。」今日只為一個「淫」字，害了兩條性命。且說秀姑平昔慣了，但是得貴進房，怕有別事，就遠遠閃開。今番半晌不見則聲，心中疑惑。去張望時，只見上吊一個，下橫一個。唬得秀姑軟做一團。按定了膽，把房門款上。急跑到叔公丘大勝家中報信。丘大勝大驚轉，報邵氏父母，同到丘家，關上大門，將秀姑盤問致死緣由。原來秀姑不認得支助，連血孩詐去銀子四十兩的事，都是瞞著秀姑的。以此秀姑只將邵氏得貴平昔奸情敘了一遍。「今日不知何故兩個都死了？」三番四復問他，只如此說。邵公邵母聽說奸情的話，滿面羞慚，自回去了，不管其事。丘大勝只得帶秀姑到縣裏出首。知縣驗了二屍，一名得貴，刀劈死的；一名邵氏，縊死的。審問了秀姑口辭。知縣道：「邵氏與得貴奸情是的；主僕之分已廢，必是得貴言語觸犯，邵氏不忿，一時失手，誤傷人命，情慌自縊，更無別情。」

責令丘大勝殯殮。秀姑知情，問杖官賣。

再說支助自那日調戲不遂，回家，還想赴夜來之約。聽說弄死了兩條人命，嚇了一大跳。好幾時不敢出門。一日早起，偶然檢著了石灰醃的血孩，連蒲包拿去拋在江裏。遇著一個相識叫做包九，在儀真閘上當夫頭。問道：「支大哥，你拋的是甚麼東西？」支助道：「醃幾塊牛肉，包好了，要帶出去吃的，不期臭了。」九哥，你兩日沒甚事？到我家喫三杯。」包九道：「今日忙些個，蘇州府況鍾老爺馳驛復任，即刻船到，在此攢夫哩！」支助道：「既如此，改日再會。」支助自去了。

卻說況鍾原是吏員出身，禮部尚書胡濙薦為蘇州府太守，在任一年，百姓呼為「況青天」。因丁憂回籍，聖旨奪情起用，特賜馳驛赴任。船至儀真閘口，況爺在艙中看書，忽聞小兒啼聲，出自江中，想必溺死之兒，差人看來，回報：「沒有。」如此兩度。況爺又聞啼聲，問眾人皆云不聞。況爺口稱怪事。推窗親看，只見一個小小蒲包，浮於水面。況爺叫水手撈起，打開看了，回復：「是一個小孩子。」況爺問：「活的死的？」水手道：「石灰醃過的，像死得久了。」況爺想道：「死的如何會啼？況且死孩子，拋掉就罷了，何必灰醃，必有緣故。」叫水手，把這死孩連蒲包放在船頭上：「如有人曉得來歷，密密報我，我有重賞。」水手奉鈞旨，拿出船頭。恰好夫頭包九看見小蒲包，認得是支助拋下的，「他說是臭牛肉，如何卻是個死孩？」遂進艙稟況爺：「小人不曉得這小孩子的來歷，卻認得拋那小孩子在江裏這個人，叫做支助。」況爺道：「有了人，就有來歷了。」一面差人密拿支助，一面請儀真知縣到察院中同問這節公事。況爺帶了這死孩，坐了察院，等得知縣來時，支助也拿到了。況爺上坐，知縣坐於左手之傍。況爺因這儀真不是自己屬縣，不敢自專，讓本縣推問。那知縣見況公是奉過敕書的，又且為人古怪，怎敢僭越。推遜了多時。況爺只得開言，叫：「支助，你這石灰醃的小孩子，是那裏來的？」支助正要抵賴，卻被包九在傍指實了。只得轉口道：「小的見這臢東西在路傍不便，將來拋向江裏，其實不知來歷。」況爺問包九：「你看見他在路傍檢的麼？」包九道：「他拋下江裏，小的方纔看見。問他甚麼東西，他說是臭牛肉。」況爺大怒道：「既假說臭牛肉，必有瞞人之意。」喝教手下選大毛板，先打二十再問。況爺的板子利害。二十板抵四十板還有餘。打得皮開肉綻，鮮血迸流。支助只是不招。況爺喝教夾起來。況爺的夾棍也利害，第一遍，支助還熬過；第二遍，就熬不得了。招道：「這死孩是邵寡婦的。寡婦與家童得貴有姦，養下這私胎來。得貴央小的替他埋藏，被狗子爬了出來。故此小的將來拋在江裏。」況爺見他言詞不一。又問：「你肯替他埋藏，必然與他家通情。」支助道：「小的並不通情，只是平日與得貴相熟。」況爺道：「他埋藏只要朽爛，如何把石灰醃著？」支助支吾不來，只得磕頭道：「青天爺爺，這石灰其實是小的醃的。小的知邵寡婦家殷實，欲留這死孩去需索他幾兩銀子。不期邵氏與得貴都死了。小的不遂其願，故此拋在江裏。」況爺道：「那婦人與小廝果然死了麼？」知縣在傍邊起身打一躬，答應道：「死了，是知縣親驗過的。」況爺道：「如何便會死？」知縣道：「那小廝是刀劈死的，婦人是自縊的。知縣也曾細詳，他兩個奸情已久，主僕之分久廢。必是小廝言語觸犯，那婦人一時不忿，提刀劈去，誤傷其命，情慌自縊，別無他說。」況爺肚裏躊躇：「他兩個既然奸密，就是語言小傷，怎下此毒手！早間死孩兒啼哭，必有緣故。」遂問道：「那邵氏家還有別人麼？」知縣道：「還有個使女，叫做秀姑，官賣去了。」況爺道：「官賣，一定就在本地。煩貴縣差人提來一審，便知端的。」知縣忙差快手去了。不多時，秀姑拿到，所言與知縣相同。況爺躊躇了半晌，走下公座，指著支助，問秀姑道：「你可認得這個人？」秀姑仔細看了一看，說道：「小婦人不識他姓名，曾認得他嘴臉。」況爺道：「是了，他和得貴相熟，必然曾同得貴到你家來。你可實說；若半句含糊，便上拶。」秀姑道：「平日間實不曾見他上門，只是結末來，他突入中堂，調戲主母，被主母趕去。隨後得貴方來，主母正在房中啼哭。得貴進房，不多時兩個就都死了。」況爺喝罵支助：「光棍！你不曾與得貴通情，如何敢突入中堂？這兩條人命，都因你起！」叫手下：「再與我夾起來。」支助被夾昏了，不由自家做主，從前至尾，如何教導得貴哄誘主母；如何哄他血孩到手，詐他銀子；如何挾制得貴要他引入同奸；如何闖入內室，抱住求姦，被他如何哄脫了，備細說了一遍：「後來死的情由，其實不知。」況爺道：「這是真情了。」放了夾，叫書吏取了口詞明白。知縣在傍，自知才力不及，惶恐無地。況爺提筆，竟判審單：

審得支助，姦棍也。始窺寡婦之色，輒起邪心；既秉弱僕之愚，巧行誘語。開門裸臥，盡出其謀；固胎取孩，悉墮其術。求姦未能，轉而求利；求利未厭，仍欲求姦。在邵氏一念之差，盜鈴尚思掩耳；乃支助幾番之詐，探篋加以踰牆。以恨助之心恨貴，恩變為仇；於殺貴之後自殺，死有餘愧。主僕既死勿論，秀婢已杖何言。惟是惡魁，尚逃法網。包九無心而遇，醃孩有故而啼，天若使之，罪難容矣！宜坐致死之律，兼追所詐之贓。

況爺念了審單，連支助亦甘心服罪。況爺將此事申文上司，無不誇獎大才，萬民傳頌，以為包龍圖復出，不是過也。這一家小說，又題做況太守斷死孩兒。有詩為證：

俏邵娘見欲心亂，蠢得貴福過災生，支赤棍奸謀似鬼，況青天折獄如神。

第三十六卷　皂角林大王假形

富貴還將智力求，仲尼年少合封侯。時人不解蒼天意，空使身心半夜愁。

話說漢帝時，西川成都府，有個官人，姓欒名巴，少好道術，官至郎中，授得豫章太守，擇日上任。不則一日，到得半路，遠近接見；到了豫章，交割牌印已畢。原來豫章城內有座廟，喚做廬山廟。好座廟，但見：

蒼松偃蓋，古檜蟠龍。侵雲碧瓦鱗鱗，映日朱門赫赫。巍峨形勢，控萬里之澄江；生殺威靈，總一方之禍福。新建廟牌鐫古篆，兩行庭樹種宮槐。

這座廟甚靈，有神能於帳中共人說話，空中飲酒擲盃。豫章一郡人，盡來祈求福德，能使江湖分風舉帆，如此靈應。這欒太守到郡，往諸廟拈香。次至廬山廟，廟祝參見。太守道：「我聞此廟有神最靈，能對人言。我欲見之集福。」太守拈香下拜道：「欒巴初到此郡，特來拈香，望乞聖慈，明彰感應。」問之數次，不聽得帳內則聲。太守焦躁道：「我能行天心正法，此必是鬼，見我害怕，故不敢則聲。」向前招起帳幔，打一看時，可煞作怪，那神道塑像都不見了。這神道是個作怪的物事，被欒太守來看，故不敢出來。太守道：「廟鬼詐為天官，損害百姓。」即時教手下人把廟來拆毀了。太守又恐怕此鬼遊行天下，所在血食，誑惑良民，不當穩便，乃推問山川社稷，求鬼蹤跡。卻說此鬼走至齊郡，化為書生，風姿絕世，才辨無雙。齊郡太守卻以女妻之。欒太守知其所在，即上章解去印綬，直至齊郡，相見太守，往捕其鬼。太守召其女婿出來，只是不出。欒太守曰：「賢婿非人也，是陰鬼詐為天官，在豫章城內被我追捕甚急，故走來此處。今欲出之甚易。」乃請筆硯書成一道符，向空中一吹，一似有人接去的。那一道符，徑入太守女兒房中。且說書生在房裏覷著渾家道：「我去必死！」那書生口啣著符，走至欒太守面前。欒太守打一喝：「老鬼何不現形！」那書生即變為一老狸，叩頭乞命。欒太守道：「你不合損害良民，依天條律令處斬。」喝一聲，但見刀下，狸頭墜地。遂乃平靜。

說話的說這欒太守斷妖則甚？今日一個官人，只因上任，平白地惹出一件蹺蹊作怪底事來，險些壞了性命。卻說大宋宣和年間，有個官人姓趙名再理，東京人氏，授得廣州新會縣知縣。這廣裏怎見得好？有詩道：

蘇木沉香劈作柴，荔枝圓眼遶籬栽。船通異國人交易，水接他邦客往來。
地煖三冬無積雪，天和四季有花開。廣南一境真堪羨，琥珀瑇瑁琺瑁堦。

當下辭別了母親妻子，帶著幾個僕從迤邐登程。非止一日，到得本縣，眾官相賀。第一日謁廟行香，第二日交割牌印，第三日打斷公事。只見：

鼕鼕牙鼓響，公吏兩邊排。閻王生死案，東岳攝魂臺。

知縣恰纔坐衙，忽然打一噴涕。廳上堦下眾人也打噴涕。客將❶覆判縣郎中：「非敢學郎中打噴涕。離縣九里有座廟，喚做皂角林大王廟。廟前有兩株皂角樹，多年結成皂角，無人敢動，蛀成末子。往時官府到任，未理公事，先去拈香。今日判縣郎中不曾拈香。大王靈聖，一陣風吹皂角末到此。眾人聞了皂角末，都打噴涕。」知縣道：「作怪！」即往大王廟燒香。到得廟前，離鞍下馬。廟祝接到殿上，拈香拜畢。知縣揭起帳幔，看神道怎生結束：

戴頂簇金蛾帽子，著百花戰袍，繫藍田碧玉帶，抹綠繡花靴，臉子是一個骷髏，去骷髏眼裏生出兩隻手來，左手提著方天戟，右手結印❷。

知縣大驚。問廟官：「春秋祭賽何物？」廟官覆知縣：「春間賽七歲花男，秋間賽個女兒。都是地方斂錢，預先買貧戶人家兒女。臨祭時將來背剪在柱上剖腹取心，勸大王一盃。」知縣大怒，教左右執下廟官送獄勘罪：「下官初授一任，為民父母，豈可枉害人性命。」即時教從人打那泥神，點火把廟燒做白地。一行人簇擁知縣上馬。只聽得喝道：「大王來！大王來！」問左右是甚大王。客將覆告：「是皂角林大王。」知縣看時，紅紗引道，鬧裝銀鞍馬，上坐著一個鬼王，眼如漆丸，嘴尖數寸，粧束如廟中所

---

❶ 客將：書吏衙役。

❷ 結印：佛道二教以手指作勢揑訣為「結印」。

見。知縣叫取弓箭來，一箭射去。昏天閉日，霹靂交加，射百道金光，大風起飛砂走石，不見了皂角林大王。人從扶策❸知縣歸到縣衙。明日依舊判斷公事。眾父老下狀要與皂角林大王重修廟宇，知縣焦躁，把眾父老趕出來。說這廣州有數般瘴氣：

欲說嶺南景，聞知便大憂：巨象成群走，巴蛇捉對遊，
鳩鳥藏枯木，含沙隱渡頭，野猿啼叫處，惹起故鄉愁。

趙知縣自從燒了皂角林大王廟，更無些個❹事。在任治得路不拾遺，犬不夜吠，豐稔年熟。

時光似箭，不覺三年。新官上任，趙知縣帶了人從歸東京。在路行了幾日，離那廣州新會縣有二千餘里。來到座館驛，喚做峰頭驛。知縣入那館驛安歇。僕從唱了下宿喏。到明朝，天色已曉。趙知縣開眼看時，衣服箱籠都不見。叫人從時，沒有人應。叫管驛子，也不應。知縣披了被起來，開放閤門看時，不見一人一騎。館驛前後並沒一人。慌忙出那館驛門外看時：

經年無客過，盡日有雲收。

思量：「從人都到那裏去了？莫是被強寇劫掠？」披著被，飛也似下那峰頭驛。行了數里，沒一個人家。趙知縣長歎一聲，自思量道：「休，休！生作湘江岸上人，死作路途中之鬼。」遠遠地見一座草舍。知

❸ 策：兩人挾住一人膀臂走。
❹ 些個：少許、一點兒。

縣道：「慚愧！」行到草舍，見一個老丈，便道：「老丈拜揖，救趙再理性命則個！」那老兒見知縣披著被，便道：「官人如何恁的打扮？」知縣道：「老丈，再理是廣州新會縣知縣，來到這峰頭驛安歇。到曉，人從行李都不見。」老兒道：「卻不作怪！」也虧那老兒便教知縣入來，取些舊衣服換了，安排酒飯請他。住了五六日，又措置盤費攛掇知縣回東京去。知縣謝了出門。夜住曉行，不則一日，來到東京。歸去那對門茶坊裏，叫點茶婆婆：「認得我？」婆婆道：「官人失望❺。」趙再理道：「我便是對門趙知縣，歸到峰頭驛安歇，到曉起來，人從擔仗都不見一個。罪過村間一老兒與我衣服盤費。不止一日，來到這裏。」婆婆道：「官人錯了！對門趙知縣歸來兩個月了。」趙再理道：「先歸的是假，我是真的。」婆婆道：「那得有兩個知縣？」再理道：「相煩婆婆叫我媽媽過來。」婆婆仔細看時，果然和先前歸來的不差分毫。只得走過去，只見趙知縣在家坐地。婆婆道了萬福，卻和外面一般的。入到裏面，見了媽媽道：「外面又有一個知縣歸來。」媽媽道：「休要胡說！我只有一個兒子，那得有兩個知縣來！」婆婆道：「且去看一看。」走到對門，趙再理道：「媽媽認得兒？」媽媽道：「漢子休胡說！我只有一個兒子，那得兩個？」趙再理道：「兒是真的。兒歸到峰頭驛，睡了一夜。到曉，人從行李都不見了。如此這般，來到這裏。」看的人挨肩疊背，擁約不開。趙再理捽著娘不肯放。點茶的婆婆道：「生知縣時須有個瘢痕隱記。」媽媽道：「生那兒時，脊背下有一搭紅記。」脫下衣裳，果然有一搭紅記。看的人發一聲喊：「先歸的是假的！」卻說對門趙知縣問門前為甚亂嚷。院子道：「門前又一個知縣歸來。」趙知縣道：「甚人敢恁的無狀❻！我已歸來了，如何又一個趙知縣？」出門，看的人都四散走開。知縣

❺ 失望：認不清。

道：「媽媽，這漢是甚人？如何扯住我的娘無狀！」娘道：「我兒身上有紅記，是真的。」趙知縣也脫下衣裳。眾人大喊一聲，看那脊背上，也有一搭紅記。眾人道：「作怪！」趙知縣送趙再理去開封府。正直大尹陞堂。那先回的趙知縣，公然冠帶入府，與大尹分賓而坐，談是說非。大尹先自信了。反將趙再理喝罵。幾番便要用刑拷打。趙再理理直氣壯，不免將峰頭驛安歇事情，高聲抗辨。大尹再三不決。猛省思量：「有告箚❼文憑是真的。」便問趙再理：「你是真的，告箚文憑在那裏？」趙再理道：「在峰頭驛都不見了。」大尹台旨，教客將請假的趙知縣來。太守問：「判縣郎中，可有告箚文字在何處？」知縣道：「有。」令人去媽媽處取來呈上。大尹叫：「趙再理，你既是真的，如何官告文憑，卻在他處？」再理道：「告大尹，只因在峰頭驛失去了。」——卻問他幾年及第？試官是兀誰？當年做甚題目？因何授得新會縣知縣？」大尹思量道：「也是。」問那假的趙知縣，一一對答，如趙再理所言，並無差誤。大尹一發決斷不下。那假的趙知縣歸家，把金珠送與推款司。自古「官不容針，私通車馬」，推司接了假的知縣金珠，開封府斷配真的出境直到兗州奉符縣。兩個防送公人，帶著衣包雨傘，押送上路。不則一日，行了三四百里路。地名青巖山腳下，前後都沒有人家。公人對趙再理道：「官人，商量句話。你到牢城營裏，也是擔土挑水，作塌❽殺你，不如就這裏尋個自盡。非甘我二人之罪，正是上命差遣，蓋不由己。我兩個去本地官司討得回文。你便早死，我們也得早早回京。」趙再理聽說，叫苦連

❻ 無狀：無禮、不成樣子。
❼ 告箚：告身。
❽ 作塌：糟蹋。

天：「罷，罷！死去陰司告狀理會！」當時顫做一團，閉著眼等候棍子落下。公人手裏把著棍子，口裏念道：「善去陰司，好歸地府。」恰纔舉棍要打，只聽得背後有人大叫道：「防送公人不得下手！」嚇得公人放下棍子，看時，見一個六七歲孩兒，裹著光紗帽，綠襴衫，玉束帶，甜鞋淨襪，來到目前。公人問是誰。說道：「我非是人。」嚇得兩個公人，喏喏連聲。便道：「他是真的趙知縣，卻如何打殺他？我與你一笏銀，好看承他到奉符縣。若壞了他性命，教你兩個都回去不得。」一陣風，不見了小兒。二人便對趙知縣道：「莫怪，不知道是真的！若得回東京，切莫題名。」迤邐來到奉符縣牢城營，端公❾交割了。公人說上項事，端公便安排書院，請那趙知縣教兩個孩兒讀書，不教他重難差役。然雖如此，坐過公堂的人，卻教他做這勾當，好生愁悶，難過日子。不覺捱了一年。時遇春初，往後花園閒步散悶。見花柳生芽，百禽鳴舞。思想為官一場，功名已付之度外。奈何骨肉分離，母子夫妻，俱不相認，不知前生作何罪業，受此惡報！餬口於此，終無出頭之日。淒然墮下淚來。猛見一所池子，思量：「不如就池裏投水而死，早去陰司地府告理他。」歎了口氣，覷著池裏一跳。只聽得有人叫道：「不得投水！」回頭看時，又見個光紗帽綠襴衫玉束帶孩兒道：「知縣，婆婆教你三月三日上東峰東岳左廊下，見九子母娘娘，與你一件物事，上東京報讎。」趙知縣拜謝道：「尊神，如今在東京假趙某的是甚人？」孩兒道：「是廣州皂角林大王。」說罷，一陣風不見了。巴不得到三月三日，辭了端公，往東峰東岱岳燒香。上得岳廟，望那左廊下，見九子母娘娘，拜祝再三。轉出廟後，有人叫：「趙知縣。」回頭看時，見一個孩兒，挽著三個角兒，碁子布背心，道：「婆婆叫你。」隨那小兒，行半里田地看時，金釘朱戶，碧

❾ 端公：宋朝衙役的稱呼。

瓦雕樑，望見殿上坐著一個婆婆，眉分兩道雪，髻挽一窩絲，有三四個孩兒，叫：「恩人來了。」——如何叫趙知縣是恩人？他在廣州做知縣時，一年便救了兩個小廝，三年便救幾人性命，因此叫做恩人。——知縣在堦下拜求。婆婆便請知縣上殿來：「且坐，安排酒來。」數盃酒後，婆婆道：「現今在東京奪你家室的，是皂角林大王。官司如何斷決得！我念你有救童男童女之功，卻用救你。」便叫第三個孩兒：「你取將那件物事。」孩兒手裏托著黃帕，包著一個盒兒。婆婆去頭上拔一隻金釵，分付知縣道：「你去那山腳下一所大池邊頭，一株大樹，把金釵去那樹上敲三敲，那水面上定有夜叉出來。你說是九子母娘娘差來，便帶你到龍宮海藏取一件物事在盒子內，便可往東京壞那皂角林大王。」知縣拜謝婆婆，便下東峰東岱岳來。到山腳下，尋見池子邊大樹，用金釵去敲三敲。一陣風起，只見水面上一個夜叉出來，問：「是甚人？」便道：「奉九子母娘娘命，來見龍君。」夜叉便入去，不多時，復出來，叫知縣閉目。只聽得風雨之聲。夜叉叫開眼，看時：

靄靄祥雲籠殿宇，依依薄霧罩回廊。

夜叉教知縣把那盒子來。知縣便解開黃袱，把那盒子與夜叉。夜叉揭開盒蓋，去那殿角頭叫惡物過來。只見一件東西，似龍無角，似虎有鱗，入於盒內。把盒蓋定，把黃袱包了，付與知縣牢收，直到東京去壞皂角林大王。夜叉依舊教他閉目，引出水中。

知縣離了東峰東岱岳，到奉符縣。一路上自思量：「要去問牢城營端公還是不去好？我是配來的罪人，定不肯放我去，留住便壞了我的事。不如一逕取路。」過了奉符縣，趁金水銀堤汴河船，直到東京開封府前，大聲叫屈：「我是真的趙知縣，卻配我到兗州奉符縣。如今占住我渾家的不是人，是廣州新會縣皂角林大王！」眾人都擁將來看。便有做公的捉入府來，驅到廳前堦下。大尹問道：「配去的罪人，輒敢道我打斷不明！」趙知縣告大尹：「再理授得廣州新會縣知縣，第一日打斷公事，忽然打一個噴涕，廳上廳下人都打噴涕。客將稟覆：『離縣九里有座皂角林大王廟，廟前有兩株皂角樹，多年蛀成末，無人敢動。判縣郎中不曾拈香，所以大王顯靈，吹皂角末來打噴涕。』再理即時備馬往廟拈香。見神道形容怪異，眼裏伸出兩隻手來。問廟祝春秋祭賽何物。覆道：『春賽祭七歲花男，秋賽祭一童女，背綁在將軍柱上，剖腹取心供養。』再理即時將廟官送獄究罪，焚燒了廟宇神像。回來路上，又見喝：『大王來！』紅紗照道。再理又射了一箭。次後無事。撚指三年任滿，到半路館驛安歇。到天明起來，三十餘人從者不見一人。上至頭巾，下至衣服，並不見。只得披著被走鄉中。虧一個老兒贈我衣服盤費，得到東京。不想大尹將再理斷配去奉符縣。因上東峰東岱岳，遇九子母娘娘，得其一物，在盒子中。能壞得皂角林大王。若請那假知縣來，壞他不得，甘罪無辭。」大尹道：「你且開盒子先看一看，是甚物件。」再理告大尹：「看不得。揭開後，壞人性命。」大尹教押過一邊。即時請將假知縣來。到廳坐下。大尹道：「有人在此告判縣郎中非人，乃是廣州新會縣皂角林大王。」假知縣聽說，面皮通紅，問道：「是誰說的？」大尹道：「那真趙知縣上東峰東岱岳，遇九子母娘娘所說。」假知縣大驚，倉徨欲走。那真的趙知縣在堦下，也不等大尹台旨，解開黃袱，揭開盒子。只見風雨便下，伸手不見掌。須臾，雲散風定，就廳上不見了假的知縣。大尹嚇得顫做一團。只得將此事奏知道君皇帝，降了三個聖旨：第一開封府問官追官勒停；第二趙知縣認了母子，仍舊補官；第三廣州一境不許供養神道。趙知縣到家，母親妻子號啕大哭：「怎知我兒卻是真的！」叫那三十餘人從問時，覆道：「驛中五更前後，教備馬起行，怎知是假的！」眾人都來賀喜。問盒中是何物，便壞得皂角林大王。趙知縣道：「下官亦不認得是何物。若不是九子母娘娘，滿門被這皂角林大王所壞。須往東峰東岱岳燒香拜謝則個。」即便揀日，帶了媽媽渾家僕從，上汴河船，直到兗州奉符縣，謝了端公。那端公曉得是真趙知縣，奉承不迭。住了三兩日，上東峰東岱岳來。入得廟門，徑來左廊下謝那九子母娘娘。燒罷香，拜謝出門。媽媽和渾家先下山去。趙知縣帶兩個僕人往山後閒行。見怪石上坐一個婆婆，顏如瑩玉，叫一聲：「趙再理，你好喜也！」趙知縣上前認時，便是九子母娘娘。趙知縣即時拜謝。娘娘道：「早來祈禱之事，吾已都知。盒子中物，乃是東峰東岱岳一個狐狸精。皂角林大王，乃是陰鼠精。非狸不能捕鼠。知縣不妨到御前奏上，宣揚道力。」道罷，一陣風不見了。趙知縣駭然大驚。下山來，對媽媽渾家說知，感謝不盡。直到東京，奏知道君皇帝。此時道教方當盛行，降一道聖旨，逢州遇縣，都蓋九子母娘娘神廟。至今廟宇猶有存者。詩云：

世情宜假不宜真，信假疑真害正人。若是世人能辨假，真人不用訴明神。

第三十七卷　萬秀娘仇報山亭兒

春濃花艷佳人膽，月黑風高壯士心。講論只憑三寸舌，秤評天下淺和深。

話說山東襄陽府，唐時喚做山南東道。這襄陽府城中，一個員外，姓萬，人叫做萬員外。這個員外，排行第三，人叫做萬三官人。在襄陽府市心裏住，一壁開著乾茶鋪，一壁開著茶坊。家裏一個茶博士，姓陶，小名叫做鐵僧，自從小時綰著角兒，便在萬員外家中掉盞子❶，養得長成二十餘歲，是個家生孩兒。當日茶市罷，萬員外在布簾底下，張見陶鐵僧這廝，欒❷四十五現錢在手裏。萬員外道：「且看如何？」原來茶博士市語，喚做「走州府」，且如道市語說：「今日走到餘杭縣。」這錢，一日只稍得四十五錢，餘杭是四十五里；若說一聲「走到平江府」，早一日稍三百六十足。若還信腳走到「西川成都府」，一日卻是多少里田地！萬員外望見了，且道：「看這廝如何？」只見陶鐵僧欒了四五十錢，鷹覷鶻望，看布簾裏面，約莫沒人見，把那現錢懷中便搋。萬員外慢騰騰地掀開布簾出來，櫃身裏櫈子上坐地，見陶鐵僧舒手去懷裏摸一摸，喚做「自搜」，腰間解下衣帶，取下布袱，兩隻手提住布袱角，向空一抖，拍

❶ 掉盞子：洗茶杯。
❷ 欒：經手銀錢而私自竊取。

著肚皮和腰，意思間分說：教萬員外看道，我不曾偷你錢。萬員外叫過陶鐵僧來問道：「方纔我見你欒四五十錢在手裏，望這布簾裏一望了，便搋了；你實對我說，錢卻不計利害❸。見你解了布袋，空中抖一抖，真個瞞得我好！你這錢藏在那裏？說與我，我倒饒你；若不說，送你去官司。」陶鐵僧叉大拇指不離方寸❹地道：「告員外，實不敢相瞞，是有四五十錢，安在一個去處。」那廝指道：「安在掛著底浪蕩燈❺鐵片兒上。」萬員外把櫈子站起腳上去，果然是一垛兒，安著四五十錢。萬員外復身再來櫈上坐地，叫這陶鐵僧來問道：「你在我家裏幾年？」陶鐵僧道：「從小裏，隨先老底❻便在員外宅裏掉茶盞抹托子，自從老底死後，罪過員外收留，養得大，卻也有十四五年。」萬員外道：「你一日只做偷我五十錢，十日五百，一個月一貫五百，一年十八貫，十五來年，你偷了我二百七十貫錢。如今不欲送你去官司，你且閒休❼！」當下發遣了陶鐵僧。這陶鐵僧辭了萬員外，收拾了被包，離了萬員外茶坊裏。

這陶鐵僧小後生家，尋常和囉槌❽不曾收拾得一個，包裹裏有得些個錢物，沒十日都使盡了。又被萬員外分付盡一襄陽府開茶坊底行院，這陶鐵僧沒經紀，無討飯喫處。當時正是秋間天色，古人有一首詩道：

---

❸ 不計利害：不計較多少。
❹ 叉大拇指不離方寸：拱手當胸，表示恭敬。
❺ 浪蕩燈：掛在空中的燈。
❻ 老底：對人稱自己的父親。
❼ 閒休：歇息去吧。
❽ 和囉槌：乞丐唱蓮花落時應和唱腔的木板。

柄柄芰荷枯，葉葉梧桐墜。細雨洒霏微，催促寒天氣。
蛩吟敗草根，鴈落平沙地。不是路迷人，怎知這滋味。

一陣價起底是秋風，一陣價下的是秋雨。陶鐵僧當初只道是除了萬員外不要得我，別處也有經紀處；卻不知喫這萬員外都分付了行院，沒討飯喫處。那廝身上兩件衣裳，生絹底衣服，漸漸底都曹破了，黃草衣裳，漸漸底捲將來。曾記得建康府中二官人有一詞兒，名喚做鷓鴣天：

黃草秋深最不宜，肩穿袖破使人悲，領單色舊褫先捲，怎奈金風早晚吹。
纔掛體，皺雙眉，出門羞赧見相知。鄰家女子低聲問，覓與奴糊隔帛兒。

陶鐵僧看著身上黃草布衫，捲將來，風颼颼地起，便再來周行老⑨家中來。心下自道：「萬員外忒恁地毒害！便做⑩我拿了你三五十錢，你只不使我便了，『那個貓兒不偷食』，直分付盡一襄陽府開茶坊底教不使我，致令我而今沒討飯喫處。這一秋一冬，卻是怎地計結？做甚麼是得？」正恁地思量，則見一個男女來行老家中道：「行老，我問你借一條匾擔。」那周行老便問道：「你借匾擔做甚麼？」那個哥哥道：「萬三員外女兒萬秀娘，死了夫婿，今日歸來。我問你借匾擔去挑籠仗⑪則個。」陶鐵僧自道：「我

⑨ 行老：專門介紹職業的人。
⑩ 便做：就算、即使。
⑪ 籠仗：箱籠物件。

若還不被趕了，今日我定是同去搬擔，也有百十錢賺。」當時越思量越煩惱，轉恨這萬員外。陶鐵僧道：「我如今且出城去，看這萬員外女兒歸，怕路上見他，告這小娘子則個；怕勸得他爹爹，再去求得這經紀也好。」陶鐵僧拽開腳出這門去，相次到五里頭，獨自行。身上又不齊不整，一步懶了一步，正恁地行。只聽得後面一個人叫道：「鐵僧，我叫你。」回頭看那叫底人時，卻是：

人材凜凜，掀翻地軸鬼魔王；容貌堂堂，撼動天關夜叉將。

陶鐵僧唱喏道：「大官人叫鐵僧做甚麼？」大官人道：「我幾遍在你茶坊裏喫茶，都不見你。」鐵僧道：「上覆大官人，這萬員外不近道理，趕了鐵僧多日。則恁地趕了鐵僧，兀自來利害，如今直分付一襄陽府開茶坊行院，教不得與鐵僧經紀。大官人看鐵僧身上衣裳都破了，一陣秋風起，飯也不知在何處喫？不是今秋餓死，定是今冬凍死。」那大官人問道：「你如今卻那裏去？」鐵僧道：「今日聽得說，萬員外底女兒萬秀娘死了夫婿，帶著一個房臥，也有數萬貫錢物，到晚歸來，欲待攔住萬小娘子，告他則個。」大官人聽得道是：

入山擒虎易，開口告人難。

大官人說：「大丈夫，告他做甚麼？把似告他，何似自告。」自便把指頭指一個去處，叫鐵僧道：「這裏不是說話處，隨我來。」

兩個離了五里頭大路，入這小路上來。見一個小小地莊舍寂靜去處，這座莊：

前臨剪徑道，背靠殺人岡。遠看黑氣冷森森，近視令人心膽喪。料應不是孟嘗家，只會殺人並放火。

大官人見莊門閉著，不去敲那門，就地上捉一塊磚兒，撒放屋上。頃刻之間，聽得裏面掣玷抽㨨，開放門，一個大漢出來。看這個人，兜腮捲口，面上刺著六個大字。這漢不知怎地，人都叫他做大字焦吉。出來與大官人廝叫了，指著陶鐵僧問道：「這個是甚人？」大官人道：「他今日看得外婆家⓬報與我，是好一拳⓭買賣。」三個都入來大字焦吉家中。大官人腰裏把些碎銀子，教焦吉買些酒和肉來共喫。陶鐵僧喫了，便去打聽消息，回來報說道：「好教大官人得知，如今籠仗什物，有二十來擔，都搬入城去了。只有萬員外的女兒萬秀娘，與他萬小員外，一個當直，喚做周吉，一擔細軟頭面金銀錢物籠子，共三個人，兩匹馬，到黃昏前後，到這五里頭，要趕門入去。」大官人聽得說，三人把三條朴刀，叫：「鐵僧隨我來。」去五里頭林子前等候。

果是黃昏左右，萬小員外，和那萬秀娘，當直周吉，兩個使馬的，共五個人，待要入城去。行到五里頭，見一所林子，但見：

遠觀似突兀雲頭，近看似倒懸雨腳。影搖千尺龍蛇動，聲撼半天風雨寒。

⓬ 外婆家：綠林好漢的黑語，指要搶劫的對象。

⓭ 一拳：一筆。

那五個人方纔到林子前，只聽得林子內大喊一聲，叫道：「紫金山三百個好漢且未消出來，恐怕嚇了小員外共小娘子！」三條好漢，三條朴刀。嚇得五個人頂門上蕩了三魂，腳板下走了七魄，兩個使馬的都走了，只留下萬秀娘，萬小員外，當直周吉三人。大漢道：「不壞你性命，只多留下買路錢！」萬小員外教周吉把與他。周吉取一錠二十五兩銀子把與這大漢。那焦吉見了道：「這廝，卻不𡃁耐你！我們卻只直你一錠銀子！」拿起手中朴刀，看著周吉，要下手了。那萬小員外和萬秀娘道：「如壯士要時，都把去不妨。」大字焦吉擔著籠子，卻待入這林子去，只聽得萬小員外叫一聲道：「鐵僧，卻是你來劫我！」嚇得焦吉放了擔子道：「卻不利害，若放他們去，明日襄陽府下狀，捉鐵僧一個去，我兩個怎地計結？」都趕來看著小員外，手起刀舉，道聲：「著！」看小員外時：

身如柳絮飄颻，命似藕絲將斷。

大字焦吉一下朴刀殺了萬小員外，和那當直周吉，拖這兩個死屍入林子裏面去，擔了籠仗，陶鐵僧牽了小員外底馬，大官人牽了萬秀娘的馬。萬秀娘道：「告壯士，饒我性命則個。」當夜都來焦吉莊上來。連夜敲開酒店門，買些個酒，買些個食，喫了。打開籠仗裏金銀細軟頭面物事，做三分：陶鐵僧分了一分；焦吉分了一分；大官人也分了一分。這大官人道：「物事都分了，萬秀娘卻是我要，待把來做個扎寨夫人。」當下只留這萬秀娘在焦吉莊上。萬秀娘離不得是把個甜言美語，啜持⑭過來。

在焦吉莊上不則一日，這大官人無過是出路時搶金劫銀，在家時飲酒食肉。一日大醉，正是：

⑭ 啜持：哄騙。

三杯竹葉穿心過，兩朵桃花臉上來。

萬秀娘問道：「你今日也說大官人，明日也說大官人，你如今必竟是我底丈夫，

犬馬尚分毛色，為人豈無姓名，

敢問大官人姓甚名誰？」大官人乘著酒興，就身上指出一件物事來道：「是。我是襄陽府上一個好漢，不認得時，我說與你道，教你：

頂門上走了三魂，腳板下蕩散七魄。」

掀起兩隻腿上間朱刺著的文字，道：「這個便是我姓名，我便喚做十條龍苗忠，我卻說與你。」原來是：

壁間猶有耳，窗外豈無人。

大字焦吉在窗子外面聽得，說道：「你看我哥哥苗大官人，卻沒事說與他姓名做甚麼？」走入來道：「哥哥，你只好推⑮了這牛子⑯休！」——原來強人市語喚殺人做「推牛子」——焦吉便要教這十條龍苗忠殺了萬秀娘，喚做：

---

⑮ 推：殺人之意。
⑯ 牛子：綠林中人對俘虜的稱呼。

斬草除根，萌芽不發；斬草若不除根，春至萌芽再發。

苗忠那裏肯聽焦吉說，便向焦吉道：「錢物平分，我只有這一件偏倍⑰得你們些子，你卻恁地喫不得，要來害他。我也不過只要他做個扎寨夫人，又且何妨。」焦吉道：「異日卻為這婦女變做個利害，卻又不壞了我。」忽一日，等得苗忠轉腳出門去，焦吉道：「我幾回說與我這哥哥，教他推了這牛子，左右不肯。把似你今日不肯，明日又不肯，不如我與你下手推了這牛子，免致後患。」那焦吉懷裏和鞘搋著一把尖長靶短，背厚刃薄八字尖刀，走入那房裏來。萬秀娘正在房裏坐地。只見焦吉掣那尖刀執在手中，左手捽住萬秀娘，右手提起那刀，方欲下手。只見一個人從後面把他腕子一捉，捉住焦吉道：「你卻真個要來壞他，也不看我面。」焦吉回頭看時，便是十條龍苗忠。那苗忠道：「只消叫他離了你這莊裏便了，何須只管要壞他。」當時焦吉見他恁地說，放下了。當日天色晚了。

紅輪西墜，玉兔東升。佳人秉燭歸房，江上漁翁罷釣。螢火點開青草面，蟾光穿破碧雲頭。

到一更前後，苗忠道：「小娘子，這裏不是安頓你去處，你須見他們行坐時只要壞你。」萬秀娘道：「大官人，你如今怎地好！」苗忠道：「容易事。」便背了萬秀娘，夜裏走了一夜，天色漸漸曉，到一所莊院。苗忠放那萬秀娘在地上，敲那莊門。裏面應道：「便來。」不多時，一個莊客來。苗忠道：「報與莊主，說道苗大官人在門前。」莊客入去報了莊主。那莊中一個官人出來，怎地打扮？且看那官人：

⑰ 偏倍：背人自私。

背繫帶磚項頭巾，著門花青羅褙子⑱，腰繫襪頭褶袴，腳穿時樣絲鞋。

兩個相揖罷，將這萬秀娘同來草堂上，三人分賓主坐定。苗忠道：「相煩哥哥，甚不合寄這個人在莊上則個。」官人道：「留在此間不妨。」苗忠向那人同喫了幾碗酒，喫些個早飯，苗忠掉了自去。那官人請那萬秀娘來書院裏，說與萬秀娘道：「你更知得一事麼？十條龍苗大官人把你賣在我家中了。」萬秀娘聽得道，簌簌地兩行淚下。有一首鷓鴣天，道是：

碎似真珠顆顆停，清如秋露臉邊傾。洒時點盡湘江竹，感處曾摧數里城。
思薄倖，憶多情，玉纖彈處暗銷魂。有時看了鮫綃上，無限新痕壓舊痕。

萬秀娘哭了，口中不說，心下尋思道：「苗忠底賊！你劫了我錢物，殺了我哥哥，又殺了當直周吉，姦騙了我身己⑲，剗地把我來賣了！教我如何活得。」則好過了數日。當夜，天昏地慘，月色無光，各自都去睡了。萬秀娘移步出那腳子門⑳來，後花園裏，仰面觀天禱祝道：「我這爹爹萬員外，想是你尋常不近道理，而今教我受這折罰，有今日之事。苗忠底賊！你劫了我錢物，殺了我哥哥，殺了我當直周吉，騙了我身己，又將我賣在這裏！」就身上解下抹胸，看著一株大桑樹上，掉將過去道：「哥哥員外陰靈

---

⑱ 褙子：武士所穿的半臂衣。

⑲ 身己：身體。

⑳ 腳子門：邊門。

不遠，當直周吉，你們在鬼門關下相等我。生為襄陽府人，死為襄陽府鬼。」欲待把那頸項伸在抹胸裏自吊，忽然黑地裏隱隱見假山子背後一個大漢，手裏把著一條朴刀，走出來指著萬秀娘道：「不得做聲，我都聽得你說底話。你如今休尋死處，我救你出去，不知如何？」萬秀娘道：「恁地時可知道好。敢問壯士姓氏？」那大漢道：「我姓尹名宗，我家中有八十歲的老母，我尋常孝順，人都叫做孝義尹宗。當初來這裏，指望偷些個物事，賣來養這八十歲底老娘，今日卻限撞著你，也是『路見不平，拔刀相助』，救你出去。卻無他事，不得慌。」把這萬秀娘一肩肩到園牆根底，用力打一聳，萬秀娘騎著牆頭；尹宗把朴刀一點，跳過牆去，接這萬秀娘下去。一背背了，方纔待行。則見黑地裏把一條筆頭鎗看得清，喝聲道：「著！」向尹宗前心便擢將來，玝折地一聲響。這漢是圍牆外面巡邏的，見一個大漢，把條朴刀，跳過牆來，背著一個婦女，一筆頭鎗擢將來。黑地裏尹宗側身躲過，一鎗擢在牆上，正搖索那鎗頭不出。尹宗背了萬秀娘，提著朴刀，拽開腳步便走。

相次走到尹宗家中，尹宗在路上說與萬秀娘道：「我娘卻是怕人，不容物，你到我家中，實把這件事說與我娘道。」萬秀娘聽得道：「好。」巴得到家中，尹宗的娘聽得道：「兒子歸來。」那婆婆開門，便著手來接這兒子，將為道兒子背上偷得甚底物事了喜歡，則見兒子背著一個婦女。婆婆不問事由，拏起一條柱杖，看著尹宗落夾背便打，也打了三四柱杖，道：「我教你去偷些個物事來養我老，你卻沒事背這婦女歸來則甚？」那尹宗喫了三四柱杖，未敢說與娘道。萬秀娘見那婆婆打了兒子，肚裏便怕。尹宗卻放下萬秀娘，教他參拜了婆婆。把那前面話對著婆婆說了一遍；道謝尹宗：「救妾性命。」婆婆道：「何不早說。」尹宗便問娘道：「我如今送他歸去，不知如何？」婆婆問道：「你而今怎地送他歸去？」尹宗道：「路上一似姊妹，解房㉑時便說是哥哥妹妹。」婆婆道：「且待我來教你。」即時走入房裏，去取出一件物事。婆婆提出一領千補百衲舊紅衲背心，披在萬秀娘身上，指了尹宗道：「你見我這件衲背心，便似見娘一般，路上且不得胡亂生事，淫污這婦女。」萬秀娘辭了婆婆。尹宗脊背上背著萬秀娘，迤邐取路，待要奔這襄陽府路上來。

當日天色晚，見一所客店，姊妹兩人解了房，討些飯喫了。萬秀娘在客店內床上睡。尹宗在床面前打鋪。夜至三更前後，萬秀娘在那床上睡不著，肚裏思量道：「荷得尹宗救我，便是我重生父母，再長爺娘一般。只好嫁與他，共做個夫妻謝他。」萬秀娘移步下床，款款地搖覺尹宗道：「哥哥，有三二句話與哥哥說。妾荷得哥哥相救，別無答謝，有少事拜覆，未知尊意如何？」尹宗見說，拿起朴刀在手，道：「你不可胡亂。」萬秀娘心裏道：「我若到家中，正嫁與他。尹宗定不肯胡亂做些個。」得這尹宗卻是大孝之人，依娘言語，不肯胡行。萬秀娘見他焦躁，便轉了話道：「哥哥，若到襄陽府，怕你不須見我爹爹媽媽。」尹宗道：「只是恁地時不妨。來日到襄陽府城中，我自回，你自歸去。」到得來日，尹宗背著萬秀娘，走相將到襄陽府，則有得五七里田地。正是：

遙望樓頭城不遠，順風聽得管絃聲。

看看望見襄陽府，平白地下一陣雨：

㉑ 解房：租賃房間。

雲生東北，霧湧西南。須臾倒甕傾盆，頃刻懸河注海。

這陣雨下了不住，卻又沒處躲避。尹宗背著萬秀娘，落路來見一個莊舍，要去這莊裏躲雨，只因來這莊裏，教兩人變做：

青雲有路，翻為苦楚之人；白骨無墳，變作失鄉之鬼。

這尹宗分明是推著一車子沒興骨頭，入那千萬丈琉璃井裏。這莊卻是大字焦吉家裏。萬秀娘見了焦吉那莊，目睜口癡，罔知所措。焦吉見了萬秀娘，又不敢問，正恁地躊躕。則見一個人喫得八分來醉，提著一條朴刀，從外來。萬秀娘道：「哥哥，兀底便是劫了我底十條龍苗忠！」尹宗聽得道，提手中朴刀，奔那苗忠。當時苗忠一條朴刀來迎這尹宗。原來有三件事奈何尹宗不得：第一，是苗忠醉了；第二，是苗忠沒心，尹宗有心；第三，是苗忠是賊人心虛。苗忠自知奈何尹宗不得，提著朴刀便走。尹宗把一條朴刀趕將來，走了一里田地，苗忠卻遇著一堵牆，跳將過去。尹宗只顧趕將來，不知大字焦吉也把一條朴刀，卻在後面，把那尹宗壞了性命。果謂是：

螳螂正是遭黃雀，豈解隄防挾彈人。

那尹宗一個，怎抵擋得兩人。不多時，前面焦吉，後面苗忠，兩個回來。苗忠放下手裏朴刀，右手換一把尖長靶短背厚刃薄八字尖刀，左手捽住萬秀娘胸前衣裳，罵道：「你這個賤人！卻不是叵耐你，幾乎教我喫這大漢壞了性命，你且喫取我幾刀！」正是：

故將挫玉摧花手，來折江梅第一枝。

那萬秀娘見苗忠刀舉，生一個急計，一隻手托住苗忠腕子道：「且住，你好沒見識，你情知道我又不識這個大漢姓甚名誰？又不知道他是何等樣人？不問事由，背著我去，恰好走到這裏，我便認得這裏是焦吉莊上，故意叫他行這路，特地來尋你。如今你倒壞了我，卻不是錯了。」苗忠道：「你也說得是。」把那刀來入了鞘，卻來啜醋㉒萬秀娘道：「我爭些個錯壞了你！」正恁地說，則見萬秀娘左手捽住苗忠，右手打一個漏風掌，打得苗忠耳門上似起一個霹靂。那苗忠：

睜開眉下眼，咬碎口中牙！

那苗忠怒起來，卻見萬秀娘說道：「苗忠底賊，我家中有八十歲底老娘，你共焦吉壞了我性命，你也好休！」道罷，僻然倒地。苗忠方省得是這尹宗附體在秀娘身上。即時扶起來，救得甦醒，當下都沒甚話說。

卻說這萬員外，打聽得兒子萬小員外和那當直周吉，被人殺了，兩個死屍在城外五里頭林子，更劫了一萬餘貫家財，萬秀娘不知下落。去襄陽府城裏下狀，出一千貫賞錢，捉殺人劫賊，那裏便捉得。萬員外自備一千貫，過了幾個月，沒捉人處。州府賞錢，和萬員外賞錢，共添做三千貫，明示榜文，要捉

㉒ 啜醋：哄騙。

這賊，則是沒捉處。當日萬員外鄰舍，一個公公，七十餘歲，養得一個兒子，小名叫做合哥。大伯㉓道：「合哥，你只管躲懶，沒個長進，今日也好去上行㉔些個『山亭兒』㉕來賣。」合哥挑著兩個土袋，搋著二三百錢，來焦吉莊裏，問焦吉上行些個「山亭兒」，揀幾個物事。喚做：

山亭兒，庵兒，寶塔兒，石橋兒，屏風兒，人物兒。

買了幾件了。合哥道：「更把幾件好樣式底『山亭兒』賣與我。」大字焦吉道：「你自去屋角頭窗子外面自揀幾個。」當時合哥移步來窗子外面，正在那裏揀「山亭兒」。則聽得窗子裏面一個人，低低地叫道：「合哥。」那合哥聽得道：「這人好似萬員外底女兒聲音。」合哥道：「誰叫我？」應聲道：「是萬秀娘叫。」那合哥道：「小娘子，你如何在這裏？」萬秀娘說：「一言難盡，我被陶鐵僧領他們劫我在這裏，相煩你歸去，說與我爹爹媽媽，教去下狀，差人來捉這大字焦吉，十條龍苗忠，和那陶鐵僧。如今與你一個執照歸去。」就身上解下一個刺繡香囊，從那窗窟寵子掉出，自入去。合哥接得，貼腰搋著，還了焦吉「山亭兒」錢，挑著擔子便行。焦吉道：「你這廝在窗子邊和甚麼人說話？」嚇得合哥一似：

分開八面頂陽骨，傾下半桶冰雪水。

㉓ 大伯：老頭兒。

㉔ 上行：批發、進貨。

㉕ 山亭兒：小兒玩具，泥做的風景建築物。

合哥放下「山亭兒」擔子，看著焦吉道：「你見甚麼，便說我和兀誰說話？」焦吉探那窗子裏面，真個沒誰。擔起擔子便走，一向不歇腳，直入城來，把一擔「山亭兒」，和擔一時盡都把來傾在河裏，掉臂揮拳歸來。爺見他空手歸來，問道：「『山亭兒』在那裏？」合哥應道：「傾在河裏了。」問道：「擔子呢？」應道：「攛在河裏。」「匾擔呢？」應道：「攛在河裏。」大伯焦躁起來，道：「打殺這廝！你是甚意思？」合哥道：「三千貫賞錢劈面地來。」大伯道：「是如何？」合哥道：「我見萬員外女兒萬秀娘在一個去處。」大伯道：「你不得胡說，他在那裏？」合哥就懷裏取出那刺繡香囊，教把看了，同去萬員外家裏。萬員外見說，看了香囊，叫出他這媽媽來，看見了刺繡香囊，認得真個是秀娘手跡，舉家都哭起來。萬員外道：「且未消得哭。」即時同合哥來州裏下狀。官司見說，即特差士兵二十餘人，各人盡帶著器械，前去緝捉這場公事。當時叫這合哥引著一行人，取苗忠莊上去，即時就公廳上責了限狀，唱罷喏，迤邐登程而去。真個是：

個個威雄似虎，人人猛烈如龍。雨具麻鞋，行纏搭膊。手中杖牛頭鐺，撥互叉，鼠尾刀，畫皮弓，柳葉箭。在路上飢餐渴飲，夜住宵行。纔過杏花村，又經芳草渡。好似皂鵰追紫燕，渾如餓虎趕黃羊。

其時合哥兒一行到得苗忠莊上，分付教眾緝捕人：「且休來，待我先去探問。」多時不見合哥兒回來，那眾人商議道：「想必是那苗忠知得這事，將身躲了。」合哥回來，與眾人低低道：「作一計引他，他便出來。」離不得到那苗忠莊前莊後，打一觀看，不見蹤由。眾做公底人道：「是那苗忠每常間見這合哥兒來家中，如父母看待，這番卻是如何？」別商量一計，先教差一人去，用火燒了那苗忠莊，便知苗忠躲在那裏。苗忠一見士兵燒起那莊子，便提著一條朴刀，向西便走。做公底一發趕將來，正是：

有似皂鵰追困鴈，渾如雪鶻打寒鳩。

那十條龍苗忠慌忙走去，到一個林子前，苗忠入這林子內去，方纔走得十餘步，則見一個大漢，渾身血污，手裏搦著一條朴刀，在林子裏等他，便是那喫他壞了性命底孝義尹宗在這裏相遇。所謂是：

勸君莫要作冤讐，狹路相逢難躲避。

苗忠認得尹宗了，欲待行，被他攔住路，正恁地進退不得，後面做公底趕上，將一條繩子，縛了苗忠，並大字焦吉，茶博士陶鐵僧，解在襄陽府來，押下司理院，綳爬吊拷㉖，一一勘正，三人各自招伏了。同日將大字焦吉，十條龍苗忠，茶博士陶鐵僧，押赴市曹，照條處斬。合哥便請了那三千貫賞錢。萬員外要報答孝義尹宗，差人迎他母親到家奉養。又去官中下狀用錢，就襄陽府城外五里頭，為這尹宗起立一座廟宇。直到如今，襄陽府城外五頭孝義廟，便是這尹宗底，至今古跡尚存，香煙不斷。話名只喚做山亭兒，亦名十條龍陶鐵僧孝義尹宗事跡。後人評得好：

萬員外刻深招禍，陶鐵僧窮極行兇，生報仇秀娘堅忍，死為神孝義尹宗。

㉖ 綳爬弔拷：剝去衣裳，用繩綑綁，吊起來拷打。

第三十八卷　蔣淑真刎頸鴛鴦會

眼意心期卒未休，暗中終擬約登樓；光陰負我難相偶，情緒牽人不自由。
遙夜定憐香蔽膝，悶時應弄玉搔頭；櫻桃花謝梨花發，腸斷青春兩處愁。

右詩單說著「情色」二字。此二字，乃一體一用也。故色絢於目，情感於心，情色相生，心目相視。雖亘古迄今，仁人君子，弗能忘之。晉人有云：「情之所鍾，正在我輩。」慧遠曰：「情色覺如磁石，遇鍼不覺合為一處。無情之物尚爾，何況我終日在情裏做活計耶？」如今只管說這「情色」二字則甚？且說個臨淮武公業，於咸通中，任河南府功曹參軍。愛妾曰非煙，姓步氏，容止纖麗，弱不勝綺羅。善秦聲，好詩弄筆。公業甚嬖之。比鄰乃天水趙氏第也，亦衣纓之族。其子趙象，端秀有文學。忽一日於南垣隙中，窺見非煙，而神氣俱喪，廢食思之。遂厚賂公業之閽人，以情相告。閽有難色。後為賂所動，令妻伺非煙閑處，具言象意。非煙聞之，但含笑而不答。閽嫗盡以語象。象發狂心蕩，不知所如。乃取薛濤箋，題一絕於上。詩曰：

綠暗紅稀起暝煙，獨將幽恨小庭前。沉沉良夜與誰語？星隔銀河月半天。

寫訖，密緘之。祈閽媼達於非煙。非煙讀畢，吁嗟良久，向媼而言曰：「我亦曾窺見趙郎，大好才貌。今生薄福，不得當之。嘗嫌武生粗悍，非青雲器也。」乃復酬篇，寫於金鳳箋。詩曰：

畫簷春燕須知宿，蘭浦雙鴛肯獨飛；長恨桃源諸女伴，等閒花裏送郎歸。

封付閽媼，令遺象。象啟緘，喜曰：「吾事諧矣。」但靜坐焚香，時時虔禱以候。越數日，將夕，閽媼促步而至。笑且拜曰：「趙郎願見神仙否？」象驚，連問之。傳非煙語曰：「功曹今夜府直，可謂良時。妾家後庭，即君之前垣也。若不渝約好，專望來儀，方可候晤。」語罷，既曛黑，象乘梯而登。非煙已置重榻於下。既下，見非煙艷妝盛服，迎入室中，相攜就寢，盡繾綣之意焉。及曉，象執非煙手曰：「接傾城之貌，挹希世之人。已擔幽明，永奉歡狎。」言訖，潛歸。茲後不盈旬日，常得一期於後庭矣。展幽徹之恩，罄宿昔之情，以為鬼鳥不知，人神相助。如是者周歲。無何，非煙數以細故撻其女奴。奴銜之，乘間盡以告公業。公業曰：「汝愼勿揚聲，我當自察之！」後至堂直日，乃密陳狀請假。迨夜，如常入直，遂潛伏里門。俟暮鼓既作，躡足而回，循牆至後庭。見非煙方倚戶微吟，象則據垣斜睇。公業不勝其忿，挺前欲擒象。象覺跳出。公業持之，得其半襦。乃入室，呼非煙詰之。非煙色動，不以實告。公業愈怒，縛之大柱，鞭撻血流。非煙但云：「生則相親，死亦無恨。」遂飲盃水而絕。象乃變服易名，遠竄於江湖間，稍避其鋒焉。可憐雨散雲消，花殘月缺。且如趙象知機識務，離脫虎口，免遭毒手，可謂善悔過者也。於今又有個不識竅的小二哥，也與個婦人私通，日日貪懽，朝朝迷戀，後惹出一場禍來，屍橫刀下，命赴陰間；致母不得侍，妻不得顧，子號寒於嚴冬，女啼飢於永晝。靜而思之，著何來由！

況這婦人不害了你一條性命了？真個：

蛾眉本是嬋娟刃，殺盡風流世上人。

說話的，你道這婦人住居何處？姓甚名誰？原來是浙江杭州府武林門外落鄉村中，一個姓蔣的生的女兒，小字淑真。生得甚是標致，臉襯桃花，比桃花不紅不白；眉分柳葉，如柳葉猶細猶彎。自小聰明，從來機巧。善描龍而刺鳳，能剪雪以裁雲。心中只是好些風月，又飲得幾盃酒。年已及笄，父母議親，東也不成，西也不就。每興鑿穴之私，常慼傷春之病。自恨芳年不偶，鬱鬱不樂。垂簾不捲，羞殺紫燕雙飛；高閣慵凭，厭聽黃鶯並語。未知此女幾時得偶素願？因成商調醋葫蘆小令十篇，繫於事後，少述斯女始末之情。奉勞歌伴，先聽格律，後聽蕪詞：

湛秋波兩剪明，露金蓮三寸小。弄春風楊柳細身腰，比紅兒態度應更嬌。他生得諸般齊妙，縱司空見慣也魂消！

況這蔣家女兒，如此容貌，如此伶俐，緣何豪門巨族，王孫公子，文士富商，不行求聘？卻這女兒心性有些蹺蹊，描眉畫眼，傅粉施朱。梳個縱鬢頭兒，著件叩身❶衫子，做張做勢，喬模喬樣。或倚檻凝神，或臨街獻笑，因此閭里皆鄙之。所以遷延歲月，頓失光陰，不覺二十餘歲。隔鄰有一兒子，名叫阿巧，未曾出幼❷，常來女家嬉戲。不料此女已動不正之心有日矣。況阿巧不甚長成，父母不以為怪，

❶ 叩身：配身。

遂得通家往來無間。一日，女父母他適，阿巧偶來，其女相誘入室，強合焉。忽聞扣戶聲急，阿巧驚遁而去。女父母至家亦不知也。且此女慾心如熾，久渴此事，自從情竇一開，不能自已。阿巧回家，驚氣衝心而殞。女聞其死，哀痛彌極，但不敢形諸顏頰。奉勞歌伴，再和前聲：

鎖修眉恨尚存，痛知心人已亡。霎時間雲雨散巫陽，自別來幾日行坐想，空撇下一天情況，則除是夢裏見才郎。

這女兒自因阿巧死後，心中好生不快活。自思量道：「皆由我之過，送了他青春一命。」日逐蹀躞不下。倏爾又是一個月來。女兒晨起梳粧，父母偶然視聽，其女顏色精神，語言恍惚，老兒因謂媽媽曰：「莫非淑真做出來了？」殊不知其女春色飄零，蝶粉蜂黃都退了；韶華狼籍，花心柳眼已開殘。媽媽老兒互相埋怨了一會，只怕親戚恥笑！「常言道：『女大不中留。』留在家中，卻如私鹽包兒，脫手方可。不然，直待事發，弄出醜來，不好看。」那媽媽和老兒說罷，央王嫂嫂作媒，「將高就低，添長補短，發落了罷。」一日，王嫂嫂來說，嫁與近村李二郎為妻。且李二郎是個農莊之人，又四十多歲，只圖美貌，不計其他。過門之後，兩個頗說得著。瞬息間十有餘年，李二郎被他徹夜盤弄，衰憊了。年將五十之上，此心已灰。奈何此婦正在妙齡，酷好不厭，仍與夫家西賓❸有事。李二郎一見，病發身故。這婦人眼見斷送兩人性命了。奉勞歌伴，再和前聲：

❷ 出幼：孩童發育成大人。

❸ 西賓：舊時人家所聘教書先生或管帳先生。

結姻緣十數年，動春情三四番；蕭牆禍起片時間，到如今反為難上難。把一對鳳鸞驚散，倚闌干無語淚偷彈。

那李大郎斥退西賓，擇日葬弟之柩。這婦人不免守孝三年。其家已知其非，著人防閑。本婦自揣於心，亦不敢妄為矣。朝夕之間，受了多少的熬煎，或飽一頓，或缺一餐，家人都不理他了。將及一年之上，李大郎自思留此無益，不若逐回，庶免辱門敗戶。遂喚原媒眼同，將婦罄身趕回。本婦如鳥出籠，似魚漏網，其餘物飾，亦不計較。本婦抵家，父母只得收留。那有好氣待他，如同使婢。婦亦甘心忍受。一日有個張二官過門，因見本婦，心甚悅之。挽人說合，求為繼室。女父母允諾，恨不推將出去。且張二官是個行商，多在外，少在內，不曾打聽得備細。設下盒盤羊酒，涓吉成親。這婦人不去則罷，這一去，好似：

豬羊奔屠宰之家，一步步來尋死路。

是夜，畫燭搖光，粉香噴霧。綺羅筵上，依舊兩個新人，錦繡衾中，各出一般舊物，奉勞歌伴，再和前聲：

喜今宵月再圓，賞名園花正芳。笑吟吟攜手上牙床，恣交歡恍然入醉鄉。不覺的渾身通暢，把斷絃重續兩情償。

他兩個自花燭之後，日則並肩而坐，夜則疊股而眠，如魚藉水，似漆投膠。一個全不念前夫之恩愛，一個那曾提亡室之音容。婦羨夫之殷富，夫憐婦之丰儀。兩個過活了一月。一日，張二官人早起，分付虞候收拾行李，要往德清取帳。這婦人怎生割捨得他去。張二官人不免起身，這婦人簌簌垂下淚來。張二官道：「我你既為夫婦，不須如此。」各道保重而別。別去又過了半月光景，這婦人是久曠之人，既成佳配，未盡暢懷，又值孤守岑寂，好生難遣。覺身子困倦，步至門首閒望。對門店中一後生，約三十以上年紀，資質豐粹，舉止閑雅。遂問隨侍阿瞞。阿瞞道：「此店乃朱秉中開的。此人和氣，人稱他為朱小二哥。」婦人問罷，夜飯也不喫，上樓睡了。樓外乃是官河，舟船歇泊之處。將及二更，忽聞梢人嘲歌聲隱約，側耳而聽，其歌云：

二十去了廿一來，不做私情也是呆；有朝一日花容退，雙手招郎郎不來。

婦人自此復萌覬覦之心，往往倚門獨立。朱秉中時來調戲。彼此相慕，目成眉語，但不能一敘款曲為恨也。奉勞歌伴，再和前聲：

美溫溫顏面肥，光油油鬢髮長。他半生花酒肆顛狂，對人前扯拽都是謊。全無有風雲氣象，一味裏竊玉與偷香。

這婦人羨慕朱秉中不已，只是不得湊巧。一日，張二官討帳回家，夫婦相見了，敘些間闊的話。本婦似有不悅之意。只是勉強奉承，一心倒在朱秉中身上了。張二官在家又住了一個月之上。正值仲冬天氣，收買了雜貨趕節，賃船裝載到彼，發賣之間，不甚稱意。把貨都賒與人上了，舊帳又討不上手。俄然逼歲，不得歸家過年，預先寄些物事回家支用，不提。且說朱秉中因見其夫不在，乘機去這婦人家賀節。留飲了三五盃，意欲做些暗昧之事。奈何往來之人，應接不暇，取便約在燈宵相會。秉中領教而去。撚指間又屆十三日試燈之夕。於是戶戶鳴鑼擊鼓，家家品竹彈絲。遊人隊隊踏歌聲，仕女翩翩垂舞袖。鰲山綵結，嵬峨百尺矗晴空；鳳篆香濃，縹緲千層籠綺陌。閒庭內外，溶溶寶燭光輝；傑閣高低，爍爍華燈照耀。奉勞歌伴，再和前聲。

奏簫韶一派鳴，綻池蓮萬朵開。看六街三市鬧挨挨，笑聲高滿城春似海。期人在燈前相待，幾回價又恐燕鶯猜。

其夜秉中侵早的更衣著靴，只在街上往來。本婦也在門首拋聲衒俏，兩個相見暗喜，准定目下成事。不期伊母因往觀燈，就便探女。女扃戶邀入參見，不免留宿。秉中等至夜分，悶悶歸臥。次夜如前。正遇本婦，怪問如何爽約。挨身相就，止做得個呂字兒而散。少間，具酒奉母。母見其無情無緒，向女言曰：「汝如今遷於喬木，只宜守分，也與父母爭一口氣。」豈知本婦已約秉中等了二夜了，可不是鬼門上占卦❹。平旦，買兩盒餅饊，僱頂轎兒，送母回了。薄晚，秉中張個眼慢❺，鑽進婦家，就便上樓。本婦燈也不看，解衣相抱，曲盡于飛。然本婦平生相接數人，或老或少，那能造其奧處，自經此合，身

❹ 鬼門上占卦：不吉利、不成功。
❺ 張個眼慢：趁別人沒看見。

酥骨軟，飄飄然其滋味不可勝言也。且朱秉中日常在花柳叢中打交，深諳十要之術，那十要？

一要濫於撒漫，二要不算工夫，三要甜言美語，四要軟款溫柔，五要乜斜纏帳，六要施逞鎗法，七要裝聾做啞，八要擇友同行，九要穿著新鮮，十要一團和氣。

若狐媚之人，缺一不可行也。再說秉中已回，張二官又到。本婦便害些木邊之目，田下之心。要好只除相見。奉勞歌伴，再和前聲：

報黃昏角數聲，助凄涼淚幾行。論深情海角未為長，難捉摸這般心內癢。不能勾相偎相傍，惡思量縈損九迴腸。

這婦人自慶前夕歡娛，直至佳境，又約秉中晚些相會，要連歇幾十夜。誰知張二官家來，心中納悶，就害起病來。頭疼腹痛，骨熱身寒。張二官顒望回家，將息取樂，因見本婦身子不快，倒戴了一個愁帽。遂請醫調治，倩巫燒獻，藥必親嘗，衣不解帶，反受辛苦，不似在外了。且說秉中思想，行坐不安。托故去望張二官，稱道：「小弟久疏趨侍，昨聞榮回，今特拜謁。奉請明午於蓬舍，少具雞酒，聊與兄長洗塵，幸勿他卻！」翌日，張二官赴席，秉中出妻女奉勸，大醉扶歸。已後還了席，往往來來。本婦但聞秉中在座，說也有，笑也有，病也無。倘或不來，就呻吟叫喚，鄰里厭聞。張二官指望便好，誰知日漸沉重。本婦病中，但瞑目，就見向日之阿巧和李二郎偕來索命，勢漸獰惡。本婦懼怕，難以實告，惟向張二官道：「你可替我求問：『幾時脫體？』」如言逕往洞虛先生卦肆，卜下卦來。判道：「此病大分不好，有橫死老幼陽人死命為禍，非今生乃宿世之冤。今夜就可辦備福物酒果冥衣各一分，用鬼宿度河❻之次，向西鋪設，苦苦哀求，庶有少救。不然，決不好也。」奉勞歌伴，再和前聲：

揶揄來苦怨咱，朦朧著便見他。病懨懨害的眼兒花，瘦身軀怎禁沒亂殺！則說不和我干休罷，幾時節離了兩冤家！

張二官正依法祭祀之間，本婦在床，又見阿巧和李二郎擊手言曰：「我輩已訴於天，著來取命。你央後夫張二官再四懇求，意甚虔恪。我輩且容你至五五之間，待同你一會之人，卻假弓長之手，與你相見。」言訖，欻然不見了。本婦當夜似覺精爽些個，後看看復舊。張二官喜甚，不提。卻見秉中旦夕親近，餽送迭至，意頗疑之，尤未為信。一日，張二官入城催討貨物。回家進門，正見本婦與秉中執手聯坐。張二官倒退揚聲，秉中迎出相揖。他兩個亦不知其見也。張二官當時見他殷勤，已自生疑七八分了，今日撞個滿懷，湊成十分。張二官自思量道：「他兩個若犯在我手裏，教他死無葬身之地！」遂往德清去做買賣。到了德清，已是五月初一日。安頓了行李在店中，上街買一口刀，懸掛腰間。至初四日連夜奔回，匿於他處，不在話下。再提本婦渴欲一見，終日去接秉中。秉中也有些病在家裏。延至初五日，阿瞞又來請赴鴛鴦會。秉中勉強赴之。樓上已筵張水陸矣，盛兩盂煎石首，貯二器炒山雞，酒泛菖蒲，糖燒角黍。其餘肴饌蔬果，未暇盡錄。兩個遂相轟飲，亦不顧其他也。奉勞歌伴，再和前聲：

❻ 鬼宿度河：半夜間。

綠溶溶酒滿斟，紅焰焰燭半燒；正中庭花月影兒交，直喫得玉山時自倒。他兩個貪歡貪笑，不提防門外有人瞧！

兩個正飲間，秉中自覺耳熱眼跳，心驚肉戰，欠身求退。本婦怒曰：「怪見終日請你不來，你何輕賤我之甚！你道你有老婆，我便是無老公的？你殊不知我做鴛鴦會的主意。夫此二鳥，飛鳴宿食，鎮常相守，爾我生不成雙，死作一對。」昔有韓憑妻美，郡王欲奪之，夫妻皆自殺。王恨，兩塚瘞之，後塚上生連理樹，上有鴛鴦，悲鳴飛去。此兩個要效鴛鴦比翼交頸，不料便成語讖。況本婦甫能鬬閫得病好，就便荒淫無度，正是：

偷雞貓兒性不改，養漢婆娘死不休。

再說張二官提刀在手，潛步至門，梯樹竊聽。見他兩個戲謔歌呼，歷歷在耳，氣得按捺不下，打一磚去。本婦就吹滅了燈，聲也不則了。連打了三塊，本婦教秉中先睡：「我去看看便來。」阿瞞持燭先行，開了大門，並無人跡。本婦叫道：「今日是個端陽佳節，那家不喫幾盃雄黃酒？……」正要罵間，張二官跳將下來，喝道：「潑賤！你和甚人夤夜喫酒？」本婦唬得顫做一團，只說：「不不不！」張二官乃曰：「你同我上樓一看，如無便罷，慌做甚麼？」本婦又見阿巧李二郎一齊都來，自分必死，延頸待盡。秉中赤條條驚下床來，匍匐口稱：「死罪，死罪，情願將家私并女奉報，哀憐小弟母老妻嬌，子幼女弱！」張二官那裏准他。則見刀過處，一對人頭落地，兩腔鮮血衝天。正是：

當時不解恩成怨，今日方知色是空。

當初本婦臥病，已聞阿巧李二郎言道：「五五之間，待同你一會之人，假弓長之手，再與相見。」果至五月五日，被張二官殺死。「一會之人」，乃秉中也。禍福未至，鬼神必先知之，可不懼歟！故知士矜才則德薄，女衒色則情放。若能如執盈，如臨深，則為端士淑女矣，豈不美哉。惟願率土之民，夫婦和柔，琴瑟諧協，有過則改之，未萌則戒之，敦崇風教，未為晚也。在座看官，漫聽這一本鴛鴦刎頸會。奉勞歌伴，再和前聲：

見拋磚意暗猜，入門來魂已驚。舉青鋒過處喪多情，到今朝你心還未省！送了他三條性命，果冤冤相報有神明。

又調南鄉子一闋，詞曰：

春老怨啼鵑，玉損香消事可憐。一對風流傷白刃，冤冤，惆悵勞魂赴九泉。

抵死苦留連，想是前生有業緣。景色依然人已散，天天，千古多情月自圓。

第三十九卷　福祿壽三星度世

欲學為仙說與賢，長生不死是虛傳。少貪色慾身康健，心不瞞人便是仙。

說這四句詩，單說一個官人，二十年燈窗用心，苦志勤學，誰知時也，運也，命也，連舉不第，沒分做官，有分做仙去。這大宋第三帝主，乃是真宗皇帝。景德四年，秋八月中，這個官人，水鄉為活，捕魚為生。捕魚有四般：

攀罾者仰，鳴榔者鬧，垂釣者靜，撒網者舞。

這個官人，在一座州，謂之江州，軍號定江軍。去這江州東門，謂之九江門，外，一條江，隨地呼為潯陽江。

萬里長江水似傾，東連大海若雷鳴。一江護國清泠水，不請衣糧百萬兵。

這官人於八月十四夜，解放漁船，用棹竿掉開，至江中，水光月色，上下相照。這官人用手拿起網來，就江心一撒，連撒三網，一鱗不獲。只聽得有人叫道：「劉本道，劉本道，大丈夫不進取光顯，何故捕魚而墮志？」那官人喫一驚，連名道姓，叫得好親。收了網，四下看時，不見一人。再將網起來撒，又有人叫。四顧又不見人。似此三番，當夜不曾捕魚，使船傍岸。到明日十五夜，再使船到江心，又有人連名道姓，叫劉本道。本道焦躁，放下網聽時，是後面有人叫。使船到後看時，其聲從蘆葦中出。及至尋入蘆葦之中，並無一人。卻不作怪！使出江心舉網再撒，約莫網重，收網起來看時，本道又驚又喜，打得一尾赤稍金色鯉魚，約長五尺。本道道謝天地，來日將入城去賣，有三五日糧食。將船傍岸。纜住鯉魚，放在船板底下，活水養著。待欲將身入艙內解衣睡，覺肚中又飢又渴。看船中時，別無止飢止渴的物。怎的好？番來覆去，思量去那江岸上，有個開村酒店張大公家，買些酒喫纔好。就船中取一個盛酒的葫蘆上岸來。左脅下挾著棹竿，右手提著葫蘆，乘著月色，沿江而走。肚裏思量：知他張大公睡也未睡？未睡時，叫開門，沽些酒喫。睡了時，只得忍飢渴睡一夜。迤逦行來，約離船邊半里多路，見一簇人家。這裏便是張大公家。到他門前，打一望，裏面有燈也無。但見張大公家有燈。怎見得，有隻詞名西江月，單詠著這燈花：

零落不因春雨，吹殘豈藉東風。結成一朵自然紅，費盡工夫怎種。

有焰難藏粉蝶，生花不惹遊蜂。更闌人靜畫堂中，曾伴玉人春夢。

本道見張大公家有燈，叫道：「我來問公公沽些酒喫，公公睡了便休，未睡時，可沽些與我。」張大公道：「老漢未睡。」開了門，問劉官人討了葫蘆，問了升數，入去盛將出來道：「酒便有，卻是冷酒。」本道說與公公：「今夜無錢，來日賣了魚，卻把錢來還。」張大公道：「妨甚事。」張大公關了門，本道挾著棹竿，提著葫蘆，一面行，肚中又飢，顧不得冷酒，一面喫，就路上也喫了二停。到得船邊，月明下，見一個人毬頭光紗帽，寬袖綠羅袍，身材不滿三尺，覷著本道掩面大哭道：「吾之子孫，被汝獲盡！」本道見了，大驚，江邊無這般人，莫非是鬼！放下葫蘆，將手中棹竿去打。叫聲：「著！」打一看時，火光迸散，豁刺刺地一聲響。本道凝睛看時，不是有分為仙，險些做個江邊失路鬼，波內橫亡人。有詩為證：

高人多慕神仙好，幾時身在蓬萊島。由來仙境在人心，清歌試聽漁家傲。
此理漁人知得少，不經指示誰能曉。君欲求魚何處非，鵲橋有路通仙道。

當下本道看時，不見了毬頭光紗帽，寬袖綠羅袍，身不滿三尺的人。卻不作怪！到這纜船岸邊，卻待下船去，本道叫聲苦，不知高低。去江岸邊不見了船。「不知甚人偷了我的船去？」看那江對岸，萬籟無聲，下江一帶，又無甚船隻。今夜卻是那裏去歇息？思量：「這船無人偷我的，多時捕魚不曾失了船。今日卻不見了這船！不是下江人偷去，還是上江人偷我的。」本道不來下江尋船，將葫蘆中酒喫盡了，葫蘆撇在江岸，沿那岸走。從二更走至三更，那裏見有船。思量：「今夜何處去好？」走來走去，不知路徑。走到一座莊院前，放下棹竿，打一望，只見莊裏停著燈。本道進退無門，欲待叫，這莊上素不相識，欲待不叫，又無棲止處。只得叫道：「有人麼？念本道是打魚的，因失了船，尋來到此。夜深無止宿處，萬望莊主暫借莊上告宿一宵。」只聽得莊內有人應道：「來也。官人少待。」卻是女人聲息。那女娘開放莊門，本道低頭作揖。女娘答禮相邀道：「官人請進，且過一宵了去。」本道謝了，挾著棹竿，隨那女娘入去。女娘把莊門掩上，引至草堂坐地，問過了姓名，殷勤啟齒道：「敢怕官人肚飢，安排些酒食與官人充飢，未知何如？」本道道：「謝娘子，胡亂安頓一個去處，教過得一夜，深謝相留！」女娘道：「不妨，有歇臥處。……」說猶未了，只聽得外面有人聲喚：「阿耶❶！阿耶！我不撩撥你，卻打了我，這人不到別處去，定走來我莊上借宿。」這人叫開門，本道喫一驚：「告娘子，外面聲喚的是何人？」女娘道：「是我哥哥。」本道走入一壁廂黑地裏立著看時，女娘移身去開門，與哥哥叫聲萬福。那人叫喚：「阿耶！阿耶！妹妹關上門，隨我入來。」女娘將莊門掩了，請哥哥到草堂坐地。本道看那草堂上的人，叫聲苦：「我這性命須休！」正是豬羊入屠宰之家，一腳腳來尋死路。有詩為證：

撇了先妻娶晚妻，晚妻終不戀前兒；先妻卻在晚妻喪，蓋為冤家沒盡期。

本道看草堂上那個人，便是毬頭光紗帽，寬袖綠羅袍，身子不滿三尺的人。「我曾打他一棹竿，去那江裏死了，我卻如何到他莊上借宿！」本道顧不得那女子，挾著棹竿，偷出莊門，奔下江而走。卻說莊上那個人聲喚，看著女子道：「妹妹安排乳香一塊，煖一碗熱酒來與我喫，且定我脊背上疼。」即時，女子安排與哥哥喫。問道：「哥哥做甚聲喚？」哥哥道：「好教你得知，我又不撩撥他；我在江邊立地，見那廝沽酒回來，我掩面大哭道：『吾之子孫，盡被汝獲之。』那廝將手中棹竿打一下，被我變一道火光走入水裏去。那廝上岸去了，我卻把他的打魚船攞過。那廝四下裏沒尋處，迤邐沿江岸走來。我想他不走別處去，只好來我莊上借宿。妹妹，他曾來借宿也不？」妹妹道：「卻是兀誰？」哥哥說：「是劉

❶ 阿耶：即「哎喲」。

本道，他是打魚人。」女娘心中暗想：「原來這位官人，是打我哥哥的。不免與他遮飾則個。」遂答應道：「他曾來莊上借宿，我不曾留他，他自去了。哥哥辛苦了，且安排哥哥睡。」卻說劉本道沿著江岸，荒荒走去，從三更起彷彿至五更，走得腿腳酸疼。明月下，見一塊大石頭，放下棹竿，方纔歇不多時，只聽得有人走得荒速，高聲大叫：「劉本道休走，我來趕你。」本道叫聲苦，不知高低！「莫是那漢趕來，報那一棹竿的冤讎？」把起棹竿立地，等候他來，無移時漸近看時，見那女娘身穿白衣，手捧著一個包裹走至面前道：「官人，你卻走了。後面尋不見你，我安排哥哥睡了，隨後趕來。你不得疑惑，我即非鬼，亦非魅；我乃是人。你看我衣裳有縫，月下有影，一聲高似一聲。我特地趕你來。」本道見了，連忙放下棹竿，問：「娘子連夜趕來，不知有何事？」女娘問：「官人有妻也無？有妻為妾，無妻嫁你。包裹中儘有餘資，勾你受用。官人是肯也不？」本道思量恁般一個好女娘，又提著一包衣飾金珠，這也是求之不得的。覷著女娘道：「多謝，本道自來未有妻子。」將那棹竿撇下江中，同女娘行至天曉，入江州來。本道叫女娘做妻。女娘問道：「丈夫，我兩個何處安身是好？」本道應道：「放心，我自尋個去處。」走入城中，見一人家門首，掛著一面牌，看時：寫著「顧一郎店」。本道向前問道：「那個是顧一郎？」那人道：「我便是。」本道道：「小生和家間爹爹說不著，趕我夫妻兩口出來，無處安歇。問一郎討間小房，權住三五日。親戚相勸，回心轉意時，便歸去，卻得相謝。」顧一郎道：「小娘子在那裏？」本道叫：「妻子來相見則個。」顧一郎見他夫妻兩個，引來店中，去南首第三間房，開放房門，討了鑰匙。本道看時，好喜歡。當日打火做飯喫了，將些金珠變賣來，買些箱籠被臥衣服。在這店中約過半年。本道看著妻子道：「今日使，明日使，金山也有使盡時。」女娘大笑道：「休憂！」去箱子內取出一物，教丈夫看：「我兩個儘過得一世。」正是：

休道男兒無志氣，婦人猶且辨賢愚。

當下女娘卻取出一個天圓地方卦盤來。本道見了，問妻子緣何會他。女娘道：「我爹爹在日，曾任江州刺史，姓齊名文叔。奴小字壽奴。不幸去任時，一行人在江中，遭遇風浪。爹媽從人俱亡。奴被官人打的那毬頭光紗帽，寬袖綠羅袍，身材不滿三尺的人，救我在莊上。因此拜他做哥哥。如何官人不見了船，卻是被他攝了。你來莊上借宿，他問我時，被我瞞過了。有心要與你做夫妻。你道我如何有這卦盤？我幼年曾在爹行學三件事：第一、寫字讀書；第二、書符咒水；第三、算命起課。我今日卻用著這卦盤。可同顧一郎出去尋個浮鋪❷，算命起課，儘可度日。」本道謝道：「全仗我妻賢達。」當下把些錢，同顧一郎去南瓦子內，尋得卦鋪，買些紙墨筆硯，掛了牌兒，揀個吉日，去開卦肆。取名為白衣女士。顧一郎相伴他夫妻兩人坐地，半日先回。當日不發市，明日也不發市。到後日午後，又不發市。女娘覷著丈夫道：「一連三日不發市，你理會得麼？必有人衝撞我。你去看有甚事，來對我說。」本道起身，去瓦左瓦右都看過，無甚事。走出瓦子來。大街上但見一夥人圍著。本道走來人叢外打一看時，只見一個先生，把著一個藥瓢在手，開科❸道：

❷ 浮鋪：沒有固定地點的鋪子。
❸ 開科：說開場白。

「五里亭亭一小峰，自知南北與西東。世間多少迷途客，不指還歸大道中。」

看官聽說：貧道乃是皖公山修行人。貧道有三件事，離了皖公山，走來江州。在席一呵❹好事君子，聽貧道說：第一件，貧道在山修行一十三年，煉得一爐好丹，將來救人；第二件，來尋一物；第三件，貧道救你江州一城人……」眾人聽說皆驚。先生正說未了，大笑道：「眾多君子未曾買我的藥，卻先見了這一物。你道在何處？」覷著人叢外頭用手一招道：「後生，你且入來。」本道看那先生，先生道：「你來！我和你說。」唬得本道慌隨先生入來。先生拍著手：「你來救得江州一城人！貧道見那一物了。在那裏？這後生便是。」眾人喫驚，如何這後生卻是一物？先生道：「且聽我說。那後生，你眉中生黑氣，有陰祟纏擾。你實對我說。」本道將前項見女娘的話，都一一說知。先生道：「眾人在此，這一物，便是那女子。貧道救你。」去地上黃袱裏，取出一道符，把與本道：「你如今回去，先到房中，推醉了去睡。女娘到晚歸來，睡至三更，將這符安在他身上，便見他本來面目。」本道聽那先生說了，也不去卦肆裏，歸到店中，開房門，推醉去睡。卻說女娘不見本道來，到晚，自收了卦鋪。歸來焦躁，問顧一郎道：「丈夫歸也未？」顧一郎道：「官人及早的醉了，入房裏睡。」女娘呵呵大笑道：「原來如此。」入房來，見了本道，大喝一聲。本道喫了一驚。女娘發話道：「好沒道理！日多時夫妻，有甚虧負你，卻信人鬥疊❺我兩人不和！我教你去看有甚人衝撞卦鋪，教我三日不發市。你卻信乞道人言語，推醉睡

❹ 一呵：一夥。
❺ 鬥疊：挑撥。

了，把一道符教安在我身上，看我本來面目。我是齊刺史女兒，難道是鬼祟？卻信恁般沒來頭的話，要來害我！你好好把出這符來，和你做夫妻。不把出來時，目前相別。」本道懷中取出符來付與女娘。安排晚飯喫了。睡一夜，明早起來喫了早飯，卻待出門，女娘道：「且住，我今日不開卦鋪，和你尋那乞道人，問他是何道理，卻把符來，唆我夫妻不和；二則去看我與他鬥法。」兩個行到大街上，本道引至南瓦子前，見一夥人圍住先生。先生正說得高興，被女娘分開人叢，喝聲：「乞道人，你自是野外乞丐，卻把一道符鬥疊我夫妻不和。你教安在我身上，見我本來面目。——」女娘拍著手道：「我乃前任刺史齊安撫女兒，你們都是認得我爹爹的。輒敢道我是鬼祟！你有法，就眾人面前贏了我；我有法，贏了你。」先生見了，大怒，提起劍來，覷著女子頭便斫。看的人只道先生壞了女娘。只見先生一劍斫去，女娘把手一指，眾人都發聲喊，皆驚呆了。有詩為證：

昨夜東風起太虛，丹爐無火酒盃疏。
男兒未遂平生志，時復挑燈玩古書。

女娘把手一指，叫聲：「著！」只見先生劍不能下，手不能舉。女娘道：「我夫妻兩個無事，把一道符與他奈何我，卻奈何我不得！今日有何理說？」先生但言：「告娘子，恕貧道！貧道一時見不到，激惱娘子，望乞恕饒。」眾人都笑，齊來勸女娘。女娘道：「看眾人面，饒了你這乞道人。」女娘念念有詞，那劍即時下地。眾皆大笑。先生分開人叢，走了。一呵人尚未散。先生復回來；莫是奈何那女娘？卻是來取劍。先生去了。

自後女子在卦鋪裏，從早至晚，挨擠不開，算命發課，書符咒水，沒工夫得喫點心，因此出名。忽一日，見一個人，引著一乘轎子，來請小娘子道：「小人是江州趙安撫老爺的家人。今有小衙內患病，日久不痊。奉台旨，請教小娘子乘轎就行。」女娘分付了丈夫，教回店裏去。女子上轎來，見趙安撫引入花園。見小衙內在亭子上，自言自語，口裏酒香噴鼻。一行人在花園角門邊，看白衣女士作法。念咒畢，起一陣大風。

來無形影去無知，吹開吹謝總由伊。無端暗度花枝上，偷得清香送與誰。

風過處，見一黃衣女子，怒容可掬，叱喝：「何人敢來奈何我！」見了白衣女士深深下拜道：「原來是妹子。」白衣女士道：「甚的姐姐從空而下？」那女子道：「妹妹，你如何來這裏？」白衣女士道：「奉趙安撫請來救小衙內，壞那邪祟。」女子不聽得，萬事俱休，聽了時，睜目切齒道：「你丈夫不能救，何況救外人。」一陣風不見了黃衣女子。白衣女士就花園內救了小衙內。趙安撫禮物相酬謝了，教人送來顧一郎店中。到得店裏，把些錢賞與來人，發落他去。問顧一郎丈夫可在房裏。顧一郎道：「好教小娘子得知，走一個黃衣女子入房，挾了官人，托起天窗，望西南上去了。」白衣女士道：「不妨！」即喝聲：「起！」就地上踏一片雲，起去趕那黃衣女子，彷彿趕上，大叫：「還我丈夫來！」黃衣女子看見趕來，叫聲：「落！」放下劉本道，卻與白衣女士鬥法，本道顧不得妻子，只顧自走。走至一寺前，力乏了，見一僧在門首立地。本道問：「吾師，借上房歇腳片時則個。」僧言：「今日好忙哩！有一施主來寺中齋僧。」正說間，只見數擔柴，數桶醬，數擔米，更有香燭紙札，併齋襯錢❻，遠望涼傘下一

❻ 齋襯錢：即「襯錢」，做佛事時，施捨給和尚的錢。

人，便見那毬頭光紗帽，寬袖綠羅袍，身材不滿三尺的人。本道見了，落荒便走。被那施主趕上，一把捉住道：「你便是打我一棹竿的人！今番落於吾手，我正要取你的心肝，來做下酒。」本道正在危急，卻得白衣女士趕來寺前。見了那人，叫道：「哥哥莫怪！他是我丈夫，……」說猶未畢，黃衣女子也來了，對那人高叫道：「哥哥，莫聽他，那裏是他真丈夫？既是打哥哥的，姐妹們都是仇人了。」一扯一拽，四個攪做一團，正爭不開。只見寺中走出一個老人來，大喝一聲：「畜生不得無禮！」叫：「變！」黃衣女子變做一隻黃鹿；綠袍的人，變做綠毛靈龜；白衣女子，變做一隻白鶴。老人乃是壽星，騎白鶴上昇，本道也跨上黃鹿，跟隨壽星；靈龜導引，上昇霄漢。那劉本道原是延壽司掌書記的一位仙官，因好與鶴鹿龜三物頑耍，懶惰正事，故此謫下凡世為貧儒。謫限完滿，南極壽星引歸天上。那一座寺，喚做壽星寺，現在江州潯陽江上，古跡猶存。詩云：

原是仙官不染塵，飄然鶴鹿可為鄰。神仙不肯分明說，誤了閻浮❼多少人。

❼ 閻浮：佛語「人世間」。

第四十卷　旌陽宮鐵樹鎮妖

春到人間景色新，桃紅李白柳條青；香車寶馬閒來往，引卻東風入禁城。

釃剩酒，豁吟情，頓教忘卻利和名。豪來試說當年事，猶記旌陽伏水精。

粵自混沌初闢，民物始生，中間有三個大聖人，為三教之祖。三教是甚麼教？一是儒家：乃孔夫子，刪述六經，垂憲萬世，為歷代帝王之師，萬世文章之祖，這是一教。一是釋家：是西方釋迦牟尼佛祖，當時生在舍衛國剎利王家，放大智光明，照十方世界，地湧金蓮華，丈六金身，能變能化，無大無不大，無通無不通，普度眾生，號作天人師，這又是一教。一是道家：是太上老君，乃元氣之祖，生天生地，生佛生仙，號鐵師元煬上帝。他化身周歷塵沙，也不可計數。至商湯王四十八年，又來出世，乘太陽日精，化為彈丸，流入玉女口中，玉女吞之，遂覺有孕。懷胎八十一年，直到武丁九年，破脅而生，生下地時，鬚髮就白，人呼為老子。老子生在李樹下，因指李為姓，名耳，字伯陽。後騎著青牛出函谷關。把關吏尹喜望見紫氣，知是異人，求得道德真經共五千言，傳留於世。老子入流沙修煉成仙，今居太清仙境，稱為道德天尊。這又是一教。那三教之中，惟老君為道祖，居於太清仙境。彩雲繚繞，瑞氣氤氳。一日是壽誕之辰，群三十三天天宮，并終南山、蓬萊山、閬苑山等處，三十六洞天，七十二福地，列位神仙，千千萬萬，或跨彩鸞，或騎白鶴，或馭赤龍，或駕丹鳳，皆飄飄然乘雲而至。次第朝賀，獻上壽詞，稽首作禮。詞名水龍吟：

紅雲紫蓋葳蕤，仙宮渾是陽春候。玄鶴來時，青牛過處，絲雲依舊。壽誕宏開，喜道德五千言，流傳萬古不朽。

況是天上仙筵，獻珍果人間未有；巨棗如瓜，與著萬歲冰桃，千年碧藕。比乾坤永劫無休，舉滄海為真仙壽。

彼時老君見群臣讚賀，大展仙顏，即設宴相待。酒至半酣，忽太白金星越席言曰：「眾仙長知南贍部洲江西省之事乎？江西分野，舊屬豫章。其地四百年後，當有蛟蜃為妖，無人降伏，千百里之地，必化成中洋之海也。」老君曰：「吾已知之。江西四百年後，有地名曰西山，龍盤虎踞，水繞山環，當出異人，姓許名遜，可為群仙領袖，殄滅妖邪。今必須一仙下凡，擇世人德行渾全者，傳以道法，使他日許遜降生，有傳授淵源耳。」斗中一仙，乃孝悌王姓衛名弘康字伯沖，出曰：「某觀下凡有蘭期者，素行不疚，兼有仙風道骨，可傳以妙道。更令付此道與女真諶母，諶母付此道於許遜。口口相承，心心相契，使他日真仙有所傳授，江西不至沉沒，諸仙以為何如？」老君曰：「善哉，善哉！」眾仙即送孝悌王至焰摩天中，通明殿下，將此事奏聞玉帝。玉帝允奏，即命直殿仙官，將神書玉旨付與孝悌王領訖。孝悌王辭別眾仙，躡起祥雲。頃刻之間，到閻浮世界來了。

卻說前漢有一人姓蘭名期字子約，本貫兗州曲阜縣高平鄉九原里人氏。歷年二百，鶴髮童顏，率其家百餘口，精修孝行，以善化人，與物無作。時人不敢呼其名，盡稱為蘭公。彼時兒童謠云：「蘭公蘭公，上與天通，赤龍下迎，名列斗中。」人知其必仙也。一日，蘭公凭几而坐，忽有一人，頭戴逍遙巾，身披道袍，腳穿雲履，手中拿一個魚鼓簡板兒，瀟瀟洒洒，徐步而來。蘭公觀其有仙家道氣，慌忙下堦迎接，分賓坐定。茶畢，遂問：「仙翁高姓貴名？」答曰：「吾乃斗中之仙，孝悌王是也。自上清下降，遨遊人間，久聞先生精修孝行，故此相訪。」蘭公聞言，即低頭拜曰：「貧老凡骨，勉修孝行，止可淑一身，不能率四海，有何功德，感動仙靈。」孝悌王遂以手扶起蘭公曰：「居！吾語汝孝悌之旨。」蘭公欠身起曰：「願聽指教！」孝悌王曰：「始炁為大道於日中，是為『孝仙王』。元炁為至道於月中，是為『孝道明王』。玄炁為孝道於斗中，是為『孝悌王』。夫孝至於天，日月為之明；孝至於地，萬物為之生；孝至於民，王道為之成。是故舜文至孝，鳳凰來翔。姜詩王祥，得魚奉母。即此論之，上自天子，下至庶人，孝道所至，異類皆應。先生修養三世，行滿功成，當得元炁於月中，而為孝道明王。四百年後，晉代有一真仙許遜出世，傳吾孝道之宗，是為眾仙之長，得始炁於日中，而為孝仙王也。」自是孝悌王，悉將仙家妙訣，及金丹寶鑑，銅符鐵券，并上清靈章飛步斬邪之法，一一傳授與蘭公。又囑道：「此道不可輕傳，惟丹陽黃堂者，有一女真諶母，德性純全，汝可傳之，可令諶母傳授與晉代學仙童子許遜，許遜復傳吳猛諸徒，則淵源有自，超凡入聖者，不患無門矣。」孝悌王言罷，足起祥雲，沖霄而去。蘭公拜而送之。自此以後，將金符鐵券祕訣逐一參悟，遂擇地修煉仙丹，其法云：

黑鉛天之精，白金地之髓。黑隱水中陽，白有火之炁。黑白往來蟠，陰陽歸正位。二物俱含性，丹經號同類。黑以白為天，白以黑為地。陰陽混沌時，朵朵金蓮翠。寶月滿丹田，霞光照靈慧。休閑通天竅，莫洩混元氣。精奇口訣功，火候文武意。凡中養聖孫，萬般只此貴。一日生一男，男男各有配。

蘭公煉丹已成，舉家服之，老者髮白反黑，少者辟穀無飢，遠近聞之，皆知其必飛昇上清也。時有火龍者，係揚子江中孽畜，神通廣大，知得蘭公成道，法教流傳，後來子孫必遭殲滅。乃率領黿帥鰕兵蟹將，統領黨類，一齊奔出潮頭，將蘭公宅上團團圍住，喊殺連天。蘭公聽得，不知災從何來，開門一看，好驚人哩！但見：

一片黑煙，萬團烈火，卻是紅孩兒身中四十八萬毛孔，一齊迸出，又是華光將手裏三十六塊金磚，一併燒揮。咸陽遇之，烽焰三月不絕；崑山遇之，玉石一旦俱焚。疑年少周郎赤壁鏖戰，似智謀諸葛博望燒屯。

那火，也不是天火，也不是地火，也不是人火，也不是鬼火，也不是雷公霹靂火，卻是那揚子江中一個火龍吐出來的。驚得蘭公家人，叫苦不迭。蘭公知是火龍為害，問曰：「你這孽畜無故火攻我家，卻待怎的？」孽龍道：「我只問你取金丹寶鑑，銅符鐵券并靈章等事。你若獻我，萬事皆休，不然，燒得你一門盡絕。」蘭公曰：「金丹寶鑑等乃斗中孝悌王所授，我怎肯胡亂與你？」只是那火光中，閃出一員黿帥，形容古怪，背負團牌，揚威耀武。蘭公睜仙眼一看，原來是個黿鼉，卻不在意下。又有那鰕兵亂跳，蟹將橫行，一個個身披甲冑，手執鋼叉。蘭公又舉仙眼一看，原來都是鰕蟹之屬，轉不著意了。遂翦下一個中指甲來，約有三寸多長，呵了一口仙氣，念動真言，化作個三尺寶劍。有歌為證：

非鋼非鐵體質堅，化成寶劍光凜然。不須鍛鍊洪爐煙，稜稜殺氣欺龍泉。
光芒顏色如霜雪，見者咨嗟歎奇絕！琉璃寶匣吐蓮花，查鏤金環生明月。
此劍神仙流金精，干將莫邪難比倫；閃閃爍爍青蛇子，重重片片綠龜鱗。
騰出寒光逼星斗，響聲一似蒼龍吼；今朝揮向烈炎中，不識蛟螭敢當否？

蘭公將所化寶劍望空擲起。那劍刮喇喇，就似翻身樣子一般，飛入火焰之中，左一衝右一擊，左一挑右一剔，左一砍右一劈，那些孽怪如何當抵得住！只見黿帥遇著縮頭縮腦，負一面團牌急走，他卻走在那裏？直走在峽江口深巖裏躲避，至今尚不敢出頭哩。那鰕兵遇著，拖著兩個鋼叉連跳連跳，他卻走在那裏？直走在洛陽橋下石縫子裏面藏身，至今腰也不敢伸哩。那蟹將遇著，雖有全身堅甲不能濟事，也拖著兩個鋼叉橫走直走，他須有八隻腳兒更走不動，卻被「撲鼕鬆」寶劍一劈，分為兩半。你看他腹中不紅不白不黃不黑，似膿卻不是膿，似血卻不是血，遍地上滾將出來，真個是：

但將冷眼觀螃蟹，看你橫行得幾時？

那火龍自知蘭公法大，難以當抵，歎曰：「『兒孫自有兒孫福。』我後來子孫，福來由他去享，禍來由他去當，我管他則甚？」遂奔入揚子江中，萬丈深潭底藏身去了。自是蘭公舉家數十口拔宅昇天，玉帝封蘭公為孝明王，不在話下。

卻說金陵丹陽郡，地名黃堂，有一女真字曰嬰。潛通至道，忘其甲子，不知幾百年歲。鄉人累世見之，齒髮不衰，皆以諶母呼之。一日偶過市上，見一小兒伏地悲哭，問其來歷，說：「父母避亂而來，棄之於此。」諶母憐其孤苦，遂收歸撫育。漸已長成，教他讀書，聰明出眾，天文地理，無所不通。有東鄰耆老，欲以女娶之，諶母問兒允否？兒告曰：「兒非浮世之人，乃月中孝道明王，領斗中孝悌王仙旨，教我傳道與母。今此化身為兒，度脫我母，何必更議婚姻。但可高建仙壇，傳付此道，使我母飛昇上清也。」諶母聞得此言，且驚且喜，遂於黃堂建立壇宇，大闡孝悌王之教。諶母已得修真之訣，於是孝明王仍以孝悌王所授金丹寶鑑，銅符鐵券靈章，及正一斬邪三五飛步之術，悉傳與諶母。諶母乃為孝明王曰：「論昔日恩情，我為母，君為子。論今日傳授，君為師，我為徒。」遂欲下拜。孝明王曰：「只論子母，莫論師徒。」乃不受其拜，惟囑之曰：「此道宜深祕，不可輕洩！後世晉代有二人學仙，一名許遜，一名吳猛，二人皆名登仙籍。惟許遜得傳此道。按玉皇玄譜仙籍品秩，吳猛位居元郡御史，許遜位居都仙大使，兼高明太史，總領仙部，是為眾仙之長。老母可將此道傳與許遜，又著許遜傳與吳猛，庶品秩不紊矣。」明王言罷，拜辭老母，飛騰太空而去。有詩為證：

出入無車只駕雲，塵凡自是不同群；明王恐絕仙家術，告戒叮嚀度後人。

卻說漢靈帝時，十常侍用事，忠良黨錮，讒諂橫行，毒流四海，萬民嗟怨。那怨氣感動了上蒼，降下兩場大災，久雨之後，又是久旱，那雨整整的下了五個月，直落得江湖滿目，廚竈無煙。及至水退了，又經年不雨。莫說是禾苗槁死，就是草木也乾枯了。可憐那一時的百姓，喫早膳先愁晚膳，縫夏衣便作冬衣。正是朝有奸臣野有賊，地無荒草樹無皮。壯者散於四方，老者死於溝壑。時許都有一人姓許名琰字汝玉，乃潁陽許由之後。為人慈仁，深明醫道，擢太醫院醫官。感饑荒之歲，乃罄其家貲，置丸藥數百斛，名曰「救飢丹」，散與四方食之。每食一丸，可飽四十餘日。飢民賴以不死者甚眾。至獻帝初平年間，黃巾賊起，天下大亂，許都又遭大荒，斗米千錢，人人菜色，個個鵠形。時許琰已故，其子許肅，家尚豐盈，將自己倉穀盡數周給各鄉，遂挈家避亂江南，擇居豫章之南昌。有鑒察神將許氏世代積善，奏知玉帝：「若不厚報，無以勸善！」玉帝准奏，即仰殿前掌判仙官，將玄譜仙籍品秩，逐一查檢，看有何仙輪當下世？仙官檢看畢，奏曰：「晉代江南，當出一孽龍精，擾害良民，生養蛟黨繁盛。今輪係玉洞天仙降世，傳受女真諶母飛步斬邪之法，斬滅蛟黨以除民害。」玉帝聞奏，即降旨，宣取玉洞天仙，令他身變金鳳，口銜寶珠，下降許肅家投胎。有詩為證：

御殿親傳玉帝書，祥雲藹藹鳳銜珠；試看凡子生仙種，積善之家慶有餘。

卻說吳赤烏二年三月，許肅妻何氏，夜得一夢。夢見一隻金鳳飛降庭前，口內銜珠，墜在何氏掌中，何氏喜而玩之，含於口中，不覺溜下肚子去了，因而有孕。許肅一則以喜，一則以懼。喜的是年過三十無嗣，今幸有孕，懼的是何氏自來不曾生育，恐臨產艱難。那廣潤門有個占卦先生，混名「鬼推」，決斷如神，不免去問他個吉凶，或男或女，看他如何？許肅整頓衣帽，竟望廣潤門來。只見那先生忙忙的，占了又斷，斷了又占，撥不開的人頭，移不動腳步。許員外站得個腿兒酸痲，還輪他不上，只得叫上一聲：「鬼推先生！」那先生聽知叫了他的混名，只說是個舊相識，連忙的說道：「請進請進。」許員外把兩隻手排開了眾人，方纔挨得進去。相見禮畢，許員外道：「小人許肅敬來問個六甲，生男生女，或吉或凶？請先生指教。」那先生就添上一炷香，唱上一個喏，口念四句：

虔叩六丁神，文王卦有靈；吉凶含萬象，切莫順人情！

通陳了姓名意旨，把銅錢擲了六擲，占得個「地天泰」卦。先生道：「恭喜，好一個男喜。」遂批上幾句云：

福德臨身旺，青龍把世持；秋風生桂子，坐草卻無虞。

許員外聞言甚喜，收了卦書，遂將幾十文錢謝了先生。回去對渾家說了，何氏心亦少穩。光陰似箭，忽到八月十五中秋，其夜天朗氣清，現出一輪明月，皎潔無翳。許員外與何氏玩賞，貪看了一會，不覺二更將盡，三鼓初傳，忽然月華散彩，半空中仙音嘹喨，何氏只一陣腹痛，產下個孩兒，異香滿室，紅光照人。真個是：

五色雲中呈鸑鷟，九重天上送麒麟。

次早鄰居都來賀喜，所生即真君也。形端骨秀，穎悟過人，年甫三歲，即知禮讓。父母乃取名遜，字敬之。年十歲，從師讀書，一目十行俱下，作文寫字，不教自會，世俗無有能為之師者。真君遂棄書不讀，慕修養學仙之法，卻沒有師傳，心常切切。忽一日，有一人姓胡名雲字子元，自幼與真君同窗，情好甚密，別真君日久，特來相訪。真君倒屣趨迎，握手話舊。子元見真君談吐間有馳慕神仙之意，乃曰：「老兄少年高才，乃欲為雲外客乎？」真君曰：「惶愧，自思百年旦暮，欲求出世之方，恨未得明師指示！」子元曰：「兄言正合我意，往者因訪道友雲陽詹晻先生，言及西寧州有一人，姓吳名猛字世雲，曾舉孝廉，仕吳為洛陽令。後棄職而歸，得傳異人丁義神方，日以修煉為事。又聞南海太守鮑靚有道德，往師事之，得其祕法。回至豫章，江中風濤大作，乃取所執白羽扇畫水成路，徐行而渡，渡畢，路復為水。觀者大駭，於是道術盛行，弟子相從者甚眾。區區每欲拜投，奈母老不敢遠離。兄若不惜勞苦，可往師之。」真君聞言，大喜曰：「多謝指教！」真君待子元別去，即拜辭父母，收拾行李，竟投西寧，尋訪吳君，有詩讚曰：

> 無影無形仙路難，未經師授莫躋攀；胡君幸賜吹噓力，打破玄元第一關。

話說真君一念投師，辭不得路途辛苦。不一日得到吳君之門，寫一個門生拜帖，央道童通報。吳君看是「豫章門生許遜」，大驚曰：「此人乃有道之士！」即出門迎接。此時吳君年九十一歲，真君年四十一歲，真君不敢當客禮，口稱：「仙丈，願受業於門下。」吳君曰：「小老粗通道術，焉能為人之師？但先生此來，當盡剖露，豈敢自私，亦不敢以先生在弟子列也。」自此每稱真君為「許先生」，敬如賓友。真君亦尊吳君而不敢自居。一日二人坐清虛堂，共談神仙之事。真君問曰：「人之有生必有死，乃古今定理。吾見有壯而不老，生而不死者，不知何道可致？」吳君曰：「人之有生，自父母交姤，二氣出合，陰承陽生，氣隨胎化，三百日形圓，靈光入體，與母分離。五千日氣足，是為十五童男，此時陰中陽半，可以比東日之光，過此以往，不知修養，則走失元陽，耗散真氣，氣弱則有病、老、死、苦之患。」真君曰：「病、老、死、苦，將何卻之？」吳君曰：「人生所免病、老、死、苦，在人中修仙，仙中昇天耳。」真君曰：「人死為鬼，道成為仙，仙中昇天者，何也？」吳君曰：「純陰而無陽者，鬼也，純陽而無陰者，仙也，陰陽相離者，人也。惟人可以為仙，可以為鬼。仙有五等，法有三成，持修在人而已。」真君曰：「何謂法有三成，仙有五等？」吳君曰：「法有三成者，小成、中成、大成，仙有五等者，鬼仙、人仙、地仙、神仙、天仙。所謂鬼仙者，少年不修，恣情縱欲，形如枯木，心若死灰，以致病死，陰靈不散，成精作怪，故曰鬼仙，鬼仙不離於鬼也。所謂人仙者，修真之士，不悟大道，惟小用其功，絕五味者，豈知有六氣，忘七情者，豈知有十戒，行嗽咽者，哂吐納之為錯，著採補者，笑清淨以為愚，採陰取婦人之氣者，與縮金龜者不同，蓋陽食女子之乳者，與鍊金丹不同，此等之流，止是於大道中得一法一術成功，但能安樂延壽而已，故曰人仙，人仙不離於人也。所謂地仙者，天仙之半，神仙之中，亦止小成之法，識坎離之交配，悟龍虎之飛騰，煉成丹藥，得以長生住世，故曰地仙，地仙不離於地也。所謂神仙者，以地仙厭居塵世，得中成之法，抽鉛添汞，金精鍊頂，玉液還丹，五氣朝元，三陽聚頂，功滿忘形，胎生自化，陰盡陽純，身外有身，脫質昇仙，超凡入聖，謝絕塵世，以歸三島，故曰神仙。神仙不離於神也。所謂天仙者，以神仙厭居三島，得大成之法，內外丹成，道上有功，人間有行，功行滿足，授天書以返洞天，是謂天仙，天仙不離於天也。然修仙之要，煉丹為急，吾有洞仙歌二十二首，宜謹記之：

丹之始，無上元君授聖主，法出先天五太初，遇元修鍊身沖舉。
丹之祖，生育三才運今古，隱在鄱陽山澤間，志士採來作丹母。
丹之父，曉來飛上扶桑樹，萬道霞光照太虛，調和兔髓可烹煮。
丹之母，金晶瑩潔夜三五，烏兔搏搦不終朝，煉成大藥世無比。
丹之胎，烏肝兔髓毓真胚，一水三汞三砂質，四五三成明自來。
丹之兆，三日結胎方入妙，萬丈紅光貫斗牛，五音六律隨時奏。
丹之質，紅紫光明人莫識，元自虛無黍米珠，色即是空空即色。
丹之靈，十月脫胎丹始成，一粒一服百日足，改換形骨身長生。
丹之聖，九年煉就五霞鼎，葯力加添水火功，枯骨力起孤魂醒。
丹之室，上弦七兮下弦八，中虛一寸號明堂，產出靈苗成金液。
丹之釜，垣廓壇爐須堅固，內外護持水火金，曰丁金胎產盤古。
丹之竈，鼎曲相通似蓬島，上安垣廓護金爐，立煉龍膏並虎腦。
丹之火，一日時辰十二個，文兮武兮要合宜，抽添進退莫太過。
丹之水，器憑勝負斯為美，不潮不濫致中和，滋產靈苗吐金蕊。
丹之威，紅光耿耿沖紫薇，七星燦爛三台爛，天丁地甲皆皈依。
丹之竅，天地人兮各有奧，紫薇嶽瀆及明君，三界精靈皈至道。
丹之彩，依方逐位安排派，青紅赤白黃居中，攝瑞招祥神自在。

丹之用，真土真鉛與真汞，黑中取白赤中青，全憑水火靜中動。
丹之融，陰陽配合在雌雄，龍精虎髓鼎中烹，造化抽添火候功。
丹之理，龍膏虎髓靈無比，二家交姤仗黃精，屯蒙進退全終始。
丹之瑞，小無其內大無外，放彌六合退藏密，三界收來黍珠內。
丹之完，玉皇捧祿要天緣，等閒豈許凡人泄，萬劫之中始一傳。」

真君曰：「多謝指迷，敢問仙丈，五仙之中，已造到何仙地位？」吳君曰：「小老山野愚蒙，功行殊欠，不過得小成之功，而為地仙耳。若於神仙天仙，雖知門路，無力可攀。」遂將燒煉祕訣，并白雲符書，悉傳與真君。真君頓首拜謝，相辭而歸。回至家中，厭居鬧市，欲尋名山勝地，以為棲身之所。聞知汝南有一人，姓郭名璞字景純，明陰陽風水之道，遨遊江湖。真君敬訪之。璞一日早起，見鴉從東南而鳴，遂占一課，斷曰：「今日午時，當有一仙客許姓者，到我家中，欲問擇居之事。」至日中，家童果報客至。璞慌忙出迎，禮罷，分賓而坐。璞問曰：「先生非許姓，為卜居而來乎？」真君曰：「公何以知之？」璞曰：「某今早卜卦如此，未知然否？」真君曰：「誠然。」因自敘姓名，并道卜居之意。璞曰：「先生儀容秀偉，骨骼清奇，非塵中人物，富貴之地，不足居先生，居先生者，其神仙之地乎？」真君曰：「昔呂洞賓居廬山而成仙，鬼谷子居雲夢而得道，今或無此吉地麼？」璞曰：「有，但當遍歷耳。」於是命童僕收拾行囊，與真君同遊江南諸郡，採訪名山。一日行至廬山，璞曰：「此山嵯峨雄壯，湖水還東，紫雲蓋頂，累代產昇仙之士。但山形屬土，先生姓許，羽音屬水，水土相尅，不宜居也。但作往來遊寓之所則可矣。」又行至饒州鄱陽，地名傍湖，璞曰：「此傍湖富貴大地，但非先生所居。」真君曰：「此地氣乘風散，安得擬大富貴耶？」璞曰：「相地之法，道眼為上，法眼次之。道眼者，憑目力之巧，以察山河形勢；法眼者，執天星河圖紫薇等法，以定山川。吉凶富貴之地，天地所祕，神物所護，苟非其人，見而不見。俗云：『福地留與福人來。』正謂此也。」真君曰：「今有此等好地，先生何不留一記，以為他日之驗？」郭璞乃題詩一首為記，云：

行盡江南數百州，惟有傍湖出石牛。鴈鵝夜夜鳴更鼓，魚鱉朝朝拜冕旒。
離龍隱隱居乾位，巽水滔滔入艮流。後代福人來遇此，富貴綿綿八百秋。

許郭二人離了鄱陽，又行至宜春棲梧山下，有一人姓王名朔，亦善通五行曆數之書。見許郭二人登山採地，料必異人，遂迎至其家。詢姓名已畢，朔留二人宿於西亭，相待甚厚。真君感其殷勤，乃告之曰：「子相貌非凡，可傳吾術。」遂密授修煉仙方。郭璞曰：「此居山水秀麗，宜為道院，以作養真之地。」王朔從其言，遂蓋起道院，真君援筆大書「迎仙院」三字，以作牌額。王朔感戴不勝。二人相辭而去。遂行至洪都西山，地名金田，則見：

嵯嵯峨峨的山勢，突突兀兀的峰巒，活活潑潑的青龍，端端正正的白虎，圓圓淨淨的護沙，灣灣環環的朝水。山上有蒼蒼鬱鬱的虬髯美松，山下有翠翠青青的鳳尾修竹，山前有軟軟柔柔的龍鬚嫩草，山後有古古怪怪的鹿角枯樟。也曾聞華華彩彩的鸞吟，也曾聞昂昂藏藏的鶴唳，也曾聞咆咆哮哮的虎嘯，也曾聞呦呦詵詵的鹿鳴。這山呵！比浙之天台更生得奇奇絕絕，比閩之武夷更生得岧岧嶢嶢，比池之九華更生得迤迤邐邐，比蜀之峨眉更生得秀秀麗麗，比楚之武當更生得尖尖圓圓，比陝之終南更生得巧巧妙妙，比魯之泰山更生得蜿蜿蜒蜒，比廣之羅浮更生得蒼蒼奕奕。真個是天下無雙勝境，江西第一名山。萬古精英此處藏，分明是個神仙宅。

卻說郭璞先生，行到山麓之下，前觀後察，左顧右盼，遂將羅經下針，審了方向，撫掌大笑曰：「璞相地多矣，未有如此之妙！若求富貴，則有起歇；如欲棲隱，大合仙格。觀其岡阜厚圓，位坐深邃，三峰壁立，四環雲拱，內外勾鎖，無不合宜。大凡相地兼相其人，觀君表裏正與地符。且西山屬金，以五音論之，先生之姓，羽音屬水，金能生水，合得長生之局，舍此無他往也。但不知此地誰人為主？」傍有一樵夫指曰：「此地乃金長者之業。」真君曰：「既稱長者，必是善人。」二人逕造其家。金公欣然出迎，歡若平生。金公問曰：「二位仙客，從何而至？」郭璞曰：「小子姓郭名璞，略曉陰陽之術。因此位道友姓許名遜，欲求棲隱之地，偶採寶莊，正合仙格，欲置一舍，以為修煉之所，不知尊翁肯慨諾否？」金公曰：「第恐此地褊小，不足以處許君，如不棄，并寒莊薄地數畝悉當相贈。」真君曰：「願訂價多少？惟命是從。」金公曰：「大丈夫一言，萬金不易，愚老拙直，平生不立文券。」乃與真君索大錢一文，中破之，自收其半，一半付還真君。真君叩頭拜謝。三人分別而去。於是真君辭了郭璞，擇取吉日，挈家父母妻子，凡數十口，徙於西山，築室而居焉。——金公後封為地主真官。金氏之宅，即今玉隆萬壽宮是也。——卻說真君日以修煉為事，煉就金丹，用之可以點石為金，服之可以卻老延年。

於是周濟貧乏，德義彰播。時晉武帝西平蜀，東取吳，天下一統，建元太康。從吏部尚書山濤之奏，詔各郡保舉孝廉賢能之士。豫章郡太守范甯，見真君孝養二親，雍睦鄉里，輕財利物，即保舉真君為孝廉。武帝遣使臣束帛賚詔，取真君為蜀郡旌陽縣令。真君以父母年老，不忍遠離，上表辭職。武帝不允，命本郡守催迫上任。捱至次年，真君不得已辭別父母妻子，只得起程。真君有二姊，長姊事南昌盱君，夫早喪，遺下一子盱烈，字道微，事母至孝。真君慮其姊孀居無倚，遂築室於宅之西，奉姊居之，於是母子得聞妙道。真君臨行，謂姊曰：「吾父母年邁，妻子尚不知世務，賢姊當代弟掌治家事。如有仙翁隱客相過者，可以禮貌相待。汝子盱烈，吾嘉其有仁孝之風，使與我同往任所。」盱母曰：「賢弟好去為官，家下一應事體為姊的擔當，不勞遠念！……」言未畢，忽有一少年上堂，長揖言曰：「吾與盱烈哥哥，皆外甥也，何獨與盱兄同行，而不及我？」真君視其人，乃次姊之子，複姓鍾離名嘉字公陽，新建縣象牙山西里人也。父母俱早喪，自幼依於真君。為人氣象恢弘，德性溫雅，至是欲與真君同行，真君許之。於是二甥得薰陶之力，神仙器量，從此以立。真君又呼其妻周夫人告之曰：「我本無心功名，奈朝廷屢聘，若不奉行，恐抗君命。自古忠孝不能兩全，二親老邁，汝當朝夕侍奉，調護寒暑，克盡汝子婦之道！且兒女少幼，須不時教訓，勤以治家，儉以節用，此是汝當然事也。」周夫人答曰：「謹領教！」言畢，拜別而行，不在話下。

卻說真君未到任之初，蜀中饑荒，民貧不能納租，真君到任，上官督責甚嚴，真君乃以靈丹點瓦石為金，暗使人埋於縣衙後圃。一旦拘集貧民未納租者，盡至堦下，真君問曰：「朝廷糧稅，汝等緣何不納？」貧民告曰：「輸納國稅，乃理之常，豈敢不遵。奈因饑荒，不能納爾。」真君曰：「既如此，吾罰汝等在於縣衙後圃，開鑿池塘，以作工數，倘有所得，即來完納。」民皆大喜，即往後圃開鑿池塘，遂皆拾得黃金，都來完納，百姓遂免流移之苦。鄰郡聞風者，皆來依附，遂至戶口增益。按一統志旌陽縣屬漢州，真君飛昇後，改為德陽，以表真君之德及民也。其地賴真君點金，故至今尚富，這話休提。那時民間又患瘟疫，死者無數，真君符咒所及，即時痊愈。又憐他郡病民，乃插竹為標，置於四境溪上，焚符其中，使病者就而飲之，無不痊可。其老幼婦女尫羸不能自至者，令人汲水歸家飲之，亦復安痊。

郡人有詩贊曰：

百里桑麻知善政，萬家煙井沐仁風。明懸藻鑑秋陽暴，清逼冰壺夜月溶。
符置江濱驅痼病，金埋縣圃起民窮；真君德澤於今在，廟祀巍巍報厥功。

卻說成都府有一人，姓陳名勳字孝舉。因舉孝廉，官居益州別駕。聞真君傳授吳猛道法，今治旌陽，恩及百姓，遂來拜謁，願投案下，充為書吏，使朝夕得領玄教。真君見其人，氣清色潤，遂付以吏職。既而見勳有道骨，乃引勳居門下為弟子，看守藥爐。又有一人姓周名廣字惠常，廬陵人也。乃吳都督周瑜之後，遊巴蜀雲臺山，粗得漢天師驅精斬邪之法。至是聞真君深得仙道，特至旌陽縣投拜真君為師，願垂教訓。真君納之，職掌雷壇。二人自是得聞仙道之妙。真君任旌陽既久，弟子漸眾，每因公餘無事，與眾弟子講論道法。

卻說晉朝承平既久，外有五胡強橫，濁亂中原，那五胡？

匈奴劉淵居晉陽，羯戎石勒居上黨，羗人姚弋仲居扶風，氐人符洪居臨渭，鮮卑慕容廆居昌黎。先是漢魏以來，收服夷狄，諸胡多居塞內。太子洗馬江統勸武帝徙於邊地，免後日夷狄亂華之禍，武帝不聽。至是果然侵亂晉朝。太子惠帝愚蠢，賈后横恣，殺戮大臣。真君乃謂弟子曰：「吾聞君子有道則見，無道則隱。」遂解官東歸，百姓聞知，扳轅臥轍而留，泣聲震地。真君亦泣下，謂其民曰：「吾非肯舍汝而去，奈今天下不久大亂，吾是以為保身之計。爾等子民，各務生業！」百姓不忍，送至百里之外，或數百里，又有送至家中，不肯回者。真君至家，拜見父母妻子，合家相慶，喜不自勝。即於宅東空地結茅為屋，狀如營壘，令蜀民居之。蜀民多改其氏族，從真君之姓，故號許氏營。卻說真君之妻周夫人對真君言：「女姑年長，當擇佳配。」真君曰：「吾久思在心矣。」遍觀眾弟子中，有一人姓黃名仁覽字紫庭，建城人也。乃御史中丞黃輔之子。其人忠信純篤，有受道之器。真君遂令弟子周廣作媒，仁覽稟於父母，擇吉備禮，在真君宅上成婚。滿月後，稟於真君同仙姑歸家省親。仙姑克盡婦道，仁覽分付其妻在家事奉公姑，復拜辭父母，敬從真君求仙學道。卻說吳真君猛時年一百二十餘歲矣，聞知真君解綬歸家，自西安來相訪。真君整衣出迎，坐定敘闊，命築室於宅西以居之。一日忽大風暴作，吳君即書一符，擲於屋上，須臾見有一青鳥銜去，其風頓息。真君問曰：「此風主何吉凶？」吳君曰：「南湖有一舟經過，忽遇此風，舟中有一道人呼天求救，吾以此止之。」不數日，有一人深衣大帶，頭戴幅巾，進門與二君施禮曰：「姓彭名抗字武陽，蘭陵人也。自少舉孝廉，官至晉朝尚書左丞。因見天下將亂，托疾辭職，聞許先生施行德惠，參悟仙機，特來拜投為師。昨過南湖，偶遇狂風大作，舟幾覆，吾乃呼天號救，俄有一青鳥飛來，其風頓息。今日得拜仙顏，實乃萬幸！」真君即以吳君書符之事告之。彭抗拜謝不勝。遂挈家居豫章城中。既而見真君一子未婚，願將女勝娘為配，真君從之。自後待彭抗以賓禮，盡以神仙祕術付之。東明子有詩云：

二品高官職匪輕，一朝拋卻拜仙庭；不因懿戚情相厚，彭老安能得上昇？

此時真君傳得吳猛道術，猶未傳諶母飛步斬邪之法。有太白金星奏聞玉帝：「南昌郡孽龍將為民害，今有許遜原係玉洞真仙降世，應在此人收伏，望差天使賫賜斬妖神劍，付與許遜，助斬妖精，免使黎民遭害。」玉帝聞奏，即宣女童二人將神劍二口，賫至地名柏林，獻於許遜，宣上帝之命，教他斬魅除妖，濟民救世。真君拜而受之，回顧女童，已飛昇雲端矣。後人有詩歎曰：

堅金烈火煉將成，削鐵吹毛耀日明；玉女捧來離紫府，江湖從此水流腥。

且說江南有一妖物，號曰「孽龍」。初生人世，為聰明才子，姓張名酷。因乘船渡江，偶值大風，其船遂覆，張酷溺於水中，彼時得附一木板，隨水漂流，泊於沙灘之上。肚中正餓，忽見明珠一顆，取而吞之。那珠不是別的珠，乃是那火龍生下的卵。吞了這珠卻不餓了。就在水中能游能泳，過了一月有餘，脫胎換骨，遍身盡生鱗甲，止有一個頭，還是人頭。其後這個畜生，只好在水中戲耍，或跳入三級巨浪，看魚龍變化；或撞在萬丈深潭，看鰕鱉潛遊。不想火龍見了，就認得是他兒子，噓了一氣，教以神通。那畜生走上岸來，即能千變萬化，於是呼風作雨，握霧撩雲。喜則化人形而淫人間之女子，怒則變精怪而興陸地之波濤。或壞人屋舍，或食人精血，或覆人舟船，取人金珠，為人間大患。誕有六子，數十年間，生息蕃盛，約有千餘。兼之族類蛟黨甚多，常欲把江西數郡滾出一個大中海。一日，真君煉丹於艾城之山，有蛟黨輒興洪水，欲漂流其丹室。真君大怒，即遣神兵擒之，釘於石壁，今釘蛟石猶在。又揮起寶劍，將一蛟斬訖。不想那孽龍知道，殺了他的黨類，一呼百集，老老少少，大大小小，都打做一團兒。孽龍道：「許遜恁般可惡，欲誅吾黨，不報此讎，生亦枉然！」內有一班孽畜，有叫孽龍做公公的，有叫做伯伯的，有叫做叔叔的，有叫做哥哥的，說道：「不消費心，等我們去，把那許遜抓將來，碎屍萬段，以洩其恨。」孽龍道：「聞得許遜傳授了吳猛的法術，甚有本事，還要個有力量的去纔好。」內有一長蛇精說道：「哥哥，等我去來。」孽龍道：「賢弟到去得。」於是長蛇精帶了百十個蛟黨，一齊沖奔許氏之宅，一字陣兒擺開，叫道：「許遜敢與我比勢麼？」真君見是一夥蛟黨，仗劍在手問云：「你這些孽畜，有甚本事，敢與我相比？」長蛇精道：「你聽我說：

鱗甲稜層氣勢雄，神通會上顯神通；開喉一旦能吞象，伏氣三年便化龍。
巨口張時偏作霧，高頭昂處便呼風；身長九萬人知否，繞遍崑崙第一峰。」

長蛇精恃了本事，耀武揚威，眾蛟黨一齊踴躍，聲聲口口說道：「你不該殺了我家人，定不與你干休！」真君曰：「只怕你這些孽畜逃不過我手中寶劍。」那長蛇精就弄他本事，放出一陣大風，又只見：

視之無影，聽之有聲，噫大塊之怒號，傳萬竅之跳叫。一任他砳砳磅磅，栗栗烈烈，撼天闕，搖地軸，九天仙子也愁眉，那管他青青白白，紅紅黃黃，翻大海，攪長江，四海龍王同縮頸。雷轟轟，電閃閃，飛的是沙，走的是石，直恁的滿眼塵霾春起早；雲慘慘，霧騰騰，折也喬林，不也古木，說甚麼前村燈火夜眠遲。忽喇喇前呼後叫，左奔右突，就是九重龍樓鳳閣，也教他萬瓦齊飛；吉都都横衝直撞，亂捲斜拖，即如千丈虎狼穴，難道是一毛不拔。縱宗生之大志，不敢謂其乘之而浪破千層；雖列子之泠然，吾未見其御之而旬有五日。正是：

萬里塵沙陰晦暝，幾家門戶響敲推！多情折盡章臺柳，底事掀開社屋茅？

真個好一陣大風也！真君按劍在手，叱曰：「風伯等神，好將此風息了！」須臾之間，那風寂然不動。誰知那些孽怪，又弄出一番大雨來，則見：

石燕飛翔，商羊鼓舞。滂沱的雲中瀉下，就似傾盆；忽喇的空裏注來，豈因救旱。逼逼剎剎，打過那園林焦葉，東一片，西一片，翠色闌珊；淋淋篩篩，滴得那池沼荷花，上一瓣，下一瓣，紅粧零亂。溝面洪盈，倏忽間漂去高鳳庭前麥；簷頭長溜，須臾裏洗卻周武郊外兵。這不是鞭將蜥蜴，碧天上祈禱下的甘霖。這卻是驅起鯨鯢，滄海中噴將來的唾沫。正是：

茅屋人家煙火冷，梨花庭院夢魂驚；渠添濁水通魚入，地秀蒼苔滯鶴行。

真個好一陣大雨也！真君又按劍叱曰：「雨師等神，好將此雨止了！」那雨一霎時間半點兒也沒了。真君乃大顯法力，奔往長蛇精陣中，將兩口寶劍揮起，把長蛇精揮為兩段。那夥蛟黨，見斬了蛇精，各自逃生，真君趕上，一概誅滅。逕往群蛟之所，尋取孽龍。那孽龍聞得斬了蛇精，傷了許多黨類，心裏那肯干休。就呼集一黨蛟精，約有千百之眾，人多口多，罵著真君：「騷道，野道，你不合這等上門欺負人！」於是呼風的呼風，喚雨的喚雨，作霧的作霧，興雲的興雲，攫煙的攫煙，弄火的弄火，一齊奔向前來。真君將兩口寶劍，左砍右斫，那蛟黨多了，怎生收伏得盡。況真君此時未傳得諶母飛騰之法，只是個陸地神仙。那孽龍倒會變化，沖上雲霄，就變成一個大鷹兒。真個：

爪似銅釘快利，嘴似鐵鑽堅剛。展開雙翅欲飛揚，好似大鵬模樣。
雲裏叫時聲大，林端立處頭昂。紛紛鳥雀盡潛藏，那個飛禽敢擋！

只見那鷹兒在半空展翅，忽喇地撲將下來，倒把真君臉上擓了一下，擓得血流滿面。真君忙揮劍斬時，那鷹又飛在半空中去了。真君沒奈何，只得轉回家中。那些蛟黨見傷得性命多了，亦各自收陣回去。卻說真君見孽龍神通廣大，敬來吳君處相訪，求其破蛟之策。吳君曰：「孽龍久為民害，小老素有翦除之心。但恨道法未高，莫能取勝。汝今既擒蛟黨，孽龍必然忿怒，愈加殘害，江南休矣。」真君曰：「如此奈何？」吳君曰：「我近日聞得鎮江府丹陽縣，地名黃堂，有一女真諶母，深通道術，吾與汝同往師之，叩其妙道，然後除此妖物，未為晚也。」真君聞言大喜，遂整行囊與吳君共往黃堂，謁見諶母。諶母曰：「二公何人？到此有何見諭？」真君曰：「弟子許遜吳猛，今因江南有一孽龍精，大為民害，吾二人有心殄滅，奈法術殊欠。久聞尊母道傳無極，法演先天，逕來懇求，望指示仙訣，實乃平生之至願也。」言訖，拜伏於地。諶母曰：「二公請起，聽吾言之：君等乃夙稟奇骨，名在天府。昔者孝悌王自上清下降山東曲阜縣蘭公之家，謂蘭公曰：『後世晉代當出一神仙，姓許名遜，傳吾至道，是為眾仙之長。』遂留下金丹寶鑑，銅符鐵券，并飛步斬邪之法，傳與蘭公。復令蘭公傳我，蘭公又使我收掌，以待汝等，積有四百餘年矣。子今既來，吾當傳授於汝。」於是選擇吉日，依科設儀付出銅符鐵券，金丹寶鑑，并正一斬邪之法，三五飛騰之術，及諸靈章祕訣，并各樣符籙，悉以傳諸許君。今淨明法五雷法之類，皆諶母所傳也。諶母又謂吳君曰：「君昔者以神方為許君之師，今孝悌王之道，唯許君得傳，汝當退而反師之也。」真君傳道已畢，將欲辭歸。心中暗想：「今幸得聞諶母之教，每歲必當謁拜，以盡弟子之禮。」此意未形於言，諶母已先知矣。乃對真君曰：「我今還帝鄉，子不必再來謁也。」乃取香茅一根，望南而擲，其茅隨風飄去。諶母謂真君曰：「子於所居之南數十里，看香茅落於何處，其處立吾廟宇，每歲逢秋，一至吾廟足矣。」諶母言罷，空中忽有龍車鳳輦來迎，諶母即凌空而去。其時吳許二君望空拜送，即還本部。遂往尋飛茅之跡，行至西山之南四十里，覓得香茅，已叢生茂盛，二君遂於此地建立祠宇，亦以黃堂名之。令匠人塑諶母寶像，嚴奉香火，期以八月初三日，必往朝謁。即今崇真觀是也，朝謁之禮猶在。真君亦於黃堂立壇，悉依諶母之言，將此道法傳授吳君。吳君反拜真君為師。自此二人始有飛騰變化之術。回至小江，寓客居，主人宋氏見方外高人，不索酒錢，厚具相待，二君感其恭敬，遂求筆墨畫一松樹於其壁上而去。自二君去後，其松青鬱如生，風動則其枝搖搖，月來則其彩淡淡，露下則其色濕濕，往來觀者，日以千計。去則皆留錢謝之，宋氏遂至巨富。後江漲堤潰，店屋俱漂，惟松壁不壞。

卻說孽龍精被真君斬其族類，心甚怒。又聞吳君同真君往黃堂學法，於是命蛟黨先入吳君所居地方，殘害生民，為災降禍。真君回至西寧，聞蛟孽腥風襲人，責備社伯：「汝為一縣鬼神之主，如何縱容他為害？」社伯答曰：「妖物神通廣大，非小神能制。」再三謝罪。忽孽龍精見真君至，統集蛟黨，湧起十數丈水頭。那水波濤泛漲，怎見得好狠？

只聽得潺潺聲振谷，又見那滔滔勢漫天！雄威響若雷奔走，猛湧波如雪捲顛。千丈波高漫道路，萬層濤激泛山巖。泠泠如漱玉，滾滾似鳴弦。觸石滄滄噴碎玉，回湍渺渺漩渦圓。低低凸凸隨流蕩，大勢瀰漫上下連。

真君見了這等大水，恐損壞了居民屋宇田禾，急將手中寶劍，望空書符一道，叫道：「水伯，急急收水！」水伯收得水遲，真君大怒。水伯道：「常言潑水難收，且從容些！」真君欲責水伯，水伯大懼，須臾間將水收了，依舊是平洋陸地。真君提著寶劍逕斬孽龍，那孽龍變作一個巡海夜叉，持鎗相迎，這一場好殺：

真君劍砍，妖怪鎗迎，劍砍霜光噴烈火，鎗迎銳氣迸愁雲。一個是揚子江生成的惡怪，一個是靈霄殿差下的真仙。那一個揚威耀武欺天律，這一個禦暴除災轉法輪。真仙使法身驅霧，魔怪爭強浪滾塵。兩家努力爭功績，皆為洪都百萬民。

那些蛟黨見孽龍與真君正殺得英雄，一齊前來助戰。忽然弄出一陣怪砂來，要把真君眼目蒙蔽，只見：

似霧如煙初散漫，紛紛藹藹下天涯，白茫茫到處難開眼，昏暗暗飛時找路差。打柴的樵子失了伴，採藥的仙童不見家。細細輕飄如麥麵，粗粗翻覆似芝麻。世間朦朧山頂暗，長空迷沒太陽遮。不比塵囂隨駿馬，難言輕軟襯香車。此沙本是無情物，登時刮得眼生花。

此時飛沙大作，那蛟黨一齊吶喊，真君呵了仙氣一口，化作一陣雄風，將沙刮轉。吳君在高阜之上，觀看妖孽，更有許大神通，於是運取掌心雷，望空打去。雖風雲雷雨，乃蛟龍所喜的，但此係吳君法雷，專打妖怪，則見：

運之掌上，震之雲間，虺虺虩虩可畏，轟轟劃劃初聞。燒起謝仙之火烈，推轉阿香之車輪。音赫赫，就似撞八荒之鼓，音聞天地；聲喤喤，又如放九邊之礮，響振軍屯。使劉先主失了雙筯，教蔡元中繞遍孤墳。聞之不及掩耳，當之誰不銷魂！真個天仙手上威靈振，蛟魅胸中心膽傾。

那些群孽，聞得這個法雷，驚天動地之聲，倒海震山之怒，嚇得魂不附體。更見那真君兩口寶劍，寒光閃閃，殺氣騰騰，孽龍當抵不住，就收了夜叉之形，不知變了個甚麼物件，潛蹤遁走。真君乃捨了孽龍，追殺蛟黨，蛟黨四散逃去。真君追二蛟至鄂渚，忽然不見。路逢三老人侍立，真君問曰：「吾追蛟孽至此，失其蹤跡，汝三老曾見否？」老人指曰：「敢伏在前橋之下？」真君聞言，遂至橋側，仗劍叱之，蛟黨大驚，奔入大江，藏於深淵。真君乃即書符數道，敕遣符使驅之。蛟孽不能藏隱，乃從上流奔出，真君揮劍斬之，江水俱紅，此二蛟皆孽龍子也。今鄂渚有三聖王廟，橋名伏龍橋，淵名龍窩，斬蛟處名上龍口。真君復回至西寧，怒社伯不能稱職，乃以銅鎖貫其祠門，禁止民間不許祭享。今分寧縣城隍廟正門常閉，居民祭祀者亦少。乃令百姓崇祀小神，其人姓毛，兄弟三人，即指引真君橋下斬蛟者。今封葉佑侯，血食甚盛。真君見吳君曰：「孽龍潛逃，蛟黨奔散，吾欲遍尋蹤跡，一併誅之。」吳君曰：「君自金陵遠回，令椿萱大人，且須問省。吾諒此蛟孽，有師尊在，豈能復恣猖狂，待徐徐除之！」於是二君回過豐城縣杪針洞。真君曰：「後此洞必有蛟螭出入，吾當鎮之。」遂取大杉木一根，書符其上以為楔，至今其楔不朽。又過奉新縣，地名藏溪，又名蛟穴，其中積水不竭。真君曰：「此溪乃蛟龍所藏之處。」遂舉神劍劈破溪傍巨石，書符鎮之，今鎮蛟石猶在。又過新建縣，地名歎早湖，湖中水蛭甚多，皆是蛟黨奴隸，散入田中，嘬人之血。真君惡之，遂將藥一粒，投於湖中，其蛭永絕。今名藥湖。復歸郡城，轉西山之宅，回見父母，一家具慶，不在話下。

卻說真君屢敗孽龍，仙法愈顯，德著人間，名傳海內。時天下求為弟子者不下千數，真君卻之不可得，乃削炭化為美婦數百人，夜散群弟子寢處。次早驗之，未被炭婦污染者得十人而已。先受業者六人：

陳勳字孝舉，成都人。

周廣字惠常，廬陵人。

黃仁覽字紫庭，建城人。真君之婿。

彭抗字武陽，蘭陵人。其女配真君之子。

盱烈字道微，南昌人。真君外甥。

鍾離嘉字公陽，新建人。真君外甥。

後相從者四人：

曾亨字典國，泗水人。骨秀神慧，孫登見而異之，乃潛心學道，遊於江南，居豫章之豐城真陽觀。聞真君道法，投於門下。

時荷字道陽，鉅鹿人。少出家，居東海沭陽院奉仙觀，修老子之教。因入四明山遇神人授以胎息導引之術，頗能辟穀，亦能役使鬼神。慕真君之名，徒步踵門，願充弟子。

甘戰字伯武，豐城人。性喜修真，不求聞達，徑從真君學道。

施岑字太玉，沛郡人。其父施朔仕吳，因移居於九江赤烏縣。岑狀貌雄傑，勇健多力，時聞真君斬蛟立功，喜而從之。真君使與甘戰各持神劍，常侍左右。

這弟子十人，不被炭婦染污。真君嘉之，凡周遊江湖，誅蛟斬蛇，時刻相從，即異時上昇諸徒也。其餘被炭婦所污者，往往自愧而去。今炭婦市猶在。真君謂施岑旴烈曰：「目今妖孽為害，變化百端，無所定向。汝二人可向鄱陽湖中追而尋之。」施旴欣然領命，仗劍而去。夜至鄱陽湖中，登石臺之上望之，今饒河口有眺臺，俗呼為釣臺非也。此蓋施旴眺望妖蜃出沒之所耳。其時但見一物隱隱如蛇，昂頭擺尾，橫亘數十里。施岑曰：「妖物今在此乎？」即拔劍揮之，斬其腰。至次日天明視之，乃蜈蚣山也。至今其山斷腰，仙跡猶在。施岑謂旴烈曰：「黑夜吾認此山，以為妖物，今誤矣，與汝尚當盡力追尋。」卻說孽龍精被真君殺敗，更傷了二子，并許多族類，咬牙嚼齒，以恨真君。聚集眾族類商議，欲往小姑潭求老龍報仇。眾蛟黨曰：「如此甚好。」孽龍乃奔入小姑潭深底。那潭不知有幾許深，諺云：「大姑闊萬丈，小姑深萬丈。」所以叫做小姑潭。那孽龍到萬丈潭底，只見：

水泛泛漫天，浪層層拍岸。江中心有一座小姑山，雖是個中流砥柱，江下面有一所老龍潭，卻似個不朽龍宮。那龍宮蓋的碧磷磷鴛鴦瓦，圍的光閃閃孔雀屏，垂的疏朗朗翡翠簾，擺的彎環環虎皮椅。只見老龍坐在虎椅之上，龍女侍在堂下，龍兵繞在宮前，夜叉立在門邊，龍子龍孫列在堦上。真個是江心渺渺無雙景，水府茫茫第一家。

說那老龍出處，他原是黃帝荊山鑄鼎之時，騎他上天。他在天上貪毒，九天玄女拿著他送與羅墮闍尊者。尊者養他在缽盂裏，養了千百年，他貪毒的性子不改，走下世來，就喫了張果老的驢，傷了周穆王的八駿。朱漫泙心懷不忿，學就個屠龍之法，要下手著他，他又藏在巴蜀地方，一人家後園之中橘子裏面。那兩個著棋的老兒想他做龍脯，他又走到葛陂中來，撞著費長房打一棒，他就忍著疼奔走華陽洞去。那曉得吳綽的斧子又利害些，當頭一劈，受了老大的虧苦，頭腦子雖不曾破，卻失了項下這一顆明珠，再也上天不得。因此上拜了小姑娘娘，求得這所萬丈深潭，蓋造個龍宮，恁般齊整。卻說那孽龍奔入龍宮之內，投拜老龍，哭哭啼啼，告訴前情。說道許遜斬了他的兒子，傷了他的族類，苦苦還要擒他。言罷，放聲大哭，那龍宮大大小小，那一個不淚下。老龍曰：「兔死狐悲，物傷其類。許遜既這等可惡，待我拿來與你復讎。」孽龍曰：「許遜傳了諶母飛步之法，又得了玉女斬邪之劍，神通廣大，難以輕敵。」

老龍曰：「他縱有飛步之法，飛我老龍不過，他縱有斬邪之劍，斬我老龍不得。」於是即變作個天神模樣，三頭六臂，黑臉獠牙，則見：

身穿著重重鐵甲，手提著利利鋼叉。頭戴著金盔，閃閃耀紅霞，身跨著奔奔騰騰的駿馬。雄糾糾英風直奮，威凜凜殺氣橫加。一心心要與人報冤家，古古怪怪的好怕。

那老龍打扮得這個模樣，巡江夜叉，守宮將卒，人人喝采，個個稱奇，道：「好一個粧束！」孽龍亦搖身一變，也變作天神模樣，你看他怎生打扮？則見：

面烏烏趙玄壇般黑，身挺挺鄧天王般長。手持張翼德丈八長鎗，就好似斗口靈官的形狀。口吐出葛仙真君的騰騰火焰，頭放著華光菩薩的閃閃豪光。威風凜凜貌堂堂，不比前番模樣。

那孽龍打扮出來，龍宮之內，可知人人喝采，個個誇奇。兩個龍妖一齊打個旋風，奔上岸來。老龍居左，孽龍居右，蛟黨列成陣勢，准備真君到來迎敵。不在話下。

施岑與旴烈從高阜上一望見那妖氣彌天，他兩個少年英勇，也不管他勢頭來得大，也不管他黨類來得多，就掣手中寶劍跳下高阜來，與那些妖怪大殺一場。施旴二人，雖傳得真君妙訣，終是寡不敵眾，三合之中，當抵不住，敗陣而走。老龍與孽龍隨後趕殺，施岑大敗，回見真君，具說前事。真君大怒，遂提著兩口寶劍，命甘戰時荷二人同去助陣。駕一朵祥雲，逕奔老龍列陣之所。那孽龍見了，自古「雠人相見，分外眼睜」，就提那長鎗，逕來鎗著真君。老龍亦舉起鋼叉逕來叉著真君。好一個真君，展開法力，就兩口寶劍，左遮右隔，只見：

這一邊揮寶劍，對一枝長鎗，倍增殺氣；那一邊揮寶劍，架一管鋼叉，頓長精神。這一邊砍將去，就似那呂梁瀉下的狂瀾，如何擋抵？那一邊斫將去，就似那蜀山崩了的土塊，怎樣支撐？這一邊施高強武藝，殺一個鶻入鴉群；那一邊顯凜烈威風，殺一個虎奔羊穴。這一邊用一個風掃殘紅的法子，殺得他落花片片墜紅泥；那一邊使一個浪滾陸地的勢兒，殺得他塵土茫茫歸大海。真個是撥開覆地翻天手，要斬興波作浪邪。

二龍與真君混戰，未分勝敗，忽翻身騰在半空，卻要呼風喚雨，飛砂走石，來捉真君。此時真君已會騰雲駕霧，遂趕上二龍，又在半空中殺了多時，後落下平地又戰。那些蛟黨，見真君法大，二龍漸漸擋抵不住，一齊掩殺過來。時荷甘戰二人，乃各執利劍，亦殺入陣中。你看那師徒們橫衝直撞，那些妖孽怎生抵敵得住？那老龍力氣不加，三頭中被真君傷了一頭，六臂中被真君斷了一臂，遂化陣清風去了。孽龍見老龍敗陣，心中慌張，恐被真君所捉，亦化作一陣清風望西而去。其餘蛟黨，各自逃散。有化作螽斯，在麥隴上逼逼剝剝跳的；有化作青蠅，在棘樹上嘈嘈雜雜鬧的；有化作蚯蚓，在水田中扭扭屹屹❶走的；有化作蜜蜂，在花枝上擾擾嚷嚷採的；有化作蜻蜓，在雲霄裏輕輕款款飛的；有化作土狗子❷，不做聲，不做氣，躲在田傍下的。彼時真君追趕妖孽，走在田傍上經過，忽失了一足，把那田傍踹開。

❶ 扭扭屹屹：身子扭動的樣子。

❷ 土狗子：螻蛄的別名。

只見一道妖氣，迸將出來。真君急忙看時，只見一個土狗子躲在那裏。真君將劍一揮，砍成兩截，原來是孽龍第五子也。有後人詩歎曰：

自笑蛟精不見機，苦同仙子兩相持；今朝揮起無情劍，又斬親生第五兒。

卻說真君斬了孽龍第五子，急忙追尋孽龍，不見蹤影。遂與二弟子且回豫章。吳君謂真君曰：「目今蛟黨還盛，未曾誅滅，孽龍有此等助威添勢，豈肯罷休！莫若先除了他的黨類，使他勢孤力弱，一舉可擒，此所謂射人先射馬之謂也。」真君曰：「言之有理。」遂即同施岑、甘戰、陳勳、盱烈、鍾離嘉群弟子隨己出外追斬蛟黨。猶恐孽龍精潰其郡城，留吳君彭抗在家鎮之。於是真君同群弟子，或登高山，或往窮谷，或經深潭，或詣長橋，或歷大湖等處，尋取蛟黨滅之。

真君一日至新吳地方，忽見一蛟，變成一水牛，欲起洪水，渰沒此處人民。噓氣一口，漲水一尺，噓氣二口，漲水二尺。真君大怒，揮劍欲斬之。那蛟孽見了真君，魂不附體，遂奔入潭中而去。真君即立了石碑一片，作鎮蛟之文以禁之，其文曰：

奉命太玄，得道真仙。劫終劫始，先地先天。無量法界，玄之又玄。勤修無遺，白日昇仙。神劍落地，符法昇天。妖邪喪膽，鬼精逃潛。

其潭至今名曰鎮龍潭，石碑猶存。一日，真君又行至海昏之上，聞有巨蛇據山為穴，吐氣成雲，長有數里，人畜在氣中者，即被吞吸。江湖舟船，多遭其覆溺，大為民害。施岑登北嶺之高而望之，見其毒氣漲天，乃歎曰：「斯民何罪，而久遭其害也？」遂稟真君，欲往誅之。真君曰：「吾聞此畜，妖氣最毒，搪突其氣者，十人十死，百人百亡，須待時而往。」良久，俄有一赤烏飛過，真君曰：「可矣。」言赤烏報時，天神至，地神臨，可以誅妖。後於其地立觀，名候時觀，又號赤烏觀。且說那時真君引群弟子前至蛇所。其蛇奮然躍出深穴，舉首高數十丈，眼若火炬，口似血盆，鱗似金錢，口中吐出一道妖氣，則見：

冥冥濛濛，比蚩尤迷敵的大霧；昏昏暗暗，例元規污人的飛塵。飛去飛來，卻似那漢殿宮中結成的黑塊；滾上滾下，又似那泰山巖裏吐出的頑雲。大地之中，遮蔽了峰巒嶺岫；長空之上，隱藏了日月星辰。瀰瀰漫漫，漲將開千有百里；霏霏拂拂，當著了十無一生。正是妖蛇吐氣三千丈，千里猶聞一陣腥。

真君呼一口仙風，吹散其氣。率弟子各揮寶劍，鄉人摩旗擂鼓，吶喊振天相助。妖蛇全無懼色，奔將過來，真君運起法雷，劈頭打去，兼用神劍一指，蛇乃卻步。施岑甘戰二人，奮勇飛步縱前，施踏其首，甘踹其尾，真君先以劍劈破其顙，陳勳再引劍當中腰斬之，蛇腹遂爾裂開。忽有一小蛇自腹中走出，長有數丈，施岑欲斬之，真君曰：「彼母腹中之蛇，未曾見天日，猶不曾加害於民，不可誅之。」遂叱曰：「畜生好去，我放汝性命，毋得害人！」小蛇懼怯，奔行六七里，聞鼓噪之聲，猶反聽而顧其母。此地今為蛇子港。群弟子再請追而戮之，真君曰：「既放其生而又追戮之，是心無惻隱也。」蛇子遂得入江。——今有廟在新建吳城，甚是靈感。宋真宗敕封「靈順昭應安濟惠澤王」，俗呼曰小龍王廟是也。——大蛇既死，其骨聚而成洲，今號積骨洲。真君入海昏，經行之處，皆留壇靖，凡有六處。通候時之地為七，一曰進化靖，二曰節奏靖，三曰丹符靖，四曰華表靖，五曰紫陽靖，六曰霍陽靖，七曰列真靖，其勢布若星斗之狀，蓋以鎮壓其後也。其七靖今皆為宮觀，或為寺院。巨蟒既誅，妖血污劍，於是洗磨之，且削石以試其鋒，今新建有磨劍池，試劍石猶在。真君謂諸徒曰：「蛟黨除之莫盡，更有孽龍精通靈不測，今知我在此，若伺隙潰我郡城，恐吳彭二人莫能懾服。莫若棄此而歸。」施岑是個勇士，謂曰：「此處妖孽甚多，再尋幾日，殺幾個回去卻好。」真君曰：「吾在外日久，恐吾郡蛟黨又聚作一處，可速歸除之！」於是悉離海昏而行。海昏鄉人感真君之德，遂立生祠，四時享祭，不在話下。

　且說孽龍精果然深恨真君，乘其遠出，欲將豫章郡滾成一海，以報前仇。遂聚集敗殘蛟黨，尚有七八百餘，孽龍曰：「昨夜月離於畢，今夜酉時，主天陰晦暝，風雨大作，我與爾等，趁此機會，把豫章郡一滾而沉，有何不可？」此時正是午牌時分，吳君猛與彭君抗恰從西山高處，舉目一望，只見妖氣漫天，乃曰：「許師往外誅妖，不想妖氣盡聚於此……」言未畢，忽見豫章郡社伯并土地等神，來見吳君說：「孽龍又聚了八百餘蛟黨，欲攪翻江西一郡，變作滄海，只待今夜酉牌時分風雨大作之時，就要下手。有等居民，聞得此信，皆來小神廟中，叩頭磕腦，叫小神保他。我想江西不沉卻好，若沉了時節，正是『泥菩薩落水，自身難保』，還保得別人？伏望尊仙怎生區處！」吳君聽說此事，倒喫了一大驚，遂與彭君急忙下了山頭。吳君謂彭君曰：「爾且仗劍一口，驅使神兵，先往江前江後尋邏。」彭君去了，吳君乃上了一座九星的法壇，取過一個五雷的令牌，仗了一口七星的寶劍，注上一碗五龍吐的淨水，念了幾句「乾羅怛那九龍破穢真君」的神咒，捏了一個三臺的真訣，步了一個八卦的神罡。乃飛符一道，逕差年值功曹，送至日宮太陽帝君處投下。叫那太陽帝君，把這個日輪兒緩緩的沉下，卻將酉時翻作午時，就要如魯陽揮以長戈，即返三舍，虞公指以短劍，卻轉幾分的日子。又飛符一道，逕差月值功曹，送至月宮太陰星君處投下。叫那太陰星君把這個月輪兒緩緩的移上，卻將亥時翻作酉時，就要如團團離海角，漸漸出雲衢，此夜一輪滿，清光何處無。又飛符一道，逕差日值功曹，送至風伯處案下，叫那風伯今晚將大風息了，一氣不要吹嘘，萬竅不要怒叫，切不可過江掇起龍頭浪，拂地吹開馬足塵，就樹撮將黃葉落，入山推出白雲來。又飛符一道，逕差時值功曹，送至雨師處投下，叫那雨師今晚收了雨腳，休要得點點滴滴打破芭蕉；淋淋漓漓洗開苔蘚，頹山黑霧傾濃墨，倒海衝風瀉急湍，勢似陽侯誇溟海，聲如項羽戰章邯。又飛符一道，差那律令大神，逕到雷神處投下，叫那雷神今晚將五雷藏著，休得要驅起那號令，放出那霹靂，轟轟烈烈，使一鳴山嶽震，再鼓禹門開，響激天關轉，身從地穴來。又飛符一道，差著急腳大神，送至雲師處投下，叫他今晚捲起雲頭，切不可氤氤氳氳，遮掩天地，渺渺漠漠，蒙蔽江山，使那重重翼鳳飛層漢，疊疊從龍出遠波，太行遊子思親切，巫峽襄王入夢多。吳君遣符已畢，又差那社伯等神，火速報知真君，急回豫章郡，懾伏群妖，毋得遲誤。吳君調撥已畢，遂親自仗劍，鎮壓群蛟，不在話下。

卻說孽龍精只等待日輪下去月光上來的酉牌時分，就呼風喚雨，驅雲使雷，把這豫章一郡滾沉。不想長望短望，日頭只在未上照耀，叫他下去，那日頭就相似縛下一條繩子，再也不下去。孽龍又招那月輪上來，這月輪就相似有人扯住著他，再也不上來。孽龍怒起，也不管酉時不酉時，就命取蛟黨，大家呼著風來。誰知那風伯遵了吳君的符命，半空中叫道：「孽龍！你如今學這等歪，卻要放風，我那個聽你！」孽龍呼風不得，就去叫雷神打雷。誰知那雷神遵了吳君的符命，半下兒不響。孽龍道：「雷公雷公！我往日喚你，少可有千百聲，今日半點聲氣不做，敢害啞了？」雷神道：「我倒不害啞，只是你今日害顛。」孽龍見雷公不響，無如之奈，只得叫聲：「雲師快興雲來！」那雲師遵了吳君的符命，把那千巖萬壑之雲，只卷之退藏於密，那肯放之彌於六合。只見玉宇無塵，天清氣朗，那雲師還在半空中唱一個「萬里長江收暮雲」耍子哩。孽龍見雲師不肯興雲，且去問雨師討雨。誰知那雨師亦遵了吳君的符命，莫說是千點萬點洒將下來，就是半點兒也是沒有的。孽龍精望日日不沉，招月月不上，呼風風不至，喚雨雨不來，驅雷雷不響，使雲雲不興。直激得怒從心上起，惡向膽邊生！遂謂眾蛟黨曰：「我不要風雲雷雨，一小小豫章郡終不然滾不成海？」遂聳開鱗甲，翻身一轉，把那江西章江門外，就沉了數十餘丈。吳君看見，即忙飛起手中寶劍，駕起足下祥雲，直取孽龍。孽龍與吳君廝戰，彭君亦飛劍助敵，在江西城外大殺一場。孽龍招取黨類，一湧而至，在上的變成無數的黃蜂，撲頭撲腦亂叮；在下的變成滾滾的長蛇，遍足亂繞。孽龍更變作個金剛菩薩，長又長，大又大，手執金戈，與吳君彭君混戰。好一個吳君，又好一個彭君！上殺個雪花蓋頂，戰住狂蜂；下殺個枯樹盤根，戰住長蛇；中殺個鷂子翻身，抵住孽龍。自未時殺起，殺近黃昏。忽真君同著諸弟子到來，大喝一聲：「許遜在此！孽畜敢肆害麼？」諸蛟黨皆有懼色。孽龍見了真君，咬定牙根，要報前仇。乃謂群蛟曰：「今日遭此大難，我與爾等，生死存亡，在此一舉！」諸蛟踴躍言曰：「父子兄弟，當拚命一戰，勝則同生，敗則同死。」遂與孽龍精力戰真君，怎見得利害：

愁雲蔽日，殺氣漫空，地覆天翻，神愁鬼哭。仙子無邊法力，妖精許大神通。一個萬丈潭中孽怪，舞著金戈；一個九重天上真仙，飛將寶劍。一個稜稜層層甲鱗竦動，一個變變化化手段高強。一個呵一口妖氣，霧漲雲迷；一個吹一口仙風，天清氣朗。一個領蛟子蛟孫戰真仙，恰好似八十萬曹兵鏖赤壁；一個同仙徒仙弟收妖孽，卻好似二十八漢將鬧昆陽。一個翻江流，攪海水，重重疊疊湧波濤；一個撼乾樞，搖坤軸，烈烈轟轟運霹靂。一個要為族類報了冤仇，一個要為生民除將禍害。正是：兩邊齊角力，一樣顯神機；到頭分勝敗，畢竟有雄雌！

卻說孽龍精奮死來戰真君，真君正要拿住他，以絕禍根。那些蛟黨終是心中懼怯，真君的弟子們，各持寶劍，或斬了一兩個的，或斬了三四個的，或斬了五六個的，噴出腥血，一片通紅。周廣一劍，又將孽龍的第二子斬了。其餘蛟黨一個個變化走去。只有孽龍與真君獨戰，回頭一看，蛟黨無一人在身傍，也只得跳上雲端，化一陣黑風而走。真君急追趕時，已失其所在。乃同眾弟子回歸。真君謂吳猛曰：「此番若非君之法力，數百萬生靈，盡葬於波濤中矣！」吳君曰：「全仗尊師殺退蛟孽，不然，弟子亦危也。」

卻說孽龍屢敗，除殺死族類外，六子之中，已殺去四子。眾蛟黨恐真君誅己，心怏怏不安，盡皆變去。止有三蛟未變，三蛟者：二蛟係孽龍子，一蛟係孽龍孫，藏於新建洲渚之中。其餘各變形為人，散於各郡城市鎮中，逃躲災難。一日，有真君弟子曾亨入於城市，見二少年，狀貌殊異，鞠躬長揖，向曾亨問曰：「公非許君高門乎？」曾亨曰：「然。」既而問少年曰：「君是何人也？」少年曰：「僕家居長安，累世崇善。遠聞許公深有道術，誅邪斬妖，必仗神劍，願聞此神劍，有何功用？」曾亨曰：「吾師神劍，功用甚大，指天天開，指地地裂，指星辰則失度，指江河則逆流。萬邪不敢當其鋒，千妖莫能攖其銳。出匣時，霜寒雪凜，耀光處，鬼哭神愁，乃天賜之至寶也。」少年曰：「世間之物，不知亦有何物可當賢師神劍，而不為其所傷？」曾亨戲謂之曰：「吾師神劍，惟不傷冬瓜葫蘆二物耳，其餘他物皆不能當也。」少年聞言，遂告辭而去。曾亨亦不知少年乃是蛟精所變也。蛟精一聞冬瓜葫蘆之言，盡說與黨類知悉。真君一日以神劍授弟子施岑甘戰，令其遍尋蛟黨誅之。蛟黨以甘施二人尋追甚緊，遂皆化為葫蘆冬瓜，泛滿江中。真君登秀峰之巔，運神光一望，乃呼施岑甘戰謂曰：「江中所浮者，非葫蘆冬瓜，乃蛟精餘黨也。汝二人可履水內斬之。」於是施岑甘戰飛步水上，舉劍望葫蘆亂砍。那冬瓜葫蘆乃是輕浮之物，一砍即入水中，不能得破。正懊惱之間，忽有過往大仙在虛空中觀看，遂令社伯之神，變為一八哥鳥兒，在施岑甘戰頭上叫曰：「下剔上，下剔上。」施岑大悟，即舉劍自下剔上，滿江蛟黨，約有七百餘性命，連根帶蔓，悉無噍類。江中碧澄澄流水，變為紅滾滾波濤。止有三蛟未及變形者，因而獲免。真君見蛟黨盡誅，遂封那八哥鳥兒頭上一冠，所以至今八哥兒頭上，皆有一冠。真君斬盡蛟黨，後人有詩歎曰：

神劍稜稜辟萬邪，碧波江上砍葫瓜；孽龍黨類思翻海，不覺江心殺自家。

且說孽龍精所生六子，已誅其四。蛟黨千餘，俱被真君誅滅。止有第三子，與第六子，并有一長孫藏於新建縣洲渚之中，尚得留命。及聞真君盡誅其蛟類，乃大哭曰：「吾父未知下落，今吾等兄弟六人，傳有子孫六七百，并其族類，共計千餘。今皆被許遜勦滅，止留我兄弟二人，并一姪在此。吾知許遜道法高妙，豈肯容我叔姪們性命？不如前往福建等處，逃躲殘生，再作區處。」正欲起行，忽見真君同弟子甘戰施岑卒至，三蛟急忙逃去。真君見一道妖氣衝天而起，乃指與甘施二人曰：「此處有蛟黨未滅，可追去除之，以絕其根。」真君遂與甘施二人，飛步而行，躡蹤追至半路，施岑飛劍斬去一尾，追至福建延平府，地名滸洋九里潭，其一蛟即藏於深潭之中。真君召鄉人謂曰：「吾乃豫章許遜，今追一蛟精至此，伏於此潭，吾今將竹一根，插於潭畔石壁之上，以鎮壓之，不許殘害生民。汝等居民，勿得砍去。」言畢，即將竹插之，囑曰：「此竹若罷，許汝再生，此竹若茂，不許再出。」至今潭畔，其竹母若凋零，則復生一筍，成竹替換復茂。今號為「許真君竹」。至今其竹一根在。往來舟船，有商人見其蛟者，其蛟無尾。更有一蛟被真君與甘施二人，趕至福建建寧府崇安縣。有一寺名懷玉寺，其寺有一長老，法名全善禪師。在法堂誦經，忽見一少年，走入寺中，哀告曰：「吾乃孽龍之子，今被許遜勦滅全家，追趕至此，望賢師憐憫，救我一命，後當重報！」長老曰：「吾聞豫章許遜道法高妙，慧眼通神，吾此寺中，何處可躲？」少年曰：「長老慈悲為念，若肯救拔小人，小人當化作粟米一粒藏於賢師掌中，待許遜到寺，賢師只合掌誦經，方保無事。」長老允諾，少年即化為粟米一粒，入於長老掌中躲訖。真君與甘戰施岑二人，趕入寺中，謂長老曰：「吾乃豫章許遜，趕一蛟精至此，今在何處？可令他出來見我！」長老也不答應，只管合掌拱手，口念真經。真君不知藏在長老掌中，遍尋不見，遂往寺外前後各處尋之，並不見蹤跡。施岑曰：「想蛟精去矣，吾等合往他處尋趕。」卻說蛟精以真君去寺已遠，乃復化為少年，拜謝長老曰：「深蒙賢師活命之恩，無可報答，望賢師分付寺中，著令七日七夜不要撞鐘擂鼓，容我報答一二。」長老依言，分付師兄師弟，徒子徒孫等訖。及至三日，只見寺中前後狂風頓起，冷氣颼颼，土木自動。長老大驚，謂僧眾曰：「吾觀孽龍之子，本是害人之物，得我救命，教我等『七日七夜不動鐘鼓』。今止三日，風景異常，想必是他把言語哄我，若不打動鐘鼓，莫承望他報恩，此寺反遭其害，那時悔之晚矣。」於是即令僧眾撞起那東樓上華鐘。那鐘兒響了一百單八聲，榮榮汪汪❸，正是：梵王宮裏鯨聲吼，商客舟中夜半聞。又打起那西樓上畫鼓。那鼓兒響了一個三起三煞，叮叮咚咚，正是：儼若雷鳴雲漢上，恍疑鼉吼海濤中。那蛟精聞得鐘鼓之聲，喫了一驚，即轉身又化為少年，回到寺中，來見長老言曰：「吾前日分付寺中，七日勿動鐘鼓，意欲將寺門外前後高山峻嶺，滾成萬畝良田，報答我師活命之恩。今纔三日，止將高山上略盪得平些，滾有泉出，未及如數，而吾師即動鐘鼓，其故何也？」長老以狂風頓起，山動地動為對。那少年不勝歎息。長老乃令人往寺外前後觀之，但見高峻之處，皆盪得坦平，滾滾泉流不竭。至今懷玉寺中，不止千頃平坦良田，蓋亦蛟精報恩所致。卻說真君離了寺門，遍尋不見蛟精，乃復回高處望之，只見妖氣依原還在寺中。乃與甘施二人，又來寺中尋覓。其蛟精知真君復來，即先化為一僧，拜辭長老言曰：「吾族中有眾千餘，皆被許遜誅滅，兄弟六人，已亡其四，吾父又未知存亡何如，吾今悔改前非，修行悟道。」言畢垂淚而別。真君果復至寺中，只見妖氣出外，遂乃躡跡追至建陽，地名葉墩。遙見一僧，知是蛟精所變。乃令甘施二弟子，追趕至近，甘施意欲斬之，真君連忙喝住曰：「不可，此物雖是害人，今化為僧，量必改惡遷善。」遂叱曰：「孽畜，我今赦汝前去，汝務要從善修行，勿害生民！吾有諦語，分付與汝，牢心記著：『逢湖則止，逢仰則住。』」分付已畢，遂縱之而去。甘戰叱曰：「孽畜，我師父饒了你性命，再不要害人。」施岑亦叱曰：「孽畜，你若

❸ 榮榮汪汪：鐘聲。

不遵我師父諦語，再若害人，我擒汝就如反掌之易。」那僧含羞亂竄而去。脫離了葉墩地方，來至一村，前有一山，遇一牧童，其僧乃問曰：「此處是何地方？」牧童答曰：「此處地方貴湖，前面一山，名曰仰山。」僧聞牧童之言，乃大喜曰：「適間承真君分付：『逢湖則止，逢仰則住。』今到此處，合此二意，可以在此居住矣。」遂憩於路旁水田之間，其中間泉水，四時不竭，此地名龍窟。後乃名離龍窟。龍僧即於仰山修行，法名古梅禪師。遂建一寺，名仰山寺，其寺當時乏水，古梅將指頭在石壁上亂指，皆有泉出。其寺田糧亦廣，至今猶在。真君即於葉墩立一觀，名曰真君觀，遙與仰山相對，以鎮壓之。其觀至今猶存。

卻說真君又追一蛟精，其蛟乃孽龍第一子之子，孽龍之長孫也。此蛟直走至福州南臺躲避，潛其蹤跡。真君命甘施二弟子，遍處尋索，乃自立於一石上，垂綸把釣，忽覺釣絲若有人扯住一般，真君乃站在石上，用力一扯，石遂裂開。石至今猶在。因名為釣龍石。只見扯起一個大螺，約有二三丈高大，螺中有一女子現出，真君曰：「汝妖也！」那女子雙膝跪地，告曰：「妾乃南海水侯第三女。聞尊師傳得仙道，欲求指教修真之路。故乘螺舟特來相叩。」真君乃指以高蓋山，可為修煉之所。且曰：「此山有苦參甘草，上有一井，汝將其藥投於井中，日飲其水，久則自可成仙。」遂命女子復入螺中，用巽風一口，吹螺舟浮於水面，直到高蓋山下。女子乘螺於此，其螺化為大石，至今猶在。遂登山採取苦參甘草等藥，日於井中投之，飲其井泉，後女子果成仙而去。至今其鄉有病者，汲井泉飲之，其病可愈。卻說施岑甘戰回見真君，言蛟精無有尋處。真君登高山絕頂以望，見妖氣一道，隱隱在福州城開元寺井中噴出。乃謂弟子曰：「蛟精已入在井中矣。」遂至其寺中，用鐵佛一座，置於井上壓之。其鐵佛至今猶在。

真君收伏三蛟已畢，遂同甘戰施岑復回豫章，再尋孽龍誅之。後人有詩歎曰：

迢迢千里到南閩，尋覓蛟精駕霧雲；到處留名留異跡，今人萬古仰真君。

卻說孽龍既不能滾沉豫章，其族黨變為瓜葫，一概被真君所滅。所生六子，斬了四子，只有二子一孫，猶未知下落。越思越惱，只得又奔往揚子江中，見了火龍父親，哭訴其事。火龍曰：「四百年前，孝悌明王傳法與蘭公，卻使蘭公傳法與諶母，諶母傳法與許遜。吾知許遜一生，汝等有此難久矣。故我當時就令了鼉帥，統領蟹兵蟹將，要問他追了金丹寶鑑銅符鐵券之文。誰知那蘭公將我等殺敗。我彼時少年精壯，也奈何蘭公不得，今日有許多年紀，筋力憔悴，還奈得許遜何！這憑你自去。」孽龍歎曰：「今人有說，父不顧子的世界，果然果然。」火龍罵曰：「畜生，我滿眼的孫子，今日被你不長進，敗得一個也沒了，還來怨我父親！」遂打將孽龍出來。孽龍見父親不與他做主，遂在江岸上放聲大哭。驚動了南海龍王敖欽第三位太子。彼時太子領龍王鈞旨，同巡江夜叉全身披掛，手執鋼刀，正在此巡邏長江，認得是火龍的兒子。即忙問曰：「你在此哭甚事？」孽龍道：「吾族黨千餘，皆被許遜誅滅，父親又不與我作主，我今纍纍然若喪家之狗，怎的由人不哭。」太子曰：「自古道：『家無全犯。』許遜怎麼就殺了你家許多人？他敢欺我水府無人麼？老兄且寬心，待我顯個手段，擒他報取冤仇！」孽龍道：「許遜傳了諶母飛步之法，仙女所賜寶劍，其實神通廣大，難以輕敵。」太子曰：「我龍宮有一鐵杵，叫做如意杵；有一鐵棍，叫做如意棍。這個杵這個棍，欲其大，就有屋桷般大，欲其小，只如金針般小，欲其長就有三四丈長，欲其短只是一兩寸短，因此名為如意。此皆父王的寶貝，那棍兒被孫行者討去，不知那猴子打死了千千萬萬的妖怪。只有這如意杵兒，未曾使用，今帶在我的身邊。試把來與許遜弄一弄，他若擋抵得住，真有些神通。」孽龍問道：「這杵是那一代鑄的？」太子道：「這杵是乾坤開闢之時，有一個盤古王，鑿了那崑崙山幾片稜層石，架了一座的紅爐。砍了廣寒宮一株娑婆樹，燒了許多的黑炭。取了須彌山幾萬斤的生鐵，用了太陽宮三昧的真火，叫了那煉石的女媧，煉了七七四十九個日頭。卻命著雨師洒雨，風伯煽風，太乙護爐，祝融看火，因此上煉得這個杵兒。要大就大，要小就小，要長就長，要短就短，且此杵有些妙處，拋在半空之中，一變十，十變百，百變千，千變萬，更會變化哩。」孽龍問曰：「如今那鐵杵放在那裏？」太子即從耳朵中拿將出來，向風中幌一幌，就有屋桷般大。幌兩幌，就有竹竿般長。孽龍大喜曰：「這樣東西，要長就長，要大則大，那許遜有些法力，尚可當抵一二。徒弟們皆是後學之輩，禁得幾杵？」夜叉見太子欲與孽龍報仇，乃諫曰：「爺爺沒有鈞旨，太子怎敢擅用軍器？恐爺爺知道，不當穩便。」太子曰：「吾主意已定，你肯輔我，便同去。如不肯輔我，任你先轉南海去罷。」夜叉不肯相助自去了。那太子殺奔豫章，要拿許遜，與孽龍報讎。卻怎生打扮，則見：

重重疊疊鱉甲堅固，整齊齊海帶飛斜。身騎著海馬號三花，好一似天門冬將軍披掛。走起了磊磊落落滑石，飛將來溟溟漠漠辰砂。索兒絞的是天麻，要把威靈仙拿下。

卻說真君同著弟子甘戰施岑等各仗寶劍，正要去尋捉孽龍，忽見龍王三太子叫曰：「許遜，許遜，你怎麼這等狠心，把孽龍家千百餘人一概誅戮！你敢小覷我龍宮麼？我今日與你賭賽一陣，纔曉得我的本事。」真君慧眼一看，認得是南海龍王的三太子，喝曰：「你父親掌管南海，素稱本分，今日怎的出你們不肖兒子？你好好回去，免致後悔！」太子道：「你殺人之父，人亦殺其父，殺人之兄，人亦殺其兄。孽龍是我水族中一例之人，我豈肯容你這等欺負！」於是舉起鋼刀，就望真君一砍。真君亦舉起寶劍來迎，兩個大殺一場。則見：

一個是九天中神仙領袖，一個是四海內龍子班頭。一個的道法精通，卻會呑雲吸霧；一個的武藝慣熟，偏能掣電驅雷。一個呼諶母為了師傅，最大神通。一個叫龍王做了父親，儘高聲價。一個飛寶劍，前挑後剔，光光閃閃，就如那大寒陸地凜嚴霜；一個抛鐵杵，直撞橫衝，琣琣瑠瑠，就如那除夜人家燒爆竹。真個是棋逢敵手，終朝勝負難分；卻原來陣遇對頭，兩下高低未辨。

真君與那太子刀抵劍，劍對刀，自巳牌時分，戰至午時，不分勝敗。施岑謂眾道友曰：「此龍子本事儘高，恐師父不能拿他，可大家一齊掩殺。」那太子見真君弟子一齊助戰，遂在耳朵中，取出那根鐵杵來，幌了兩三幌，望空抛起，好一個鐵杵！一變作十，十變作百，百變作千，千變作萬，半天之中，就如那紛紛柳絮顛狂舞，滾滾蜻蜓上下飛。滿空撞得砯砌響，恰是潘丞相公子打擂槌。你看那真君的弟子們，纔把那腦上的杵兒撇開，忽一杵在腦後一打；纔把那腦後的杵兒架住，忽一杵在心窩一篤。纔把心窩的杵兒一抹，忽一杵在肩膀上一錐。那些弟子們怕了那杵，都敗陣而走。好一個真君，果有法術，果有神通，將寶劍望東一指，杵從東落；望西一指，杵從西開；望南一指，杵從南墜；望北一指，杵從北散。真君雖有這等法力，爭奈千千萬萬之杵，一杵去了，一杵又來，卻未能取勝。忽觀世音菩薩空中聞得此事，乃曰：「敖欽龍王十分仁厚，生出這個不肖兒子，助了蛟精。我若不去收了他如意杵寶貝，許遜縱有法力，無如之何。」於是駕起祥雲，在半空之中，解下身上羅帶，做成一個圈套兒丟將起來，把那千千萬萬之杵盡皆套去。那太子見有人套去他的寶貝，心下慌張，敗陣而走。孽龍接見問曰：「太子與許遜征戰得大勝否？」太子曰：「我戰許遜正在取勝之際，不想有一婦人使一個圈套，把我那寶貝套去了。我今沒處討得！」孽龍曰：「套寶貝者，非是別人，乃是觀世音菩薩……」言未畢，真君趕至，孽龍望見，即化一陣黑風走了。太子心中不忿，又提著手中鋼刀，再來交戰。此是敗兵之將，英勇不加，兩合之中，被真君左手一劍架開鋼刀，卻將右手一劍來斬太子；忽有人背後叫曰：「不可，不可！」真君舉眼一看，見是觀音，遂停住寶劍。觀音曰：「此子是敖欽龍王的第三子，今無故輔助孽龍，本該死罪。奈他父親素是仁厚，今我在此，若斬了此子，龍王又說我不救他，體面上不好看。」真君方纔罷手。卻說那巡江夜叉回轉龍宮，將太子助孽龍之事，一一稟知龍王。龍王頓足罵曰：「這畜生恁的不肖！」彼時東海龍王敖順，西海龍王敖廣，北海龍王敖潤同聚彼處。亦曰：「這畜生今日去戰許遜，就如那葛伯與湯為仇；輔助孽龍就如那崇侯助紂為虐，容不得他。」敖欽曰：「這樣兒子要他則甚！」遂取過一口利劍，敕旨一道，令夜叉將去叫太子自刎而亡。夜叉領了敕旨，賣了寶劍，逕來見著三太子。太子聞知其故，嚇得魂不著體，遂跪下觀音叫道：「善菩薩！沒奈何，到我父王處保過這次。」觀音道：「只怕你父親難饒你死罪，你不如到蛇盤谷中鷹愁澗躲避，三百年後，等唐三藏去西天取經，罰你變做個騾子，逕往天竺國馱經過來，那時將功贖罪，我對你父親說過，或可留你。」太子眼淚汪汪，拜辭觀世音，往鷹愁澗而去。觀音復將所收鐵杵付與夜叉，教夜叉交付與龍王去訖。真君亦辭了觀音回轉豫章，不在話下。

卻說觀音菩薩，別了真君，欲回普陀巖去，孽龍在途中投拜，欲求與真君講和，後當改過前非，不敢為害。言辭甚哀。觀音見其言語懇切，乃轉豫章，來見真君。真君問曰：「大聖到此，復有何見諭？」觀音曰：「吾此一來，別無甚事，孽龍欲與君講和，今後改惡遷善，不知君允否？」真君曰：「他既要講和，限他一夜滾百條河，以雞鳴為止，若有一條不成，吾亦不許。」觀音辭真君而去。弟子吳猛諫曰：「孽畜原心不改，不可許之。」真君曰：「吾豈不知，但江西每逢春雨之時，動輒淹浸，吾欲其開成百河，疏通水路耳，非實心與之和也。吾今分付社伯，阻撓其功，勿使足百條之數，則其罪難免，亦不失信於觀音矣。」卻說孽龍接見觀音，問其所以。觀音將真君所限之事，一一說與。孽龍大喜，是夜用盡神通，連滾連滾，恰至四更，社伯扣計其數，已滾九十九條。社伯心慌，乃假作雞鳴，引動眾雞皆鳴，孽龍聞得大驚，自知不能免罪，乃化為一少年，未及天明，即遁往湖廣躲避去訖。真君至天明，查記河數，止欠一條，雞聲盡鳴，乃知是社伯所假也。遂令弟子計功受賞。真君急尋孽龍之時，已不知其所在。後來遂於河口立縣，即今之南康湖口縣是焉。

卻說孽龍遁在黃州府黃岡縣地方，變作個少年的先生求館。時有一老者姓史名仁，家頗饒裕，有孫子十餘人，正欲延師開館。孽龍至其家，自稱：「豫章曾良，聞君家有館，特來領教。」史老見其人品清高，禮貌恭敬，心竊喜之。但不知其學問何如。遂謂曰：「敝鄉舊俗，但先生初來者，或考之以文，或試之以對，然後啟帳。卑老有一對，欲領尊教何如？」孽龍曰：「願聞。」史老曰：「曾先生腰間加四點，魯邦賢士。」孽龍曰：「我就把令孫為對。」遂答曰：「史小子頭上著一橫，吏部天官。」史老見先生對得好，不勝之喜。乃曰：「先生高才邃養，奈寒舍學俸微少，未可輕屈。」孽龍道：「小子借寓讀書，何必計利。」史老遂擇日啟館，叫諸孫具贄見之儀，行了拜禮，遂就門下受業。孽龍教授那些生徒，辨疑解惑，讀書說經，明明白白，諸生大有進益，不在話下。

卻說真君以孽龍自滾河以後，遍尋不見，遂同甘戰施岑二人，逕到湖廣地面，尋覓蹤跡，忽望妖氣在黃岡縣鄉下姓史的人家。乃與二弟子逕往其處，至一館中，知是孽龍在此，變作先生，教訓生徒。真君乃問其學生曰：「先生那裏去了？」學生答云：「先生洗浴去了。」真君曰：「在那裏洗浴？」學生曰：「在澗中。」真君曰：「這樣十一月天氣，還用冷水洗浴？」學生曰：「先生是個體厚之人，不論寒天熱天，常要水中去浸一浸。若浸得久時，還有兩三個時辰纔回來。」真君乃與弟子坐在館中，等他回時，就下手拿著。忽舉頭一看，見柱壁上有對聯云：

趙氏孤兒，切齒不忘屠岸賈。
伍員烈士，鞭屍猶恨楚平王。

又壁上題有詩句云：

自歎年來運不齊，子孫零落卻無遺；心懷東海波瀾闊，氣壓西江草樹低。
怨處咬牙思舊恨，豪來揮筆記新詩；男兒不展風雲志，空負天生八尺軀。

真君看詩對已畢，大驚，謂弟子曰：「此詩此對，皆是復仇之詩，若此孽不除，終成大患。汝等務宜勉力擒之。」言未畢，忽史老來館中，看孫子攻書。時盛冬天氣，史老身上披領羊裘，頭上戴頂煖帽，徐徐而來。及見真君丰姿異常，連忙施禮，問曰：「先生從何而來？」真君曰：「小生乃豫章人，特來訪友。」史老謂孫子曰：「客在此，何不通報？」遂邀真君與二弟子至家下告茶。茶畢，史老問真君姓名，真君曰：「小生姓許名遜，此二徒，一姓施名岑，一姓甘名戰。」史老曰：「聞得許君者，法術甚妙，誅滅蛟精，敢是足下否？」真君曰：「然。」史老遂下拜。真君以其年老，連忙答禮。史老問曰：「仙駕臨此，欲何為？」真君曰：「尊府教令孫者，乃孽龍精也。變形於此，吾尋蹤覓跡，特來擒之。」史老大驚曰：「怪道這個先生無問寒天暑天，日從澗中洗浴。浴水之處，往時淺淺的，今成一潭，深不可量。」真君曰：「老翁有緣，幸遇小生相救。不然，今日是個屋舍，後日是個江河，君家且葬魚腹矣。」史老曰：「此蛟精怎的拿他？」真君曰：「此孽千變萬化，他若提防於我，擒之不易。幸今或未覺，縱要變時，必資水力。可令公家凡水缸水桶洗臉盆，及碗盞之類，皆不可注水，使他變化不去，我自然拿了他。」史老分付已畢，孽龍正洗浴回館，真君見了，大喝一聲：「孽畜走那裏去？」孽龍大驚，卻待尋水而變，遍處無水，惟硯池中有一點餘水未傾，遂從裏面變化而去，竟不知其蹤跡。後人有詩歎曰：

堪歎蛟精玄上玄，墨池變化至今傳；當時若肯心歸正，卻有金書取上天。

史老見真君趕去孽龍，甚是感謝，乃留真君住了數日，極其款曲。真君曰：「此處孽龍居久，恐有沉沒之患，汝可取杉木一片過來，吾書符一道，打入地中，庶可以鎮壓之。」真君鎮符已畢。感史老相待殷勤，更取出靈丹一粒，點石一片，化為黃金，約有三百餘兩，相謝史老而去。施岑曰：「孽龍今不知遁在何處？可從此湖廣上下，遍處尋覓誅之。」真君曰：「或此孽瞰我等在此，又往豫章，欲沉郡城土地，未可知也。莫若且回家中，覓其蹤跡，如果不在，再往外獲之未晚。」於是師弟們一路回歸。

卻說孽龍精硯池變去，又化為美少男子，逃往長沙府。聞知刺史賈玉家生有一女，極有姿色，怎見得：

眉如翠羽，肌如凝脂，齒如瓠犀，手如柔荑。臉襯桃花瓣，鬟堆金鳳絲。秋波湛湛妖嬈態，春筍纖纖嬌媚姿。說甚麼漢苑王嬙，說甚麼吳宮西施，說甚麼趙家飛燕，說甚麼楊家貴妃。柳腰微擺鳴金珮，蓮步輕移動玉肢。月裏姮娥難比此，九天仙子怎如斯！

孽龍遂來結拜刺史賈玉，賈玉問曰：「先生何人也？」答曰：「小人姓慎名郎，金陵人氏。自幼頗通經典，不意名途淹滯，莫能上達，今作南北經商之客耳。因往廣南販貨，得明珠數斛，民家無處作用，特來獻與使君，伏望笑留！」賈使君曰：「此寶乃先生心力所求，況汝我萍水相逢，豈敢受此厚賜。」再三推拒，慎郎獻之甚切，使君不得已而受之。留住數日，使君見慎郎禮貌謙恭，丰姿美麗，琴棋書畫，件件皆能，弓矢干戈，般般慣熟，遂欲以女妻之。慎郎鞠躬致謝，復將珍寶厚賄使君親信之人，悉皆稱贊慎郎之德。使君乃擇吉日，將其女與慎郎成親，不在話下。卻說慎郎在賈府成婚以後，歲遇春夏之時，則告稟使君，托言出遊江湖，經商買賣。至秋冬之時，則重載船隻而歸，皆是奇珍異寶。使君大喜曰：「吾得佳婿矣！」蓋不知其為蛟精也。所得資財寶貨，皆因春夏大水，覆人舟船，搶人財寶，裝載而歸。慎郎入贅三年，復生三子。一日慎郎尋思起來，不勝忿怒曰：「吾家世居豫章，子孫族類，一千餘眾，皆被許遜滅絕。破我巢穴，使我無容身之地。雖然潛居此地，其實怨恨難消，今既歲久，諒許遜不復知有我也。我今欲回豫章，大興洪水，潰沒城郡，仍滅取許遜之族，報復前仇，方消此恨。」言罷，來見使君。使君問曰：「賢婿有何話說？」愼郎曰：「方今春風和煖，正宜出外經商，特來拜辭岳父而去。家中妻子，望岳丈看顧。」使君曰：「賢婿放心前去，不必多憂，若得充囊之利，早圖返棹。」言罷，分別而去。

時晉永嘉七年，真君與其徒甘戰施岑週覽城邑，遍尋蛟孽，三年間，杳無蹤跡，已置之度外去了。不想這孽龍自來送死。忽一日，道童來報，有一少年子弟，丰姿美貌，衣冠俊偉，來謁真君。真君命入，問曰：「先生何處人也？」少年曰：「小生姓愼名郎，金陵人氏。久聞賢公有斡旋天地之手，懾伏孽龍之功，海內少二，寰中寡雙，小生特來過訪，欲遂識荊之願，別無他意。」真君曰：「孽龍未除，徒負虛名，可愧，可愧！」真君言罷，其少年告辭而出。真君送而別之。甘施二弟子曰：「適間少年，是何人也？」真君曰：「此孽龍也，今來相見，探我虛實耳。」甘施曰：「何以知之？」真君曰：「吾觀其人妖氣尚在，腥風襲人，是以知之。」甘施曰：「既如此，即當擒而誅之，何故又縱之使去也？」真君曰：「吾四次擒拿，皆被變化而去，今佯為不知，使彼不甚隄防，庶可隨便擒之耳。」施岑乃問曰：「此時不知逃躲何處？吾二人願往殺之。」真君舉慧眼一照，乃曰：「今在江滸，化為一黃牛，臥於郡城沙磧之上。我今化為一黑牛，與之相鬥，汝二人可提寶劍，潛往窺之。候其力倦，即拔劍而揮之，蛟必可誅也。」言罷，遂化一黑牛，奔躍而去，真個：

四蹄堅固如山虎，兩角崢嶸似海龍；今向沙邊相抵觸，神仙變化果無窮。

真君化成黑牛，早到沙磧之上，即與黃牛相鬥。恰鬥有兩個時辰，甘施二人，躡跡而至，正見二牛相鬥，黃牛力倦之際，施岑用劍一揮，正中黃牛左股。甘戰亦揮起寶劍斬及一角，黃牛奔入城南井中，其角落地。今馬當相對，有黃牛洲，此角日後成精，常變牛出來，害取客商船隻，不在話下。卻說真君謂甘施曰：「孽龍既入井中，諒巢穴在此。吾遣符使吏兵導我前進，汝二人可隨我之後，躡其蹤跡，探其巢穴，擒而殺之，以絕後患。」言罷，真君乃跳入井中。施甘二人，亦跳入井中。符使護引真君前進，只見那個井，其口上雖是狹的，到了下面，別是一個乾坤。這邊有一個孔，透著那一個孔，那邊有一個洞，透著那一個洞，就似杭州城二十四條花柳巷，巷巷相穿；又似龍窟港三十六條大灣，灣灣相見。常人說道井中之蛙，所見甚小，蓋未曾到這個所在，見著許大世界。真君隨符使一路而行，忽見有一樣物件，不長不短，圓圓的相似個擂槌模樣，甘戰拾起看時，乃是一車轄。問於真君曰：「此井中怎的有此車轄？」真君道：「昔前漢有一人，姓陳名遵，每大會賓客，輒閉了門，取車轄投於井中，雖有急事，不得去。必飲罷，纔撈取車轄還人。後有一車轄，再撈不起，原來水蕩在此處來了。」又行數里，忽見有一個四方四角，新新鮮鮮的物件，施岑檢將起來一看，原來是個印匣兒。問於真君，真君曰：「昔後漢有宦官張讓劫遷天子，北至河上，將傳國玉璽投之井中，再無人知覺。後洛陽城南驪宮井有五色氣一道直沖上天，孫堅認得是寶貝的瑞氣，遂命人浚井，就得了這一顆玉璽。璽便得去，卻把這個匣兒遺在這裏。」又行數里，忽見有一物件，光閃閃，白淨淨，嘴灣灣，腹大大的，甘戰卻拾將起來一看，原來是個銀瓶。甘戰又問於真君，真君曰：「曾聞有一女子吟云：『石上磨玉簪，玉簪欲成中央折；井底引銀瓶，銀瓶欲上絲繩絕。』想這個銀瓶，是那女子所引的，因斷了繩子，故流落在此。」符使稟曰：「孽龍多久遁去，真仙須急忙追趕，途路之上，且不要講古。」真君於是命弟子趲步而行，只見水族之中，見了的，嚇得魂不附體，鮎魚兒只把口張，團魚兒只把頸縮，鰕子兒只顧拱腰，鯽魚兒只顧搖尾，真君都置之不問。卻說那符使引真君再轉一灣抹一角，正是行到山窮水盡處，看看在長沙府賈玉井中而出。真君曰：「今得其巢穴矣。」遂辭了符使回去，自來抓尋。卻說孽龍精既出其井，仍變為慎郎，入於賈使君府中。使君見其身體狼狽，舉家大驚，問其緣故。慎郎答曰：「今去頗獲大利，不幸回至半途，偶遇賊盜，資財盡劫。又被殺傷左額左股，疼痛難忍。」使君看其刀痕，不勝隱痛。即令家僮請求醫士療治。真君乃扮作一醫士，命甘施二人，扮作兩個徒弟跟隨。這醫士呵：

道明賢聖，藥辨君臣。遇病時，深識著望聞問切；下藥處，精知個功巧聖神。戴唐巾，披道服，飄飄揚揚；搖羽扇，背葫蘆，瀟瀟灑灑。診寸關尺三部脈，辨邪審痼，奚煩三折肱，療上中下三等人，起死回生，只是一舉手。真個是東晉之時，重生了春秋扁鵲；卻原來西江之地，再出著上古神農。萬古共稱醫國手，一腔都是活人心。

卻說真君扮了醫士，賈府僮僕見了，相請而去，進了使君宅上，相見禮畢。使君曰：「吾婿在外經商，被盜賊殺傷左額左股，先生有何妙藥，可以治之？容某重謝。」真君曰：「寶劍所傷，吾有妙法，手到即愈。」使君大喜，即召慎郎出來醫治。當時蛟精臥於房中，問僮僕曰：「醫士只一人麼？」僮僕曰：「兼有兩個徒弟。」蛟精卻疑是真君，不敢輕出。其妻賈氏催促之曰：「醫人在堂，你何故不出？」慎郎曰：「你不曉事，醫得我好也是這個醫士，醫得不好也是這個醫士。」賈氏竟不知所以。使君見慎郎不出，親自入房召之，真君乃隨使君之後，直至房中厲聲叱曰：「孽畜再敢走麼？」孽龍計窮勢迫，遂變出本形，蜿蜒走出堂下。不想真君先設了天羅地網，活活擒之。又以法水噴其三子，悉變為小蛟，真君拔劍並誅之。賈玉之女，此時亦欲變幻，施岑活活擒住。使君大驚。真君曰：「慎郎者，乃孽龍之精，今變作人形，拜爾為岳丈。吾乃豫章許遜，追尋至此擒之。爾女今亦成蛟，合受吾一劍。」賈使君乃與其妻跪於真君之前，哀告曰：「吾女被蛟精所染，非吾女之罪，伏望憐而赦之！」真君遂給取神符與賈女服之，故得不變。真君謂使君曰：「蛟精所居之處，其下即水。今汝舍下深不踰尺，皆是水泉。可速徙居他處，毋自蹈禍。」使君舉家驚惶，遂急忙遷居高處。原住其地，不數日果陷為淵潭，深不可測。今長沙府昭潭是也。施岑卻從天羅地網中取出孽龍，欲揮劍斬之，真君曰：「此孽殺之甚易，擒之最難。我想江西係是浮地，下面皆為蛟穴。城南一井其深無底，此井與江水同消長，莫若鎖此畜回歸，吾以鐵樹鎮之井中，繫此孽畜於鐵樹之上，使後世，倘有蛟精見此畜遭厥磨難，或有警惕，不敢為害。」甘戰曰：「善！」遂鎖了孽龍，逕回豫章。於是驅使神兵，鑄鐵為樹，置之郡城南井中。下用鐵索鉤鎖，鎮其地脈，牢繫孽龍於樹，且祝之曰：

鐵樹開花，其妖若興，吾當復出。鐵樹居正，其妖永除，水妖屏跡，城邑無虞。

又留記云：

鐵樹鎮洪州，萬年永不休！天下大亂，此處無憂。天下大旱，此處薄收。

又元朝吳全節有詩云：

八索縱橫維地脈，一泓消長定江流；豫章勝地由天造，砥柱中天億萬秋。

真君又鑄鐵為符，鎮於鄱陽湖中。又鑄鐵蓋覆於廬陵元潭，今留一劍在焉。又立府靖於岧嶢山頂，皆所以鎮壓後患也。

真君既擒妖孽，功滿乾坤。時晉明帝太寧二年，大將軍王敦字處仲，出守武昌，舉兵內向，次洞庭湖。真君與吳君同往說之，蓋欲止敦而存晉室也。是時郭景純亦在王敦幕府，因此三人得以相會。景純謂真君曰：「公斬馘蛟精，功行圓滿，況曩時西山之地，靈氣鍾完，公不日當上昇矣。」真君感謝。一日景純同真君吳君來謁王敦，敦見三人同至，大喜，遂令左右設宴款待。酒至半酣，敦問曰：「我昨宵得一夢，夢見一木破天，不知主何吉凶？」真君曰：「木上破天，乃未字也。公未可妄動。」吳君曰：「吾師之言，灼有先見，公謹識之！」王敦聞二君言，心甚不悅。乃令郭璞卜之，璞曰：「此數用剋體，將軍此行，幹事不成也。」王敦不悅曰：「我之壽有幾何？」璞曰：「將軍若舉大事，禍將不久；若遂還武昌，則壽未可量。」王敦怒曰：「汝壽幾何？」璞曰：「我壽盡在今日。」王敦大怒，令武士擒璞斬之。真君與吳君舉杯擲起，化為白鶴一雙，飛遶梁棟之上。王敦舉眼看鶴，已失二君所在。且說郭璞既死，家人備辦衣衾棺槨，殮畢，越三日，市人見璞衣冠儼然，與親友相見如故。王敦知之不信，令開棺視之，果無屍骸，始知璞脫質昇仙也。自後王敦行兵果敗，遂還武昌而死，卒有支解之刑，蓋不聽三君之諫，以至於此。

再說吳君邀真君同下金陵，遨遊山水。既而欲買舟上豫章，打頭風不息，舟中人曰：「當此仲夏，南風浩蕩，舟船難進奈何？」真君曰：「我代汝等駕之，汝等但要瞑目安坐，切勿開眼窺視。」吳君乃立於船頭，真君親自把船，遂召黑龍二尾，挾舟而行。經池陽之地，以先天無極都雷府之印，印西崖石壁上以避水怪，今有印紋。舟漸漸淩空而起，須臾，過廬山之巔，至雲霄峰，二君欲觀洞府景致，故其船梢刮抹林木之表，戛戛有聲。舟人不能忍，皆偷眼窺之，忽然捨舟於層巒之上，折桅於深澗之下，今號鐵船峰，其下有斷石，即其桅也。真君謂舟人曰：「汝等不聽吾言，以至如此，今將何所歸乎？」舟人懇拜，願求濟度之法。真君教以服餌靈藥，遂得辟穀不飢，盡隱於紫霄峰下。二君乃各乘一龍，回至豫章，遂就舊時隱居，終日與諸弟子講究真詮，乃作思仙之歌云：

天運循環兮，疾如飛，人生世間兮，欲何為？爭名奪利兮，徒丘墟。風月滋味兮，有誰知？不如且進黃金巵，一飲一唱日沉西。丹砂養就玉龍池，小瓢世界寬無涯；世人莫道是愚癡，酩然一笑天地齊。

又作八寶垂訓曰：

忠孝廉謹，寬裕容忍。忠則不欺，孝則不悖，廉而罔貪，謹而勿失；修身如此，可以成德。寬則得眾，裕然有餘，容而翕受，忍則安舒；接人以禮，怨咎滌除。凡我弟子，動靜勤篤，念茲在茲，當守其獨！有喪厥心，三官考戮。

卻說天地水府三元三品三官大帝，及太白金星，因言真君原是玉洞天仙下降。今除蕩妖孽，惠及生靈，德厚功高。其弟子吳猛等，扶同真君，共成至道，皆宜推薦，以至天庭。商議具表，奏聞玉帝。玉帝准奏，乃授許遜九天都仙大使，兼高明大使之職，封孝先王。遠祖祖父，各有職位。先差九天採訪使崔子文叚丘仲捧詔一道，諭知許遜，預示飛昇之期，以昭善報。採訪二仙捧詔下界，時晉孝武寧康二年，甲戌，真君時年一百三十六歲。八月朔旦，見雲仗自天而下，導從者甚眾，降於庭中。真君迎接拜訖，二仙曰：「奉玉皇敕命，賜子寶詔，子可備香花燈燭，整頓衣冠，俯伏堦下，以聽宣讀！」詔曰：

上詔學仙童子許遜：卿在多劫之前，積修至道，勤苦悉備。天經地緯，悉已深通；萬法千門，罔不師歷。救災拔難，除害蕩妖，功濟生靈，名高玉籍。眾真推薦，宜有甄昇，可受九州都仙大使，兼高明大使，孝先王之職。賜紫綵羽袍瓊旌寶節各一事。期以八月十五午時，拔宅上昇。詔書到日，信詔奉行。

讀罷，真君再拜，遂登堦受詔畢，乃揖二仙上坐，問其姓名。一仙曰：「余乃崔子文叚丘仲，俱授九天採訪使之職。」真君曰：「愚蒙有何德能，感動天帝，更勞二仙下降？」二仙曰：「公修己利人，功行已滿。昨者群真保奏，陞入仙班，相迎在邇，先命某等捧詔諭知。」言畢，遂乘龍車而去。真君既得天書之後，門弟子吳猛等，與鄉中耆老，及諸親眷，皆知行期已近，朝夕會飲，以敘別情。真君謂眾人曰：「欲達神仙之路，在先行其善而後立其功。吾去後一千二百四十年間，豫章之境，五陵之內，當出地仙八百餘人。其師出於豫章，大闡吾教。以吾壇前松樹枝垂覆拂地，郡江心中，忽生沙洲掩過井口者，是其時也。」後人有言：「龍沙會合，真仙必出。」按龍沙在章江西岸畔，與郡城相對，事見龍沙記。潘清逸有望龍沙五言詩云：

五陵無限人，密視松沙記；龍沙雖未合，氣象已虛異。
昔時雲浪遊，半作桑麻地；地形帶江轉，山勢若連契。

是時八月望日，大營齋會，遍召里人，及諸親友，并門弟子，長少畢集。至日中，遙聞音樂之聲，祥雲繚繞，漸至會所。羽蓋龍車，仙童綵女，官將吏兵，前後擁護。前採訪使崔子文、段丘仲二仙又至，真君拜迎，二仙復宣詔曰：

上詔學仙童子許遜：功行圓滿，已仰潛山司命官，傳金丹於下界，返子身於上天。及家口廚宅，一并拔之上昇。著令天丁力士與流金火鈴，照辟中間，無或散漫。仍封遠祖許由，玉虛僕射；又封曾祖許琰，太微兵衛大夫，曾祖母太微夫人；其父許肅，封中嶽仙官，母張氏封中嶽夫人。欽此欽遵，詔至奉行！

真君再拜受詔畢。崔子文曰：「公門下弟子雖眾，惟陳勳、曾亨、周廣、時荷等外，黃仁覽與其父，盱烈與其母，共四十二口，合當從行。餘者自有昇舉之日，不得皆往也。」言罷，揖真君上了龍車，仙眷四十二口，同時昇舉。里人及門下弟子，不與上昇者，不捨真君之德，攀轅臥轍，號泣振天，願相隨而不可得。真君曰：「仙凡有路可通，汝等但能遵行孝道，利物濟民，何患無報耶！」真君族孫許簡哀告曰：「仙翁拔宅沖昇，後世無所考驗，可留下一物，以為他日之記。」真君遂留下修行鐘一口，并一石函，謂之曰：「世變時遷，此即為陳跡矣。」真君有一僕名許大者，與其妻市米於西嶺，聞真君飛昇，即奔馳而歸。行忙車覆，遺其米於地上，米皆復生，今有覆米岡，生米鎮猶在。比至哀泣，求其從行。真君以彼無有仙分，乃授以地仙之術，夫婦皆隱於西山。仙仗既舉，屋宇雞犬皆上昇，惟鼠不潔，天兵推下地來。一跌腸出，其鼠遂拖腸不死。後人或有見之者，皆為瑞應。又墜下藥臼一口，碾轂一輪，又墜下雞籠一隻，於宅之東南十里。又許氏仙姑，墜下金釵一股，今有許氏墜釵洲猶在。時人以其拔宅上昇，有詩歎美云：

慈仁共羨許旌陽，惠澤生民耿不忘；拔宅上昇成至道，陽功陰德感蒼蒼。

仙駕飛空漸遠，望之不可見，惟見祥雲綵霞，瀰漫上谷，百里之內，異香芬馥。忽有紅錦帷一幅飛來，旋繞故地之上。卻說真君仙駕經過袁州府，宜春縣，棲梧山，真君乃遣二青衣童子下告王朔，具以玉皇詔命，因來相別。王朔舉家瞻拜，告曰：「朔蒙尊師所授道法，遵行已久，乞帶從行！」真君曰：「子仙骨未充，止可延年得壽而已，難以帶汝同行。」乃取香茅一根擲下，令二童子授與王朔，教之曰：「此茅味異，可栽植於此地，久服長生。甘能養肉，辛能養節，苦能養氣，鹹能養骨，滑能養膚，酸能養筋，宜調和美酒飲之，必見功效。」言訖而別。王朔依真君之言，即將此茅栽植，取來調和酒味服之，壽三百歲而終。今臨江府玉虛觀即其地也。仙茅至今猶在。真君飛昇之後，里人與其族孫許簡，就其地立祠，以所遺詩一百二十首，寫於竹簡之上，載之巨箒，令人探取，以決休咎。其修行鐘、藥轂、藥臼、石函等事，並寶藏於祠。後改為觀。因空中有紅錦帷飛來旋繞，故名曰遊帷觀。

真君既至天庭，玉帝陞殿，崔子文段丘仲二仙引真君與弟子等聽候玉旨。玉帝宣入朝見，真君揚塵拜舞，俯伏金堦下，上表奏曰：「臣許遜庸才劣質，雖有咒水行符馘毒之功，蓋亦賴眾弟子十一人之力。今弟子之中止有陳勳、曾亨、周廣、時荷、黃仁覽、盱烈六人，已蒙聖恩超昇天界。更有吳猛、施岑、甘戰、鍾離嘉、彭抗五人，未蒙拔擢，誠為缺典。望乞一視同仁，宣至天庭，同歸至道。」玉帝見奏，即傳玉旨差周廣為使，賷傳詔旨，令吳猛等五人同日上昇。周廣即拜辭玉帝，賷詔下宣。是時乃晉寧康二年，九月初一日也。吳猛時年一百八十六歲，見真君上昇，己不與從，心田怏怏。正與施岑、甘戰、鍾離嘉、彭抗四道友同歸西寧，聚義修煉。只見周廣賷詔自天而下。眾相見畢，動問其下界之故。周廣曰：「吾師朝見玉帝，奏上帝諸位仙友多助仙功，未得上昇，懇求玉帝超擢。玉帝即差廣賷詔旨令五君上昇，同歸至道。」五人聽言大喜，各乘白鹿車，白晝沖昇。今有吳仙村吳仙觀，是其飛昇之處。然真君所從遊者三千餘人，其有功有行而得上昇者，通吳君十有一人焉耳。真君領弟子朝見玉帝畢。玉帝各授以仙職，遂率群弟子拜謁太師祖孝悌明王衛弘康，師祖孝明王蘭公，師傳諶母已畢。又謝了三官金星保奏之功。真君又薦舉故人許都胡雲，雲陽詹曅二人，皆有道之士，玉帝皆封真人之號，不在話下。

卻說真君自昇仙後，屢顯神通。隋煬帝無道，燒燬佛祠，乃將遊帷觀廢毀。唐高宗永淳年間，遂命真人胡惠超重新建之。至宋太宗仁宗皆賜御書，真宗時賜改遊帷觀曰玉隆宮。至宋代政和二年，徽宗忽得重疾，面生惡瘡。晝寢恍然一夢，見東華門有一道士，戴九華冠，披絳章服，左右童子，持劍導前，來至丹墀稽首。帝疑非人間道士，因問曰：「卿是何人？」道士對曰：「吾為許旌陽，權掌九天司職。

上帝詔往西瞿耶國按察，經由故國，知主上患疾，特來顧之。」帝曰：「朕患毒瘡，諸藥不能愈，卿有藥否？」道士即取小瓢子傾藥一粒，如綠豆子大，呵氣抹於徽宗瘡上，遂揖而去。且曰：「吾洪都西山弊舍，久已零落，乞望聖眼一瞻為幸！」帝豁然而寤，覺滿面清涼，以手摩之，瘡遂愈矣。乃令近臣將圖經考之，見洪州西山有許旌陽遺跡，詔造許真君行宮，改修玉隆宮。仍添「萬壽」二字。塑真君新像，尊號曰：神功妙濟真君。許真君所遺之物，皆有神護守，不可觸犯。如殿前手植柏樹，其榮瘁常兆本宮盛衰，翦葉煮湯，諸病可愈。井中鐵樹，唐嚴譔作洪州牧，心內不信，令人掘發，俄然天變，忽有迅雷烈風，江波泛溢，城郭震動。譔懼，叩頭悔謝，久之而後止。又強取修行鐘，置之僧寺，擊之聲啞如土木。譔坐寐，見神人叱責，醒覺，而送鐘還宮。又碾輪，藥臼，州牧徐登令取至府觀之，猶未及觀，遂乃飛去還宮。又石函，唐朝張善安竊據洪州，強鑿開其蓋，內冊朱書數字云：「五百年後強賊張善安開鑿之。」善安看畢，恐懼，遂磨洗其字，終不泯滅。因藏其蓋，其字尚留函底。宋高宗建炎間，金人寇江左，欲焚燬宮殿。俄而水自楹桷噴出，火不能燒，虜酋大驚，乃徹兵而去。皇明列聖，元加寅奉，敕賜重修宮殿，真君屢出護國行醫。正德戊寅年間，寧府陰謀不軌，親詣其宮，真君降箕筆云：

三三兩兩兩三三，殺盡江南一檐耽；荷葉敗時黃菊綻，大明依舊鎮江山。

後來果敗。諸靈驗不可盡述。後人有詩歎云：

金書玉檢不能留，八字遺言可力求；試看真君功行滿，三千弱水自通舟。

中國古典名著

專家校注考訂　古典小說戲曲大觀

世俗人情類

紅樓夢
脂評本紅樓夢
金瓶梅
老殘遊記
平山冷燕
品花寶鑑
野叟曝言
綠野仙踪
禪真逸史
海上花列傳
九尾龜
醒世姻緣傳
三門街
花月痕
孽海花
魯男子
遊仙窟　玉梨魂（合刊）
筆生花
浮生六記
玉嬌梨
好逑傳
啼笑因緣
歧路燈

公案俠義類

水滸傳
兒女英雄傳
三俠五義
七俠五義
小五義
續小五義
蕩寇志
綠牡丹
羅通掃北
楊家將演義
萬花樓演義
粉妝樓全傳
七劍十三俠
包公案
海公大紅袍全傳
施公案
乾隆下江南

歷史演義類

三國演義
東周列國志
東西漢演義
隋唐演義
說岳全傳
大明英烈傳

神魔志怪類

西遊記
封神演義
濟公傳
三遂平妖傳
南海觀音全傳　達磨出身傳燈傳（合刊）

諷刺譴責類

儒林外史
官場現形記
文明小史
鏡花緣
二十年目睹之怪現狀
何典　斬鬼傳　唐鍾馗平鬼傳　（合刊）

擬話本類

拍案驚奇
二刻拍案驚奇
喻世明言
警世通言
醒世恒言
今古奇觀
豆棚閒話　照世盃（合刊）
石點頭
十二樓
西湖佳話
西湖二集
型世言

著名戲曲選

竇娥冤
漢宮秋
梧桐雨
琵琶記
第六才子書西廂記
牡丹亭
荊釵記
荔鏡記
長生殿
桃花扇
雷峰塔
倩女離魂

國家圖書館出版品預行編目資料

警世通言／馮夢龍編撰;徐文助校注;繆天華校閱.－－三版一刷.－－臺北市：三民，2021
面；　公分.－－（中國古典名著）

ISBN 978-957-14-7197-6（平裝）

857.41　　110007207

中國古典名著

警世通言

編撰者	馮夢龍
校注者	徐文助
校閱者	繆天華
發行人	劉振強
出版者	三民書局股份有限公司
地址	臺北市復興北路 386 號 (復北門市) 臺北市重慶南路一段 61 號 (重南門市)
電話	(02)25006600
網址	三民網路書店 https://www.sanmin.com.tw
出版日期	初版一刷 1983 年 10 月 二版五刷 2018 年 10 月 三版一刷 2021 年 9 月
書籍編號	S851870
ISBN	978-957-14-7197-6

三民書局